Cidade do Fogo Celestial

Obras da autora publicadas pela Editora Record:

***Série* Os Instrumentos Mortais**

Cidade dos ossos
Cidade das cinzas
Cidade de vidro
Cidade dos anjos caídos
Cidade das almas perdidas
Cidade do fogo celestial

***Série* As Peças Infernais**

Anjo mecânico
Príncipe mecânico
Princesa mecânica

***Série* Os Artifícios das Trevas**

Dama da meia-noite
Senhor das sombras
Rainha do ar e da escuridão

***Série* As Maldições Ancestrais**

Os pergaminhos vermelhos da magia
O Livro Branco Perdido

***Série* As Últimas Horas**

Corrente de ouro

O códex dos Caçadores de Sombras
As crônicas de Bane
Uma história de notáveis Caçadores de Sombras e Seres do Submundo:
Contada na linguagem das flores
Contos da Academia dos Caçadores de Sombras
Fantasmas do Mercado das Sombras

Cidade do Fogo Celestial

CASSANDRA CLARE

OS INSTRUMENTOS MORTAIS

LIVRO SEIS

Tradução de
ANA RESENDE
RITA SUSSEKIND

5ª edição

Galera

RIO DE JANEIRO

2025

CIP-BRASIL. CATALOGAÇÃO NA PUBLICAÇÃO
SINDICATO NACIONAL DOS EDITORES DE LIVROS, RJ

Clare, Cassandra
C541c Cidade do fogo celestial / Cassandra Clare; tradução de Rita
5ª ed. Sussekind. - 5ª ed. - Rio de Janeiro: Galera Record, 2025.
(Os instrumentos mortais; 6)

Tradução de: City of heavenly fire
Sequência de: Cidade das almas perdidas
ISBN 978-85-01-09324-0

1. Ficção americana. I. Sussekind, Rita. II. Título. III. Série.

16-34922 CDD: 028.5
CDU: 087.5

Título original:
City of heavenly fire

Publicado mediante acordo com a autora, c/o BAROR INTERNATIONAL, INC., Armonk, New York, U.S.A.

Texto revisado pelo novo Acordo Ortográfico da Língua Portuguesa.

Direitos exclusivos de publicação em língua portuguesa somente para o Brasil adquiridos pela
EDITORA RECORD LTDA.
Rua Argentina 171 — Rio de Janeiro, RJ — 20921-380 — Tel.: (21) 2585-2000,
que se reserva a propriedade literária desta tradução.

Impresso no Brasil

ISBN 978-85-01-09324-0

Para Elias e Jonah

Agradecimentos

Quem eu amo sabe que é amado. Dessa vez quero agradecer a meus leitores, os quais permaneceram comigo durante toda esta saga que mais pareceu uma montanha-russa, e os quais enfrentaram todos os medos, as situações difíceis e emoções. Eu não trocaria vocês, de modo algum, pelo brilho do loft de Magnus.

Em Deus está a glória: E quando os homens a ela aspiram,
Não passa de uma centelha do fogo celestial.

— John Dryden, *Absalão e Aitofel*

Prólogo
Caindo como Chuva

Instituto de Los Angeles, dezembro de 2007

No dia em que os pais de Emma Carstairs foram assassinados, o clima estava perfeito.

Por outro lado, o clima costumava estar perfeito em Los Angeles. Naquela manhã límpida de inverno, os pais de Emma a deixaram no Instituto nas colinas atrás da autoestrada Pacific Coast, que dava para o oceano azul. O céu estendia-se, sem nuvens, dos penhascos das Pacific Palisades até as praias de Point Dume.

À noite, eles tinham recebido um relatório sobre atividade demoníaca próxima às cavernas na praia de Leo Carrillo. Os Carstairs foram enviados para dar uma olhada naquilo. Mais tarde, Emma se recordaria da mãe colocando uma mecha de cabelo soprada pelo vento atrás da orelha enquanto se oferecia para desenhar um símbolo de Coragem no pai de Emma, e de John Castairs rindo e dizendo que não sabia bem como se sentia em relação a símbolos novos. Ele estava mais que satisfeito com o que estava escrito no *Livro Gray.*

Na hora, porém, Emma estava impaciente com os pais, por isso deu um abraço rápido nos dois antes de sair correndo pelos degraus do Instituto, com a mochila balançando nos ombros e os pais acenando do pátio.

Emma adorava treinar no Instituto. Não apenas porque seu melhor amigo, Julian, morava ali, mas porque toda vez que entrava ali ela sentia como se estivesse voando e depois mergulhando no oceano. O prédio era uma estrutura imensa de madeira e rocha ao fim de uma estrada comprida com um calçamento de pedras sinuoso por entre as montanhas. Todos os cômodos, todos os andares davam para o oceano, para as montanhas e para o céu, extensões onduladas de azul, verde e dourado. O sonho de Emma era subir com Jules até o telhado (embora até então os dois estivessem proibidos por seus pais de fazer isso) para conferir se a vista se estendia até o deserto ao sul.

As portas principais a reconheceram e se abriram sem dificuldade ao seu toque. A entrada e os primeiros andares do Instituto estavam cheios de Caçadores de Sombras adultos, andando de um lado a outro. Era algum tipo de reunião, imaginou Emma. Então ela avistou o pai de Julian, Andrew Blackthorn, diretor do Instituto, no meio da multidão. Sem querer se atrasar por causa dos cumprimentos, Emma correu para o vestiário do segundo andar, onde trocou o jeans e a camiseta pelo uniforme de treino: uma camiseta extragrande, calças de malha largas e o item mais importante de todos: a espada trespassada nas costas.

Cortana. O nome significava simplesmente "espada curta", mas ela não era pequena para Emma. Tinha o comprimento do antebraço da garota, feita de metal reluzente, e levava gravadas na lâmina as palavras que sempre lhe causavam calafrios: *Eu sou Cortana, do mesmo aço e da mesma têmpera que Joyeuse e Durendal.* O pai havia lhe explicado o significado daqueles dizeres ao pôr a espada em suas mãos pela primeira vez, quando ela estava com 10 anos.

— Você pode usar a espada para treinar até os 18 anos, quando então ela será sua — explicou John Castairs, sorrindo ao observá-la trilhar os dedos pelas palavras. — Compreende a importância disto?

Emma balançara a cabeça. Ela sabia o que era "aço", mas não o que era "têmpera". "Têmpera" lembrava "temperamento", uma coisa que o pai sempre dizia que ela devia controlar, como a raiva. O que isso tinha a ver com a lâmina?

— Você já ouviu falar na família Wayland — dissera ele. — Eles foram armeiros antes de as Irmãs de Ferro começarem a forjar as armas dos Caçadores de Sombras. Wayland, o Ferreiro, criou Excalibur e Joyeuse, as espadas de Arthur e Lancelote, e Durendal, a espada do herói Rolando. E eles forjaram esta espada também, com o mesmo aço. Todo aço deve ser temperado, isto é, submetido ao calor intenso, suficiente quase para derretê-lo ou destruí-lo, com o objetivo de tornar o aço mais resistente. — O pai lhe dera um beijo no alto da cabeça. — Os Carstairs têm carregado esta espada por gerações. A inscrição nos recorda de que os Caçadores de Sombras são as armas do Anjo. Tempere-nos no fogo, e ficaremos mais fortes. Quando sofremos, sobrevivemos.

A menina mal podia esperar até completar 18, dali a seis anos, quando poderia viajar pelo mundo combatendo demônios, quando poderia ser temperada no fogo. Agora ela colocava a espada a tiracolo e saía do vestiário, se perguntando como seria esse dia. Em sua imaginação, ela estava parada no topo dos penhascos no litoral de Point Dume, repelindo os ataques de um grupo de demônios Raum com a espada Cortana. Julian estava com ela, claro, e brandia sua arma favorita, a besta.

Quando Emma fantasiava, Jules sempre aparecia. Emma o conhecia desde que se entendia por gente. Os Blackthorn e os Carstairs sempre foram muito chegados, e Jules era apenas alguns meses mais velho; ela nunca vivera sem ele, literalmente. Tinha aprendido a nadar no mar com ele, quando ainda eram bebês. Aprenderam a andar e a correr juntos. Os pais de Jules pegaram Emma no colo, e o irmão e a irmã mais velhos dele os castigavam quando os dois faziam alguma coisa errada.

E vira e mexe eles faziam alguma coisa errada. Quando os dois tinham 7 anos, Emma teve a ideia de tingir Oscar, o gato branco e fofinho da família Blackthorn, de azul bem forte. Julian levou a culpa; e ele quase sempre levava a culpa. Afinal de contas, conforme Jules observara, Emma era filha única e ele tinha seis irmãos; os pais de Jules esqueceriam que estavam aborrecidos com ele muito mais depressa do que os pais de Emma esqueceriam a chateação com ela.

Emma se recordava da época em que a mãe de Jules morreu, pouco depois do nascimento de Tavvy, e de como Emma ficara segurando a mão dele enquanto o corpo ardia nos desfiladeiros e a fumaça ia até o céu. Ela se lembrava do jeito como ele chorara, e também de pensar como meninos choravam diferente das meninas, com soluços estranhos, entrecortados, como se estivessem sendo pescados com um anzol. Talvez fosse pior para eles porque não deviam chorar...

— Uf! — Emma cambaleou para trás; estivera tão perdida nos pensamentos que trombara no pai de Julian, um sujeito alto com o cabelo castanho bagunçado tal como a maioria dos filhos. — Desculpe, Sr. Blackthorn!

Ele sorriu.

— Nunca vi uma pessoa tão ansiosa pelo treinamento — gritou, enquanto ela disparava pelo corredor.

A sala de treinamento era um dos cômodos favoritos de Emma. Ocupava praticamente um andar inteiro, e as paredes leste e oeste eram de vidro transparente. Dava para ver o mar azul em praticamente todos os lados para os quais se olhasse. A curva do litoral era visível de norte a sul, as águas infinitas do oceano Pacífico se estendendo até o Havaí.

No centro do assoalho de madeira extremamente encerado estava a tutora da família Blackthorn, uma mulher autoritária, que se chamava Katerina e que, no momento, se dedicava a ensinar lançamento de facas para os gêmeos. Livvy acompanhava as instruções com boa vontade, como sempre, mas Ty estava de cara feia, resistente.

Julian, nas roupas de treinamento leves e frouxas, estava deitado de costas perto da janela oeste e conversava com Mark, que mantinha a cabeça enfiada num livro e fazia o possível para ignorar o meio-irmão mais novo.

— Você não acha que "Mark" é um nome meio esquisito para um Caçador de Sombras? — Era o que Julian comentava quando Emma se aproximou. — Tipo, se você parar para pensar bem, é confuso. "Mark, me marque."

Mark levantou a cabeça loura que estava voltada para o livro e fitou o irmão mais novo com expressão severa. Julian girava uma estela na mão distraidamente. Ele a segurava como um pincel, e Emma sempre o olhava de cara feia por isso. A estela deveria ser tratada como uma estela, como uma extensão do seu braço, não como a ferramenta de um artista.

Mark suspirou de modo teatral. Aos 16 anos, era mais velho o suficiente para considerar Emma e Julian irritantes ou ridículos.

— Se isso incomoda tanto você, pode me chamar pelo nome completo — falou.

— Mark Antony Blackthorn? — Julien franziu o nariz. — Leva muito tempo para dizer tudo. E se fôssemos atacados por um demônio? Quando eu estivesse pronunciando metade do nome, você já estaria morto.

— Na atual situação, *você* está salvando a *minha* vida? — perguntou Mark. — Está se antecipando, não acha, pirralho?

— Poderia acontecer. — Julian não gostou de ser chamado de pirralho e sentou-se muito ereto. O cabelo estava arrepiado em tufos rebeldes. A irmã mais velha, Helen, sempre o atacava com escovas de cabelo, mas isso nunca dava jeito. Ele tinha o cabelo dos Blackthorn, assim como o pai e a maior parte dos irmãos e irmãs: ondulado e rebelde, da cor de chocolate amargo. A semelhança da família sempre fascinara Emma, que se parecia muito pouco com seus pais, a menos que você considerasse o fato de o pai dela ser louro.

Helen agora já estava em Idris há vários meses com a namorada, Aline; elas haviam trocado anéis de família e falavam com "muita seriedade" uma sobre a outra, de acordo com os pais de Emma, o que indicava, sobretudo, que se entreolhavam de um jeito sentimentaloide. Caso se apaixonasse um dia, Emma estava decidida a nunca ser sentimentaloide assim. Compreendia que havia alguma agitação por Helen e Aline serem meninas, mas não entendia o porquê, e os Blackthorn pareciam gostar muito de Aline. A garota possuía uma presença tranquilizadora e evitava que Helen se aborrecesse.

A ausência atual de Helen significava que não havia ninguém para cortar o cabelo de Jules, e a luz do sol no quarto deixava as pontas cacheadas do cabelo com um tom dourado. As janelas ao longo da parede leste indicavam a extensão sombria das montanhas que separavam o mar de San Fernando Valley — morros secos e poeirentos recortados por desfiladeiros, cactos e espinheiros. Às vezes os Caçadores de Sombras treinavam ao ar livre, e Emma adorava esses momentos, amava encontrar trilhas ocultas, quedas d'água secretas e lagartos adormecidos, que descansavam nas rochas perto deles. Julian conseguia persuadir os lagartos a rastejar para sua palma e dormir ali enquanto lhes afagava a cabeça com o polegar.

— Preste atenção!

Emma se abaixou quando uma espada com ponta de madeira voou perto de sua cabeça, bateu na janela e atingiu Mark na perna ao quicar de volta. Ele atirou o livro de lado e ficou parado, olhando de cara feia. Tecnicamente, Mark estava na supervisão secundária e auxiliava Katerina, embora preferisse ficar lendo a ensinar.

— Tiberius — censurou ele. — *Não* jogue facas em mim.

— Foi um acidente. — Livvy se pôs entre o irmão gêmeo e Mark.

Tiberius tinha a pele tão marrom quanto Mark era louro, o único dos Blackthorn (além de Mark e Helen, que não contavam muito por causa do sangue do Submundo) que não tinha cabelo castanho nem olhos azuis esverdeados, os traços de família. Os cabelos de Ty eram pretos e cacheados, e os olhos de um cinza da cor do aço.

— Não, não foi — retrucou Ty. — Eu mirei em você.

Mark respirou fundo de modo exagerado e passou as mãos pelo cabelo, deixando os fios espetados. Mark tinha os olhos dos Blackthorn, da cor do azinhavre, porém o cabelo, assim como o de Helen, era louro platinado, tal como o de sua mãe. O rumor era de que a mãe de Mark fora uma princesa da corte das fadas; ela tivera um caso com Andrew Blackthorn, dando origem às duas crianças, as quais ela abandonara uma noite nos degraus do Instituto de Los Angeles antes de desaparecer para sempre.

O pai de Julian assumira os filhos com sangue de fada e os criara como Caçadores de Sombras. O sangue dos Caçadores de Sombras era dominante, e, embora o Conselho não gostasse nada disso, eles aceitavam crianças com sangue do Submundo na Clave, desde que a pele tolerasse os símbolos. Tanto Mark quanto Helen foram marcados aos 10 anos, e a pele suportara os símbolos sem problemas, embora Emma tivesse percebido que Mark tivera mais problemas de cicatrização que um Caçador de Sombras comum. Ela notara que ele se encolheu, apesar de ter tentando disfarçar, quando a estela fora posta em sua pele. Mais tarde, Emma percebeu mais um monte de outras coisas a respeito de Mark: o modo como o formato do rosto, diferente e influenciado pelo sangue de fadas, era atraente, e a largura de seus ombros sob as camisetas. Ela não sabia por que notava essas coisas, e não exatamente gostava disso. Sentia vontade de bater em Mark ou de se esconder, com frequência as duas coisas ao mesmo tempo.

— Você está encarando — falou Julian, olhando para Emma acima dos joelhos do uniforme de treinamento todo manchado de tinta.

Ela voltou a prestar atenção num sobressalto.

— Quem?

— Mark... de novo. — Ele pareceu aborrecido.

— Cale a boca! — sibilou Emma, e arrancou a estela das mãos do garoto. Ele a pegou de volta e uma disputa começou. A garota dava risinhos enquanto se afastava de Julian. Ela treinara com ele por tanto tempo que conhecia cada gesto antes mesmo que ele o fizesse. O único problema era que Emma tinha tendência a facilitar demais as coisas para ele. A ideia de alguém machucar Julian a deixava furiosa, e, algumas vezes, isso a incluía.

— Isso é por causa das abelhas no seu quarto? — Quis saber Mark enquanto caminhava na direção de Tiberius. — Você sabe por que tivemos que nos livrar delas!

— Suponho que tenha feito isso para me agastar — disse Ty.

Ele era baixinho para sua idade, 10 anos, mas tinha o vocabulário e a dicção de um homem de 80. Ele não costumava mentir, sobretudo porque não compreendia a necessidade disso. E também não compreendia por que algumas das coisas que fazia irritavam ou incomodavam as pessoas, e considerava sua raiva frustrante ou assustadora, dependendo do próprio humor.

— Não é uma questão de *agastar*, Ty. Simplesmente não dá para ter abelhas no quarto...

— Eu estava estudando as abelhas! — explicou o menino, e o rosto pálido corou. — Era importante, elas eram minhas amigas e eu sabia o que estava fazendo.

— Assim como sabia o que estava fazendo com a cascavel? — perguntou Mark. — Algumas vezes, tomamos as coisas de você porque não queremos que se machuque; sei que é difícil entender, Ty, mas nós te amamos.

Ty olhou para ele com uma expressão vazia. Conhecia o significado de "eu te amo", e sabia que era bom, mas não compreendia por que isso servia como explicação para qualquer coisa.

Mark se abaixou, mãos nos joelhos, e manteve os olhos na mesma altura dos olhos cinzentos de Ty.

— Está bem, preste atenção no que nós vamos fazer...

— Ha! — Emma conseguira deixar Julian deitado de costas e tirar a estela dele. O garoto ria, se contorcendo debaixo dela, até que ela prendeu-lhe o braço, segurando-o contra o assoalho.

— Desisto — disse ele. — Eu desis...

Ele continuava a rir, e de repente Emma foi invadida pela constatação de que era meio esquisito estar deitada em cima de Jules, e também pela constatação de que ele tinha um belo formato de rosto, tal como Mark. Redondo e juvenil, e realmente familiar, mas ela quase conseguia enxergar, através do rosto dele agora, o rosto que *teria* quando ficasse mais velho.

O som da campainha do Instituto ecoou pelo cômodo. Era um repicar doce e grave, como sinos de igreja. A olhos mundanos, a fachada do Instituto se parecia com as ruínas de uma antiga missão espanhola. Embora houvesse cartazes de PROPRIEDADE PRIVADA e MANTENHA DISTÂNCIA colocados em toda parte, algumas vezes as pessoas (normalmente, mundanos com uma pequena dose de Visão) tentavam subir e passar pela porta principal mesmo assim.

Emma rolou e saiu de cima de Julian enquanto espanava as próprias roupas com as mãos. Ela não estava rindo mais. Julian sentou-se muito ereto e se ergueu, apoiando-se nas mãos, os olhos curiosos.

— Está tudo bem? — indagou ele.

— Bati o cotovelo — mentiu Emma, e olhou para os outros por cima do ombro.

Katerina estava mostrando a Livvy como segurar a faca, e Ty balançava a cabeça para Mark. *Ty*. Foi Emma quem deu a Tiberius o apelido quando ele nasceu porque, com 18 meses, ela não conseguia dizer "Tiberius", então o chamara de "Ty-Ty". Às vezes, se perguntava se ele se lembrava disso. Era estranho pensar no que importava e no que não importava para Ty. Não dava para prever.

— Emma? — Julian se inclinou para ela, e tudo pareceu explodir ao redor deles. Os dois viram um clarão imenso e repentino, e o mundo exterior ficou branco, dourado e vermelho, como se o Instituto estivesse pegando fogo. Ao mesmo tempo, o assoalho debaixo deles estremeceu como o convés de um navio. Emma escorregou para a frente no momento exato em que começou uma gritaria no primeiro andar: um grito irreconhecível e terrível.

Livvy tomou fôlego e foi atrás de Ty, abraçando-o como se pudesse envolver e proteger o corpo do irmão com o dela. Era uma das poucas pessoas que podia tocar Ty sem que ele se importasse; o garoto se levantou com os olhos arregalados, e uma das mãos agarrou a manga da camiseta da irmã. Mark já estava de pé, e Katerina empalideceu sob os cachos de cabelo escuro.

— Fiquem aqui — ordenou ela para Emma e Julian enquanto desembainhava a espada presa à cintura. — Tomem conta dos gêmeos. Mark, venha comigo.

— Não! — gritou Julian, e fez um esforço para se erguer. — Mark...

— Vou ficar bem, Jules — disse Mark, e sorriu de modo tranquilizador; já segurava uma adaga em cada mão. Era hábil e veloz com facas, e sua mira era certeira. — Fique com Emma — pediu e assentiu para os dois; depois, desapareceu seguindo Katerina, e a porta da sala de treinamento se fechou atrás deles.

Jules se aproximou de Emma, segurou a mão dela e a ajudou a ficar de pé; ela queria dizer que estava bem e que era capaz de se levantar por conta própria, mas deixou para lá. Emma compreendia a necessidade de Jules de se sentir útil, e, para ele, valia qualquer coisa para ajudar. Outro grito foi ouvido vindo do primeiro andar; houve o barulho de vidro se quebrando. Emma correu até os gêmeos; imóveis feito pequenas estátuas. Livvy estava pálida; Ty agarrava-lhe a camiseta com um aperto apavorado.

— Vai ficar tudo bem — consolou Jules, e pôs a mão entre os ombros frágeis do irmão. — Não importa o que...

— Você não tem ideia do que seja — interrompeu Ty, a voz entrecortada. — Não pode dizer que vai ficar tudo bem. Você não *sabe*.

Então houve um novo barulho. Pior que o som de um grito. Um uivo terrível, selvagem e cruel. *Lobisomens?* Foi o que Emma pensou, admirada, embora já tivesse ouvido o uivo de um lobisomem antes. Este era algo mais sinistro e cruel.

Livvy abraçava os ombros de Ty com força. Ele ergueu um pouco o rosto branco e seus olhos abandonaram Emma, pousando em Julian.

— Se ficarmos escondidos aqui — falou Ty —, e essa coisa, seja lá o que for, nos encontrar e machucar nossa irmã, aí vai ser culpa sua.

O rosto de Livvy estava aninhado em Ty; ele falou baixinho, mas Emma não teve dúvida de que fora sincero. Apesar da inteligência assustadora, apesar das esquisitices e da indiferença em relação às outras pessoas, ele era inseparável da irmã gêmea. Se Livvy ficava doente, Ty dormia aos pés da cama dela; se ela ganhava algum arranhão, ele entrava em pânico, e o inverso também acontecia.

Emma viu o conflito de emoções persegui-los ao fitar o rosto de Julian; os olhos dele buscaram os dela, e a garota deu um rápido aceno com a cabeça.

A ideia de permanecer na sala de treinamento e esperar aquela coisa uivar outra vez e vir atrás deles a fez sentir como se a pele estivesse descolando dos ossos.

Julian caminhou pela sala e depois voltou com uma besta curva e duas adagas.

— Precisa soltar Livvy, Ty — falou ele, e, após um instante, os gêmeos se separaram. Jules entregou uma adaga à irmã e ofereceu a outra a Tiberius, que olhou para a arma como se fosse uma criatura alienígena. — Ty — disse Jules, baixando a mão —, por que você mantém as abelhas no seu quarto? Do que gosta nelas?

Ty não respondeu.

— Você gosta do fato de trabalharem juntas, não é isso? — emendou Julian. — Bem, nós temos que trabalhar juntos agora. Vamos chegar até o gabinete e telefonar para a Clave, ok? Um pedido de socorro. Então eles vão mandar reforços para nos proteger.

Ty estendeu a mão para pegar a faca e meneou a cabeça brevemente.

— Era isso que eu ia sugerir, se Mark e Katerina tivessem me ouvido.

— Ele teria sugerido isso mesmo — disse Livvy. Ela segurava a adaga com mais confiança que Ty e a esticou como se soubesse o que fazer com a lâmina. — Ele estava pensando nisso.

— Vamos ter que ficar muito quietos agora. Os dois vão me acompanhar até o gabinete — falou Jules, e ergueu os olhos. Seu olhar encontrou o de Emma. — Emma vai atrás de Tavvy e Dru e depois vai nos encontrar lá. Certo?

O coração de Emma arremeteu contra o peito como uma gaivota caçando comida no mar. Octavius, Tavvy, o caçula, com apenas 2 anos. E Dru, de 8 anos, jovem demais para começar o treinamento físico. Sem dúvida, alguém ia ter que pegar os dois, e o olhar de Jules implorou que ela fizesse isso.

— Sim — falou ela. — É exatamente o que eu ia fazer.

Cortana estava presa às costas de Emma, e ela também segurava uma faca de arremesso. Parecia que o metal pulsava através de suas veias, como batimentos cardíacos, à medida que ela deslizava pelo corredor do Instituto, as costas para a parede. De vez em quando, o corredor era entrecortado por uma janela, e a visão do mar azul, das montanhas verdes e das nuvens brancas e pacíficas a incomodava. Ela pensou nos pais, em algum lugar na praia, sem fazer ideia do que estava ocorrendo no Instituto. Emma queria que eles estivessem ali, e, ao mesmo tempo, se sentia contente por não estarem. Ao menos estavam a salvo.

Emma se encontrava na parte do Instituto que conhecia melhor: os dormitórios familiares. Passou pelo quarto vazio de Helen, com as roupas embaladas e a colcha empoeirada. Passou pelo quarto de Julian, familiar por causa dos milhões de noites em que ela dormira ali, e depois pelo quarto de Mark, com a porta firmemente fechada. O quarto seguinte era o do Sr. Blackthorn, e imediatamente ao lado dele ficava o quarto das crianças. Emma respirou fundo e empurrou a porta com o ombro para abri-la.

O visão do quartinho pintado de azul a fez arregalar os olhos. Tavvy estava no berço, as mãozinhas agarrando as barras e as bochechas vermelhas de tanto berrar. Drusilla estava parada, diante da cama, agarrada a uma espada (sabe o Anjo como ela conseguira aquilo); a arma estava apontada para Emma. A mão de Dru tremia o suficiente para que a ponta da espada dançasse; as tranças projetavam-se das laterais do rosto rechonchudo, mas a expressão nos olhos típicos dos Blackthorn era de determinação férrea: *Não se atreva a tocar no meu irmão.*

— Dru — falou Emma no tom mais baixo que conseguiu. — Dru, sou eu. Jules me mandou aqui para pegar vocês.

Dru deixou a espada cair com um estrondo e irrompeu em lágrimas. Emma passou por ela e tirou o bebê do berço com o braço livre, erguendo-o até a altura do quadril. Tavvy era pequeno para a idade, mas ainda assim pesava uns bons 11 quilos; ela se encolheu quando o bebê puxou seu cabelo.

— Mamã — falou.

— Shhhh. — Ela deu um beijo no topo de sua cabeça, que cheirava a talco de bebê e lágrimas. — Dru, se agarre no meu cinturão, ok? Nós vamos até o gabinete. Vamos estar seguros lá.

Dru agarrou o cinturão de Emma com as mãozinhas; já havia parado de chorar. Os Caçadores de Sombras não choravam muito, mesmo quando tinham 8 anos.

Emma conduziu as crianças pelo corredor. Os sons do andar de baixo estavam piores agora. Os gritos ainda continuavam, o uivo grave, os sons de vidro se partindo e de madeira se quebrando. Emma prosseguia, agarrada a Tavvy e murmurando sem parar que tudo ficaria bem, que ele ficaria bem. E lá estavam mais algumas janelas, o sol abrindo caminho por elas cruelmente, quase a cegando.

Emma *estava* cega por causa do pânico e do sol; era a única explicação para ela ter errado o caminho. Emma passou pelo corredor e, em vez de se encontrar na entrada que imaginava, se viu parada no topo da ampla escadaria que levava ao saguão e às enormes portas duplas da entrada do prédio.

O saguão estava cheio de Caçadores de Sombras. Ela conhecia alguns como os Nephilim do Conclave de Los Angeles, usando uniforme preto; outros vestiam vermelho. Havia fileiras de esculturas, todas tombadas agora, em pedaços e pó no chão. A janela com vista para o mar fora estilhaçada, e tinha vidro quebrado e sangue por toda parte.

Emma sentiu um revirar nauseante no estômago. No meio do saguão havia um vulto alto vestido com trajes escarlate. Tinha cabelo louro platinado, quase branco, e o rosto parecia entalhado no mármore como o de Raziel, mas sem a compaixão. Os olhos eram pretos como carvão, e, em uma das mãos, ele trazia uma espada ornada com estrelas; na outra, um cálice reluzente feito de *adamas*.

A visão do cálice despertou alguma coisa na mente de Emma. Os adultos não gostavam de conversar sobre política perto dos Caçadores de Sombras mais jovens, no entanto ela sabia que o filho de Valentim Morgenstern tinha assumido um nome diferente e jurado vingança contra a Clave. Também sabia que ele havia fabricado um cálice que era o inverso do Cálice do Anjo, o qual transformava os Caçadores de Sombras em criaturas demoníacas e más. Ela ouvira o Sr. Blackthorn chamar os Caçadores de Sombras malignos de Crepusculares; o pai de Jules chegara a mencionar que preferia morrer a ser um deles.

Aquele era ele então. Jonathan Morgenstern, a quem todos chamavam Sebastian — uma figura saída de contos de fadas, uma história contada para assustar crianças ganhava vida. *O filho de Valentim.*

Emma pôs uma das mãos na parte de trás da cabeça de Tavvy e pressionou o rosto dele contra o ombro. Ela não conseguia se mexer. Parecia que tinha chumbo nos pés. Ao redor de Sebastian havia Caçadores de Sombras de preto e vermelho, e vultos com capas escuras; será que também eram Caçadores de Sombras? Ela não sabia dizer; seus rostos estavam escondidos, e havia Mark, com as mãos presas atrás do corpo por um Caçador de Sombras de uniforme vermelho. As adagas estavam aos pés dele, e havia sangue nas roupas de treinamento.

Sebastian ergueu uma das mãos e meneou um dedo branco e longo.

— Tragam-na — falou ele; ouviu-se um murmúrio na multidão, e o Sr. Blackthorn deu um passo à frente, arrastando Katerina consigo.

Ela lutava, se debatia, mas o homem era muito forte. Horrorizada e sem querer acreditar no que via, Emma observava enquanto o Sr. Blackthorn puxava a mulher, até deixá-la de joelhos.

— Agora beba do Cálice Infernal — ordenou Sebastian, com uma voz suave, impelindo a borda da taça entre os dentes de Katerina.

Foi então que Emma descobriu o que era o uivo terrível que havia escutado. Katerina lutava para se libertar, mas Sebastian era muito forte; ele forçou o cálice entre seus lábios, e Emma a viu engasgar e engolir. A mulher se contorceu para longe deles e, desta vez, o Sr. Blackthorn permitiu que ela se desvencilhasse; ele gargalhava, assim como Sebastian. Katerina caiu no chão, o corpo em espasmos, e da garganta saiu um único grito — pior que um grito, um uivo de dor, como se sua alma estivesse sendo arrancada do corpo.

Uma gargalhada percorreu o cômodo; Sebastian sorriu, e havia algo terrível e belo em relação a ele, da mesma forma que havia algo terrível e belo em cobras venenosas e grandes tubarões brancos. Emma percebeu que ele estava ladeado por dois acompanhantes: uma mulher com cabelo castanho ficando grisalho e um machado nas mãos, e um vulto alto completamente coberto com uma capa preta. Não dava para ver nenhuma parte dele, a não ser as botas pretas que apareciam debaixo da bainha do traje. Somente o peso e a largura indicavam que, afinal, se tratava de um homem.

— Esta era a última dentre os Caçadores de Sombras aqui? — perguntou Sebastian.

— Tem um garoto, Mark Blackthorn — falou a mulher parada ao lado dele, e apontou para Mark. — Deve ter idade suficiente.

Sebastian baixou os olhos para Katerina, que havia parado de se contorcer e estava deitada, imóvel, com os cabelos escuros emaranhados sobre o rosto.

— Levante-se, irmã Katerina — falou ele. — Traga-me Mark Blackthorn.

Emma ficou olhando, paralisada, enquanto Katerina se erguia lentamente. Ela fora tutora do Instituto desde que Emma se entendia por gente; Katerina tinha sido professora deles quando Tavvy nasceu, quando a mãe de Jules morreu, quando Emma começou o treinamento físico. Havia ensinado idiomas, costurado cortes, aliviado a dor de arranhões e lhes dado as primeiras armas; ela era parte da família e agora caminhava, os olhos inexpressivos, em meio à bagunça do salão, esticando-se para capturar Mark.

Dru arfou, trazendo Emma de volta à consciência. Emma girou e colocou Tavvy nos braços de Dru; a menina cambaleou um pouco e então se recuperou, apertando o irmãozinho com firmeza.

— Corra — disse Emma. — Corra até o gabinete. Diga a Julian que já vou para lá.

O desespero na voz de Emma era evidente; Drusilla não discutiu, simplesmente apertou Tavvy com mais força ainda e saiu correndo, os pés descalços e silenciosos sobre o piso do corredor. Emma virou-se para voltar a fitar o horror que se desdobrava. Katerina estava atrás de Mark, empurrando-o para a frente, com uma adaga encostada no espaço entre os ombros dele. Mark cambaleou e quase caiu diante de Sebastian. O garoto estava mais perto dos degraus agora, e Emma notou que ele estivera brigando. Havia ferimentos nos pulsos e nas mãos, cortes no rosto e, com certeza, não houve tempo para símbolos de cura. Tinha sangue por toda a bochecha direita; Sebastian olhou para o garoto e fez um muxoxo, aborrecido.

— Este não é totalmente Nephilim — falou ele. — Ele é parte fada. Acertei? Por que não fui informado?

Ouviu-se um murmúrio. A mulher de cabelo castanho falou:

— Isso significa que o Cálice não funciona nele, Lorde Sebastian?

— Significa que não quero o garoto — retrucou Sebastian.

— Nós poderíamos levá-lo para o vale de sal — emendou a mulher de cabelo castanho. — Ou para os montes de Edom, e sacrificá-lo para agradar Asmodeus e Lilith.

— Não — observou Sebastian devagar. — Não, creio que não seria prudente fazer isso a alguém com sangue do Povo das Fadas.

Mark cuspiu nele.

Sebastian pareceu assustado. Ele se virou para o pai de Julian:

— Dê um jeito nele — falou. — Se quiser, pode machucá-lo. Não tenho paciência para seu filho mestiço.

O Sr. Blackthorn adiantou-se, segurando uma espada longa. A lâmina já estava manchada de sangue. Mark arregalou os olhos de pavor. A arma foi erguida...

A faca de arremesso deixou a mão de Emma. Voou pela sala e se enterrou no peito de Sebastian Morgenstern.

Sebastian cambaleou para trás e a mão do Sr. Blackthorn, que segurava a espada, caiu ao lado do corpo. Os outros estavam gritando; Mark ficou de pé num salto enquanto Sebastian baixava os olhos para a faca em seu peito, o cabo se projetando do coração. Ele franziu a testa.

— Ai — disse, e retirou a faca. A lâmina estava manchada de sangue, mas Sebastian em si parecia não se incomodar com o ferimento.

Ele jogou a arma longe e ergueu o olhar. Emma sentiu aqueles olhos escuros e vazios em cima dela, como o toque de dedos frios. Sentiu quando ele a mediu de cima a baixo, para avaliá-la, tomar conhecimento de quem ela era e então dispensá-la.

— É uma pena que você não vá viver — falou para ela. — Viver para contar à Clave que Lilith me fortaleceu tremendamente. Talvez a Gloriosa pudesse pôr fim à minha vida. Uma pena para os Nephilim que não haja mais favores que possam pedir aos Céus, e que nenhuma das insignificantes armas de guerra que forjam na Cidadela Adamant possa me ferir agora. — Ele se virou para os outros. — Matem a garota — ordenou, e esfregou com nojo o casaco que agora estava ensanguentado.

Emma viu Mark avançar para as escadas e tentar chegar a ela primeiro, mas o vulto escuro ao lado de Sebastian já estava agarrando o garoto e arrastando-o para trás com as mãos revestidas por luvas pretas; os braços envolveram Mark, prendendo-o, quase como se o protegessem. Mark se debateu e depois desapareceu da vista de Emma quando os Crepusculares irromperam nos degraus.

Emma deu meia-volta e correu. Tinha aprendido a correr nas praias da Califórnia, onde a areia se movia sob os pés a cada passo, portanto era rápida como o vento no piso sólido. Disparou pelo corredor, o cabelo voando, então pulou e desceu alguns degraus, virou para a direita e irrompeu no gabinete. Bateu a porta atrás de si e fechou o trinco antes de se virar para olhar.

O gabinete era um cômodo amplo, com paredes cobertas por enciclopédias. Havia outra biblioteca no último andar também, mas era dali que o Sr. Blackthorn administrava o Instituto. Havia uma escrivaninha de mogno com dois telefones: um branco e um preto. O fone do aparelho preto estava fora do gancho. Julian segurava o fone e gritava para o outro lado da linha:

— Vocês precisam manter o Portal aberto! Não estamos totalmente seguros ainda! Por favor...

A porta atrás de Emma fez um estrondo e ecoou quando os Crepusculares se jogaram contra ela; Julian ergueu os olhos, alarmado, e deixou o fone cair quando viu Emma. Ela retribuiu o olhar, depois desviou os olhos para além dele, em direção à parede leste, que brilhava. No centro, via-se um Portal, uma abertura retangular através da qual Emma podia ver formas prateadas girando, um caos de nuvens e vento.

Ela cambaleou até Julian, que a segurou pelos ombros. Seus dedos apertavam a pele dela com força, como se o garoto não conseguisse acreditar que ela estava ali ou que era real.

— Emma — sussurrou ele, e então começou a falar mais depressa: — Em, onde está Mark? Onde está meu pai?

Ela balançou a cabeça.

— Eles não conseguem... eu não consegui... — Ela engoliu em seco. — É Sebastian Morgenstern — falou, e piscou quando a porta estremeceu novamente por causa de outro ataque. — Temos que voltar e ir atrás deles... — falou Emma, e deu meia-volta, mas a mão de Julian já estava ao redor do pulso dela.

— O Portal! — gritou ele acima do som do vento e das pancadas na porta. — Ele vai para Idris! A Clave o abriu! Emma... ele vai ficar aberto apenas por alguns segundos!

— E Mark?! — gritou a garota, embora não tivesse ideia do que poderia fazer, de como poderiam lutar e abrir caminho pelos Crepusculares que lotavam o corredor, de como poderiam derrotar Sebastian Morgenstern, que era mais poderoso que qualquer Caçador de Sombras comum. — Nós temos que...

— *Emma!* — gritou Julian, e então a porta foi aberta com força e os Crepusculares tomaram a sala. Emma ouviu a mulher de cabelo castanho gritar para ela, algo sobre como os Nephilim queimariam, como todos queimariam nas fogueiras de Edom, que queimariam, morreriam e seriam destruídos...

Julian correu em direção ao Portal e puxou Emma por uma das mãos; depois de dar uma olhada apavorada para trás, ela permitiu que a puxasse. E se abaixou quando uma flecha passou por eles e estilhaçou uma janela do lado direito. Julian agarrou Emma freneticamente, passando os braços ao seu redor; ela sentia os dedos dele se apertando nas costas da camiseta enquanto se jogavam dentro do Portal e eram engolidos pela tempestade.

Parte 1

Fiz Jorrar o Fogo

Assim, de ti fiz jorrar o fogo que te devorou, e te reduzi à cinza sobre a Terra, aos olhos dos observadores. Todos aqueles que te conheciam entre os povos ficaram estupefatos com o teu destino; acabaste sendo um objeto de espanto; foste banido para sempre!

— Ezequiel 28:18,19

1

A Porção do Cálice

— Imagine uma cena relaxante. A praia em Los Angeles, areia branca, água azul batendo, você caminhando na beira da praia...

Jace abriu um dos olhos.

— Isso parece *muito* romântico.

O garoto sentado à frente dele suspirou e passou as mãos pelo cabelo escuro bagunçado. Embora fosse um dia frio do mês de dezembro, os lobisomens não sentiam a temperatura tão intensamente quanto os humanos, e Jordan havia tirado a jaqueta e arregaçado as mangas da camisa. Eles estavam sentados frente a frente em um trecho de grama escurecida numa clareira do Central Park, ambos com as pernas cruzadas, as mãos nos joelhos e as palmas viradas para cima.

Uma rocha se projetava e se erguia no chão perto deles. Ela se partia em pedregulhos maiores e menores, e, acima de um dos pedregulhos maiores, estavam Alec e Isabelle Lightwood. Quando Jace ergueu os olhos, Isabelle o encarou e deu um aceno de incentivo. Alec, ao observar o gesto, deu um tapinha no ombro dela. Jace percebera que ele dera uma bronca em Izzy, provavelmente dizendo para ela não interromper sua concentração. Ele sorriu para si; nenhum deles realmente tinha uma razão para estar ali, mas foram mesmo assim, "para dar apoio moral". No entanto, Jace suspeitava que tivesse mais a ver com o fato de Alec odiar não ter o que fazer nesses dias, de

Isabelle odiar que o irmão estivesse solitário e de ambos estarem evitando os pais e o Instituto.

Jordan estalou os dedos debaixo do nariz de Jace.

— Está prestando atenção?

Jace franziu a testa.

— Eu estava, até nós entrarmos no território dos anúncios classificados ruins.

— Ora, que tipo de coisa *faz* você se sentir calmo e em paz?

Jace tirou as mãos dos joelhos — a posição de lótus lhe dava câimbras nos pulsos — e se apoiou com os braços. O vento frio chacoalhava as poucas folhas secas que ainda estavam presas aos galhos das árvores, as quais apresentavam uma elegância frugal contra o céu pálido de inverno, como desenhos feitos com caneta e tinta.

— Matar demônios — falou ele. — Uma boa matança limpa é muito relaxante. As matanças bagunçadas são mais entediantes porque depois você precisa limpar tudo...

— Não. — Jordan ergueu as mãos. As tatuagens eram visíveis debaixo das mangas da camisa. *Shanti, shanti, shanti.* Jace sabia que isso significava "a paz que ultrapassa o entendimento" e que a palavra deveria ser dita três vezes para acalmar a mente. Mas nada parecia acalmar a dele atualmente. O fogo em suas veias também acelerava o pensamento, as ideias surgiam depressa demais, uma depois da outra, como fogos de artifício estourando. Os sonhos eram tão vívidos e saturados de cores quanto pinturas a óleo. Ele tentara tirar aquilo de dentro de si, passara horas e horas na sala de treinamento, com sangue, hematomas, suor e, uma vez, com dedos quebrados. Mas não conseguira nada senão irritar Alec com pedidos de símbolos de cura e, em uma ocasião memorável, acidentalmente incendiou uma das vigas.

Foi Simon quem observou que o colega de quarto meditava todos os dias, e que tal hábito acalmava os ataques de raiva incontroláveis que costumavam ser parte da transformação em lobisomem. A partir daí, fora um pequeno salto para Clary sugerir que Jace "poderia muito bem tentar", e ali estavam eles, na segunda sessão. A primeira terminara com Jace deixando uma marca de queimadura no piso de madeira de Simon e Jordan, por isso, Jordan sugerira que eles ficassem ao ar livre para a segunda rodada, a fim de evitar mais danos à propriedade.

— Sem mortes — falou Jordan. — Estamos tentando fazer você ficar tranquilo. Sangue, mortes, guerra não são coisas tranquilas. Não há mais nada de que goste?

— Armas — falou Jace. — Eu gosto de armas.

— Estou começando a pensar que você tem um probleminha de filosofia pessoal aqui.

Jace inclinou-se para a frente, as palmas apoiadas na grama.

— Sou um guerreiro — disse ele. — Fui criado como um guerreiro. Não tinha brinquedos, eu tinha armas. *Dormi* com uma espada de madeira até completar 5 anos. Meus primeiros livros foram sobre demonologias medievais, cheios de iluminuras. As primeiras canções que aprendi foram cânticos para banir demônios. Sei o que me dá paz, e não são praias nem gorjeios de passarinhos em florestas tropicais. Quero uma arma e uma estratégia para vencer.

Jordan olhou fixamente para ele.

— Então está dizendo que o que te dá paz é a guerra.

Jace jogou as mãos para o alto e ficou em pé, tirando a grama do jeans.

— Agora você entendeu. — Ele ouviu o estalo da grama seca e deu meia-volta, a tempo de ver Clary se abaixar através de uma abertura entre duas árvores e emergir na clareira, com Simon a apenas alguns passos atrás. Clary estava com as mãos nos bolsos traseiros da calça e ria.

Jace os observou por um instante. Havia alguma coisa em olhar pessoas que não sabiam que estavam sendo observadas. Ele se recordou da segunda vez que viu Clary, do outro lado do salão principal do Java Jones. Ela estava rindo e conversando com Simon do mesmo jeito que fazia agora. Ele se lembrou da pontada desconhecida de ciúme no peito, dificultando a respiração, e da sensação de satisfação quando ela abandonou Simon e foi conversar com ele.

As coisas mudaram. Ele deixara de ser consumido pelo ciúme de Simon e passara a ter um respeito relutante pela tenacidade e coragem do rapaz, até efetivamente considerá-lo um amigo, embora duvidasse que um dia fosse capaz de dizer isso em voz alta. Jace observou quando Clary olhou por cima do ombro e soprou um beijo enquanto o cabelo vermelho balançava no rabo de cavalo. Ela era tão pequena, delicada, semelhante a uma boneca, pensara uma vez, antes de descobrir como a garota era forte.

Clary foi até Jace e Jordan, e Simon escalou o solo rochoso aos saltos, até o local em que Alec e Isabelle estavam sentados; ele desabou ao lado de Isabelle, que, no mesmo instante, se inclinou para dizer algo ao seu ouvido, a cortina de cabelos pretos encobrindo o rosto dela.

Clary parou na frente de Jace, balançando nos calcanhares com um sorriso.

— Como estão as coisas?

— Jordan quer que eu pense numa praia — comentou Jace, em tom de tristeza.

— Ele é teimoso — advertiu Clary. — Está dizendo que gosta disso.

— Não estou, não — retrucou Jace.

Jordan fez um barulho, mostrando desagrado.

— Se não fosse por mim, você estaria correndo pela Madison Avenue e atirando faíscas por todos os orifícios. — O garoto se pôs de pé, encolheu os ombros cobertos pelo casaco verde e falou para Clary: — Seu namorado é doido.

— É, mas ele é gostoso — retrucou Clary. — É isso.

Jordan fez uma careta de brincadeira.

— Vou cair fora. Tenho que encontrar Maia no centro. — Ele fez um gesto de despedida engraçadinho e foi embora, se enfiando entre as árvores e desaparecendo com o passo silencioso do lobo que era debaixo da própria pele. Jace observou sua partida. *Salvadores improváveis*, pensou. Seis meses atrás, ele não teria acreditado se alguém dissesse que ia acabar tendo aulas de comportamento com um lobisomem.

Jordan, Simon e Jace meio que tinham começado uma amizade nos últimos meses. Jace não conseguia evitar usar o apartamento deles como um refúgio, que o mantinha distante das pressões diárias do Instituto e distante das lembranças de que a Clave ainda não estava preparada para a guerra contra Sebastian.

Erchomai. A palavra tocou algum ponto da mente de Jace com a delicadeza de uma pena e o fez estremecer. Ele viu uma asa de anjo, arrancada do corpo, estirada numa poça de sangue dourado.

Estou chegando.

— O que houve? — perguntou Clary; Jace subitamente pareceu estar a milhões de quilômetros dali.

Desde que o fogo celestial entrara em seu corpo, ele tendia a divagar por mais tempo. Clary tinha a sensação de que era um efeito colateral pelo fato de ele reprimir as emoções. Ela sentiu uma pontada de dor. Quando o conhecera, Jace era muito controlado e só um tiquinho de seu eu verdadeiro vazava pelas fissuras da armadura pessoal, como a luz passando pelas rachaduras de uma parede. Foi necessário um longo tempo para romper todas aquelas defesas. Agora, porém, o fogo em suas veias o obrigava a se controlar, a engolir as emoções em prol da segurança. Mas quando o fogo se extinguisse, será que ele seria capaz de demolir aquelas defesas?

Ele piscou; a voz dela o chamara de volta. O sol de inverno estava alto e frio e destacava os ossos do rosto de Jace, além de acentuar as olheiras. Ele esticou a mão para segurar a dela e respirou fundo.

— Você está certa — falou, usando uma voz baixa e mais séria que ele reservava apenas para ela. — Isto está ajudando... as lições com Jordan. Está ajudando, e eu gosto disto.

— Eu sei. — Clary segurou o pulso dele. A pele era quente sob o toque; ele parecia ter ficado alguns graus mais quente que o normal desde o encontro com a Gloriosa. O coração dele ainda batia no ritmo familiar, regular, mas o sangue nas veias parecia bombear com a energia cinética do fogo prestes a arder.

Ela ficou na ponta dos pés para beijar a bochecha dele, mas Jace se virou e os lábios se tocaram. Eles não tinham feito nada além de se beijar desde que o fogo queimara pela primeira vez no sangue dele, e mesmo isso era feito com muita cautela. Jace tomava cuidado agora, a boca roçando a dela delicadamente, a mão segurando o ombro. Por um momento, seus corpos se encontraram, e ela sentiu a batida e a pulsação do sangue dele. Jace a puxou para si, e uma faísca direta e forte passou no meio deles, como o zumbido de eletricidade estática.

Jace interrompeu o beijo e deu um passo para trás, com um suspiro. Antes que Clary pudesse dizer alguma coisa, um coro de aplausos sarcásticos irrompeu da colina mais próxima. Simon, Isabelle e Alec acenavam para eles. Jace fez uma mesura enquanto Clary dava um passo para trás, levemente constrangida, os polegares enfiados no cós do jeans.

Jace soltou um suspiro.

— Devemos nos juntar aos nossos amigos irritantes e voyeurs?

— Infelizmente, é o único tipo de amigos que nós temos. — Clary bateu o ombro contra o braço dele, e os dois se dirigiriam para as rochas. Simon e Isabelle estavam lado a lado e conversavam em voz muito baixa. Alec estava sentado um pouco afastado e fitava a tela de seu celular com uma expressão de concentração intensa.

Jace desabou ao lado de seu *parabatai.*

— Ouvi dizer que se você encarar tempo suficiente uma coisa dessas, ela toca.

— Ele mandou uma mensagem de texto para Magnus — explicou Isabelle, olhando por cima do ombro com ar de reprovação.

— Eu não — respondeu Alec automaticamente.

— Mandou, sim — retrucou Jace, e esticou o pescoço para olhar por cima do ombro de Alec. — *E* está telefonando. Dá para ver as chamadas realizadas.

— É aniversário dele — explicou Alec, e fechou o telefone. Ele parecia menor nos últimos dias, quase esquelético no pulôver azul desbotado com furinhos nos cotovelos, e os lábios mordidos e rachados. Clary sentia pena dele. Depois que Magnus terminara com ele, Alec passara a primeira semana após o rompimento numa confusão de tristeza e descrença. Nenhum deles conseguia realmente acreditar. Ela sempre pensara que Magnus amava Alec, que realmente o amava; era evidente que Alec também tinha acreditado nisso. — Eu não queria que ele pensasse que eu não... que pensasse que eu me esqueci.

— Você está com saudades.

Alec deu de ombros.

— Olhe só quem fala: "Oh, eu a amo. Oh, ela é minha irmã. Oh, por quê, por quê, por quê..."

Jace jogou um punhado de folhas secas em Alec e fez o garoto cuspir.

Isabelle estava rindo.

— Você sabe que ele tem razão, Jace.

— Me passe o telefone — disse Jace, ignorando Isabelle. — Ande, Alexander.

— Não é da sua conta — falou Alec e afastou o celular. — Esquece isso tudo, está bem?

— Você não come, não dorme, fica olhando para o telefone, e eu é que tenho que *esquecer* tudo isso? — retrucou Jace.

Havia uma quantidade surpreendente de agitação em sua voz. Clary sabia como a infelicidade de Alec o incomodava, mas não tinha certeza se Alec tinha noção disso. Em circunstâncias normais, Jace teria matado, ou ao menos ameaçado, qualquer um que magoasse Alec; mas agora era diferente. Jace gostava de vencer, mas não dava para vencer nada com o coração partido, mesmo que fosse o de outra pessoa. Mesmo que fosse de uma pessoa que você amasse.

Jace se inclinou e tirou o telefone da mão do *parabatai*. Alec protestou e esticou o braço para pegar o aparelho, mas Jace o afastou com uma das mãos, rolando pela tela para ver as mensagens habilmente com a outra mão. "*Magnus, retorne a ligação. Preciso saber se você está bem...*" Ele balançou a cabeça.

— Tudo bem, não. Não mesmo. — Com um movimento decidido, quebrou o telefone ao meio. A tela ficou em branco enquanto Jace deixava as peças caírem no chão. — Pronto.

Alec baixou os olhos para as peças quebradas sem acreditar.

— Você QUEBROU meu TELEFONE.

Jace deu de ombros.

— Caras não permitem que outros caras fiquem ligando para outros caras. Tá, saiu errado. Amigos não deixam que amigos fiquem ligando para ex-namorados e depois desligando. Sério. Você tem que parar.

Alec parecia furioso.

— Então você quebrou meu telefone novinho em folha? Valeu mesmo.

Jace sorriu com serenidade e se recostou na rocha.

— De nada.

— Veja o lado bom — emendou Isabelle. — Você não vai mais receber as mensagens da mamãe. Ela me enviou seis hoje. Eu desliguei o telefone. — E ela bateu no bolso com um olhar expressivo.

— O que ela quer? — perguntou Simon.

— Reuniões constantes — falou Isabelle. — Tomar depoimentos. A Clave continua querendo ouvir o que aconteceu quando enfrentamos Sebastian em Burren. Todos nós temos que dar informações, tipo, umas cinquenta vezes. Como Jace absorveu o fogo celestial da Gloriosa. Descrições dos Caçadores de Sombras malignos, do Cálice Infernal, das armas que eles usaram, dos símbolos que estavam marcados neles. O que vestiam, o que Sebastian vestia, o que *todo mundo* vestia... tipo tele-sexo, só que chato.

Simon fez um barulho de quem se engasgava.

— O que achamos que Sebastian quer — continuou Alec. — Quando ele vai voltar. O que vai fazer quando voltar.

Clary apoiou os cotovelos nos joelhos.

— É sempre bom saber que a Clave tem um plano cuidadoso e confiável.

— Eles não querem acreditar — falou Jace, e fitou o céu. — Esse é o problema. Não importa quantas vezes contemos o que vimos em Burren. Nem quantas vezes digamos o quanto os Crepusculares são perigosos. Eles não querem acreditar que os Nephilim realmente poderiam ser corrompidos. Que esses Caçadores de Sombras poderiam matar os Caçadores de Sombras.

Clary presenciara quando Sebastian criara os primeiros Crepusculares. Ela vira a expressão vazia em seus olhos, a fúria com que lutavam. Eles a apavoravam.

— Eles não são mais Caçadores de Sombras — acrescentou ela em voz baixa. — Aliás, nem *pessoas* eles são mais.

— É difícil acreditar, se você não viu — disse Alec. — E Sebastian tem poucos deles. Um grupo pequeno, disperso... eles não querem acreditar que seja uma ameaça de fato. Ou, se for uma ameaça, preferem acreditar que é uma ameaça maior para nós, para Nova York, mas não para os Caçadores de Sombras como um todo.

— Eles não estão errados: se Sebastian se importa com alguma coisa é com Clary — falou Jace, e Clary sentiu um calafrio na espinha, uma mistura de nojo e apreensão. — Ele não possui emoções de fato. Não como nós. Mas, se as tivesse, ele as teria por causa dela. E por causa de Jocelyn. Ele a *odeia*. — Jace fez uma pausa, com ar pensativo. — Mas não acho que tentaria um ataque direto. Seria muito... óbvio.

— Espero que você tenha dito isso à Clave — falou Simon.

— Umas mil vezes — informou Jace. — Não creio que tenham muita consideração pelas minhas ideias.

Clary baixou o olhar para as próprias mãos. Tinha sido interrogada pela Clave, assim como o restante deles, e respondera a todas as perguntas. No entanto ainda havia coisas sobre Sebastian que ela não revelara, que não contara a ninguém. As coisas que ele dissera querer dela.

Ela não havia sonhado muito desde que eles voltaram de Burren com as veias de Jace cheias de fogo, mas quando tinha pesadelos, eram sobre o irmão.

— É como tentar lutar contra um fantasma — falou Jace. — Eles não são capazes de rastrear Sebastian, não conseguem encontrá-lo nem encontrar os Caçadores de Sombras que ele transformou.

— Eles estão fazendo o que podem — disse Alec. — Estão reforçando as barreiras ao redor de Idris e Alicante. Todas as barreiras, na verdade. E enviaram dezenas de especialistas para a Ilha Wrangel.

A Ilha Wrangel era a sede de todas as barreiras do mundo, dos feitiços que protegiam o planeta, e Idris em especial, dos demônios e de invasões demoníacas. A rede de barreiras não era perfeita, por isso algumas vezes os demônios conseguiam passar por elas mesmo assim, mas Clary só seria capaz de imaginar a gravidade da situação se as barreiras não existissem.

— Ouvi mamãe dizer que os feiticeiros do Labirinto Espiral andaram procurando um meio de reverter os efeitos do Cálice Infernal — falou Isabelle. — Sem dúvida, seria mais fácil se eles tivessem cadáveres para estudar...

Ela parou a frase no meio; Clary sabia o porquê. Os corpos dos Caçadores de Sombras malignos abatidos em Burren tinham sido trazidos de volta à Cidade dos Ossos para que os Irmãos do Silêncio os examinassem. Porém isto jamais aconteceu. Da noite para o dia, os corpos entraram em decomposição até ficarem como cadáveres com décadas de putrefação. Não havia nada a fazer além de queimar os restos.

Isabelle recuperou a voz:

— E as Irmãs de Ferro estão fabricando armas em massa. Vamos receber milhares de lâminas serafim, espadas, *chakrams*, tudo... forjado no fogo celestial. — Ela olhou para Jace. Nos dias que se seguiram imediatamente à batalha em Burren, quando o fogo se espalhou pelas veias de Jace com violência suficiente para fazê-lo gritar algumas vezes por causa da dor, os Irmãos do Silêncio o examinaram repetidamente, o testaram com gelo e chamas, com metal bento e ferro frio, a fim de tentar ver se havia algum modo de retirar o fogo dele, de contê-lo.

Eles não encontraram nem sequer um modo. O fogo da Gloriosa, depois de capturado numa lâmina, parecia não ter pressa de habitar outra, nem de abandonar o corpo de Jace em troca de qualquer tipo de receptáculo, na verdade. O Irmão Zachariah dissera a Clary que, nos primórdios dos Caçadores de Sombras, os Nephilim tentaram capturar o fogo celestial dentro de uma arma, algo que pudessem brandir contra os demônios. Jamais conseguiram, e, um dia, as lâminas serafim se tornaram as armas escolhidas. No fim, mais uma vez, os Irmãos do Silêncio tinham desistido. O fogo da Gloriosa contorcia-se nas veias de Jace como uma serpente, e, na melhor das hipóteses, ele só poderia ter esperanças de controlá-lo para não ser destruído por ele.

Ouviram o bipe alto de uma mensagem de texto chegando no celular; Isabelle tinha ligado o telefone.

— Mamãe diz para voltarmos ao Instituto agora — falou. — Tem uma reunião. Temos que participar. — A garota ficou em pé e espanou a terra do vestido. — Eu te convidaria para ir lá — disse ela a Simon —, mas sabe como é, tem aquela história de ser banido por ser um morto-vivo e tal.

— Eu me lembro disso — concordou Simon, e se pôs de pé. Clary fez um esforço para se levantar e estendeu a mão para Jace, que a aceitou e se levantou.

— Simon e eu vamos fazer compras de Natal — comentou ela. — E ninguém pode ir com a gente porque precisamos comprar os presentes de vocês.

Alec pareceu estar horrorizado.

— Ai, Deus. Então isso significa que preciso comprar presentes para vocês?

Clary balançou a cabeça.

— Caçadores de Sombras não... comemoram o Natal? — No mesmo momento, ela pensou no jantar desgastante de Ação de Graças na casa de Luke, quando pediram a Jace para cortar o peru e ele o abateu com uma espada até sobrarem pouco mais que alguns resquícios da ave. Talvez não.

— Nós trocamos presentes e comemoramos a mudança das estações — falou Isabelle. — Costumava haver uma celebração do Anjo no inverno, no dia em que os Instrumentos Mortais foram entregues a Jonathan Caçador de Sombras. Mas acho que os Caçadores de Sombras se aborreceram por serem deixados de lado em todas as comemorações mundanas, por isso muitos Institutos têm festas de Natal. A de Londres é a mais famosa. — A garota deu de ombros. — Mas não acho que a gente vá fazer isso... este ano.

— Ora. — Clary sentiu-se mal. Sem dúvida eles não queriam festejar o Natal depois de perder Max. — Bem, deixem ao menos a gente comprar presentes para vocês. Não é preciso ter uma festa ou coisa assim.

— Exato. — Simon ergueu os braços para o alto. — Tenho que comprar presentes de Chanuká. É obrigatório pela lei judaica. O Deus dos Judeus é um Deus zangado. E ele gosta muito de presentes.

Clary sorriu para ele. Estava ficando cada vez mais fácil dizer a palavra "Deus" ultimamente.

Jace suspirou e beijou Clary — um beijo breve de despedida na testa dela, mas que a fez estremecer. O fato de não poder tocar Jace nem beijá-lo de verdade estava começando a deixá-la nervosa. Ela prometera a ele que isso nunca importaria, que o amaria mesmo que nunca pudessem voltar a se tocar, mas odiava isso, de qualquer forma, odiava sentir falta do modo reconfortante como seus corpos sempre se encaixavam.

— Vejo você mais tarde — prometeu Jace. — Vou voltar com Alec e Izzy...

— Não, você não vai, não — falou Isabelle inesperadamente. — Você quebrou o telefone de Alec. Tá certo que a gente queria fazer isso há várias semanas...

— ISABELLE — disse Alec.

— Mas o fato é, você é o *parabatai* de Alec e o único que não foi ver Magnus. Vá até lá e fale com ele.

— E digo o quê? — perguntou Jace. — Não dá para *convencer* as pessoas a não terminarem o namoro... ou talvez dê — emendou ele rapidamente ao ver a expressão de Alec. — Quem sabe? Vou tentar.

— Valeu. — Alec deu um tapinha no ombro de Jace. — Ouvi dizer que você sabe ser muito charmoso quando quer.

— Ouvi dizer a mesma coisa — falou Jace, e começou a correr de costas. Até fazendo isso ele ficava bem, pensou Clary com tristeza. E sexy. Definitivamente sexy. Ela ergueu a mão num aceno sem entusiasmo.

— Vejo você depois — gritou ela. *Se eu não morrer de frustração até lá.*

Os Fray nunca foram uma família religiosa, mas Clary adorava a Quinta Avenida na época do Natal. O ar tinha cheiro de castanhas torradas no açúcar, e as vitrines reluziam em prata e azul, verde e vermelho. Este ano havia imensos cristais de gelo pendurados em cada poste, e eles refletiam a luz invernal em feixes dourados. Isso sem mencionar a gigantesca árvore de Natal, no Rockefeller Center. Ela lançava sua sombra sobre eles quando Clary e Simon se esticaram pelo portão no lado do rinque de patinação, observando os turistas levando tombos enquanto tentavam se deslocar no gelo.

Clary segurava um chocolate quente, o calor da bebida se espalhando pelo corpo. Ela se sentia quase normal; isso: ir até a Quinta Avenida para ver as vitrines e a árvore era uma tradição de inverno para ela e Simon desde sempre.

— Parece os velhos tempos, não é? — comentou ele, ecoando os pensamentos dela enquanto apoiava o queixo nos braços cruzados sobre a grade.

A garota lhe deu uma olhadela de soslaio. Simon vestia um sobretudo e um cachecol pretos que destacavam a palidez da pele. Também tinha olheiras, o que indicava que não vinha se alimentando de sangue nos últimos dias. Ele parecia o que era: um vampiro cansado e faminto.

Bem, pensou ela. *Quase* como nos velhos tempos.

— Tem mais gente para comprarmos presentes — confessou ela. — Além disso, tem a pergunta sempre traumática de o-que-comprar-para-alguém-no-primeiro-Natal-depois-do-início-do-namoro.

— O que comprar para o Caçador de Sombras que tem tudo — comentou Simon, e deu um sorriso.

— Jace gosta de armas mais do que tudo — falou Clary. — Gosta de livros, mas eles têm uma biblioteca imensa no Instituto. Também gosta de música clássica... — Seu rosto se iluminou. Simon era músico e, embora sua banda fosse horrível e sempre mudasse de nome (atualmente ela se chamava Suflê Mortal), ele tinha prática. — O que daria a alguém que gosta de tocar piano?

— Um piano.

— *Simon.*

— Um metrônomo imenso que também pudesse fazer as vezes de arma?

Clary suspirou, exasperada.

— Uma partitura. Rachmaninoff é bem difícil, mas ele gosta de um desafio.

— Boa ideia. Vou ver se tem alguma loja de música por aqui. — Clary, que já havia terminado de beber o chocolate quente, jogou o copo numa lata de lixo próxima e pegou o celular. — E quanto a você? O que vai dar para Isabelle?

— Não faço a menor ideia — respondeu Simon. Eles caminharam até a avenida, onde um fluxo constante de pedestres que olhavam as vitrines amontoava as ruas.

— Ora, o que é isso?! Isabelle é fácil.

— É da minha namorada que você está falando. — Simon franziu as sobrancelhas. — Eu acho. Não tenho certeza. Nós não conversamos sobre isso. Sobre a relação, quero dizer.

— Vocês têm que ter uma DR, Simon.

— O quê?

— Vocês têm que discutir a relação, definir as coisas. O que é, para onde vai. São namorados, só estão se divertido, estão enrolados ou o quê? Quando ela vai contar para os pais? Vocês podem sair com outras pessoas?

Simon ficou pálido.

— O quê? Isso é sério?

— É sério. Mas, nesse meio-tempo... perfume! — Clary puxou Simon pelas costas do casaco e o arrastou até uma loja de cosméticos. Era imensa do lado de dentro, com fileiras de frascos reluzentes por toda parte. — E uma coisa exótica — falou ela, indo até a área dos perfumes. — Isabelle não vai querer cheirar como as outras pessoas. Vai querer cheirar a figos, vetiver ou...

— Figos? Figos têm cheiro? — Simon pareceu horrorizado; Clary estava prestes a rir dele quando o telefone vibrou. Era a mãe.

ONDE VOCÊ ESTÁ?

Clary revirou os olhos e respondeu à mensagem. Jocelyn ainda ficava nervosa ao pensar que ela estava na rua com Jace. Muito embora, conforme Clary observara, provavelmente Jace fosse o namorado mais seguro do mundo, pois ele estava proibido de: (1) se aborrecer, (2) fazer avanços no quesito sexo e (3) fazer qualquer coisa que aumentasse a adrenalina.

Por outro lado, ele *tinha sido* possuído; ela e a mãe ficaram observando enquanto ele, imóvel, deixava Sebastian ameaçar Luke. Clary ainda não tinha contado tudo o que vira no apartamento que dividira com Jace e Sebastian durante aquele breve intervalo fora do tempo, uma mistura de sonho e pesadelo. Ela jamais contara à mãe que Jace tinha matado alguém; havia coisas que Jocelyn não precisava saber, coisas que Clary não queria enfrentar também.

— Tem tanta coisa nesta loja que posso imaginar o que Magnus ia querer — falou Simon, e pegou um frasco de vidro de glitter corporal flutuando em algum tipo de óleo. — Comprar presentes para alguém que terminou com o seu melhor amigo viola algum tipo de regra?

— Acho que depende. Quem é seu amigo mais chegado: Magnus ou Alec?

— Alec se lembra do meu nome — falou Simon, e pôs o frasco de volta no lugar. — E eu me sinto péssimo por ele. Compreendo por que Magnus fez isso, mas Alec está *tão* arrasado. Acho que, quando você lamenta de verdade, a pessoa que te ama deveria te perdoar.

— Acho que depende do que você fez — opinou Clary. — E não estou me referindo a Alec... falo em geral. Tenho certeza de que Isabelle te perdoaria por alguma coisa — emendou ela rapidamente.

Simon pareceu em dúvida.

— Fique parado aí — anunciou ela, balançando um frasco perto da cabeça de Simon. — Em três minutos, vou cheirar seu pescoço.

— Ora, eu nunca... — falou Simon. — Você esperou muito tempo para dar esse passo, Fray, é o que digo.

Clary não se importou com a resposta engraçadinha; ela ainda estava pensando no que Simon tinha falado sobre perdão e se lembrar de alguém, da voz, do rosto e dos olhos de alguém. Sebastian sentado à frente dela numa mesa em Paris. *Você acha que pode me perdoar? Quero dizer, você acha que é possível perdoar alguém como eu?*

— Algumas coisas são imperdoáveis — disse ela. — Não sou capaz de perdoar Sebastian.

— Você não o ama.

— Não. Mas ele é meu irmão. Se as coisas fossem diferentes...

Mas não são diferentes. Clary abandonou aquele pensamento e se inclinou para sentir o cheiro.

— Você está com cheiro de figo e damasco.

— Acha de verdade que Isabelle quer cheirar como uma bandeja de frutas secas?

— Talvez não. — Clary pegou outro frasco. — Então, o que você vai fazer?

— Quando?

Clary ergueu o olhar, refletindo sobre a diferença entre uma tuberosa e uma rosa comum, e viu Simon fitá-la com uma expressão de espanto nos olhos castanhos. Ela falou:

— Bem, não dá para morar com Jordan para sempre, não é? Tem a faculdade...

— Você não vai para a faculdade — observou ele.

— Não. Mas sou uma Caçadora de Sombras. Nós continuamos a estudar depois dos 18, somos enviados a outros Institutos... essa é a nossa faculdade.

— Não gosto da ideia de ver você indo embora. — Ele pôs as mãos nos bolsos do casaco. — Não posso ir para a faculdade — comentou. — Minha mãe não vai pagar por ela, e eu não posso obter crédito estudantil. Legalmente, estou morto, na pior. Além disso, quanto tempo levaria para alguém na faculdade perceber que eles envelhecem, e eu não? Garotos de 16 anos não se parecem com veteranos, não sei se já percebeu.

Clary guardou o frasco.

— Simon...

— Talvez eu devesse comprar alguma coisa para minha mãe — falou amargamente. — Que presente diz "Obrigado por me botar para fora de casa e fingir que morri"?

— Orquídeas?

Mas o humor de Simon já não estava mais para brincadeiras.

— Talvez não seja como nos velhos tempos — falou ele. — Normalmente eu compraria lápis ou material de desenho para você, só que você não desenha mais, né? A não ser com a estela? Você não desenha, e eu não respiro. Não é como no ano passado.

— Talvez você devesse conversar com Raphael — disse Clary.

— *Raphael*?

— Ele sabe como os vampiros vivem. Como ganham a vida, ganham dinheiro, arrumam apartamentos. Ele sabe essas coisas e poderia te ajudar.

— Poderia, mas não ajudaria — observou Simon, e franziu a testa. — Eu não ouvi falar nada do bando de Dumort desde que Maureen substituiu Camille. Sei que Raphael é o sucessor dela. E tenho quase certeza de que eles ainda acham que carrego a Marca de Caim; caso contrário, teriam mandado alguém atrás de mim agora. Questão de tempo.

— Não. Eles sabem que não é para tocar em você. Seria uma guerra contra a Clave. O Instituto foi *muito* claro — disse Clary. — Você está protegido.

— Clary, nenhum de nós está protegido.

Antes que Clary pudesse responder, ouviu alguém chamar seu nome; totalmente confusa, olhou por cima do ombro e viu a mãe abrindo caminho em meio à multidão de clientes. Pela vitrine, Clary viu Luke, que esperava do lado de fora, na calçada. Com sua camisa de flanela, ele parecia não se encaixar entre os estilosos nova-iorquinos.

Livrando-se da multidão, Jocelyn se aproximou e abraçou a filha. Clary olhou para Simon por cima do ombro da mãe, confusa. Ele deu de ombros. Finalmente, Jocelyn soltou Clary e deu um passo para trás.

— Eu tive tanto medo de que alguma coisa acontecesse a você...

— Na *Sephora*? — perguntou Clary.

Jocelyn franziu a testa.

— Vocês não ouviram? Pensei que Jace já teria enviado uma mensagem de texto a essa hora.

Clary sentiu uma súbita onda de frio pelas veias, como se tivesse engolido água muito gelada.

— Não. Eu... O que está acontecendo?

— Eu sinto muito, Simon — falou Jocelyn —, mas Clary e eu temos que ir para o Instituto imediatamente.

O lugar onde Magnus morava não tinha mudado muito desde a primeira vez em que Jace estivera ali. A mesma entradinha e a única lâmpada amarela. Jace usou um símbolo de Abertura para passar pela porta da frente, subiu os degraus de dois em dois e tocou a campainha do apartamento. Era mais seguro que usar outro símbolo, calculou Jace. Afinal, Magnus podia estar jogando videogame pelado ou, na verdade, podia estar fazendo praticamente qualquer coisa. Quem saberia o que os feiticeiros inventavam no tempo livre?

Jace tocou de novo e, dessa vez, grudou o dedo na campainha. Tocou mais duas vezes, demoradamente, e Magnus afinal abriu a porta num tranco, furioso. Ele estava usando um robe de seda preta por cima de uma camisa branca e calça de tweed. Os pés estavam descalços. O cabelo preto estava emaranhado, e via-se a sombra da barba por fazer.

— O que você está fazendo aqui?

— Ora, ora — respondeu Jace. — Isso não foi nada acolhedor.

— Porque não é para ser.

Jace ergueu uma sobrancelha.

— Pensei que fôssemos amigos.

— Não. Você é amigo de Alec. Ele era meu namorado, por isso eu tinha que te tolerar. Mas agora ele não é mais, então não preciso te aguentar. Não que vocês pareçam perceber isso. Você deve ser o... o quê, o quarto?... do grupo a vir me incomodar. — Magnus contou nos dedos compridos. — Clary, Isabelle, Simon...

— *Simon* passou por aqui?

— Você parece surpreso.

— Não achei que ele estivesse tão interessado na sua relação com Alec.

— Eu não *tenho* uma relação com Alec — afirmou Magnus sem rodeios, mas Jace já estava passando por ele e entrando na sala de estar, olhando ao redor com curiosidade.

Uma das coisas que Jace sempre apreciara em segredo no apartamento de Magnus era que raramente parecia o mesmo duas vezes. Algumas vezes, era um loft grande e moderno. Outras, parecia um bordel francês ou um covil de ópio vitoriano ou o interior de uma nave espacial. Agora, porém, estava bagunçado e escuro. Pilhas de embalagens velhas de comida chinesa se amontoavam na mesa de café. Presidente Miau estava deitado no tapete de retalhos, as quatro patas muito esticadas e retas, como um cervo morto.

— Tem cheiro de coração partido aqui dentro — comentou Jace.

— É a comida chinesa. — Magnus se jogou no sofá e esticou as pernas compridas. — Ande, acabe logo com isso. Diga o que você veio dizer.

— Acho que você devia voltar com Alec — falou Jace.

Magnus revirou os olhos e fitou o teto.

— E por que isso?

— Porque ele está infeliz — explicou Jace. — E está arrependido. Está arrependido pelo que fez. Não vai fazer de novo.

— Ah, ele não vai se encontrar em segredo com uma das minhas ex, nem planejar encurtar minha vida *outra vez*? Muito nobre da parte dele.

— Magnus...

— Além disso, Camille está morta. Ele *não pode* fazer isso de novo.

— Você entendeu — falou Jace. — Ele não vai mentir, nem enganar ou esconder coisas, nem qualquer outra coisa que esteja te aborrecendo.

Ele se jogou numa poltrona de couro e ergueu uma das sobrancelhas.

— Então?

Magnus virou para o lado.

— Por que você se importa se Alec está infeliz?

— Por que eu me *importo*? — repetiu Jace tão alto que Presidente Miau sentou-se muito empertigado, como se estivesse em choque. — Claro que eu me importo com Alec; ele é meu melhor amigo, meu *parabatai*. E ele está infeliz. E você também, pelo estado das coisas. Embalagens de comida por toda parte, você não fez nada para arrumar o local, seu gato parece morto...

— Ele não está morto.

— Eu me importo com Alec — falou Jace, e fixou o olhar em Magnus. — Eu me importo com ele mais do que comigo.

— Você nunca pensou — refletiu Magnus, e puxou uma lasca do esmalte — que toda essa história de *parabatai* é um tanto cruel? Você pode escolher seu *parabatai*, mas então não pode nunca desescolhê-lo. Mesmo que ele se volte contra você. Olhe para Luke e Valentim. E, embora seu *parabatai* seja a pessoa mais próxima de você no mundo, em certos aspectos você não pode se apaixonar por ele. E, se ele morrer, uma parte de você morre também.

— Como sabe tanto sobre os *parabatai*?

— Eu conheço os Caçadores de Sombras — disse Magnus, dando tapinhas no sofá ao lado dele para que Presidente pulasse para as almofadas e cutucasse Magnus com a cabeça. Os dedos compridos do feiticeiro afundaram no pelo do gato. — E eu conheço há muito tempo. Vocês são criaturas estranhas. De um lado, tudo é humanidade e nobreza frágil, e do outro, tudo é fogo impensado dos anjos. — Os olhos dele se moveram até Jace. — Você, em particular, Herondale, pois tem o fogo dos anjos no sangue.

— Você já foi amigo de Caçadores de Sombras?

— Amigo? — repetiu Magnus. — O que isso realmente significa?

— Saberia se tivesse um — observou Jace. — Você tem? Você tem amigos? Quero dizer, além das pessoas que frequentam suas festas. A maioria tem medo de você ou parece te dever alguma coisa, ou então já dormiu com você, mas amigos... eu não vejo você com um monte deles.

— Ora, isso é novo — falou Magnus. — Nenhum dos outros do grupo tentou me insultar.

— Está funcionando?

— Se você quer saber se me senti subitamente impelido a voltar para Alec, então não — respondeu Magnus. — Surgiu um desejo estranho por pizza, mas não deve estar relacionado a ele.

— Alec disse que você faria isso: se desviar das perguntas pessoais com piadas — retrucou Jace.

Magnus semicerrou os olhos.

— E eu sou o *único* que faz isso?

— Exatamente. Aprenda com alguém que sabe. Você odeia falar de si e preferiria aborrecer as pessoas a fazê-las sentir pena. Quantos anos você tem, Magnus? A resposta verdadeira.

Magnus não disse nada.

— Quais eram os nomes dos seus pais? Qual é o nome do seu pai?

Magnus olhou feio para ele com os olhos verdes e dourados.

— Se eu quisesse me deitar num divã e falar mal dos meus pais para alguém eu iria a um psiquiatra.

— Ah — continuou Jace. — Mas meus serviços são de graça.

— Ouvi falar isso de você.

Jace sorriu e deslizou em sua cadeira. Havia uma almofada com a bandeira do Reino Unido sobre o divã. Ele a pegou e a colocou atrás da cabeça.

— Não tenho que ir a lugar algum. Posso ficar sentado aqui o dia todo.

— Ótimo! — falou Magnus. — Vou tirar um cochilo. — Ele esticou a mão para pegar um cobertor amassado no chão, justamente quando o celular de Jace tocou. Magnus observou, interrompido no meio do movimento, enquanto Jace remexia no bolso e abria o telefone para atender.

Era Isabelle.

— Jace?

— Sim. Estou na casa de Magnus. Talvez eu esteja fazendo algum progresso. O que aconteceu?

— Volte — pediu Isabelle, e Jace sentou-se muito ereto, a almofada caindo no chão. A voz dela estava muito tensa. Ele percebia a rispidez nela, como as notas dissonantes de um piano mal-afinado. — Para o Instituto. Imediatamente, Jace.

— Qual é o problema? — insistiu ele. — O que aconteceu? — E ele viu Magnus sentar-se muito esticado também, e o cobertor caiu da mão dele.

— Sebastian — falou Isabelle.

Jace fechou os olhos e viu sangue dourado e penas brancas espalhadas sobre o piso de mármore. Ele se recordou do apartamento, de uma faca nas mãos dele, do mundo a seus pés, de Sebastian apertando seu pulso e dos olhos pretos profundos demais fitando-o com um prazer obscuro. Havia um zumbido nos ouvidos dele.

— O que foi? — A voz de Magnus interrompeu os pensamentos de Jace. Ele percebeu que já estava na porta, o celular guardado no bolso.

E se virou. Magnus estava atrás dele, a expressão sombria. — Foi Alec? Ele está bem?

— E você se importa? — perguntou Jace, e Magnus se encolheu. Jace não achou que já tivesse visto Magnus se encolher antes. Foi a única coisa que evitou que Jace batesse a porta antes de sair.

Havia dezenas de casacos e jaquetas desconhecidos pendurados na entrada do Instituto. Clary sentia os ombros vibrarem de tensão enquanto abria o zíper do próprio casaco de lã e o pendurava em um dos ganchos enfileirados nas paredes.

— E Maryse não disse o que aconteceu? — perguntou Clary. — A voz dela estava muito baixa por causa da ansiedade.

Jocelyn desenrolava um cachecol cinza comprido do pescoço e mal olhava para Luke enquanto ele o pegava e o pendurava num gancho. Os olhos verdes da mulher percorriam o cômodo, assimilando o portão do elevador, o teto abobadado, os murais desbotados de homens e anjos.

Luke balançou a cabeça.

— Só que houve um ataque à Clave e que temos que ir para lá o mais rápido possível.

— A parte do "nós" é que me preocupa. — Jocelyn enrolou o cabelo em um coque alto e prendeu-o com os dedos. — Não venho ao Instituto há anos. Por que eles me querem aqui?

Luke apertou o ombro dela para tranquilizá-la. Clary sabia o que Jocelyn temia, o que todos temiam. A única razão para a Clave querer que ela estivesse ali é porque havia notícias do filho.

— Maryse disse que estariam na biblioteca — falou Jocelyn. Clary seguiu na frente. Ouvia Luke e a mãe conversando atrás de si, além do som macio dos passos, e os de Luke estavam mais lentos que antes. Ele ainda não havia se recuperado totalmente do ferimento que quase o matara em novembro.

Sabe por que está aqui, não sabe?, sussurrava a voz baixa atrás dela. Clary sabia que a voz não estava realmente ali, mas isso não ajudava. Não via o irmão desde o combate em Burren, mas o trazia em alguma parte pequenina da mente, um fantasma indesejado e intruso. *Por minha causa. Você sempre soube que eu não tinha ido embora para sempre. Falei que isso aconteceria. Falei em voz alta para você.*

Erchomai.

Estou chegando.

Eles chegaram à biblioteca. A porta estava entreaberta, e um burburinho de vozes transbordava dali. Jocelyn parou por um instante com a expressão tensa.

Clary pôs uma das mãos na maçaneta.

— Você está pronta? — Ela não tinha percebido até aquele momento que a mãe vestia jeans pretos, botas e uma blusa preta de gola alta. Como se tivesse escolhido o que havia de mais próximo do uniforme de combate, sem se dar conta disso.

Jocelyn assentiu para a filha.

Alguém tinha empurrado toda a mobília da biblioteca para um canto e aberto um espaço imenso no meio do cômodo, bem em cima do mosaico do Anjo. Uma mesa imensa fora colocada ali, um grande bloco de mármore equilibrado sobre dois anjos de pedra. Ao redor da mesa, sentava-se o Conclave. Clary conhecia alguns de seus integrantes pelo nome: Kadir e Maryse. Os outros eram apenas rostos familiares. Maryse estava parada, contando nomes nos dedos enquanto entoava em voz alta.

— Berlim — falou. — Sem sobreviventes. Bangcoc. Sem sobreviventes. Moscou. Sem sobreviventes. Los Angeles...

— Los Angeles? — repetiu Jocelyn. — Eram os Blackthorn. Eles estão...?

Maryse pareceu assustada, como se não tivesse percebido que Jocelyn havia entrado. Os olhos azuis passaram por Luke e Clary. Ela parecia abatida e exausta, o cabelo estava preso com firmeza e havia uma mancha (seria vinho tinto ou sangue?) na manga de seu casaco feito sob medida.

— Há sobreviventes — falou ela. — As crianças. Estão em Idris agora.

— Helen — disse Alec, e Clary se lembrou da garota que havia enfrentando Sebastian com eles em Burren. Ela se recordava de Helen na nave do Instituto, com um garoto de cabelos escuros agarrado ao pulso dela. *Meu irmão, Julian.*

— A namorada de Aline — exclamou Clary, e viu o Conclave olhar para ela com hostilidade sutilmente velada. Sempre faziam isso, como se quem ela era e o que representava os deixasse praticamente incapazes de enxergá-la. *A filha de Valentim. A filha de Valentim.* — Ela está bem?

— Está em Idris, com Aline — respondeu Maryse. — Os irmãos e irmãs mais novos sobreviveram, embora pareça ter havido algum problema com o irmão mais velho, Mark?

— Algum problema? — repetiu Luke. — O que exatamente está acontecendo, Maryse?

— Não acho que vamos saber da história toda antes de chegarmos a Idris — falou Maryse, alisando o cabelo já alisado. — Mas houve ataques, alguns deles no curso de duas noites, em seis Institutos. Não temos certeza ainda de como os Institutos foram invadidos, mas sabemos...

— Sebastian — falou a mãe de Clary. As mãos estavam dentro dos bolsos do jeans preto, mas Clary suspeitava que, se a mãe não tivesse feito isso, ela veria as mãos de Jocelyn em punho. — Direto ao ponto, Maryse. Meu filho. Você não teria me chamado aqui se ele não fosse o responsável. Teria? — Os olhos de Jocelyn encontraram os de Maryse, e Clary se perguntou se tinha sido assim quando as duas estiveram no Ciclo, as bordas afiadas das personalidades de ambas encontrando-se e gerando faíscas.

Antes que Maryse pudesse falar, a porta se abriu e Jace entrou. Vermelho, com a cabeça fria e descoberta, e o cabelo louro desgrenhado por causa do vento. Não usava luvas, as pontas dos dedos estavam vermelhas por causa do clima, e as mãos tinham cicatrizes de Marcas novas e antigas. Ele viu Clary e deu um sorriso breve ao se acomodar numa cadeira contra a parede.

Como sempre, Luke interferiu para pacificar.

— Maryse? Sebastian foi o responsável?

Maryse respirou fundo.

— Sim, foi. E os Crepusculares estavam com ele.

— Claro que foi Sebastian — falou Isabelle. Ela estivera fitando a mesa, mas agora erguia a cabeça. O rosto refletia ódio e fúria. — Ele disse que estava chegando. Bem, agora ele chegou.

Maryse soltou um suspiro.

— Nós imaginamos que ele atacaria Idris. Era isso que os serviços de inteligência indicavam. Não os Institutos.

— Então ele fez algo que vocês não esperavam. Talvez a Clave devesse ter se planejado para *isso*. — Jace baixou a voz. — Eu avisei. Avisei que ele ia querer mais soldados.

— Jace — disse Maryse. — Você não está ajudando.

— Eu não estava tentando ajudar.

— Eu teria acreditado que ele atacaria aqui primeiro — falou Alec. — Conforme Jace falou, e é verdade... todos que ele ama ou odeia estão aqui.

— Ele não *ama* ninguém — rebateu Jocelyn sem rodeios.

— Mãe, pare — pediu Clary. O coração dela batia com força e de modo doloroso; ainda assim, ao mesmo tempo, havia uma sensação estranha de alívio. Todo esse tempo esperando que Sebastian chegasse e agora ele tinha chegado. A espera havia acabado. A guerra teria início. — E o que devemos fazer? Reforçar o Instituto? Nos *esconder*?

— Deixe-me adivinhar — falou Jace, com a voz cheia de sarcasmo. — A Clave chamou o Conselho. Outra reunião.

— A Clave ordenou evacuação imediata — afirmou Maryse, e, ao dizer isso, todos ficaram em silêncio, até Jace. — Todos os Institutos devem ser esvaziados. Todos os Conclaves devem retornar a Alicante. As barreiras ao redor de Idris serão redobradas depois de amanhã. Ninguém conseguirá entrar ou sair.

Isabelle engoliu em seco.

— Quando partiremos de Nova York?

Maryse empertigou-se. Um pouco do costumeiro ar de comando retornara, a boca estava contraída, e o queixo, cerrado com determinação.

— Arrume suas coisas — ordenou ela. — Vamos embora hoje à noite.

2
Lutar ou Cair

Acordar foi como ser jogada numa banheira com água gelada. Emma sentou-se, arrancada do sono, a boca aberta para gritar.

— Jules! *Jules!*

Houve uma movimentação na penumbra, a mão em seu ombro e uma luz súbita que feriu seus olhos. Emma puxou o ar com força e se arrastou para trás, empurrando-se contra as almofadas. Percebeu então que estava deitada na cama, que os travesseiros se empilhavam às costas dela e que os lençóis encontravam-se ao redor do corpo num emaranhado suado. Emma piscou para afastar a escuridão, tentando focar.

Helen Blackthorn inclinava-se sobre ela, com os olhos azuis-esverdeados apreensivos e uma pedra de luz enfeitiçada na mão. Elas estavam em um cômodo com um telhado de empena irregular, que se curvava acentuadamente de cada lado, como uma cabana de contos de fadas. Havia uma cama grande de madeira com quatro reposteiros no centro do cômodo, e, nas sombras atrás de Helen, Emma via a mobília se assomando: um guarda-roupa quadrado imenso, um sofá comprido, uma mesa com pernas bambas.

— O-onde estou? — perguntou Emma, com dificuldade.

— Em Idris — respondeu Helen, e deu tapinhas no braço da garota a fim de acalmá-la. — Você conseguiu chegar a Idris, Emma. Estamos no porão da casa dos Penhallow.

— M-meus pais. — Os dentes de Emma trincavam. — Onde estão meus pais?

— Você veio pelo Portal com Julian — explicou Helen, com delicadeza, sem responder à pergunta. — Todos vocês chegaram de um jeito ou de outro... é um milagre, sabe? A Clave abriu o caminho, mas a viagem pelo Portal é difícil. Dru passou agarrada a Tavvy, e os gêmeos vieram juntos, claro. Depois, quando já tínhamos quase desistido, vocês dois chegaram. Você estava inconsciente, Em. — Ela tirou o cabelo da testa de Emma. — Ficamos muito preocupados. Você devia ter visto Jules...

— O que está *acontecendo*? — perguntou Emma. Ela se afastou do toque de Helen, não porque não gostasse dela, mas porque seu coração estava martelando. — E quanto a Mark e ao Sr. Blackthorn...?

Helen hesitou.

— Sebastian Morgenstern atacou seis Institutos nos últimos dias. Ele matou todas as pessoas presentes ou as Transformou. Ele usa o Cálice Infernal para fazer com que os Caçadores de Sombras deixem de ser quem são.

— Eu o vi fazer isso — murmurou Emma. — Com Katerina. E ele Transformou seu pai também. Eles iam fazer isso com Mark, mas Sebastian disse que não o queria por causa do sangue de fada.

Helen se encolheu.

— Temos razões para acreditar que Mark ainda está vivo — disse ela. — Eles foram capazes de rastreá-lo até o ponto em que desapareceu, mas os símbolos indicam que ele não está morto. É possível que Sebastian o esteja mantendo como refém.

— Meus... meus pais — repetiu Emma, com a garganta seca desta vez. Ela sabia o que significava Helen não ter respondido na primeira vez que perguntara. — Onde estão? Eles não estavam no Instituto, então Sebastian não teria como machucá-los...

— Em... — Helen soltou o ar. Subitamente, pareceu jovem, quase tão jovem quanto Jules. — Sebastian não ataca apenas os Institutos; ele mata ou tira os membros do Conclave das próprias casas. A Clave tentou localizar seus pais, mas não conseguiu. Então os corpos apareceram na Marina del Rey, na praia, hoje de manhã. A Clave não sabe o que aconteceu exatamente, mas...

A voz de Helen se perdeu numa sequência sem sentido de palavras, palavras como "identificação confirmada" e "cicatrizes e marcas nos corpos" e "não foram encontradas evidências". Coisas como "na água havia horas", "não há meio de transportar os corpos" e "de acordo com os ritos funerários apropriados, foram queimados na praia conforme ambos pediram, você entende...".

Emma gritou. Foi um grito mudo no início, elevando-se cada vez mais, um grito que rasgou sua garganta e trouxe o gosto de metal. Foi um grito de perda tão imenso que não havia palavra para descrevê-lo. Foi o grito inexprimível de ter o céu acima de sua cabeça e o ar em seus pulmões arrancados para sempre. Ela gritou, e gritou mais uma vez, e rasgou o colchão com as mãos até cavar dentro dele, e havia penas e sangue presos debaixo de suas unhas enquanto Helen soluçava e tentava segurá-la, dizendo:

— Emma, Emma, por favor, Emma, por favor.

E então houve mais luz. Alguém havia acendido um lampião no cômodo, e Emma ouviu o próprio nome, com uma voz familiar, delicada e urgente, e logo Helen a soltou, e Jules apareceu e se inclinou na beirada da cama, esticando alguma coisa para ela, uma coisa que brilhava, dourada, sob a nova luz cruel.

Era Cortana. Sem a bainha exposta e na palma da mão dele como uma oferenda. Emma pensou que ainda estivesse gritando, mas pegou a espada, e as palavras brilharam na lâmina e queimaram seus olhos: *Eu sou Cortana, do mesmo aço e da mesma têmpera que Joyeuse e Durendal.*

Ela ouviu a voz do pai em sua mente. *Os Carstairs portam esta espada há muitas gerações. A inscrição nos recorda que os Caçadores de Sombras são as armas do Anjo. Tempere-nos no fogo, e ficaremos mais fortes. Quando sofremos, sobrevivemos.*

Emma engasgou, engolindo os gritos, obrigando-os a baixar até o silêncio. Era isso que o pai queria dizer: a exemplo de Cortana, ela também possuía aço nas veias e estava destinada a ser forte. Mesmo se os pais não estivessem ali para ver, ela seria forte para eles.

A garota abraçou a espada contra o peito. Como se estivesse bem longe, ela ouvia Helen exclamando e esticando a mão para ela, mas Julian... Julian, que sempre soubera do que Emma precisava, empurrou a mão de Helen. Os dedos de Emma seguravam a lâmina, e o sangue desceu por seus braços e pelo peito quando a ponta cortou sua clavícula. Ela não sentiu. Balançando para a frente e para trás, Emma agarrou a espada como se fosse a única coisa que tivesse amado, e deixou o sangue escorrer no lugar das lágrimas.

Simon não conseguia afastar a sensação de *déjà vu*.

Ele estivera ali antes, parado, do lado de fora do Instituto, e observara os Lightwood desaparecerem através de um Portal reluzente. Embora na época, muito antes de ele ter a Marca de Caim, o Portal tivesse sido criado por Magnus e, desta vez, estivesse sob a supervisão de uma feiticeira de pele azul chamada Catarina Loss. Daquela vez, ele fora convocado porque Jace queria conversar sobre Clary antes de desaparecer em outro país.

Desta vez, Clary estava desaparecendo com eles.

Ele sentiu a mão dela na dele, os dedos envolvendo levemente seu pulso. Todo o Conclave — praticamente todo Caçador de Sombras na cidade de Nova York — havia cruzado os portões do Instituto e passado pelo Portal reluzente. Os Lightwood, como guardiões do Instituto, iriam por último. Simon estava ali desde o início do crepúsculo, e linhas de céu vermelho deslizavam para trás dos edifícios no horizonte de Nova York, e agora a pedra de luz enfeitiçada iluminava o cenário diante dele, captando detalhes que reluziam: o chicote de Isabelle, a faísca de fogo que pulava do anel da família de Alec conforme ele gesticulava, os relances no cabelo claro de Jace.

— Ele parece diferente — observou Simon.

Clary ergueu o olhar para ele. Assim como o restante dos Caçadores de Sombras, ela estava vestida com o que Simon poderia descrever como uma capa. Parecia a capa que eles usavam ao ar livre durante o inverno, feita de veludo preto pesado, presa no peito. Ele se perguntou onde ela havia arrumado aquilo. Talvez eles apenas as tivessem enviado.

— O que parece diferente?

— O Portal — respondeu ele. — Parece diferente de quando Magnus fazia. Mais... azul.

— Talvez todos eles tenham estilos diferentes?

Simon olhou para Catarina. Ela parecia energicamente eficiente, como uma enfermeira ou professora do jardim de infância. Definitivamente não era como Magnus.

— Como Izzy está?

— Preocupada, acho. Todos estão preocupados.

Fez-se um breve silêncio. Clary expirou, e o ar da respiração dela condensou por causa do frio.

— Não quero que vá — falou Simon, no instante em que Clary disse:

— Eu não quero ir e deixar você aqui.

— Vou ficar bem — falou Simon. — Tenho Jordan para tomar conta de mim. — De fato, Jordan estava ali, sentado no topo da parede que circundava o Instituto, e parecia atento. — E ninguém tenta me matar há, pelo menos, duas semanas.

— Não tem graça. — Clary olhou para ele com expressão severa. O problema, Simon refletiu, era a dificuldade de tranquilizar alguém de que você ficaria bem quando se era um Diurno. Alguns vampiros poderiam querer Simon do lado deles, ansiosos para se beneficiarem dos seus poderes incomuns. Camille havia tentado recrutá-lo, e outros poderiam tentar, mas Simon tinha a nítida impressão de que a maioria dos vampiros queria matá-lo.

— Tenho certeza absoluta de que Maureen ainda espera pôr as mãos em mim — afirmou Simon. Maureen era a líder do clã dos vampiros de Nova York e acreditava estar apaixonada por Simon. O que teria sido menos esquisito se ela não tivesse 13 anos. — Sei que a Clave avisou às pessoas para não tocarem em mim, mas...

— Maureen quer tocar em você — disse Clary, com um sorriso malicioso. — Toque do mal.

— Calada, Fray.

— Jordan vai mantê-la longe de você.

Simon olhou para a frente com expressão contemplativa. Ele estava tentando não olhar para Isabelle, que o cumprimentara apenas com um breve aceno desde que ele chegara ao Instituto. Ela estava ajudando a mãe, o cabelo preto voando ao vento forte.

— Você poderia simplesmente ir falar com ela — disse Clary. — Em vez de ficar olhando todo esquisitão de um jeito bizarro.

— Não estou olhando de um jeito bizarro. Só estou olhando com sutileza.

— Eu percebi — observou Clary. — Olhe, você sabe como Isabelle fica. Quando está aborrecida, se afasta. Ela não vai falar com ninguém, além de Jace ou Alec, porque mal confia em alguém. Mas se você vai ser o namorado dela, tem que mostrar que é uma dessas pessoas em quem ela pode confiar.

— Não sou o namorado dela. Pelo menos, não acho que seja o namorado dela. De qualquer forma, ela nunca usou a palavra "namorado".

Clary o chutou no tornozelo.

— Vocês dois precisam de uma DR mais do que qualquer outro "casal" que já conheci.

— Está rolando uma DR por aqui? — falou uma voz atrás deles. Simon virou-se e viu Magnus, muito alto contra o céu escuro atrás deles. Estava vestido discretamente, com um jeans e uma camiseta preta, o cabelo escuro parcialmente caído nos olhos. — Vejo que mesmo quando o mundo se lança na escuridão e no perigo iminente, vocês dois ficam por aí discutindo a vida amorosa. Adolescentes.

— O que você está fazendo aqui? — perguntou Simon, surpreso demais para uma reação inteligente.

— Vim ver Alec — falou Magnus.

Clary ergueu as sobrancelhas para ele.

— E que história foi aquela de adolescentes?

Magnus esticou um dedo para advertir.

— Não dê um passo maior que a perna, docinho — disse ele, e passou pelos dois, desaparecendo na multidão ao redor do Portal.

— Docinho? — questionou Simon.

— Acredite se quiser, ele já me chamou assim — comentou Clary. — Dê uma olhada, Simon. — E se virou para ele, retirando a mão do bolso do jeans. Ela olhou para o objeto e sorriu. — O anel — explicou. — Foi bem útil quando funcionou, não foi?

Simon também olhou para o anel. Um anel de ouro com formato de folha circulava o dedo anelar direito. Em outra época, o anel fora uma ligação com Clary. Agora que o dela tinha sido destruído, era apenas um anel, mas ele o guardava mesmo assim. Ele sabia que era como possuir a metade de um cordão de melhores amigos, mas não conseguia evitar. Era um belo objeto e ainda era um símbolo da conexão entre eles.

Clary apertou a mão dele com força e ergueu o olhar. Sombras se remexeram no verde de sua íris; dava para ver que ela estava com medo.

— Sei que é apenas uma reunião do Conselho... — começou a dizer Clary.

— Mas você vai ficar em Idris.

— Só até eles descobrirem o que está acontecendo com os Institutos e como protegê-los — falou Clary. — Depois nós vamos voltar. Sei que telefones e mensagens de texto e tal não funcionam em Idris, mas se precisar falar comigo, dê um toque no Magnus. Ele vai encontrar um jeito de me mandar o recado.

Simon sentiu um bolo na garganta.

— Clary...

— Eu te amo — disse ela. — Você é meu melhor amigo. — Ela soltou a mão dele, os olhos brilhavam. — Não, não precisa dizer nada. Não quero que diga nada. — Ela se virou e quase correu de volta para o Portal, onde Jocelyn e Luke a aguardavam, com três bolsas de lona cheias de coisas aos pés deles. Luke olhou para Simon do outro lado do pátio, a expressão pensativa.

Mas onde estava Isabelle? A multidão de Caçadores de Sombras tinha diminuído. Jace se aproximou e ficou ao lado de Clary, com a mão no ombro dela; Maryse estava perto do Portal, mas Isabelle, que estava com...

— Simon — disse uma voz ao ombro dele, e ele se virou e viu Izzy. Seu rosto era um borrão pálido entre o cabelo escuro e a capa preta, e ela o fitava com uma expressão meio zangada, meio triste. — Acho que essa é a parte em que dizemos adeus, não é?

— Tudo bem — disse Magnus. — Você queria falar comigo. Então fale.

Alec o encarava, de olhos arregalados. Eles tinham contornado a igreja e estavam parados em um jardim pequeno, queimado pelo inverno, entre cercas vivas desfolhadas. Videiras grossas cobriam o muro de pedra e o portão enferrujado perto dele, e agora estavam tão desnudas por causa do clima que Alec podia ver a rua mundana através do gradeado do portão de ferro. Havia um banco de pedra por perto, e a superfície áspera estava coberta com gelo.

— Eu queria... o quê?

Magnus olhava para ele com uma expressão irritadiça, como se o garoto tivesse feito alguma coisa tola. Alec suspeitava que tivesse feito mesmo. Os nervos estavam à flor da pele, e ele tinha uma sensação nauseante no fundo do estômago. Da última vez que vira Magnus, o feiticeiro havia se afastado dele, desaparecendo dentro de um túnel do metrô desativado e ficando cada vez menor até sumir. *Aku cinta kamu*, dissera a Alec. "Eu te amo", em indonésio.

Isso dera ao garoto uma centelha de esperança, o suficiente para que ligasse dezenas de vezes para Magnus, o suficiente para que ele continuasse a verificar o telefone, verificar a correspondência e até verificar as janelas do quarto — que parecia estranho, vazio e desconhecido sem Magnus nele, muito diferente do quarto de sempre — em busca de recados ou bilhetes enviados por mágica.

E no presente momento Magnus estava parado diante dele, o cabelo preto bagunçado e os olhos de gato com pupilas em fenda, a voz feito melaço e as feições belas, acentuadas e interessantes agora inexpressivas, e Alec sentiu como se tivesse engolido cola.

— Você queria conversar comigo — disse Magnus. — Suponho que esse fosse o motivo de todos aqueles telefonemas. E o motivo de ter mandado todos os seus amigos idiotas ao meu apartamento. Ou simplesmente faz isso com todo mundo?

Alec engoliu para abrandar a secura na garganta e falou a primeira coisa que lhe veio à mente.

— Você nunca vai me perdoar?

— Eu... — Magnus parou e desviou o olhar, balançando a cabeça. — Alec, eu te *perdoei*.

— Não acredito. Você parece zangado.

Quando Magnus voltou a olhar para ele, tinha uma expressão mais suave.

— Estou preocupado com você. Os ataques aos Institutos. Acabei de saber — retrucou o feiticeiro.

Alec estava tonto. Magnus o perdoara; Magnus se preocupava com ele.

— Você sabia que estamos partindo para Idris?

— Catarina me contou que havia sido convocada para criar um Portal. Eu imaginei — falou Magnus ironicamente. — Fiquei um pouco surpreso por você não ter ligado ou enviado um torpedo dizendo que estava indo embora.

— Você nunca atende nem responde às mensagens — observou Alec.

— Isso não te impediu antes.

— Todo mundo desiste em algum momento — respondeu o garoto. — Além disso, Jace quebrou meu celular.

Magnus soltou uma gargalhada bufada.

— Ora, Alexander.

— O quê? — perguntou Alec, confuso de verdade.

— Você é simplesmente... Você é tão... Eu quero muito te beijar — comentou Magnus abruptamente e depois balançou a cabeça. — Entende, é por isso que eu não queria te ver.

— Mas você está aqui agora — falou Alec. Ele se lembrou da primeira vez que Magnus o beijou, contra a parede, em frente ao apartamento; todos os ossos dele viraram líquido, e ele pensou: *Ah, beleza, é assim que deve ser então. Agora eu entendi.* — Você poderia...

— Não posso — continuou Magnus. — Não está funcionando, não estava funcionando. Você tem que enxergar isso, não é? — As mãos dele estavam nos ombros de Alec. O garoto sentiu o polegar do feiticeiro roçando seu pescoço por cima da gola, e seu corpo inteiro deu um pulo. — Não é? — repetiu Magnus, e o beijou.

Alec se entregou ao beijo. Foi totalmente silencioso. Ele ouvia o barulho das botas esmagando a neve no chão enquanto se aproximava, a mão de Magnus deslizando para apoiar sua nuca, e o sabor de sempre, doce, amargo e familiar. Alec entreabriu os lábios para suspirar, respirar ou sorver Magnus, porém era tarde demais porque o outro se afastou dele bruscamente, deu um passo para trás e pôs fim naquilo.

— O que foi? Magnus, o que foi? — perguntou Alec, confuso e se sentindo estranhamente diminuído.

— Eu não devia ter feito isso — respondeu Magnus num ímpeto. Era evidente que ele estava agitado, de um modo que Alec nunca tinha visto, com um rubor nas bochechas marcadas. — Eu te perdoo, mas não posso ficar com você. Não posso. Não funciona. Vou viver para sempre ou pelo menos até alguém finalmente me matar, e você não, e é coisa demais para você assumir...

— Não venha me dizer o que é coisa demais para mim — falou Alec, com uma indiferença mortal.

Era tão raro Magnus ficar surpreso que a expressão foi quase estranha ao rosto dele.

— É coisa demais para a maior parte das pessoas — comentou ele. — Para a maioria dos mortais. E não é fácil para nós também. Ver alguém que se ama envelhecer e morrer. Eu conheci uma garota, uma vez, imortal como eu...

— E ela estava com alguém mortal? — perguntou Alec. — O que aconteceu?

— Ele morreu — explicou Magnus. Havia uma peremptoriedade no modo como ele disse aquilo, que dava conta de uma tristeza mais profunda do que as palavras poderiam expressar. Os olhos de gato brilharam no escuro. — Não sei por que achei que isso funcionaria — disse ele. — Desculpe, Alec. Eu não devia ter vindo.

— Não — retrucou Alec. — Não devia.

Magnus fitava Alec com um pouco de cautela, como se estivesse se aproximando de alguém familiar na rua e descobrisse, afinal, que se tratava de um estranho.

— Não sei por que você fez isso — desabafou Alec. — Sei que tenho me torturado há semanas por sua causa e pelo que eu fiz, e por que não devia ter feito, por que nunca devia ter falado com Camille. Eu me arrependi, compreendi e pedi desculpas várias vezes, e *você nunca esteve lá*. Eu fiz tudo isso sem você. Então isso me faz pensar no que mais eu poderia fazer sem você. — Ele olhou para Magnus com uma expressão pensativa. — O que aconteceu foi minha culpa. Mas foi culpa sua também. Eu poderia ter aprendido a não me importar por você ser imortal e eu ser mortal. Todo mundo tem o tempo que tem junto com outra pessoa, e nada mais. Talvez a gente não seja tão diferente assim. Mas sabe o que não consigo superar? Que você nunca me diga nada. Não sei quando você nasceu. Não sei nada sobre sua vida: qual é o seu nome verdadeiro, nem sei nada sobre sua família ou qual foi o primeiro rosto que você amou, ou a primeira vez que partiram seu coração. Você sabe tudo sobre mim, e eu não sei nada sobre você. Esse é o verdadeiro problema.

— Eu te contei — respondeu Magnus, baixinho —, no nosso primeiro encontro, que você teria que me aceitar do jeito que cheguei, sem perguntas...

Alec fez um gesto com a mão para rejeitar aquilo.

— Não é justo pedir uma coisa dessas, e você sabe... sim, você sabia que na época eu não compreendia o suficiente sobre o amor para entender aquilo. Você age como se fosse a parte enganada, mas teve uma mãozinha sua nisso tudo, Magnus.

— Teve — comentou Magnus, depois de uma pausa. — Suponho que sim.

— Mas isso não muda nada, não é? — perguntou Alec, sentindo o ar gelado entrando sorrateiramente debaixo das costelas. — Nunca muda com você.

— Não posso mudar — falou Magnus. — Faz tempo demais. Sabe, nós imortais ficamos petrificados como fósseis que viram rocha. Quando te conheci, pensei que você tivesse toda essa admiração e alegria, e que tudo fosse novo para você, e achei que isso iria me mudar, mas...

— Mude por você mesmo — interrompeu Alec, mas a voz não saiu zangada nem severa como ele pretendia, mas baixa, como um apelo.

Mas Magnus apenas balançou a cabeça.

— Alec — disse ele. — Você conhece meu sonho. Aquele sobre a cidade feita de sangue, com sangue nas ruas e torres de ossos. Esse vai ser o mundo real se Sebastian conseguir o que quer. O sangue será o dos Nephilim. Vá para Idris. Vai estar mais seguro lá, mas não confie em ninguém e não baixe a guarda. Eu preciso que você viva. — Ele inspirou, deu meia-volta muito abruptamente e se afastou.

Eu preciso que você viva.

Alec sentou-se no banco de pedra congelado e pôs o rosto entre as mãos.

— Não é um adeus definitivo — protestou Simon, mas Isabelle simplesmente franziu a testa.

— Venha comigo — disse ela, e puxou-lhe a manga. Ela estava usando luvas de veludo vermelho-escuro, e sua mão parecia um borrifo de sangue contra o tecido azul-marinho do casaco.

Simon afastou aquele pensamento. Ele gostaria de não pensar em sangue em momentos inoportunos.

— Ir aonde?

Isabelle apenas revirou os olhos e puxou o garoto para o lado, até um recesso obscuro perto dos portões dianteiros do Instituto. O espaço não era amplo, e Simon podia sentir o calor do corpo de Isabelle — calor e frio não o afetavam desde que se tornara vampiro, exceto se fosse o calor do sangue. Ele não sabia se isso ocorria porque já havia bebido o sangue de Isabelle, ou se era algo mais profundo, mas estava consciente da pulsação do sangue nas veias dela de um jeito que não ficava a respeito de mais ninguém.

— Eu queria ir com você a Idris — disse ele, sem preâmbulos.

— Você está mais seguro aqui — respondeu a garota, embora os olhos escuros tenham se suavizado. — Além disso, não vamos para sempre. Os únicos seres do Submundo que podem ir até Alicante são os membros do Conselho porque eles precisam se reunir, pensar no que todos vamos fazer, e provavelmente nos mandar de volta. Não podemos nos esconder em Idris enquanto Sebastian destrói tudo do lado de fora. Caçadores de Sombras não fazem isso.

Simon passou um dedo pela bochecha dela.

— Mas você quer que eu me esconda aqui?

— Jordan pode tomar conta de você aqui — comentou ela. — Seu guarda-costas pessoal. Você é o melhor amigo de Clary — acrescentou. — Sebastian sabe disso. Você pode ser um refém e devia estar onde ele não está.

— Ele jamais demonstrou interesse por mim. Não vejo por que começaria agora.

Ela deu de ombros e puxou mais a capa para si.

— Ele nunca demonstrou interesse em ninguém além de Clary e Jace, mas isso não significa que ele não vá começar a se interessar. Ele não é idiota. — observou ela com ar relutante, como se odiasse dar tanto crédito a Sebastian. — Clary faria qualquer coisa por você.

— Ela também faria qualquer coisa por você, Izzy. — E, diante do olhar desconfiado de Isabelle, ele abarcou a bochecha dela. — Tudo bem, então, se você não vai ficar fora tanto tempo, por que tudo isso?

Isabelle fez uma careta. A boca e as bochechas estavam rosadas, o frio trazendo o rubor à superfície. Ele queria poder encostar os lábios gelados nos dela, tão cheios de sangue, vida e calor, mas sabia que os pais dela estavam olhando.

— Ouvi Clary quando estava se despedindo de você. Ela disse que te ama.

Simon olhou fixamente para ela.

— Sim, mas ela não se referia *àquele* jeito... Izzy...

— Eu sei — protestou Isabelle. — Por favor, eu sei. Mas é só que ela diz isso com tanta facilidade, e você diz para ela com tanta facilidade, e eu nunca disse isso para ninguém. Para ninguém que não fosse meu parente.

— Mas se você diz que ama — falou Simon —, pode acabar se magoando. É por isso que não diz.

— Você também poderia acabar assim. — Os olhos dela eram grandes e pretos, e refletiam as estrelas. — Se magoando. Eu poderia magoar você.

— Eu sei — confirmou Simon. — Eu sei e não me importo. Jace me falou uma vez que você pisaria no meu coração com botas de salto alto, e isso não me impediu de ir em frente.

Isabelle arfou de um modo sutil, com uma risada espantada.

— Ele disse isso? E você continuou por perto?

Ele se inclinou em direção a ela. Se respirasse, teria remexido o cabelo de Isabelle.

— Eu consideraria isso uma honra.

Ela virou a cabeça, e os lábios deles se tocaram. Os dela eram dolorosamente quentes. Ela estava fazendo alguma coisa com as mãos — abrindo a capa, pensou Simon por um momento, mas certamente Isabelle não começaria a tirar a roupa diante de toda a família, não é? Não que Simon estivesse seguro de que teria persistência para impedi-la. Afinal de contas, ela era Isabelle, e quase — *quase* — tinha falado que o amava.

Os lábios dela roçavam a pele de Simon enquanto ela falava.

— Fique com isto — murmurou ela, e ele sentiu uma coisa fria em sua nuca, e o veludo deslizando suavemente enquanto ela se afastava e as luvas roçavam o pescoço dele.

Simon baixou o olhar. Um quadrado vermelho-sangue reluzia em seu peito. O pingente de rubi de Isabelle. Era uma herança dos Caçadores de Sombras e tinha um encanto para detectar a presença de energia demoníaca.

— Não posso ficar com isto — respondeu, chocado. — Iz, isto deve valer uma fortuna.

Ela ajeitou os ombros.

— É um empréstimo, não um presente. Guarde-o até nosso próximo encontro. — Ela passou os dedos enluvados pelo rubi. — Uma história antiga diz que ele entrou na nossa família graças a um vampiro. Então combina com você.

— Isabelle, eu...

— Não — interrompeu ela, embora ele não soubesse exatamente o que iria dizer. — Não diga isso, não agora.

Ela se afastou dele. Simon podia ver a família atrás dela, tudo que restara do Conclave. Luke tinha atravessado o Portal, e Jocelyn estava prestes a segui-lo. Alec, que vinha contornando o Instituto com as mãos nos bolsos, olhou para Isabelle e Simon, ergueu uma das sobrancelhas e continuou andando.

— Só não... só não saia com mais ninguém enquanto eu estiver fora, tá?

Ele olhou para ela.

— Isso quer dizer que a gente está namorando? — perguntou, mas Isabelle apenas esboçou um sorriso e depois deu meia-volta, correndo para o Portal. Simon viu quando ela pegou a mão de Alec e os dois entraram juntos. Maryse foi a seguinte, depois Jace, e então Clary foi a última, parada ao lado de Catarina, emoldurada pela luz azul ofuscante.

Clary piscou para Simon e passou. O garoto viu o giro do Portal ao capturá-la, e então ela se foi.

Simon pôs a mão no rubi em seu pescoço. Pensou ter sentido um batimento no interior da pedra, uma pulsação mutante. Era quase como voltar a ter um coração.

3

Pássaros até a Montanha

Clary colocou a bolsa no chão perto da porta e olhou em volta.

Ela ouvia a mãe e Luke se movendo ao redor, acomodando a própria bagagem, acendendo as pedras de luz enfeitiçada que iluminavam a casa de Amatis. Clary se abraçou. Eles ainda faziam pouca ideia de como Amatis tinha sido levada por Sebastian. Embora o lugar já tivesse sido examinado pelos membros do Conselho em busca de materiais perigosos, Clary conhecia o irmão. Se fosse controlado pelo humor, teria destruído tudo na casa, simplesmente para demonstrar que podia — transformado os sofás numa fogueira, estilhaçado os espelhos e explodido as janelas em pedacinhos.

Ela ouviu a mãe dar um leve suspiro de alívio, e soube que Jocelyn deve ter pensado o mesmo que Clary: não importava o que tivesse ocorrido, a casa parecia ótima. Não havia nada nela que indicasse que algo ruim tivesse acontecido a Amatis. Os livros estavam empilhados na mesa de centro, o piso estava empoeirado, mas não se via lixo, as fotografias na parede pareciam arrumadas. Clary sentiu uma pontada ao ver que perto da lareira havia uma fotografia recente dela, de Luke e de Jocelyn em Coney Island, abraçados e sorrindo.

Pensou na última vez que vira a irmã de Luke, Sebastian forçando Amatis a beber do Cálice Infernal enquanto ela gritava em protesto. O modo como a personalidade desaparecera dos olhos dela depois de engolir o conteúdo.

Clary se perguntava se era assim ao ver alguém morrer. Não que já não tivesse presenciado a morte também. Valentim morrera diante dela. Certamente, ela era jovem demais para ter tantos fantasmas.

Luke se deslocara para olhar a lareira e as fotografias que estavam ali. Esticou a mão para tocar uma que mostrava duas crianças de olhos azuis. Uma delas, o menino mais novo, desenhava enquanto a irmã o observava com expressão carinhosa.

Ele parecia exausto. A viagem no Portal os levara até Gard, e eles caminharam pela cidade até a casa de Amatis. Luke estremecia com frequência por causa da dor da ferida na lateral que ainda não estava curada, mas Clary duvidava que o ferimento fosse o verdadeiro problema. O silêncio na casa de Amatis, os tapetes caseiros de retalhos, os objetos de recordação cuidadosamente arrumados — tudo manifestava uma vida comum interrompida da pior forma possível.

Jocelyn caminhou e pôs a mão no ombro dele, murmurando carinhosamente. Ele se virou no círculo formado pelos braços dela e pôs a cabeça contra o ombro da mulher. Era mais um gesto de solidariedade que algo romântico, mas Clary ainda sentia como se tivesse se deparado com um momento íntimo. Silenciosamente, pegou a bolsa de lona e subiu pela escada.

O cômodo extra não tinha mudado nada. Pequeno; paredes pintadas de branco; as janelas eram circulares, como escotilhas — lá estava a janela pela qual Jace havia se arrastado determinada noite —, e a mesma colcha de retalhos na cama. Clary largou a bolsa no chão, perto da mesa de cabeceira. A mesa onde Jace deixara uma carta certa manhã, na qual dizia que ia embora e não ia voltar.

Ela se sentou na beirada da cama e tentou espanar a teia de lembranças. Clary não havia percebido como seria difícil voltar a Idris. Nova York era o lar, normal. Idris era guerra e destruição. Em Idris, tinha visto a morte pela primeira vez.

O sangue dela zunia e latejava em seus ouvidos. Ela queria ver Jace, ver Alec e Isabelle — eles a apoiariam, dariam a sensação de normalidade. Ela conseguia, de modo muito fraco, ouvir a mãe e Luke se movimentando no andar de baixo, possivelmente até mesmo o tinir das xícaras na cozinha. Ela se obrigou a se levantar e foi até os pés da cama, onde havia um baú quadrado. Era o baú que Amatis trouxera para ela quando Clary ficara ali antes, e lhe dissera para remexer nele e pegar roupas.

Agora ela estava ajoelhada, abrindo o baú. As mesmas roupas, cuidadosamente separadas entre camadas de papel: uniformes escolares, suéteres e jeans sem enfeites, blusas e saias mais formais e, por baixo de tudo, um vestido que

Clary inicialmente pensara ser um vestido de casamento. Ela o pegou. Agora que estava mais familiarizada com os Caçadores de Sombras e o mundo deles, reconhecia aquilo.

Roupas de luto. Um vestido branco simples e um casaco justinho com símbolos prateados de luto bordados no tecido — e ali, nos punhos, um desenho quase invisível de aves.

Garças. Clary pousou as roupas na cama com cuidado. Em sua mente via Amatis vestindo aquelas roupas após a morte de Stephen Herondale. Vestindo com cuidado, alisando o tecido, abotoando o casaquinho justo, tudo para chorar por um homem com quem não estava mais casada. As roupas de viúva para alguém que não fora capaz de se intitular viúva.

— Clary? — Era a mãe, inclinando-se na entrada e observando a filha. — O que são essas... Oh. — Ela cruzou o cômodo, tocou o tecido do vestido e suspirou. — Oh, Amatis.

— Ela nunca esqueceu Stephen, não é? — perguntou Clary.

— Às vezes as pessoas não esquecem. — A mão de Jocelyn foi do vestido para o cabelo de Clary, ajeitando-o com rápida precisão maternal. — E os Nephilim... nós tendemos a amar de forma muito avassaladora. Apaixonar-se uma única vez e morrer por amor. Meu antigo tutor costumava dizer que os corações dos Nephilim eram como os corações dos anjos: sentiam todas as dores humanas e nunca se curavam.

— Mas você se curou. Você amava Valentim, mas agora ama Luke.

— Eu sei. — O olhar de Jocelyn estava distante. — Foi somente quando passei mais tempo no universo mundano que comecei a perceber que os seres humanos não encaravam o amor dessa forma. Percebi que era possível tê-lo mais de uma vez, que seu coração poderia se curar, que você poderia amar várias vezes. E eu sempre amei Luke. Talvez não soubesse disso, mas eu sempre o amei. — Jocelyn apontou as roupas na cama. — Você deveria vestir o casaco de luto — falou ela. — Amanhã.

Assustada, Clary perguntou:

— Para a reunião?

— Caçadores de Sombras morreram e foram transformados em Caçadores malignos — falou Jocelyn. — Todo Caçador de Sombras perdido é filho, irmão, irmã, primo de alguém. Os Nephilim são uma família. Uma família problemática, mas... — Ela tocou o rosto da filha, a expressão seguinte escondida pelas sombras. — Durma um pouco, Clary — sugeriu. — Amanhã vai ser um dia longo.

Depois de a mãe sair e fechar a porta, Clary vestiu a camisola e deitou-se obedientemente na cama. Ela fechou os olhos e tentou dormir, mas o sono não chegava. Imagens continuavam a irromper atrás das pálpebras feito fogos de artifício: anjos caindo do céu; sangue dourado; Ithuriel em suas correntes, os olhos vendados, falando-lhe sobre as imagens dos símbolos que ele lhe dera durante a vida, visões e sonhos com o futuro. Ela se recordava dos sonhos do irmão, com asas pretas que espirravam sangue, caminhando sobre um lago congelado...

Tirou a colcha. Estava com calor e coceira, agitada demais para dormir. Depois de sair da cama, andou na ponta dos pés até o andar de baixo, buscando um copo de água. A sala de estar estava semi-iluminada, e a pouca claridade da pedra de luz enfeitiçada se derramava pelo corredor. Ouviam-se murmúrios atrás da porta. Clary seguiu com cautela pelo corredor até que os sussurros começaram a ganhar forma e familiaridade. Ela reconheceu primeiro a voz da mãe, tensa por causa da ansiedade.

— Mas eu não compreendo como isto poderia ter ficado no armário — dizia ela. — Eu não vejo desde... desde que Valentim tirou tudo o que era nosso, lá em Nova York.

— Clary não disse que estava com Jonathan? — perguntou Luke.

— Sim, mas então ele teria sido destruído com aquele apartamento nojento, não teria? — A voz de Jocelyn se elevou quando Clary se postou à entrada da cozinha. — Aquele com todas as roupas que Valentim comprou para mim. Como se eu estivesse voltando.

Clary ficou bem quietinha. A mãe e Luke estavam sentados à mesa da cozinha; Jocelyn, com a cabeça apoiada em uma das mãos, e Luke esfregando as costas dela. Clary contara à mãe tudo sobre o apartamento, sobre como Valentim o mantivera com todas as coisas de Jocelyn, certo de que um dia a esposa voltaria a morar com ele. A mãe ouvira tranquilamente, mas era evidente que a história a perturbara muito mais do que Clary percebera.

— Agora ele se foi, Jocelyn — disse Luke. — Sei que pode parecer quase impossível. Valentim sempre foi uma presença tão grandiosa, mesmo quando estava se escondendo. Mas ele realmente está morto.

— Mas meu filho não está — falou Jocelyn. — Você sabia que eu costumava pegar esta caixa e chorar sobre ela, todos os anos, no aniversário dele? Às vezes sonho com um garoto de olhos verdes, um garoto que nunca foi envenenado com o sangue demoníaco, um garoto capaz de rir, de amar e de ser humano, e era por esse garoto que eu chorava; mas esse garoto nunca existiu.

Pegava e chorava sobre ela, pensou Clary; ela sabia sobre qual caixa a mãe se referia. A tal caixa era um memorial a uma criança que havia morrido, embora ainda estivesse viva. A caixa continha cachos de cabelo do bebê, fotografias e um sapatinho minúsculo. Da última vez que Clary a vira, ela estava com o irmão. Valentim deve tê-la dado a ele, embora ela nunca pudesse compreender por que ele a guardara. Dificilmente era do tipo sentimental.

— Você vai ter que contar à Clave — observou Luke. — Se for algo relacionado a Sebastian, vão querer saber.

Clary sentiu o estômago gelar.

— Eu queria não ter que fazer isso — falou Jocelyn. — Queria poder jogar toda essa história numa fogueira. Odeio que isso seja minha culpa — desabafou. — E tudo que eu sempre quis foi proteger Clary. Porém o que mais me apavora por causa dela, por causa de todos nós, é que ele é alguém que não estaria vivo se não fosse por mim. — A voz de Jocelyn se tornou indiferente e amarga. — Eu deveria tê-lo matado quando era um bebê — disse e recostou-se, afastando-se de Luke de modo que Clary conseguiu ver o que havia na superfície da mesa da cozinha. Era a caixa de prata, exatamente como ela se recordava dela. Pesada, com uma tampa simples e as iniciais *J.C.* entalhadas na lateral.

O sol da manhã refletiu nos portões novos diante do Gard. Os antigos, imaginou Clary, tinham sido destruídos na batalha que arrasara grande parte do Gard e chamuscara as árvores ao longo da encosta. Dava para ver Alicante logo abaixo, depois dos portões, a água reluzente nos canais, as torres demoníacas estendendo-se até um ponto onde o sol as fazia cintilar feito mica brilhando na pedra.

O Gard em si tinha sido restaurado. O incêndio não destruíra os muros de pedra nem as torres, e o muro ainda o cercava, com os novos portões feitos do mais rígido e puro *adamas* que formava as torres demoníacas. Eles pareciam ter sido forjados à mão, com as linhas se curvando para circular o símbolo do Conselho — três *Cs* e um *P* dentro de um quadrado, que representavam o Conselho, a Clave, o Cônsul e o Pacto. A curva de cada letra tinha um símbolo de uma das divisões dos membros do Submundo. Uma lua crescente para os lobos, um livro de magia para os feiticeiros, uma flecha élfica para o Povo das Fadas e, para os vampiros, uma estrela.

Uma estrela. Clary não conseguira pensar em nada que simbolizasse os vampiros. Sangue? Presas? Mas havia algo de simples e elegante na estrela. Era reluzente na escuridão. Uma escuridão que nunca seria iluminada, e era solitária de um jeito que apenas criaturas imortais poderiam ser.

Clary sentia uma saudade tão grande de Simon que chegava a doer. Ela estava exausta após uma noite de pouco sono, e as reservas emocionais estavam baixas. O fato de sentir-se como se fosse o centro de uma centena de olhares hostis também não ajudava. Dezenas de Caçadores de Sombras perambulavam pelos portões, e a maioria era desconhecida. Muitos lançavam olhares disfarçados para Jocelyn e Luke; alguns vinham cumprimentá-los, enquanto outros ficavam para trás e observavam com curiosidade. Jocelyn parecia manter a calma com um pouco de esforço.

Mais Caçadores de Sombras estavam subindo a trilha ao longo da Colina Gard. Aliviada, Clary reconheceu os Lightwood — Maryse na frente, com Robert ao lado dela; Isabelle, Alec e Jace vinham em seguida. Eles vestiam as roupas de luto brancas. Maryse parecia especialmente melancólica. Clary notou que ela e Robert caminhavam lado a lado, porém afastados, nem mesmo as mãos se tocavam.

Jace afastou-se do grupo e caminhou em direção a ela. Os olhares o acompanhavam conforme ele prosseguia, embora ele parecesse indiferente. Jace era famoso de um modo estranho entre os Nephilim: era o filho de Valentim que, na verdade, não tinha sido filho. Sequestrado por Sebastian, resgatado pela lâmina do Céu. Clary conhecia muito bem aquela história, bem como todos os outros próximos a Jace, mas os rumores cresceram como corais, ganhando camadas e novas tonalidades.

"... sangue do anjo..."

"... poderes especiais..."

"... ouvi que Valentim ensinou truques a ele..."

"... fogo em seu sangue..."

"... não serve para os Nephilim..."

Ela ouvia os murmúrios, mesmo enquanto Jace caminhava entre eles.

Era um dia claro de inverno, frio, porém ensolarado, e a luz destacava as mechas douradas e prateadas do cabelo de Jace e faziam Clary apertar os olhos conforme ele se aproximava dela no portão.

— Roupa de luto? — perguntou ele, e tocou a manga do casaco.

— Você está usando — observou ela.

— Não achei que você tivesse alguma.

— É de Amatis — falou Clary. — Olhe, eu tenho que te contar uma coisa.

Ele permitiu que ela o puxasse para o lado. Clary descreveu a conversa entre sua mãe e Luke a respeito da caixa.

— Sem dúvida é a caixa da qual me lembro. É a caixa que minha mãe tinha quando eu era criança, e a que estava no apartamento de Sebastian quando estive lá.

Jace passou uma das mãos pelas mechas finas do cabelo.

— Achei mesmo que houvesse alguma coisa — falou ele. — Maryse recebeu um recado de sua mãe hoje de manhã. — O olhar dele era íntimo. — Sebastian Transformou a irmã de Luke — acrescentou. — Ele fez isso de propósito, para magoar Luke e magoar sua mãe através de Luke. Ele a odeia. Deve ter vindo a Alicante para pegar Amatis, naquela noite que lutamos em Burren. Ele me contou o que ia fazer, quando nós estávamos ligados. Disse que ia raptar um Caçador de Sombras de Alicante, mas não disse qual.

Clary assentiu. Sempre era estranho ouvir Jace falar sobre o *eu* que ele tinha sido. O Jace que era amigo de Sebastian, mais que amigo, um aliado. O Jace que usava a pele e o rosto de Jace, mas que na verdade era alguém totalmente diferente.

— Ele deve ter trazido a caixa e deixado na casa dela — completou o garoto. — Ele saberia que sua família a encontraria um dia. Pensou nela como uma mensagem ou assinatura.

— É isso o que a Clave acha? — perguntou Clary.

— É isso o que eu acho — falou Jace, e se concentrou nela. — E você sabe que nós dois podemos interpretar Sebastian melhor do que eles podem ou poderão. Eles não o compreendem de modo algum.

— Sorte a deles.

O som de um sino ecoou, e os portões se abriram. Clary e Jace se juntaram aos Lightwood, a Luke e a Jocelyn na torrente de Caçadores de Sombras que se reuniam ali. Eles passaram pelos jardins externos da fortaleza, subiram alguns degraus, depois passaram por outro conjunto de portas e adentraram um corredor que terminava na câmara do Conselho.

Jia Penhallow, em trajes de Consulesa, parou à entrada da câmara enquanto Caçadores de Sombras se acomodavam, um após o outro. Originalmente, o cômodo era um anfiteatro: um semicírculo de bancos em camadas que davam para um estrado retangular na parte da frente da sala. Havia dois púlpitos no estrado: um para a Consulesa e um para o Inquisidor e, atrás dos púlpitos, duas janelas, retângulos imensos com vista para Alicante.

Clary sentou-se com os Lightwood e a mãe, enquanto Robert Lightwood se dirigia ao corredor central para assumir o lugar do Inquisidor. No estrado, atrás dos púlpitos, havia quatro cadeiras, e, nas costas altas de cada uma, havia um símbolo inscrito: um livro de magia, uma lua, uma flecha, uma estrela. Os assentos para os seres do Submundo do Conselho. Luke deu uma olhada em seu assento, porém sentou-se ao lado de Jocelyn. Não era uma reunião plena do Conselho, com a presença de membros do Submundo. Luke não estava desempenhando uma função. Diante dos assentos fora erguida uma mesa coberta com veludo azul. Sobre o veludo, via-se um objeto longo e afiado, uma coisa que brilhava sob a luz das janelas. A Espada Mortal.

Clary olhou ao redor. A torrente de Caçadores de Sombras tinha diminuído para um gotejo; o cômodo estava praticamente cheio até o teto, que produzia ecos. Antigamente havia outras entradas além daquela do Gard. A abadia de Westminster tivera uma, ela sabia, bem como a Sagrada Família e a catedral de São Basílio, o Abençoado, mas todas foram fechadas com a invenção dos Portais. Ela não conseguia evitar se perguntar se era algum tipo de magia que evitava que a sala do Conselho transbordasse. Estava cheia como ela nunca vira, mas ainda assim havia assentos vazios quando Jia Penhallow subiu no estrado e bateu palmas com força.

— Por favor, prestem atenção, membros do Conselho — falou ela.

O silêncio se instaurou rapidamente, muitos dos Caçadores de Sombras estavam se inclinando para a frente. Os rumores tinham voado como pássaros em pânico, e havia uma eletricidade no ambiente, a corrente crepitante de pessoas desesperadas por informações.

— Bangcoc, Buenos Aires, Oslo, Berlim, Moscou, Los Angeles — falou Jia. — Atacadas em rápida sucessão, antes que os ataques pudessem ser informados. Antes que avisos pudessem ser dados. Em todos os Conclaves nessas cidades, tivemos Caçadores de Sombras capturados e Transformados. Uns poucos, lamentavelmente poucos, os muito velhos ou muito jovens, foram mortos. Os corpos foram abandonados para nós queimarmos, para acrescentarmos às vozes dos Caçadores de Sombras na Cidade do Silêncio.

Uma voz falou de uma das fileiras da frente. Uma mulher com cabelos pretos, o desenho prateado de uma carpa tatuado e se destacando na pele marrom da bochecha. Clary raramente via Caçadores de Sombras com tatuagens que não fossem Marcas, mas não era um caso inédito.

— Você falou "Transformados" — observou ela. — Mas não quer dizer "destruídos"?

Jia enrijeceu a boca.

— Não quero dizer "destruídos" — falou. — Quero dizer "Transformados". Nós estamos falando dos Crepusculares, aqueles que Jonathan Morgenstern ou Sebastian, como ele prefere ser chamado, Transformou para desviar de seus fins como Nephilim usando o Cálice Infernal. Todos os Institutos receberam relatórios do ocorrido em Burren. A existência dos Crepusculares é algo sobre o qual sabíamos há algum tempo, mesmo que talvez houvesse aqueles que não queriam acreditar.

Um murmúrio circulou pela sala. Clary mal o ouviu. Estava consciente da mão de Jace ao redor da sua, mas ouvia o vento em Burren e via os Caçadores de Sombras se erguendo do Cálice Infernal e encarando Sebastian, com as Marcas do *Livro Gray* já desaparecendo da pele...

— Caçadores de Sombras não enfrentam Caçadores de Sombras — afirmou um homem idoso em uma das primeiras fileiras. Jace murmurou no ouvido de Clary que o sujeito era o líder do Instituto de Reykjavík. — É uma blasfêmia.

— *É* blasfêmia — concordou Jia. — Blasfêmia é o credo de Sebastian Morgenstern. O pai dele queria limpar o mundo dos Caçadores de Sombras. Sebastian quer algo muito diferente. Ele quer os Nephilim reduzidos a cinzas, e quer usar os Nephilim para fazer isso.

— Sem dúvida, se ele foi capaz de transformar os Nephilim em... em monstros, deveríamos ser capazes de encontrar um meio de transformá-los de volta — falou Nasreen Choudhury, a líder do Instituto de Mumbai, magnífica em seu sari branco decorado com símbolos. — Sem dúvida, não deveríamos desistir tão facilmente.

— O corpo de um dos Crepusculares foi encontrado em Berlim — disse Robert. — Estava ferido, provavelmente abandonado para morrer. Os Irmãos do Silêncio o estão examinando neste momento para ver se conseguem reunir alguma informação que talvez leve a uma cura.

— Qual dos Crepusculares? — perguntou a mulher com a tatuagem de carpa. — Ele tinha um nome antes de ser Transformado. Um nome de Caçador de Sombras.

— Amalric Kriegsmesser — disse Robert após um momento de hesitação. — A família já foi avisada.

Os feiticeiros do Labirinto Espiral estão trabalhando numa cura. A voz multidirecional e sussurrada de um Irmão do Silêncio ecoou no cômodo. Clary reconheceu Irmão Zachariah parado, com as mãos cruzadas, próximo ao estrado. Ao lado dele, Helen Blackthorn, vestida com a roupa branca de luto e parecendo ansiosa.

— Eles são feiticeiros — falou outra pessoa em tom indiferente. — Sem dúvida, não vão fazer melhor que nossos próprios Irmãos do Silêncio.

— Será que Kriegsmesser não pode ser interrogado? — interrompeu uma mulher alta com cabelo branco. — Talvez ele conheça o próximo passo de Sebastian, ou mesmo uma forma de curar sua condição...

Amalric Kriegsmesser mal está consciente; além disso, ele é um servo do Cálice Infernal, disse Irmão Zachariah. *O Cálice Infernal o controla completamente. Ele não tem vontade própria e, portanto, não tem vontade a ser quebrada.*

A mulher com a tatuagem de carpa voltou a falar em voz alta:

— É verdade que Sebastian Morgenstern está invulnerável agora? Que não pode ser morto?

Ouviu-se um murmúrio na sala. Jia falou, erguendo a voz:

— Como eu disse, não houve sobreviventes Nephilim do primeiro ataque. Mas o último foi no Instituto em Los Angeles e seis sobreviveram. Seis crianças. — Ela se virou. — Helen Blackthorn, por favor, traga as testemunhas.

Clary viu Helen assentir e desaparecer por uma porta lateral. Um instante depois, ela retornou; caminhava devagar e cuidadosamente agora, a mão nas costas de um garoto magro com cabelos castanhos ondulados e desgrenhados. Ele não podia ter mais de 12 anos. Clary o reconheceu imediatamente. Ela o tinha visto na nave do Instituto na primeira vez que encontrara Helen, o pulso preso no aperto da irmã mais velha, as mãos cobertas de cera porque estivera brincando com os tocos de vela que decoravam o interior da catedral. Ele tinha um sorriso travesso e os mesmos olhos azuis-esverdeados da irmã.

Julian, Helen o chamara. Seu irmão mais novo.

O sorriso travesso tinha esmorecido agora. O garoto parecia cansado, sujo e apavorado. Pulsos finos emergiam dos punhos de uma jaqueta de luto branca, com mangas curtas demais para ele. Carregava um menininho, provavelmente com não mais de 3 anos, com cachos castanhos embaraçados; parecia uma característica de família. As crianças restantes usavam roupas de luto similares emprestadas. Atrás de Julian havia uma garota de cerca de 10 anos, sua mão firmemente presa na mão de um menino da mesma idade. O cabelo da garota era castanho-escuro, mas o menino tinha cachos pretos embaraçados que praticamente obscureciam o rosto dele. Gêmeos fraternos, imaginou Clary. Depois deles, veio uma garota que poderia ter 8 ou 9 anos, com o rosto redondo e muito pálido entre tranças castanhas. Todos os Blackthorn — pois a semelhança de família era impressionante — pareciam admirados e assustados, menos Helen, cuja expressão era uma mistura de fúria e tristeza.

A infelicidade em seus rostos partiu o coração de Clary. Ela pensou no poder dos símbolos, desejando poder criar um que diminuísse o golpe da perda. As marcas de luto existiam, mas somente para homenagear os mortos, do mesmo modo que existiam símbolos de amor, como as alianças de casamento, para simbolizar o vínculo do amor. Você não poderia fazer alguém amar com uma marca, e não poderia diminuir a tristeza com um símbolo também. Tanta mágica, pensou Clary, e nada para emendar um coração partido.

— Julian Blackthorn — disse Jia Penhallow, e sua voz foi gentil. — Dê um passo à frente, por favor.

Julian engoliu em seco e acenou com a cabeça, entregando o menininho que segurava para a irmã mais velha. Ele deu um passo adiante, e seus olhos percorreram o salão. Era evidente que estava examinando o espaço em busca de alguém. Os ombros começavam a se encolher quando outro vulto correu até o estrado. Uma garota, com mais ou menos 12 anos também e um emaranhado de cabelo louro-escuro que descia pelos ombros. Vestia um jeans e uma camiseta que não lhe cabiam muito bem, e a cabeça estava abaixada, como se não conseguisse suportar tantas pessoas olhando para ela. Era evidente que não queria estar ali (no estrado ou talvez até em Idris), mas no instante em que a viu, Julian pareceu relaxar. O olhar apavorado desapareceu de sua expressão enquanto ela caminhava para ficar ao lado de Helen, o rosto ainda abaixado e distante da multidão.

— Julian — disse Jia, com a mesma voz gentil —, você faria uma coisa para nós? Você pegaria a Espada Mortal?

Clary sentou-se muito ereta. Ela havia segurado a Espada Mortal; sentira o peso daquela arma. O frio, semelhante a ganchos em sua pele, arrancava a verdade de você. Ao segurar a Espada Mortal, você não conseguia mais mentir, mas a verdade, mesmo a verdade que você queria contar, era uma agonia.

— Eles não podem — murmurou ela. — Ele é apenas uma criança...

— Ele é o mais velho das crianças que escaparam do Instituto de Los Angeles — comentou Jace bem baixinho. — Eles não têm opção.

Julian acenou com a cabeça, os ombros magros esticados.

— Vou pegar.

Então Robert Lightwood passou por trás do púlpito e foi até a mesa. Ele ergueu a Espada e voltou, até parar na frente de Julian. O contraste entre eles era quase engraçado — o homem grande e de peito largo e o adolescente de cabelos selvagens e cheios.

Julian esticou uma das mãos e pegou a Espada. Quando os dedos apertaram ao redor do cabo, ele estremeceu, uma onda de dor rapidamente forçada para baixo. A garota loura atrás dele correu para a frente, e Clary captou um relance da expressão no rosto dela: fúria pura, antes de Helen segurá-la e puxá-la para trás.

Jia se ajoelhou. Era uma visão estranha, o garoto com a Espada, apoiado de um lado pela Consulesa, com as vestes se espalhando ao redor dela, e, do outro lado, pelo Inquisidor.

— Julian — disse Jia, e, embora sua voz fosse baixa, espalhava-se por toda a sala do Conselho. — Pode nos dizer quem está no estrado aqui com você hoje?

Em sua voz límpida de garoto, Julian falou:

— A senhora. O Inquisidor. Minha família: minha irmã Helen, Tiberius e Livia, Drusilla e Tavvy. Octavian. E minha melhor amiga, Emma Carstairs.

— E todos eles estavam com você quando o Instituto foi atacado?

Julian balançou a cabeça.

— Helen, não — disse ele. — Ela estava aqui.

— Pode nos contar o que viu, Julian? Sem esquecer nenhum detalhe?

Julian engoliu em seco. Ele estava pálido. Clary podia imaginar a dor que sentia, o peso da Espada.

— Foi à tarde — começou ele. — Estávamos praticando na sala de treinamento. Katerina estava nos ensinando. Mark observava. Os pais de Emma estavam numa patrulha rotineira na praia. Vimos um clarão de luz; pensei que fosse um relâmpago ou fogos de artifício. Mas... não era. Katerina e Mark nos deixaram e desceram para o primeiro andar. Disseram para ficarmos na sala de treinamento.

— Mas vocês não ficaram — falou Jia.

— Nós ouvíamos os sons de luta. E nos dividimos: Emma foi pegar Drusilla e Octavian, e eu fui até o gabinete com Livia e Tiberius para chamar a Clave. Tivemos que nos esgueirar pela entrada principal para chegar lá. Quando chegamos, eu o vi.

— Viu?

— Eu sabia que era um Caçador de Sombras, mas não exatamente. Ele estava usando uma capa vermelha, coberta com símbolos.

— Que símbolos?

— Eu não os conhecia, mas havia alguma coisa errada com eles. Não eram como os símbolos do *Livro Gray*. Ao olhar, eles me deram um tipo de enjoo. E ele puxou o capuz para trás; tinha cabelo branco, por isso no início pensei que fosse velho. Depois percebi que era Sebastian Morgenstern. Ele segurava uma espada.

— Você pode descrever a espada?

— Prateada, com um padrão de estrelas pretas na lâmina e no cabo. Ele a estendeu e... — A respiração de Julian saiu de uma vez, e Clary quase conseguiu sentir, sentir o horror da lembrança lutando contra a compulsão de contar, de reviver aquilo. Ela se inclinou, com as mãos em punhos, e mal percebeu que as unhas estavam se enterrando nas palmas. — Ele a segurou contra o pescoço do meu pai — prosseguiu o garoto. — Havia outros com Sebastian. Também estavam vestidos de vermelho...

— Caçadores de Sombras? — perguntou Jia.

— Eu não sei. — Julian começou a ficar ofegante. — Alguns usavam capas pretas. Outros, o uniforme, mas era vermelho. Nunca vi uniforme vermelho. Havia uma mulher, com cabelo castanho, e ela segurava um cálice que parecia o Cálice Mortal. Ela fez meu pai beber dele. Meu pai caiu e gritou. Também ouvi meu irmão gritando.

— Qual dos seus irmãos? — perguntou Robert Lightwood.

— Mark — respondeu Julian. — Vi quando começaram a passar pela entrada, e Mark se virou e gritou para nós corrermos para o andar de cima e fugirmos. Caí no degrau do alto, e, quando olhei para baixo, estavam se amontoando em cima dele... — Julian fez um som como se estivesse engasgando. — E meu pai estava parado, e os olhos dele também estavam pretos, e ele começou a andar na direção de Mark, assim como o restante deles, como se nem o conhecesse...

A voz de Julian falhou, no mesmo instante em que a garota loura se soltou do aperto de Helen, se jogando entre Julian e a Consulesa.

— Emma! — chamou Helen, e deu um passo à frente, mas Jia esticou uma das mãos para mantê-la para trás. Emma estava com o rosto pálido e ofegante. Clary pensou que jamais tinha visto tanta raiva contida numa figura tão pequena.

— Deixem-no em paz! — berrou Emma, e abriu bem os braços, como se pudesse proteger Julian atrás de si, embora fosse bem mais baixa. — Vocês o estão torturando! Deixem-no em paz!

— Está tudo bem, Emma — falou Julian, embora a cor estivesse começando a voltar ao seu rosto, agora que não o interrogavam mais. — Eles precisam fazer isso.

Ela se virou para ele.

— Não. Não precisam. Eu estava lá também. Vi o que aconteceu. Façam comigo. — Ela esticou as mãos, como se implorando para colocarem a Espada ali. — Fui eu quem golpeou Sebastian no coração. Fui eu quem viu quando ele não morreu. Vocês deveriam estar perguntando *a mim*!

— Não — começou Julian, e depois Jia falou, ainda com voz gentil:

— Emma, nós *vamos* perguntar a você, a seguir. A Espada é dolorosa, mas não causa mal...

— Parem! — falou a garota. — Apenas parem. — E ela foi até Julian, que segurava a Espada com força. Era evidente que ele não tinha a intenção de entregá-la. O garoto balançava a cabeça para Emma, mesmo quando ela pôs as mãos sobre as dele, de modo que ambos estavam segurando a Espada agora.

— Eu golpeei Sebastian — falou Emma, e sua voz soou pelo cômodo. — E ele arrancou a adaga do peito, deu uma risada. E falou: "É uma pena que você não vá viver — falou para ela. — Viver para contar à Clave que Lilith me fortaleceu tremendamente. Talvez a Gloriosa pudesse pôr fim à minha vida. Uma pena para os Nephilim que não haja mais favores que possam pedir aos Céus, e que nenhuma das insignificantes armas de guerra que forjam na Cidadela Adamant possa me ferir agora."

Clary estremeceu. Ela ouviu Sebastian nas palavras de Emma e quase podia enxergá-lo parado diante de si. Conversas irromperam entre a Clave, abafando o que Jace falou a ela em seguida.

— Você tem certeza de que não errou o coração dele? — perguntou Robert, as sobrancelhas escuras franzidas.

Foi Julian quem respondeu:

— Emma não erra. — E pareceu ofendido, como se tivessem acabado de insultá-lo.

— Sei onde fica o coração — disse Emma, e se afastou de Julian com um passo para trás, lançando um olhar de raiva, mais que raiva, e sim mágoa, à Consulesa e ao Inquisidor. — Mas não acho que vocês saibam.

A voz se elevou, e a garota girou e saiu correndo do estrado, praticamente dando uma cotovelada em Robert ao passar. Desapareceu pela mesma porta por onde tinha entrado, e Clary ouviu a própria respiração se esvair entre os dentes — será que ninguém ia atrás da menina? Era evidente que Julian queria ir, mas, preso entre a Consulesa e o Inquisidor e carregando o peso da Espada Mortal, não conseguia se mexer. Helen procurava por ela com uma expressão de pura dor, e seus braços aninhavam o menino mais novo, Tavvy.

E então Clary ficou de pé. A mãe esticou a mão para ela, mas a garota já seguia apressada pelo corredor inclinado entre as fileiras de assentos. O corredor transformou-se em degraus de madeira; Clary fazia barulho ao subir neles, passando pela Consulesa, pelo Inquisidor, por Helen, até a porta lateral, indo atrás de Emma.

Ela quase derrubou Aline, que estava parada perto da porta aberta e observava, de cara feia, o que acontecia na sala do Conselho. A careta desapareceu quando ela viu Clary, e foi substituída por uma expressão de surpresa.

— O que você está fazendo?

— A garotinha — disse Clary, sem fôlego. — Emma. Ela correu aqui para trás.

— Eu sei. Tentei bloqueá-la, mas ela se afastou de mim. Ela simplesmente... — Aline suspirou e olhou para a sala do Conselho, onde Jia havia recomeçado a interrogar Julian. — Tem sido tão difícil para eles, para Helen e os outros. Você sabe que a mãe deles morreu há apenas alguns anos. Tudo que têm agora é um tio em Londres.

— Isso significa que vão mudar as crianças para Londres? Sabe, quando tudo isso acabar — questionou Clary.

Aline balançou a cabeça.

— Ofereceram ao tio a liderança do Instituto de Los Angeles. Acho que eles têm esperanças de que ele assuma o trabalho e crie os sobrinhos. No entanto, temo que ainda não tenha concordado. Provavelmente está em choque. Quero dizer, ele perdeu o sobrinho, o irmão... Andrew Blackthorn não está morto, mas poderia muito bem estar. De certo modo, é pior. — A voz dela era amarga.

— Eu sei — disse Clary. — Sei exatamente como é.

Aline olhou para ela com mais atenção.

— Suponho que sim — comentou ela. — É só que... Helen. Queria poder fazer mais por ela. Está se roendo de culpa por estar aqui comigo, e não em Los Angeles, quando o Instituto foi atacado. E está se esforçando tanto, mas não pode ser a mãe de todas aquelas crianças, e o tio não chegou aqui ainda, e tem Emma, que o Anjo a ajude. Ela nem mesmo tem um resquício de família...

— Eu gostaria de conversar com ela. Com Emma.

Aline pôs um cacho do cabelo para trás da orelha; o anel dos Blackthorn reluziu na mão direita.

— Ela não vai conversar com ninguém, a não ser com Julian.

— Deixe-me tentar — pediu Clary. — Por favor.

Aline olhou para a expressão determinada no rosto de Clary e suspirou.

— Siga o corredor... o primeiro quarto à esquerda.

O corredor fazia uma curva depois da sala do Conselho. Clary ouvia as vozes dos Caçadores de Sombras diminuindo conforme caminhava. As paredes eram de pedra lisa, cobertas com tapeçarias que representavam cenas gloriosas da história dos Caçadores de Sombras. A primeira porta que apareceu à esquerda era de madeira, muito simples. Estava parcialmente aberta, mas Clary bateu levemente antes de abrir, para não surpreender quem estivesse lá dentro.

O quarto era simples, com revestimento de madeira e uma confusão de cadeiras, amontadas às pressas. Clary achou ali parecido com a sala de espera de um hospital. Tinha aquela sensação pesada no ar, de um local impermanente onde as pessoas enfrentavam a ansiedade e a tristeza em ambientes desconhecidos.

No canto do quarto, via-se uma cadeira apoiada na parede, e ali estava Emma. Parecia menor do que quando vista à distância. Vestia apenas a camiseta de mangas curtas, e nos braços nus era possível ver as Marcas, o símbolo de Vidência na mão esquerda — então ela era canhota como Jace —, que pousava no cabo de uma espada curta sem bainha, no colo da menina. De perto, Clary podia ver que o cabelo de Emma era louro-claro, mas estava embaraçado e sujo o suficiente para parecer mais escuro. Em meio ao emaranhado de cabelo, a garota olhou com expressão de desafio.

— O quê? — disse ela. — O que você quer?

— Nada — retrucou Clary, e empurrou a porta, fechando-a atrás de si. — Apenas conversar com você.

Emma semicerrou os olhos, desconfiada.

— Você quer usar a Espada Mortal em mim? Me interrogar?

— Não. Já usaram a espada em mim, e foi horrível. Lamento por a terem usado no seu amigo. Acho que deveriam ter encontrado outro meio.

— Acho que deveriam confiar nele — falou Emma. — Julian não mente. — Ela olhou para Clary, como se a desafiando a discordar.

— Claro que não — disse Clary, e deu um passo para dentro do quarto; ela sentia como se estivesse tentando não assustar algum tipo de criatura selvagem, na floresta. — Julian é seu melhor amigo, não é?

Emma fez que sim com a cabeça.

— Meu melhor amigo também é um garoto. O nome dele é Simon.

— E onde ele está? — Os olhos de Emma se moveram para trás de Clary, como se ela esperasse que Simon subitamente se materializasse.

— Ele está em Nova York — respondeu Clary. — Sinto muita saudade dele.

Parecia que aquilo fazia todo o sentido.

— Uma vez Julian foi para Nova York — disse ela. — Eu senti saudade dele, então, quando ele voltou, eu o fiz prometer que não iria a parte alguma sem mim novamente.

Clary sorriu e se aproximou de Emma.

— Sua espada é bonita — falou ela, apontando para a arma apoiada no colo da garota.

A expressão de Emma se suavizou um pouco. Ela tocou a lâmina, gravada com um padrão delicado de folhas e símbolos. O guarda-mão era dourado, e na lâmina estavam entalhadas as palavras: *Eu sou Cortana, do mesmo aço e da mesma têmpera que Joyeuse e Durendal.*

— Era do meu pai. Tem passado de geração em geração na família Carstairs. É uma espada famosa — acrescentou ela, com orgulho. — Foi feita há muito tempo.

— Do mesmo aço e da mesma têmpera que Joyeuse e Durendal — disse Clary. — As duas são espadas famosas. Você sabe quem foram os donos dessas espadas?

— Quem?

— Heróis — disse Clary, e se ajoelhou no chão para poder olhar o rosto da garota.

Emma fez uma careta.

— Não sou um herói — retrucou ela. — Não fiz nada para salvar o pai de Julian nem Mark.

— Eu sinto muito — disse Clary. — Sei como é ver alguém de quem você gosta ir para as trevas. Ser transformado em outra pessoa.

Mas Emma estava balançando a cabeça.

— Mark não foi para as trevas. Eles o levaram embora.

Clary franziu a testa.

— Levaram embora?

— Não queriam que ele bebesse do Cálice por causa do sangue de fada — explicou Emma, e Clary se lembrou de Alec dizendo que havia um ancestral fada na árvore genealógica dos Blackthorn. Como se prevendo a pergunta seguinte de Clary, Emma falou, cansada:

— Apenas Mark e Helen têm sangue de fada. A mãe deles era a mesma, mas ela os deixou com o Sr. Blackthorn quando eram pequenos. A mãe de Julian e dos outros não é a mesma.

— Ah — disse Clary, sem querer pressionar muito e sem desejar que a garota magoada pensasse que ela era apenas mais um adulto enxergando-na como uma fonte de respostas para suas perguntas e nada mais. — Eu conheço Helen. Mark se parece com ela?

— Sim. Helen e Mark têm orelhas um pouco pontudas e cabelo claro. Nenhum dos outros Blackthorn é louro. Eles têm cabelo castanho, menos Ty, e ninguém sabe por que ele tem cabelo preto. Livvy não tem e é a gêmea dele. — Um pouco de cor e animação tinha voltado ao rosto de Emma; era evidente que ela gostava de falar dos Blackthorn.

— Então eles não queriam que Mark bebesse do Cálice? — continuou Clary. Intimamente, ela estava surpresa por Sebastian se importar, de um jeito ou de outro. Ele nunca tivera a obsessão de Valentim com os membros do Submundo, embora não aparentasse gostar deles. — Talvez não funcione se você tiver o sangue de um ser do Submundo.

— Talvez — disse Emma.

Clary esticou a mão e a colocou sobre a mão de Emma. Ela temia a resposta, mas precisava perguntar:

— Ele não Transformou seus pais, não é?

— Não... não — falou Emma, e a voz estava tremendo. — Eles estão mortos. Não estavam no Instituto; eles investigavam uma informação sobre atividade demoníaca. Os corpos foram levados para a praia depois do ataque. Eu poderia ter ido com eles, mas queria ficar no Instituto. Queria treinar com Jules. Se eu tivesse ido com eles...

— Se você tivesse ido, também estaria morta — observou Clary.

— Como você sabe? — indagou Emma, mas havia algo em seus olhos, alguma coisa que queria acreditar naquilo.

— Posso ver que você é uma boa Caçadora de Sombras — falou Clary. — Estou vendo suas Marcas. E vejo suas cicatrizes. E o modo como você segura a espada. Se é assim tão boa, só posso imaginar que eles realmente eram bons também. E algo capaz de matar os dois não poderia ser detido por você. — Ela tocou a espada de leve e concluiu: — Heróis nem sempre são os que vencem. Algumas vezes, são os que perdem. Mas eles continuam lutando, continuam voltando. Não desistem. É isso que faz deles heróis.

Emma inspirou de forma entrecortada, no mesmo instante em que uma batida soou à porta. Clary virou um pouco quando esta abriu, deixando a luz do corredor entrar, e também Jace. Ele sustentou o olhar dela e sorriu, se apoiando no batente. O cabelo era louro-dourado escuro, e os olhos tinham um tom mais claro. Às vezes Clary acreditava-se capaz de ver o fogo dentro dele, iluminando os olhos, a pele e as veias, correndo pouco abaixo da superfície.

— Clary — chamou ele.

Ela pensou ter ouvido um gritinho atrás de si. Emma estava agarrando a espada e olhava de Clary para Jace com olhos muito arregalados.

— O Conselho terminou — explicou ele. — E não acho que Jia tenha ficado muito satisfeita por você ter corrido para cá.

— Então estou encrencada — falou Clary.

— Como sempre — disse Jace, mas o sorriso dele tirou qualquer irritação daquilo. — Estamos todos indo embora. Está pronta para ir?

Ela balançou a cabeça.

— Vou encontrar vocês na sua casa. Aí vão poder me contar o que aconteceu no Conselho.

Ele hesitou.

— Peça a Aline ou Helen para irem com você — aconselhou, finalmente. — A casa da Consulesa fica no fim da rua, depois da casa do Inquisidor. — Ele fechou o zíper da jaqueta e saiu do quarto silenciosamente, fechando a porta.

Clary virou-se novamente para Emma, que ainda a fitava.

— Você conhece Jace Lightwood? — perguntou a garota.

— Eu... O quê?

— Ele é famoso — falou Emma, com espanto evidente. — Ele é o melhor Caçador de Sombras. O *melhor*.

— Ele é meu amigo — falou Clary, e percebeu que a conversa havia tomado um rumo inesperado.

Emma deu uma olhadela com ar superior.

— Ele é seu namorado.

— Como você...?

— Eu vi o modo como ele olhou para você — disse Emma —, e, de qualquer forma, todo mundo sabe que Jace Lightwood tem uma namorada, que se chama Clary Fairchild. Por que não me disse seu nome?

— Acho que não pensei que você fosse conhecê-lo — respondeu Clary, se afastando.

— Não sou idiota — retrucou Emma, com um ar de irritação que fez Clary se aprumar toda rapidamente antes que pudesse rir.

— Não. Não é, não. Você é realmente esperta — disse Clary. — E fico feliz por saber quem sou, porque quero que saiba que pode vir falar comigo a qualquer hora. Não apenas sobre o que aconteceu no Instituto... sobre qualquer coisa que você queira. E pode falar com Jace também. Você precisa de orientação para saber onde nos encontrar?

Emma balançou a cabeça.

— Não — falou, com a voz baixa novamente. — Eu sei onde fica a casa do Inquisidor.

— Certo. — Clary cruzou as mãos, sobretudo para evitar abraçar a garota. Ela não achava que Emma fosse gostar daquilo. Clary virou-se em direção à porta.

— Se você é a namorada de Jace Lightwood, deveria ter uma espada melhor — disse Emma subitamente, e Clary baixou os olhos para a arma que havia pegado naquela manhã; uma espada antiga que tinha embalado juntamente aos pertences de Nova York.

Ela tocou o cabo.

— Esta não é boa?

Emma balançou a cabeça.

— De jeito nenhum.

A outra pareceu tão séria que Clary sorriu.

— Obrigada pela dica.

4

Mais Escuros que Ouro

Quando Clary bateu à porta da casa do Inquisidor, ela foi aberta por Robert Lightwood.

Por um instante ela congelou, sem saber o que dizer. Nunca havia conversado com o pai adotivo de Jace, jamais o conhecera muito bem. Ele sempre fora uma sombra em segundo plano, normalmente atrás de Maryse, com a mão na cadeira. Era um sujeito grande; cabelos escuros e barba bem-aparada. Ela não conseguia imaginar aquele homem sendo amigo de seu pai, embora soubesse que ele pertencera ao Ciclo de Valentim. Havia rugas demais no rosto dele, e o queixo era rijo demais para ela conseguir imaginá-lo jovem.

Quando ele a fitou, Clary notou que seus olhos tinham um tom azul-marinho tão escuro que ela sempre pensara serem pretos. A expressão dele não mudou; ela sentia a reprovação irradiando dele. E suspeitava que Jia não fosse a única pessoa aborrecida por ela ter fugido da reunião do Conselho e ido atrás de Emma.

— Se você está procurando por meus filhos, eles estão lá em cima. — Foi tudo que o homem disse. — No último andar.

Ela passou por ele e foi até a gigantesca sala principal. A casa, a qual fora oficialmente designada para o Inquisidor e sua família, era grandiosa em suas dimensões, com pés-direitos altos e móveis maciços de aparência cara. O espaço era grande o suficiente para ter arcadas em seu interior, uma escadaria imensa e magnífica, além de um lustre que pendia do teto e brilhava com uma luz encantada. Clary se perguntou onde Maryse estava e se ela gostava da casa.

— Obrigada — disse Clary.

Robert Lightwood deu de ombros e desapareceu nas sombras sem dizer mais nenhuma palavra. Clary subiu os degraus de dois em dois, passando por vários patamares até chegar ao último andar, que ficava a um lance da escada íngreme do sótão que levava a um corredor. Havia uma porta entreaberta ao final do corredor; Clary ouvia vozes do outro lado.

Com uma batida leve, ela entrou. As paredes do sótão eram brancas e havia um imenso guarda-roupa no canto, com ambas as portas abertas: as roupas de Alec, práticas e um pouco gastas, estavam penduradas de um lado, e as de Jace, pretas e cinzas, como novas, do outro. Os uniformes de ambos estavam cuidadosamente dobrados na parte de baixo.

Clary esboçou um sorriso; mas não tinha muita certeza do motivo. Havia algo de adorável na ideia de Alec e Jace dividindo um quarto. Ela se perguntou se um mantinha o outro acordado durante as conversas à noite, do mesmo jeito como ela e Simon sempre faziam.

Alec e Isabelle estavam sentados no peitoril da janela. Atrás deles, dava para ver as cores do pôr do sol cintilando na água do canal abaixo. Jace estava esparramado sobre uma das camas de solteiro, as botas plantadas de modo desafiador na colcha de veludo.

— Acho que eles querem dizer que não podem simplesmente ficar esperando que Sebastian ataque outros Institutos — falava Alec. — Que isso seria se esconder. Caçadores de Sombras não se escondem.

Jace esfregou a bochecha no ombro; parecia cansado; o cabelo claro todo bagunçado.

— Parece que a gente está se escondendo — falou. — Sebastian está lá fora; nós, aqui. Com barreiras duplas. Todos os Institutos foram evacuados. Ninguém para proteger o mundo dos demônios. *Quem vigia os vigilantes?*

Alec suspirou e esfregou o rosto.

— Com sorte, não vai demorar muito.

— Difícil imaginar o que aconteceria — disse Isabelle. — Um mundo sem Caçadores de Sombras. Demônios por toda parte, membros do Submundo atacando uns aos outros.

— Se eu fosse Sebastian... — começou Jace.

— Mas você não é. Você não é Sebastian — falou Clary.

Todos olharam para ela. Alec e Jace não eram nem um pouco parecidos, pensou Clary, mas de vez em quando havia uma semelhança no modo como eles olhavam ou nos gestos que a fazia se lembrar que tinham sido criados juntos. Ambos pareciam curiosos e um pouco preocupados. Isabelle parecia mais cansada e irritada.

— Você está bem? — perguntou Jace, como se fosse um cumprimento, e lhe ofereceu um sorriso torto. — Como está Emma?

— Arrasada — respondeu Clary. — O que aconteceu depois que eu saí da reunião?

— O interrogatório praticamente acabou — comentou Jace. — É óbvio que Sebastian está por trás dos ataques, e ele tem uma força considerável de guerreiros Crepusculares que o apoiam. Ninguém sabe exatamente quantos são, mas devemos supor que todos os desaparecidos foram Transformados.

— Ainda assim, temos quantidades muito maiores — observou Alec. — Ele tem suas forças originais e os seis Conclaves que Transformou; nós temos todos os outros.

Havia alguma coisa nos olhos de Jace que os deixou mais escuros que ouro.

— Sebastian sabe disso — murmurou ele. — Ele conhecerá suas forças, até o último guerreiro. E vai saber exatamente o que é capaz ou não de rivalizar.

— Nós temos o Submundo do nosso lado — completou Alec. — É por isso que haverá a reunião amanhã. Não é? Conversar com os representantes, fortalecer nossas alianças. Agora que sabemos o que Sebastian está fazendo, podemos criar uma estratégia, atingi-lo com as Crianças Noturnas, com as Cortes, os feiticeiros...

Os olhos de Clary encontraram os de Jace em comunicação silenciosa. *Agora que sabemos o que Sebastian está fazendo, ele fará outra coisa. Alguma coisa que ainda não imaginamos.*

— E então todos falaram sobre Jace — disse Isabelle. — Aí, você sabe, foi o de sempre.

— Sobre Jace? — Clary se apoiou contra o pé da cama de Jace. — O que falaram sobre ele?

— Houve muita discussão para concluir se Sebastian estava basicamente invulnerável agora, se há meios de feri-lo e de matá-lo. A Gloriosa poderia ter feito isso por causa do fogo celestial, mas atualmente a única fonte de fogo celestial é...

— Jace — concluiu Clary, com expressão sombria. — Mas os Irmãos do Silêncio tentaram de *tudo* para separar Jace do fogo celestial, e eles não conseguem fazer isso. Está impregnado na *alma* dele. Então qual é o plano deles, bater na cabeça de Sebastian com Jace até ele desmaiar?

— Irmão Zachariah disse praticamente a mesma coisa — comentou Jace. — Talvez com menos ironia.

— Enfim, eles destrincharam os meios de capturar Sebastian sem matá-lo... Se podem destruir todos os Crepusculares, se ele pode ficar preso em algum lugar ou de algum modo, isso não importa tanto se ele não puder ser morto — completou Alec.

— Minha sugestão é que o coloquem num caixão de *adamas* e joguem no mar — disse Isabelle.

— Mas então, quando terminaram de falar sobre mim, o que sem dúvida foi a melhor parte — continuou Jace —, voltaram rapidamente a discutir sobre meios de curar os Crepusculares. Eles estão pagando uma fortuna ao Labirinto Espiral para tentar descobrir o feitiço que Sebastian usou para criar o Cálice Infernal e realizar o ritual.

— Eles precisam parar de se preocupar em curar os Crepusculares e começar a pensar em como derrotá-los — disse Isabelle, com voz firme.

— Muitos deles conhecem as pessoas que foram Transformadas, Isabelle — rebateu Alec. — Sem dúvida, querem que elas voltem.

— Bem, eu quero meu irmão caçula de volta — disse Isabelle, elevando a voz. — Eles não entendem o que Sebastian fez? Ele os *matou*. Ele matou o que havia de humano neles, e deixou demônios andando por aí na pele das pessoas que conhecíamos; é tudo...

— Fale *baixo* — pediu Alec, com o tom-determinado-de-irmão-mais-velho. — Você sabe que mamãe e papai estão em casa, não é? Eles vão subir.

— Ah, eles estão aqui — disse Isabelle. — O mais longe possível um do outro, dentro do quarto, mas ainda estão aqui.

— Não é problema nosso onde dormem, Isabelle.

— Eles são nossos *pais*.

— Mas têm as próprias vidas — censurou Alec. — E temos que respeitar e ficar fora disso. — Sua expressão ficou sombria. — Muita gente se separa quando um filho morre.

Isabelle soltou um pequeno suspiro.

— Izzy? — Alec pareceu perceber que fora longe demais. As referências a Max pareciam deixar Isabelle mais arrasada que quaisquer dos outros Lightwood, incluindo Maryse.

Isabelle deu meia-volta e saiu correndo do cômodo, batendo a porta atrás de si.

Alec passou os dedos pelo cabelo, deixando-os arrepiados feito penugem de pato.

— Mas que droga — xingou ele, depois corou. Alec raramente xingava, e costumava falar baixinho quando o fazia. O garoto lançou um olhar de desculpas a Jace e foi atrás da irmã.

Jace suspirou, girou as pernas compridas para sair da cama e ficou de pé. Então se espreguiçou como um gato, estalando os ombros.

— Acho que essa é a deixa para eu levar você para casa.

— Eu posso ir sozinha...

Ele balançou a cabeça e tateou para pegar a jaqueta na cabeceira da cama. Havia algo de impaciente em seus movimentos, alguma coisa observando e à espreita que fazia a pele de Clary pinicar.

— Eu quero sair daqui, de qualquer forma. Ande. Vamos embora.

— Já faz uma hora. Pelo menos, uma hora. Eu juro — disse Maia. Ela estava deitada no sofá do apartamento de Jordan e Simon, com os pés descalços no colo de Jordan.

— Não deveria ter pedido comida tailandesa — argumentou Simon, indiferente. Ele estava sentado no chão e mexia no controle do Xbox. Ele não funcionava havia dias. Tinha uma tora artificial Duraflame na lareira, que estava mal conservada, como todo o restante no apartamento, e que quase sempre enfumaçava o cômodo quando era acesa. Jordan sempre reclamava do frio, das rachaduras nas janelas e paredes, e do desinteresse do proprietário em consertar alguma coisa. — Eles nunca chegam na hora.

Jordan sorriu com bom humor.

— E você se importa? Você nem come.

— Agora eu posso beber — observou Simon. Era verdade. Ele havia treinado o estômago para aceitar a maioria dos líquidos: leite, café, chá, embora alimentos sólidos ainda o fizessem ter ânsia de vômito. Ele duvidava que a bebida servisse para nutri-lo; apenas o sangue parecia capaz de fazer isso, no entanto ele se sentia mais humano quando consumia em público alguma coisa que não fazia todo mundo gritar. Com um suspiro, ele deixou o controle cair. — Acho que esta coisa está quebrada. De vez. O que é ótimo, porque não tenho dinheiro para substituir.

Jordan olhou para ele com ar curioso. Simon havia trazido todas as economias de casa quando se mudara, mas não fora muita coisa. Felizmente, ele tinha poucas despesas. O apartamento era emprestado da Praetor Lupus, que também fornecia sangue para Simon.

— Eu tenho dinheiro — disse Jordan. — Vamos ficar bem.

— É o seu dinheiro, não o meu. Você não vai ficar tomando conta de mim para sempre — ponderou Simon, e fitou as chamas azuis na lareira. — E depois o quê? Eu ia me inscrever na faculdade em breve... se não tivesse acontecido tudo isso. Escola de música. Eu poderia estudar, arrumar um emprego. Ninguém vai me empregar agora. Pareço ter 16 anos; e sempre vou parecer.

— Hum — murmurou Maia. — Acho que vampiros não têm empregos de verdade, têm? Quero dizer, alguns lobisomens têm... Morcego é DJ, e Luke é dono daquela livraria. Mas vampiros vivem em clãs. Não há, de fato, vampiros cientistas.

— Nem vampiros músicos — observou Simon. — Vamos encarar os fatos. Minha carreira agora é a de vampiro profissional.

— Na verdade, estou meio surpresa pelo fato de os vampiros não estarem destruindo as ruas nem comendo os turistas com Maureen como líder — comentou Maia. — Ela é bem sanguinária.

Simon fez uma careta.

— Imagino que alguns vampiros do clã estejam tentando controlá-la. Provavelmente Raphael. Lily... Ela é uma das vampiras mais inteligentes do clã. Sabe tudo. Ela e Raphael sempre foram muito grudados. Mas não tenho exatamente amigos vampiros. Considerando que sou um alvo, algumas vezes fico surpreso por ter *algum* amigo.

Ele ouviu a amargura na própria voz e ficou observando o cômodo, os retratos que Jordan pregara na parede: retratos dele com os amigos, na praia, com Maia. Simon pensara em pendurar as próprias fotos. Embora não tivesse trazido nenhuma de casa, Clary tinha algumas. Ele poderia pegar emprestadas, deixar o apartamento mais com a cara dele. No entanto, embora gostasse de morar com Jordan e se sentisse à vontade ali, não era seu lar. Não parecia permanente, como se ele pudesse ter uma vida ali.

— Eu nem mesmo tenho uma cama — falou ele em voz alta.

Maia virou a cabeça na direção dele.

— Simon, qual é o problema? É porque Isabelle foi embora?

Simon deu de ombros.

— Não sei. Quero dizer, sim, eu sinto falta de Izzy, mas... Clary diz que nós dois precisamos ter uma DR.

— Ai, discutir a relação — falou Maia ao perceber o olhar confuso de Jordan. — Você sabe, para decidir se vão assumir que são namorados. E, por falar no assunto, você deveria fazer isso.

— Por que todo mundo conhece essa sigla, menos eu? — perguntou-se Simon em voz alta. — Será que Isabelle *quer* ser minha namorada?

— Não sei dizer — falou Maia. — Ética feminina. Pergunte a ela.

— Izzy está em Idris.

— Pergunte quando ela voltar. — Simon ficou calado, e Maia acrescentou, mais gentil: — Ela vai voltar, e Clary também. É só uma reunião.

— Não sei. Os Institutos não estão seguros.

— Nem vocês estão — observou Jordan. — Por isso precisam de mim.

Maia olhou para Jordan. Havia alguma coisa estranha no olhar, algo que Simon não conseguia identificar. Há algum tempo estava rolando um climão entre Maia e Jordan; Maia meio distante dele, os olhos questionadores quando ela olhava para o namorado. Simon esperava que Jordan fosse contar alguma coisa para ele, mas Jordan não o fez. Simon se perguntava se Jordan estava percebendo o distanciamento de Maia — era óbvio — ou se ele se negava teimosamente a reconhecer.

— Você ainda seria um Diurno? — perguntou Maia, e voltou a atenção para Simon. — Se pudesse mudar?

— Não sei. — Simon havia se perguntado a mesma coisa, mas daí afastara a ideia; não fazia sentido se preocupar com isso se não dava para mudar. Ser um Diurno significava ter ouro nas veias. Outros vampiros queriam isso, pois se bebessem seu sangue, poderiam caminhar sob o sol. Mas também haveria muitos outros desejando destruir você, pois a maior parte dos vampiros acreditava que os Diurnos eram uma abominação a ser eliminada. Simon se lembrou das palavras de Raphael para ele no telhado de um hotel de Manhattan. *E é melhor rezar, Diurno, para não perder a Marca antes da guerra. Pois se isso acontecer, haverá uma fila de inimigos esperando pela chance de matá-lo. E eu serei o primeiro.*

E ainda assim.

— Eu sentiria falta do sol — falou ele. — Isso me mantém humano, acho.

A luz da lareira iluminou os olhos de Jordan quando ele fitou Simon.

— Ser humano é superestimado — disse, com um sorriso.

Maia girou e tirou os pés das pernas de Jordan abruptamente. Ele olhou para ela, preocupado, no exato instante em que a campainha tocou.

Simon se levantou num instante.

— É a entrega do restaurante — anunciou ele. — Vou pegar. Além disso — emendou, por cima do ombro, enquanto caminhava pelo corredor até a porta de entrada —, ninguém tentou me matar em duas semanas. Talvez tenham ficado entediados e desistido.

Ele ouviu o murmúrio de vozes atrás de si, mas não prestou atenção; eles estavam falando um com o outro. Girou a maçaneta e abriu a porta com força, já fuçando no bolso em busca da carteira.

E sentiu uma pancada contra o peito. Simon olhou para baixo e viu o pingente de Isabelle brilhando em tom escarlate, então se jogou para trás, para se desviar da mão que se lançava para agarrá-lo. Ele deu um berro — um vulto usando uniforme vermelho se agigantava na entrada, um Caçador de Sombras com manchas feias de símbolos em ambas as bochechas, um nariz aquilino e uma testa larga e pálida. Ele rosnou para Simon e avançou.

— Simon, *abaixe*-se! — gritou Jordan, e Simon se jogou no chão e rolou para o lado assim que a seta da besta explodiu no corredor. O Caçador de Sombras maligno girou para o lado com velocidade praticamente inacreditável; a seta fincou na porta. Simon ouviu Jordan xingar, frustrado, e então Maia, já na forma de lobo, saltou no Crepuscular.

Ouviu-se um uivo satisfatório de dor quando os dentes dela cravaram no pescoço do Caçador de Sombras maligno. O sangue jorrou e preencheu o ambiente com uma névoa vermelha salgada; Simon a inalou, provou o gosto travoso e amargo do sangue demoníaco quando se pôs de pé. Ele deu um passo à frente bem quando o Crepuscular agarrou Maia e a jogou pelo corredor, uma bola com garras e dentes, que uivava e apanhava.

Jordan gritou. Simon emitia um ruído baixo na garganta, uma espécie de sibilo de vampiro, e sentia as presas se liberando. O Crepuscular deu um passo à frente, vertendo sangue, porém ainda equilibrado. Simon sentiu uma pontada de medo no fundo do estômago. Ele vira como os soldados de Sebastian lutaram em Burren e sabia que eram mais fortes, velozes e difíceis de se matar que os Caçadores de Sombras. Ele não tinha pensado de fato em como era mais difícil matá-los em relação aos *vampiros*.

— Saia do caminho! — Jordan agarrou Simon pelos ombros e praticamente o jogou para trás de Maia, que se levantara com algum esforço. Havia sangue nos pelos do pescoço, e os olhos de lobo estavam dilatados por causa da raiva. — Saia daqui, Simon. Deixe que a gente lide com isso. *Vá embora!*

Simon não se moveu.

— Eu não vou... Ele está aqui por minha causa...

— *Eu sei disso!* — gritou Jordan. — Sou seu guardião da Praetor Lupus. Agora *me deixe fazer meu trabalho*!

Jordan girou no lugar e ergueu a besta novamente. Desta vez, a seta afundou no ombro do Caçador de Sombras maligno, que cambaleou para trás e soltou uma sequência de palavrões em um idioma que Simon não compreendia. Alemão, pensou ele. O Instituto de Berlim fora atingido...

Maia pulou por cima de Simon, e ela e Jordan se aproximaram do Caçador de Sombras maligno. Jordan virou o rosto para trás uma vez para olhar Simon, e os olhos cor de avelã estavam cruéis e selvagens. Simon acenou com a cabeça e correu de volta à sala de estar. Ele abriu violentamente a janela — que cedeu com um guincho cruel de madeira dilatada e uma explosão de lascas de tinta velha — e subiu até a saída de incêndio, onde os acônitos de Jordan, ressecados pelo ar do inverno, lotavam o parapeito de metal.

Cada parte dele gritava que ele não deveria ir embora, mas havia prometido a Isabelle, prometera que deixaria Jordan fazer o trabalho de guarda-costas, prometera que não seria um alvo. Ele segurou o pingente de Izzy, quente sob os dedos, como se tivesse estado no pescoço dela recentemente, e desceu correndo os degraus de metal. Eles tiniam e escorregavam por causa da neve; ele quase caíra algumas vezes antes de alcançar o último degrau e pular para a calçada sombria abaixo.

Imediatamente, foi cercado por vampiros. Simon teve tempo de reconhecer apenas dois deles como parte do clã do Hotel Dumort — Lily, delicada, com cabelos escuros, e o louro Zeke, ambos sorrindo como demônios — antes de sentir alguma coisa lhe acertando a cabeça. Um pedaço de pano foi puxado com força ao redor do pescoço, e ele engasgou, não porque precisasse de ar, mas por causa da dor por ter o pescoço apertado.

— Maureen manda lembranças — disse-lhe Zeke ao ouvido.

Simon abriu a boca para gritar, mas a escuridão o dominou antes que pudesse emitir algum som.

— Eu não percebi que você era tão famoso — observou Clary, enquanto ela e Jace caminhavam pela calçada estreita ao longo do Canal Oldway. A noite se aproximava, o cair da escuridão tinha acabado de acontecer, e as ruas estavam cheias de pessoas correndo de um lado para outro, embrulhadas em casacos grossos, com os rostos frios e fechados.

As estrelas começavam a sair, delicados pontinhos de luz pelo céu a leste. Elas iluminaram os olhos de Jace quando ele olhou para Clary por cima do ombro, com expressão de curiosidade.

— Todo mundo conhece o filho de Valentim.

— Eu sei, mas... quando Emma te viu, agiu como se você fosse a paixonite famosa dela. Como se você estivesse na capa de uma revisa sobre os *Caçadores de Sombras* todo mês.

— Sabe, quando eles me pediram para posar, disseram que seria de bom gosto...

— Desde que você estivesse segurando a lâmina serafim em posição estratégica, não vejo problema — completou Clary, e Jace riu, um som entrecortado que indicava que ela o surpreendera fazendo graça. Era a risada favorita dela. Jace sempre era tão controlado; ainda era um prazer ser uma das poucas pessoas capazes de adentrar na armadura cuidadosamente construída e surpreendê-lo.

— Você gostou dela, não foi? — perguntou Jace.

Confusa, Clary falou:

— Gostou de quem?

Eles estavam passando por uma praça da qual ela se recordava, tinha calçamento de pedra, com um poço no centro, agora coberto com uma tampa circular feita de pedra, provavelmente para evitar que a água congelasse.

— Daquela garota. Emma.

— Havia algo nela — reconheceu Clary. — No modo como ela protegeu o irmão de Helen, talvez. Julian. Ela faria qualquer coisa por ele. Emma realmente ama os Blackthorn e perdeu todos os outros.

— Você se identificou com ela.

— Não acho que seja isso — concluiu Clary. — Acho que talvez ela tenha feito eu me lembrar de *você*.

— Porque sou baixinho, louro e fico bem de marias-chiquinhas?

Clary o empurrou com o ombro. Eles tinham chegado ao alto de uma rua ladeada de lojas. Estavam fechadas agora, embora a pedra de luz enfeitiçada brilhasse entre as janelas gradeadas. Clary tinha a sensação de estar em um sonho ou conto de fadas, uma sensação que Alicante nunca deixara de lhe dar: o céu vasto acima, os edifícios antigos entalhados com cenas de lendas e, acima de tudo, as torres demoníacas transparentes, que conferiam a Alicante sua denominação vulgar: a Cidade de Vidro.

— Porque — emendou ela, enquanto passavam por uma loja com fatias de pão empilhadas na vitrine — ela perdeu a família consanguínea. Mas tem os Blackthorn. Ela não tem mais ninguém, nem tias nem tios, ninguém para recebê-la, mas os Blackthorn vão fazer isso. Então ela terá que aprender o que você aprendeu: que família não é sangue. São as pessoas que te amam. As pessoas que te protegem. Como os Lightwood para você.

Jace tinha parado de caminhar. Clary deu meia-volta para encará-lo. A multidão de pedestres tinha se dividido ao redor deles. Jace estava parado diante da entrada para um beco estreito perto de uma loja. O vento que soprava na rua bagunçava seu cabelo louro e esvoaçava a jaqueta aberta; Clary via a pulsação na garganta dele.

— Venha cá — pediu Jace, e a voz estava rouca.

Clary deu um passo até ele, com um pouco de cautela. Será que tinha dito alguma coisa que o aborrecera? No entanto, Jace raramente se zangava com ela, e, quando isso acontecia, ele falava sem rodeios. Jace esticou a mão, pegou a dela com delicadeza e a puxou atrás de si enquanto contornava o prédio e se enfiava nas sombras de uma passagem estreita que se abria para um canal ao longe.

Não havia mais ninguém na passagem com eles, e a entrada estreita bloqueava a vista da rua. O rosto de Jace era todo anguloso na escuridão: maçãs do rosto acentuadas, boca macia e os olhos dourados de um leão.

— Eu te amo — disse ele. — Não digo isto com frequência suficiente. Eu te amo.

Ela se encostou na parede. A pedra era fria. Em outras circunstâncias, teria sido desconfortável, mas, no momento, Clary não se importava. Ela o puxou para si com cuidado, até os corpos estarem alinhados, embora sem se tocar, mas tão próximos que ela podia sentir o calor irradiando dele. Claro que ele não precisava fechar a jaqueta com o zíper, não com o fogo ardendo em suas veias. O cheiro de pimenta-do-reino, sabonete e ar frio o envolvia enquanto Clary encostava o rosto no ombro dele e respirava fundo.

— Clary — continuou ele. A voz um murmúrio e um alerta. Ela percebia a aspereza da saudade na voz dele, saudade do conforto físico resultante da intimidade, de qualquer toque. Com cuidado, ele esticou as mãos ao redor dela e apoiou as palmas na parede de pedra, prendendo-a no espaço criado pelos braços. Clary sentiu a respiração em seus cabelos, o roçar delicado do corpo contra o dela. Cada centímetro parecia supersensível; onde quer que ele a tocasse, era como se minúsculas agulhas de dor e prazer estivessem sendo arrastadas por sua pele.

— Por favor, não diga que você me puxou para um beco, que está me tocando e *não* planeja me beijar porque não acho que eu vá ser capaz de suportar isso — comentou ela num tom baixo.

Ele fechou os olhos. Dava para notar os cílios escuros pairando sobre as bochechas, e Clary se lembrou da sensação de delinear o formato do rosto dele com os dedos, do peso do corpo dele sobre o dela, do modo como a pele de Jace ficava contra a dela.

— Não vou te beijar — respondeu ele, e Clary sentiu a aspereza obscura sob o deslizar macio costumeiro da voz dele. Doçura se sobrepondo a alfinetadas. Eles estavam próximos o suficiente, a ponto de Jace inspirar e Clary sentir o peito dele se expandindo. — Nós não podemos.

Ela pôs a mão no peito dele; o coração batendo como asas engaioladas.

— Leve-me para casa, então — murmurou ela, e se inclinou para roçar os lábios no cantinho da boca de Jace. Ou pelo menos ela queria ter roçado, como um bater de asas de borboleta de lábios nos lábios, no entanto ele se inclinou e seu movimento mudou o ângulo rapidamente; ela acabou por tocá-lo com mais força que o pretendido, os lábios deslizando para o centro dos dele. Clary sentiu quando ele soltou o ar, surpreso, de encontro a sua boca, e então eles estavam se beijando, se beijando de verdade, de modo maravilhosamente lento, quente e intenso.

Leve-me para casa. Mas ali era a casa dela, os braços de Jace, o vento frio de Alicante nas roupas, os dedos procurando a nuca dele, o local onde o cabelo se enrolava suavemente contra a pele. As mãos dele ainda estavam espalmadas na pedra atrás de Clary, porém ele estava movimentando o corpo contra o dela, pressionando-a delicadamente contra a parede; dava para ouvir o murmúrio rouco da respiração dele. Jace não a tocaria com as mãos, mas ela podia tocá-lo, então Clary permitiu que suas mãos corressem livremente sobre o volume dos braços, pelo peito dele, traçando os contornos dos músculos, pressionando para agarrar as laterais do corpo de Jace até a camiseta dele enrugar sob seus dedos. As pontas dos dedos tocaram a pele nua, então ela deslizou as mãos por baixo da camiseta; e ela não o tocava assim há tanto tempo que quase se esquecera de como a pele era macia onde não havia cicatrizes, de como os músculos nas costas saltavam ao toque. Jace suspirou dentro da boca de Clary, e tinha gosto de chá, chocolate e sal.

Ela assumira o controle do beijo. E agora o sentia tenso enquanto ele retomava o controle e lhe mordia o lábio inferior até Clary estremecer, mordiscando-lhe o canto da boca, beijando ao longo do contorno do queixo para sugar o local da pulsação no pescoço e engolir os batimentos cardíacos disparados. A pele dele ardia sob as mãos dela, *queimava*...

Ele se afastou, girando para trás quase como se estivesse bêbado e batendo na parede oposta. Os olhos estavam arregalados, e, por um momento vertiginoso, Clary acreditou ter visto chamas neles, como fogos gêmeos na escuridão. Então a luz os abandonou, e ele ficou ofegante como se tivesse corrido, pressionando as palmas das mãos contra o próprio rosto.

— Jace — disse Clary.

Ele baixou as mãos.

— Olhe a parede atrás de você — falou em voz baixa.

Ela se virou — e encarou com surpresa. Atrás de si, onde Jace tinha se apoiado, havia duas marcas chamuscadas na pedra. No formato exato das mãos dele.

A Rainha Seelie estava deitada na cama e ergueu o olhar para o teto de pedra do quarto. Ele se contorcia com treliças suspensas de rosas, espinhos ainda intactos, cada flor perfeita num tom vermelho-sangue. Todas as noites elas murchavam e morriam, e todas as manhãs eram substituídas, tão frescas quanto no dia anterior.

As fadas dormiam pouco, raramente sonhavam, mas a Rainha gostava da cama confortável. Era um imenso divã de pedra, com um colchão de penas e coberta com grossas camadas de veludo e cetim escorregadio.

— A senhora já se machucou num dos espinhos, Vossa Majestade? — perguntou o garoto ao lado da cama dela.

Ela se virou para Jonathan Morgenstern, esparramado entre as cobertas. Embora ele tivesse pedido para ser chamado de Sebastian, o que ela respeitava... afinal nenhuma fada permitiria que outra pessoa a chamasse pelo nome verdadeiro. Ele estava deitado de bruços, a cabeça apoiada nos braços cruzados, e, mesmo sob a pouca luz, era possível ver as marcas antigas de chicote ao longo das costas.

A Rainha sempre fora fascinada pelos Caçadores de Sombras — eles eram meio anjos, assim como o Povo das Fadas; sem dúvida devia haver um parentesco entre eles —, mas ela nunca havia imaginado que encontraria um cuja personalidade pudesse ser tolerada por mais de cinco minutos, até Sebastian aparecer. Todos eram tão terrivelmente hipócritas. Menos Sebastian. Ele era muito incomum para um humano e, sobretudo, para um Caçador de Sombras.

— Não tão frequentemente quanto você se corta com seus gracejos, penso eu, meu querido — respondeu ela. — Sabe que não gosto de ser chamada de "Vossa Majestade", mas apenas de "Lady" ou "Milady", se preferir.

— Você não parece se importar quando me refiro a você como minha "bela" ou "minha bela dama". — O tom não era de penitência.

— Hum — disse ela, passando os dedos finos pela massa de cabelo prateado. Ele tinha uma cor adorável para um mortal: cabelo como uma lâmina, olhos de ônix. Ela se recordou da irmã dele, tão diferente e nem de perto tão elegante. — O sono foi reparador? Você está cansado?

Ele se deitou de costas e sorriu para ela.

— Não tão cansado, acho.

Ela se inclinou para beijá-lo, e ele esticou a mão para enrolar os dedos nos cabelos ruivos dela. Fitou um cacho, escarlate contra a pele dos nós dos dedos repletos de cicatrizes, e roçou o cacho em sua bochecha. Antes que ela pudesse dizer mais uma palavra, ouviu-se uma batida à porta do quarto.

A Rainha gritou:

— O que é? Se não for uma questão importante, saia imediatamente, ou você vai alimentar as nixies do rio.

A porta se abriu, e uma das damas mais jovens da corte entrou: Kaelie Whitewillow. Uma pixie. Ela fez uma mesura e falou:

— Milady, Meliorn está aqui e gostaria de falar com a senhora.

Sebastian franziu uma das sobrancelhas claras.

— O trabalho de uma Rainha nunca está concluído.

A Rainha suspirou e girou para fora da cama.

— Traga-o aqui — ordenou — e traga-me um de meus robes também, pois o ar está gélido.

Kaelie assentiu e saiu do quarto. Um instante depois, Meliorn entrou e fez uma mesura com a cabeça. Se Sebastian achou estranho a Rainha ter cumprimentado os cortesãos ficando de pé, nua, no meio do quarto, ele não manifestou isto em nenhum movimento de sua expressão. Uma mulher mortal teria ficado constrangida, poderia ter tentado se cobrir, mas a Rainha era a Rainha, eterna e orgulhosa, e sabia que ficava tão gloriosa sem roupas quanto com elas.

— Meliorn — falou. — Você tem notícias dos Nephilim?

Meliorn se aprumou. Como sempre, ele usava armadura branca com um desenho de escamas sobrepostas. Os olhos eram verdes e o cabelo preto e muito comprido.

— Milady — disse, e deu uma olhadela para Sebastian, atrás da Rainha, que estava sentado na cama com a colcha enrolada ao redor da cintura. — Tenho muitas notícias. Nossas novas forças dos Caçadores de Sombras malignos foram posicionadas na fortaleza de Edom. E aguardam novas ordens.

— E os Nephilim? — perguntou a Rainha, quando Kaelie voltou ao quarto trazendo um robe tecido com pétalas de lírios. Ela o ergueu, e a Rainha deslizou para dentro da roupa, enrolando-se na brancura sedosa.

— As crianças que escaparam do Instituto de Los Angeles deram informações suficientes, elas sabem que Sebastian está por trás dos ataques — respondeu Meliorn um tanto amargo.

— Eles teriam imaginado, de qualquer forma — concluiu Sebastian. — Eles têm o lamentável hábito de me culpar por tudo.

— A pergunta é: nosso povo foi identificado? — perguntou a Rainha.

— Não — respondeu Meliorn, satisfeito. — As crianças supuseram que os agressores fossem Crepusculares.

— Isso é impressionante, considerando a presença de sangue fada no garoto Blackthorn — observou Sebastian. — Era de se imaginar que eles estariam em sintonia com isso. E por falar no assunto, o que vocês estão planejando fazer com ele?

— Ele tem sangue fada; é nosso. Gwyn solicitou que se juntasse à Caçada Selvagem; ele será enviado para lá — disse Meliorn, e se virou para a Rainha: — Precisamos de mais soldados. Os Institutos estão ficando vazios, e os Nephilim estão fugindo para Idris — emendou ele.

— E quanto ao Instituto de Nova York? — Quis saber Sebastian, sem rodeios. — E quanto ao meu irmão e à minha irmã?

— Clary Fray e Jace Lightwood foram mandados para Idris — explicou Meliorn. — Não podemos tentar resgatá-los ainda sem nos revelarmos.

Sebastian tocou a pulseira. Era um hábito que a Rainha havia percebido, algo que ele fazia quando estava irritado e tentava não demonstrar. O metal tinha uma inscrição numa linguagem antiga dos seres humanos: *Se não puder dobrar os céus, moverei o inferno.*

— Eu os quero — disse ele.

— E você os terá — afirmou a Rainha. — Não me esqueci de que isso era parte de nossa barganha. Mas você deve ser paciente.

Sebastian sorriu, embora o sorriso não alcançasse os olhos.

— Nós, mortais, podemos ser precipitados.

— Você não é um mortal comum — observou a Rainha, e se virou novamente para Meliorn. — Meu cavaleiro, o que o senhor aconselha à sua Rainha?

— Precisamos de mais soldados — respondeu Meliorn. — Devemos dominar mais um Instituto. Mais armas seria uma vantagem também.

— Pensei que você tivesse dito que todos os Caçadores de Sombras estivessem em Idris? — observou Sebastian.

— Não ainda — retrucou Meliorn. — Algumas cidades levaram mais tempo que o esperado para evacuar todos os Nephilim; os Caçadores de Sombras de Londres, Rio de Janeiro, Cairo, Taipé e Istambul permanecem. Devemos ter, pelo menos, mais um Instituto.

Sebastian sorriu. Era o tipo de sorriso que transformava o rosto adorável, não em algo mais adorável, mas numa máscara cruel, cheia de dentes, como o sorriso de uma mantícora.

— Então ficarei com Londres — respondeu ele. — Se isso não for de encontro aos seus desejos, minha Rainha.

Ela não conseguiu evitar senão sorrir. Fazia séculos que um amante mortal não lhe estimulava um sorriso. Ela se inclinou para beijá-lo, e sentiu suas mãos deslizarem sobre as pétalas do robe.

— Fique com Londres, meu amor, e transforme tudo em sangue — disse ela. — Meu presente para você.

— Você está bem? — perguntou Jace, pelo que parecia a Clary a centésima vez. Ela estava parada no degrau da frente da casa de Amatis, parcialmente iluminada pelas luzes das janelas. Jace estava logo abaixo dela, as mãos nos bolsos, como se tivesse medo de deixá-las livres.

Ele ficara encarando as marcas de queimadura que deixara na parede da loja durante algum tempo antes de ajeitar a camisa e praticamente empurrar Clary para a rua lotada, como se ela não devesse ficar a sós com ele. E se comportara de modo taciturno pelo restante do trajeto de volta, a boca contraída numa linha tensa.

— Eu estou *bem* — tranquilizou ela. — Sabe, você queimou a parede, não a mim. — Ela deu um rodopio exagerado, como se estivesse exibindo uma roupa nova. — Está vendo?

Os olhos dele estavam tristes.

— Se eu machucasse você...

— Mas não machucou — disse ela. — Não sou tão frágil assim.

— Pensei que estivesse controlando isso melhor, que os exercícios com Jordan estivessem ajudando. — A frustração perpassou a voz dele.

— Você está; isso está melhorando. Sabe, você foi capaz de concentrar o fogo nas mãos; isso é progresso. Eu toquei você, beijei você e não estou machucada. — Ela pôs uma das mãos na bochecha dele. — Nós vamos fazer isso juntos, lembra-se? E nada de me dispensar. Sem fugas dramáticas.

— Eu estava pensando em fugir para Idris nas próximas Olimpíadas — falou Jace, mas sua voz já estava mais suave, e a ponta de desprezo próprio diminuíra e dera lugar à ironia e à diversão.

— Você e Alec podiam disputar a fuga em dupla — falou Clary, com um sorriso.

— Você ficaria com o ouro.

Ele virou a cabeça e beijou a palma da mão dela. O cabelo dele roçou as pontas dos dedos de Clary. Tudo ao redor deles parecia tranquilo e silencioso; Clary quase seria capaz de acreditar que eles eram as únicas pessoas em Alicante.

— Fico me perguntando — disse ele, se encostando na pele dela — o que o dono daquela loja vai pensar quando chegar para o trabalho de manhã e notar duas marcas de mãos queimadas na parede.

— "Espero que haja seguro para isso"?

Jace sorriu, um pequeno sopro de ar contra a mão dela.

— E por falar nisso — disse Clary —, a próxima reunião do Conselho é amanhã, certo?

Jace acenou com a cabeça.

— Conselho de guerra — respondeu ele. — Apenas membros selecionados da Clave. — E remexeu os dedos com irritação. Clary sentiu a perturbação dele. Jace era um excelente estrategista e um dos melhores combatentes da Clave, e se ressentiria por ficar de fora de qualquer reunião sobre combates. Em especial, pensou ela, se houvesse um debate sobre o uso do fogo celestial como arma.

— Então talvez você possa me ajudar com uma coisa. Preciso de uma loja de armas. Quero comprar uma espada. Uma espada realmente boa.

Jace pareceu surpreso, depois, pareceu se divertir.

— Para quê?

— Ah, você sabe. Matança. — Clary fez um gesto com a mão, o qual esperava que transmitisse suas intenções assassinas contra todas as coisas malignas. — Tipo, já faz um tempinho que sou uma Caçadora de Sombras. Eu devia ter uma arma adequada, certo?

Um sorriso lento se abriu no rosto dele.

— A melhor loja de espadas é a loja de Diana, na Flintlock Street — disse ele, os olhos brilhando. — Eu te pego amanhã à tarde.

— É um encontro — disse Clary. — Um encontro com armas.

— Bem melhor que jantar e cinema — retrucou Jace, e desapareceu nas sombras.

5
A Medida da Vingança

Maia ergueu o olhar quando a porta do apartamento de Jordan abriu com um estrondo e ele correu para dentro, quase deslizando no piso escorregadio de madeira de lei.

— Nada? — perguntou ele.

Ela balançou a cabeça. A decepção ficou estampada no rosto dele. Depois de matarem os Crepusculares, ela convocara o bando para ajudar os dois a limpar a bagunça. Ao contrário dos demônios, os Crepusculares não evaporavam quando eram mortos. Era necessário eliminá-los. Normalmente eles teriam convocado os Caçadores de Sombras e os Irmãos do Silêncio, mas agora as portas para o Instituto e a Cidade dos Ossos estavam fechadas. Em vez disso, o Morcego e o restante do bando apareceram com um saco mortuário, enquanto Jordan, ainda sangrando por causa da luta, tinha saído para procurar por Simon.

Ele demorou horas para voltar, e, quando retornou, a expressão em seus olhos expunha toda a história para Maia. Tinha encontrado o celular de Simon, em pedaços, abandonado no degrau mais baixo da saída de incêndio como um bilhete irônico. De outro modo, não haveria sinal algum dele.

Nenhum dos dois dormiu depois disso, claro. Maia tinha voltado para a sede do bando de lobos com Morcego, que prometera — mesmo que com alguma hesitação — pedir aos lobos que procurassem por Simon e tentassem (ênfase em tentar) alcançar os Caçadores de Sombras em Alicante. Havia linhas abertas para a capital dos Caçadores de Sombras, linhas que somente os líderes dos lobos e dos clãs podiam usar.

Maia retornara ao apartamento de Jordan ao alvorecer, exausta e desesperada. Estava parada na cozinha quando ele entrou, com um pedaço de papel-toalha úmido na testa, o qual ela afastou assim que Jordan a encarou e sentiu a água descer pelo rosto feito lágrimas.

— Não — disse ela. — Nenhuma notícia.

Jordan desabou contra a parede. Vestia apenas uma camiseta de manga curta, e as tatuagens dos *Upanishads* estavam escuras e visíveis ao redor do bíceps. O cabelo estava suado, grudado na testa, e havia uma linha vermelha no pescoço, bem no ponto onde passava a faixa da aljava. Ele parecia infeliz.

— Não consigo acreditar nisso — desabafou, pelo que pareceu a Maia a milionésima vez. — Eu o perdi. Era responsável por ele e, droga, eu o perdi.

— Não é sua culpa. — Ela sabia que isso não o faria sentir-se melhor, mas precisava dizê-lo. — Sabe, você não pode lutar contra cada vampiro e vilão na área dos três estados, e a Praetor não deveria ter pedido para você tentar. Quando Simon perdeu a Marca, você pediu reforços, não pediu? E eles não mandaram ninguém. Você fez o possível.

Jordan olhou para as próprias mãos e falou alguma coisa em voz baixa:

— Não foi bom o suficiente.

Maia sabia que ela deveria ir até ele, abraçá-lo e confortá-lo. Dizer que ele não devia se culpar.

Mas ela não conseguia. O peso da culpa era tão grande em seu peito quanto uma barra de ferro, e palavras não ditas obstruíam sua garganta. Já estava daquele jeito há semanas. *Jordan, preciso te dizer uma coisa. Jordan, preciso. Jordan, eu.*

Jordan...

O som de um telefone tocando rompeu o silêncio entre eles. Quase freneticamente, Jordan remexeu no bolso e pegou o celular; abriu o aparelho já encostando-o ao ouvido.

— Alô?

Maia o observava, inclinando-se tanto para a frente que a bancada esmagava suas costelas. No entanto, ela conseguia ouvir apenas murmúrios no outro lado da linha e estava praticamente gritando de impaciência quando Jordan fechou o celular e olhou para ela, um brilho de esperança nos olhos.

— Era Teal Waxelbaum, segundo em comando da Praetor — disse ele. — Eles me querem na sede imediatamente. Acho que vão ajudar a procurar Simon. Você vem? Se sairmos agora, devemos chegar lá pelo meio-dia.

Sob a torrente de ansiedade em relação a Simon, havia uma súplica em sua voz. Ele não era bobo, pensou Maia. Sabia que algo estava errado. Ele sabia...

Ela respirou fundo. As palavras abarrotavam sua garganta — *Jordan, nós precisamos conversar sobre uma coisa* —, mas ela as conteve. Simon era a prioridade agora.

— Claro — respondeu. — Claro que vou.

A primeira coisa que Simon viu foi o papel de parede, que não era tão ruim assim. Um pouco ultrapassado. Definitivamente descascando. Sério problema de mofo. Mas, em geral, não era a pior coisa que ele já tinha visto. Simon piscou uma ou duas vezes, assimilando as listras pesadas que interrompiam o padrão floral. Bastou um segundo para perceber que as listras eram, na verdade, barras. Estava numa jaula.

Rapidamente, Simon girou sobre as costas e ficou de pé, sem verificar a altura da jaula. Bateu a cabeça nas barras superiores, se abaixando num reflexo enquanto xingava em voz alta.

E depois ele se viu.

Vestia uma camisa branca fluida e fofa. Mais perturbador era o fato de também estar vestindo calças de couro muito apertadas.

Muito apertadas.

Muito de couro.

Simon se examinou e assimilou aquilo tudo. Os babados da camisa. O decote profundo em V que mostrava o peito. O couro justo.

— Por que sempre que eu acho que encontrei a coisa mais terrível que podia me acontecer descubro que estou errado?

Como se fosse uma deixa, a porta se abriu e uma figura minúscula correu para dentro do cômodo. Um vulto escuro fechou a porta instantaneamente atrás de si, com velocidade de Serviço Secreto.

O vulto caminhou na ponta dos pés até a jaula e espremeu o rosto entre duas barras.

— Siiimon — murmurou ela.

Maureen.

Normalmente, Simon teria tentado pelo menos pedir a ela para soltá-lo, encontrar uma chave ou ajudá-lo. Mas alguma coisa na aparência de Maureen lhe dizia que isso não seria útil. Especificamente, a coroa de ossos que ela estava usando. Ossos de dedos. Talvez ossos dos pés. E a coroa de ossos tinha joias — ou talvez fosse enfeitiçada. E então havia o vestido de baile rosa e cinza, mais largo nos quadris, num estilo que o fazia se recordar das roupas de época do século XVIII. Não era o tipo de roupa que inspirava confiança.

— Ei, Maureen — disse ele, com cautela.

Maureen sorriu e encostou o rosto na abertura com mais força.

— Você gosta da sua roupa? — perguntou ela. — Eu tenho algumas para você. Tenho uma casaca e um kilt, e todo tipo de coisas, mas eu queria que usasse essa primeiro. Eu fiz sua maquiagem também. Fui eu.

Simon não precisava de um espelho para saber que estava usando delineador. A noção foi total e imediata.

— Maureen...

— Estou fazendo um colar — continuou ela, interrompendo-o. — Quero que você use mais joias. Quero que você use mais *pulseiras*. Quero coisas em volta dos seus *pulsos*.

— Maureen, onde estou?

— Você está comigo.

— Tá. Onde *nós* estamos?

— O hotel, o hotel, o hotel...

O Hotel Dumort. Pelo menos aquilo fazia algum sentido.

— Tá — disse ele. — E por que eu estou... numa jaula?

Maureen começou a murmurar uma canção para si e passou a mão ao longo das barras da jaula, perdida no próprio mundo.

— Juntos, juntos, juntos... agora estamos juntos. Você e eu. Simon e Maureen. Finalmente.

— Maureen...

— Este vai ser seu quarto — disse ela. — E assim que você estiver pronto, poderá sair. Tenho coisas para você. Tenho uma cama. E outras coisas. Umas cadeiras. Coisas das quais você vai gostar. E a banda vai poder tocar!

Ela girou e quase perdeu o equilíbrio por causa do peso estranho do vestido.

Simon sentiu que provavelmente deveria escolher as próximas palavras com muito cuidado. Ele sabia que tinha uma voz tranquilizadora. E sabia ser sensível. Reconfortante.

— Maureen... você sabe... eu gosto de você...

Ao ouvir aquilo, Maureen parou de girar e voltou a agarrar as barras.

— Você precisa de tempo — disse ela, com uma bondade terrível na voz. — Apenas tempo. Você vai aprender. Vai se apaixonar. Estamos juntos agora. E vamos governar. Você e eu. Você vai governar meu reino. Agora que sou a rainha.

— Rainha?

— Rainha. Rainha Maureen. Rainha Maureen da noite. Rainha Maureen da escuridão. Rainha Maureen. Rainha Maureen. Rainha Maureen dos mortos.

Ela pegou uma vela que queimava em um suporte na parede e, subitamente, meteu-a entre as barras, em direção a Simon. Ela a inclinou muito levemente e sorriu quando a cera branca caiu em forma de lágrimas nos restos destruídos do carpete escarlate. Ela mordeu o lábio, concentrada, girando o pulso delicadamente, acumulando as gotas juntinhas.

— Você é... uma rainha? — disse Simon baixinho. Ele sabia que Maureen era a líder do clã de vampiros de Nova York. Ela havia matado Camille, afinal de contas, e assumido o lugar desta. No entanto os líderes do clãs não eram chamados reis nem rainhas. Eles se vestiam normalmente, como Raphael fazia, não com fantasias. Eram figuras importantes na comunidade das Crianças Noturnas.

Mas Maureen, sem dúvida, era diferente. Maureen era uma criança, uma criança morta-viva. Simon se recordou das manguinhas de arco-íris, da vozinha ruidosa, dos olhos grandes. Ela permanecera uma garotinha com toda sua inocência de garotinha quando Simon a mordera, quando Camille e Lilith a levaram e mudaram, injetando tal maldade em suas veias que retirara toda a inocência e a corrompera rumo à loucura.

Era culpa dele, Simon sabia. Se Maureen não o tivesse conhecido, não o tivesse seguido por aí, nada disso teria acontecido.

Maureen acenou com a cabeça e sorriu, concentrando-se na pilha de cera, que agora parecia um vulcão minúsculo.

— Eu preciso... fazer coisas — falou abruptamente, e deixou a vela cair, ainda acesa.

A vela se apagou quando atingiu o chão, e Maureen correu para a porta. O mesmo vulto escuro a abriu no instante que ela se aproximou. E então Simon ficou sozinho novamente, com os restos fumegantes da vela e a nova calça de couro e o peso horrível de sua culpa.

Maia ficara calada durante todo o trajeto pela via expressa de Long Island, entupida de carros, até a Praetor; o sol se elevava no céu e os arredores passavam de edifícios lotados de Manhattan a sítios e cidadezinhas pastorais de North Fork. Eles estavam perto da Praetor, e dava para ver as águas azuis do Sound à esquerda, ondulando com o vento gelado. Maia se imaginou jogando-se nelas, e estremeceu ao pensar no frio.

— Você está bem? — perguntou Jordan, que também mal falara durante a maior parte da viagem.

O interior da van estava gelado, e ele usava luvas de couro para dirigir, porém elas não escondiam os nós brancos dos dedos no volante. Maia sentia a ansiedade fluindo dele em ondas.

— Estou bem — respondeu ela. Não era verdade. Ela estava preocupada com Simon e ainda lutava com as palavras que não conseguia dizer, que lhe obstruíam a garganta. Agora não era a hora certa para expeli-las, não com Simon desaparecido, e, ainda assim, todos os instantes em que ela deixava de dizê-las pareciam uma mentira.

Os dois viraram na estrada comprida e branca que se estendia ao longe, na direção do Sound. Jordan pigarreou.

— Você sabe que eu te amo, não é?

— Eu sei — disse Maia em voz baixa, e lutou contra a vontade de dizer "Obrigada". Não era correto responder "Obrigada" quando alguém dissesse que te amava. E sim responder o que Jordan evidentemente estava esperando...

Ela olhou pela janela e se assustou, saindo do devaneio subitamente.

— Jordan, está *nevando*?

— Acho que não.

Entretanto flocos brancos caíam diante das janelas da van, acumulando-se no para-brisa. Jordan estacionou o veículo, baixou uma das janelas e abriu a mão para pegar um floco. Ele recuou a mão, e sua expressão ficou sombria.

— Isto não é neve — falou ele. — São cinzas.

Maia sentiu uma pontada no peito enquanto ele voltava a ligar o motor da van e eles avançavam, dando a volta na esquina. À frente, onde deveria erguer-se a sede da Praetor Lupus, dourada contra o céu cinzento de meio-dia, via-se uma concentração de fumaça preta. Jordan xingou e girou o volante para a esquerda; a van atingiu uma vala e fez um barulho alto. Ele chutou a porta para que abrisse e saiu do veículo; Maia o seguiu um instante depois.

A sede da Praetor Lupus fora construída sobre um imenso lote de terreno verde que se inclinava para o Sound. O edifício central era de rocha dourada, um solar romanesco circundado por pórticos em arco. Ou pelo menos tinha sido. Agora era um amontoado de madeira e pedra fumegantes, chamuscadas feito ossos em um crematório. Pó branco e cinzas flutuavam densamente pelos jardins, e Maia engasgou com o ar pungente, erguendo uma das mãos para proteger o rosto.

O cabelo castanho de Jordan estava todo salpicado com as cinzas. Ele olhou ao redor, a expressão chocada e incompreensível.

— Eu não...

Alguma coisa atraiu o olhar de Maia, um lampejo de movimento através da fumaça. Ela agarrou a manga de Jordan.

— Veja... tem alguém ali...

Ele caminhou, se desviando da ruína fumegante do edifício da Praetor. Maia o acompanhou, embora não conseguisse evitar recuar, horrorizada, ao fitar os destroços chamuscados da estrutura que se projetava da terra: as paredes que sustentavam um telhado agora inexistente, janelas que explodiram ou derreteram, vislumbres de branco que poderiam ter sido tijolos ou ossos...

Jordan parou à frente de Maia. Ela andou até ficar do lado dele. As cinzas grudavam em seus sapatos, partículas entre os cadarços. Ela e Jordan estavam na parte principal dos edifícios destruídos pelo fogo. Dava para ver a água não muito longe. O fogo não tinha se espalhado, embora houvesse folhas mortas chamuscadas e cinzas sopradas ali também — e, em meio às cercas vivas aparadas, havia corpos.

Lobisomens — de todas as idades, embora a maioria fosse jovem — estavam esparramados ao longo das trilhas bem-cuidadas, os corpos lentamente cobertos por cinzas, como se estivessem sendo engolidos por uma nevasca. Lobisomens possuíam o instinto de se cercar de outros indivíduos da própria espécie, de tirar forças um do outro. Aquela quantidade de licantropos mortos era uma dor lancinante, um buraco de perda no mundo. Ela se recordou das palavras de Kipling, escritas nas paredes da Praetor. *A força do bando é o lobo, e a força do lobo é o bando.*

Jordan estava olhando ao redor, os lábios se movendo conforme ele murmurava os nomes dos mortos: *Andrea, Teal, Amon, Kurosh, Mara.* Na beira da água, Maia subitamente viu algo se mexer — um corpo, submerso pela metade. Ela disparou, Jordan em seu encalço. Ela escorregou pelas cinzas até o local onde a grama dava lugar à areia, e desabou ao lado do cadáver.

Era Praetor Scott, o corpo balançando com o rosto virado para baixo, o cabelo louro grisalho encharcado, a água ao redor dele manchada de um vermelho rosado. Maia se abaixou para virá-lo e quase engasgou. Os olhos dele estavam abertos, fitando o céu cegamente, a garganta aberta por um corte.

— Maia. — Ela sentiu um toque em suas costas. Era a mão de Jordan. — Não...

A frase foi interrompida por um suspiro, e ela deu meia-volta e sentiu um pavor tão intenso que sua visão quase escureceu. Jordan estava atrás dela, uma das mãos esticada, uma expressão de choque total.

Do meio de seu peito, projetava-se a lâmina de uma espada, o metal gravado com estrelas pretas. Parecia bizarro demais, como se alguém a tivesse pregado ali com fita, ou como se fosse um tipo de acessório teatral.

O sangue começou a se espalhar em um círculo ao redor da lâmina e manchou a frente da jaqueta. Jordan deu mais um suspiro borbulhante e caiu de joelhos, a espada retraindo e saindo de seu corpo enquanto ele desabava no chão e revelava quem estava logo atrás.

Um garoto que carregava uma imensa espada preta e prateada olhava para Maia por cima do corpo ajoelhado de Jordan. O cabo estava melado de sangue — na verdade, estava totalmente ensanguentado, do cabelo claro até as botas, respingadas como se ele tivesse ficado de pé diante de um ventilador que soprava tinta escarlate. Exibia um sorriso largo.

— Maia Roberts e Jordan Kyle — falou. — Ouvi falar muito sobre *vocês*.

Maia caiu de joelhos, ao mesmo tempo que Jordan desabou para o lado. Ela o segurou, apoiando-o no colo. Maia sentia o corpo inteiro dormente por causa do pavor, como se estivesse deitada no fundo congelado do rio. Jordan estremecia em seus braços, e ela o abraçava enquanto o sangue escorria pelos cantos da boca.

Ela ergueu o olhar para o garoto. Por um instante vertiginoso pensou que ele tivesse saído de um dos pesadelos com seu irmão, Daniel. Ele era belo como Daniel fora, embora não pudesse ser mais diferente. A pele de Daniel era marrom como a dela, ao passo que a do garoto parecia ter sido entalhada no gelo. Pele branca, maçãs do rosto pálidas e proeminentes, cabelo branco como sal, caindo na testa. Os olhos eram pretos, olhos de tubarão, fixos e frios.

— Sebastian — disse ela. — Você é o filho de Valentim.

— Maia — murmurou Jordan. As mãos dela estavam sobre o peito dele, encharcadas de sangue, assim como a camiseta e a areia debaixo deles, os grãos se acumulando no escarlate grudento. — Não fique... corra...

— Shhhh. — Ela o beijou na bochecha. — Você vai ficar bem.

— Não. Não vai — falou Sebastian, parecendo entediado. — Ele vai morrer.

Maia ergueu a cabeça.

— Cale a boca — sibilou ela. — Cale a boca, sua... sua *coisa*...

O pulso de Sebastian fez um movimento rápido com um estalo — ela nunca vira ninguém fazer aquilo tão depressa, a não ser, talvez, Jace —, e a ponta da espada estava em seu pescoço.

— Quieta, menina do Submundo — ordenou ele. — Veja quantos estão mortos à sua volta. Você acha que eu hesitaria em matar mais um?

Ela engoliu em seco, mas não se afastou.

— Por quê? Pensei que sua guerra fosse contra os Caçadores de Sombras...

— É uma longa história... — explicou ele, com voz arrastada. — Basta dizer que o Instituto de Londres é irritantemente bem protegido e que a Praetor pagou o preço. Eu ia matar *alguém* hoje. Só não tinha certeza de quem, quando acordei esta manhã. Adoro as manhãs. Tão cheias de possibilidades.

— A Praetor não tem nada a ver com o Instituto de Londres...

— Ah, você está errada nesse ponto. Tem uma história e tanto. Mas é de pouca importância. Você está correta ao dizer que minha guerra é contra os Nephilim, o que significa que eu estou em guerra contra seus aliados. Este — ele abanou a mão livre para trás e indicou as ruínas incendiadas — é meu recado. E você vai transmiti-lo por mim.

Maia começou a balançar a cabeça, mas sentiu que alguma coisa agarrava sua mão — eram os dedos de Jordan. Ela baixou os olhos para ele. Jordan estava branco feito um fantasma, os olhos buscavam os dela. *Por favor*, pareciam dizer. *Faça o que ele pede.*

— Qual recado? — murmurou ela.

— Que eles deveriam se recordar de Shakespeare — disse ele. — *Eu nunca vou parar, nunca vou ficar imóvel, até que a morte feche os meus olhos, ou a fortuna me dê a medida da vingança.* — Os cílios roçavam a bochecha ensanguentada enquanto ele piscava. — Diga aos membros do Submundo. Estou atrás de vingança e vou conseguir. Vou lidar desse modo com qualquer um que se alie aos Caçadores de Sombras. Não quero dialogar com sua espécie, a menos que vocês sigam os Nephilim na batalha; nesse caso, vocês alimentarão minha lâmina e as lâminas do meu exército, até o último ser extinto da superfície deste mundo.

Ele baixou a ponta da espada, de modo que a lâmina roçou os botões da camisa de Maia, como se houvesse pretensão de cortar o corpo dela. Sebastian ainda estava sorrindo quando afastou a arma.

— Acha que consegue se lembrar disso, garota-lobo?

— Eu...

— Claro que consegue — disse ele, e baixou o olhar para o corpo de Jordan, que ainda estava nos braços dela. — Seu namorado está morto, por sinal — emendou, depois enfiou a espada na bainha presa à cintura e se afastou. Suas botas faziam subir nuvens de cinzas enquanto ele caminhava.

Magnus nunca havia entrado no Hunter's Moon, uma vez que tinha sido um bar clandestino durante a Lei Seca, um local onde mundanos se reuniam tranquilamente para beber até cair. Em algum momento dos anos de 1940 ele fora assumido por proprietários do Submundo e, desde então, atendia à essa clientela — sobretudo, lobisomens. Fora sujo na época e era sujo agora, o chão coberto com uma camada de poeira grudenta. Havia um balcão de madeira com uma bancada manchada, marcada por décadas de anéis feitos com copos úmidos e arranhões causados por garras compridas. Pete Furtivo, o barman, servia uma Coca-cola para Morcego Velasquez, o líder temporário do bando de lobos de Luke, em Manhattan. Magnus semicerrou os olhos para ele, pensativo.

— Você está de olho no novo líder do bando dos lobos? — perguntou Catarina, espremida na mesa sombria ao lado de Magnus, os dedos azuis segurando um Long Island Iced Tea. — Pensei que estivesse de saco cheio dos lobos, depois de Woolsey Scott.

— Não estou de olho nele — disse Magnus, exaltado. Morcego não era nada feio se você gostava de tipos com queixo quadrado e ombros largos, mas Magnus estava imerso em pensamentos. — Minha mente estava em outras coisas.

— Não importa o que seja, não faça! — falou Catarina. — É uma péssima ideia.

— E por que você diz isso?

— Porque elas são do único tipo que você tem — disse ela. — Eu te conheço há muito tempo, e tenho certeza absoluta nesse quesito. Se você está planejando virar pirata de novo, é uma péssima ideia.

— Eu não repito meus erros — retrucou Magnus, ofendido.

— Tem razão. Você comete erros novos e até piores — disse Catarina. — Não faça isso, seja o que for. Não lidere um motim de lobisomens, não faça nada que possa contribuir acidentalmente para o apocalipse, e não comece sua própria linha de glitter para tentar vendê-la na Sephora.

— A última ideia tem mérito real — observou Magnus. — Mas não estou cogitando uma mudança de carreira. Eu estava pensando em...

— Alec Lightwood? — Catarina deu um sorriso. — Nunca vi alguém te impressionar tanto quanto aquele garoto.

— Você não me conhece tanto assim — resmungou Magnus, mas o comentário não foi sincero.

— Por favor. Você me fez assumir o trabalho com o Portal no Instituto para não ter que vê-lo, e depois apareceu mesmo assim, só para se despedir. Não negue. Eu te vi.

— Não neguei coisa alguma. Apareci para me despedir; foi um erro. Eu não devia ter feito isso. — Magnus tomou um gole de sua bebida.

— Ora, poupe-me — falou Catarina. — *Que* história é essa, de verdade, Magnus? Nunca vi você tão feliz como quando estava com Alec. Normalmente, quando se apaixona, você fica infeliz. Lembre-se de Camille. Eu a odiava. Ragnor a odiava...

Magnus abaixou a cabeça sobre a mesa.

— *Todos* a odiavam — emendou Catarina cruelmente. — Ela era desonesta *e* má. E então seu pobre e doce namorado foi mordido por ela; bem, sério, há alguma razão para terminar um relacionamento perfeito? É como incitar uma píton a atacar um coelhinho e depois ficar zangado quando o coelhinho perde.

— Alec não é um coelhinho. É um Caçador de Sombras.

— E você nunca namorou um Caçador de Sombras. É disso que se trata?

Magnus se afastou da mesa, o que foi um alívio, pois ela cheirava a cerveja.

— De certa forma, o mundo está mudando. Você não sente isso, Catarina? — perguntou ele.

Ela o espiou por cima da borda do copo.

— Não posso dizer que sinta.

— Os Nephilim sobreviveram durante milhares de anos — observou Magnus. — Mas alguma coisa está chegando, uma grande mudança. Sempre aceitamos os Caçadores de Sombras como um fato de nossa existência. Mas há feiticeiros velhos o suficiente para se lembrar de quando os Nephilim não caminhavam sobre a Terra. Eles poderiam ser extintos tão rapidamente quanto chegaram.

— Mas você não acredita realmente...

— Sonhei com isso — disse ele. — Você sabe que tenho sonhos verdadeiros, algumas vezes.

— Por causa do seu pai. — Ela pousou a bebida na mesa. Sua expressão estava concentrada agora, não havia humor nela. — Ele poderia simplesmente estar tentando te assustar.

Catarina era uma das poucas pessoas no mundo que sabia quem o pai de Magnus realmente era; a outra fora Ragnor Fell. Não era algo que Magnus gostasse de revelar às pessoas. Uma coisa era ter por pai um demônio. Outra era seu pai ser proprietário de grande parte do Inferno.

— Qual é a finalidade disso? — Magnus deu de ombros. — Não sou o centro do que quer que seja este turbilhão que está por vir.

— Mas tem medo que Alec seja — falou Catarina. — E você quer afastá-lo, antes que o perca.

— Você disse para não fazer nada que pudesse contribuir acidentalmente para o apocalipse — observou o feiticeiro. — Sei que estava brincando. Mas é menos engraçado quando não consigo me livrar da sensação de que o apocalipse virá de qualquer jeito. Valentim Morgenstern praticamente acabou com os Caçadores de Sombras, e seu filho é duas vezes mais inteligente e seis vezes mais cruel. E ele não virá sozinho. Ele tem auxílio, de demônios maiores que meu pai, de outros...

— Como você sabe disso? — O tom de voz de Catarina era agudo.

— Eu olhei.

— Pensei que você tivesse parado de ajudar os Caçadores de Sombras — disse Catarina, e então ergueu a mão antes que ele pudesse falar alguma coisa. — Deixe para lá. Já ouvi você repetir esse tipo de coisa vezes suficientes para saber que você nunca fala sério.

— Essa é a questão — disse Magnus. — Eu olhei, mas não encontrei nada. Não importa quais sejam os aliados de Sebastian, ele não deixou rastros da aliança. Continuo sentindo como se estivesse prestes a descobrir alguma coisa, e então me flagro agarrando o ar. Não acho que eu *possa* ajudá-los, Catarina. Não sei se alguém pode.

Magnus desviou o olhar da expressão súbita de compaixão do outro lado do balcão. Morcego estava inclinado contra o móvel e brincava com o telefone — a luz da tela lançava sombras em seu rosto. Sombras que Magnus via em todos os rostos mortais: em todos os humanos, em todos os Caçadores de Sombras, em todas as criaturas destinadas a morrer.

— Mortais têm esse nome exatamente porque não são eternos — observou Catarina. — Você sempre soube disso e ainda assim já os amou.

— Não desse jeito — falou Magnus.

Catarina arfou, surpresa.

— Oh — murmurou. — Oh... — Ela pegou a bebida. — Magnus, você é absurdamente tolo — emendou carinhosamente.

O feiticeiro semicerrou os olhos para ela.

— Sou?

— Se é desse jeito que você se sente, deveria ficar com ele — aconselhou. — Pense em Tessa. Você aprendeu alguma coisa com ela? Sobre quais amores valem a dor de perdê-los?

— Ele está em Alicante.

— E daí? — insistiu Catarina. — Você deveria ser o feiticeiro representante do Conselho; você depositou essa responsabilidade em mim. Estou devolvendo a você. Vá para Alicante. De qualquer forma, para mim, você tem mais a dizer ao Conselho do que eu jamais poderia. — Ela enfiou a mão no bolso do uniforme de enfermeira que estava vestindo: tinha vindo direto do trabalho no hospital. — Ah, e fique com isto.

Magnus puxou o pedaço de papel amassado dos dedos dela.

— Um convite para jantar? — falou, desconfiado.

— Meliorn, do Povo das Fadas, deseja que todos os membros do Submundo no Conselho se encontrem para jantar na véspera do grande Conselho — disse ela. — Um tipo de gesto de paz e boa vontade, ou talvez ele apenas queira chatear todo mundo com enigmas. De um jeito ou de outro, deve ser interessante.

— Comida de fada — retrucou Magnus, melancólico. — Odeio comida de fada. Quero dizer, mesmo o tipo seguro, que não vai fazer você ficar dançando músicas típicas durante o próximo século. Todos aqueles besouros e vegetais crus...

Ele se interrompeu. Do outro lado do cômodo, Morcego encostou o telefone no ouvido. A outra mão agarrou o balcão do bar.

— Tem alguma coisa errada — disse o feiticeiro. — Alguma coisa referente ao bando.

Catarina pousou o copo na mesa. Ela conhecia Magnus muito bem e sabia quando ele provavelmente estava certo. Ela também olhou para Morcego, que tinha fechado o celular. Ele empalidecera, a cicatriz se destacava, lívida, na bochecha. Ele se inclinou para dizer alguma coisa para Pete Furtivo, atrás do balcão, depois levou dois dedos à boca e assobiou.

Pareceu o apito de um trem a vapor e interrompeu o murmúrio baixo de vozes no bar. Em instantes, todos os licantropos estavam de pé, irrompendo em direção a Morcego. Magnus se pôs de pé também, embora Catarina segurasse sua manga.

— Não...

— Vou ficar bem. — Ele a afastou e empurrou a multidão até chegar a Morcego. O restante do bando estava parado em um círculo frouxo ao redor dele. Eles se retesaram, inseguros ao ver o feiticeiro no meio deles, abrindo caminho para ficar perto do líder do bando. Um dos lobisomens, uma loura, saiu de seu lugar e bloqueou Magnus, porém Morcego ergueu a mão.

— Está tudo bem, Amabel — disse ele. A voz era de poucos amigos, mas educada. — Magnus Bane, correto? Alto Feiticeiro do Brooklyn? Maia Roberts diz que posso confiar em você.

— Você pode.

— Ótimo, mas temos negócios urgentes do bando aqui. O que você quer?

— Você recebeu um telefonema? — Magnus apontou para o celular de Morcego. — Foi Luke? Aconteceu alguma coisa em Alicante?

Morcego balançou a cabeça, e sua expressão era indecifrável.

— Outro ataque ao Instituto, então? — insistiu Magnus.

Ele se acostumara a ter todas as respostas e odiava não saber algo. Embora o Instituto de Nova York estivesse vazio, isso não significava que outros Institutos estivessem desprotegidos, que poderia não ter havido uma batalha, uma na qual Alec talvez tivesse resolvido se envolver...

— Não foi a um Instituto — falou Morcego. — Era Maia ao telefone. A sede da Praetor Lupus foi incendiada e destruída. Pelo menos uma centena de lobisomens estão mortos, incluindo Praetor Scott e Jordan Kyle. Sebastian Morgenstern trouxe o combate até nós.

6

Irmão de Chumbo e Irmã de Aço

— Não jogue... por favor, por favor, não jogue... Ai, Deus, ele jogou — falou Julian, com voz resignada, quando um pedaço de batata voou pelo cômodo e por pouco não acertou a orelha dele.

— Nada foi quebrado — tranquilizou Emma. Ela estava sentada com as costas apoiadas no berço de Tavvy e observava Julian dar a refeição da tarde ao irmão caçula. Tavvy havia chegado à idade na qual era muito restrito em relação ao que gostava de comer, e qualquer coisa que não o agradasse era jogada no chão. — O abajur está um pouco embatatado, só isso.

Felizmente, embora o restante da casa dos Penhallow fosse um tanto elegante, o sótão onde ficavam os "órfãos da guerra" — termo coletivo aplicado às crianças dos Blackthorn e a Emma desde que chegaram a Idris — era extremamente simples, funcional e sólido no design. Ocupava o último andar inteiro da casa: vários cômodos conectados, uma pequena cozinha e um banheiro, uma coleção fortuita de camas e pertences espalhados por toda parte. Helen dormia no andar de baixo com Aline, embora subisse diariamente; Emma recebera o próprio quarto, assim como Julian, que mal ficava nele. Drusilla e Octavian ainda acordavam todas as noites gritando, e Julian se acostumara a dormir no chão do quarto deles, com o travesseiro e o cobertor amontoados ao lado do berço de Tavvy. Não havia cadeirinha de comer para bebês, por isso Julian sentava-se no chão, na frente do menininho, em um cobertor todo sujo de comida, com um prato na mão e uma expressão desesperada.

Emma se aproximou e sentou-se de frente para ele, erguendo Tavvy até seu colo. O rostinho dele estava enrugado de tristeza.

— Mamã — falou, quando ela o ergueu.

— Faz o trenzinho piuí-piuí — aconselhou a Jules. Ela se perguntou se deveria avisar que ele estava com molho de espaguete no cabelo. Hesitou e achou melhor não.

Ela observava enquanto ele selecionava a comida, antes de colocá-la na boca de Tavvy. O menininho dava risadas agora. Emma tentava engolir a sensação de perda: ela se lembrava do próprio pai separando a comida no prato pacientemente na fase em que ela se recusava a comer qualquer coisa verde.

— Ele não está comendo o suficiente — disse Jules baixinho, enquanto transformava um pedaço de pão com manteiga num trem barulhento e Tavvy esticava as mãos meladas para ele.

— Ele está triste. É um bebê, mas entende que alguma coisa ruim aconteceu — explicou Emma. — Ele sente saudade de Mark e do pai.

Jules esfregou os olhos, cansado, deixando uma mancha de molho em uma das bochechas.

— Não posso substituir Mark nem papai. — Ele pôs um pedaço de maçã na boca de Tavvy. O menininho cuspiu, com uma expressão cruel de prazer. Julian suspirou. — Vou verificar Dru e os gêmeos. Eles estavam jogando Monopoly no quarto, mas você nunca sabe quando as coisas vão sair do controle.

Era verdade. Tiberius, com a mente analítica, tendia a vencer a maior parte dos jogos. Livvy nunca se importava, mas Dru, que era competitiva, sim, e muitas vezes uma partida terminava em puxões de cabelo de ambos os lados.

— Pode deixar que faço isso. — Emma devolveu Tavvy e estava se levantando quando Helen entrou no quarto com a expressão sombria. Quando viu os dois, a expressão se transformou em apreensão. Emma sentiu os pelos da nuca se arrepiarem.

— Helen — disse Julian. — Qual é o problema?

— As forças de Sebastian atacaram o Instituto de Londres.

Emma percebeu Julian tenso. Ela quase conseguiu sentir, como se os nervos dele fossem os dela, como se o pânico dele fosse o dela. O rosto dele — já muito magro — pareceu se retesar, embora continuasse a segurar o bebê com cuidado e delicadeza.

— Tio Arthur? — perguntou ele.

— Ele está bem — avisou Helen rapidamente. — Ficou ferido. Isso vai atrasar a chegada dele em Idris, mas está bem. Na verdade, todos estão bem no Instituto de Londres. O ataque foi um fracasso.

— Por quê? — A voz de Julian foi pouco mais que um sussurro.

— Não sabemos ainda, não com certeza — disse Helen. — Vou até o Gard com Aline, a Consulesa e o restante do grupo para tentar descobrir o que aconteceu. — Ela se ajoelhou e passou a mão pelos cachos de Tavvy. — É uma *boa* notícia — falou para Julian, que parecia mais confuso que qualquer coisa. — Sei que é assustador o fato de Sebastian ter atacado de novo, mas ele não venceu.

Emma fitou Julian nos olhos. Sabia que deveria estar animada com as boas notícias, mas havia uma sensação violenta dentro dela — uma inveja terrível. Por que os habitantes do Instituto de Londres estavam vivos se a família dela morreu? De que maneira eles tinham lutado melhor, feito mais?

— Não é justo — desabafou Julian.

— Jules — disse Helen, e se pôs de pé. — É uma derrota. Isso significa alguma coisa. Significa que *podemos* derrotar Sebastian e suas forças. Dominá-los. Virar a maré. Isso vai deixar todo mundo com menos medo. É importante.

— Espero que o peguem com vida — disse Emma, os olhos em Julian. — Espero que o matem na Praça do Anjo para que possamos assistir à sua morte, e espero que seja lenta.

— *Emma* — disse Helen, soando chocada, mas os olhos azuis-esverdeados de Julian ecoaram a própria crueldade de Emma, sem qualquer vestígio de reprovação. Emma nunca o amara tanto quanto naquele momento por refletir até os sentimentos obscuros nas profundezas de seu coração.

A loja de armas era linda. Clary nunca tinha pensado que descreveria uma loja de armas desta forma — talvez um pôr do sol ou uma vista noturna límpida no horizonte de Nova York, mas não uma loja cheia de clavas, machados e bengalas-espada.

Mas aquela era. A placa de metal que pendia do lado de fora tinha o formato de uma aljava e o nome da loja — Flecha de Diana — escrito em letra cursiva. No interior da loja, havia facas exibidas como leques mortais de ouro, aço e prata. Um imenso candelabro pendia de um teto pintado com um desenho rococó de flechas douradas em pleno voo. Flechas de verdade eram exibidas em suportes de madeira entalhados. Espadas tibetanas, com os pomos decorados em turquesa, prata e coral, pendiam nas paredes ao lado de sabres *dha* birmaneses com pontas de metal trabalhadas em cobre e latão.

— Então... o que despertou isso? — perguntou Jace com curiosidade, segurando uma *naginata* entalhada com caracteres japoneses. Quando ele a pôs no chão, a lâmina ergueu-se acima de sua cabeça, e os dedos compridos se curvaram ao redor do punho para mantê-la firme. — Esse desejo por uma espada?

— Quando uma garota de 12 anos diz que sua arma é uma porcaria, é hora de mudar — falou Clary.

A mulher atrás do balcão deu uma risada. Clary a reconheceu como a mulher com tatuagem de peixe que tinha se manifestado na reunião do Conselho.

— Ora, você veio ao melhor lugar.

— Esta loja é sua? — perguntou Clary, e esticou a mão para testar a ponta de uma espada longa com cabo de ferro.

A mulher sorriu.

— Eu sou Diana Wrayburn.

Clary esticou a mão para um florete, mas Jace, depois de apoiar a *naginata* na parede, balançou a cabeça para ela.

— Aquela claymore ficaria mais alta que você. Não que isso seja difícil.

Clary mostrou a língua para ele e pegou uma espada curta que pendia na parede. Havia arranhões ao longo da lâmina — arranhões que, após um exame mais atento, Clary viu serem letras de uma linguagem que ela não conhecia.

— São símbolos, mas não são símbolos dos Caçadores de Sombras — falou Diana. — Esta é uma espada viking; muito antiga. E muito pesada.

— A senhora sabe o que diz?

— Somente os Valorosos — falou Diana. — Meu pai costumava dizer que você poderia conhecer uma grande arma se ela tivesse um nome ou inscrição.

— Eu vi uma ontem — recordou-se Clary. — Dizia algo como "*Sou do mesmo aço e da mesma têmpera que Joyeuse e Durendal.*"

— Cortana! — Os olhos de Diana se iluminaram. — A espada de Ogier. Isso é impressionante. É como possuir Excalibur ou Kusanagi-no-Tsurugi. Cortana é uma espada dos Castairs, creio. Emma Castairs, a garota que estava na reunião do Conselho ontem, é a dona agora?

Clary assentiu.

Diana fez um muxoxo.

— Pobre criança — disse ela. — E os Blackthorn também. Perderam tanta coisa num único golpe... Gostaria de poder fazer alguma coisa por eles.

— Eu também — emendou Clary.

Diana deu uma olhadela, avaliando Clary, e se abaixou atrás do balcão. Ela ressurgiu um instante depois com uma espada mais ou menos do tamanho do antebraço de Clary.

— O que você acha desta?

Clary fitou a espada. Sem dúvida, era bela. A guarda, o cabo e o pomo eram dourados com ranhuras de obsidiana; a lâmina, de uma prata tão escura que era quase preta. A mente de Clary percorreu rapidamente todos os tipos de armas que ela estivera memorizando nas lições: cimitarras, sabres, espadões, espadas.

— É uma *cinquedea*? — Ela tentou adivinhar.

— É uma espada curta. Você pode querer olhar o outro lado — falou Diana, e ela virou a espada. No lado oposto da lâmina, no sulco central, havia um desenho de estrelas pretas.

— Oh. — O coração de Clary bateu dolorosamente; ela deu um passo para trás e quase esbarrou em Jace, que estava atrás dela, franzindo a testa. — É uma espada dos Morgenstern.

— Sim, é. — Os olhos de Diana eram penetrantes. — Há muito tempo os Morgenstern encomendaram duas espadas com Wayland, o Ferreiro... um conjunto. — Uma grande e outra menor, para pai e filho. Como Morgenstern significa Estrela da Manhã, cada uma tem seu nome em função de características da própria estrela: a menor, esta aqui, chama-se Heosphoros, que significa "que traz o alvorecer", enquanto a maior se chama Phaesphoros ou "que porta a luz". Sem dúvida você já viu Phaesphoros, pois Valentim Morgenstern era o dono dela, e agora é o filho dele quem a carrega.

— Você sabe quem nós somos — disse Jace. Não era uma pergunta. — Quem é Clary.

— O mundo dos Caçadores de Sombras é pequeno — afirmou Diana, e olhou de um para o outro. — Estou no Conselho. Vi seu depoimento, filha de Valentim.

Clary observava a espada, em dúvida.

— Eu não entendo — disse. — Valentim nunca teria abandonado uma espada Morgenstern. Por que você ficou com ela?

— A esposa dele a vendeu — explicou Diana — para meu pai, que era proprietário da loja na época da Ascensão. Era dela. Deveria ser sua agora.

Clary estremeceu.

— Eu vi dois homens portarem a versão maior desta espada, e odeio os dois. Não há Morgenstern neste mundo agora que se dedique a algo que não seja o mal.

Jace falou:

— Há você.

Ela olhou para ele, mas sua expressão era ilegível.

— De qualquer forma, eu não teria como comprá-la — emendou Clary. — É de ouro, e de ouro negro, e *adamas*. Não tenho dinheiro para este tipo de arma.

— Eu dou a espada para você — falou Diana. — Tem razão sobre as pessoas odiarem os Morgenstern; elas contam histórias sobre como as espadas foram criadas para conter a mágica mortal e, ao mesmo tempo, matar milhares. São apenas histórias, claro, nenhuma verdade nelas, mas ainda assim... não é o tipo de item que eu poderia vender em outro lugar. Ou que necessariamente iria querer vender. Ela deveria ir para boas mãos.

— Eu não a quero — murmurou Clary.

— Se você se encolher diante dela, estará permitindo que te domine — falou Diana. — Fique com ela, corte a garganta de seu irmão e devolva a honra a seu sangue.

Ela deslizou a arma pelo balcão, até Clary. Sem dizer nada, a garota a pegou, a mão envolvendo o pomo, que se acomodou bem entre seus dedos — perfeitamente, como se tivesse sido feita para ela. Mesmo contendo aço e metais preciosos, a espada parecia leve como uma pluma. Clary a ergueu, as estrelas pretas ao longo da lâmina piscando para ela, uma luz como fogo correndo e faiscando ao longo do aço.

Clary ergueu o olhar para ver Diana pegar algo no ar: um brilho de luz que se transformou num pedaço de papel. Ela o leu, franziu as sobrancelhas de preocupação.

— Pelo Anjo — disse ela. — O Instituto de Londres foi atacado.

Clary quase derrubou a espada. Ouviu Jace arfar ao seu lado.

— *O quê*? — perguntou ele.

Diana ergueu o olhar.

— Está tudo bem — disse. — Aparentemente algum tipo de proteção especial foi posta sobre o Instituto de Londres, algo que o Conselho ainda não conhece direito. Há feridos, mas ninguém foi morto. As forças de Sebastian foram repelidas. Infelizmente, nenhum dos Crepusculares foi capturado ou morto. — Enquanto Diana falava, Clary percebia que a proprietária da loja estava usando roupas de luto brancas. Será que tinha perdido alguém na guerra de Valentim? Nos ataques de Sebastian aos Institutos?

Quanto sangue fora derramado pelas mãos dos Morgenstern?

— Eu... eu sinto muito. — Clary arfou. Ela conseguia enxergar Sebastian, podia vê-lo em sua mente, o uniforme vermelho e o sangue vermelho, o cabelo prateado e a espada prateada. Ela cambaleou para trás.

Subitamente, sentiu alguém tocando seu braço, e percebeu que estava respirando no ar frio. De alguma forma, estava em frente à loja de armas, numa rua cheia de pessoas, com Jace ao seu lado.

— Clary — disse ele. — Está tudo bem. Tudo está bem. Os Caçadores de Londres, todos escaparam.

— Diana falou que há feridos — repetiu Clary. — Mais sangue derramado por causa dos Morgenstern.

Ela baixou os olhos para a espada, a qual sua mão direita ainda agarrava; os dedos pálidos no cabo.

— Você não precisa ficar com a espada.

— Não. Diana tinha razão. Ter medo de tudo que é dos Morgenstern dá... dá a Sebastian poder sobre mim. E é exatamente isso que ele quer.

— Concordo — disse Jace. — Por essa razão eu trouxe isto.

Ele lhe entregou uma bainha de couro preto, ornada com um desenho de estrelas prateadas.

— Você não pode andar para cima e para baixo com uma arma desembainhada — emendou ele. — Quero dizer, você pode, mas é provável que te olhem de maneira estranha.

Clary pegou a bainha, cobriu a espada, a enfiou no cinto e fechou o casaco por cima.

— Melhor?

Ele afastou uma mecha de cabelo ruivo do rosto dela.

— É sua primeira arma de verdade, que pertence a você. O nome Morgenstern não é amaldiçoado, Clary. É um sobrenome de Caçadores de Sombras antigo e glorioso que remonta a centenas de anos. *A estrela da manhã.*

— A estrela da manhã não é uma estrela — afirmou Clary, mal-humorada. — É um planeta. Aprendi isto na aula de astronomia.

— Lamentavelmente, a educação mundana é prosaica. Olhe — refutou ele, e apontou para cima. Clary olhou, mas não para o céu. Ela olhou para ele, para o sol no cabelo claro, para a curvatura da boca quando ele sorria. — Muito antes de alguém saber sobre planetas, eles sabiam que havia fendas no tecido da noite. As estrelas. E sabiam que havia uma que se erguia a leste, ao nascer, e a chamaram de estrela da manhã, aquela que trazia o alvorecer, o mensageiro da aurora. É tão ruim assim? Trazer luz para o mundo?

Impulsivamente, Clary se esticou e beijou a bochecha de Jace.

— Certo, está bem — ponderou ela. — Então isso foi mais poético que a aula de astronomia.

Ele abaixou a mão e sorriu para ela.

— Bom — falou ele. — Vamos fazer outra coisa poética agora. Venha. Quero te mostrar uma coisa.

Dedos frios contra as têmporas de Simon o acordaram.

— Abra os olhos, Diurno — ordenou uma voz impaciente. — Não temos o dia todo.

Simon sentou-se com tal rapidez que a pessoa diante dele deu um pulo para trás com um sibilo. Simon observou. Ele ainda estava cercado pelas barras da jaula de Maureen, ainda estava dentro do quarto decadente no Hotel Dumort. Do outro lado, estava Raphael. Ele vestia uma camisa branca abotoada e calça jeans, o brilho do ouro visível no pescoço. Ainda assim... Simon só o vira arrumado e com a roupa engomada, como se estivesse indo a uma reunião de negócios. Agora havia gel no cabelo, a camisa branca estava rasgada e manchada de terra.

— Bom dia, Diurno — disse Raphael.

— O que *você* está fazendo aqui? — perguntou Simon, sem rodeios. Ele se sentia sujo, enjoado e zangado. E ainda vestia a camisa com babados. — Já é de manhã?

— Você dormiu, agora está acordado... é de manhã. — Raphael pareceu obscenamente alegre. — Quanto ao que estou fazendo aqui: estou aqui por sua causa, óbvio.

Simon se reclinou contra as barras da jaula.

— O que você quer dizer? E, por falar nisso, como você entrou aqui?

Raphael olhou para Simon com expressão de pena.

— A jaula abre do lado de fora. Foi fácil entrar.

— Então é apenas solidão e um desejo pela companhia de outro garoto ou o quê? — Quis saber Simon. — Da última vez que te vi, você me pediu para ser seu guarda-costas e, quando eu disse que não, deixou claro que se um dia eu perdesse a Marca de Caim, você me mataria.

Raphael sorriu para ele.

— Então esta é a parte em que você me mata? — perguntou Simon. — Devo avisar, não é tão sutil assim. Provavelmente você vai ser pego.

— Sim — refletiu Raphael. — Maureen ficaria muito infeliz com sua morte. Uma vez mencionei a mera ideia de vender você para feiticeiros inescrupulosos, e ela não achou graça. Foi lamentável. Por causa dos poderes de cura, o sangue dos Diurnos vale muito. — Ele suspirou. — Teria sido uma tremenda oportunidade. Infelizmente, Maureen é tola demais para ver as coisas sob meu ponto de vista. Ela prefere manter você vestido como uma boneca. Mas daí, ela é louca.

— Você pode falar esse tipo de coisa da sua rainha vampira?

— Houve um tempo em que eu quis ver você morto, Diurno — retrucou Raphael, em tom casual, como se estivesse contando a Simon que cogitara comprar uma caixa de chocolates para ele em determinada época. — Mas tenho um inimigo maior. Você e eu, nós estamos do mesmo lado.

As barras da jaula pressionavam as costas de Simon de modo desconfortável. Ele mudou de posição.

— Maureen? — perguntou. — Você sempre quis ser o líder dos vampiros, e agora ela assumiu seu lugar.

Raphael torceu o lábio em um rosnado.

— Você acha que isso é apenas um jogo de poder? — disse ele. — Você não entende. Antes de Maureen ser Transformada, ela foi aterrorizada e torturada até o ponto da loucura. Quando se ergueu, saiu do caixão com as garras. Não havia ninguém para ensiná-la. Ninguém para dar o primeiro sangue. Como eu fiz por você.

Simon encarou Raphael. Subitamente, ele se recordou do cemitério, de sair do solo para o frio do ar e da terra, e da fome, da fome insuportável, e de Raphael lhe jogando uma bolsa cheia de sangue. Ele nunca pensara naquilo como um favor ou um serviço, mas teria dilacerado qualquer criatura viva que tivesse encontrado se não fosse por sua primeira refeição. Ele quase dilacerara Clary. Fora Raphael quem impedira isso de acontecer.

Fora Raphael quem levara Simon do Dumort ao Instituto; que o deitara, sangrando, nos degraus da frente quando eles não conseguiram mais avançar; e que explicara aos amigos de Simon o que havia acontecido. Simon supôs que Raphael poderia ter tentado esconder isso, poderia ter mentido para os Nephilim, mas ele confessara e assumira as consequências.

Raphael nunca fora particularmente bom para Simon, mas, à sua maneira, ele possuía um tipo estranho de honra.

— Eu criei você — afirmou Raphael. — Meu sangue em suas veias fez de você um vampiro.

— Você sempre disse que eu era um vampiro terrível — observou Simon.

— Não espero sua gratidão — disse Raphael. — Você nunca quis ser o que é. Nem Maureen, imagina-se. Ela ficou louca com a Transformação e ainda está louca. Ela mata sem pensar. Não pensa nos perigos de nos expor ao mundo humano por meio de uma matança descuidada. Ela não pensa que, talvez, se vampiros matarem sem necessidade ou consideração, um dia não haverá mais comida.

— Seres humanos — corrigiu Simon. — Não haveria mais seres humanos.

— Você *é* um vampiro terrível — disse Raphael. — Mas estamos lado a lado nisso. Você quer proteger os humanos. Eu quero proteger os vampiros. Nosso objetivo é um só, é o mesmo.

— Então mate Maureen — disse Simon. — Mate Maureen e assuma o clã.

— Não posso. — Raphael assumiu uma expressão sombria. — As outras crianças do clã a adoram. Elas não enxergam a longa estrada, a escuridão no horizonte. Veem apenas a liberdade para matar e consumir de acordo com a própria vontade. Não se submetem aos Acordos, não seguem uma Lei externa. Maureen deu a elas toda a liberdade do mundo, e elas vão se destruir com isso. — O tom era amargo.

— Você realmente se preocupa com o que acontece ao clã — afirmou Simon, surpreso. — Você daria um ótimo líder.

Raphael o olhou com expressão severa.

— Embora eu não saiba como você ficaria com uma tiara de ossos — emendou Simon. — Olhe, eu entendo o que está dizendo, mas como posso ajudar? Caso não perceba, estou preso numa jaula. Se me libertar, serei pego. E se eu sair, Maureen vai me encontrar.

— Não em Alicante — disse Raphael.

— Alicante? — Simon encarou o outro. — Você quer dizer... a capital de Idris, Alicante?

— Você não é muito inteligente — respondeu. — Sim, é dessa Alicante que estou falando. — Ao ver a expressão confusa de Simon, Raphael esboçou um sorriso. — Há um representante dos vampiros no Conselho, Anselm Nightshade. Um tipo recluso, o líder do clã de Los Angeles, mas é um sujeito que conhece certos... amigos meus. Feiticeiros.

— Magnus? — falou Simon, surpreso. Raphael e Magnus eram imortais, moravam em Nova York e eram representantes razoavelmente importantes de suas divisões do Submundo. Ainda assim, ele nunca havia pensado em como eles poderiam se conhecer, ou no quão bem eles poderiam se conhecer.

Raphael ignorou a pergunta de Simon.

— Nightshade concordou em me enviar como representante em seu lugar, embora Maureen não saiba disso. Portanto, irei a Alicante e me sentarei no Conselho para a grande reunião, mas exijo que você vá comigo.

— Por quê?

— Os Caçadores de Sombras não confiam em mim — disse Raphael, sem rodeios. — Mas confiam em você. Sobretudo, os Nephilim de Nova York. Olhe para você. Usa o colar de Isabelle Lightwood. Eles sabem que você está mais para um Caçador de Sombras do que para uma Criança Noturna. Vão acreditar no que você diz se lhes contar que Maureen violou os Acordos e deve ser detida.

— Muito bem — disse Simon. — Eles confiam em mim. — Raphael o fitou com olhos arregalados, sinceros. — E isso não tem nada a ver com o fato de você não querer que o clã descubra que entregou Maureen, porque eles gostam dela e então se voltariam contra você feito animais.

— Você conhece os filhos do Inquisidor — disse ele. — Pode testemunhar diretamente para ele.

— Claro — emendou Simon. — Ninguém no clã vai se importar se eu dedurar a rainha deles e for morto. Tenho certeza de que minha vida será fantástica quando eu voltar.

Raphael deu de ombros.

— Eu tenho seguidores aqui — informou ele. — Alguém me deixou entrar neste cômodo. Assim que cuidarem de Maureen, é provável que possamos voltar a Nova York com poucas consequências negativas.

— Poucas consequências negativas. — Simon fez um muxoxo. — Você me tranquiliza.

— De qualquer forma, você está em perigo aqui — disse Raphael. — Se não tivesse seu protetor lobisomem ou seus Caçadores de Sombras, já teria encontrado a morte eterna muitas vezes. Se não quiser ir comigo a Alicante, ficarei feliz em deixá-lo aqui nesta jaula, e você pode ser o brinquedinho de Maureen. Ou pode se juntar aos seus amigos na Cidade de Vidro. Catarina Loss está esperando no andar de baixo para criar um Portal para nós. A escolha é sua.

Raphael reclinou-se, com uma das pernas cruzadas e a mão pendendo frouxa no joelho, como se ele estivesse relaxando no parque. Atrás dele, através das barras da jaula, Simon via o vulto de outro vampiro de pé à porta, uma garota de cabelos pretos, com os traços à sombra. A garota que tinha deixado Raphael entrar, imaginou Simon. Ele pensou em Jordan. *Seu protetor lobisomem*. Mas isto, este conflito de clãs e lealdades e, acima de tudo, o desejo homicida de Maureen por sangue e morte, era muita coisa para Jordan suportar.

— Não tenho muita opção, tenho? — perguntou Simon.

Raphael sorriu.

— Não, Diurno. Não tem muita opção.

Da última vez que Clary havia estado no Salão dos Acordos, ele quase fora destruído — o teto de cristal estilhaçado, o soalho rachado, a fonte central seca.

Tinha que admitir que os Caçadores de Sombras haviam feito um serviço impressionante na reconstrução do lugar desde então. O telhado voltara a ser uma peça única, o piso de mármore estava limpo e liso, com fios de ouro. Os arcos erguiam-se acima das cabeças, a luz que se infiltrava através do telhado iluminava os símbolos entalhados ali. A fonte central, com a estátua de sereia, reluzia sob o sol de final de tarde, transformando a água em bronze.

— Quando você ganha a primeira arma de verdade, a tradição manda vir aqui e abençoar a lâmina nas águas da fonte — disse Jace. — Os Caçadores de Sombras têm feito isso há gerações. — Ele deu um passo para a frente, sob a luz dourada sombria, até a beira da fonte. Clary se lembrou dos sonhos que tinha, dançando com ele ali. Ele olhou para trás e fez um gesto para que ela se aproximasse. — Venha cá.

Clary caminhou e parou ao lado dele. A estátua central na fonte, a sereia, tinha escamas sobrepostas, de bronze e cobre, esverdeadas com o azinhavre. A sereia segurava um cântaro do qual jorrava água, e o rosto estava congelado num sorriso de guerreira.

— Ponha a lâmina na fonte e repita depois de mim — pediu Jace. — *Que as águas desta fonte purifiquem esta lâmina. Consagrada apenas ao meu uso. Permita-me usá-la somente em auxílio de causas justas. Permita-me brandi-la com virtude. Deixe-me guiá-la para ser uma guerreira valiosa de Idris. E que ela me proteja para que eu possa retornar a esta fonte e mais uma vez abençoar seu metal. Em nome de Raziel.*

Clary deslizou a lâmina dentro da água e repetiu as palavras depois dele. A água ondulou e reluziu ao redor da espada, e ela então se recordou de outra fonte, em outro lugar, e de Sebastian sentado atrás dela, olhando para a imagem distorcida do próprio rosto. *Você tem um coração sombrio, filha de Valentim.*

— Ótimo — disse Jace. Clary sentiu a mão dele em seu pulso; a água da fonte espirrou, deixando sua pele fria e úmida onde ele a havia tocado. Ele a incitou a recuar a mão com a espada e a soltou para que Clary pudesse erguer a lâmina. O sol estava ainda mais baixo agora, porém havia luz suficiente para lançar centelhas nas estrelas de obsidiana ao longo do sulco central. — Agora dê o nome à espada.

— Heosphoros — falou, deslizando-a de volta na bainha e prendendo-a no cinto. — A que traz o alvorecer.

Ele abafou uma risada, e se inclinou para lhe dar um beijo delicado no canto da boca.

— Eu deveria levar você para casa... — E se aprumou.

— Você tem pensado nele — disse ela.

— Talvez você devesse ser mais específica — afirmou Jace, embora suspeitasse saber do que ela estava falando.

— Sebastian — emendou ela. — Quero dizer, mais que o normal. E alguma coisa está incomodando você. O que é?

— O que não é? — Ele começou a se afastar dela, cruzando o piso de mármore até as grandes portas duplas do Salão, que se abriram. Ela o acompanhou e saiu para o amplo patamar acima da escadaria que conduzia à Praça do Anjo. O céu escureceu para o cobalto, a cor do espelho do mar.

— Não — pediu Clary. — Não se retraia.

— Eu não ia fazer isso. — Ele soltou a respiração com força. — É só que não há nada de novo. Sim, eu penso nele. Penso nele o tempo todo. Queria não pensar. Não sei explicar, não para outra pessoa, além de você, porque você estava lá. Era como se eu fosse ele, e agora, quando você me conta coisas como o fato de ele ter deixado aquela caixa na casa de Amatis, sei exatamente o *porquê*. E odeio saber.

— Jace...

— Não diga que não sou como ele — pediu Jace. — Eu sou. Fui criado pelo mesmo pai... nós dois temos as vantagens da educação *especial* de Valentim. Falamos os mesmos idiomas. Aprendemos o mesmo estilo de combate. Ele nos ensinou os mesmos princípios. Tínhamos os mesmos animais de estimação. Sem dúvida, isso mudou; tudo mudou quando completei 10 anos, mas a base da infância fica com a pessoa. Algumas vezes, eu me pergunto se isso tudo é minha culpa.

Aquilo tomou Clary de sobressalto.

— Você não pode estar falando sério. Nada do que você fez quando estava com Sebastian foi opção sua...

— Eu *gostava* — retrucou Jace, e ouviu-se um tom rouco em sua voz, como se o fato o arranhasse como uma lixa. — Sebastian é brilhante, mas há buracos no pensamento dele, locais que ele *desconhece*... eu o ajudei com isso. Nós nos sentávamos ali e conversávamos sobre incendiar e destruir o mundo, e era emocionante. Eu queria isso. Varrer todas as coisas, recomeçar, um holocausto de fogo e sangue, e depois uma cidade reluzente sobre a colina.

— Ele fez você pensar que queria essas coisas — disse Clary, mas a voz tremia um pouco. *Você tem um coração sombrio, filha de Valentim.* — Ele fez você oferecer a ele o que *ele* queria.

— Eu gostei de oferecer — afirmou Jace. — Por que você acha que eu conseguia pensar em meios de quebrar e destruir com tanta facilidade, mas agora não consigo pensar num meio de consertar? Quero dizer, para quê exatamente isso me qualifica? Um trabalho no exército do inferno? Eu poderia ser general, como Asmodeus ou Samael.

— Jace...

— Antigamente eram os servos mais brilhantes de Deus — emendou Jace. — É isso que acontece quando você decai. Tudo que era brilhante em você se torna escuridão. Por mais brilhante que tenha sido, você se torna mau. É um *longo* caminho para decair.

— Você não decaiu.

— Ainda não — retrucou ele, e então o céu explodiu em faíscas vermelhas e douradas. Por um momento vertiginoso, Clary recordou-se dos fogos de artifício que pintaram o céu na noite em que eles comemoraram na Praça do Anjo. Ela deu um passo para trás e tentou obter uma visão melhor.

Mas agora não era uma comemoração. Quando os olhos de Clary se adaptaram ao brilho, ela notou que a luz vinha das torres demoníacas. Cada uma se acendera como uma tocha, tons de vermelho e dourado flamejante contra o céu.

Jace empalidecera.

— As luzes de batalha — falou. — Temos que ir para o Gard. — O garoto segurou a mão de Clary e começou a puxá-la degraus abaixo

Clary protestou.

— Mas minha mãe. Isabelle, Alec...

— Todos estão a caminho do Gard também. — Eles chegaram à base da escada. A Praça do Anjo estava ficando movimentada, com pessoas abrindo as portas das casas com violência e esvaziando as ruas, todas correndo em direção à trilha iluminada que subia pela encosta da colina até o topo do Gard. — É isto que o sinal vermelho-e-dourado significa: "Ir até o Gard." É isto que eles esperam que a gente faça... — Ele se desviou de um Caçador de Sombras que passou correndo por eles enquanto amarrava uma braçadeira. — O que está acontecendo? — gritou Jace atrás dele. — Por que o alarme?

— Houve outro ataque! — berrou um sujeito idoso vestindo um uniforme puído.

— Outro Instituto? — gritou Clary.

Eles voltaram a uma rua com lojas dos dois lados, da qual ela se lembrava de ter visitado com Luke antes: eles corriam colina acima, mas ela não estava sem fôlego. Em silêncio, agradeceu os últimos meses de treinamento.

O homem com a braçadeira deu meia-volta e correu, de costas, colina acima.

— Não sabemos ainda. O ataque está em andamento.

Ele girou e redobrou a velocidade, disparando pela rua em curva em direção ao fim da trilha do Gard. Clary se concentrava em não esbarrar nas pessoas na multidão. Era uma horda correndo e empurrando. Ela continuava segurando a mão de Jace enquanto corriam, a nova espada batendo contra a lateral externa da perna, como se a recordando de que estava ali — ali e pronta para ser usada.

A trilha que conduzia ao Gard era íngreme, de terra batida. Clary tentava correr com cuidado por causa das botas e do jeans que vestia, a jaqueta do uniforme com o zíper fechado até em cima, mas não era tão bom quanto estar com o uniforme completo. De algum modo, uma pedrinha tinha entrado na bota esquerda e estava espetando a sola do pé quando chegaram ao portão principal do Gard e diminuíram a velocidade, observando.

Os portões foram abertos com violência. Lá dentro havia um pátio amplo, que ficava coberto de grama no verão, embora agora estivesse nu, cercado pelos muros internos do Gard. Contra um dos muros, via-se um imenso quadrado girando, tomado por vento e vazio.

Um Portal. Dentro dele, Clary pensou ter visto traços de preto, verde e branco incandescente, e até mesmo um trecho de céu salpicado de estrelas...

Robert Lightwood agigantou-se diante deles e bloqueou o caminho; Jace quase colidiu contra ele e soltou a mão de Clary, equilibrando-se. O vento do Portal era frio e poderoso, e atravessava o tecido da jaqueta do uniforme de Clary, agitando o cabelo dela.

— O que está acontecendo? — perguntou Jace sem rodeios. — Isto tem a ver com o ataque de Londres? Pensei que tivesse sido repelido.

Robert balançou a cabeça, com expressão sombria.

— Parece que Sebastian fracassou em Londres e voltou a atenção para outro lugar.

— Onde...? — começou Clary.

— A Cidadela Adamant foi sitiada! — Era a voz de Jia Penhallow, erguendo-se acima dos gritos da multidão. Estava de pé, próxima ao Portal; o movimento do ar dentro e fora agitava sua capa como as asas de um melro imenso. — Vamos ajudar as Irmãs de Ferro! Caçadores de Sombras que estão armados e prontos, apresentem-se a mim!

O pátio estava cheio de Nephilim, embora não tantos quanto Clary imaginara de início. Parecia uma torrente enquanto eles disparavam colina acima até o Gard, mas agora ela via que estava mais para um grupo de quarenta ou cinquenta guerreiros. Alguns usavam uniforme, outros estavam em roupas comuns. Nem todos estavam armados. Os Nephilim que serviam o Gard corriam de um lado para o outro, até a porta aberta do arsenal, acrescentando armas a uma pilha de espadas, lâminas serafim, machados e clavas empilhados ao lado do Portal.

— Vamos atravessar — afirmou Jace para Robert. Com o uniforme completo e vestido com o cinza do Inquisidor, Robert Lightwood fazia Clary se lembrar do lado íngreme e rochoso de um penhasco: irregular e imóvel.

Robert balançou a cabeça.

— Não há necessidade — disse ele. — Sebastian tentou um ataque furtivo. Ele tinha apenas vinte ou trinta guerreiros Crepusculares consigo. Temos guerreiros suficientes para o serviço, sem mandarmos nossas crianças.

— Eu *não* sou *uma criança* — falou Jace ferozmente. Clary se perguntou o que Robert pensara ao olhar para o garoto que adotara; se Robert enxergara o pai de Jace no rosto do garoto, ou se ainda buscava vestígios ausentes de Michael Wayland. Jace examinou a expressão de Robert Lightwood, a desconfiança obscurecendo os olhos dourados. — O que você está fazendo? Tem alguma coisa que não quer que eu saiba.

O rosto de Robert adquiriu linhas rígidas. Naquele momento, uma mulher loura de uniforme passou por Clary, falando, agitada, com seu companheiro: "... disse que podemos tentar capturar os Crepusculares e trazê-los de volta para cá. Ver se podem ser curados. O que significa que talvez possam salvar Jason."

Clary olhou severamente para Robert.

— Você não vai deixar. Você *não* vai deixar que as pessoas que tiveram os parentes levados nos ataques atravessem. Você não vai dizer que os Crepusculares podem ser salvos.

Robert olhou para ela com expressão sombria.

— Não sabemos se não podem.

— *Nós* sabemos — falou Clary. — Eles não podem ser salvos! Não são quem eram! Não são *humanos*. Mas quando estes soldados aqui virem os rostos das pessoas que conhecem, eles vão hesitar, vão *querer* que não seja verdade...

— E serão massacrados — disse Jace, com pesar. — Robert, você precisa impedir isso.

Robert balançava a cabeça.

— Esta é a vontade da Clave. É isso que eles querem que seja feito.

— Então por que enviá-los? — perguntou Jace. — Por que simplesmente não ficam aqui e apunhalam cinquenta indivíduos do próprio povo? Por que não poupar o tempo?

— Não ouse fazer piada — rosnou Robert.

— Eu não estava fazendo piada...

— E não ouse me dizer que *cinquenta* Nephilim não são capazes de derrotar *vinte* guerreiros Crepusculares.

Os Caçadores de Sombras começavam a passar pelo Portal, guiados por Jia. Clary sentiu uma pontada de pânico descer por sua espinha. Jia só permitia a passagem daqueles que usavam o uniforme completo, mas alguns poucos eram muito jovens, ou muito idosos, e muitos tinham ido desarmados e estavam simplesmente pegando armas da pilha fornecida pelo arsenal, antes de atravessar.

— Sebastian espera exatamente esta reação — afirmou Jace, desesperado. — Se ele foi com apenas vinte guerreiros, então há uma razão, e ele terá reforços...

— Ele não pode ter reforços! — Robert ergueu a voz. — Você não pode abrir um Portal para a Cidadela Adamant, a menos que as Irmãs de Ferro permitam. Elas estão permitindo que nós façamos isso, mas Sebastian deve ter ido por terra. Sebastian não imagina que estejamos vigiando a Cidadela por causa dele. Sabe que temos noção de que não pode ser rastreado; sem dúvida, pensou que estivéssemos vigiando apenas os Institutos. Isso é um presente...

— Sebastian não dá presentes! — gritou Jace. — Vocês estão cegos!

— Não estamos cegos! — rugiu Robert. — Você pode estar com medo dele, Jace, mas ele é só um garoto; ele não é a mente militar mais brilhante que já existiu! Ele te enfrentou em Burren *e perdeu*!

Robert deu meia-volta e se afastou, caminhando na direção de Jia. Era como se Jace tivesse sido estapeado. Clary duvidava que alguém já o tivesse acusado de sentir medo em alguma outra ocasião.

Ele se virou e olhou para ela. O movimento de Caçadores de Sombras em direção ao Portal tinha diminuído; Jia acenava e dispensava as pessoas. Jace tocou a espada curta no quadril de Clary.

— Eu vou atravessar — informou ele.

— Eles não vão deixar — disse Clary.

— Eles não precisam *deixar*.

O rosto de Jace parecia entalhado em mármore sob aquelas luzes vermelhas-e-douradas das torres. Atrás dele, Clary via outros Caçadores de Sombras subindo a colina. Conversavam entre si como se fosse um combate habitual, uma situação que poderia ser resolvida com o envio de uns cinquenta Nephilim ao local do ataque. Eles não tinham estado em Burren. Não tinham visto. Eles não *sabiam*. Os olhos de Clary encontraram os de Jace.

Ela notava as linhas de tensão no rosto dele, aprofundando os ângulos das maçãs do rosto, enrijecendo o queixo.

— A pergunta é: há alguma chance de *você* concordar em ficar aqui? — perguntou ele.

— Você sabe que não — disse ela.

Jace inspirou de maneira exasperada.

— Muito bem. Clary, isso pode ser perigoso, perigoso de verdade... — Ela ouvia as pessoas murmurando ao redor, vozes agitadas, erguendo-se na noite em nuvens de ar exalado, pessoas fofocando que a Consulesa e o Conselho haviam se encontrado para discutir o ataque a Londres no momento em que Sebastian subitamente passou a existir no mapa de rastreamento, que ele somente estivera ali havia pouco tempo e com alguns reforços, que eles tinham uma chance real de impedi-lo, que ele fora repelido em Londres e que seria novamente...

— Eu te amo — disse Clary. — Mas não tente me impedir.

Jace esticou a mão e pegou a dela.

— Muito bem — falou. — Então nós corremos juntos. Em direção ao Portal.

— Nós corremos — concordou ela, e foi o que fizeram.

7

Conflito Noturno

A planície vulcânica se esparramava feito uma paisagem lunar pálida diante de Jace, se estendendo até uma linha de montanhas ao longe, escuras contra o horizonte. A neve branca salpicava o solo: densa em alguns lugares; em outros, gelo fino e firme, juntamente aos galhos desfolhados de cercas-vivas e musgo congelado.

A lua estava atrás de nuvens, o céu escuro de veludo pintadinho com estrelas aqui e ali, e obscurecido por uma cortina de nuvens. A luz ardia ao redor deles, porém, vinda das lâminas serafim — e, Jace começava a enxergar, conforme os olhos se adaptavam, a luz do que parecia uma fogueira ardendo à distância.

O Portal havia depositado Jace e Clary a alguns poucos metros um do outro, na neve. Estavam lado a lado agora, Clary muito silenciosa, com o cabelo cor de cobre salpicado de flocos brancos. Ao redor, gritos e berros, o som das lâminas serafim sendo acesas, o murmúrio dos nomes de anjos.

— Fique perto de mim — murmurou Jace, enquanto ele e Clary se aproximavam do topo da serra. Ele pegara uma espada da pilha perto do Portal pouco antes de pular, o grito desesperado de Jia alcançando-os através dos ventos que guinchavam. Jace meio que esperara que ela ou Robert os seguissem, mas, em vez disso, o Portal se fechara imediatamente atrás deles, como uma porta batendo.

A espada pouco familiar pesava nas mãos dele. Jace preferia usar o braço esquerdo, mas o punho da espada era para destros. A arma estava amassada dos lados, como se já tivesse presenciado algumas batalhas. Ele queria estar com uma das próprias armas na mão...

Subitamente tudo apareceu, erguendo-se diante deles como um peixe rompendo a superfície da água com um brilho prateado repentino. Jace só tinha visto a Cidadela Adamant em fotografias até então. Feita do mesmo material que as lâminas serafim, a Cidadela reluzia contra o céu noturno como uma estrela; era isso que Jace confundira com a luz de uma fogueira. Um muro circular de *adamas* a envolvia, sem aberturas, exceto por um único portão, formado por duas lâminas imensas cravadas no solo, formando um ângulo, como um par de tesouras aberto.

Ao redor da Cidadela, o solo vulcânico se estendia, preto e branco como um tabuleiro de xadrez — metade rocha vulcânica e metade neve. Jace sentiu os pelos da nuca se arrepiando. Era como estar de volta ao Burren, embora ele se recordasse daquilo tal como se fosse um sonho: o Nephilim maligno de Sebastian com o uniforme vermelho, e o Nephilim da Clave de preto, lâmina contra lâmina, as faíscas da batalha se elevando na noite, e então o fogo da Gloriosa, varrendo tudo que existia.

A terra do Burren costumava ser escura, mas agora os guerreiros de Sebastian estavam parados como gotas de sangue contra o solo branco. Estavam aguardando, o vermelho sob a luz das estrelas, as lâminas das trevas nas mãos. Eles estavam entre os Nephilim que tinham passado pelo Portal e os portões da Cidadela Adamant. Embora os Crepusculares estivessem ao longe, e Jace não conseguisse ver nenhum dos rostos com clareza, de alguma forma ele *sentia* que sorriam.

E sentia também a inquietação nos Nephilim em torno dele, os Caçadores de Sombras que tinha vindo tão confiantes pelo Portal, tão dispostos para a batalha. Estavam parados e baixaram os olhos diante dos Crepusculares, e Jace percebia a hesitação em suas bravatas. Finalmente (tarde demais), eles sentiram a estranheza, a diferença dos Crepusculares. Aqueles não eram Caçadores de Sombras que tinham perdido o rumo temporariamente. Não eram, de modo algum, Caçadores de Sombras.

— Onde ele está? — sussurrou Clary. A respiração estava esbranquiçada por causa do frio. — Onde está Sebastian?

Jace balançou a cabeça; muitos dos Caçadores de Sombras tinham os capuzes levantados, e seus rostos estavam invisíveis. Sebastian poderia ser qualquer um deles.

— E as Irmãs de Ferro? — Clary examinou a planície com o olhar. A única brancura era a da neve. Não havia sinal das Irmãs em suas vestes, familiares por causa das muitas ilustrações do *Códex*.

— Elas vão ficar dentro da Cidadela — disse Jace. — Precisam proteger o que está em seu interior. O arsenal. Presumidamente, é por isso que Sebastian está aqui... pelas armas. As Irmãs terão cercado o arsenal interior com os próprios corpos. Se ele conseguir cruzar os portões, ou se os Crepusculares conseguirem, as Irmãs destruirão a Cidadela antes de deixá-los ficar com ela. — A voz dele era sombria.

— Mas e se Sebastian souber disso, se ele souber o que as Irmãs farão...? — começou Clary.

Um grito cortou a noite como uma faca. Jace se lançou para a frente antes de perceber que o grito vinha de trás dele. Jace girou e viu um homem com uniforme puído cair com a lâmina de um Caçador de Sombras maligno enfiada em seu peito. Era o sujeito que havia gritado para Clary em Alicante, antes de chegarem ao Gard.

O Caçador de Sombras maligno girou e sorriu. Ouviu-se um grito dos Nephilim, e a mulher loura que Clary tinha visto falando no Gard com agitação deu um passo à frente.

— Jason! — gritou ela, e Clary percebeu que a mulher falava com o guerreiro Crepuscular, um homem robusto com cabelo louro igual ao dela. — Jason, por favor. — A voz dela falhava quando avançou e esticou a mão para o Crepuscular, que desembainhou outra espada do cinto e olhou para ela com expectativa.

— Por favor, *não* — pediu Clary. — Não... não se aproxime dele...

Mas a mulher loura estava a apenas um passo do Caçador de Sombras maligno.

— Jason — murmurou ela. — Você é meu irmão. Você é um de nós, um Nephilim. Não tem que fazer isso... Sebastian não pode te obrigar. Por favor... — Ela olhou ao redor, desesperada. — Venha conosco. Eles estão procurando uma cura; vamos curar você...

Jason riu. A lâmina brilhou, com um golpe lateral. A cabeça da Caçadora de Sombras loura caiu. O sangue começou a jorrar, escuro contra a neve branca, quando o corpo da mulher desabou no chão. Alguém começou a gritar sem parar, histericamente, e então outra pessoa deu um berro e gesticulou de modo selvagem atrás deles.

Jace ergueu os olhos e viu uma fileira de Crepusculares avançando, todos vindos de trás, da direção do Portal fechado. As lâminas brilhavam sob a luz da lua. Os Nephilim começaram a cambalear pela serra, porém não era mais uma caminhada ordenada — havia pânico entre eles; Jace podia sentir, como o gosto de sangue ao vento.

— Martelo e bigorna! — gritou ele, torcendo para que entendessem. Pegou a mão de Clary e a empurrou para trás, para longe do corpo decapitado. — É uma armadilha — gritou para ela, acima do barulho da luta. — Vá para o muro, para algum lugar onde você possa fazer um Portal! Tire a gente daqui!

Clary arregalou os olhos verdes. Jace queria agarrá-la, beijá-la, grudar nela e protegê-la, mas o combatente nele sabia que a havia trazido para esta vida. Que a encorajara. Treinara. Quando viu a compreensão nos olhos dela, ele assentiu e a soltou.

Clary se afastou da mão dele, passando por um guerreiro Crepuscular que se preparava para enfrentar um Irmão do Silêncio, o qual brandia um bastão na ensanguentada túnica de pergaminho. As botas dela escorregavam na neve enquanto ela corria para a Cidadela. A multidão a engoliu, até que um guerreiro Crepuscular desembainhou a arma e atacou Jace.

Como todos os Caçadores de Sombras Crepusculares, seus movimentos eram rápidos e cegantes, quase selvagens. Quando ele ergueu a espada, pareceu riscar a lua. E o sangue de Jace também ferveu, disparando como fogo através das veias conforme sua consciência se estreitava: não havia mais nada no mundo, apenas aquele momento, apenas aquela arma na mão. Ele pulou na direção do Caçador de Sombras maligno, a espada esticada.

Clary inclinou-se para pegar Heosphoros, bem onde ela havia caído na neve. A lâmina estava suja de sangue, o sangue de um Caçador de Sombras maligno que mesmo agora estava correndo para longe dela, lançando-se na batalha que se agitava na planície.

Isso tinha acontecido meia dúzia de vezes. Clary atacava, tentando chamar um dos Crepusculares para a luta, e eles largavam as armas, recuavam, se afastavam como se ela fosse um fantasma, e saíam em disparada. Nas primeiras duas vezes, Clary se perguntou se eles tinham medo de Heosphoros, confusos por causa de uma espada que tanto se assemelhava à de Sebastian. Ela suspeitava de outra coisa agora. Provavelmente, Sebastian dissera para não tocarem nela, nem a machucarem, e eles estavam obedecendo.

Isso a fazia querer gritar. Ela sabia que deveria ir atrás deles quando corressem, acabar com eles com uma lâmina nas costas ou um corte no pescoço, mas não conseguia fazê-lo. Eles ainda *pareciam* Nephilim, humanos o suficiente. O sangue corria vermelho sobre a neve. Ela ainda achava covardia atacar alguém que não poderia contra-atacar.

O gelo foi esmagado atrás dela, e Clary girou o corpo, a espada em prontidão. Tudo aconteceu rapidamente: a percepção de que havia duas vezes mais Crepusculares do que eles tinham imaginado, que agora os cercavam dos dois lados, o apelo de Jace para que ela criasse um Portal. Agora Clary estava abrindo caminho em meio a uma turba desesperada. Alguns Caçadores de Sombras tinham debandado, e outros plantaram-se no local onde estavam, determinados a lutar. Como uma massa, estavam sendo empurrados lentamente encosta abaixo, em direção à planície, bem onde a batalha era mais difícil e as lâminas serafim brilhantes reluziam contra os cavaleiros das trevas, uma mistura de preto, branco e vermelho.

Pela primeira vez, Clary teve motivos para agradecer a baixa estatura. Ela foi capaz de correr em meio à multidão, o olhar captando os quadros vivos desesperadores do combate. Ali, um Nephilim pouco mais velho que ela estava envolvido numa batalha desesperada contra um dos Crepusculares com o dobro do tamanho dele, o qual a empurrou pela neve escorregadia; uma espada girou e então um grito, e uma lâmina serafim foi escurecida para sempre. Um jovem de cabelos escuros, com uniforme preto, estava parado acima do corpo de um guerreiro de vermelho morto. Ele segurava uma espada ensanguentada, e lágrimas escorriam pelo rosto, livremente. Perto de um Irmão do Silêncio, uma visão inesperada porém bem-vinda em sua túnica de pergaminho, o esmagamento do crânio de um Caçador de Sombras maligno com um golpe do cajado de madeira; o Crepuscular desabou em silêncio. Um homem caiu de joelhos, agarrando as pernas de uma mulher de uniforme vermelho; ela o fitou com indiferença, depois enfiou a espada entre os ombros dele. Nenhum dos guerreiros se moveu para impedi-la.

Clary correu para o outro lado da multidão e se flagrou ao lado da Cidadela. Os muros brilhavam com uma luz intensa. Ela pensou ter visto o brilho de alguma coisa vermelha e dourada através da arcada do portão de tesouras, como uma fogueira. Tateou pela estela no cinto, pegou-a, pôs a ponta no muro — e congelou.

A poucos passos dela, um Caçador de Sombras maligno havia se afastado da batalha e seguia para os portões da Cidadela. Ele carregava uma clava e um flagelo debaixo do braço; com um olhar irônico para a batalha, passou pelo portão da Cidadela...

E as tesouras se fecharam. Não houve grito, mas o som nauseante de ossos e cartilagem sendo esmagados pôde ser ouvido mesmo em meio ao burburinho da batalha. Uma bolha de sangue se espalhou pelo portão fechado, e

Clary percebeu que não era a primeira. Havia outras manchas, dispersas pelo muro, escurecendo o solo logo abaixo...

Ela se virou, sentindo uma pontada no estômago, e encostou a estela na pedra. Começou a obrigar a mente a pensar em Alicante e tentou visualizar a extensão coberta de relva diante do Gard, procurando afastar todas as distrações à sua volta.

— Baixe a estela, filha de Valentim — alertou uma voz fria e controlada.

Ela congelou. Atrás de Clary, estava Amatis, com a espada em punho, a ponta afiada diretamente voltada para ela. Havia um sorriso selvagem em seu rosto.

— Muito bem — disse ela. — Deixe a estela no chão e venha comigo. Sei de alguém que vai ficar *muito* feliz em te ver.

— Ande, Clarissa. — Amatis golpeou a lateral do corpo de Clary com a ponta da espada. Não foi forte o suficiente para rasgar a jaqueta, mas o bastante para deixar a garota desconfortável. Clary deixou a estela cair; ficou a alguns metros, na neve suja, reluzindo com um brilho hipnótico. — Pare de enrolar.

— Você não pode me machucar — disse Clary. — Sebastian deu ordens.

— Ordens para não matar você — concordou Amatis. — Ele nunca disse nada sobre te machucar. Ficarei feliz em te entregar a ele com todos os dedos faltando, garota. Não pense que não.

Clary encarou a outra com expressão severa antes de dar meia-volta e deixar que Amatis a conduzisse em direção à batalha. O olhar dela se movia entre os Crepusculares, procurando por uma cabeça loura familiar no mar de escarlate. Precisava saber quanto tempo tinha antes de Amatis jogá-la aos pés de Sebastian e dar fim à chance de luta ou fuga. Amatis pegara Heosphoros, claro, e a lâmina Morgenstern agora pendia do quadril da mulher mais velha, as estrelas ao longo da lâmina piscando sob a luz fraca.

— Aposto que nem sabe onde ele está — provocou Clary.

Amatis a cutucou de novo, e Clary se jogou para a frente, quase tropeçando sobre o cadáver de um Caçador de Sombras maligno. O solo era uma massa de neve, terra e sangue revirados.

— Eu sou a primeira-tenente; sempre sei onde ele está. E é por isso que ele confia em mim para levar você até ele.

— Ele não confia em você. Não se importa com você nem com nada. Veja. — Elas chegaram ao cume de uma pequena serra; Clary diminuiu até parar e fez um gesto amplo com o braço, apontando o campo de batalha. — Veja quantos de vocês estão caindo. Sebastian quer apenas bucha de canhão. Só quer usar vocês.

— É isso que você vê? Eu vejo Nephilim mortos. — Clary conseguia ver Amatis de soslaio. O grisalho cabelo castanho flutuava no ar frio, e os olhos eram severos. — Você acha que a Clave não foi dominada? Dê uma boa analisada. Olhe ao redor. — Ela cutucou Clary com um dedo, que olhou, contra sua vontade. As duas metades do exército de Sebastian tinham se unido e estavam cercando os Nephilim no meio. Muitos dos Nephilim estavam lutando com habilidade e malícia. Era adorável vê-los em batalha, em seu estilo muito peculiar; a luz das lâminas serafim traçava desenhos no céu escuro. Não que isso mudasse o fato de estarem condenados. — Eles fizeram o que sempre fazem quando há um ataque do lado de fora de Idris e um Conclave não é iminente. Enviam guerreiros pelo Portal, qualquer um que chegue ao Gard primeiro. Alguns desses guerreiros jamais combateram numa batalha de verdade. Outros lutaram em batalhas demais. Nenhum deles está preparado para matar um inimigo que carrega o rosto dos filhos, namorados, amigos, *parabatai*. — Ela cuspiu a última palavra. — A Clave não compreende nosso Sebastian nem as forças dele, e todos serão mortos antes disso.

— De onde eles vieram? — questionou Clary. — Os Crepusculares. A Clave disse que eram apenas vinte, e não havia meio de Sebastian esconder quantos havia. Como...

Amatis jogou a cabeça para trás e deu uma risada.

— Como se eu fosse contar. Sebastian tem aliados em mais lugares do que você imagina, pequena.

— Amatis. — Clary tentava manter a voz firme. — Você é uma de nós. Nephilim. Você é a irmã de Luke.

— Ele é um membro do Submundo, e não meu irmão. Devia ter se suicidado quando Valentim ordenou.

— Você não está falando sério. Ficou feliz ao vê-lo quando fomos à sua casa. Eu sei que ficou.

Desta vez o golpe da ponta da lâmina entre os ombros foi mais do que desconfortável: doeu.

— Na época, eu era prisioneira — disse Amatis. — Eu pensava que precisava da aprovação da Clave e do Conselho. Os Nephilim tiraram tudo de mim. — Ela se virou e olhou a Cidadela com expressão severa. — As Irmãs de Ferro tiraram minha mãe. Depois uma delas presidiu meu divórcio. Dividiram as Marcas de casamento em duas, e eu gritei com a dor. Elas não têm coração, apenas *adamas*, assim como os Irmãos do Silêncio. Você pensa que eles são gentis, que os Nephilim são gentis, porque são bons, mas bondade não é gentileza, e não há nada mais cruel que a virtude.

— Mas nós podemos *escolher* — falou Clary, mas como ela poderia explicar a alguém que não compreendia que as escolhas tinham sido retiradas, que havia uma coisa chamada livre-arbítrio?

— Ora, diabos, fique quieta... — interrompeu Amatis, retesando-se.

Clary seguiu o olhar dela. Por um instante, não conseguiu ver o que a outra estava encarando. Via apenas o caos da luta, sangue na neve, o brilho das estrelas nas lâminas e o ardor intenso da Cidadela. Depois percebeu que a batalha parecia ter se desenvolvido a um tipo estranho de padrão; alguma coisa estava abrindo caminho em meio à multidão como um navio abrindo as águas e deixando o caos em seu rastro. Um Caçador de Sombras magro, vestido de preto, com cabelo brilhante, se movimentava tão rápido que era como observar o fogo pular de cume em cume numa floresta, incendiando tudo.

Só que nesse caso a floresta era o exército de Sebastian, e os Crepusculares caíam um por um. Caíam com tanta rapidez que mal tinham tempo para pegar as armas, muito menos para brandi-las. E enquanto caíam, outros começavam a recuar, confusos e inseguros, de modo que Clary via o espaço livre no meio da batalha, bem como quem permanecia em seu centro.

Apesar de tudo, ela sorriu.

— Jace.

Amatis arfou, surpresa — foi um momento de distração, mas era tudo de que Clary precisava para se jogar e enganchar a perna nos tornozelos da mulher, do mesmo modo que Jace ensinara, e então ela puxou os pés de Amatis, que caiu. Em seguida a espada se afastou da mão dela e deslizou pelo solo congelado. Amatis estava se inclinando para se levantar quando Clary deu um encontrão nela — não foi gracioso nem eficiente, mas a mulher caiu de costas na neve. Amatis reagiu, agarrando Clary e puxando sua cabeça para trás, no entanto a mão da menina alcançou o cinto da mulher mais velha e liberou Heosphoros, para depois encostar a ponta afiada no pescoço de Amatis.

A mulher ficou imóvel.

— Muito bem — disse Clary. — Nem pense em se mexer.

— Solte-me! — gritou Isabelle para o pai! — *Solte*-me!

Quando as torres demoníacas ficaram vermelhas e douradas com o aviso para ir para o Gard, ela e Alec saíram aos tropeços para pegar os uniformes e as armas e subir pela colina. O coração de Isabelle batia forte, não por causa do esforço, mas da agitação. Alec estava sombrio e prático como sempre, porém o flagelo de Isabelle cantava para ela. Talvez fosse isso: uma batalha de verdade; talvez fosse o momento de voltar a enfrentar Sebastian em campo, e desta vez ela o mataria.

Por seu irmão. Por Max.

Alec e Isabelle não estavam preparados para a multidão no pátio do Gard, ou para a velocidade com que os Nephilim estavam sendo empurrados pelo Portal. Isabelle perdera o irmão na multidão, mas avançara até o Portal; tinha visto Jace e Clary ali, prestes a entrar, e redobrara a velocidade, até subitamente duas mãos saírem da multidão e agarrarem seus braços.

Era o pai dela. Isabelle começou a espernear e gritou por Alec, mas Jace e Clary já tinham ido embora, rumo ao redemoinho do Portal. Rosnando, Isabelle lutou, porém seu pai era alto e forte, e tinha muitos anos a mais de treinamento.

Ele a soltou quando o Portal deu um último rodopio e se fechou com força, desaparecendo na parede branca do arsenal. Os Nephilim restantes no pátio ficaram quietos, aguardando instruções. Jia Penhallow anunciou que quantidade suficiente deles tinha passado para a Cidadela, e que os outros deveriam aguardar dentro do Gard, caso reforços se fizessem necessários; não havia necessidade de ficar no pátio e congelar. Ela compreendia o quanto todos desejavam lutar, mas muitos guerreiros já haviam sido despachados para a Cidadela, e Alicante ainda precisava de uma força para guardá-la.

— Viu? — disse Robert Lightwood, gesticulando com exasperação para a filha quando ela girou para encará-lo. Ficou satisfeita ao ver que havia arranhões sangrando nos pulsos dele, bem onde ela enfiara as unhas. — Você é necessária aqui, Isabelle...

— Cale a boca — sibilou ela para o pai, entre dentes. — Cale a boca, mentiroso *filho da mãe.*

O espanto deixou Robert sem expressão. Isabelle sabia por meio de Simon e Clary que alguns berros com os pais eram esperados na cultura mundana, no entanto os Caçadores de Sombras acreditavam no respeito pelos mais velhos, bem como no controle das emoções.

No entanto, Isabelle não tinha vontade de controlar as emoções. Não agora.

— Isabelle... — Era Alec, deslizando para ficar ao lado dela. A multidão ao redor diminuía, e ela estava remotamente consciente de que muitos dos Nephilim já haviam entrado no Gard. Aqueles que sobraram olhavam para outra direção de modo esquisito. As discussões de famílias alheias não eram da conta dos Caçadores de Sombras. — Isabelle, vamos voltar para casa.

Alec esticou a mão; ela a afastou com um movimento irritado. Isabelle adorava o irmão, mas nunca havia sentido tanta vontade de socá-lo como agora.

— Não — retrucou ela. — Jace e Clary atravessaram; nós devíamos ir com eles.

Robert Lightwood parecia exausto.

— Não era para terem ido — disse ele. — Eles fizeram isso contra as ordens estritas. O que não significa que você deveria acompanhar.

— Eles sabiam o que estavam fazendo — interrompeu Isabelle. — Você precisa de mais Caçadores de Sombras para enfrentar Sebastian, não de menos.

— Isabelle, não tenho tempo para isso — falou Robert, e fitou Alec, exasperado, como se esperando que o filho ficasse ao lado dele. — Há apenas vinte Crepusculares com Sebastian. Mandamos cinquenta guerreiros pelo Portal.

— Vinte guerreiros deles são como uma centena de Caçadores de Sombras — afirmou Alec em sua voz baixa. — Nosso lado poderia ser massacrado.

— Se alguma coisa acontecer a Jace e Clary, será culpa sua — disse Isabelle. — Assim como aconteceu com Max.

Robert Lightwood recuou.

— *Isabelle.* — A voz da mãe rompeu o silêncio terrível e súbito. Isabelle girou a cabeça e viu que Maryse estava atrás deles; a exemplo de Alec, ela parecia espantada. Uma pequena parte longínqua de Isabelle sentia-se culpada e nauseada, mas a parte dela que parecia ter assumido o controle, que estava borbulhando dentro dela como um vulcão, sentia somente um triunfo amargo. Estava cansada de fingir que tudo ia bem. — Alec está certo — emendou Maryse. — Vamos voltar para casa...

— Não — disse Isabelle. — Você não ouviu a Consulesa? Somos necessários aqui, no Gard. Eles podem querer reforços.

— Eles vão querer adultos, não crianças — afirmou Maryse. — Se você não vai voltar, então peça desculpas ao seu pai. A morte de... O que aconteceu a Max não foi culpa de ninguém; foi culpa de Valentim.

— Talvez se vocês já não tivessem ficado do lado de Valentim uma vez, não *haveria* uma Guerra Mortal — sibilou Isabelle para a mãe. Depois, ela se virou para o pai: — Estou cansada de fingir que não sei o que sei. Sei que você traiu mamãe. — Isabelle não conseguiu deter as palavras agora; elas continuaram saindo como uma torrente. Ela viu Maryse empalidecer, Alec abrir a boca para protestar. Robert parecia ter levado um golpe. — Antes de Max nascer. Eu sei. Ela me contou. Com uma mulher que morreu na Guerra Mortal. E você ia embora, ia abandonar todos nós, e só ficou porque Max nasceu, e aposto que você está feliz por ele estar morto, não é? Porque agora não precisa ficar.

— Isabelle... — começou Alec, horrorizado.

Robert virou-se para Maryse.

— Você *contou* a ela? Pelo Anjo, Maryse, quando?

— O senhor está dizendo então que é verdade? — A voz de Alec tremia, enojado.

Robert se voltou para ele.

— Alexander, por favor...

Mas Alec lhe dera as costas. O pátio estava quase vazio agora. Isabelle podia ver Jia de pé ao longe, perto da entrada do arsenal, esperando que o último deles entrasse. Viu Alec ir até Jia, ouviu o som da discussão com ela.

Os pais de Isabelle a fitavam como se seus mundos estivessem desmoronando. Ela nunca havia se imaginado capaz de destruir o mundo dos pais. Esperava que o pai fosse berrar com ela, e não ficar ali, com sua maturidade de Inquisidor, parecendo arrasado. Finalmente, ele pigarreou.

— Isabelle — disse, com voz rouca. — Não importa o que você pense, tem que acreditar... você não pode realmente acreditar que quando perdemos Max, que eu...

— Não fale comigo — retrucou Isabelle, afastando-se aos trancos, o coração batendo de modo irregular no peito. — Simplesmente... não fale comigo.

Ela se virou e correu.

Jace disparou no ar, colidiu contra um Caçador de Sombras maligno e conduziu o corpo do Crepuscular até o solo, dando-lhe um golpe cruel, semelhante a uma tesoura. De alguma forma ele havia obtido uma segunda lâmina; não tinha certeza de onde. Tudo era sangue e fogo em sua mente.

Já havia lutado antes, muitas vezes. Conhecia a emoção da batalha conforme esta se desenrolava, o mundo ao redor dele baixando para um sussurro, todos os movimentos precisos e exatos. Uma parte de sua mente era capaz de afastar o sangue, a dor e o mau cheiro daquilo para detrás de um muro de gelo cristalino.

Mas aquilo não era gelo; era fogo. O calor que percorria suas veias o conduzia, acelerava seus movimentos de tal modo que era como se estivesse voando. Ele chutou o corpo decapitado do Caçador de Sombras maligno para o caminho de outro, um vulto vestido de vermelho que voava na direção dele. O Crepuscular tropeçou, e Jace o cortou rigorosamente ao meio. O sangue surgiu na neve. Jace já estava empapado nele: sentia o uniforme pesado e encharcado contra o corpo, e sentia o cheio ferroso e salgado, como se o sangue invadisse o ar que ele respirava.

Ele praticamente pulou o corpo do Crepuscular morto e caminhou até outro deles, um homem de cabelo castanho com um rasgo na manga do uniforme vermelho. Jace ergueu a espada na mão direita, e o homem se encolheu, surpreendendo-o. Os Caçadores de Sombras malignos não pareciam sentir muito medo e morriam sem gritar. Este, porém, tinha o rosto contorcido pelo medo.

— Na verdade, Andrew, não há necessidade de ficar assim. Não vou fazer nada com você — afirmou uma voz por trás de Jace, aguda, límpida e familiar. E apenas um pouco exasperada. — A menos que você não saia do caminho.

O Caçador de Sombras de cabelo castanho disparou para longe de Jace, que deu meia-volta, já sabendo o que veria.

Sebastian estava parado atrás dele. Aparentemente tinha vindo de lugar nenhum, embora isso não surpreendesse Jace. Ele sabia que Sebastian ainda possuía o anel de Valentim, o qual permitia que ele aparecesse e desaparecesse quando quisesse. Vestia o uniforme vermelho, desenhado com símbolos dourados — símbolos de proteção, cura e boa sorte. Símbolos do *Livro Gray*, do tipo que os seguidores não podiam usar. O vermelho fazia o cabelo claro parecer mais claro ainda, o sorriso era uma abertura branca no rosto enquanto seu olhar examinava Jace da cabeça às botas.

— Meu Jace — disse ele. — Sentiu minha falta?

Em um lampejo, as espadas de Jace se ergueram e as pontas pairaram bem sobre o coração de Sebastian. Jace ouviu um murmúrio da multidão à sua volta. Parecia que os Caçadores de Sombras malignos e seus equivalentes Nephilim tinham parado a luta para observar o que estava acontecendo.

— Você não pode pensar de verdade que senti sua falta.

Sebastian ergueu o olhar lentamente, a expressão divertida encontrando a de Jace. Os olhos eram pretos como os do pai. Na profundidade escura deles Jace enxergava a si mesmo, via o apartamento que tinha dividido com Sebastian, as refeições que fizeram juntos, as piadas que contaram, os combates que compartilharam. Ele tinha se incorporado a Sebastian, desistido completamente do livre-arbítrio, e isso fora agradável e fácil, e, no fundo das profundezas mais obscuras de seu coração pérfido, Jace sabia que aquela parte dele desejava tudo aquilo novamente.

Isso fazia com que odiasse Sebastian ainda mais.

— Bem, não consigo imaginar outro motivo para você estar aqui. Sabe que não posso ser morto com uma espada — relembrou Sebastian. — O pirralho do Instituto Los Angeles deve ter lhe contado isso, pelo menos.

— Eu poderia fatiar você — afirmou Jace. — Ver se você consegue sobreviver em pedacinhos. Ou eu corto sua cabeça. Isso talvez não te matasse, mas seria engraçado observar você tentando encontrá-la.

Sebastian ainda sorria.

— Eu não tentaria se fosse você — acrescentou ele.

Jace soltou o ar, o hálito parecia uma pluma branca. *Não deixe que ele te controle*, gritava sua mente, mas a maldição era que ele conhecia Sebastian bem o suficiente para não acreditar que ele estivesse blefando. Sebastian odiava blefar. Ele gostava de ter a vantagem e de ter consciência disso.

— Por que não? — rosnou Jace através dos dentes trincados.

— Minha irmã — disse Sebastian. — Você mandou Clary criar um Portal? Não foi muito inteligente se separarem. Ela está sendo mantida a alguma distância daqui por um de meus tenentes. Se você me machucar, cortam a garganta dela.

Houve um murmúrio dos Nephilim atrás dele, mas Jace não conseguiu ouvir. O nome de Clary pulsava no sangue de suas veias, e o local onde o símbolo de Lilith outrora o conectara a Sebastian ardia. Diziam que era melhor você conhecer seu inimigo, mas em que ajudava saber que a fraqueza de seu inimigo era a sua também?

A multidão que murmurava ergueu-se a um rugido quando Jace começou a baixar as espadas. Sebastian se movimentou com tanta rapidez que Jace viu apenas um borrão quando o outro garoto girou e chutou seu pulso. A espada se soltou do aperto dormente da mão direita, e ele se jogou para trás. No entanto Sebastian foi mais rápido, sacou a espada Morgenstern e acertou um golpe que Jace conseguiu evitar apenas girando o corpo para o lado. A ponta da espada fez um corte superficial em suas costelas.

Agora um pouco do sangue em seu uniforme era dele mesmo.

Ele se abaixou quando Sebastian o atacou novamente, e a espada sibilou por sua cabeça. Ele ouviu o xingamento de Sebastian e se lançou girando a própria espada. As duas espadas colidiram com o som de metal estridente, e Sebastian deu um sorriso.

— Você não pode vencer — provocou ele. — Eu sou melhor que você, sempre fui. Posso ser o melhor de todos.

— Modesto também — disse Jace, e as espadas se separaram com um rangido. Ele recuou, apenas o suficiente para ter alcance.

— E não pode me machucar, não de verdade, por causa de *Clary* — emendou Sebastian, insistente. — Da mesma forma que ela não poderia me machucar por sua causa. Sempre a mesma dança. Nenhum dos dois está disposto a fazer o sacrifício. — Ele se aproximou de Jace com um giro lateral; Jace se defendeu, embora a força do golpe de Sebastian tivesse enviado um choque por todo seu braço. — Você pensaria, com toda a sua obsessão pela *bondade*, que um de vocês estaria disposto a abrir mão do outro por uma causa maior. Mas não. Em essência, o amor é egoísta, e vocês dois também são.

— Você não conhece nenhum de nós — arfou Jace; estava ofegante agora, e sabia que lutava defensivamente, evitando Sebastian mais do que atacando. O símbolo de Força no braço ardia, incendiando o restante de seu poder. Isso era ruim.

— Conheço minha irmã — afirmou Sebastian. — E agora não, mas em breve eu a conhecerei de *todos* os modos que se é possível conhecer alguém. — Ele sorriu mais uma vez, selvagem. Era o mesmo olhar de muito tempo atrás, numa noite de verão em frente ao Gard, quando ele dissera: *Ou, talvez, só esteja irritado porque eu beijei sua irmã. Porque ela me quis.*

A náusea invadiu Jace, náusea e raiva, e ele se lançou contra Sebastian, esquecendo-se, por um minuto, das regras da luta, esquecendo-se de manter a pressão do aperto no punho distribuída igualmente, esquecendo-se do balanço, da precisão, de tudo, menos do ódio, e o sorriso de Sebastian se abriu quando ele escapou do ataque e chutou a perna de Jace com exatidão.

O garoto caiu com força, e as costas colidiram com o solo congelado, deixando-o sem fôlego. Jace ouviu o sibilo da Morgenstern antes de vê-la, e rolou para o lado quando a espada acertou o ponto onde ele estivera um segundo antes. As estrelas giravam enlouquecidas acima de sua cabeça, pretas e prateadas, e então Sebastian ficou de pé acima dele, mais preto e prata, e a espada baixou outra vez; depois ele rolou para o lado, mas não foi veloz o suficiente, e desta vez sentiu o golpe.

A agonia foi instantânea, nítida e clara, quando a lâmina bateu em seu ombro. Foi como ser eletrocutado — Jace sentiu a dor através do corpo inteiro, seus músculos se contraíram, as costas arquearam. O calor chamuscava através dele, como se os ossos estivessem sendo fundidos ao carvão. As chamas se reuniram e percorreram suas veias, subindo pela espinha...

Ele viu Sebastian arregalar os olhos, e se viu refletido na escuridão deles, esparramado no solo preto e vermelho, e seu ombro estava *incendiando*. Chamas se erguiam da ferida feito sangue. Faiscavam para cima, e uma única centelha percorreu a espada Morgenstern e ardeu para dentro do cabo.

Sebastian xingou e jogou a mão para trás, como se tivesse sido golpeado. A espada retiniu no chão; ele ergueu a mão e a encarou. E mesmo através da confusão de dor, Jace notara uma marca preta, uma queimadura na palma da mão do rival, no formato do cabo de uma espada.

Jace esforçou-se para se apoiar nos cotovelos, embora o movimento enviasse uma onda de dor tão severa pelo ombro que ele pensou que fosse desmaiar. Sua visão escureceu. Quando ele voltou a enxergar, Sebastian estava de pé acima dele, com um rosnado contorcendo seus traços, a espada Morgenstern de volta à mão — e os dois estavam cercados por um círculo de vultos. Mulheres vestidas de branco como oráculos gregos, os olhos jorrando chamas alaranjadas. Seus rostos eram tatuados com máscaras, como vinhas delicadas e contorcidas. Elas eram belas e terríveis. Eram as Irmãs de Ferro.

Cada uma segurava uma espada de *adamas*, com a ponta virada para baixo. Estavam em silêncio, e a boca formava uma linha rígida. Entre duas delas, estava o Irmão do Silêncio que Jace tinha visto, lutando na planície, o cajado de madeira na mão.

— Em seiscentos anos, não abandonamos nossa Cidadela — disse uma das Irmãs, uma mulher alta, com cabelo preto que caía em tranças até a cintura. Os olhos faiscavam, fornalhas gêmeas na escuridão. — Mas o fogo celestial nos chamou, e nós viemos. Afaste-se de Jace Lightwood, filho de Valentim. Se machucá-lo de novo, nós vamos te destruir.

— Nem Jace Lightwood nem o fogo em suas veias vão te salvar, Cleophas — retrucou Sebastian, ainda empunhando a espada. Sua voz era firme. — O Nephilim não tem salvação.

— Você não sabia temer o fogo celestial. Agora sabe — disse Cleophas. — Hora de se retirar, garoto.

A ponta da espada Morgenstern baixou na direção de Jace — baixou —, e, com um grito, Sebastian atacou. A espada passou sibilando por Jace e se enterrou no solo.

A terra pareceu uivar, como se mortalmente ferida. Um tremor fendeu o solo, espalhando-se a partir da ponta da espada Morgenstern. A visão de Jace ia e voltava, a consciência escapava dele como o fogo que escapava de sua ferida, porém, mesmo enquanto as trevas o dominavam, ele via o triunfo no rosto de Sebastian, e o ouviu começar a rir quando, com uma contorção terrível e súbita, a terra se rompeu. Uma rachadura escura imensa se abriu ao lado deles. Sebastian pulou para dentro dela e desapareceu.

— Não é tão simples, Alec — disse Jia, com voz cansada. — A magia do Portal é complicada, e não temos notícias das Irmãs de Ferro para indicar que precisam de nosso auxílio. Além disso, depois do que aconteceu hoje cedo em Londres, precisamos ficar aqui, alertas...

— Eu estou dizendo, eu *sei* — afirmou Alec. Ele estava tremendo, apesar do uniforme. Estava frio na Colina Gard, mas não era somente por isso. Em parte, era o choque pelo que Isabelle dissera aos pais, pela expressão do pai. Mas grande parte daquilo era por causa da apreensão. O pressentimento frio pingava por sua espinha como gelo. — Você não compreende os Crepusculares; você não entende como eles são...

Ele se curvou. Uma coisa quente o havia perfurado, passando do ombro até as vísceras, como uma lança de fogo. Ele atingiu o solo, de joelhos, gemendo.

— Alec... Alec! — As mãos da Consulesa estavam nos ombros dele.

Alec tinha consciência remota dos pais correndo até ele. Sua visão nadou em agonia. Dor, sobreposta e duplicada porque não era dor de modo algum; as centelhas sob as costelas não queimavam em seu corpo, mas sim no de outra pessoa.

— Jace. — Ele trincou os dentes. — Alguma coisa está acontecendo... o fogo. Você precisa abrir um Portal, *rápido.*

Amatis, deitada de costas no chão, soltou uma risada.

— Você não vai me matar. Não tem coragem.

Respirando com dificuldade, Clary cutucou o queixo de Amatis com a ponta da espada.

— Você não sabe do que sou capaz.

— Olhe para mim. — Os olhos de Amatis reluziram. — Olhe para mim e me diga o que vê.

Clary olhou, mas já sabia. Amatis não se parecia exatamente com o irmão, mas tinha o mesmo queixo, os mesmos olhos azuis confiáveis, o mesmo cabelo castanho com toques de cinza.

— Clêmencia — disse Amatis, e ergueu as mãos como se quisesse evitar o golpe de Clary. — Você a daria para mim.

Clêmencia. Clary ficou imóvel, mesmo quando Amatis ergueu o olhar para ela, evidentemente se divertindo. *Bondade não é gentileza e nada é mais cruel que a virtude.* Ela sabia que deveria cortar a garganta da outra, queria até, mas como contar a Luke que tinha matado a irmã dele? Que havia matado a irmã dele enquanto ela jazia no solo, implorando por clemência?

Clary sentiu a própria mão tremer, como se estivesse desligada do corpo. Ao redor, os sons da batalha tinham diminuído: ela ouvia gritos e murmúrios, mas não ousava virar a cabeça e ver o que acontecia. Estava concentrada em Amatis, no aperto no cabo de Heosphoros, no filete de sangue que descia abaixo do queixo de Amatis, onde a ponta da espada de Clary perfurara a pele...

O solo se abriu. As botas de Clary escorregaram na neve, e ela se lançou para o lado; rolou, mal conseguindo evitar se cortar com a própria lâmina. A queda fez com que perdesse o fôlego, mas ela tropeçou para trás e agarrou Heosphoros enquanto o solo sacudia em volta. *Terremoto*, pensou furiosamente. Clary pegou uma pedra com a mão livre enquanto Amatis ficava de joelhos, olhando ao redor com um sorriso de predador.

Ouviram-se gritos por toda parte e um estranho som de algo se partindo. Quando Clary olhou, apavorada, o solo havia se dividido em dois, uma fenda imensa se abrindo. Pedras, terra e pedaços irregulares de gelo caíam pela abertura enquanto Clary saía dela com dificuldade. A fenda aumentava rapidamente, a rachadura irregular se tornando uma fissura ampla com laterais íngremes que desapareciam em meio à sombra.

O solo começava a parar de sacudir. Clary ouvira a gargalhada de Amatis. Ela ergueu o olhar e viu a mulher mais velha se levantar e sorrir com sarcasmo.

— Dê lembranças ao meu irmão — pediu Amatis, e pulou para dentro da fissura.

Clary se levantou, com o coração acelerado, e correu até a beira da fissura. Olhou por cima dela. A garota conseguia ver apenas alguns metros de terreno íngreme e então trevas, e sombras, sombras que se movimentavam. Ela se virou e viu que, em toda parte do campo de batalha, os Crepusculares corriam em direção à fissura e pulavam dentro dela. Eles a recordavam dos mergulhadores olímpicos, seguros e determinados, confiantes de sua aterrissagem.

Os Nephilim fugiam da fissura aos trancos enquanto os inimigos vestidos com roupas vermelhas disparavam por eles, lançando-se dentro da cova. O olhar de Clary rastreou entre eles, ansioso, procurando por uma figura vestida de preto em particular, com a cabeça com cabelo claro.

Ela parou. Ali, exatamente na fissura, a alguma distância dela, estava um grupo de mulheres usando branco. As Irmãs de Ferro. Através das brechas entre elas, notou um vulto no chão, e outro, com a túnica de pergaminho, encolhida...

Clary começou a correr. Sabia que não deveria correr com a espada fora da bainha, mas não se importou. Pisava na neve com força, saindo do caminho de Crepusculares apressados, passando no meio dos Nephilim, e a neve estava ensanguentada, encharcada e escorregadia, mas mesmo assim ela continuava correndo, até que irrompeu no círculo das Irmãs de Ferro e alcançou Jace.

Ele estava no chão, e o coração de Clary, que parecia prestes a explodir dentro do peito, diminuiu lentamente os batimentos quando viu que os olhos dele estavam abertos. No entanto, Jace parecia pálido e respirava com dificuldade suficiente para que ela pudesse ouvir. O Irmão do Silêncio estava ajoelhado ao lado dele, e os dedos pálidos e compridos abriam o uniforme no ombro de Jace.

— O que está acontecendo? — perguntou Clary, olhando ao redor com expressão feroz. Dezenas de Irmãs de Ferro retribuíam aquele olhar, impassíveis e silenciosas. Havia outras Irmãs de Ferro também, do outro lado da fissura, observando, imóveis, enquanto os Crepusculares se lançavam dentro dela. Era assustador. — O que aconteceu?

— Sebastian — falou Jace entredentes, e ela se deixou cair ao lado dele, de frente para o Irmão do Silêncio, enquanto ele tirava o uniforme e ela via o corte no ombro. — Foi Sebastian quem aconteceu.

A ferida era fogo jorrando.

Não havia sangue, mas fogo, dourado como a linfa dos anjos. A respiração de Clary estava entrecortada, então ela ergueu o olhar e viu o Irmão Zachariah olhando para ela. Captou um único lampejo do rosto dele, todo ângulos, palidez e cicatrizes, antes de ele tirar uma estela das vestes. Em vez de passá-la na pele de Jace, conforme Clary teria imaginado, ele a passou na própria pele e entalhou um símbolo em sua palma. Ele fez isso rapidamente, entretanto Clary conseguia sentir o poder que emanava do símbolo. Ele a fazia estremecer.

Fique imóvel. Isto vai acabar com a dor, falou em seu sussurro baixo multidirecional, e colocou a mão sobre o corte ardente no ombro de Jace.

Jace gritou alto. O corpo dele se elevara um pouco do chão, e o fogo que sangrava da ferida como lágrimas lentas ergueu-se como se tivesse recebido gasolina, chamuscando o braço do Irmão Zachariah. Um fogo incontrolável consumiu a manga de pergaminho das vestes de Zachariah; o Irmão do Silêncio teve um sobressalto, mas não antes de Clary perceber que as brasas cresciam, consumindo-o. Nas profundezas das chamas, conforme ondulavam e estalavam, Clary viu uma forma — a forma de um símbolo que pareciam duas asas unidas por uma única barra. Um símbolo que ela já tinha visto, de pé num telhado em Manhattan: o primeiro símbolo que ela já visualizara, que não era do *Livro Gray*. Ele tremeluziu e desapareceu com tanta rapidez que ela supôs ter imaginado aquilo. Parecia ser um símbolo que aparecia para ela em momentos de estresse e pânico, mas o que ele significava? Será que significava um modo de ajudar Jace — ou o Irmão Zachariah?

O Irmão do Silêncio se reclinou para trás na neve, em silêncio, desabando como uma árvore queimada virando cinzas.

Um murmúrio irrompeu das fileiras de Irmãs de Ferro. O que quer que estivesse acontecendo ao Irmão Zachariah, não deveria acontecer. Alguma coisa dera terrivelmente errado.

As Irmãs de Ferro avançaram até o irmão caído. Elas bloquearam a visão que Zachariah tinha de Clary quando ela se dirigiu a Jace. Ele estava encolhido e convulsionando no chão, os olhos fechados e a cabeça inclinada para trás. Ela olhou em volta, desesperada. Através das brechas entre as Irmãs de Ferro, Clary via Irmão Zachariah, remexendo-se no chão: seu corpo estava brilhando e crepitando com fogo. Um grito irrompeu de sua garganta: um barulho humano, o grito de um homem com dor, não o sussurro mental silencioso dos Irmãos. A Irmã Cleophas o pegou — túnica de pergaminho e fogo, e Clary ouviu a voz da Irmã crescendo: "Zachariah, Zachariah..."

Mas ele não era o único ferido. Alguns dos Nephilim estavam reunidos em volta de Jace, mas muitos outros estavam com os colegas feridos, administrando símbolos de cura e procurando ataduras nos uniformes.

— Clary — murmurou Jace. Ele tentava se apoiar nos cotovelos, com esforço, mas eles não o sustentavam. — Irmão Zachariah... o que aconteceu? O que eu fiz para ele...?

— Nada. Jace. Deite quietinho. — Clary guardou a espada na bainha e tateou em busca da estela no cinturão de armas, com dedos dormentes. Ela esticou a mão para encostar a ponta na pele dele, mas o garoto se contorceu e se afastou dela, convulsionando.

— Não — arfou. Os olhos dele eram imensos e de uma cor dourada ardente. — Não me toque. Vou te machucar também.

— Você não vai.

Desesperada, ela se jogou em cima dele, o peso de seu corpo fazendo-o afundar na neve. Ela tocava o ombro de Jace enquanto ele se contorcia debaixo dela, as roupas e a pele do garoto escorregadias com o sangue e quentes com o fogo. Os joelhos deslizaram para as laterais dos quadris quando ela jogou todo o peso contra o peito dele, prendendo-o ao chão.

— Jace — disse. — Jace, por favor. — Mas os olhos dele não conseguiam focalizá-la e as mãos se contorciam contra o solo. — *Jace* — repetiu Clary, e pôs a estela na pele dele, pouco acima do ferimento.

E ela estava novamente no barco com o pai, com Valentim, e jogava tudo que tinha, todos os fragmentos de força, cada átomo derradeiro de vontade e energia para criar um símbolo que destruísse o mundo com fogo, que revertesse a morte, que fizesse os oceanos voarem para os céus. Porém desta vez era o mais simples dos símbolos, o símbolo que todo Caçador de Sombras aprendia no primeiro ano de treinamento.

Cure-me.

O *iratze* tomou forma no ombro de Jace, a cor produzia espirais da ponta tão preta que a luz que vinha das estrelas e da Cidadela parecia desaparecer dentro dela. Clary conseguia sentir a própria energia desaparecendo enquanto desenhava. Ela nunca sentira tanto a estela como uma extensão das próprias veias, como se estivesse escrevendo no próprio sangue, como se toda a energia nela estivesse sendo drenada através da mão e dos dedos, e a visão escurecendo enquanto ela lutava para manter a estela firme, para terminar o símbolo. A última coisa que viu foi o grande redemoinho ardente de um Portal, o qual se abriu para a visão impossível da Praça do Anjo, antes de deslizar para o nada.

8

Força no que Permanece

Raphael estava parado, as mãos nos bolsos, e ergueu o olhar para as torres demoníacas que brilhavam com uma cor vermelho-escura.

— Está acontecendo alguma coisa — disse ele. — Alguma coisa incomum.

Simon queria retrucar que a coisa incomum era que ele tinha acabado de ser sequestrado e levado para Idris pela segunda vez, no entanto estava enjoado demais. Ele se esquecera de que a travessia de um Portal parecia despedaçar você e depois remontar do outro lado, com peças importantes faltando.

Além disso, Raphael tinha razão. Estava acontecendo alguma coisa. Simon estivera em Alicante antes e se recordava das estradas e dos canais, da colina erguendo-se acima de tudo com o Gard no topo. Ele se recordava de que, em noites comuns, as ruas ficavam tranquilas, iluminadas pelo brilho pálido das torres. Mas hoje à noite havia barulho, o qual vinha sobretudo do Gard e da colina, onde as luzes dançavam como se dezenas de fogueiras tivessem sido acesas. As torres demoníacas brilhavam em um sinistro tom vermelho e dourado.

— Eles mudam as cores das torres para comunicar mensagens — explicou Raphael. — Dourado para casamentos e comemorações. Azul para os Acordos.

— O que significa o vermelho? — perguntou Simon.

— Magia — disse Raphael, e semicerrou os olhos. — Perigo.

Ele se virou, num círculo lento, e olhou ao redor da rua tranquila, das casas imensas ao lado do canal. Era praticamente uma cabeça mais baixo que Simon. O Diurno se perguntava quantos anos Raphael teria quando fora Transformado. Catorze? Quinze? Só um pouquinho mais velho que Maureen? Quem o Transformara? Magnus sabia, mas nunca revelara.

— A casa do Inquisidor é ali — disse Raphael, e apontou para uma das casas maiores, com um telhado pontudo e sacadas para o canal. — Mas está escura.

Simon não podia negar tal fato, embora seu coração inerte tivesse dado um pulinho quando ele olhou para o local. Isabelle estava morando ali agora; uma daquelas janelas era a dela.

— Provavelmente todos estão no Gard — refletiu. — Eles fazem isso, para reuniões e outras coisas. — Ele mesmo não tinha boas lembranças do Gard, depois de ter ficado preso por causa do último Inquisidor. — Nós podíamos ir até lá, acho. Ver o que está acontecendo.

— Sim, obrigado. Sei das "reuniões e outras coisas" — rebateu Raphael, mas parecendo inseguro de um modo que soava inédito para Simon. — Seja lá o que estiver acontecendo, isso é problema dos Caçadores de Sombras. Tem uma casa, não muito longe daqui, que foi doada ao representante dos vampiros no Conselho. Podemos ir até lá.

— Juntos?

— É uma casa muito grande — disse Raphael. — Você ficará de um lado, e eu, do outro.

Simon ergueu as sobrancelhas. Não tinha certeza do que esperara que fosse acontecer, mas não tinha lhe ocorrido passar a noite numa casa com Raphael. Não que achasse que Raphael fosse matá-lo durante o sono. Mas a ideia de dividir aposentos com alguém que parecia odiá-lo intensamente, e sempre odiara, era estranho.

A visão de Simon era clara e precisa agora — uma das poucas coisas que ele realmente gostava em ser um vampiro —, e ele era capaz de enxergar detalhes mesmo à distância. Ele a viu antes que ela pudesse vê-lo. Caminhava depressa, com a cabeça abaixada, o cabelo escuro na longa trança que ela costumava usar quando lutava. Estava usando o uniforme, e as botas batiam nos paralelepípedos enquanto caminhava.

Você é de arrasar corações, Isabelle Lightwood.

Simon virou-se para Raphael.

— Vá embora.

Raphael deu um sorriso irônico.

— *La belle Isabelle* — disse ele. — Sabe que é um caso perdido, você e ela.

— Porque sou um vampiro e ela é uma Caçadora de Sombras?

— Não. Porque ela simplesmente é, como se diz?, muita areia para o seu caminhãozinho.

Isabelle estava a meio caminho da rua agora. Simon trincou os dentes.

— Se você se meter, eu vou te empalar. E falo sério.

Raphael deu de ombros, inocente, mas não se mexeu. Simon se afastou dele e saiu das sombras, em direção à rua.

Isabelle parou imediatamente, com a mão no chicote enrolado no cinto. Um instante depois, ela piscou, impressionada, a mão caindo, e falou com voz insegura:

— *Simon?*

Simon sentiu-se subitamente estranho. Talvez ela não tivesse gostado da aparição repentina em Alicante — este era o mundo dela, não o dele.

— Eu... — começou ele, mas não foi muito além porque Isabelle se jogou em cima dele e o abraçou, quase derrubando-o no chão.

Simon se permitiu fechar os olhos e enterrar o rosto no pescoço dela. Sentia o coração de Isabelle batendo, mas afastou violentamente quaisquer pensamentos sobre sangue. Ela era forte e delicada nos braços dele, o cabelo fazia cócegas no rosto de Simon, e, enquanto a abraçava, ele se sentia normal, maravilhosamente normal, como qualquer adolescente apaixonado por uma garota.

Apaixonado. Ele recuou com um susto e se flagrou olhando para Izzy a alguns centímetros de distância, os imensos olhos escuros brilhando.

— Não consigo acreditar que você esteja aqui — afirmou ela, sem fôlego. — Eu estava desejando que você estivesse, e pensei quanto tempo levaria até eu poder te ver e... *Ai, meu Deus, o que você está vestindo?*

Simon baixou os olhos para a camisa de babados e a calça de couro. Ele estava vagamente consciente da presença de Raphael, em algum lugar nas sombras, dando risadinhas.

— É uma longa história — explicou. — Você acha que a gente poderia entrar?

Magnus virou a caixa de prata com as iniciais, os olhos de gato reluzindo sob a luz enfeitiçada fraca no porão de Amatis.

Jocelyn o fitava com um olhar de ansiedade curiosa. Luke não conseguia evitar pensar em todas as vezes que Jocelyn levara Clary ao apartamento de Magnus quando ela era pequena, em todas as vezes que os três ficaram sentados juntos, um trio improvável, enquanto Clary crescia e começava a se lembrar do que deveria esquecer.

— Alguma coisa? — perguntou Jocelyn.

— Você precisa me dar tempo — pediu Magnus, cutucando a caixa com um dedo. — Armadilhas mágicas, maldições, coisas assim, elas podem estar muito bem escondidas.

— Leve o tempo que precisar — disse Luke, reclinando-se contra uma mesa que tinha sido empurrada para um canto cheio de teias de aranha.

Há muito tempo ela fizera o papel de mesa da cozinha de sua mãe. Ele reconheceu o padrão de marcas de faca no tampo de madeira, até mesmo a marca que ele havia deixado em uma das pernas, ao chutá-la durante sua adolescência.

Durante anos, ela fora de Amatis. Fora dela quando se casara com Stephen, e algumas vezes servira para oferecer jantares na casa Herondale. Fora dela após o divórcio, depois que Stephen se mudara para a mansão no interior com a nova mulher. Na verdade, todo o porão havia ficado empilhado com mobília velha: itens que Luke reconhecia como pertencentes aos pais deles, quadros e bibelôs da época em que Amatis tinha sido casada. Ele se perguntava por que ela escondera as coisas ali. Talvez não suportasse olhar para elas.

— Não acho que haja algo errado com a caixa — disse Magnus, finalmente, colocando a caixa de volta na prateleira onde Jocelyn a enfiara, sem vontade de ter o item em casa, mas também sem vontade de jogá-lo fora. Ele estremeceu e esfregou as mãos. Estava embrulhado em um casaco cinza e preto que o fazia se assemelhar a um detetive durão; Jocelyn não lhe dera chance de pendurar o casaco quando ele chegara, simplesmente o agarrara pelo braço e o arrastara até o porão. — Sem truques, sem armadilhas, sem mágica alguma.

Jocelyn pareceu um pouco constrangida.

— Obrigada. Por ter verificado. Eu posso estar um pouco paranoica. E depois do que aconteceu em Londres...

— O que *aconteceu* em Londres?

— Nós não sabemos muita coisa — explicou Luke. — Recebemos uma mensagem de fogo do Gard sobre isso hoje à tarde, mas não há muitos detalhes. Londres foi um dos poucos Institutos que ainda não tinha sido evacuado. Aparentemente, Sebastian e suas forças tentaram atacar. Eles foram repelidos por algum tipo de feitiço de proteção, algo que nem mesmo o Conselho conhecia. Algo que advertiu os Caçadores de Sombras sobre o que estava vindo e os conduziu para a segurança.

— Um fantasma — disse Magnus, e um sorriso pairou em seus lábios. — Um espírito, dedicado à proteção do lugar. Ela está ali há 130 anos.

— *Ela?* — repetiu Jocelyn, recostando-se na parede empoeirada. — Um fantasma? Sério? Qual era o nome dela?

— Você a reconheceria pelo sobrenome, se eu lhe contasse, mas ela não ia gostar que eu contasse. — O olhar de Magnus estava distante. — Espero que isso signifique que ela encontrou a paz. — Ele voltou a prestar atenção imediatamente. — De qualquer forma, eu não queria levar a conversa para este rumo. Não foi por essa razão que vim até vocês.

— Imaginei que não — disse Luke. — Agradecemos a visita, embora eu admita ter ficado surpreso ao te ver na entrada. Não achei que você fosse vir para cá.

A frase *Pensei que iria para a casa dos Lightwood* ficou pairando entre eles, sem ser verbalizada.

— Eu tinha uma vida antes de Alec — afirmou Magnus, sem rodeios. — Sou o Alto Feiticeiro do Brooklyn. Estou aqui para assumir um lugar no Conselho em nome dos Filhos de Lilith.

— Pensei que Catarina Loss fosse a representante dos feiticeiros — disse Luke, surpreso.

— Ela era — admitiu Magnus. — Ela me fez assumir seu lugar para que pudesse vir até aqui e ver Alec. — Ele suspirou. — Na verdade, ela insistiu nesse ponto em especial enquanto estávamos no Hunter's Moon. E é sobre isso que queria conversar com vocês.

Luke sentou-se na mesa manca.

— Você viu Morcego? — perguntou ele.

Morcego costumava trabalhar no bar Hunter's Moon durante o dia, em vez de na delegacia; não era oficial, mas todos sabiam que era onde o encontrariam.

— Sim. Ele acabou de receber um telefonema de Maia. — Magnus passou uma das mãos pelo cabelo preto. — Sebastian não gosta exatamente do fato de ser repelido — disse ele lentamente, e Luke sentiu os nervos enrijecerem. Era evidente que Magnus estava hesitante em compartilhar as notícias ruins. — Parece que depois que tentou atacar o Instituto de Londres e se deu mal, ele voltou sua atenção à Praetor Lupus. Aparentemente, ele não vê muita utilidade para os licantropes, não pode transformá-los em Crepusculares, por isso queimou e destruiu o local, e assassinou todos eles. Matou Jordan Kyle na frente de Maia. E a deixou viver para que entregasse um recado.

Jocelyn abraçou o próprio corpo.

— Meu Deus.

— Qual era o recado? — perguntou Luke, recobrando a voz.

— Era um recado para os seres do Submundo — disse Magnus. — Falei com Maia pelo telefone. Ela teve que memorizá-lo. Aparentemente dizia: "Diga aos membros do Submundo. Estou atrás de vingança e vou conseguir. Vou lidar desse modo com qualquer um que se alie aos Caçadores de Sombras. Não tenho nada contra sua espécie, a menos que vocês sigam os Nephilim na batalha; nesse caso, vocês alimentarão minha lâmina e as lâminas do meu exército, até o último ser extinto da superfície deste mundo."

Jocelyn fez um som exasperado.

— Ele fala como o pai, não fala?

Luke olhou para Magnus.

— Você vai entregar esse recado ao Conselho?

Magnus bateu no queixo com um dedo cheio de glitter na unha.

— Não — respondeu ele. — Mas também não vou esconder dos membros do Submundo. Minha lealdade aos Caçadores de Sombras não está acima da lealdade a eles.

Não é como a sua. As palavras pendiam entre eles, tácitas.

— Eu tenho isto — disse Magnus, e tirou um pedaço de papel do bolso. Luke reconheceu, pois ele também tinha um.

— Você vai ao jantar de amanhã à noite?

— Vou. As fadas encaram convites como este com muita seriedade. Meliorn e a Corte ficariam aborrecidos se eu não fosse.

— Então planejo contar a elas — disse Magnus.

— E se entrarem em pânico? — perguntou Luke. — Se abandonarem o Conselho e os Nephilim?

— Não é como se o que aconteceu com a Praetor pudesse ser ocultado.

— O recado de Sebastian poderia — disse Jocelyn. — Ele está tentando assustar os seres do Submundo, Magnus. Está tentando fazer com que se afastem enquanto destrói os Nephilim.

— Seria direito deles — retrucou Magnus.

— Se fizerem isso, acha que os Nephilim vão perdoá-los um dia? — insistiu Jocelyn. — A Clave não perdoa. São mais rigorosos que Deus em pessoa.

— Jocelyn — interrompeu Luke. — Isso não é culpa de Magnus.

Mas Jocelyn ainda fitava o feiticeiro.

— O que Tessa lhe diria para fazer? — questionou ela.

— Por favor, Jocelyn — disse Magnus. — Você mal a conhece. Ela iria pregar a honestidade; normalmente é o que faz. Esconder a verdade nunca funciona. Quando você vive por tempo suficiente, aprende a enxergar isso.

Jocelyn baixou o olhar para as mãos: eram mãos de artista, que Luke sempre amara — ágeis, cuidadosas e manchadas de tinta.

— Não sou mais uma Caçadora de Sombras — emendou ela. — Fugi deles. Contei isso a vocês dois. Mas um mundo sem Caçadores de Sombras... eu tenho medo disso.

— Antes dos Nephilim, havia um mundo — disse Magnus. — E haverá um depois deles.

— Um mundo onde possamos sobreviver? Meu filho... — começou Jocelyn, e parou quando ouviu batidas vindo do andar de cima. Alguém estava batendo à porta da frente. — Clary? — perguntou ela, em voz alta. — Talvez ela tenha esquecido a chave de novo.

— Eu atendo — disse Luke, e se levantou. Ele trocou um olhar breve com Jocelyn quando saiu do porão, a mente girando.

Jordan morto, Maia de luto. Sebastian tentando colocar os membros do Submundo contra os Caçadores de Sombras.

Ele abriu a porta da frente, e uma corrente de ar frio da noite entrou. Parada, na entrada, estava uma jovem com cabelo louro-claro cacheado, vestindo o uniforme. Helen Blackthorn. Luke mal teve tempo de registrar que as torres demoníacas acima deles estavam brilhando com um tom vermelho-sangue quando ela disse:

— Tenho um recado do Gard — disse ela. — A respeito de Clary.

— Maia.

Uma voz baixa em meio ao silêncio. Maia se virou, sem desejar abrir os olhos. Havia alguma coisa terrível esperando na escuridão, algo do qual ela poderia escapar somente se dormisse para sempre.

— *Maia.* — Ele a fitava das sombras, olhos claros e pele escura. O irmão dela, Daniel. Enquanto ela observava, ele arrancava as asas de uma borboleta e deixava o corpo desta cair no chão, contorcendo-se.

— Maia, por favor. — Um toque leve no braço. Ela se ergueu num sobressalto, e todo o corpo convulsionou. As costas bateram em uma parede, e ela arfou, abrindo os olhos. Eles estavam grudentos, os cílios tinham sal nas beiradas. Havia chorado durante o sono.

Ela se encontrava num quarto semi-iluminado, com uma única janela virada para a rua sinuosa no centro. Dava para ver os arbustos desfolhados através do vidro manchado e a borda de alguma coisa de metal: uma escada de incêndio, imaginou ela.

Maia baixou os olhos — uma cama estreita com cabeceira de ferro e um cobertor fino que ela havia chutado para os pés. As costas contra uma parede de tijolos. Uma única cadeira, velha e lascada, ao lado da cama. Morcego estava sentado nela, olhos arregalados, baixando a mão lentamente.

— Eu sinto muito — disse ele.

— Não — rosnou ela. — Não me toque.

— Você estava gritando — informou ele. — Durante o sono.

Ela passou os braços em volta do corpo. Vestia um jeans e uma camiseta regata. O suéter que tinha vestido em Long Island se perdera, e a pele dos braços se arrepiava com calafrios.

— Onde estão minhas roupas? — perguntou ela. — Minha jaqueta, meu suéter...

Morcego limpou a garganta.

— Estavam cobertos de sangue, Maia.

— Tá — disse ela. O coração batia forte.

— Você se lembra do que aconteceu? — questionou ele.

Ela fechou os olhos. Lembrava-se de tudo: da viagem, da van, do edifício em chamas, da praia coberta com corpos. De Jordan desabando em cima dela, do sangue jorrando em cima e ao redor dela feito água, misturando-se à areia. *Seu namorado está morto.*

— Jordan — disse ela, embora já soubesse.

Morcego estava com uma expressão séria; havia um reflexo esverdeado em seus olhos castanhos que os fazia brilhar à penumbra. Era um rosto que ela conhecia bem. Ele fora um dos primeiros lobisomens que ela encontrara. E saíram juntos até ela dizer que se achava nova demais para a cidade, agitada demais, que ainda pensava demais em Jordan para um novo relacionamento. Ele terminara com ela no dia seguinte; surpreendentemente, continuaram amigos.

— Está morto — respondeu ele. — Junto a praticamente toda a Praetor Lupus. Praetor Scott, os alunos... alguns sobreviveram. Maia, por que você estava lá? O que estava fazendo na Praetor?

Maia contou sobre o desaparecimento de Simon, o telefonema da Praetor para Jordan, a viagem frenética até Long Island, a descoberta da Praetor em ruínas.

Morcego pigarreou.

— Eu estou com algumas coisas do Jordan. As chaves, o pingente da Praetor...

Era como se Maia não conseguisse recuperar o fôlego.

— Não. Não quero... Não quero as coisas dele — disse ela. — Ele ia querer que Simon ficasse com o pingente. Quando encontrarmos Simon, entregaremos a ele.

Morcego não prolongou o assunto.

— Tenho boas notícias — disse ele. — Tivemos novidades de Idris: seu amigo Simon está bem. Na verdade, ele está com os Caçadores de Sombras.

— Ah. — Maia sentiu o aperto no coração se afrouxar um pouco, de alívio.

— Eu devia ter te contado logo de cara — desculpou-se ele. — É só que... fiquei preocupado. Você estava muito mal quando te trouxemos de volta à sede. E ficou dormindo desde então.

Eu queria dormir para sempre.

— Eu sei que você já contou a Magnus — emendou Bat, com o rosto tenso. — Mas explique pra mim outra vez por que Sebastian Morgenstern atacaria os licantropes.

— Ele falou que era uma mensagem. — Maia ouviu a letargia da própria voz, como se estivesse distante. — Ele queria que soubéssemos que o ataque ocorreu porque os lobisomens eram aliados dos Caçadores de Sombras e que era isso que ele planejava fazer com todos os aliados dos Nephilim.

"Eu nunca vou parar, nunca vou ficar imóvel, até que a morte feche os meus olhos, ou a fortuna me dê a medida da vingança."

— Agora os Caçadores de Sombras saíram de Nova York, e Luke está em Idris com eles. Estão erguendo barreiras extras. Em breve não conseguiremos enviar nem receber mensagens. — Morcego se remexeu na cadeira; Maia sentiu que havia mais alguma coisa que ele não estava lhe contando.

— O que foi? — disse ela.

Os olhos dele se desviaram com rapidez.

— Morcego...

— Você conhece Rufus Hastings?

Rufus. Maia se recordava da primeira vez que estivera na Praetor Lupus, um homem com rosto marcado por arranhões e expressão irritada, saindo do escritório de Praetor Scott num acesso de fúria.

— Não de fato.

— Ele sobreviveu ao massacre. Está aqui na delegacia. Está nos colocando a par de tudo — prosseguiu Morcego. — E tem conversado com os outros sobre Luke. Diz que ele é mais um Caçador de Sombras que um licantrope, que não tem sido leal ao bando, que o bando precisa de um novo líder agora.

— *Você é* o líder — corrigiu ela. — Você é o segundo em comando.

— Pois é, e fui delegado a essa função por Luke. Isso significa que também não sou confiável.

Maia deslizou para a beirada da cama. O corpo inteiro doía; ela percebeu isso quando pôs os pés descalços no piso frio de pedra.

— Ninguém está prestando atenção nele, está?

Morcego deu de ombros.

— Isso é ridículo. Depois do que aconteceu, temos que nos unir, e não tolerar alguém tentando nos separar. Os Caçadores de Sombras são nossos aliados...

— E foi por essa razão que Sebastian nos atacou.

— Ele atacaria de qualquer forma. Não é amigo dos membros do Submundo. Ele é *filho* de Valentim Morgenstern. — Os olhos dela ardiam. — Ele pode estar tentando nos fazer abandonar os Nephilim temporariamente para poder ir atrás deles, mas se conseguir extingui-los da face da Terra, virá atrás de nós em seguida.

Morcego juntou e separou as mãos, depois, pareceu tomar uma decisão.

— Sei que você tem razão — disse ele, e foi até uma mesinha no canto do cômodo. Voltou com uma jaqueta, além de meias e botas, e as entregou a ela.

— Apenas... faça-me um favor e não diga nada assim hoje à tarde. Os ânimos já vão estar bem exaltados do jeito que as coisas estão.

Ela vestiu a jaqueta.

— Hoje à tarde? O que tem hoje à tarde?

Ele suspirou.

— O funeral — respondeu.

— Vou *matar* Maureen — afirmou Isabelle. Ela abrira as duas portas do guarda-roupa de Alec e jogava as roupas sobre o piso, formando montinhos.

Simon estava deitado e descalço em uma das camas (de Jace? Ou de Alec?), depois de ter tirado as assustadoras botas afiveladas. Embora sua pele não estivesse realmente machucada, parecia incrível deitar-se sobre uma superfície macia depois de ter passado tantas horas no chão sujo e duro do Hotel Dumort.

— Você vai ter que enfrentar todos os vampiros de Nova York para fazer isso — disse ele. — Aparentemente, eles a adoram.

— Gosto não se discute. — Isabelle estendeu um suéter azul-escuro que Simon reconheceu como sendo de Alec, sobretudo pelos buracos nos punhos. — Então Raphael te trouxe aqui para você poder conversar com meu pai?

Simon se ergueu e se apoiou nos cotovelos para observá-la.

— Você acha que ele vai encarar isso numa boa?

— Claro, por que não? Meu pai adora conversar. — Ela pareceu amarga. Simon se inclinou para a frente, mas, quando ela ergueu a cabeça, estava sorrindo para ele, e ele pensou ter imaginado aquilo. — No entanto, quem sabe o que acontecerá com o ataque à Cidadela hoje à noite. — Ela mordeu o lábio em preocupação. — Isso poderia significar o cancelamento da reunião ou sua antecipação. Obviamente, Sebastian é um problema maior do que eles pensavam. Ele não devia nem ser capaz de se aproximar da Cidadela.

— Ora — falou Simon —, ele é um Caçador de Sombras.

— Não, não é — retrucou Isabelle com raiva, e arrancou um suéter verde de um cabide de madeira. — E mais: ele é um homem.

— Desculpe — disse Simon. — Deve ser angustiante esperar para ver como a batalha vai terminar. Quantas pessoas eles atravessaram?

— Cinquenta ou sessenta — respondeu Isabelle. — Eu quis ir, mas... eles não me deixaram. — A voz sustentava o tom cauteloso que significava a aproximação de um assunto sobre o qual ela não queria falar.

— Eu teria ficado preocupado com você — disse ele.

Simon viu Isabelle esboçar um sorriso relutante.

— Experimente isto — falou, e jogou o suéter verde para ele, um pouco menos puído que o restante das roupas.

— Você tem certeza de que não tem problema eu pegar as roupas emprestadas?

— Não pode andar por aí *desse jeito* — disse ela. — Você parece ter fugido de um romance. — Isabelle pôs uma das mãos contra a testa dramaticamente. — Oh, Lorde Montgomery, o que o senhor pretende fazer comigo neste quarto quando estivermos totalmente a sós? Uma donzela inocente e desprotegida? — Ela abriu o zíper da jaqueta e a jogou no chão, revelando uma camiseta regata branca. Lançou um olhar ardente para ele: — Minha honra está segura?

— Eu, ah... o quê? — balbuciou Simon, temporariamente desprovido de vocabulário.

— Sei que o senhor é um homem perigoso — declarou Isabelle, caminhando em direção à cama. Ela abriu a calça e a tirou, chutando-a pelo chão. Vestia boy shorts preta por baixo da roupa. — Alguns o chamam de libertino. Todos sabem que o senhor é um demônio com as mulheres, com sua calça irresistível e camisa poeticamente cheia de babados. — Ela pulou na cama e engatinhou até ele, fitando-o como uma serpente prestes a devorar sua presa. — Rogo-lhe que considere minha inocência — sussurrou ela. — E meu pobre e vulnerável coração.

Simon concluiu que aquilo era muito parecido com jogar D&D, porém potencialmente muito mais divertido.

— Lorde Montgomery não tem consideração por nada, além dos próprios desejos — disse ele, com voz rouca. — Vou lhe dizer mais uma coisa. Lorde Montgomery tem uma propriedade muito grande... e terrenos imensos também.

Isabelle deu uma risadinha, e Simon sentiu a cama balançar debaixo deles.

— Tá bem, eu não esperava que você entrasse *tanto* assim na brincadeira.

— Lorde Montgomery sempre supera as expectativas — retrucou Simon, agarrando Isabelle pela cintura e rolando-a para que ficasse debaixo dele, com o cabelo preto espalhado sobre o travesseiro. — Mães, tranquem suas filhas, depois, tranquem as criadas e então se tranquem. Lorde Montgomery está à solta.

Isabelle emoldurou o rosto com ambas as mãos.

— Milorde — disse ela, com os olhos brilhando. — Temo que não possa resistir por mais tempo aos seus encantos masculinos e modos viris. Por favor, faça o que o senhor quiser comigo.

Simon não tinha muita certeza do que Lorde Montgomery faria, mas sabia o que *ele* queria fazer. Inclinou-se e deu um beijo demorado em sua boca. Os lábios de Isabelle se abriram sob os dele, e subitamente tudo se transformou em calor doce e sombrio, e os lábios de Isabelle roçaram os dele, primeiro provocando, depois, com força. Ela cheirava, como sempre, a rosas e sangue, de um modo inebriante. Simon encostou os lábios no ponto onde o sangue pulsava em sua garganta, abocanhando-o com delicadeza, mas sem morder, e Izzy ofegou; as mãos dela desceram para a frente da camisa dele. Por um instante, Simon ficou preocupado com a ausência de botões, mas Isabelle agarrou o tecido nas mãos fortes e rasgou a camisa ao meio, deixando-a pendurada nos ombros dele.

— Caramba, esta coisa rasga que nem papel — exclamou ela, se posicionando para tirar a camiseta regata. Estava no meio da ação quando a porta se abriu e Alec entrou no quarto.

— Izzy, você... — começou ele. Então arregalou os olhos e recuou tão depressa que bateu a cabeça na parede atrás de si. — *O que* ele está fazendo aqui?

Isabelle endireitou a camiseta e olhou com expressão severa para o irmão.

— Você não bate mais?

— É... é o *meu* quarto! — cuspiu Alec.

Ele parecia tentar deliberadamente não olhar para Izzy e Simon, que, de fato, estavam em uma posição comprometedora. Simon girou rapidamente para longe de Isabelle, que se sentou muito esticada, espanando-se como se estivesse com fiapos nas roupas. Simon sentou-se mais devagar, tentando fechar as metades da camisa rasgada.

— Por que todas as minhas roupas estão no chão? — perguntou Alec.

— Eu estava tentando encontrar alguma coisa para Simon usar — explicou Isabelle. — Maureen o fez vestir calça de couro e uma camisa com babados porque ele era um escravizado digno de um romance.

— Ele era *o quê*?

— Um escravizado digno de um romance — repetiu Isabelle, como se Alec tivesse falado algo particularmente estúpido.

Alec balançou a cabeça como se estivesse num pesadelo.

— Sabe de uma coisa? Não explique. Apenas... se vistam, vocês dois.

— Você não vai sair... vai? — perguntou Isabelle, em tom desanimado, descendo da cama. Ela pegou a jaqueta e a vestiu, depois jogou o suéter verde para Simon. Ele o trocara com satisfação, no lugar da camisa de pirata, que, de qualquer forma, estava em frangalhos.

— Não. É meu quarto. Além do mais, preciso conversar com você, *Isabelle*. — O tom de Alec era ríspido. Simon pegou o jeans e os sapatos do chão e entrou no banheiro para se trocar, demorando-se de propósito. Quando voltou, Isabelle estava sentada na cama amarrotada e parecia tensa.

— Então eles vão abrir o Portal para trazer todo mundo de volta? Ótimo.

— É bom, mas o que eu senti... é que não é bom. — Inconscientemente Alec pôs a mão no próprio braço, perto do símbolo de *parabatai*. — Jace não está morto — emendou apressadamente quando Isabelle empalideceu. — Eu saberia se ele estivesse. Mas alguma coisa aconteceu. Algo com o fogo celestial, acho.

— Você sabe se ele está bem agora? E Clary? — perguntou Isabelle.

— Espere aí, rebobine — interrompeu Simon. — Que história é essa sobre Clary? E Jace?

— Eles atravessaram o Portal — respondeu Isabelle, com voz sombria. — Para a batalha na Cidadela.

Simon percebeu que inconscientemente havia esticado a mão para o anel de ouro na mão direita e agora o apertava com os dedos.

— Eles não são muito jovens?

— Eles não tinham exatamente permissão. — Alec estava reclinado contra a parede. Ele parecia cansado, as olheiras estavam azuladas, da cor de hematomas. — A Consulesa tentou impedi-los, mas não deu tempo.

Simon virou-se para Isabelle.

— E você não me contou?

Isabelle não teve coragem de encará-lo.

— Eu sabia que você ia surtar.

Alec olhou de Isabelle para Simon.

— Você não contou para ele? Sobre o que aconteceu no Gard?

Isabelle cruzou os braços e pareceu desafiá-lo.

— Não. Eu esbarrei nele na rua, aí nós subimos e... e não é da sua conta.

— É da minha conta quando você está no meu quarto — disse Alec. — Se você vai usar Simon para esquecer que está zangada e confusa, tudo bem, mas faça isso no seu quarto.

— Eu não estava usando...

Simon pensou nos olhos de Isabelle, que brilharam quando ela o vira parado na rua. Ele pensou que fosse felicidade, mas agora percebia que provavelmente era por causa de lágrimas não derramadas. O modo como ela caminhara em direção a ele, com a cabeça abaixada, os ombros encolhidos, como se ela estivesse se controlando.

— Estava, sim... — disse ele. — Ou você teria me contado o que aconteceu. Você sequer mencionou Clary ou Jace, ou que estava preocupada ou *qualquer coisa*. — Ele sentiu uma pontada no estômago quando percebeu como Isabelle se desviara habilmente de suas perguntas e o distraíra com beijos, e sentiu-se um idiota. Ele tinha pensado que ela estava feliz por vê-lo, especificamente, mas talvez pudesse ter sido com qualquer um.

O rosto de Isabelle estava imóvel.

— Por favor — pediu ela. — Você nem sequer *perguntou*. — Ela estivera remexendo no cabelo; agora havia esticado a mão e começado a retorcê-lo quase furiosamente num coque no topo da cabeça. — Se vocês dois vão ficar aí me culpando, talvez devessem simplesmente ir...

— Não estou te culpando — começou Simon, mas Isabelle já estava de pé. Ela agarrou o pingente de rubi, arrancando-o sem muita delicadeza por cima da cabeça dele, e o recolocou no próprio pescoço. — Eu nunca devia ter dado isto a você — falou, os olhos brilhando.

— Ele salvou a minha vida — retrucou Simon.

Isso a fez parar.

— Simon... — sussurrou Isabelle.

Ela desistiu de falar quando Alec subitamente agarrou o próprio ombro e começou a arfar. Ele deslizou até o chão. Isabelle correu até ele e se ajoelhou ao seu lado.

— Alec? *Alec?* — A voz dela se ergueu ao tom de pânico.

Alec tirou a jaqueta, afrouxou a gola da camisa e a afastou para ver a marca no ombro. Simon reconheceu o esboço do símbolo *parabatai*. Alec passou os dedos em cima, que ficaram sujos com alguma coisa escura, semelhante a cinzas.

— Eles voltaram pelo Portal — disse ele. — E tem alguma coisa errada com Jace.

Era como voltar a um sonho, ou a um pesadelo.

Após a Guerra Mortal, a Praça do Anjo ficara cheia de corpos. Corpos de Caçadores de Sombras, estendidos em fileiras organizadas, cada cadáver com os olhos cobertos com a seda branca da morte.

Mais uma vez, havia corpos na praça, mas agora também havia caos. As torres demoníacas reluziam com uma luz brilhante na cena que saudara Simon quando ele finalmente chegou ao Salão dos Acordos, depois de seguir Isabelle e Alec pelas ruas sinuosas de Alicante. A praça estava cheia de pessoas. Havia Nephilim uniformizados deitados no solo, alguns se contorcendo com dor e gritando, outros, imóveis de modo alarmante.

O Salão dos Acordos era escuro e bem fechado. Um dos maiores edifícios de pedra na praça estava aberto e cintilava com as luzes, as portas duplas escancaradas. Uma corrente de Caçadores de Sombras ia e vinha.

Isabelle se erguera na ponta dos pés e examinava a multidão com ansiedade. Simon acompanhava o olhar dela. Conseguia distinguir alguns poucos vultos familiares: a Consulesa correndo ansiosamente entre as pessoas, Kadir, do Instituto de Nova York, Irmãos do Silêncio nas túnicas de pergaminho, orientando silenciosamente as pessoas para que seguissem rumo ao prédio iluminado.

— O Basilias está aberto — disse Isabelle para um Alec abatido. — Talvez tenham levado Jace lá para dentro, se ele estiver ferido...

— Ele estava ferido — emendou Alec, sem rodeios.

— O Basilias? — perguntou Simon.

— O hospital — falou Isabelle, indicando o edifício iluminado. Simon sentia a energia de Isabelle pulsando, nervosa, em pânico. — Eu deveria... nós deveríamos...

— Vou com vocês — disse Simon.

Ela balançou a cabeça.

— Apenas Caçadores de Sombras.

Alec chamou:

— Isabelle. Vamos. — Ele segurava o ombro marcado pelo símbolo de *parabatai* rigidamente. Simon queria dizer alguma coisa a ele, queria dizer que sua melhor amiga também tinha ido para a batalha e que também estava desaparecida, queria dizer que compreendia. Mas talvez só fosse possível compreender um *parabatai* quando se era um Caçador de Sombras. Ele duvidava que Alec fosse agradecê-lo por dizer que compreendia. Raramente Simon sentira a divisão entre os Nephilim e os não Nephilim tão intensamente.

Isabelle assentiu e seguiu o irmão sem dizer mais nada. Simon os observou enquanto cruzavam a praça e passavam pela estátua do Anjo, cujo olhar mirava as consequências da batalha com olhos tristes de mármore. Eles subiram os degraus da frente do Basilias e desapareceram até mesmo para sua visão de vampiro.

— Você acha — disse uma voz baixa em seu ombro — que eles se importariam se nós nos alimentássemos dos mortos?

Era Raphael. O cabelo enrolado tinha um halo bagunçado ao redor da cabeça, e ele vestia apenas uma camiseta fina e um jeans. Parecia uma criança.

— O sangue dos recém-falecidos não é minha bebida favorita — emendou ele —, mas é melhor que sangue engarrafado, não acha?

— Você tem uma personalidade incrivelmente charmosa — disse Simon. — Espero que alguém já tenha te dito isso.

Raphael fez um muxoxo.

— Sarcasmo — falou. — Entediante.

Simon emitiu um som exasperado e incontrolável.

— Vá na frente então. Alimente-se dos Nephilim mortos. Tenho certeza de que eles realmente estão no clima para isso. Talvez deixem você viver por cinco ou até dez segundos.

Raphael deu uma risadinha.

— Parece pior do que é — disse. — Não há tantos mortos assim. Um bocado de feridos. Eles foram suplantados. Agora não vão esquecer o que significa enfrentar os Crepusculares.

Simon semicerrou os olhos.

— O que sabe sobre os Crepusculares, Raphael?

— Sussurros e sombras — rebateu o vampiro. — Mas meu negócio é saber das coisas.

— Então, se sabe das coisas, diga-me onde estão Jace e Clary — disse Simon, sem muita esperança. Raramente Raphael era útil, a menos que isso fosse ser útil para ele.

— Jace está no Basilias — respondeu Raphael, para surpresa de Simon. — Parece que o fogo celestial em suas veias finalmente foi demais para ele. Ele quase se destruiu e a um dos Irmãos do Silêncio com ele.

— *O quê?* — A ansiedade de Simon passou de geral a específica. — Será que ele vai sobreviver? Onde está Clary?

Raphael lançou um olhar arrematado por cílios longos e escuros; o sorriso era torto.

— Para os vampiros, não adianta se inquietar muito pela vida dos mortais.

— Juro por Deus, Raphael, se você não começar a ajudar...

— Muito bem então. Venha comigo. — Raphael avançou nas sombras, mantendo-se nos limites da praça. Simon apressou-se para acompanhá-lo. Ele avistou uma cabeça loura e uma cabeça escura inclinadas, eram Aline e Helen, cuidando de um dos feridos, e pensou, por um instante, em Alec e Jace.

— Se você está se perguntando o que aconteceria se bebesse o sangue de Jace agora, a resposta é que isso te mataria — explicou Raphael. — Vampiros e fogo celestial não se misturam. Sim, mesmo você, Diurno.

— Eu não estava pensando nisso. — Simon fez uma careta. — Estava me perguntando o que aconteceu na batalha.

— Sebastian atacou a Cidadela Adamant — esclareceu Raphael, e contornou um amontoado de Caçadores de Sombras. — Onde as armas dos Caçadores de Sombras são forjadas. O local onde ficam as Irmãs de Ferro. Ele enganou a Clave ao fazê-los acreditar que tinha uma força de apenas vinte homens consigo, quando, na verdade, eram mais. Ele teria matado todos e provavelmente tomado a Cidadela se não fosse por seu Jace.

— Ele não é meu Jace.

— E Clary — continuou Raphael, como se Simon não tivesse dito nada. — Embora eu não saiba os detalhes. É só o que ouvi por aí, e parece haver muita confusão entre os Nephilim quanto ao ocorrido.

— Como Sebastian conseguiu levá-los a pensar que havia menos guerreiros?

Raphael ergueu os ombros, como se respondendo que não sabia.

— Os Caçadores de Sombras se esquecem, algumas vezes, de que nem toda mágica é deles. A Cidadela é construída sobre Linhas Ley. Há uma magia antiga, selvagem, que existia antes de Jonathan Caçador de Sombras, e que voltará a existir...

Ele parou de falar, e Simon acompanhou seu olhar. Por um instante, viu apenas uma cortina de luz azul. Depois que ela diminuiu, ele viu Clary deitada no solo. E ouviu um som de rugido, como sua corrente sanguínea ressoando nos ouvidos. Ela estava pálida e imóvel, os dedos e a boca tingidos de um violeta azulado e escuro. O cabelo caía em mechas soltas ao redor do rosto, e os olhos estavam circundados por manchas escuras. Ela vestia um uniforme rasgado e ensanguentado, e perto da mão havia uma espada Morgenstern, a lâmina gravada com estrelas.

Magnus estava inclinado perto dela, a mão no rosto de Clary, as pontas dos dedos brilhando num tom azulado. Jocelyn e Luke estavam ajoelhados ali também. Jocelyn ergueu o olhar e viu Simon. Os lábios dela articularam o nome dele. Simon não conseguia ouvir nada acima do rugido nos ouvidos. Será que Clary estava morta? Ela parecia morta ou quase isso.

Ele avançou, mas Luke já estava de pé, esticando a mão para Simon. Agarrou os braços dele e o arrastou para onde Clary estava deitada.

A natureza vampírica de Simon lhe dava uma força sobrenatural, força que ele mal aprendera a usar, mas Luke era tão forte quanto ele. Seus dedos cravaram nos braços de Simon.

— O que aconteceu? — perguntou Simon, a voz se elevando. — Raphael...? — Ele girou, procurando pelo vampiro, mas Raphael tinha ido embora; ele se misturara às sombras. — Por favor — pediu Simon a Luke, desviando os olhos deste para o rosto familiar de Clary. — Deixe-me...

— Simon, não — vociferou Magnus. Ele acariciava o rosto de Clary, deixando centelhas azuis de rastro. Ela não se mexia nem reagia. — Isto é delicado... a energia dela está extremamente baixa.

— Ela não deveria estar no Basilias? — questionou Simon, virando-se para olhar o edifício do hospital.

A luz ainda estava vertendo da janela, e, para sua surpresa, Simon viu Alec de pé nos degraus. Estava encarando Magnus. Antes que Simon pudesse se mover ou fazer sinal para ele, Alec virou-se abruptamente e voltou para o interior da construção.

— Magnus... — começou Simon.

— Simon, *cale a boca* — disse Magnus entre dentes. Simon se contorceu para desvencilhar-se do aperto de Luke, tropeçou e bateu contra a lateral de um muro de pedra.

— Mas Clary... — recomeçou ele.

Luke estava arrasado, mas sua expressão era firme.

— Clary se esgotou ao fazer um símbolo de cura. Mas ela não está ferida, o corpo está intacto, e Magnus pode ajudá-la mais do que os Irmãos do Silêncio. A melhor coisa a fazer é ficar fora do caminho.

— Jace — disse Simon. — Alec sentiu alguma coisa acontecer a ele, graças à ligação de *parabatai*. Tem algo a ver com o fogo celestial. E Raphael estava tagarelando sobre Linhas Ley...

— Veja, a batalha foi mais sangrenta do que os Nephilim esperavam. Sebastian feriu Jace, mas o fogo celestial ricocheteou nele, de alguma forma. E quase destruiu Jace também. Clary salvou a vida de Jace, mas os Irmãos ainda precisam trabalhar muito para curá-lo. — Luke olhou para Simon com olhos azuis cansados. — E por que você estava com Isabelle e Alec? Pensei que fosse ficar em Nova York. Veio por causa de Jordan?

Imediatamente, o nome chamou a atenção de Simon.

— Jordan? O que ele tem a ver com isso?

Pela primeira vez, Luke parecia verdadeiramente confuso.

— Você não sabe?

— Não sei o quê?

Luke hesitou por um longo momento. Depois falou:

— Tenho uma coisa para você. Magnus trouxe de Nova York. — Ele enfiou a mão no bolso e retirou um medalhão numa corrente. A peça era de ouro, gravada com a pata de um lobo e a inscrição latina *Beati Bellicosi*.

Abençoados são os guerreiros.

Simon soube imediatamente. O pingente de Jordan da Praetor Lupus. Estava lascado e manchado de sangue. Vermelho-escuro como ferrugem, manchando a corrente e a face do medalhão. Mas se alguém sabia a diferença entre ferrugem e sangue, esse alguém era um vampiro.

— Não compreendo — disse Simon. O rugido voltou novamente aos seus ouvidos. — Por que você está com isto? Por que está me dando?

— Porque Jordan queria que você ficasse com ele — respondeu Luke.

— Queria? — A voz de Simon se ergueu. — Você não devia dizer "quer"?

Luke respirou fundo.

— Lamento, Simon. Jordan está morto.

9

As Armas que Você Porta

Clary acordou e viu em suas pálpebras fechadas a imagem de um símbolo desaparecendo. Era um símbolo parecido com asas ligadas por uma única barra. Todo seu corpo doía, e por um instante ela ficou imóvel, temendo a dor que o movimento traria. Lembranças a invadiram lentamente — a planície de lava endurecida pelo frio diante da Cidadela, a gargalhada de Amatis, desafiando Clary para que a machucasse, Jace abrindo caminho em meio a um campo de Crepusculares; Jace no chão, sangrando fogo, Irmão Zachariah se jogando para trás, afastando-se das chamas.

Ela abriu os olhos de repente. Meio que tinha esperado acordar em algum lugar totalmente estranho, mas, em vez disso, estava deitada na pequena cama de madeira do quarto de hóspedes simples de Amatis. A luz pálida do sol atravessava as cortinas de renda e formava desenhos no teto.

Clary começou a fazer esforço para sentar. Perto dela, alguém cantarolava baixinho: era sua mãe. Jocelyn interrompeu-se imediatamente e levantou-se de um pulo, inclinando-se sobre a filha. Aparentemente tinha ficado acordada durante a noite inteira. Vestia uma camiseta velha e um jeans, e seu cabelo estava puxado para trás num coque, preso com um lápis. Uma onda de familiaridade e alívio invadiu Clary, mas foi rapidamente acompanhada pelo pânico.

— Mãe — disse ela, enquanto Jocelyn se inclinava, encostando as costas da mão na testa de Clary como se verificando se ela estava com febre. — Jace...

— Jace está bem — respondeu Jocelyn, retirando a mão.

Diante do olhar desconfiado de Clary, Jocelyn balançou a cabeça.

— Ele está bem, de verdade. Está no Basilias agora, com o Irmão Zachariah. Está se recuperando.

Clary olhou para a mãe, com ar severo.

— Clary, sei que já lhe dei razões para não confiar em mim, mas por favor, acredite, Jace está *perfeitamente bem*. Sei que você nunca me perdoaria se eu não contasse a verdade a respeito dele.

— Quando vou poder vê-lo?

— Amanhã. — Jocelyn recostou-se na cadeira ao lado da cama e revelou Luke, que ficara apoiado na parede do quarto. Ele sorriu para Clary; um sorriso triste, carinhoso, protetor.

— Luke! — exclamou, aliviada por vê-lo. — Diga a mamãe que estou bem. Que posso ir ao Basilias...

Luke balançou a cabeça.

— Sinto muito, Clary. Sem visitas para Jace neste momento. Além disso, hoje você precisa descansar. Ficamos sabendo sobre o que você fez com aquele *iratze*, na Cidadela.

— Ou, pelo menos, o que as pessoas viram você fazer. Não tenho certeza se um dia vou entender isso direito. — As rugas nos cantos da boca de Jocelyn se aprofundaram. — Você quase se matou curando Jace, Clary. Vai ter que tomar cuidado, pois não tem reservas de energia infinitas...

— Ele estava morrendo — interrompeu Clary. — Estava sangrando fogo. Eu tinha que salvá-lo.

— Mas não era para *você* fazer isso! — Jocelyn afastou dos olhos da filha um cacho solto do cabelo ruivo. — O que você estava fazendo naquela batalha?

— Eles não tinham mandado pessoas suficientes pelo Portal — disse Clary, com voz desanimada. — E todo mundo estava falando sobre como ia ser quando chegassem lá, que iam resgatar os Crepusculares, que iam trazê-los de volta, encontrar uma cura... mas eu estava em Burren. E você também, mãe. Sabe que não dá para resgatar os Nephilim que Sebastian controlou com o Cálice Infernal.

— Você viu minha irmã? — perguntou Luke, em voz baixa.

Clary engoliu em seco e assentiu.

— Lamento. Ela... Ela é a tenente de Sebastian. Não é mais ela, nem um tiquinho.

— Ela te machucou? — perguntou Luke. A voz ainda estava calma, mas um músculo latejava em seu rosto.

Clary balançou a cabeça; não conseguia manter a compostura para mentir, mas também não conseguia contar a verdade a Luke.

— Está tudo bem — disse ele, interpretando a ansiedade dela de outra maneira. — A Amatis que está a serviço de Sebastian é tão minha irmã quanto o Jace que servia a Sebastian era o garoto que você amava. É tão minha irmã quanto Sebastian é o filho que sua mãe teve um dia.

Jocelyn segurou a mão de Luke e beijou-lhe as costas levemente. Clary desviou o olhar. A mãe se virou novamente para ela um instante depois.

— Deus, a Clave... se eles ao menos *ouvissem*. — Ela bufou, frustrada. — Clary, compreendemos por que fez o que fez na noite passada, mas pensamos que você estivesse segura. Depois Helen apareceu na nossa porta e nos contou que você havia sido ferida na batalha da Cidadela. Quase tive um enfarto quando achamos você na praça. Seus lábios e dedos estavam azuis. Como se você tivesse se afogado. Se não fosse por Magnus...

— Magnus me curou? O que ele está fazendo aqui, em Alicante?

— Isso não tem a ver com Magnus — censurou Jocelyn, com aspereza. — Isso tem a ver com você. Jia tem andado fora de si, achando que permitiu que você atravessasse o Portal e que você poderia ter morrido. Estavam chamando Caçadores de Sombras experientes, não crianças...

— Era Sebastian — insistiu Clary. — Eles não compreenderiam.

— Sebastian não é nossa responsabilidade. E, por falar nisso... — Jocelyn enfiou a mão debaixo da cama; quando levantou, estava segurando Heosphoros. — É sua? Estava no seu cinturão de armas quando trouxeram você para casa.

— Sim! — Clary bateu palmas. — Pensei que a tivesse perdido.

— É uma espada Morgenstern, Clary — disse a mãe, e segurou-a como se fosse um pedaço de alface mofada. — A espada que vendi há muito tempo. Onde você a conseguiu?

— Na loja de armas onde você a vendeu. A proprietária da loja disse que ninguém mais ia comprá-la. — Clary tirou Heosphoros da mão da mãe. — Sabe, eu *sou* uma Morgenstern. Não podemos fingir que não tenho um pouco do sangue de Valentim. Preciso descobrir um jeito de ser parte Morgenstern sem que isso seja um problema; sem fingir que sou outra pessoa... alguém com um nome falso que não significa nada.

Jocelyn recuou ligeiramente.

— Você quer dizer "Fray"?

— Não é exatamente um nome de Caçadora de Sombras, é?

— Não — disse a mãe. — Não exatamente, mas ele tem significado.

— Pensei que você o tivesse escolhido ao acaso.

Jocelyn balançou a cabeça.

— Você conhece a cerimônia que deve ser realizada nas crianças Nephilim quando nascem? Aquela que concede a proteção que Jace perdeu quando voltou dos mortos, aquela que permitiu a Lilith se aproximar dele? Normalmente a cerimônia é realizada por uma Irmã de Ferro e um Irmão do Silêncio, mas, no seu caso, como estávamos nos escondendo, eu não podia participar oficialmente. Ela foi feita pelo Irmão Zachariah e por uma feiticeira, no lugar da Irmã de Ferro. Dei a você o sobrenome dela.

— "Fray"? O sobrenome dela era "Fray"?

— O sobrenome foi um impulso — falou Jocelyn, sem exatamente responder à pergunta. — Eu... gostava dela. Ela conhecia a perda, a dor e o luto, no entanto era forte, do jeito que eu queria que você fosse. É tudo que eu sempre quis. Que você fosse forte, ficasse segura e não tivesse que sofrer o que sofri: o terror, a dor e o perigo.

— Irmão Zachariah. — Clary se ergueu subitamente. — Ele estava lá ontem à noite. Ele tentou curar Jace, mas o fogo celestial o queimou. Ele está bem? Não está morto, está?

— Eu não sei. — Jocelyn parecia um pouco confusa com a veemência de Clary. — Sei que ele foi levado para o Basilias. Os Irmãos do Silêncio têm mantido segredo sobre o estado de todo mundo; certamente não falariam sobre um deles.

— Ele disse que os Irmãos deviam aos Herondale por causa de laços antigos — afirmou Clary. — Se ele morrer, será...

— Não será culpa de ninguém — disse Jocelyn. — Eu me lembro de quando ele pôs o feitiço de proteção em você. Falei para ele que nunca ia querer que você tivesse algo a ver com Caçadores de Sombras. Ele disse que talvez não fosse minha escolha. Disse que a atração dos Caçadores de Sombras é como a rebentação... e ele estava certo. Pensei que estivéssemos livres, mas cá estamos, de volta a Alicante, de volta à guerra, e aí está minha filha, com sangue no rosto e uma espada Morgenstern nas mãos.

Havia um tom obscuro e tenso na voz de Jocelyn, o qual fez os nervos de Clary chisparem.

— Mãe — disse ela. — Aconteceu mais alguma coisa? Tem mais alguma coisa que não está me contando?

Jocelyn trocou um olhar com Luke. Ele falou primeiro:

— Você já sabe que ontem de manhã, antes da batalha na Cidadela, Sebastian tentou atacar o Instituto de Londres.

— Mas ninguém ficou ferido. Robert falou...

— Então Sebastian voltou sua atenção para outro lugar — emendou Luke, com firmeza. — Ele e seu exército abandonaram Londres e atacaram a Praetor Lupus em Long Island. Quase todos os Praetorianos, incluindo o líder, foram massacrados. Jordan Kyle... — A voz foi dele falhou. — Jordan foi morto.

Clary não tinha consciência de que havia se levantado, mas de repente não estava mais debaixo das cobertas. Jogara as pernas por cima da lateral da cama e esticava a mão para a bainha de Heosphoros na mesinha de cabeceira.

— Clary — chamou a mãe e esticou o braço, colocando os dedos compridos no pulso de Clary, limitando seus movimentos. — Clary, acabou. Não há nada que você possa fazer.

Clary sentia o gosto das lágrimas, quentes e salgadas, ardendo no fundo da garganta, e, sob as lágrimas, o gosto mais áspero e obscuro do pânico.

— E quanto à Maia? Se Jordan está machucado, Maia está bem? E Simon? Jordan era o guardião dele! *Simon está bem?*

— Eu estou bem. Não se preocupe, estou bem — disse a voz de Simon. A porta do quarto estava aberta, e, para o completo espanto de Clary, Simon entrou e parecia surpreendentemente tímido. Ela deixou a bainha de Heosphoros cair sob a coberta, e também se deixou cair, desabando em cima de Simon com tanta força que chegou a bater a cabeça na clavícula dele. Clary não percebeu se doeu ou não. Estava ocupada demais se agarrando a ele como se ambos tivessem acabado de cair de um helicóptero e estivessem se deslocando velozmente para o chão. Ela agarrava o suéter verde amassado, apertando o rosto de maneira desajeitada contra o ombro dele enquanto se esforçava para não chorar.

Ele a abraçou, acalmando-a com tapinhas constrangidos, como aqueles que os garotos dão nas costas e ombros uns dos outros. Quando ela finalmente o soltou e deu um passo para trás, viu que o suéter e o jeans que ele estava usando eram muito grandes. Uma corrente de metal pendia ao redor do pescoço.

— O que está fazendo aqui? — perguntou. — De quem são estas *roupas* que você está usando?

— É uma longa história, e a maior parte destas roupas são de Alec — respondeu Simon. Suas palavras eram casuais, mas ele parecia tenso. — Você devia ter visto o que eu estava usando antes. E, por falar nisso, belo pijama.

Clary olhou para si. Estava usando pijamas de flanela, curtos demais na perna e apertados demais no peito, com estampa de caminhões de bombeiro.

Luke ergueu uma sobrancelha.

— Acho que era meu quando eu era pequeno.

— Você só pode estar brincando que não havia outra coisa que pudessem usar para me vestir...?

— Se insistir em tentar ser morta, vou insistir em escolher o que você veste enquanto se recupera — disse Jocelyn, com um risinho minúsculo.

— O pijama da vingança — resmungou Clary. Ela pegou o jeans e uma camiseta do chão, e olhou para Simon. — Eu vou me trocar e, quando voltar, é melhor você estar pronto para me contar um pouco sobre como chegou aqui, algo além de "é uma longa história".

Simon resmungou alguma coisa que soou como "mandona", mas Clary já tinha saído. Ela tomou banho em tempo recorde, desfrutando da sensação da água lavando a sujeira da batalha. Ainda estava preocupada com Jace, apesar de a mãe tê-la tranquilizado, mas a visão de Simon levantara seu ânimo. Talvez não fizesse sentido, mas ela estava mais feliz por ele estar onde ela podia ficar de olho nele, em vez de ter optado por voltar a Nova York. Sobretudo, depois de Jordan.

Quando Clary voltou ao quarto, o cabelo úmido amarrado num rabo de cavalo, Simon estava sentado na mesinha de cabeceira, imerso na conversa com a mãe dela e Luke, recontando o que havia acontecido em Nova York, como Maureen o sequestrara e Raphael o resgatara e o levara para Alicante.

— Nesse caso, espero que Raphael tenha a pretensão de participar do jantar organizado pelos representantes da Corte Seelie hoje à noite — dizia Luke. — Anselm Nightshade teria sido convidado, mas se Raphael o estiver representando no Conselho, então ele deve comparecer. Sobretudo, depois do que aconteceu à Praetor, a importância da solidariedade dos seres do Submundo para com os Caçadores de Sombras é maior que nunca.

— Você tem notícias de Maia? — perguntou Simon. — Odeio pensar que ela esteja sozinha, agora que Jordan está morto. — Ele se encolheu um pouco ao falar "Jordan está morto", como se dizer tais palavras causasse dor.

— Ela não está sozinha. O bando está cuidando dela. Morcego tem mantido contato comigo; fisicamente, ela está bem. Emocionalmente, aí já não sei. Ela foi incumbida de transmitir o recado de Sebastian, depois que ele matou Jordan. Isso não deve ter sido fácil.

— O bando vai acabar tendo que lidar com Maureen — disse Simon. — Ela está encantada com o fato de os Caçadores de Sombras terem ido embora. Vai transformar Nova York no seu quintal sangrento, se conseguir fazer as coisas do jeito que quer.

— Se ela está matando mundanos, a Clave terá que despachar alguém para lidar com ela — emendou Jocelyn. — Mesmo que isso signifique deixar Idris. Se ela quebrar os Acordos...

— Será que Jia não deveria ouvir tudo isso? — perguntou Clary. — Nós poderíamos ir falar com ela. Jia não é como o último Cônsul. Daria ouvidos a você, Simon.

Simon fez que sim com a cabeça.

— Prometi a Raphael que falaria com o Inquisidor e com a Consulesa por ele... — Subitamente, ele parou de falar e estremeceu.

Clary o fitou com mais atenção. Ele estava sentado sob um feixe sutil de luz, a pele pálida feito mármore. As veias eram visíveis, tão fortes e pretas quanto marcas de tinta. As maçãs do rosto pareciam acentuadas, as sombras abaixo delas eram severas e irregulares.

— Simon, há quanto tempo você não se alimenta?

Ele se encolheu; ela sabia que Simon odiava ser lembrado de sua necessidade de sangue.

— Três dias — disse em voz baixa.

— Alimento — falou Clary, olhando da mãe para Luke. — Precisamos alimentá-lo.

— Eu estou bem — rebateu Simon, de modo pouco convincente. — Estou mesmo.

— O local mais razoável para obter sangue seria a casa do representante dos vampiros — disse Luke. — Eles têm de fornecê-lo para uso do representante das Crianças Noturnas no Conselho. Eu iria pessoalmente, mas dificilmente vão dá-lo a um lobisomem. Poderíamos mandar um recado...

— Nada de recados. Demora demais. Vamos agora. — Clary abriu a porta do closet com força e pegou um casaco. — Simon, você consegue ir até lá?

— Não é tão longe assim — disse ele, com voz enfraquecida. — Algumas portas depois da casa do Inquisidor.

— Raphael vai estar dormindo — observou Luke. — Estamos no meio do dia.

— Então vamos acordá-lo. — Clary vestiu o casaco e fechou o zíper. — É tarefa dele representar os vampiros; ele vai ter que ajudar Simon.

Simon fez um muxoxo.

— Raphael não acha que *tem* que fazer alguma coisa.

— Não me importo. — Clary pegou Heosphoros e deslizou-a na bainha.

— Clary, não sei se você está bem o suficiente para sair assim... — começou Jocelyn.

— Estou bem. Nunca me senti melhor.

Jocelyn balançou a cabeça, e a luz do sol captou os reflexos vermelhos no cabelo dela.

— Em outras palavras, não há nada que eu possa fazer para impedir.

— Nadinha — falou Clary, enfiando Heosphoros no cinto. — Nada mesmo.

— O jantar dos membros do Conselho é hoje à noite — comentou Luke, reclinando-se contra a parede. — Clary, vamos ter que sair antes de você estar de volta. Vamos botar um guardião na casa para ter certeza de que vai voltar antes de escurecer...

— Vocês *estão* brincando.

— De modo algum. Queremos você aqui dentro, com a casa fechada. Se não voltar antes do pôr do sol, o Gard será notificado.

— Isso é uma ditadura — resmungou Clary. — Ande, Simon. Vamos embora.

Maia sentou-se na praia em Rockaway, fitando a água, e estremeceu.

Rockaway ficava lotada no verão, porém vazia e exposta ao vento agora, em dezembro. As águas do Atlântico se estendiam, um cinza pesado, da cor do ferro, sob um céu igualmente cor de ferro.

Os corpos dos lobisomens que Sebastian tinha matado, inclusive o de Jordan, tinham sido queimados entre as ruínas da Praetor Lupus. Um dos lobos do bando se aproximou da praia e lançou o conteúdo de uma caixa com cinzas na água.

Maia observava enquanto a superfície do mar ficava preta com os restos mortais.

— Lamento. — Era Morcego, sentando-se ao lado dela na areia. Eles observavam enquanto Rufus caminhava pela areia e abria outra caixa com cinzas. — Sobre Jordan.

Maia puxou o cabelo para trás. Nuvens cinzentas se reuniam no horizonte. Ela se perguntava quando começaria a chover.

— Eu ia terminar com ele — confessou ela.

— O quê? — Morcego ficou chocado.

— Eu ia terminar com ele — repetiu Maia. — No dia em que Sebastian o matou.

— Pensei que tudo estivesse ótimo entre vocês dois. Pensei que fossem felizes.

— Pensou? — Maia enfiou os dedos na areia úmida. — Você não gostava dele.

— Ele te magoou. Foi há muito tempo, e sei que ele tentou consertar as coisas, mas... — Morcego deu de ombros. — Talvez eu não saiba perdoar.

Maia soltou o ar.

— Talvez eu também não saiba — comentou. — Na cidade em que cresci, todas essas meninas brancas, ricas, magras e mimadas faziam eu me sentir um lixo porque eu não me parecia com elas. Quando eu tinha 6 anos, minha mãe tentou fazer uma festa de aniversário com o tema da Barbie para mim. Eles fazem a Barbie preta, sabe, mas não fazem coisas que combinam com ela... os descartáveis de festas e enfeites de bolo e tal. Por isso minha festa teve uma boneca loura como tema, um monte de convidadas louras, e todas elas riram de mim, tapando a boca com as mãos. — O ar da praia era frio em seus pulmões. — Então quando eu conheci Jordan e ele me disse que eu era bonita, bem, não foi preciso muito. Eu me apaixonei completamente por ele cinco minutos depois.

— Você é bonita — disse Morcego. Um caranguejo paguro abria caminho na areia aos poucos, e ele o cutucou com os dedos.

— A gente era feliz — falou Maia. — Mas então tudo aconteceu, e ele me Transformou, e eu o odiei. Vim para Nova York e o odiei, e então ele voltou a aparecer, e tudo que ele queria era que eu o perdoasse. Ele queria tanto e estava tão arrependido. E eu sabia, as pessoas fazem coisas loucas quando são mordidas. Tinha ouvido falar de pessoas que mataram as próprias famílias...

— Por isso temos a Praetor — disse Morcego. — Bem. Tínhamos.

— E pensei: o quanto você pode responsabilizar alguém pelos seus atos quando essa pessoa não conseguia controlá-los? Achei que devia perdoá-lo, ele queria tanto. Tinha feito de tudo para compensar suas falhas. Pensei que pudéssemos voltar ao normal, voltar ao modo como a gente costumava ser.

— Algumas vezes, não dá para voltar — ponderou Morcego. Ele tocou a cicatriz na bochecha, pensativo; Maia nunca havia perguntado como ele ganhara aquilo. — Algumas vezes, muita coisa já mudou.

— Não conseguimos reatar — disse Maia. — Pelo menos, eu não consegui. Ele queria tanto que eu o perdoasse que, às vezes, simplesmente olhava para mim e enxergava o perdão. A redenção. Ele enxergava a *mim*. — Ela balançou a cabeça. — Não sou a absolvição de ninguém. Sou apenas Maia.

— Mas você se importava com ele — rebateu Morcego em voz baixa.

— O suficiente para ficar adiando terminar com ele. Pensei que talvez eu me sentiria diferente. E então tudo começou a acontecer: Simon foi sequestrado, e nós fomos atrás dele, e eu ainda ia contar a Jordan. Eu ia contar a ele assim que chegássemos a Praetor, mas quando chegamos foi... — Ela engoliu em seco. —... uma carnificina.

— Eles disseram que quando te encontraram, você estava abraçando Jordan. Ele estava morto, e o sangue manchava a maré, mas você estava abraçada ao corpo dele.

— Todos deviam morrer recebendo um abraço — disse Maia, e pegou um punhado de areia. — Eu só... me senti tão culpada. Ele morreu pensando que eu ainda o amava, que íamos ficar juntos e que tudo estava bem. Morreu comigo mentindo para ele. — Maia deixou os grãos escorrerem pelos dedos. — Eu devia ter falado a verdade.

— Pare de se punir. — Morcego ficou de pé. Ele parecia alto e musculoso no casaco anoraque com o zíper fechado até a metade, o vento mal agitando seu cabelo curto. As nuvens cinzentas aglomeradas delineavam seu vulto. Maia podia ver o restante do bando, reunido ao redor de Rufus, que estava gesticulando enquanto falava. — Se ele não estivesse morrendo, então sim, você deveria ter contado a verdade. Mas ele morreu pensando que era amado e que fora perdoado. Há presentes muito piores a se dar a alguém. O que ele fez com você foi terrível, e ele sabia disso. Mas poucas pessoas são completamente boas ou completamente más. Pense nisso como um presente que você deu à parte boa nele. Não importa aonde Jordan vá, e eu acredito que todos vamos para algum lugar, pense nisso como a luz que vai levá-lo para casa.

Se você está deixando o Basilias, deve compreender que isso é contrário ao que os Irmãos aconselharam.

— Tudo bem — disse Jace, calçando a segunda luva e dobrando os dedos. — Vocês deixaram isso bem claro.

O Irmão Enoch se agigantou acima dele, a expressão severa, enquanto Jace se curvava com precisão lenta para amarrar o cadarço dos coturnos. Ele estava sentado na beirada do leito da enfermaria, um dentre uma fileira de macas com lençóis brancos que percorriam a extensão do cômodo comprido. Muitas das outras macas estavam ocupadas por Caçadores de Sombras guerreiros que se recuperavam da batalha na Cidadela. Os Irmãos do Silêncio caminhavam entre os leitos como se fossem enfermeiras fantasmagóricas. O ar tinha cheiro de ervas e cataplasmas estranhos.

Você devia descansar mais uma noite, pelo menos. Seu corpo está exaurido, e o fogo celestial ainda arde dentro de você.

Depois de terminar de amarrar os coturnos, Jace ergueu os olhos. O teto abobadado acima estava pintado com um desenho entrelaçado de símbolos de cura em prata e azul. Ele ficara fitando aquilo pelo que pareceram semanas, embora soubesse ter sido apenas uma noite. Os Irmãos do Silêncio mantiveram as visitas afastadas e ficaram pairando perto dele com símbolos de cura e cataplasmas. Também fizeram exames nele, colhendo sangue, fios de cabelo e até cílios; tocando sua pele com uma série de lâminas: ouro, prata, aço, sorveira-brava. Ele se sentia bem. Tinha a forte sensação de que queriam mantê-lo no Basilias mais para estudar o fogo celestial que para curá-lo.

— Quero ver o Irmão Zachariah — pediu ele.

Ele está bem. Você não precisa se preocupar com ele.

— Eu quero vê-lo — insistiu. — Eu quase o matei na Cidadela...

Não foi você. Foi o fogo celestial. E não fez nada além de feri-lo.

Jace piscou por causa da estranha escolha de palavras.

— Quando eu o encontrei, ele disse que acreditava ter uma dívida com os Herondale. Eu sou um Herondale. Ele queria me ver.

E então você pretende deixar o Basilias?

Jace ficou de pé.

— Não há nada errado comigo. Não preciso ficar na enfermaria. Sem dúvida, vocês poderiam usar seus recursos com mais proveito nos feridos de verdade. — Ele pegou sua jaqueta em um gancho ao lado do leito. — Sabe, você pode me levar ao Irmão Zachariah ou posso andar por aí berrando por ele até ele aparecer.

Você traz um bocado de problema, Jace Herondale.

— Foi o que me disseram — respondeu Jace.

Havia janelas arqueadas entre as camas; elas lançavam amplos feixes de luz no chão de mármore. O dia estava começando a escurecer: Jace acordara no início da tarde, com um Irmão do Silêncio ao lado de sua cama. Ele se empertigara, querendo saber onde Clary estava, ao mesmo tempo que as lembranças da noite anterior o invadiam: ele se recordou da dor quando Sebastian o acertou, se recordou do fogo fazendo a lâmina arder, e de Zachariah queimando. Dos braços de Clary em volta dele, do cabelo dela caindo ao redor dos dois, do fim da dor que viera juntamente à escuridão. E depois... nada.

Depois que os Irmãos garantiram que Clary estava bem, segura na casa de Amatis, ele perguntara por Zachariah, se o fogo o havia machucado, mas recebera apenas respostas irritantemente vagas.

Agora ele acompanhava Enoch pela enfermaria até um corredor mais estreito, de gesso branco. As portas se abriram na saída do corredor. Quando passaram por uma, Jace deu uma olhadela num corpo que se contorcia, amarrado a uma cama, e ouviu o som de gritos e xingamentos. Um Irmão do Silêncio estava de pé acima do homem que se debatia, vestido com restos do uniforme vermelho. O sangue respingava na parede branca atrás deles.

Amalric Kriegsmesser, falou Irmão Enoch sem virar a cabeça. *Um dos Crepusculares de Sebastian. Como você sabe, temos tentado reverter o feitiço do Cálice Infernal.*

Jace engoliu em seco. Parecia não haver nada a dizer. Ele tinha visto o ritual do Cálice Infernal ser realizado. No fundo do coração, não acreditava que o feitiço pudesse ser revertido. O feitiço gerava uma mudança muito fundamental. Mas ele também sequer havia imaginado que um Irmão do

Silêncio pudesse ser tão humano quanto o Irmão Zachariah sempre parecera. Era por isso que ele estava tão determinado a vê-lo? Jace se recordava do que Clary contara, algo que o Irmão Zachariah dissera uma vez quando ela perguntara se ele chegara a amar alguém o suficiente para morrer por eles:

Duas Pessoas. Existem lembranças que o tempo não apaga. Pergunte a seu amigo Magnus Bane, se não acreditar em mim. A eternidade não torna a perda esquecível, apenas tolerável.

Tinha alguma coisa naquelas palavras, alguma coisa que falava de uma dor e de um tipo de lembrança que Jace não associava aos Irmãos. Eles estavam presentes em sua vida desde que tinha 10 anos: estátuas pálidas e silenciosas que traziam a cura, guardavam segredos, que não amavam, desejavam, cresciam nem morriam, apenas *existiam*. Mas o Irmão Zachariah era diferente.

Chegamos. Irmão Enoch parou diante de uma porta comum pintada de branco. Ele ergueu a mão larga e bateu. Ouviu-se um som no interior, como uma cadeira sendo arrastada, e depois uma voz masculina:

— Entre.

O Irmão Enoch abriu a porta e fez um gesto para Jace entrar. As janelas ficavam viradas para oeste, e o cômodo estava muito claro, a luz do sol poente pintava as paredes com um fogo pálido. Havia um vulto na janela: uma silhueta, esguia, sem a túnica de um Irmão. Jace se virou e fitou o Irmão Enoch com surpresa, porém o Irmão do Silêncio já tinha ido embora, fechando a porta atrás de si.

— Onde está o Irmão Zachariah? — perguntou Jace.

— Estou bem aqui. — Uma voz baixa, suave, um pouco desafinada, como um piano que há muito não era tocado.

O vulto se virara da janela. Jace se flagrou olhando para um garoto somente um pouco mais velho que ele. Cabelos escuros, um rosto fino e delicado, olhos que pareciam jovens e velhos ao mesmo tempo. Os símbolos dos Irmãos marcavam as maçãs do rosto proeminentes, e, quando o garoto se virou, Jace notou a beirada pálida de um símbolo desbotado na lateral do pescoço.

Um parabatai. Como ele. E Jace sabia também o que o símbolo desbotado significava: um *parabatai* cuja outra metade estava morta. Ele sentiu a compaixão aumentar em relação ao Irmão Zachariah, ao mesmo tempo que se imaginava sem Alec, com apenas aquele símbolo desbotado para lembrá-lo de que outrora ele fora ligado a alguém que conhecia todas as melhores e piores partes de sua alma.

— Jace Herondale — disse o garoto. — Mais uma vez, um Herondale é o portador da minha salvação. Eu devia ter previsto.

— Eu não... isso não é... — Jace estava espantado demais para pensar em alguma coisa inteligente para dizer. — Não é possível. Quando você é um Irmão do Silêncio, não pode deixar de sê-lo. Você... eu não entendo.

O garoto — Zachariah, Jace supôs, embora não mais um Irmão — sorriu. Era um sorriso angustiantemente vulnerável, jovem e gentil.

— Não tenho certeza também se compreendo totalmente — disse ele. — Mas nunca fui um Irmão do Silêncio comum. Trouxeram-me a esta vida porque havia magia sombria sobre mim. Não havia outro meio de me salvar. — O garoto baixou o olhar para as próprias mãos, as mãos lisas de um garoto, macias como poucas mãos de Caçadores de Sombras o eram. Os Irmãos podiam lutar como guerreiros, mas raramente faziam isso. — Abandonei tudo que eu conhecia e tudo que eu amava. Talvez não tenha abandonado totalmente, mas ergui uma parede de vidro entre mim e a vida que levava. Eu podia vê-la, mas não podia tocá-la nem tomar parte nela. Comecei a me esquecer de como era ser um ser humano comum.

— Nós não somos seres humanos comuns.

Zachariah ergueu o olhar.

— Ah, nós dizemos isso a nós mesmos — falou. — Mas tenho estudado os Caçadores de Sombras durante o último século e deixe-me dizer que nós somos mais humanos que a maioria dos seres humanos. Quando ficamos de coração partido, ele se quebra em lascas que não podem ser coladas facilmente. Algumas vezes, invejo a resistência dos mundanos.

— Mais de um século de idade? Você parece bem... resistente para mim.

— Eu pensei que iria ser um Irmão do Silêncio para sempre. Nós... eles não morrem, você sabe; eles perdem a vitalidade depois de muitos anos. Param de falar, param de se movimentar. No fim, são enterrados vivos. Pensei que esse seria meu destino, mas quando toquei em você com a mão marcada pelo símbolo, quando você estava ferido, absorvi o fogo celestial em suas veias. Ele queimou e destruiu a escuridão no meu sangue. Voltei a ser a pessoa que era antes de fazer os votos. Antes mesmo disso. Eu me tornei o que sempre quis ser.

A voz de Jace estava rouca.

— Doeu?

Zachariah pareceu confuso.

— Como?

— Quando Clary me golpeou com a Gloriosa foi... agonizante. Senti como se meus ossos estivessem se desmanchando e virando cinzas dentro de mim. Continuei a pensar nisso quando acordei... continuei a pensar sobre a dor, e se doeu quando você me tocou.

Zachariah olhou pare ele, surpreso.

— Você pensou em mim? Se eu estava sentindo dor?

— Claro. — Jace podia ver o reflexo na janela atrás de Zachariah. O garoto era tão alto quanto ele, porém mais magro, e com o cabelo escuro e a pele clara parecia um negativo de Jace.

— Herondales. — A voz de Zachariah era um sussurro, metade risada metade dor. — Eu quase tinha esquecido. Nenhuma outra família faz tantas coisas por amor ou sente tanta culpa. Não carregue o fardo do mundo, Jace. É pesado demais até para um Herondale suportar.

— Não sou um santo — disse Jace. — Talvez eu devesse suportá-lo.

Zachariah balançou a cabeça.

— Acho que você conhece a frase da Bíblia: "*Mene mene tequel ufarsim*"?

— "Pesado foste na balança e foste considerado em falta. Sim, conheço. O Escrito na Parede."

— Os egípcios acreditavam que no portão dos mortos, seu coração era pesado em balanças, e, se ele pesasse mais que uma pena, seu caminho era o caminho para o Inferno. O fogo do Céu nos avalia, Jace Herondale, como as balanças dos Egípcios. Se há em nós mais mal do que bem, isso vai nos destruir. Eu apenas sobrevivi, assim como você. A diferença entre nós é que eu somente fui tocado pelo fogo, ao passo que ele penetrou seu coração. Você ainda o carrega dentro de si, um grande fardo e um grande dom.

— Mas tudo que tenho tentado fazer é me livrar dele...

— Você não pode se livrar disso. — A voz de Irmão Zachariah ficou muito séria. — Isso não é uma espécie de maldição da qual você deve se livrar, é uma arma que lhe foi confiada. Você *é* a lâmina do Paraíso. Certifique-se de que é digno dela.

— Você fala como Alec — disse Jace. — Ele sempre fala sobre responsabilidade e mérito.

— Alec. Seu *parabatai*. O garoto dos Lightwood?

— Você... — Jace apontou a lateral do pescoço de Zachariah. — Você teve um *parabatai* também. Mas seu símbolo desbotou.

Zachariah baixou os olhos.

— Ele morreu há muito tempo. Eu era... Quando ele morreu, eu... — Ele balançou a cabeça, frustrado. — Durante anos, tenho apenas falado com a minha mente, embora você possa ouvir meus pensamentos — disse ele. — O processo de formar a linguagem do modo comum, de encontrar a fala, não ocorre tão facilmente para mim agora. — Ele ergueu a cabeça para encarar Jace. E falou: — Valorize seu *parabatai*, pois é um laço precioso. Todo amor é precioso. É por isso que fazemos o que fazemos. Por que enfrentamos demônios?

Por que eles não são guardiões adequados para este mundo? O que nos torna melhores? É porque eles não constroem, apenas destroem. Eles não amam, somente odeiam. Somos humanos e falíveis, nós, Caçadores de Sombras. Mas se não tivéssemos a capacidade de amar, não poderíamos guardar os seres humanos; devemos amá-los para guardá-los. Meu *parabatai*, ele amou como poucos seriam capazes de amar, foi assim com tudo e com todos. Vejo que você também é assim; isso arde com mais brilho em você do que o fogo do Céu.

O Irmão Zachariah estava olhando para Jace com uma intensidade tão feroz que era como se arrancasse a carne dos ossos.

— Sinto muito — disse Jace em voz baixa — por você ter perdido seu *parabatai*. Tem alguém... alguém que sobrou, para quem você possa voltar?

O garoto sorriu levemente.

— Tem uma pessoa. Ela sempre ficou em casa por mim. Mas não tão rápido. Primeiro, eu devo ficar.

— Para lutar?

— E amar e chorar. Quando eu era um Irmão do Silêncio, meus amores e minhas perdas emudeceram lentamente, como a música ouvida à distância, uma harmonia genuína, porém abafada. Agora... agora tudo desceu sobre mim de uma vez só. Estou curvado debaixo de tudo. Tenho que estar mais forte antes de vê-la. — O sorriso dele era melancólico. — Você já sentiu seu coração preenchido por tanta coisa a ponto de se romper?

Jace pensou em Alec ferido em seu colo, em Max imóvel e pálido no chão do Salão dos Acordos; pensou em Valentim abraçando-o enquanto o sangue encharcava a areia debaixo deles. E, finalmente, pensou em Clary: na bravura alerta que o mantivera a salvo, na inteligência mais alerta que aquela que o mantinha são, na firmeza do amor dela.

— Armas, quando quebram e são remendadas, podem ficar mais fortes nos locais remendados — disse Jace. — Talvez aconteça a mesma coisa com o coração.

Irmão Zachariah, que agora era apenas um garoto como Jace, sorriu com um pouco de tristeza.

— Espero que você tenha razão.

— Não consigo acreditar que Jordan esteja morto — disse Clary. — Eu tinha acabado de vê-lo. Ele estava sentado próximo ao muro do Instituto quando atravessamos o Portal.

Ela caminhava com Simon ao longo de um dos canais, dirigindo-se para o centro da cidade. As torres demoníacas se erguiam ao redor e o brilho delas refletia nas águas do canal.

Simon deu uma olhadela de soslaio para Clary. Ele não parava de pensar no estado dela quando a vira na noite anterior, a pele azulada, exausta e semiconsciente, com as roupas rasgadas e ensanguentadas. Agora parecia ela mesma outra vez, com as bochechas coradas, as mãos nos bolsos e o cabo da espada se projetando do cinto.

— Nem eu — falou ele.

Os olhos de Clary eram distantes e brilhantes; Simon se perguntava do que ela estava se lembrando — de Jordan ensinando Jace a controlar as emoções no Central Park? De Jordan no apartamento de Magnus conversando com um pentagrama? De Jordan, na primeira vez em que o viram, abaixando-se e passando debaixo da porta de uma garagem para fazer um teste para a banda de Simon? Jordan sentado no sofá no apartamento deles, jogando Xbox com Jace? Jordan contando a Simon que havia jurado protegê-lo?

Simon sentiu um vazio por dentro. Ele tinha dormido mal à noite, acordando de pesadelos nos quais Jordan aparecia, parado, encarando-o em silêncio, os olhos castanhos pedindo para ajudá-lo, para salvá-lo, enquanto a tinta nos braços escorria feito sangue.

— Pobre Maia — disse Clary. — Queria que ela estivesse aqui, que a gente pudesse conversar. Ela passou por tanta coisa, e agora isso...

— Eu sei — emendou Simon, quase engasgando. Pensar em Jordan já era ruim. Se pensasse em Maia também, ficaria arrasado.

Clary respondeu ao tom ríspido dele esticando a mão.

— Simon. Você está bem?

Ele permitiu que ela segurasse sua mão, entrelaçando os dedos frouxamente. E notou o olhar dela baixando para o anel de ouro das fadas que ele sempre usava.

— Acho que não — retrucou ele.

— Não, claro que não. Como poderia estar? Ele era seu... — *Amigo? Colega de quarto? Guarda-costas?*

— Era minha responsabilidade — disse Simon.

Ela pareceu confusa.

— Não... Simon, você era responsabilidade dele. Jordan era seu guardião.

— Ora, Clary. O que você acha que ele estava fazendo na sede da Praetor Lupus? Ele nunca chegou lá. Se estava lá, era por minha causa, porque estava procurando por mim. Se eu não tivesse me deixado sequestrar...

— Tivesse se deixado sequestrar? — rebateu Clary. — O quê? Você foi sequestrado por Maureen de boa vontade?

— Maureen não me sequestrou — disse ele em voz baixa.

Ela olhou para ele, espantada.

— Pensei que ela tivesse mantido você numa jaula no Dumort. Pensei que você tivesse dito...

— Ela fez isso — emendou Simon. — Mas a única razão para eu estar do lado de fora, onde ela poderia me pegar, se deu porque fui atacado por um dos Crepusculares. Eu não queria contar ao Luke nem à sua mãe. Achei que eles fossem surtar.

— Porque se Sebastian mandou um Caçador de Sombras maligno atrás de você foi por minha causa — disse Clary, relutante. — Ele queria te sequestrar ou matar?

— Eu realmente não tive chance de perguntar. — Simon enfiou as mãos nos bolsos. — Jordan me falou para correr, então corri... bem na direção de alguém do clã de Maureen. Evidentemente, ela estava vigiando o apartamento. Suponho que foi isso que ganhei por sair correndo e abandoná-lo. Se não tivesse feito isso, se não tivesse sido levado, ele nunca teria ido à Praetor e nunca teria sido morto.

— Pare. — Simon a encarou, surpreso. Clary parecia irritada de verdade. — Pare de se culpar. Jordan não foi enviado para você por acaso. Ele queria o trabalho para poder ficar perto de Maia. Ele conhecia os riscos de ser seu guardião. Ele os aceitou de boa vontade. Foi escolha dele. Jordan estava procurando redenção. Por causa do que tinha acontecido entre ele e Maia. Por causa do que ele *fez*. Era isso que a Praetor era para Jordan. Ela o salvou. Ser o seu guardião, de pessoas como você, o salvou. Ele havia se transformado num monstro. Tinha magoado Maia. Ele a transformara num monstro também. O que ele fez foi imperdoável. Se ele não tivesse a Praetor, se não tivesse você para cuidar, isso o teria consumido até ele se matar.

— Clary... — Simon estava chocado pela dureza das palavras dela.

A garota estremeceu, como se estivesse se sacudindo para tirar teias de aranha. Eles tinham dobrado uma longa rua, próxima ao canal, ladeada por casas velhas e grandiosas. A rua fazia Simon se recordar de fotografias dos bairros ricos de Amsterdã.

— Aquela ali é a casa dos Lightwood. Há membros do Alto Conselho morando nesta rua. A Consulesa, o Inquisidor, os representantes do Submundo. Só precisamos descobrir qual delas é a de Raphael...

— Ali — disse Simon, e indicou uma casa estreita no canal com uma porta preta. Uma estrela prateada fora pintada na porta. — Uma estrela para os Filhos da Noite. Porque não vemos a luz do Sol. — Ele sorriu, ou tentou sorrir. A fome ardia em suas veias; elas pareciam arame quente sob a pele.

Ele se virou e subiu os degraus. A aldrava tinha o formato de um símbolo e era pesada. O som que fazia quando baixada reverberava no interior da casa.

Simon ouviu Clary subir os degraus atrás de si no momento em que a porta foi aberta. Raphael estava parado, no interior da casa, cuidadosamente afastado da luz que invadia pela porta aberta. Nas sombras, Simon distinguia o vulto do vampiro: o cabelo cacheado, o clarão branco dos dentes quando ele os cumprimentou.

— Diurno. Filha de Valentim.

Clary emitiu um ruído exasperado.

— Você nunca chama ninguém pelo nome?

— Apenas meus amigos — rebateu Raphael.

— Você tem amigos? — perguntou Simon.

Raphael olhou de cara feia.

— Presumo que vocês estejam aqui pelo sangue?

— Sim — disse Clary. Simon não disse uma única palavra. Ao ouvir a palavra "sangue", sentiu-se levemente tonto. Seu estômago roncava. Estava faminto.

Raphael deu uma olhadela em Simon.

— Você parece com fome. Talvez devesse ter aceitado minha sugestão na praça ontem à noite.

Clary arqueou as sobrancelhas, mas Simon apenas fez uma careta.

— Se quiser que eu converse com o Inquisidor em seu nome, vai ter que me dar sangue. Caso contrário, vou desmaiar aos pés dele ou devorá-lo.

— Suspeito que isso não pegaria bem com a filha dele. Embora ela não parecesse nem um pouco satisfeita com você ontem à noite. — Raphael desapareceu novamente nas sombras da casa. Clary olhou para Simon.

— Suponho que você tenha visto Isabelle ontem?

— Supôs certo.

— E as coisas não foram bem?

Simon foi poupado de responder quando Raphael reapareceu. Ele trazia uma garrafa de vidro com rolha, cheia de líquido vermelho. Simon pegou-a com voracidade.

O cheiro do sangue atravessou o vidro, ondulante e doce. Simon retirou a rolha e engoliu, as presas se projetando, apesar de não precisar delas. Os vampiros não eram feitos para beber em garrafas. Os dentes arranharam a pele quando ele esfregou a boca com as costas da mão.

Os olhos castanhos de Raphael brilhavam.

— Fiquei triste ao ouvir as notícias sobre seu amigo lobisomem.

Simon se retesou. Clary colocou a mão no braço dele.

— Você não está sendo sincero — observou Simon. — Você odiava que eu tivesse um guardião Praetoriano.

Raphael resmungou, pensativo.

— Sem guardião, sem Marca de Caim. Todas as suas proteções arrancadas. Deve ser estranho, Diurno, saber que pode mesmo morrer.

Simon o encarou.

— Por que você se esforça tanto? — perguntou, e tomou outro gole da garrafa. Desta vez, o sabor foi mais amargo, um pouco ácido. — Para fazer com que eu te odeie? Ou a questão é apenas que você me odeia?

Houve um longo silêncio. Simon percebeu que Raphael estava descalço, bem na beiradinha onde a luz do sol formava uma faixa no piso de madeira de lei. Outro passo adiante, e a luz lhe queimaria a pele.

Simon engoliu em seco, saboreando o sangue na boca, sentindo-se ligeiramente tonto.

— Você não me odeia — percebeu ele, e fitou a cicatriz branca na base do pescoço de Raphael, onde, algumas vezes, um crucifixo se apoiava. — Você *tem ciúmes.*

Sem dizer mais nenhuma palavra, Raphael fechou a porta entre eles.

Clary suspirou.

— Uau. Isso terminou bem.

Simon não disse nada, simplesmente deu meia-volta e se afastou, descendo os degraus. Fez uma pausa na base para finalizar a garrafa de sangue e então, para surpresa dela, a jogou a esmo. Ela voou rua abaixo e atingiu um poste de luz, estilhaçando-se e deixando uma mancha de sangue no ferro.

— Simon? — Clary apressou-se degraus abaixo. — Você está bem?

Ele fez um gesto vago.

— Não sei. Jordan, Maia, Raphael, tudo isso é... é demais. Não sei o que fazer.

— Você se refere a falar com o Inquisidor em nome de Raphael? — Clary acelerou para acompanhar Simon quando ele começou a andar sem rumo pela rua. O vento estava mais forte, bagunçando o cabelo castanho dele.

— Não, a qualquer coisa. — Ele cambaleou um pouco quando se afastou dela. Clary semicerrou os olhos, desconfiada. Se não o conhecesse bem, acharia que ele estava bêbado. — Eu não pertenço a este lugar — disse ele. Tinha parado diante da residência do Inquisidor. Simon inclinou a cabeça para trás, erguendo o olhar para as janelas. — O que você acha que eles estão fazendo ali dentro?

— Jantando? — palpitou Clary. Os lampiões com luz enfeitiçada começavam a acender, iluminando a rua. — Vivendo as próprias vidas? Ora, Simon. Provavelmente eles conheciam as pessoas que morreram na batalha de ontem. Se você quer ver Isabelle, amanhã é a reunião do Conselho e...

— Ela sabe — emendou ele. — Que os pais provavelmente vão terminar. Que o pai dela teve um caso.

— Ele *o quê*? — disse Clary, fitando Simon. — Quando?

— Há muito tempo. — Simon definitivamente estava com a fala arrastada. — Antes de Max. Ele ia embora, mas... descobriu sobre Max e ficou. Maryse contou a Isabelle anos atrás. Não foi justo contar tudo isso a uma menininha. Izzy é forte, mas ainda assim. Não se deve fazer isso. Não ao próprio filho. Você deve... aguentar o próprio fardo.

— Simon. — Ela pensou na mãe dele, enxotando-o de sua porta. *Não se deve fazer isso. Não ao próprio filho.* — Há quanto tempo você sabe disso? Sobre Robert e Maryse?

— Há meses. — Ele caminhou até o portão da frente da casa. — Eu sempre quis ajudá-la, mas ela jamais quis que eu dissesse nada, fizesse nada... e, por falar nisso, sua mãe sabe. Foi ela quem revelou a Izzy com quem Robert teve o caso. Não era alguém de quem ela já tivesse ouvido falar. Não sei se isso melhora ou piora as coisas.

— O quê? Simon, você está enrolando a língua. Simon...

Ele desabou na cerca que rodeava a casa do Inquisidor, causando um estrondo.

— Isabelle! — chamou ele, inclinando a cabeça para trás. — *Isabelle!*

— Ai, caramba... — Clary puxou Simon pela manga. — Simon — sussurrou ela. — Você é um vampiro, no meio de Idris. Talvez não devesse *gritar para chamar atenção.*

Simon a ignorou.

— Isabelle! — berrou mais uma vez. — Jogue suas tranças, Isabelle!

— Ai, meu Deus — resmungou Clary. — Tinha alguma coisa naquele sangue que Raphael te deu, não tinha? Vou matá-lo.

— Ele já está morto — observou Simon.

— Ele é um morto-vivo. Obviamente ainda pode morrer, sabe, mais uma vez. Eu vou matá-lo de novo. Ande, Simon. Vamos voltar para você poder se deitar e pôr gelo na cabeça...

— Isabelle! — gritava Simon.

Uma das janelas do andar de cima da casa se abriu, e Isabelle se inclinou para fora. Os cabelos *estavam* jogados, caindo ao redor do rosto. No entanto, ela parecia furiosa.

— Simon, cale a boca — sibilou.

— Não vou calar! — anunciou Simon, com rebeldia. — Pois tu és minha bela dama, e devo ganhar teus favores.

Isabelle deixou a cabeça cair entre as mãos.

— Ele está bêbado? — gritou para Clary.

— Eu não sei. — Clary estava dividida entre a lealdade a Simon e uma necessidade urgente de tirá-lo dali. — Acho que ele bebeu sangue fora do prazo de validade ou coisa assim.

— Eu te amo, Isabelle Lightwood! — gritou Simon, assustando todo mundo. As luzes foram acesas por toda a casa e nas casas vizinhas também. Ouviu-se um barulho rua abaixo, e, um instante depois, Aline e Helen apareceram; ambas pareciam exaustas, Helen tentava amarrar o cabelo louro cacheado para trás. — Eu te amo e não vou embora até você dizer que me ama também!

— Diga que você o ama — gritou Helen. — Ele está assustando toda a rua. — Ela acenou para Clary. — Bom te ver.

— Bom te ver também — respondeu Clary. — Sinto muito pelo que aconteceu em Los Angeles e, se houver alguma coisa que eu possa fazer para ajudar...

Alguma coisa desceu do céu, flutuando. Duas coisas: uma calça de couro e uma camisa branca de pirata com babados. Elas aterrissaram aos pés de Simon.

— Pegue suas roupas e vá embora! — gritou Isabelle.

Acima dela, outra janela se abriu, e Alec se inclinou.

— O que está acontecendo? — O olhar dele pousou em Clary e nos outros; ele contraiu as sobrancelhas, confuso. — O que é isso? Vão cantar canções de Natal mais cedo este ano?

— Eu não canto canções de Natal — disse Simon. — Sou judeu. Sei apenas a canção do Chanuká.

— Ele está bem? — perguntou Aline a Clary, parecendo preocupada. — Vampiros enlouquecem?

— Ele não está louco — explicou Helen. — Está bêbado. Deve ter consumido o sangue de alguém que tinha ingerido bebida alcoólica. Isso pode deixar os vampiros doidões por... osmose.

— Odeio Raphael — resmungou Clary.

— Isabelle! — gritou Simon. — Pare de jogar roupas em mim! Só porque você é uma Caçadora de Sombras e eu, um vampiro, não quer dizer que a gente não possa dar certo. Nosso amor é proibido como o amor de um tubarão e de uma... de uma caçadora de tubarões. Mas é isso que o torna especial.

— Hã? — interrompeu Isabelle. — Quem de nós é o tubarão, Simon? *Quem de nós é o tubarão?*

A porta da frente foi aberta com força. Era Robert Lightwood, e ele não parecia satisfeito. Desceu pelo caminho da entrada da casa, chutou o portão para abri-lo e foi até Simon.

— O que está acontecendo aqui? — perguntou. Seus olhos se dirigiram a Clary. — Por que vocês estão gritando do lado de fora da minha casa?

— Ele não está se sentindo bem — respondeu Clary, segurando o pulso de Simon. — Estamos indo embora.

— Não — disse Simon. — Não. Eu... eu preciso falar com ele. Com o Inquisidor.

Robert enfiou a mão no casaco e retirou um crucifixo. Clary ficou observando enquanto ele o erguia entre ele e Simon.

— Eu falo com o representante do Conselho das Crianças Noturnas ou com o líder do clã de Nova York — emendou Robert. — Não com um vampiro qualquer que bate à minha porta, mesmo que seja amigo dos meus filhos. E você nem deveria estar aqui em Alicante sem permissão...

Simon esticou a mão e arrancou a cruz da mão de Robert.

— Religião errada — falou.

Helen assobiou baixinho.

— E eu fui enviado como representante das Crianças Noturnas ao Conselho. Raphael Santiago me trouxe até aqui para falar com o senhor...

— Simon! — Isabelle correu para fora da casa, colocando-se rapidamente entre Simon e o pai. — O que você está fazendo?

Ela olhou com expressão severa para Clary, que tinha agarrado o pulso de Simon novamente.

— Nós *realmente* temos que ir — resmungou Clary.

O olhar de Robert foi de Simon para Isabelle. Sua expressão mudou.

— Há alguma coisa entre vocês dois? Toda aquela gritaria foi por isso?

Clary olhou para Isabelle, surpresa. Ela pensou em Simon, confortando Isabelle quando Max morreu. No quanto Simon e Izzy tinham se aproximado nos últimos meses. E o pai dela não fazia ideia.

— Ele é um amigo. É amigo de todos nós — disse Isabelle, cruzando os braços. Clary não sabia se a outra estava mais irritada com o pai ou com Simon. — E ponho minha mão no fogo por ele se isso significar que ele pode ficar em Alicante. — Ela olhou com expressão severa para Simon. — Mas agora ele vai voltar para a casa de Clary. Não vai, Simon?

— Minha cabeça está girando — falou Simon, com tristeza. — Girando tanto.

Robert baixou o braço.

— O quê?

— Ele bebeu sangue com alguma droga — falou Clary. — Não é culpa dele.

Robert voltou os olhos azuis para Simon.

— Amanhã conversarei com você na reunião do Conselho, *se* você estiver sóbrio — disse ele. — Se Raphael Santiago quer que você me conte alguma coisa, pode fazê-lo diante da Clave.

— Eu não... — começou Simon.

Mas Clary o interrompeu, apressada:

— Ótimo. Vou levá-lo comigo à reunião do Conselho amanhã. Simon, temos que voltar antes de escurecer, você sabe disso.

Simon parecia ligeiramente confuso.

— Temos?

— Amanhã, no Conselho — disse Robert rapidamente, deu meia-volta e caminhou em direção à casa. Isabelle hesitou um momento; ela vestia uma camiseta larga escura e jeans, os pés pálidos descalços na calçada estreita de pedras. E tremia.

— Onde ele conseguiu o sangue batizado? — perguntou ela, apontando para Simon.

— Raphael — explicou Clary.

Isabelle revirou os olhos.

— Vai estar bem amanhã — disse. — Faça com que ele durma. — Ela acenou para Helen e Aline, que estavam inclinadas perto do portão com curiosidade evidente. — Vejo vocês na reunião — emendou.

— Isabelle... — começou Simon, balançando os braços furiosamente; porém, antes que ele pudesse causar mais danos, Clary agarrou as costas de sua jaqueta e o puxou para a rua.

Como Simon percorrera vários becos e insistira em tentar invadir uma loja de doces fechada, já estava escuro quando ele e Clary chegaram à casa de Amatis. Clary olhou ao redor, buscando o guardião que Jocelyn dissera que seria colocado a postos, mas não viu ninguém. Ou ele estava excepcionalmente bem escondido ou, mais provavelmente, já havia partido para informar aos pais de Clary sobre o atraso dela.

Melancólica, Clary subiu os degraus da casa, destrancou a porta e empurrou Simon para dentro. Ele tinha parado de protestar e começado a bocejar em algum lugar perto da Praça da Cisterna, e agora suas pálpebras estavam baixando.

— Odeio Raphael — disse ele.

— Eu estava pensando a mesma coisa — retrucou ela, girando-o. — Ande. Vamos botar você para dormir.

Ela o arrastou até o sofá, onde ele desabou, afundando nas almofadas. A luz fraca da lua era filtrada pelas cortinas de renda que cobriam as amplas janelas principais. Os olhos de Simon estavam da cor de quartzo fumê enquanto ele se esforçava para abri-los.

— Você devia dormir — aconselhou Clary para ele. — Minha mãe e Luke provavelmente voltarão a qualquer minuto. — Ela deu meia-volta para sair.

— Clary — chamou ele, puxando a manga da roupa dela. — Tome cuidado.

Ela se desvencilhou com delicadeza e subiu as escadas, pegando a pedra de luz enfeitiçada para clarear o caminho. As janelas ao longo do corredor superior estavam abertas, e uma brisa fria soprava, com cheiro de pedras urbanas e água do canal, afastando o cabelo dela do rosto. Clary chegou à porta de seu quarto, abriu-a e... congelou.

A luz enfeitiçada pulsava em sua mão, lançando feixes brilhantes através do cômodo. Havia uma pessoa sentada na cama. Uma pessoa alta, com cabelo louro esbranquiçado, uma espada no colo e uma pulseira prateada que faiscava como fogo sob a luz enfeitiçada.

Se não puder dobrar os céus, moverei o inferno.

— Olá, minha irmã — disse Sebastian.

10

Estes Prazeres Violentos

A própria respiração ofegante soava alto nos ouvidos de Clary.

Ela pensou na primeira vez em que Luke a levara para nadar, no lago da fazenda, e de como afundara tão profundamente na água azul-esverdeada que o mundo lá fora desaparecera, restando apenas o som dos próprios batimentos cardíacos, ecoando distorcidos. Ela se perguntara se tinha deixado o mundo para trás, se ficaria perdida para sempre, até Luke puxá-la de volta para a luz do sol, cuspindo e desorientada.

Era assim que ela se sentia agora, como se tivesse caído em outro mundo, distorcido, sufocante e irreal. O quarto era o mesmo, a mesma mobília gasta e as paredes de madeira; o mesmo tapete colorido, obscurecido e esbranquiçado por causa da luz da lua, mas agora Sebastian surgira no meio disso como uma planta venenosa exótica, crescendo num canteiro de ervas conhecidas.

Clary deu meia-volta para correr e sair pela porta aberta no que pareceu um movimento em câmera lenta — somente para a porta se fechar em sua cara com um estrondo. Uma força invisível a agarrou, a girou e a fez bater na parede do quarto, a cabeça atingindo a madeira. Ela piscou para afastar as lágrimas de dor e tentou mover as pernas, sem conseguir. Estava pregada à parede, paralisada da cintura para baixo.

— Minhas desculpas pelo feitiço de contenção — falou Sebastian, com um tom leve, zombeteiro na voz. Ele se reclinou nos travesseiros e esticou os braços até tocar a cabeceira da cama, num arco semelhante ao que os gatos fazem. A camiseta subira, deixando a barriga lisa e pálida à vista, toda traçada com contornos de símbolos. Havia alguma coisa de sedutora naquela posição, algo que deixava Clary nauseada. — Levei algum tempo para criar tudo, mas você sabe como é. Não dá para correr riscos.

— Sebastian. — Para surpresa de Clary, a voz saiu firme. Ela estava muito consciente de cada centímetro da própria pele. Sentia-se exposta e vulnerável, como se estivesse sem uniforme ou proteção diante de vidro estilhaçado voando. — Por que você está aqui?

O rosto anguloso estava pensativo, examinando. Uma serpente dormindo ao sol, acabando de acordar, ainda apresentando pouco perigo.

— Porque senti sua falta, irmãzinha. Você sentiu saudade de mim?

Ela pensou em gritar, mas Sebastian enfiaria uma adaga no pescoço dela antes mesmo que conseguisse emitir algum som. Ela tentava acalmar o coração acelerado: tinha sobrevivido em outra ocasião. Seria capaz de fazê-lo de novo.

— Da última vez que te vi, você apontava uma besta para minhas costas — disse ela. — Então a resposta é não.

Ele fez um desenho preguiçoso no ar usando os dedos.

— Mentirosa.

— Você também — respondeu ela. — Você não veio porque sente minha falta; veio porque quer alguma coisa. O que é?

Subitamente, ele ficou de pé — gracioso, rápido demais para ela captar o movimento. O cabelo louro platinado caía sobre os olhos. Ela se lembrou de ter estado de pé na beira do rio Sena com ele, observando a luz iluminar o cabelo dele, tão fino e louro quanto o caule felpudo de um dente-de-leão. Ela ficara se perguntando se Valentim era igual quando jovem.

— Talvez eu queira negociar um cessar-fogo — disse ele.

— A Clave não vai querer negociar um cessar-fogo com você.

— Sério? Depois da noite passada? — Ele deu um passo à frente, na direção dela. A constatação de que ela não podia correr a invadiu por dentro; Clary engoliu um grito. — Estamos em dois lados diferentes. Temos exércitos que se opõem. Não é isso que se faz? Propor uma trégua? Isso ou lutar até um dos lados perder gente suficiente para desistir? Mas, nesse caso, talvez eu não esteja interessado num cessar-fogo com *eles*. Talvez só esteja interessado num cessar-fogo com você.

— Por quê? Você não sabe perdoar. Conheço você. O que eu fiz... você não perdoaria.

Ele se moveu mais uma vez, num lampejo, e de repente estava encostando-se nela, os dedos ao redor do pulso esquerdo, imobilizando-o acima da cabeça.

— Qual parte? Destruir minha casa... a casa do meu pai? Me trair e mentir para mim? Romper minha ligação com Jace? — Ela podia ver um lampejo de raiva nos olhos do irmão, sentir-lhe o coração batendo com força.

Tudo que Clary queria era chutá-lo, mas as pernas dela não se moviam. A voz tremia.

— Qualquer parte.

Ele estava tão perto que ela sentiu quando o corpo dele relaxou. Ele era rijo, esguio e muito magro, os ossinhos proeminentes do corpo encostados nela. — Acho que você pode ter feito um favor para mim. Talvez até fosse essa sua intenção. — Clary enxergava o próprio reflexo nos olhos estranhos dele, as íris tão escuras que quase se confundiam com as pupilas. — Eu estava dependente demais do legado e da proteção de nosso pai. De Jace. Eu precisava me sustentar por contra própria. Algumas vezes é necessário perder tudo para se ganhar de novo, e a reconquista é mais doce sobre a dor da perda. Sozinho, reuni os Crepusculares. Sozinho, criei alianças. Sozinho, tomei os Institutos de Buenos Aires, Bangcoc, Los Angeles...

— Sozinho, você matou pessoas e destruiu famílias — emendou ela. — Havia um guardião parado na frente desta casa. Ele estava ali para me proteger. O que fez com ele?

— Fiz com que se lembrasse de desempenhar melhor sua função — disse Sebastian. — Proteger minha irmã. — Ele ergueu a mão que não estava prendendo o pulso dela à parede e tocou um cacho do cabelo ruivo, esfregando as mechas entre os dedos. — Vermelho — falou, a voz meio sonolenta — como o pôr do sol, o sangue e o fogo. Como a ponta principal de uma estrela cadente, ardendo ao tocar a atmosfera. Nós somos *Morgenstern* — acrescentou ele, com uma dor obscura na voz. — As estrelas brilhantes da manhã. Os filhos de Lúcifer, o mais belo de todos os anjos de Deus. Nós somos tão mais adoráveis quando decaímos. — Ele fez uma pausa. — Olhe para mim, Clary. Olhe para mim.

Ela olhou para ele, relutante. Os olhos pretos se concentravam nela com uma avidez evidente; contrastavam com o cabelo branco como sal, a pele pálida, o leve rosado ao longo das maçãs do rosto. A artista em Clary sabia que ele era bonito, do mesmo modo como panteras eram bonitas, ou garrafas de veneno reluzentes, ou os esqueletos polidos. Luke dissera a Clary certa vez que seu talento era ver a beleza e o horror nas coisas banais. Embora Sebastian estivesse longe de ser banal, ela enxergava ambas as características nele.

— Lúcifer Estrela da Manhã era o anjo mais belo do Céu. A criação mais orgulhosa de Deus. E então chegou o dia em que Lúcifer se recusou a se curvar diante da humanidade. Dos seres humanos. Porque ele sabia que eram inferiores. E por isso foi lançado na cova com os anjos que ficaram ao seu lado: Belial, Azazel, Asmodeus e Leviatã. E Lilith, minha mãe.

— Ela não é sua mãe.

— Você tem razão. Ela é mais que minha mãe. Se ela fosse minha mãe, eu seria um feiticeiro. Em vez disso, ela me alimentou com seu sangue, antes de eu nascer. Sou algo muito diferente de um feiticeiro; algo melhor. Pois ela já foi um anjo, Lilith.

— Aonde você quer chegar, afinal? Demônios são simplesmente anjos que tomam decisões erradas na vida?

— Demônios *Maiores* não são tão diferentes dos anjos — disse ele. — Você e eu não somos tão diferentes. Eu já disse isso.

— Eu me lembro — concordou Clary. — "Você tem um coração sombrio, filha de Valentim".

— Não tem? — insistiu ele, e acariciou os cachos dela, descendo até o ombro, depois até o peito, parando pouco acima do coração. Clary sentia sua pulsação bater forte contra as veias; queria empurrá-lo, mas obrigou seu braço direito a permanecer junto à lateral do corpo. Os dedos da mão estavam apoiados na beirada da jaqueta, e, debaixo dela, estava Heosphoros. Mesmo que ela não pudesse matá-lo, talvez conseguisse usar a espada para apagá-lo por tempo suficiente até a ajuda chegar. Talvez pudessem até prendê-lo. — Nossa mãe me traiu — disse ele. — Ela me renegou e me odiou. Eu era uma criança, e ela me odiava. Assim como nosso pai.

— Valentim criou você...

— Mas todo o amor dele era para Jace. O problemático, o rebelde, o fraco. Fiz tudo que nosso pai já me pediu, e ele me odiava por isso. E odiava você também. — Os olhos estavam brilhando, prata sobre o preto. — É irônico, não é, Clarissa? Nós somos filhos de sangue de Valentim, e ele nos odiava. Você, por tirar nossa mãe dele, e a mim por eu ser exatamente o que ele me criara para ser.

Clary recordou-se de Jace então, ensanguentado e cortado, de pé, com a espada Morgenstern na mão às margens do Lago Lyn, gritando com Valentim: Por que *você me adotou*? *Não precisava de um filho. Você* já tinha *um filho.*

E Valentim, com a voz rouca:

— Não era de um filho que eu precisava. Era de um soldado. Achei que Jonathan pudesse ser esse soldado, mas tinha muito de natureza demoníaca. Também era muito selvagem, impetuoso, não possuía sutileza. Eu temia, mesmo naquela época, quando ele mal havia abandonado a primeira infância, que jamais tivesse a paciência ou a compaixão para me seguir, para seguir meus passos no comando da Clave. Então tentei novamente com você. E tive o oposto do problema. Você era gentil demais. Empático demais. Entenda, meu filho... eu o amei por causa dessas coisas.

Ela ouviu a respiração de Sebastian, pesada no silêncio.

— Você sabe — falou ele — que o que estou dizendo é verdade.

— Mas não sei por que isso tem importância.

— Porque nós somos *iguais*! — Sebastian elevou a voz; como Clary se encolheu, isso permitiu que ela baixasse os dedos mais um milímetro, em direção ao cabo de Heosphoros. — Você é minha — emendou ele, controlando a voz com esforço óbvio. — Você sempre foi minha. Quando nasceu, era minha, *minha irmã*, embora não me conhecesse. Há laços que não podem ser desfeitos. E por isso eu te darei uma segunda chance.

— Uma chance de quê? — Ela desceu a mão mais um centímetro.

— Vou vencer isto — disse ele. — Você sabe. Você estava em Burren, na Cidadela. Viu o poder dos Crepusculares. Sabe do que o Cálice Infernal é capaz. Se você virar as costas para Alicante e vier comigo, e jurar lealdade, eu te darei o que jamais dei a outra pessoa. Jamais, pois guardei para você.

Clary deixou a cabeça cair para trás, contra a parede. O estômago se contorcia, os dedos mal tocavam o cabo da espada no cinturão. Os olhos de Sebastian estavam fixos nela.

— Você vai me dar o quê?

Então ele sorriu, soltando o ar como se a pergunta fosse, por alguma razão, uma espécie de alívio. Ele pareceu resplandecer com a própria convicção por um instante; olhar para ele era como observar uma cidade queimar.

— Compaixão — disse ele.

O jantar foi surpreendentemente elegante. Magnus jantara com as fadas somente umas poucas vezes antes na vida, e a decoração sempre tinha uma tendência naturalista: mesas de troncos de árvore, talheres com formatos elaborados feitos de ramos, pratos de nozes e bagos. Ele sempre terminava com a sensação de que teria aproveitado mais tudo aquilo se fosse um esquilo.

Ali em Idris, porém, na casa oferecida ao Povo das Fadas, a mesa fora posta com toalhas brancas. Luke, Jocelyn, Raphael, Meliorn e Magnus comiam em pratos de mogno polido; os decantadores eram de cristal, e os talheres — em respeito a Luke e às fadas presentes — não eram feitos de prata nem de ferro, mas de brotos delicados. Cavaleiros fadas ficaram de guarda, silenciosos e imóveis, em cada uma das saídas do cômodo. Havia lanças brancas e longas ao lado deles, desprendendo uma iluminação fraca e lançando um brilho suave pelo cômodo.

A comida também não era ruim. Magnus pegou um pedaço de um *coq au vin* bem decente e mastigou, pensativo. Não tinha muito apetite, isso era verdade. Estava tenso — um estado que ele abominava. Em alguma parte, lá fora, além dos muros e do jantar exigido, estava Alec. Não havia mais distância geográfica que os separasse. Claro, eles não tinham ficado longe um do outro em Nova York também, mas a distância que os separava não era feita de quilômetros, porém de experiências na vida de Magnus.

Era estranho, pensou ele. Magnus sempre pensava em si como alguém corajoso. Era necessário coragem para viver uma vida imortal e não fechar seu coração e mente para qualquer experiência ou pessoa nova. Porque o que era novo quase sempre era temporário. E o que era temporário partia seu coração.

— Magnus? — chamou Luke, acenando um garfo de madeira quase debaixo do nariz do feiticeiro. — Está prestando atenção?

— O quê? Claro que estou — respondeu ele, e bebeu um gole de vinho. — Concordo. Cem por cento.

— Sério? — disse Jocelyn secamente. — Você concorda que os membros do Submundo deveriam abandonar o problema de Sebastian e do exército maligno, e deixar por conta dos Caçadores de Sombras, como um problema dos Nephilim?

— Eu disse que ele não estava prestando atenção — emendou Raphael, que tinha recebido um fondue de sangue e parecia estar gostando muito dele.

— Ora, é um problema dos Caçadores de Sombras... — começou Magnus, e então suspirou, pousando o copo de vinho. O vinho estava muito forte; ele estava começando a sentir a cabeça leve. — Ah, muito bem, eu não estava prestando atenção. E não, claro que não acredito que...

— Cachorrinho de estimação dos Caçadores de Sombras — interrompeu Meliorn. Os olhos verdes estavam semicerrados. O Povo das Fadas e os feiticeiros sempre tiveram uma relação um pouco complicada. Nenhum deles gostava muito dos Caçadores de Sombras, o que oferecia um inimigo em comum, mas o Povo das Fadas menosprezava os feiticeiros pela disposição em fazer magia por dinheiro. Ao passo que os feiticeiros desprezavam o Povo das Fadas pela incapacidade de mentir, pelos costumes conservadores e pela tendência a irritar os mundanos azedando o leite e roubando suas vacas. — Há alguma razão para você querer preservar a amizade com os Caçadores de Sombras, além do fato de um deles ser seu amante?

Luke tossiu violentamente dentro da taça de vinho. Jocelyn deu tapinhas nas costas dele. Raphael simplesmente pareceu estar se divertindo.

— Meliorn, você precisa se atualizar — falou Magnus. — Ninguém mais diz “amante”.

— Além disso — emendou Luke. — Eles terminaram. — O lobisomem esfregou as costas da mão nos olhos e suspirou. — E, para falar a verdade, será que devíamos ficar fofocando agora? Não vejo de que modo as relações pessoais de alguém têm a ver com isso.

— Tudo tem a ver com relações pessoais — disse Raphael, mergulhando uma coisa de aparência desagradável no fondue. — Por que vocês, Caçadores de Sombras, têm este problema? Porque Jonathan Morgenstern jurou vingança contra vocês. Por que ele jurou vingança? Porque ele odeia o pai e a mãe. Sem querer ofender você — emendou ele, e acenou com a cabeça para Jocelyn —, mas todos nós sabemos que isso é verdade.

— Não ofendeu — disse Jocelyn, embora seu tom fosse frio. — Se não fosse por mim e por Valentim, Sebastian não existiria, em nenhum sentido da palavra. Assumo total responsabilidade por isso.

Luke soou estrondoso.

— Foi Valentim quem o transformou num monstro — continuou ele. — E, sim, Valentim foi um Caçador de Sombras. Mas não é como se o Conselho estivesse endossando e apoiando Valentim ou o filho. Eles estão ativamente em guerra contra Sebastian e querem nossa ajuda. Todas as raças, licantropes, vampiros e feiticeiros e, sim, o Povo das Fadas, têm o potencial de fazer o bem ou o mal. Parte do objetivo dos Acordos é dizer que todos nós que fazemos o bem, ou que esperamos fazer, estamos unidos contra os que fazem o mal. Independentemente das linhagens.

Magnus apontou o garfo para Luke.

— Este — disse ele — foi um belo discurso.

O feiticeiro fez uma pausa. Definitivamente estava com dificuldade para pronunciar as palavras. Como ele conseguiu ficar tão embriagado bebendo tão pouco vinho? Normalmente, era muito mais cuidadoso com isso. Magnus franziu a testa.

— Que tipo de vinho é este? — perguntou.

Meliorn se inclinou na cadeira e cruzou os braços. Seus olhos brilharam quando respondeu:

— A safra não te agrada, feiticeiro?

Jocelyn pousou o copo lentamente.

— Quando fadas respondem a perguntas com perguntas — disse. — Nunca é um bom sinal.

— Jocelyn... — Luke esticou a mão para colocá-la no pulso dela.

E errou.

Ele fitou a própria mão por um instante, confuso, antes de baixá-la lentamente sobre a mesa.

— O que — disse ele, pronunciando cada palavra com cuidado — você fez, Meliorn?

O cavaleiro fada riu. O som era um borrão musical nos ouvidos de Magnus. O feiticeiro pousou o copo de vinho, mas percebeu que o havia derrubado. O vinho escorreu pela mesa feito sangue. Ele ergueu o olhar até Raphael, mas o vampiro estava com o rosto sobre a mesa, quieto e imóvel. Magnus tentou articular o nome dele com os lábios dormentes, mas não emitiu nenhum som.

De algum modo, ele fez um esforço e conseguiu ficar de pé. A sala estava girando. Ele viu Luke afundar na cadeira; Jocelyn se pôs de pé, depois desabou no chão, e a estela rolou para longe da mão dela. Magnus se lançou para a porta, esticou a mão para abri-la...

Do outro lado, estavam os Crepusculares, vestidos com o uniforme vermelho. Os rostos não tinham expressão, os braços e pescoços estavam decorados com símbolos, mas nenhum familiar a Magnus. Tais símbolos não eram as marcas do Anjo. Eles falavam de dissonância, de domínios demoníacos e de poderes malignos e decaídos.

Magnus se preparou para se afastar deles — e suas pernas cederam. Ele caiu de joelhos. Alguma coisa branca se ergueu diante do feiticeiro. Era Meliorn, na armadura branca como a neve, curvando-se sobre um dos joelhos para fitar Magnus no rosto.

— Filho do demônio — disse —, você realmente acreditou que nós nos aliaríamos à sua espécie?

Magnus puxou o ar. O mundo estava escurecendo nas beiradas e se curvando nas laterais, como uma fotografia pegando fogo.

— O Povo das Fadas não mente — respondeu ele.

— Criança — prosseguiu Meliorn, e quase havia compaixão em sua voz —, não sabe, depois de todos esses anos, que o engodo pode se esconder à luz do dia? Ah, mas você é um ingênuo, afinal.

Magnus tentou erguer a voz para protestar que ele era tudo, menos ingênuo, mas as palavras não saíram. A escuridão, no entanto, se manifestou, e o arrastou para bem longe.

O coração de Clary ficou apertado no peito. Ela tentou mais uma vez mover os pés, mas as pernas permaneceram congeladas.

— Acha que não entendi o que você quis dizer com "compaixão"? — murmurou ela. — Você vai usar o Cálice Infernal em mim. Vai me tornar um de seus Crepusculares, como Amatis...

— Não — disse ele, com uma urgência estranha na voz. — Não vou mudar você se não quiser. Vou te perdoar, e ao Jace também. Podem ficar juntos.

— Juntos de você — falou ela, e deixou uma ponta de ironia lhe tocar a voz.

Mas ele não pareceu registrar isso.

— Juntos, comigo. Se vocês jurarem lealdade, se prometerem isso em nome do Anjo, acreditarei. Embora todo o restante mude, preservarei vocês apenas.

Ela desceu a mão mais um centímetro e agora segurava o cabo de Heosphoros. Só precisava apertar o punho...

— E se eu não fizer isso?

A expressão dele endureceu.

— Se você me rejeitar agora, vou Transformar todos a quem você ama em Crepusculares, e então Transformarei você por último, para que seja obrigada a observá-los mudando enquanto ainda for capaz de sentir a dor.

Clary engoliu para umedecer a garganta seca.

— Essa é sua compaixão?

— Compaixão é uma condição de nosso acordo.

— Não vou concordar.

Ele baixou os cílios, dispersando a luz; o sorriso era uma promessa de coisas terríveis.

— Qual é a diferença, Clarissa? Você combaterá por mim, de qualquer forma. Ou você mantém sua liberdade e fica comigo, ou a perde e fica comigo. Por que não ficar comigo?

— O anjo — disse ela. — Qual era o nome dele?

Confuso, Sebastian hesitou por um momento antes de responder.

— O anjo?

— Aquele de quem você cortou as asas e enviou para o Instituto — falou ela. — Que você matou.

— Não compreendo — emendou ele. — Que diferença faz?

— Não — respondeu ela, devagar. — Você não compreende. As coisas que fez são terríveis demais para serem esquecidas, e você nem mesmo sabe que são terríveis. E é por isso que não. É por isso que *nunca*. Nunca vou te perdoar. Nunca vou te amar. *Nunca*.

Ela viu cada palavra atingi-lo como um tapa. Enquanto Sebastian respirava fundo para responder, ela girou a espada de Heosphoros e apontou para o coração dele.

Mas ele foi mais veloz, e o fato de as pernas dela estarem presas por mágica diminuía seu alcance. Sebastian girou; ela esticou a mão, tentando puxá-lo para si, mas ele afastou o braço com facilidade. Ela ouviu um chacoalhar e percebeu remotamente que havia arrebentado a pulseira prateada. Ela tiniu no piso. Clary deu outro golpe com a espada; ele se lançou para trás, e Heosphoros fez um corte nítido na parte da frente da camisa. Ela o notou contraindo os lábios, de dor e de raiva. Sebastian a agarrou pelo braço e girou a mão dela, batendo-a contra a porta e fazendo com que uma onda de dormência subisse até o ombro de Clary. Os dedos ficaram moles, e Heosphoros caiu da mão dela.

Sebastian baixou os olhos para a espada caída e depois voltou a olhar para ela, respirando de maneira ofegante. O sangue brotou no tecido onde ela havia cortado a camisa; a ferida não foi o suficiente para deixá-lo menos ágil. A decepção invadiu Clary, mais dolorosa que a dor no pulso. Sebastian imprensou a irmã contra a porta; ela sentia a tensão em cada contorno dele. A voz era cortante.

— Aquela espada é Heosphoros, a que traz o alvorecer. Onde a encontrou?

— Numa loja de armas — arfou ela. A sensação estava voltando ao ombro; a dor era intensa. — A proprietária do local a deu para mim. Disse que ninguém mais... ia querer uma espada Morgenstern. Nosso sangue está *contaminado.*

— Mas é *nosso sangue.* — Ele se aferrou às palavras. — E você pegou a espada. Você a quis. — Ela podia sentir o calor emanando dele; parecia brilhar ao redor, como a chama de uma estrela se apagando. Ele inclinou a cabeça até seus lábios tocarem o pescoço dela, falou contra a pele, e as palavras tinham o mesmo ritmo da pulsação dela. Clary fechou os olhos com um tremor enquanto as mãos dele percorriam seu corpo. — Você mente quando me diz que nunca vai me amar — disse ele. — Que nós somos diferentes. Você mente, assim como eu...

— Pare — ordenou ela. — Tire suas mãos de mim.

— Mas você é minha — insistiu Sebastian. — Eu quero você para... eu preciso de você para... — Ele puxou o ar, ofegante; as pupilas tinham se dilatado; alguma coisa naquilo a apavorava mais que qualquer coisa que ele já tivesse feito. Ver Sebastian no controle era assustador; e Sebastian fora de controle era algo terrível demais para se contemplar.

— Deixe-a ir — disse uma voz firme e clara do outro lado do cômodo. — E tire as mãos dela ou eu vou te transformar em cinzas.

Jace.

Clary o viu acima do ombro de Sebastian; surgiu de repente, onde há um minuto não havia ninguém. Jace estava diante da janela, as cortinas soprando atrás dele com a brisa do canal, e seus olhos eram tão firmes quanto pedras de ágata. Ele vestia o uniforme, a lâmina na mão, ainda com vestígios dos hematomas no queixo e no pescoço, e sua expressão enquanto ele fitava Sebastian era de absoluto repúdio.

Clary sentiu todo o corpo de Sebastian enrijecer contra o dela; um momento depois, ele girou e se afastou, chutou Heosphoros, e a mão voou para o próprio cinto. Seu sorriso era como um corte de navalha, mas os olhos estavam cautelosos.

— Vá em frente e tente — disse ele. — Na Cidadela, você teve sorte. Eu não esperava que você fosse queimar daquele jeito quando te cortei. Foi meu erro. Não vou cometê-lo duas vezes.

Os olhos de Jace moveram-se rapidamente para Clary, com uma pergunta neles; ela meneou a cabeça para indicar que estava bem.

— Então admita — falou Jace, dando a volta e se aproximando mais deles. A pisada das botas era suave no piso de madeira. — O fogo celestial surpreendeu você. Tirou você do jogo. Foi por isso que fugiu. Você perdeu a batalha na Cidadela, e não gosta de perder.

O sorriso cortante de Sebastian ficou um pouco mais reluzente, um pouco rígido.

— Eu não consegui o que fui buscar. Mas aprendi algumas coisas.

— Você não rompeu os muros da Cidadela — continuou Jace. — Não entrou no arsenal. Não Transformou as Irmãs.

— Eu não fui à Cidadela atrás de armas e armaduras — zombou Sebastian. — Posso conseguir isso com facilidade. Fui atrás de vocês. De vocês dois.

Clary olhou de soslaio para Jace, que estava parado, sem expressão e imóvel, o rosto rijo como pedra.

— Não tinha como saber que estávamos lá — disse. — Está mentindo.

— Não estou. — Ele praticamente irradiava como uma tocha ardente. — Eu consigo te ver, irmãzinha. Consigo ver tudo que acontece em Alicante. Dia e noite, na escuridão ou na claridade, *eu consigo te ver.*

— Pare com isso — ordenou Jace. — Não é verdade.

— Sério? — disse Sebastian. — Como eu sabia que Clary estaria *aqui*? Sozinha, hoje à noite?

Jace avançou na direção deles, como um gato na caçada.

— Por que você não soube que eu estaria aqui também?

Sebastian fez uma careta.

— Difícil observar duas pessoas ao mesmo tempo. Tantos ferros no fogo...

— E, se você queria Clary, por que não a pegar simplesmente? — questionou Jace. — Por que passar todo esse tempo conversando? — A voz dele pingava desprezo. — Você quer que ela *queira* ir com você — disse ele. — Ninguém na sua vida fez outra coisa senão te desprezar. Sua mãe. Seu pai. E agora sua irmã. Clary não nasceu com ódio no coração. Você fez com que ela te odiasse. Mas não era o que você queria. Você se esqueceu de que nós estávamos ligados, eu e você. Esqueceu que eu tinha visto seus sonhos. Em alguma parte dentro dessa sua cabecinha existe um mundo em chamas, e lá está você o observando de uma sala do trono, e nessa sala há dois tronos. Então quem ocupa o segundo trono? Quem senta a seu lado nos seus sonhos?

Sebastian deu um riso ofegante; havia marcas vermelhas nas bochechas dele, como se estivesse febril.

— Você está cometendo um erro ao falar comigo assim, garoto anjo — alertou ele.

— Mesmo em seus sonhos, você não é um solitário — disse Jace, e agora a voz dele era a voz pela qual Clary havia se apaixonado, a voz do garoto que lhe contara a história sobre uma criança e um falcão, e as lições que ele aprendera. — Mas quem você poderia encontrar, capaz de compreendê-lo? Você não entende o amor; seu pai te ensinou muito bem. Mas você entende o sangue. Clary tem seu sangue. Se pudesse tê-la a seu lado, vendo o mundo queimar, seria toda a aprovação da qual você precisaria.

— Eu nunca desejei aprovação — disse Sebastian, através dos dentes trincados. — Nem a sua, nem a dela, nem a de ninguém.

— Sério? — Jace sorriu quando Sebastian ergueu a voz. — Então por que você nos deu tantas segundas chances? — Ele tinha desistido de avançar e estava parado diante deles, os olhos dourados-claros brilhando sob a pouca luz. — Você mesmo disse isso. Você me apunhalou. Foi direto no meu ombro. Poderia ter ido no coração. Você estava se contendo. Por quê? Por mim? Ou porque em alguma minúscula parte da sua mente você sabe que Clary nunca te perdoaria se pusesse fim à minha vida?

— Clary, você deseja se manisfestar nesta questão? — perguntou Sebastian, embora ele nunca tirasse os olhos da lâmina nas mãos de Jace. — Ou quer que ele dê as respostas por você?

Jace desviou os olhos para Clary, e Sebastian também. Ela sentiu o peso dos olhares por um instante, preto e dourado.

— Nunca vou querer ir com você, Sebastian — disse ela. — Jace tem razão. Se a escolha fosse passar a vida com você ou morrer, eu preferiria morrer.

Os olhos de Sebastian escureceram.

— Você vai mudar de ideia — afirmou ele. — Vai subir ao trono ao meu lado espontaneamente, quando o fim chegar ao fim. Eu te dei a chance de vir de boa vontade. Paguei com sangue e aborrecimentos para ter você comigo por opção própria. Mas vou te levar contra sua vontade, da mesma forma.

— Não! — gritou Clary, bem quando uma pancada alta soou no andar de baixo. Subitamente, a casa ficou cheia de vozes.

— Ora, ora — começou Jace, a voz cheia de sarcasmo. — Acho que enviei uma mensagem de fogo à Clave quando vi o corpo do guardião que você matou e arrastou até debaixo daquela ponte. Você foi tolo por não o descartar com mais cuidado, Sebastian.

A expressão de Sebastian ficou rígida por tão pouco tempo que Clary imaginou que a maior parte das pessoas jamais teria notado. Ele esticou a mão para ela, os lábios articulando palavras — um feitiço para libertá-la de qualquer que fosse a magia que a estivesse prendendo à parede. Ela fazia força, tentava se impelir contra ele, e então Jace pulou sobre os dois, a lâmina mergulhando...

Sebastian se desvencilhou, mas não conseguiu impedir a espada de acertá-lo: um fio de sangue escorria pelo braço. Ele gritou, cambaleou e parou. Sorriu quando Jace o encarou, o rosto pálido.

— O fogo celestial — disse Sebastian. — Você ainda não consegue controlá-lo. Algumas vezes funciona, outras vezes, não, hein, irmãozinho?

Os olhos de Jace ardiam, dourados.

— Veremos — falou ele, atacando Sebastian, a espada cortando a escuridão com luz.

Mas Sebastian era rápido demais para aquilo representar alguma diferença. Ele caminhou e arrancou a espada da mão de Jace. Clary se debatia, mas a magia de Sebastian a mantinha presa no lugar; antes que Jace pudesse se mover, Sebastian girou a espada e a enfiou no próprio peito.

A ponta afundou, rasgando a camisa, depois a pele. Ele sangrou em vermelho, sangue humano, escuro como rubis. Era evidente que sentia dor: os dentes expostos num riso de escárnio, a respiração ficando irregular, mas a espada continuou a avançar, a mão firme. As costas da camisa incharam e se rasgaram quando a ponta da espada irrompeu através dela, em uma bolha de sangue.

O tempo pareceu esticar-se como um elástico. O cabo chegou ao peito de Sebastian, a lâmina se projetava das costas, pingando em escarlate. Jace ficou parado, chocado e imóvel, enquanto Sebastian esticava as mãos ensanguentadas para ele e o puxava para si. Acima do som de passos subindo os degraus, Sebastian falou:

— Posso sentir o fogo do Céu em suas veias, garoto anjo, ardendo sob a pele — disse. — A força pura da destruição da bondade suprema. Ainda posso ouvir seus gritos quando Clary enterrou a espada em você. Queimou sem parar? — A voz sem fôlego era obscura, com intensidade venenosa. —

Você acha que tem uma arma que pode usar contra mim agora, não é? E talvez em cinquenta anos ou cem, pudesse aprender a dominar o fogo, mas tempo é precisamente o que você não tem. O fogo se alastra, sem controle, dentro de você, com muito mais chance de te destruir do que de me destruir um dia.

Sebastian ergueu uma das mãos e agarrou a nuca de Jace, puxando-o para mais perto, tão perto que suas testas quase se tocavam.

— Clary e eu somos iguais — disse ele. — E você... você é meu espelho. Um dia ela me escolherá em vez de você, eu juro. E você estará lá para ver. — Com um gesto repentino, ele beijou Jace na bochecha, com firmeza e rapidez; quando se afastou, havia uma mancha de sangue ali. — *Ave*, Mestre Herondale — falou Sebastian, e girou o anel de prata no dedo; viu-se um brilho, e ele desapareceu.

Jace encarou silenciosamente o local onde Sebastian tinha estado, depois caminhou até Clary, e as pernas da menina desabaram, subitamente livres em função do desaparecimento de Sebastian. Ela caiu de joelhos e se abaixou no mesmo instante, tateando para pegar a lâmina de Heosphoros. A mão se fechou em volta da arma, a qual ela puxou para si, curvando o corpo em volta dela como se fosse uma criança necessitando de proteção.

— Clary... Clary... — Jace estava ali, os joelhos afundando no chão ao lado dela, e seus braços a envolviam; ela se aninhou entre eles, encostando a testa no ombro do garoto. E sentiu que a camisa dele, e agora a pele dela, estavam úmidas com o sangue de seu irmão. Então a porta abriu com violência, e os guardiões da Clave irromperam no quarto.

— E lá vamos nós — falou Leila Haryana, uma das integrantes mais recentes do bando de lobos, ao entregar uma pilha de roupas a Maia.

Maia pegou-as com gratidão.

— Obrigada... você não faz ideia do que significa ter roupas limpas para usar — disse ela, e olhou a pilha: uma camiseta regata, jeans, um casaco de lã. Ela e Leila tinham mais ou menos o mesmo tamanho, e, mesmo que as roupas não coubessem tão bem, era melhor que voltar ao apartamento de Jordan. Fazia um tempo desde que Maia passara a morar na sede do bando, e todas as coisas dela estavam no apartamento de Jordan e de Simon, mas era horrível pensar no apartamento sem os meninos dentro dele. Pelo menos ali ela estava cercada por outros lobisomens, cercada pelo constante murmúrio de vozes, pelo cheiro do delivery de comida chinesa e de comida da Malásia, pelo barulho de pessoas preparando a comida na cozinha. E Morcego estava lá... nunca invadindo o espaço dela, mas sempre por perto caso ela precisasse de alguém com quem conversar, ou apenas com quem ficar sentada em silêncio, observando o tráfego na Baxter Street.

Sem dúvida, também havia pontos negativos. Rufus Hastings, imenso, cheio de cicatrizes e assustador nas roupas pretas de motoqueiro, parecia estar em toda parte, a voz rouca audível na cozinha, enquanto resmungava ao longo do almoço sobre o fato de Luke Garroway não ser um líder confiável, que ele ia se casar com uma ex-Caçadora de Sombras, que sua lealdade estava em dúvida, e que eles precisavam de alguém de quem pudessem depender para priorizar os lobisomens.

— Sem problema. — Leila remexia no grampo dourado no cabelo escuro, parecendo sem graça. — Maia, só um conselho — emendou ela —, talvez você pudesse diminuir o tom dessa sua lealdade-a-Luke.

Maia congelou.

— Pensei que todos fossem leais a Luke — disse ela, em tom cuidadoso. — E a Morcego.

— Se Luke estivesse aqui, talvez — falou Leila. — Mas mal tivemos notícias desde que ele foi embora para Idris. A Praetor não é um bando, mas Sebastian nos desafiou. Quer que a gente escolha entre os Caçadores de Sombras e ir à guerra por eles, e...

— Sempre haverá guerra — disse Maia, com um tom de voz baixo e furioso. — Minha lealdade não é cega. Eu *conheço* os Caçadores de Sombras. E conheci Sebastian também. Ele nos odeia. Tentar acalmá-lo não vai funcionar...

Leila ergueu as mãos.

— Tudo bem, tudo bem. Como eu disse, era apenas um conselho. Espero que as roupas sirvam — emendou, e caminhou para o corredor.

Maia se remexeu dentro do jeans — apertado, como ela imaginara — e da camiseta, e vestiu o casaco de Leila. Pegou a carteira em cima da mesa, calçou as botas e caminhou pelo corredor até bater na porta de Morcego.

Ele a abriu, sem camisa, e ela não esperava por isso. Além da cicatriz na bochecha direita, ele tinha uma cicatriz no braço direito, onde a bala — que não era de prata — havia acertado. A cicatriz parecia uma cratera lunar, branca contra a pele marrom. Ele ergueu uma das sobrancelhas.

— Maia?

— Sabe, vou dar uma bronca em Rufus — disse ela. — Ele está enchendo a cabeça das pessoas com lixo, e estou cansada disso.

— Opa. — Morcego ergueu uma das mãos. — Não acho que seja uma boa ideia...

— Ele não vai parar até que alguém lhe diga para fazê-lo — alertou ela. — Eu me lembro de ter esbarrado nele na Praetor, com Jordan. Praetor Scott disse que Rufus tinha quebrado a perna de outro lobisomem sem motivo. Algumas pessoas veem um vácuo de poder e querem preenchê-lo. E não se importam se ferem alguém no processo.

Maia deu meia-volta e desceu; ela ouviu os sons abafados dos xingamentos de Morcego atrás de si. Um segundo depois, ele se juntou a ela na escada, vestindo uma camiseta apressadamente.

— Maia, eu realmente não...

— Lá vem você — falou ela. Maia tinha chegado ao saguão, onde Rufus estava apoiado no que antes fora uma escrivaninha pesada. Um grupo de cerca de dez lobisomens, incluindo Leila, estava ao redor dele.

— ... temos que mostrar a eles que somos mais fortes. — Ele estava falando. — E que nossa lealdade é para nós mesmos. A força do bando é o lobo, e a força do lobo é o bando. — A voz dele era tão rouca quanto ela se lembrava, como se alguma coisa tivesse ferido sua garganta há muito tempo. As cicatrizes profundas na face eram lívidas contra a pele pálida. Ele sorriu ao ver Maia. — Olá. Creio que já nos encontramos antes. Lamentei pelo que aconteceu ao seu namorado — emendou.

Duvido.

— Força é lealdade e união, não divisão das pessoas com mentiras — disse Maia.

— Acabamos de nos reunir, e você já está me chamando de mentiroso? — indagou Rufus. O tom dele ainda era casual, mas havia um lampejo de tensão, como um gato pronto para atacar.

— Se você está dizendo às pessoas que elas deveriam ficar fora da guerra dos Caçadores de Sombras, então você é um mentiroso. Sebastian não vai parar depois de exterminar os Nephilim. Se ele os destruir, virá atrás de nós em seguida.

— Ele não se importa com os seres do Submundo.

— Ele acabou de destruir a Praetor Lupus! — gritou Maia. — Ele se importa em destruir. E *vai* matar a todos nós.

— Não vai se não nos unirmos aos Caçadores de Sombras!

— É mentira — disse Maia. Ela viu Morcego passar uma das mãos sobre os olhos, e depois alguma coisa bateu com força no ombro dela, fazendo com que cambaleasse para trás. Ela foi pega de surpresa, o suficiente para tropeçar e depois se equilibrar na beirada da escrivaninha.

— Rufus! — rosnou Morcego, e Maia percebeu que fora Rufus quem a atingira no ombro. Ela endureceu o queixo, sem querer dar a ele a satisfação de ver a dor em seu rosto.

Rufus ficou parado em meio ao grupo imóvel de lobisomens, dando um sorrisinho malicioso. Murmúrios percorreram o grupo quando Morcego deu um passo à frente. Rufus era enorme, assomava-se até mesmo a Morcego, e seus ombros eram tão largos e rombudos quanto uma tora.

— Rufus — disse Morcego. — Na ausência de Garroway, sou o líder aqui. Você é um convidado entre nós, mas não faz parte do nosso bando. É hora de ir embora.

Rufus semicerrou os olhos para Morcego.

— Você está me expulsando? Sabendo que não tenho para onde ir?

— Tenho certeza de que encontrará um lugar — disse Morcego, e começou a dar as costas para ele.

— Eu te desafio — falou Rufus. — Morcego Velasquez, eu te desafio pela liderança do bando de Nova York.

— Não! — gritou Maia, horrorizada, mas Morcego já estava aprumando os ombros. Os olhos dele se fixaram nos de Rufus; a tensão entre os dois lobisomens era tão palpável quanto uma cerca eletrificada.

— Aceito seu desafio — disse Morcego. — Amanhã à noite, em Prospect Park. Encontro você lá.

Ele deu meia-volta e saiu da delegacia. Depois de um instante imóvel, Maia correu atrás dele.

O ar frio a atingiu no minuto em que ela chegou aos degraus da frente da casa. O vento gelado rodopiava por Baker Street, atravessando o casaco. Ela desceu os degraus fazendo barulho, o ombro doendo. Morcego praticamente tinha chegado à esquina da rua na hora que ela conseguiu alcançá-lo, lhe agarrando o braço e girando-o para que ele a encarasse.

Ela estava consciente de que outras pessoas na rua olhavam para eles, e desejou, por um instante, ter os símbolos de invisibilidade. Morcego a fitou. Havia uma ruga de raiva entre seus olhos, e a cicatriz se ressaltava, nítida na bochecha.

— Você está louco? — perguntou ela. — Como pôde aceitar o desafio de Rufus? Ele é *imenso.*

— Você conhece as regras, Maia — disse Morcego. — Um desafio deve ser aceito.

— Somente se você for desafiado por alguém do próprio bando! Você poderia ter se recusado.

— E perdido todo o respeito do bando — respondeu. — Eles nunca mais seguiriam minhas ordens.

— Ele vai te matar — afirmou Maia, e se perguntou se ele conseguia ouvir o que ela estava dizendo nas entrelinhas: que ela havia acabado de ver Jordan morrer, e não se achava capaz de suportar isso de novo.

— Talvez não. — Ele retirou do bolso uma coisa que tinia e tilintava, e a comprimiu na mão. Depois de um momento, Maia percebeu do que se tratava: eram as chaves de Jordan. — A van está estacionada bem na esquina — disse Morcego. — Pegue e vá embora. Fique longe da delegacia até isso se resolver. Não confio em Rufus perto de você.

— Venha comigo — implorou Maia. — Você nunca deu importância para essa coisa de ser líder do bando. Nós poderíamos simplesmente ir embora até Luke voltar e resolver isso...

— Maia. — Morcego pôs a mão no pulso dela, e os dedos se curvaram delicadamente em sua palma. — Esperar Luke voltar é exatamente o que Rufus quer que a gente faça. Se formos embora, basicamente estaremos abandonando o bando com ele. E você sabe o que ele vai decidir fazer. Vai deixar Sebastian matar os Caçadores de Sombras sem mexer um dedo, e, na hora que Sebastian resolver voltar e nos pegar como as últimas peças num tabuleiro de xadrez, será tarde demais para todos.

Ela baixou os olhos para os dedos dele, delicados em sua pele.

— Sabe — disse ele —, eu me lembro de quando você me disse que precisava de mais espaço. Que você não conseguia ter um relacionamento de verdade. Eu acreditei e te dei espaço. Eu até comecei a sair com aquela garota, a feiticeira, qual era o nome dela...

— Eve — emendou Maia.

— Isso. Eve. — Morcego pareceu surpreso por Maia se lembrar. — Mas não deu certo e, de qualquer forma, talvez eu tivesse te dado espaço demais. Talvez eu devesse ter dito como eu me sentia. Talvez eu devesse...

Ela ergueu o olhar para ele, assustada e admirada, e viu a expressão mudando, os olhos se fechando, ocultando a breve vulnerabilidade.

— Deixe pra lá — disse. — Não é justo despejar tudo isso em você agora. — Ele soltou Maia e deu um passo para trás. — Pegue a van — falou, e se afastou dela, indo em direção à multidão e a Canal Street. — Saia da cidade. E se cuide, Maia. Por mim.

Jace pousou a estela no braço do sofá e passou um dedo pelo *iratze* que ele tinha desenhado no braço de Clary. Uma faixa prateada brilhou no pulso dele. Em algum momento, Clary não se lembrava bem quando, ele pegara a pulseira caída de Sebastian e a prendera no próprio pulso. Ela não teve vontade de perguntar o porquê.

— Como você está se sentindo?

— Melhor. Obrigada. — O jeans de Clary estava enrolado acima dos joelhos; ela observava enquanto os hematomas nas pernas começavam a desaparecer lentamente. Eles estavam numa sala do Gard, uma espécie de local de reunião, Clary supunha. Havia algumas mesas e um sofá comprido de couro posicionados diante de uma lareira com chama fraca. Livros cobriam uma das paredes. A sala era iluminada pela luz do fogo. A janela sem cortinas proporcionava uma visão de Alicante e das reluzentes torres demoníacas.

— Ei! — A luz dos olhos dourados de Jace examinou o rosto dela. — Você está bem?

Sim, ela queria dizer, mas a resposta ficou presa na garganta. Fisicamente, ela estava bem. Os símbolos haviam curado os machucados. Ela estava bem, Jace estava bem — Simon, derrubado pelo sangue batizado, dormira durante todos os acontecimentos e no momento ainda estava dormindo, em outro cômodo do Gard.

Uma mensagem fora enviada a Luke e Jocelyn. O jantar no qual estavam tinha barreiras de proteção, explicara Jia, mas eles a receberiam na saída. Clary estava ansiosa para vê-los mais uma vez. O mundo parecia instável sob seus pés. Sebastian tinha ido embora, ao menos por enquanto, mas ela ainda se sentia destruída, amarga, irritada, vingativa e *triste*.

Os guardiões permitiram que ela arrumasse uma bolsa com suas coisas antes de ir embora da casa de Amatis: uma muda de roupas, o uniforme, a estela, o caderno de desenhos e as armas. Parte dela queria desesperadamente trocar de roupa, livrar-se do toque de Sebastian no tecido, mas uma parte maior não queria sair do quarto, não queria ficar sozinha com as lembranças e os pensamentos.

— Estou bem.

Ela desenrolou as pernas do jeans e ficou de pé, caminhando até a lareira. Estava consciente de que Jace a observava do sofá. Clary esticou as mãos como se as esquentasse junto ao fogo, embora não sentisse frio. Na verdade, sempre que seu irmão cruzava sua mente, ela sentia uma onda de raiva, como fogo líquido percorrendo o corpo. As mãos tremiam; ela as olhava com uma sensação de distanciamento, como se fossem as mãos de um estranho.

— Sebastian tem medo de você — disse Clary. — Ele tentou nos jogar um contra o outro, em especial no fim, mas dava para ver.

— Ele tem medo do fogo celestial — corrigiu Jace. — Não acho que ele tenha certeza do que o fogo causa, não mais que nós. Uma coisa, porém, é certa: ele não se machuca só de me tocar.

— Não — disse ela, sem dar meia-volta para olhar para Jace. — Por que ele te beijou? — Não era isso que ela queria dizer, mas não parava de pensar naquela cena. Sebastian com a mão ensanguentada, se curvando até o pescoço de Jace, e então aquele beijo estranho e surpreendente no rosto.

Ela ouviu o estalido do sofá de couro enquanto Jace mudava de posição.

— Era um tipo de citação — explicou ele. — Da Bíblia. Quando Judas beijou Jesus no jardim do Getsêmani. Era um sinal da traição. Ele o beijou e disse "Salve, mestre", e foi assim que os romanos souberam a quem prender e crucificar.

— Foi por essa razão que ele disse "*Ave*, mestre" para você — disse Clary, ao compreender. — "Salve, mestre."

— Ele queria dizer que planejava ser o instrumento de minha destruição. Clary, eu... — Ela se virou e fitou Jace quando ele parou de falar. Estava sentado na beirada do sofá, passando a mão no cabelo louro bagunçado, os olhos fixos no chão. — Quando entrei no quarto e vi você ali, e ele ali, eu quis matá-lo. Eu devia tê-lo atacado imediatamente, mas tive medo de que fosse uma armadilha. Que, se eu fosse até vocês, qualquer um de vocês, ele encontraria um meio de te matar ou te machucar. Ele sempre distorceu tudo que fiz. Ele é inteligente. Mais inteligente que Valentim. E eu nunca tive...

Ela aguardou, o único som no cômodo era o estalido e o crepitar da madeira úmida na lareira.

— Eu nunca tive medo de alguém assim — concluiu ele, engolindo as palavras enquanto as pronunciava.

Clary sabia o quanto custava a Jace confessar aquilo, o quanto de sua vida fora dedicada a esconder o medo, a dor e qualquer vulnerabilidade perceptível. Ela queria dizer alguma coisa, falar que ele não precisava ficar com medo, porém não conseguiu. Clary também tinha medo, e ela sabia que ambos possuíam boa razão para ter. Não havia ninguém em Idris que tivesse mais motivos que eles para sentir pavor.

— Ele se arriscou muito vindo aqui — disse Jace. — Ele deixou que a Clave soubesse que ele consegue atravessar as barreiras. Eles vão tentar aumentá-las novamente. Talvez funcione, talvez não, mas provavelmente será um inconveniente para Sebastian. Ele queria muito ver você. O suficiente para fazer o risco valer a pena.

— Ele ainda acredita que pode me convencer.

— Clary. — Jace se pôs de pé e caminhou até ela, a mão esticada. — Você...

Ela se encolheu, desvencilhando-se do toque dele. Uma luz alarmada ardia nos olhos dourados dele.

— Qual é o problema? — Ele baixou o olhar para as mãos; o brilho suave do fogo nas veias era visível. — O fogo celestial?

— Não — disse ela.

— Então...

— Sebastian. Eu devia ter te contado, mas simplesmente... não consegui.

Ele não se mexeu, só ficou olhando para ela.

— Clary, você pode me contar qualquer coisa; sabe que pode.

Ela respirou fundo e olhou para o fogo, observando as chamas: douradas, verdes e azul-safira, perseguindo umas às outras.

— Em novembro — falou —, antes de a gente ir a Burren, depois de você sair do apartamento, ele percebeu que eu estivera espionando. Esmagou meu anel e então ele... ele me bateu, me empurrou através da mesa de vidro. Me derrubou no chão. Eu quase o matei na hora, quase enterrei um pedaço de vidro em seu pescoço, mas percebi que, se fizesse isso, eu mataria você, por isso, não o fiz. E ele ficou tão satisfeito. Ele riu e me puxou. Estava tirando minha roupa e recitando trechos dos Cânticos de Salomão, dizendo que irmãos e irmãs costumavam se casar para manter as linhagens de sangue real puras, e que eu *pertencia* a ele. Como se eu fosse uma peça de bagagem com seu monograma gravado em mim...

Jace se impressionou de um modo que ela raramente vira; ela interpretava os níveis da expressão dele: mágoa, medo, apreensão.

— Ele... ele...?

— Me violentou? — disse ela, e as palavras soaram feias e terríveis na tranquilidade do quarto. — Não. Ele não fez isso. Ele... parou. — A voz baixou para um sussurro.

Jace ficou branco como papel. Ele abriu a boca para dizer alguma coisa, mas Clary ouvia apenas o eco distorcido da própria voz, como se estivesse debaixo d'água de novo. Ela tremia inteira, violentamente, embora o quarto estivesse quente.

— Hoje à noite — disse ela, por fim. — Eu não conseguia me mexer, e ele me empurrou contra a parede, e eu não conseguia sair, e simplesmente...

— Eu vou matá-lo — falou Jace. Um pouco de cor tinha voltado ao rosto dele, e ele parecia pesaroso. — Vou fazê-lo em pedaços. Vou arrancar as mãos de Sebastian por tocarem em você...

— Jace — disse Clary, sentindo-se subitamente esgotada. — Temos um milhão de razões para querê-lo morto. Além disso — emendou ela, com um sorriso sem graça —, Isabelle já arrancou a mão dele, e isso não funcionou.

Jace fechou a mão num punho, levou-a ao próprio estômago e enfiou-a no plexo solar, como se pudesse interromper sua respiração.

— Todo esse tempo em que estive ligado a ele, pensei que conhecesse sua mente, seus desejos, seus anseios, mas não imaginei, eu não *sabia*. E você não me contou.

— Isso não é sobre você, Jace...

— Eu sei — disse ele. — Eu sei. — Mas o punho estava cerrado com tanta força que parecia branco, as veias das costas da mão saltando numa topografia acentuada. — Eu sei e não te culpo por não me contar. O que eu poderia ter feito? O quão totalmente inútil eu sou aqui? Eu estava de pé a um metro e meio dele, e tenho fogo nas veias que deveria ser capaz de matá-lo, e tentei, e isso não funcionou. Eu não fui capaz de fazer funcionar.

— Jace.

— Sinto muito. É só que... você me conhece. Eu só tenho duas reações a notícias ruins. Ira incontrolável e então uma curva acentuada à esquerda para o autodesprezo furioso.

Ela ficou em silêncio. Acima de tudo, estava cansada, muito cansada. Contar a ele o que Sebastian fizera tinha sido como erguer um peso impossível, e agora tudo que ela queria era fechar os olhos e desaparecer na escuridão. Tinha ficado tão irritada por tanto tempo — a raiva sempre sob a superfície de tudo, quer ela estivesse no shopping para comprar presentes com Simon, ou sentada no parque, ou sozinha em casa tentando desenhar, a raiva sempre estava com ela.

Era evidente que Jace estava lutando; ele não tentava esconder nada dela, pelo menos, e Clary viu o lampejo breve de emoções no fundo dos olhos dele: ira, frustração, impotência, culpa e, então, tristeza. Era uma tristeza surpreendentemente tranquila, para Jace, e, quando ele por fim falou, sua voz também parecia surpreendentemente tranquila:

— Eu só queria poder dizer a coisa certa, fazer a coisa certa, facilitar isso para você — disse ele, sem olhar para ela e, em vez disso, fitando o chão. — O que você quiser de mim, eu quero fazer. Quero te apoiar da melhor maneira, Clary.

— Isso — falou ela em voz baixa.

Ele ergueu os olhos.

— O quê?

— O que você acabou de dizer. Foi perfeito.

Ele piscou.

— Bem, isso é bom porque não tenho certeza se tenho capacidade de um bis dentro de mim. Qual das partes foi perfeita?

Ela retorceu os lábios ligeiramente. Havia alguma coisa tão Jace na reação dele, a estranha mistura de arrogância e vulnerabilidade, de resistência, amargura e devoção.

— Eu só quero saber — disse ela — que sua opinião a meu respeito não mudou. Que meu valor seja menor.

— Não. Não — respondeu ele, consternado. — Você é corajosa e brilhante, é perfeita e eu te amo. Eu simplesmente te amo e sempre te amei. E as atitudes de algum lunático não vão mudar isso.

— Sente-se — disse Clary, e ele sentou no sofá de couro que estalava, a cabeça inclinada para trás, olhando para ela. A luz refletida da lareira se acumulava feito centelhas no cabelo de Jace. Ela respirou fundo e foi até ele, acomodando-se cuidadosamente no colo dele. — Você poderia me abraçar? — pediu ela.

Ele pôs os braços ao redor dela, apertando-a contra si. Clary sentia os músculos nos braços dele, a força em suas costas enquanto a tocava delicadamente, muito delicadamente. As mãos dele eram feitas para lutar, e ainda assim ele sabia ser muito gentil com ela, com o piano, com todas as coisas com as quais se importava.

Ela se ajeitou contra ele, sentada de lado em seu colo, com os pés no sofá, e inclinou a cabeça contra o ombro dele. Clary sentia as batidas rápidas do coração de Jace.

— Agora me beije também — disse ela.

Ele hesitou.

— Você tem certeza?

Ela assentiu.

— Sim. Sim — falou. — Deus sabe que não temos conseguido fazer isso ultimamente, mas sempre que te beijo, sempre que você me toca, é uma vitória, se você quer saber. Sebastian fez o que fez porque... porque não compreende a diferença entre amar e ter. Entre se doar e tomar. E ele acha que se conseguisse me obrigar a me doar, ele me teria, eu seria dele, e, para ele, isso é amor, porque ele não conhece mais nada. Mas, quando eu toco em você, faço isso porque quero, e essa é toda diferença. E ele não vai ter isso nem tirar isso de mim. Não vai — disse ela, e se esticou para beijá-lo, um toque leve dos lábios nos dele, apoiando a mão nas costas do sofá.

Ela sentiu quando Jace puxou o ar ao ver a leve centelha que saltou entre a pele de ambos. Ele roçou a bochecha contra a dela, as mechas do cabelo deles se entrelaçando, vermelhas e douradas.

Clary voltou a se ajeitar contra ele. As chamas pularam na lareira, e um pouco do calor invadiu os ossos dela. Estava apoiada no ombro marcado com a estrela branca dos homens da família Herondale, e pensou em todos os que tinham partido antes de Jace, cujo sangue, ossos e vidas fizeram dele o que era.

— O que você está pensando? — perguntou ele. Jace passou a mão pelo cabelo dela e deixou os cachos soltos deslizarem entre seus dedos.

— Que fico feliz por ter te contado — respondeu Clary. — O que você está pensando?

Ele ficou em silêncio por um longo instante enquanto as chamas subiam e baixavam. Depois, falou:

— Estava pensando no que você disse sobre Sebastian ser solitário. Estava tentando me lembrar de como era estar naquela casa com ele. Sebastian me levou por um monte de motivos, claro, mas em parte era apenas para ter companhia. A companhia de alguém que ele acreditava ser capaz de entendê-lo, porque fomos criados da mesma forma. Eu estava tentando me lembrar se eu realmente gostava dele, se gostava de passar o tempo com ele.

— Acho que não. Só de estar ali com você, nunca parecia relaxado, não exatamente. Você era você, mas não era você. É difícil de explicar.

Jace olhou para o fogo.

— Não é tão difícil assim — disse ele. — Acho que existe uma parte em nós, separada até da nossa vontade ou da nossa mente, e era essa parte que ele não podia tocar. Nunca fui exatamente eu, e ele sabia disso. Ele queria que gostassem dele ou que realmente o amassem pelo que era, genuinamente. Mas ele não acha que precisa mudar para ser digno de ser amado; em vez disso, ele quer mudar o mundo inteiro, mudar a humanidade, transformá-la em algo que o ame. — Ele fez uma pausa. — Sinto muito pela psicologia de sofá. Literalmente. Cá estamos em um sofá.

Mas Clary estava mergulhada em pensamentos.

— Quando eu remexi nas coisas de Sebastian, na casa, encontrei uma carta escrita por ele. Estava incompleta, mas estava endereçada "à minha bela". Eu me lembro de ter achado estranho. Por que ele escreveria uma carta de amor? Quero dizer, ele entende um pouco de sexo e desejo, mas amor romântico? Não pelo que eu vi.

Jace puxou-a para si, ajeitando-a melhor na curva da lateral de seu corpo. Ela não tinha certeza sobre quem estava acalmando quem, apenas que o coração dele batia com regularidade contra a pele dela, e o cheiro de metal-suor-sabonete dele era familiar e reconfortante. Clary amoleceu de encontro a ele, o cansaço tomando conta e a extenuando, pesando as pálpebras. Foram um dia e uma noite muito longos, e, antes disso, havia sido um longo dia.

— Se minha mãe e Luke chegarem enquanto eu estiver dormindo, me acorde — pediu ela.

— Ah, você será acordada — disse Jace, sonolento. — Sua mãe vai pensar que estou me aproveitando de você, e vai me perseguir ao redor do cômodo com um atiçador.

Ela esticou a mão e fez um carinho na bochecha dele.

— Eu te protejo.

Jace não respondeu. Ele já estava dormindo, respirando com tranquilidade, o ritmo das batidas do coração se adequando lentamente. Ela ficou acordada enquanto ele dormia — olhando para as chamas que pululavam, e franzindo a testa, as palavras "minha bela" ecoando em seus ouvidos como a lembrança de palavras ouvidas em sonho.

11

O Melhor Está Perdido

— Clary. Jace. Acordem.

Clary levantou a cabeça e quase gritou enquanto a dor disparava em seu pescoço enrijecido. Ela havia adormecido aninhada no ombro de Jace; ele também estava dormindo, encostado no canto do sofá com a jaqueta embolada debaixo da cabeça, como se fosse um travesseiro. O cabo da espada do rapaz estava enterrado desconfortavelmente no quadril de Clary quando ele resmungou e se esticou.

A Consulesa estava parada diante deles, vestida com a túnica do Conselho, muito séria. Jace fez um esforço para se levantar.

— Consulesa — disse ele, com um tom de voz tão formal quanto possível enquanto recolhia as roupas emboladas e ajeitava o cabelo claro que se arrepiava em todas as direções possíveis.

— Nós quase nos esquecemos de que vocês dois estavam aqui — afirmou Jia. — A reunião do Conselho já começou.

Clary ficou de pé mais lentamente, estalando as costas e o pescoço. A boca estava seca feito giz, e o corpo doía por causa da tensão e do cansaço.

— Onde está minha mãe? — perguntou ela. — Onde está Luke?

— Vou esperar vocês no corredor — disse Jia, mas não se mexeu.

Jace enfiava os braços na jaqueta.

— Iremos imediatamente, Consulesa.

Havia algo na voz da Consulesa que fez Clary olhar de novo para ela. Jia era bonita, como a filha dela, Aline, mas no momento tinha rugas de tensão nos cantos da boca e dos olhos. Clary já vira aquela expressão.

— O que está acontecendo? Tem alguma coisa errada, não tem? Onde está minha mãe? Onde está Luke?

— Não temos certeza — disse Jia baixinho. — Eles não responderam à mensagem que enviamos ontem à noite.

Muitas ondas de choque, enviadas rapidamente, deixaram Clary entorpecida. Ela não conseguia arfar nem exclamar, somente sentir o frio espalhando-se pelas veias. Pegou Heosphoros da mesa onde a havia deixado e a enfiou no cinturão. Sem dizer uma palavra, passou pela Consulesa e seguiu para o corredor em frente ao quarto.

Simon estava esperando ali. Parecia amarrotado e exausto, pálido até mesmo para um vampiro. Ela esticou a mão para cumprimentá-lo, e os dedos roçaram o anel dourado de folha no dedo dele.

— Simon vai para a reunião do Conselho — disse Clary, e sua expressão desafiava a Consulesa a retrucar.

Jia simplesmente assentiu. Ela parecia cansada demais para argumentar.

— Ele pode ser o representante das Crianças Noturnas.

— Mas Raphael ia se apresentar como representante — protestou Simon, alarmado. — Não estou preparado.

— Não conseguimos entrar em contato com nenhum representante do Submundo, incluindo Raphael. — Jia começou a caminhar pelo corredor.

As paredes eram de madeira, com a cor clara e o cheiro forte de ripas recém-cortadas. Provavelmente era parte do Gard reconstruída depois da Guerra Mortal. Clary estivera cansada demais na noite anterior para perceber. Havia símbolos de poder angelical entalhados em intervalos ali. Cada um deles brilhava com uma luz intensa, iluminando o corredor desprovido de janelas.

— O que você quer dizer com "não conseguimos entrar em contato"? — exigiu saber Clary, apressando-se atrás de Jia. Simon e Jace acompanhavam. O corredor tinha uma curva, conduzindo mais para o centro do Gard. Clary ouvia um rugido abafado como o som do oceano, pouco à frente deles.

— Nem Luke nem sua mãe voltaram do compromisso na casa do Povo das Fadas. — A Consulesa parou em uma enorme antecâmara. Havia grande quantidade de luz natural ali, atravessando as janelas feitas de quadrados alternados de vidro simples e colorido. Portas duplas erguiam-se diante deles, adornadas com o tríptico do Anjo e dos Instrumentos Mortais.

— Não entendo — disse Clary, e sua voz se elevou. — Então eles ainda estão lá? Na casa de Meliorn?

Jia balançou a cabeça.

— A casa está vazia.

— Mas... e quanto a Meliorn, e quanto a *Magnus*?

— Não temos certeza ainda — respondeu Jia. — Não há ninguém na casa, e nenhum dos representantes responde às mensagens. Patrick saiu e está revistando a cidade agora com uma equipe de guardiões.

— Havia sangue na casa? — perguntou Jace. — Sinais de luta, alguma coisa?

Jia balançou a cabeça.

— Não. A comida ainda estava na mesa. Era como se eles simplesmente tivessem... evaporado.

— Tem mais coisa, não tem? — questionou Clary. — Pela sua expressão, dá para ver que tem mais.

Jia não respondeu, simplesmente empurrou a porta da sala do Conselho. O barulho tomou conta da antecâmara. Aquele era o som que Clary estava ouvindo, como o quebrar do oceano. Ela correu e ultrapassou a Consulesa, então fez uma pausa na entrada, pairando, insegura.

A sala do Conselho, tão tranquila há apenas alguns dias, agora estava lotada de Caçadores de Sombras gritando. Todos estavam de pé, alguns em grupos e outros isolados. A maioria dos grupos discutia. Clary não conseguia distinguir as palavras, mas via gestos irritados. Os olhos examinaram a multidão buscando rostos familiares; nada de Luke nem de Jocelyn, mas lá estavam os Lightwood, Robert nos trajes de Inquisidor, ao lado de Maryse; lá estavam Aline e Helen, e o amontoado de crianças dos Blackthorn.

E lá, bem no centro do anfiteatro, estavam os quatro assentos de madeira entalhada dos seres do Submundo, organizadas em um semicírculo em volta dos púlpitos. Estavam vazios, e, diante deles, bem no meio do assoalho de madeira, havia uma única palavra, rabiscada numa grafia torta, no que parecia uma tinta dourada e grudenta:

Veni.

Jace passou por Clary e entrou na sala. Os ombros dele ficaram tensos quando viu o rabisco.

— Isto é icor — disse ele. — Sangue de anjo.

Em um lampejo, Clary viu a biblioteca do Instituto, o chão escorregadio com sangue e penas, os ossos ocos do anjo.

Erchomai.

Estou chegando.

E agora uma única palavra: *Veni.*

Cheguei.

Uma segunda mensagem. Ah, Sebastian andou ocupado. *Idiota*, pensou Clary, tão idiota da sua parte pensar que ele tinha vindo apenas por causa dela, que isso não era parte de algo maior, que ele não tinha querido mais, mais destruição, mais terror, mais insurgência. Ela pensou no risinho dele quando mencionara a batalha na Cidadela. Sem dúvida, tinha sido mais que um ataque; tinha sido uma distração. Voltar a atenção dos Nephilim para fora de Alicante, fazê-los rodar pelo mundo atrás dele e dos Crepusculares, e entrar em pânico por causa dos feridos e mortos. E, nesse meio-tempo, Sebastian fora até o coração do Gard e pintara o chão com sangue.

Próximo ao estrado havia um grupo de Irmãos do Silêncio em suas túnicas cor de osso, os rostos escondidos pelo capuz. Com a memória faiscando, Clary se virou para Jace.

— O Irmão Zachariah... Nunca tive a oportunidade de perguntar se você sabia se ele estava bem.

Jace fitava o que estava escrito no estrado, ostentando um olhar doentio.

— Eu o vi no Basilias. Ele está bem. Ele está... diferente.

— Diferente de um jeito bom?

— Diferente de um jeito humano — retrucou Jace, e antes que Clary pudesse perguntar o que isso significava, ela ouviu alguém chamar seu nome.

No centro da sala, Clary viu a mão se erguendo no meio da multidão, acenando freneticamente para ela. Isabelle. Ela estava em pé com Alec, a pouca distância dos pais. Clary ouviu Jia chamá-la, mas já estava acotovelando as pessoas, com Jace e Simon em seu encalço. Ela percebeu os olhares curiosos em sua direção. Todos sabiam quem ela era, afinal. Sabiam quem todos eles eram. A filha de Valentim, o filho adotivo de Valentim e o vampiro Diurno.

— Clary! — gritou Isabelle, quando Clary, Jace e Simon se livraram dos observadores que os fitavam e quase caíram sobre os irmãos Lightwood, os quais conseguiram liberar um espacinho para si no meio da multidão.

Isabelle deu uma olhadela irritada para Simon antes de se esticar para abraçar Jace e Clary. Assim que soltou Jace, Alec o puxou pela manga e o agarrou, os nós dos dedos ficando brancos ao redor do tecido. Jace pareceu surpreso, mas não disse nada.

— É verdade? — perguntou Isabelle para Clary. — Sebastian esteve na sua casa ontem à noite?

— Na casa de Amatis, sim... como você sabia? — perguntou Clary.

— Nosso pai é o Inquisidor; claro que sabemos — disse Alec. — Os rumores sobre Sebastian na cidade foram o assunto unânime antes de abrirem a sala do Conselho e a gente ver... isto.

— É verdade — acrescentou Simon. — A Consulesa perguntou sobre isso quando me acordou... como se eu soubesse de alguma coisa. Dormi o tempo todo — emendou, quando Isabelle lançou um olhar questionador para ele.

— A Consulesa contou alguma coisa a vocês sobre isto? — perguntou Alec, e fez um gesto com o braço para a cena sombria abaixo. — Sebastian contou?

— Não — disse Clary. — Sebastian não exatamente partilha de seus planos.

— Ele não devia conseguir se aproximar dos representantes do Submundo. Não apenas Alicante está guardada, como cada uma das casas seguras tem barreiras — emendou Alec. A pulsação latejava no pescoço feito um martelo; a mão, onde ela se apoiava na manga de Jace, tremia levemente. — Eles estavam no jantar. Deviam estar em segurança. — Ele soltou Jace e enfiou as mãos nos bolsos. — E Magnus... Magnus nem mesmo deveria estar lá. Era Catarina quem iria no lugar dele. — E olhou para Simon. — Eu te vi com ele na Praça do Anjo, na noite da batalha. Ele explicou por que estava em Alicante?

Simon balançou a cabeça.

— Ele simplesmente me mandou fazer silêncio. Estava curando Clary.

— Talvez tenha sido um blefe — disse Alec. — Talvez Sebastian esteja tentando nos fazer pensar que causou alguma coisa aos representantes do Submundo para nos jogar...

— Nós não *sabemos* se ele fez alguma coisa com eles. Mas... eles estão desaparecidos — falou Jace em voz baixa, e Alec desviou o olhar, como se não conseguisse suportar a troca de olhares.

— *Veni* — murmurou Isabelle, olhando para o estrado. — Por que...?

— Ele está nos dizendo que tem poder — disse Clary. — Poder que nenhum de nós sequer começou a entender. — Ela pensou no modo como ele surgira no quarto e depois desaparecera. No modo como o chão se abrira sob os pés dele na Cidadela, como se a Terra o estivesse recebendo, escondendo-o da ameaça do mundo acima.

Um alerta breve soou pelo cômodo, o sino que chamava o Conselho à ordem. Jia estava no púlpito, com um guardião da Clave armado usando túnicas encapuzadas de cada lado dela.

— Caçadores de Sombras — disse, e a palavra ecoou tão claramente pelo salão quanto se ela tivesse usado um microfone. — Por favor, silêncio.

A sala foi ficando gradativamente silenciosa, embora, pelo olhar rebelde em alguns dos rostos, fosse um silêncio pouco cooperativo.

— Consulesa Penhallow! — gritou Kadir. — Que respostas a senhora tem para nós? Qual é o significado disto... deste sacrilégio?

— Não temos certeza — disse Jia. — Aconteceu à noite, entre os turnos dos guardiões.

— Isso é vingança — falou um Caçador de Sombras magro, de cabelos escuros, a quem Clary reconhecia como o líder do Instituto de Budapeste. Lazlo Balogh era o nome dele, supunha ela. — Vingança pelas nossas vitórias em Londres e na Cidadela.

— Nós não tivemos vitórias em Londres e na Cidadela, Lazlo — disse Jia. — O Instituto de Londres, no fim das contas, foi protegido por uma força da qual nem temos conhecimento, uma força que não podemos replicar. Os Caçadores de Sombras de lá foram avisados e retirados em segurança. Ainda assim, alguns foram feridos: nenhuma das forças de Sebastian foi ferida. Na melhor das hipóteses, poderia ser chamada de retirada bem-sucedida.

— Mas o ataque à Cidadela — protestou Lazlo. — Ele não entrou na Cidadela. Ele não chegou ao arsenal...

— Mas também não foi derrotado. Mandamos sessenta guerreiros, e ele matou trinta e feriu dez. Ele tinha quarenta guerreiros e perdeu, talvez, 15. Se não fosse pelo ocorrido quando ele feriu Jace Lightwood, os quarenta teriam exterminado nossos sessenta.

— Nós somos Caçadores de Sombras — disse Nasreen Choudhury. — Estamos acostumados a defender o que temos que defender com nosso último fôlego, nossas últimas gotas de sangue.

— Uma ideia nobre — disse Josiane Pontmercy, do Conclave de Marselha —, mas talvez não totalmente prática.

— Fomos extremamente conservadores em relação à quantidade que enviamos para enfrentá-los na Cidadela — disse Robert Lightwood, a voz ressoando através da sala. — Estimamos, desde os ataques, que Sebastian tivesse quatrocentos guerreiros Crepusculares ao seu lado. De acordo com os números, uma batalha corpo a corpo entre as forças dele e todos os Caçadores de Sombras significaria a derrota dele.

— Então o que precisamos fazer é enfrentá-lo assim que for possível, antes que ele Transforme mais um Caçador de Sombras — emendou Diana Wrayburn.

— Você não pode enfrentar aquilo que não consegue encontrar — disse a Consulesa. — Nossas tentativas de rastreá-lo continuam infrutíferas. — Ela elevou a voz. — O melhor plano de Sebastian Morgenstern agora é nos atrair em pequenos números. Ele precisa que enviemos grupos de rastreadores para caçar demônios, ou para caçá-lo. Precisamos ficar juntos aqui, em Idris, onde ele não consegue nos enfrentar. Se nos separarmos, se deixarmos nossa casa, então nós perderemos.

— Ele vai esperar por nós lá fora — disse uma Caçadora de Sombras loura, do Conclave de Copenhague.

— Temos que acreditar que ele não tem paciência para isso — falou Jia. — Temos que presumir que ele atacará, e, quando fizer isso, nossos números superiores o derrotarão.

— Há mais do que paciência a ser considerada — ponderou Balogh. — Nós abandonamos nossos Institutos, viemos até aqui com a compreensão de que retornaríamos logo após uma reunião do Conselho com os representantes do Submundo. Sem a gente lá fora, quem vai protegê-lo? Temos um mandato, um *mandato* celestial, para proteger o mundo, reprimir os demônios. Não podemos fazer isso daqui de Idris.

— Todas as barreiras estão com força total — disse Robert. — A Ilha Wrangel está funcionando em tempo extra. E dada nossa cooperação com os membros do Submundo, teremos que confiar neles para manter os Acordos. Isso era parte do que íamos discutir no Conselho hoje...

— Ora, boa sorte com isso — disse Josiane Pontmercy —, considerando que os representantes do Submundo estão desaparecidos.

Desaparecidos. A palavra caiu no silêncio como um seixo dentro da água, enviando ondas pelo cômodo. Clary sentiu Alec enrijecer por um instante ao lado dela. Não se permitira pensar naquilo, não se permitira acreditar que eles realmente poderiam estar desaparecidos. Era uma peça que Sebastian estava pregando neles, dizia para si. Uma peça cruel, mas nada mais.

— Não sabemos isso! — protestou Jia. — Os guardiões estão lá fora fazendo uma busca...

— Sebastian escreveu no chão diante dos assentos deles! — berrou um homem com um braço enfaixado. Era o líder do Instituto do Novo México e estivera na batalha da Cidadela. Clary supunha que o sobrenome dele fosse Rosales. — *Veni.* "Cheguei". Assim como ele nos enviou uma mensagem com a morte do anjo em Nova York, agora ele nos ataca no coração do Gard...

— Mas ele não nos atacou — interrompeu Diana. — Ele atacou os representantes do Submundo.

— Atacar nossos aliados é nos atacar — gritou Maryse. — Eles são membros do Conselho, com todos os direitos de participantes que isso representa.

— Nem mesmo sabemos o que aconteceu a eles! — disse alguém, sem rodeios, na multidão. — Eles podem estar perfeitamente bem...

— Então *onde eles estão*? — gritou Alec, e até Jace pareceu assustado ao ouvi-lo elevar a voz. Alec franzia o cenho, os olhos azuis dilatados, e Clary subitamente recordou-se do garoto irritado que ela conhecera no Instituto havia muito tempo, ao que parecia. — Alguém tentou rastreá-los?

— Nós tentamos — retrucou Jia. — Não funcionou. Nem todos eles podem ser rastreados. Você não pode rastrear um feiticeiro ou os mortos... — Jia parou de falar, arfando subitamente. Sem aviso, o guardião da Clave à esquerda viera por trás dela e a agarrara pela túnica. Um grito percorreu a assembleia quando ele a puxou e encostou a lâmina comprida de uma adaga prateada em seu pescoço.

— Nephilim! — rugiu o homem, e o capuz caiu, exibindo olhos inexpressivos e serpenteantes Marcas desconhecidas dos Crepusculares.

Um urro começou a se elevar da multidão, interrompido rapidamente quando o guardião pressionou a lâmina na garganta de Jia ainda mais. O sangue brilhou ao redor, visível mesmo ao longe.

— Nephilim! — rugiu o homem novamente. A mente de Clary lutava para localizá-lo; de alguma forma, ele parecia familiar. Era alto, cabelos castanhos, provavelmente tinha uns 40 anos. Os braços eram musculosos, as veias se destacavam feito réstias conforme ele se esforçava para manter Jia parada. — Fiquem onde estão! Não se aproximem ou a Consulesa morre!

Aline gritou. Helen a conteve, evitando nitidamente que ela corresse para a frente. Atrás das duas, as crianças Blackthorn se amontoavam em volta de Julian, que carregava o mais jovem dos irmãos; Drusilla havia encostado o rosto na lateral do corpo dele. Emma, cujo cabelo brilhava mesmo à distância, estava parada com a Cortana desembainhada, protegendo os outros.

— É Matthias Gonzales — disse Alec, com voz chocada. — Ele era o líder do Instituto de Buenos Aires...

— Silêncio! — rugiu o sujeito atrás de Jia, Matthias, e um silêncio desconfortável se instalou. A maioria dos Caçadores de Sombras estava parada, como Jace e Alec, com as mãos a meio caminho das armas. Isabelle estava agarrando o cabo do chicote. — Ouçam-me, Caçadores de Sombras! — gritou Matthias, os olhos ardendo com uma luz fanática. — Ouçam-me, pois sou um de vocês. Seguindo a regra da Clave de maneira cega, convencido de minha segurança no interior das barreiras de Idris, protegido pela luz do Anjo! Mas não há segurança aqui. — Ele virou o queixo para o lado e indicou os rabiscos no chão. — Ninguém está seguro, nem mesmo os mensageiros celestes. Esse é o alcance do poder do Cálice Infernal e de quem o porta.

Um murmúrio percorreu a multidão. Robert Lightwood avançou, o rosto ansioso ao olhar para Jia e a lâmina em sua garganta.

— O que ele quer? — questionou. — O filho de Valentim. O que ele quer de nós?

— Ah, ele quer muitas coisas — disse o Caçador de Sombras Crepuscular. — Mas, por enquanto, ele vai se contentar se receber de presente sua irmã e seu irmão adotivo. Deem Clarissa Morgenstern e Jace Lightwood a ele, e o desastre será evitado.

Clary ouviu Jace inspirar com força. Ela olhou para ele, em pânico; sentia todos olhando para ela, e era como se estivesse se dissolvendo, feito sal na água.

— Somos Nephilim — disse Robert, com frieza. — Não negociamos os de nossa espécie. Ele sabe disso.

— Nós, do Cálice Infernal, temos em nossa posse cinco de seus aliados. — Foi a resposta. — Meliorn, do Povo das Fadas, Raphael Santiago, dos Filhos da Noite, Luke Garroway, dos Filhos da Lua, Jocelyn Morgenstern, dos Nephilim, e Magnus Bane, dos Filhos de Lilith. Se vocês não entregarem Clarissa e Jonathan, eles receberão mortes de ferro e prata, de fogo e sorveira-brava. E quando seus aliados do Submundo souberem que vocês sacrificaram seus representantes porque não queriam abandonar a própria espécie, eles se voltarão contra vocês. Eles se juntarão a nós, e vocês vão se flagrar lutando não apenas contra quem porta o Cálice Infernal, mas contra todo o Submundo.

Clary sentiu uma onda de vertigem, tão intensa que era quase um enjoo. Ela sabia — claro que sabia, com uma noção incerta e crescente, impossível de ser ignorada — que sua mãe, Luke e Magnus estavam em perigo, mas ouvir isso era outra coisa. Ela começou a tremer, as palavras de uma oração incoerente ecoando em sua mente sem parar: *Mãe, Luke, fiquem bem, por favor, fiquem bem. E que Magnus fique bem, por Alec. Por favor.*

Ela ouvia a voz de Isabelle em sua mente também, dizendo que Sebastian não poderia enfrentá-los e nem a todo o Submundo. Mas ele havia encontrado um meio adequado de fazer isso se voltar contra eles: se algum mal fosse feito aos representantes do Submundo, pareceria culpa dos Caçadores de Sombras.

A expressão de Jace era vaga, mas ele encontrou os olhos dela com a mesma compreensão que se alojara como uma agulha no coração dela. Não podiam recuar e deixar isso acontecer. Iriam até Sebastian. Era a única opção.

Clary começou a avançar, com a intenção de gritar, mas se viu contida por um aperto forte no pulso. Virou-se, esperando ver Simon, e, para sua surpresa, percebeu que era Isabelle.

— Não faça isso — pediu a garota.

— Você é um tolo e um seguidor — disse Kadir sem rodeios, os olhos cheios de raiva ao fitar Matthias. — Nenhum ser do Submundo nos culpará por poupar duas de nossas crianças à pira de corpos de Jonathan Morgenstern.

— Ora, mas ele não vai matá-las — alegou Matthias, com uma alegria sinistra. — Você tem a promessa dele sobre o Anjo de que nenhum mal recairá sobre a garota Morgenstern ou o garoto Lightwood. São a família dele, e ele quer que fiquem ao seu lado. Portanto, não há sacrifício.

Clary sentiu uma coisa tocar sua bochecha. Era Jace. Ele a tinha beijado, rapidamente, e ela se recordou do beijo de Judas que Sebastian lhe dera na noite anterior e girou para agarrá-lo, mas ele já tinha ido embora, afastando-se de todos eles, indo até o corredor de degraus entre os bancos.

— Eu irei! — gritou ele, e sua voz soou pelo cômodo. — Eu irei de boa vontade. — A espada estava em sua mão. Ele a jogou, e ela retiniu nos degraus. — Vou com Sebastian — disse para o silêncio que se seguiu. — Apenas deixem Clary fora disso. Deixem que fique. Irei sozinho.

— Jace, *não* — falou Alec, mas sua voz foi abafada pelo clamor que percorreu o ambiente, com as vozes se erguendo feito fumaça e se curvando em direção ao teto, e Jace parado ali calmamente, com as mãos esticadas, para mostrar que não portava armas, o cabelo brilhando sob a luz dos símbolos. Um anjo sacrificial.

Matthias Gonzales riu.

— Não haverá barganha sem Clarissa — disse ele. — Sebastian a quer, e eu faço o que meu mestre quer.

— Você acha que somos tolos — rebateu Jace. — Na verdade, sou mais esperto que isso. Você não *pensa*, de modo algum. Você é um porta-voz do demônio, é isso que todos vocês são. Não se importam com mais nada. Nem com família, nem com sangue ou honra. Vocês não são mais humanos.

Matthias fez uma careta irônica.

— Por que alguém iria querer ser humano?

— Porque sua barganha não tem valor — disse Jace. — Basta que a gente se entregue e Sebastian devolve os reféns. Depois, o quê? Você fez tanto esforço para nos contar que ele é melhor que os Nephilim, que ele é mais forte, que é mais inteligente. Que pode nos atingir aqui em Alicante, e que todas as nossas barreiras e todos os nossos guardiões não são capazes de mantê-lo longe. Que ele vai destruir todos nós. Se quiser barganhar com alguém, ofereça uma chance de *vitória*. Se você fosse humano, saberia disso.

No silêncio que se seguiu, Clary achou ser possível ouvir uma gota de sangue atingindo o chão. Matthias estava imóvel, a lâmina ainda encostada no pescoço de Jia, os lábios se articulando como se ele estivesse murmurando alguma coisa ou recitando algo que tinha ouvido...

Ou estivesse ouvindo, percebeu ela, ouvindo as palavras sendo sussurradas ao seu ouvido...

— Você não pode vencer — disse Matthias finalmente, e Jace riu, o riso agudo e amargo pelo qual Clary tinha se apaixonado. Não um anjo sacrificial, pensou ela, mas um anjo vingador, todo dourado, sangue e fogo, confiante até diante da derrota.

— Você entende o que quero dizer — falou Jace. — Então que diferença faz se morremos agora ou depois...

— Vocês não podem vencer — disse Matthias —, mas podem sobreviver. Aqueles que escolherem isso podem ser Transformados pelo Cálice Infernal; vocês se tornarão soldados da Estrela da Manhã e governarão o mundo com Jonathan Morgenstern como líder. Aqueles que escolherem permanecer como filhos de Raziel podem fazê-lo, contanto que permaneçam em Idris. As fronteiras de Idris ficarão seladas, isolando-a do restante do mundo, que pertencerá a nós. Esta terra doada a vocês pelo Anjo será mantida desde que permaneçam no interior de suas fronteiras, assim estarão seguros. Isso pode ser prometido.

Jace olhou com expressão severa.

— As promessas de Sebastian não significam nada.

— As promessas dele são tudo que vocês têm — disse Matthias. — Mantenham sua aliança com os seres do Submundo, fiquem no interior das fronteiras de Idris e vocês sobreviverão. Mas esta oferta vigora apenas se vocês dois se entregarem de boa vontade para nosso mestre. Você e Clarissa. Não há negociação.

Clary olhou lentamente ao redor do cômodo. Alguns dos Nephilim pareciam ansiosos, uns, assustados, outros, cheios de raiva. E o restante estava calculando. Ela se recordou do dia em que tinha ficado parada na Sala dos Acordos, diante daquelas mesmas pessoas e mostrado a elas o símbolo de ligação capaz de vencer a guerra. Na época, ficaram gratos. Mas aquele era o mesmo Conselho que tinha votado para encerrarem as buscas por Jace quando Sebastian o levara, pois a vida de um garoto não valia seus recursos.

Em especial, quando esse garoto era filho adotivo de Valentim.

Ela pensara uma vez que havia pessoas boas e pessoas ruins, que existia um lado de luz e um lado de escuridão, porém não pensava mais assim. Tinha visto o mal, no irmão e no pai, o mal de boas intenções que dera errado, e o mal de puro desejo de poder. No entanto também não havia segurança na bondade: a virtude poderia cortar como uma faca, e o fogo do Paraíso era ofuscante.

Ela se afastou de Alec e Isabelle, sentiu Simon agarrar seu braço. Deu meia-volta, olhou para ele e balançou a cabeça. *Você tem que me deixar fazer isso.*

Os olhos escuros imploravam para ela.

— Não faça isso — murmurou ele.

— Ele falou nós dois — murmurou ela em resposta. — Se Jace for até Sebastian sem mim, Sebastian vai matá-lo.

— Ele vai matar vocês dois, de qualquer forma. — Isabelle estava praticamente chorando de frustração. — Você não pode ir, e Jace também não... Jace!

Jace se virou e olhou para eles. Clary viu sua expressão mudar quando percebeu que ela estava se esforçando para se aproximar dele. Jace balançou a cabeça e pronunciou uma palavra, sem emitir som:

— Não.

— Dê-nos tempo — gritou Robert Lightwood. — Dê-nos um pouco de tempo para votar, pelo menos.

Matthias afastou a lâmina do pescoço de Jia e a ergueu; o outro braço ainda prendia a consulesa, agarrando a parte da frente da túnica. Ele ergueu a lâmina até o teto, e a luz faiscou nela com o gesto.

— Tempo. — Ele fez uma careta. — Por que Sebastian daria tempo a vocês?

Um silvo agudo cortou o ar. Clary viu alguma coisa brilhante passar por ela, e ouviu um barulho retinir quando uma flecha atingiu a lâmina de Matthias, erguida acima da cabeça de Jia, que se viu livre do aperto dele. Clary girou a cabeça e viu Alec, com a besta erguida, a corda ainda vibrando.

Matthias deixou escapar um urro e cambaleou para trás, a mão sangrando. Jia correu para longe enquanto ele mergulhava para pegar a lâmina caída. Clary ouviu Jace gritar "Nakir!". Ele havia retirado uma lâmina serafim do cinto, e sua luz iluminava o salão.

— Saia do meu *caminho*! — gritou ele, e começou a abrir passagem, empurrando com os ombros, escada abaixo, em direção ao estrado.

— Não! — Alec derrubou a besta e se lançou sobre a parte de trás da fileira de bancos, mergulhando sobre Jace, derrubando-o enquanto o estrado se consumia em chamas como uma fogueira apagada com gasolina. Jia gritou e pulou da plataforma para a multidão; Kadir a amorteceu e a pôs no chão delicadamente enquanto todos os Caçadores de Sombras se viravam para olhar as chamas que se erguiam.

— Que diabos! — murmurou Simon, os dedos ainda apertados ao redor do braço de Clary.

Ela podia ver Matthias, uma sombra preta no coração das chamas. Era evidente que elas não o feriam; ele parecia rir, jogando os braços para cima como um maestro regendo uma orquestra de fogo. A sala estava tomada por gritos e pelo odor e estalido de madeira queimada. Aline tinha corrido para agarrar a mãe, que sangrava, chorando; Helen estava observando, impotente, enquanto tentava, juntamente a Julian, proteger os jovens Blackthorn do motim abaixo.

No entanto, ninguém protegia Emma. Ela estava parada, distante do grupo, o rostinho branco de choque enquanto, acima dos sons horríveis que enchiam o cômodo, os gritos de Matthias suplantavam o barulho.

— Dois dias, Nephilim! Vocês têm dois dias para decidir o seu destino! E então todos arderão! Vocês vão arder no fogo do Inferno, e as cinzas de Edom cobrirão seus ossos!

A voz dele se ergueu a um grito sobrenatural e subitamente se calou quando as chamas diminuíram e ele desapareceu junto a elas. A última das brasas lambeu o piso, as pontas reluzentes mal tocando a mensagem ainda rabiscada no icor ao longo do estrado.

Veni.

CHEGUEI.

Maia precisou respirar fundo durante dois minutos diante do apartamento antes de conseguir enfiar a chave na fechadura.

Tudo no corredor parecia normal, sinistramente normal. Os casacos de Jordan — e de Simon — pendurados na entrada estreita. As paredes decoradas com placas de rua compradas em mercados de pulgas.

Ela passou para a sala de estar, que parecia congelada no tempo: a TV estava ligada, a tela, com estática, os dois controles do video game ainda no sofá. Eles tinham se esquecido de desligar a cafeteira. Ela desligou o interruptor, tentando ignorar ao máximo todas as fotografias dela e de Jordan presas na geladeira: os dois na ponte do Brooklyn, bebendo café no restaurante da Waverly Place, Jordan rindo e exibindo as unhas que Maia tinha pintado de azul, verde e vermelho. Ela não percebera quantas fotografias Jordan havia tirado deles, como se estivesse tentando recordar cada segundo de suas interações, temendo que fossem escorrer através de suas lembranças feito água.

Maia teve que reassumir a postura durona antes de entrar no quarto. A cama ainda estava desarrumada e com os lençóis espalhados — Jordan nunca fora particularmente organizado —, as roupas jogadas pelo cômodo. Maia cruzou o quarto até a escrivaninha onde ela guardava os próprios pertences e tirou as roupas de Leila.

Com alívio, vestiu um jeans e uma camiseta. Esticou a mão para pegar um casaco quando a campainha tocou.

Jordan guardava suas armas, enviadas a ele pela Praetor, no baú aos pés da cama. Ela abriu o baú e ergueu um frasco pesado de ferro com uma cruz entalhada na frente.

Ela vestiu o casaco e entrou na sala de estar, o frasco no bolso, os dedos ao redor dele. Abriu a porta da frente.

A garota que estava de pé do outro lado tinha cabelo escuro na altura dos ombros. Em contraste, a pele era branca como a de um cadáver, os lábios vermelho-escuros. Vestia um terno preto com corte impecável; era uma Branca de Neve moderna, em sangue, carvão e gelo.

— Você me chamou — disse ela. — A namorada de Jordan Kyle, estou certa?

Lily. Uma das vampiras mais inteligentes do clã. Sabe de tudo. Ela e Raphael sempre foram muito unidos.

— Não finja que você não sabe, Lily — falou Maia sem rodeios. — Você já esteve aqui; tenho certeza de que sequestrou Simon deste apartamento para entregá-lo a Maureen.

— E? — Lily cruzou os braços, fazendo o terno caro farfalhar. — Vai me convidar a entrar ou não?

— Não vou — retrucou Maia. — Vamos conversar aqui, no corredor.

— Chata. — Lily se encostou na parede com tinta descascando e fez uma careta. — Por que você me invocou, lobisomem?

— Maureen está louca — falou Maia. — Raphael e Simon sumiram. Sebastian Morgenstern está matando os membros do Submundo para reforçar seus argumentos aos Nephilim. E talvez seja hora de vampiros e licantropes conversarem. Até de se aliarem.

— Ora, você é muito lindinha — disse Lily, se aprumando. — Sabe, Maureen é louca, mas ainda é a líder do clã. E posso dizer uma coisa: ela não vai conversar com um integrante qualquer do bando que perdeu o fio da meada porque o namorado morreu.

Maia apertou mais ainda o frasco em sua mão. Sentiu vontade de jogar o líquido no rosto de Lily, tanta vontade que isso a assustou.

— Pode me chamar quando você for a líder do bando. — Havia uma luz escura nos olhos da vampira, como se ela estivesse tentando dizer algo a Maia sem enunciar. — Aí conversaremos.

Lily se virou e saiu caminhando pelo corredor nos saltos altos. Aos poucos, Maia foi soltando o aperto no frasco de água benta em seu bolso.

— Belo tiro — comentou Jace.

— Não precisa me ridicularizar. — Alec e Jace estavam em um dos vertiginosos conjuntos de salas de reuniões; não era o mesmo cômodo no qual Jace estivera com Clary, mas outra sala, mais austera, em uma parte antiga do Gard. As paredes eram de pedra, e havia um banco comprido ao longo da parede a oeste. Jace estava ajoelhado nele, a jaqueta jogada de lado, a manga direita da camisa arregaçada.

— Não estou ridicularizando — protestou ele, enquanto Alec encostava a ponta da estela na pele nua do braço. Quando as linhas escuras começaram a espiralar, saindo do *adamas*, Jace não conseguiu evitar a lembrança do outro dia, em Alicante, quando Alec enfaixou a mão dele, dizendo com raiva: *Pode se curar como um mundano. Vagarosa e desagradavelmente.* Jace tinha socado uma janela naquele dia; ele merecera tudo que Alec lhe dissera.

Alec suspirou lentamente; sempre era muito cuidadoso com os símbolos, em particular com os *iratzes*. Ele parecia sentir o leve ardor, a picada na pele que Jace sentia, embora o garoto nunca tivesse se importado com a dor — o mapa de cicatrizes brancas que cobriam seus bíceps e desciam até o antebraço comprovava isso. Havia uma força especial num símbolo desenhado pelo *parabatai*. Foi por isso que eles enviaram os dois para outro local, ao passo que o restante da família Lightwood se encontrava no gabinete da Consulesa, para que Alec pudesse curar Jace da forma mais rápida e eficiente possível. Jace ficara um pouco assustado; ele meio que tinha achado que o fariam participar da reunião com o pulso roxo e inchado.

— Não estou ridicularizando — repetiu Jace, enquanto Alec terminava e dava um passo para trás para examinar seu trabalho. Jace já podia sentir a dormência do *iratze* se espalhando por suas veias, acalmando a dor no braço, selando os lábios abertos. — Você acertou a faca de Matthias a meio anfiteatro de distância. Lançamento limpo, não atingiu Jia. E ele estava se mexendo.

— Eu estava motivado. — Alec deslizou a estela de volta para o cinto. O cabelo escuro caía bagunçado sobre os olhos; ainda não o havia cortado direito desde que ele e Magnus terminaram.

Magnus. Jace fechou os olhos.

— Alec — disse ele. — Eu vou. Você sabe que eu vou.

— Você está dizendo isso porque acha que vai me tranquilizar — rebateu Alec. — Acha que eu quero que você se entregue a Sebastian? Ficou maluco?

— Acho que esse pode ser o único jeito de resgatar Magnus — respondeu Jace da escuridão que emanava de suas pálpebras.

— E você está disposto a trocar a vida de Clary também? — O tom de Alec era ácido. Jace abriu os olhos; Alec estava olhando para ele com firmeza, porém sem expressão.

— Não — disse Jace, ouvindo a derrota na própria voz. — Eu não seria capaz disso.

— E eu não pediria que você fizesse uma coisa dessas — emendou Alec. — É isso... É isso que Sebastian está tentando fazer. Afastar-nos uns dos outros usando as pessoas que amamos como iscas para nos separar. Não devemos permitir isso.

— Quando foi que você ficou tão sábio? — perguntou Jace.

Alec riu, uma risada curta e frágil.

— O dia em que eu me tornar um sábio será o dia em que você vai precisar ter cuidado.

— Talvez você sempre tenha sido sábio — comentou Jace. — Eu me lembro quando te perguntei se queria ser *parabatai*, e você disse que precisava de um dia para pensar. E então você voltou e disse *sim*, e, quando eu perguntei por que concordou, você disse que era porque eu precisava de alguém para cuidar de mim. Você estava certo. Eu nunca voltei a pensar no assunto porque nunca precisei. Eu tinha você, e você sempre cuidou de mim. Sempre.

A expressão de Alec ficou mais séria; Jace quase conseguia enxergar a tensão latejando nas veias de seu *parabatai*.

— Não — disse Alec. — Não fale assim.

— Por que não?

— Porque — disse Alec — é assim que as pessoas falam quando acham que vão morrer.

— Se Clary e Jace forem entregues a Sebastian, eles estarão sendo entregues à morte — disse Maryse.

Estavam no gabinete da Consulesa, provavelmente o cômodo mais luxuosamente decorado em todo o Gard. Tinha um tapete grosso no chão, as paredes de madeira eram cobertas por tapeçarias, uma escrivaninha imensa ficava em posição diagonal no cômodo. Em um dos lados estava Jia Penhallow, o corte na garganta se fechando enquanto os *iratzes* faziam efeito. Atrás da cadeira dela estava Patrick, o marido, com a mão no ombro da mulher.

Diante deles, estavam Maryse e Robert Lightwood. Para surpresa de Clary, ela, Isabelle e Simon tinham sido autorizados a ficar na sala também. Supunha que fossem discutir o destino dela e de Jace, mas e daí? Até então, decidir o destino das pessoas sem consultar a parte interessada nunca parecera ser um problema.

— Sebastian diz que não vai machucá-los — disse Jia.

— A palavra dele não tem valor — emendou Isabelle sem rodeios. — Ele mente. E o fato de jurar pelo Anjo não significa nada, pois ele não se importa com o Anjo. Ele serve a Lilith, se é que serve a alguém.

Ouviu-se um clique baixo, e a porta se abriu, então Alec e Jace entraram. Os dois tinham tropeçado em alguns degraus, e Jace levara a pior, estava com um lábio cortado e um pulso quebrado ou torcido. Agora, porém, ele parecia normal outra vez; tentou sorrir para Clary quando entrou, mas seus olhos estavam assombrados.

— Você tem que entender como a Clave verá isso — disse Jia. — Você lutou contra Sebastian em Burren. Eles ouviram dizer, mas não *viram*, não até a Cidadela, a diferença entre guerreiros Crepusculares e Caçadores de Sombras. Nunca houve uma raça de guerreiros mais poderosa que os Nephilim. Agora há.

— Ele só atacou a Cidadela para reunir informações — rebateu Jace. — Ele queria saber do que os Nephilim eram capazes: não apenas o grupo que conseguimos organizar de última hora em Burren, mas os guerreiros enviados para lutar pela Clave. Ele queria ver como os guerreiros lutariam contra as forças dele.

— Estava nos avaliando — completou Clary. — Ele estava nos pesando na balança.

Jia olhou para ela.

— *Mene mene tequel ufarsim* — murmurou ela.

— Você estava com a razão quando falou que Sebastian não quer lutar uma grande batalha — disse Jace. — Seu interesse é lutar um monte de pequenas batalhas onde possa Transformar alguns Nephilim. Aumentar suas forças. E isso poderia ter funcionado, ficar em Idris, deixá-lo trazer a batalha para cá, quebrar a onda de seu exército nas rochas de Alicante. No entanto, agora que ele levou os representantes do Submundo, ficar aqui não vai funcionar. Sem nossa vigilância, com o Submundo contra nós, os Acordos serão extintos. O mundo... será extinto.

O olhar de Jia foi até Simon.

— O que você diz, ser do Submundo? Matthias estava certo? Se recusarmos a pagar pelos reféns de Sebastian, isso significará guerra com o Submundo?

Simon parecia assustado por se dirigirem a ele num tom tão oficial. Conscientemente ou não, sua mão foi até o medalhão de Jordan no pescoço; ele o segurou enquanto falava.

— Eu acho — disse ele, com relutância — que embora haja alguns membros do Submundo que seriam razoáveis, os vampiros não seriam. Eles já creem que os Nephilim estabeleceram um preço baixo por suas vidas. Feiticeiros... — Ele balançou a cabeça. — Eu realmente não compreendo os feiticeiros. Nem as fadas... quero dizer, a Rainha Seelie parece cuidar de si. Ela ajudou Sebastian com um desses. — Ele ergueu a mão, onde o anel reluzia.

— Parece provável que teve menos a ver com uma ajuda a Sebastian e mais com o desejo insaciável de saber tudo — disse Robert. — É verdade, ela espionava você, mas não sabíamos na época que Sebastian era nosso inimigo. O mais impressionante é que Meliorn tinha jurado que a lealdade do Povo das Fadas era para conosco e que Sebastian é inimigo deles, e fadas não podem mentir.

Simon deu de ombros.

— De qualquer forma, não compreendo como eles pensam. Mas os lobisomens adoram Luke. Eles ficarão desesperados para tê-lo de volta.

— Ele costumava ser um Caçador de Sombras... — começou Robert.

— Isso piora as coisas — disse Simon, mas não o Simon, o amigo mais antigo de Clary; era outra pessoa, alguém bem informado sobre a política do Submundo. — Para eles, o modo como os Nephilim tratam os seres do Submundo que já foram Nephilim é uma evidência de que os Caçadores de Sombras creem que os membros do Submundo têm sangue contaminado. Uma vez, Magnus me contou sobre um jantar ao qual foi convidado, num Instituto, para membros do Submundo e Caçadores de Sombras; depois do evento, os Caçadores de Sombras jogaram todos os pratos fora. Porque os convidados do Submundo tinham tocado neles.

— Nem todos os Nephilim são assim — retrucou Maryse.

Simon deu de ombros.

— A primeira vez que vim ao Gard foi porque Alec me trouxe — continuou ele. — Eu confiei que o Cônsul queria apenas conversar comigo. Em vez disso, fui jogado na prisão e passei fome. Luke foi estimulado a se suicidar pelo próprio *parabatai* depois que foi Transformado. A Praetor Lupus foi incendiada por um Caçador de Sombras, ainda que este fosse um inimigo de Idris.

— Então você está dizendo que sim, haverá guerra? — perguntou Jia.

— A guerra já está acontecendo, não é? — respondeu Simon. — A senhora não foi ferida numa batalha? Só estou dizendo: Sebastian está usando as brechas em suas alianças para destruir vocês, e está fazendo isso direitinho. Talvez ele não compreenda os humanos, não estou dizendo que compreende, mas ele compreende o mal, a traição e o egoísmo, e isso é uma coisa que se aplica a tudo que possua uma mente e um coração. — Ele fechou a boca abruptamente, como se com medo de ter falado demais.

— Então acha que deveríamos fazer o que Sebastian pede: enviar Jace e Clary para ele? — perguntou Patrick.

— Não — respondeu Simon. — Acho que ele sempre mente, e enviá-los não ajudará em nada. Mesmo quando jura, ele mente, como Isabelle falou. — Ele olhou para Jace, depois para Clary, —*Vocês* sabem disso — disse ele. — Vocês o conhecem melhor que qualquer um, sabem que ele nunca fala sério. Digam a eles.

Clary balançou a cabeça, muda. Foi Isabelle quem respondeu por ela:

— Eles não conseguem — emendou ela. — Seria como se estivessem implorando pelas próprias vidas, e nenhum deles vai fazer isso.

— Eu já me ofereci de boa vontade — completou Jace. — Falei que iria. Vocês *sabem* por que ele me quer. — Ele abriu os braços. Clary não se surpreendeu ao ver que o fogo celestial estava visível na pele dos antebraços, como arame dourado. — O fogo celestial feriu Sebastian em Burren. Ele tem medo disso, sendo assim, tem medo de mim. Eu vi isso no rosto dele, no quarto de Clary.

Fez-se um longo silêncio. Jia afundou na cadeira.

— Vocês têm razão. Não discordo de nenhum de vocês. Mas não posso controlar a Clave, e há alguns entre aqueles que vão escolher o que consideram seguro, e há outros que odeiam a ideia de sermos aliados dos membros do Submundo, para começar, e que acolherão uma oportunidade de recusar. Se Sebastian queria dividir a Clave em facções, e tenho certeza de que queria, escolheu um bom meio de fazer isso. — Ela olhou em volta, para os Lightwood, para Jace e Clary, com o olhar firme pousando em cada um deles. — Eu adoraria ouvir sugestões — emendou ela, um pouco secamente.

— Poderíamos nos esconder — respondeu Isabelle de pronto. — Desaparecer em um lugar onde Sebastian nunca fosse nos encontrar; você pode informar a ele que Jace e Clary fugiram, apesar das tentativas de mantê-los conosco. Ele não pode nos culpar por isso.

— Uma pessoa sensata não culparia a Clave — rebateu Jace. — Sebastian não é sensato.

— E não existe lugar onde possamos nos esconder dele — retrucou Clary. — Ele me encontrou na casa de Amatis. Sebastian é capaz de me encontrar em qualquer parte. Talvez Magnus pudesse ter nos ajudado, mas...

— Há outros feiticeiros — disse Patrick, e Clary arriscou um olhar para o rosto de Alec, que parecia entalhado em pedra de tão rijo.

— Não dá para contar com a ajuda deles, não importa o quanto se pague, pelo menos não agora — explicou Alec. — Esse é o intuito do sequestro. Eles não virão nos ajudar, não até constatarem se vamos ajudá-los primeiro.

Ouviu-se uma batida à porta, e dois Irmãos do Silêncio entraram, as túnicas brilhando como pergaminhos sob a luz enfeitiçada.

— Irmão Enoch — disse Patrick, saudando-o — e...

— Irmão Zachariah — completou o segundo, retirando o capuz.

Apesar do que Jace sugerira na sala do Conselho, ver o agora humano Zachariah foi um choque. Mal dava para reconhecê-lo, somente os símbolos escuros nos arcos das maçãs do rosto, um lembrete do que ele fora. Ele era esbelto, quase esquelético, e alto, com uma elegância delicada e muito humana no formato do rosto, e tinha cabelo escuro. Parecia, talvez, ter uns 20 anos.

— Este é o *Irmão Zachariah*? — perguntou Isabelle em uma voz baixa, confusa. — Quando foi que ele ficou gato?

— Isabelle! — murmurou Clary, mas o Irmão Zachariah não a ouviu, ou então tinha grande autocontrole. Estava olhando para Jia. Daí, para surpresa de Clary, falou algo num idioma que ela não conhecia.

Os lábios de Jia tremeram por um instante. Então se contraíram numa linha rígida. Ela se virou para os outros:

— Amalric Kriegsmesser está morto — informou.

Entorpecida por uma dezena de choques nas últimas horas, Clary precisou de alguns segundos para se lembrar de quem era: o Crepuscular capturado em Berlim e levado ao Basilias enquanto os Irmãos procuravam uma cura.

— Nada que tentamos nele funcionou — disse Irmão Zachariah. A voz era melodiosa. Ele tinha sotaque britânico, pensou Clary. Ela só ouvira a voz dele em sua mente até então, e aparentemente a comunicação telepática apagava os sotaques. — Nem um único feitiço, nem uma única poção. Finalmente, nós o fizemos beber do Cálice Mortal.

Isso o destruiu, falou Enoch. *A morte foi imediata.*

— O corpo de Amalric deve ser enviado pelo Portal para os feiticeiros no Labirinto Espiral, para análise — disse Jia. — Talvez se agirmos depressa o bastante, ela... eles consigam aprender alguma coisa a partir da morte dele. Encontrar alguma pista para a cura.

— Que infelicidade para a família — comentou Maryse. — Eles nem mesmo verão o corpo ser cremado e enterrado na Cidade do Silêncio.

— Ele não é mais um Nephilim — disse Patrick. — Se tivesse que ser enterrado, seria na encruzilhada diante da Floresta Brocelind.

— Como minha mãe— emendou Jace. — Porque ela se matou. Criminosos, suicidas e monstros são enterrados no local onde todas as vias se cruzam, certo?

Ele ostentava uma voz falsamente alegre, aquela que Clary sabia que encobria raiva ou dor; ela queria se aproximar dele, mas a sala estava cheia demais.

— Nem sempre — disse Irmão Zachariah, baixinho. — Um dos jovens Longford estava na batalha da Cidadela. Ele se viu forçado a se suicidar, incentivado pelo próprio *parabatai*, que fora Transformado por Sebastian. Depois disso, virou a espada para si e cortou os pulsos. Ele será enterrado com o restante dos mortos hoje, com todas as devidas honras.

Clary se lembrou do jovem que ela vira na Cidadela, de pé sobre um Caçador de Sombras morto, de uniforme vermelho, chorando enquanto a batalha se intensificava à volta dele. Clary se perguntava se deveria ter parado e falado com ele, se isso teria ajudado, se havia alguma coisa que pudesse ter feito.

Jace parecia prestes a vomitar.

— É por isso que vocês têm que me deixar ir atrás de Sebastian — completou ele. — Isso não pode continuar acontecendo. Essas batalhas, os combates contra os Crepusculares... ele encontrará coisas piores para fazer. Sebastian sempre encontra. Ser Transformado é pior que morrer.

— *Jace* — disse Clary rispidamente, mas o garoto lhe ofereceu um olhar desesperado e, ao mesmo tempo, suplicante. Um olhar que implorava a ela para não duvidar dele. Jace se inclinou para a frente, as mãos na escrivaninha da Consulesa.

— Enviem-me até ele — pediu Jace. — E eu tentarei matá-lo. Tenho o fogo celestial. É nossa melhor chance.

— Não é uma questão de *enviar* você a algum lugar — disse Maryse. — Não podemos mandar você a ele; não sabemos onde Sebastian está. É uma questão de permitir que ele o capture.

— Então deixem que me capture...

— Absolutamente não. — Irmão Zachariah parecia sério, e Clary se lembrou do que ele lhe dissera uma vez: *Se recebo a chance de salvar o último na linha de sucessão dos Herondale, considero isto algo de importância maior que minha fidelidade à Clave.* — Jace Herondale — disse ele. — A Clave pode escolher obedecer ou desafiar Sebastian, mas de um jeito ou de outro, você não pode ser entregue do modo como ele espera. Devemos surpreendê-lo. Caso contrário, simplesmente estaremos enviando a única arma que sabemos que ele teme.

— Você tem outra sugestão? — perguntou Jia. — Nós devemos atraí-lo? Usar Jace e Clary para capturá-lo?

— Vocês não podem usá-los como isca — protestou Isabelle.

— Talvez pudéssemos separá-lo de suas forças? — sugeriu Maryse.

— Vocês não podem enganar Sebastian — explicou Clary, sentindo-se exausta. — Ele não se importa com razões ou pretextos. Há apenas ele e o que ele quer, e se ficarem entre essas duas coisas, Sebastian vai destruir vocês.

Jia se inclinou sobre a mesa.

— Talvez possamos convencê-lo a querer outra coisa. Há algo que possamos oferecer a ele para barganhar?

— Não — murmurou Clary. — Não há nada. Sebastian é... — Como ela definiria o irmão? Como explicar o que era olhar para o núcleo escuro de um buraco escuro? *Imagine que você seja o último Caçador de Sombras na Terra, imagine toda sua família e todos seus amigos mortos, imagine não haver mais ninguém capaz de acreditar no que você era. Imagine que estivesse na Terra em um bilhão, um bilhão de anos, depois que o sol tivesse extinguido toda a vida, e estivesse chorando consigo por uma única criatura viva que ainda respirasse ao seu lado, mas não houvesse nada, apenas rios de fogo e cinzas. Imagine ser tão solitário, e então imagine que houvesse apenas um meio de resolver isso. Então imagine o que você faria para que isso acontecesse.* — Não. Ele não vai mudar de ideia. Nunca.

Um murmúrio irrompeu. Jia bateu palmas e pediu silêncio.

— Chega— disse. — Estamos andando em círculos. É hora de a Clave e o Conselho discutirem a situação.

— Se eu puder dar uma sugestão. — Os olhos do Irmão Zachariah varreram o cômodo, pensativos debaixo dos cílios escuros, antes de pousarem em Jia. — Os ritos fúnebres para os mortos da Cidadela estão prestes a começar. A presença da senhora é esperada, Consulesa, assim como a do senhor, Inquisidor. Eu sugeriria que Clary e Jace permanecessem na casa do Inquisidor, considerando a controvérsia em torno deles, e que o Conselho se reunisse após os ritos.

— Temos direito de estar na reunião — disse Clary. — A decisão diz respeito a nós. É sobre nós.

— Vocês serão convocados — informou Jia, sem pousar o olhar em Clary nem em Jace, passando por eles e fitando apenas Robert, Maryse, Irmão Enoch e Zachariah. — Até lá, descansem; vocês precisarão de energia. Pode vir a ser uma longa noite.

12
O Pesadelo Formal

Os corpos estavam ardendo em fileiras de piras ordenadas e posicionadas ao longo da estrada até a Floresta Brocelind. O sol começava a se pôr em um céu com nuvens brancas, e, conforme cada pira se elevava, explodia em faíscas cor de laranja. O efeito era estranhamente belo, embora Jia Penhallow duvidasse que alguém dentre os que lamentavam reunidos na planície pensasse assim.

Por alguma razão, um versinho que ela aprendera na infância se repetia em sua mente.

Preto para caçar de noite e dar sorte,
Pois o branco é a cor do pranto e da morte.
Dourado para a noiva em seu vestido,
E vermelho para acabar com um feitiço.
Seda branca quando nossos corpos queimam;
Bandeiras azuis aos perdidos que retornam, pois teimam.
Chamas para o nascimento de um Nephilim,
E, para apagar nossos pecados, és um fim.
Cinza para o conhecimento que não deve ser dito;
Cor de osso para aquele que não envelhece, bendito.

Açafrão ilumina a cor da vitória,
Verde para um coração partido, almejando a glória.
Prata para as torres demoníacas, cor de adamas,
E bronze para invocar poderes malignos, nada mais.

Cor de osso para aquele que não envelhece. Irmão Enoch, na túnica cor de osso, caminhava nos arredores da fileira de piras. Havia Caçadores de Sombras de pé, ajoelhados ou lançando nas chamas alaranjadas punhados de flores de Alicante, brancas e pálidas, que cresciam até mesmo no inverno.

— Consulesa. — A voz ao seu lado era baixa. Ela se virou e viu o irmão Zachariah, ou o garoto que um dia tinha sido o Irmão Zachariah, parado próximo ao ombro dela. — Irmão Enoch disse que a senhora queria falar comigo.

— Irmão Zachariah — começou ela, e então parou. — Há algum outro nome pelo qual você gostaria de ser chamado? Seu nome antes de se tornar Irmão do Silêncio?

— Zachariah está ótimo por enquanto — respondeu. — Ainda não estou pronto para reclamar meu antigo nome.

— Eu soube — disse ela, e fez uma pausa, pois a parte seguinte era difícil — que você conheceu uma das feiticeiras do Labirinto Espiral, Theresa Gray, a qual foi importante durante sua vida mortal. E, para alguém que foi Irmão do Silêncio pelo tempo que você foi, isso deve ser raro.

— Ela é tudo que restou daquela época — declarou Zachariah. — Ela e Magnus. Eu gostaria de conversar com Magnus, se eu pudesse, antes de ele...

— Você gostaria de ir ao Labirinto Espiral? — interrompeu Jia.

Zachariah baixou o olhar, com olhos assustados. Parecia ter a mesma idade da filha dela, pensou Jia, os cílios do garoto eram impossivelmente longos, os olhos ao mesmo tempo jovens e velhos.

— Está me liberando de Alicante? Vocês não precisam de todos os guerreiros?

— Você serviu à Clave por mais de 130 anos. Não podemos lhe pedir mais nada.

Ele virou a cabeça para olhar as piras, a fumaça preta poluindo o ar.

— Quanto o Labirinto Espiral sabe? A respeito dos ataques aos Institutos, à Cidadela, aos representantes?

— Eles estudam o conhecimento popular — disse Jia. — Nem guerreiros nem políticos. Sabem o que aconteceu em Burren. Conversamos sobre a magia de Sebastian, sobre possíveis curas para os Crepusculares, sobre meios de fortalecer as barreiras. Eles não perguntam mais que isso...

— E a senhora não precisa contar — completou Zachariah. — Então não sabem da Cidadela nem dos representantes?

Jia trincou os dentes.

— Suponho que você vá dizer que eu tenho que contar a eles.

— Não — retrucou o garoto. As mãos dele estavam nos bolsos; a respiração era visível no ar frio da noite. — Não vou dizer isso.

Eles estavam parados lado a lado, na neve e no silêncio, até que, para surpresa de Jia, ele voltou a falar:

— Não vou para o Labirinto Espiral. Ficarei aqui em Idris.

— Mas você não quer vê-la?

— Eu quero ver Tessa mais que qualquer outra coisa no mundo — respondeu Zachariah. — No entanto, se ela soubesse mais sobre o que está acontecendo aqui, ia querer estar aqui e lutar ao nosso lado, e eu percebi que não quero isso. — O cabelo escuro caiu para a frente quando ele balançou a cabeça. — Percebi que, depois de deixar de ser um Irmão do Silêncio, sou capaz de não querer isso. Talvez seja egoísmo. Não tenho certeza. Mas sei que os feiticeiros no Labirinto Espiral estão seguros. Tessa está segura. Se eu for até ela, ficarei seguro também, mas estarei me escondendo. Não sou um feiticeiro; não posso ser útil ao Labirinto. Posso ser útil aqui.

— Você poderia ir ao Labirinto e voltar. Seria complicado, mas eu poderia solicitar...

— Não — murmurou. — Não vou conseguir encarar Tessa e omitir o que está acontecendo aqui. E, mais do que isso, não posso ir à Tessa e me apresentar a ela como um mortal, como um Caçador de Sombras, e mentir sobre o que eu sentia por ela quando era... — Ele parou de falar. — Que o que eu senti não mudou. Não posso dizer isso e depois voltar a um lugar onde eu poderia ser morto. É melhor ela achar que nunca houve chance para nós.

— É melhor você achar isso também — disse Jia, olhando para o rosto dele, para a esperança e o desejo pintados ali nitidamente para qualquer um ver. Ela olhou para Robert e Maryse Lightwood, um pouco distantes um do outro na neve. Não muito longe deles, estava Aline, com a cabeça inclinada no cabelo louro de Helen Blackthorn. — Nós, Caçadores de Sombras, nos colocamos em perigo o tempo todo, todos os dias. Acho que algumas vezes somos imprudentes com nossos corações do mesmo modo como somos com nossas vidas. Quando nós os oferecemos, damos todos os pedaços. E, se não conseguimos o que tanto queremos, como viver?

— Acha que existe a possibilidade de ela não me amar? — questionou Zachariah. — Depois de todo esse tempo.

Jia não disse nada. Afinal de contas, era exatamente o que ela pensava.

— É uma dúvida razoável — disse ele. — E talvez ela não ame. Enquanto ela estiver viva, bem e feliz neste mundo, vou encontrar um jeito de ser feliz também, mesmo que não seja ao lado dela. — Zachariah olhou na direção das piras, para as silhuetas estiradas dos mortos. — Qual dos corpos é o do jovem Longford? Aquele que matou seu *parabatai*?

— Ali — apontou Jia. — Por que você quer saber?

— Não consigo imaginar alguém sendo obrigado a fazer nada pior. Eu não teria tido coragem suficiente. Como alguém teve essa coragem, quero prestar meus respeitos a ele — disse Zachariah, e caminhou pelo solo salpicado de neve, em direção às fogueiras.

— O funeral acabou — afirmou Isabelle. — Ou, pelo menos, a fumaça parou de subir. — Ela estava apoiada no peitoril da janela do quarto, na casa do Inquisidor. O cômodo era pequeno e pintado de branco, com cortinas floridas. Não tinha muito a ver com Isabelle, pensou Clary, mas teria sido difícil reproduzir o quarto de Isabelle em Nova York, todo salpicado de glitter, de última hora.

— Eu estava lendo meu *Códex* no outro dia. — Clary terminou de abotoar o cardigã de lã azul que havia acabado de vestir. Ela não conseguira suportar nem mais um segundo usando o suéter da véspera, o mesmo com o qual dormira e no qual Sebastian tinha tocado. — E estava pensando. Mundanos matam uns aos outros o tempo todo. Nós... eles... têm guerras, todos os tipos de guerras, e destroem uns aos outros, mas esta é a primeira vez que os Nephilim tiveram que matar outros Caçadores de Sombras. Quando Jace e eu estávamos tentando convencer Robert a nos deixar entrar na Cidadela, eu não conseguia entender a teimosia dele. Mas acho que agora entendo. Acho que ele não conseguia acreditar que Caçadores de Sombras poderiam realmente ser uma ameaça entre si. Por mais que a gente tivesse contado a eles sobre o Burren.

Isabelle deu uma risadinha.

— Isto é muita generosidade da sua parte. — Ela dobrou os joelhos para junto do peito. — Sabe, sua mãe me levou para a Cidadela Adamant. Elas disseram que eu teria sido uma ótima Irmã de Ferro.

— Eu as vi em combate — comentou Clary. — As Irmãs. Elas eram lindas. E assustadoras. Era como olhar para o fogo.

— Mas elas não podem se casar. Não podem ficar com ninguém. Elas vivem para sempre, mas não... não têm vida. — Isabelle pousou o queixo nos joelhos.

— Há todo tipo de vida — disse Clary. — E veja o Irmão Zachariah...

Isabelle ergueu o olhar.

— Ouvi meus pais conversando a respeito dele a caminho da reunião do Conselho hoje — falou ela. — Eles disseram que o que aconteceu a ele foi um milagre. Nunca ouvi falar de ninguém deixar de ser um Irmão do Silêncio antes. Tipo, eles podem morrer, mas reverter os feitiços não deveria ser possível.

— Há muitas coisas que não deveriam ser possíveis — disse Clary, passando os dedos pelo cabelo. Ela queria tomar um banho, mas não suportava a ideia de ficar sozinha sob a água. Pensando na mãe. Em Luke. A ideia de perder qualquer um deles, quanto mais os dois, era tão terrível quando a ideia de ser abandonada no mar: um cisquinho de humanidade cercado por quilômetros de água em volta e abaixo, e o céu vazio acima. Nada para ancorá-la à terra.

Ela começou a dividir o cabelo em duas tranças de forma mecânica. Um segundo depois, Isabelle surgiu atrás dela, no espelho.

— Deixe-me fazer isso — disse ela bruscamente, e segurou as mechas do cabelo de Clary, os dedos manipulando os cachos habilmente.

Ela fechou os olhos e se deixou perder por um momento na sensação de ter alguém mais tomando conta dela. Quando era pequena, a mãe trançava seu cabelo todas as manhãs, antes de Simon ir buscá-la para levá-la à escola. Ela se recordou do hábito dele de desamarrar as fitas enquanto ela desenhava, e de escondê-las em algum lugar — nos bolsos, na mochila —, esperando que ela percebesse e jogasse um lápis nele.

Algumas vezes era impossível acreditar que sua vida tinha sido tão comum.

— Ei — chamou Isabelle, cutucando-a. — Você está bem?

— Estou bem — disse Clary. — Estou bem. Está tudo bem.

— Clary. — Ela sentiu a mão de Isabelle na sua, abrindo seus dedos lentamente. A mão dela estava úmida. Clary percebeu que estava apertando um dos grampos com tanta força que as extremidades se enterraram na palma da mão, e o sangue começou a escorrer pelo pulso. — Eu não... eu nem me lembro de ter pegado isto — disse, entorpecida.

— Eu fico com isto. — Isabelle retirou o grampo. — Você não está bem.

— Eu tenho que ficar bem — disse Clary. — Eu *tenho* que ficar. Tenho que me controlar e não desmoronar. Por minha mãe e por Luke.

Isabelle fez um barulho baixinho, evasivo. Clary estava consciente da estela da outra passando pelas costas de sua mão e do fio de sangue diminuindo. Mesmo assim, ela não sentia dor. Havia apenas a escuridão no limite da visão, a escuridão que ameaçava se fechar sempre que ela pensava nos pais. Era como se estivesse se afogando, chutando os limites da própria consciência para se manter alerta e acima da água.

Subitamente, Isabelle arfou e pulou para trás.

— O que foi? — perguntou Clary.

— Eu vi um rosto, um rosto na janela...

Clary tirou Heosphoros do cinturão e começou a cruzar o cômodo. Isabelle estava bem atrás, o chicote dourado e prateado desenrolando em sua mão. Ele estalou à frente, e a ponta se enrolou no pegador da janela, abrindo-a. Ouviu-se um gritinho, e um vulto obscuro e pequeno caiu sobre o tapete, aterrissando de quatro.

O chicote estalou de volta para a mão de Isabelle enquanto ela fitava, com um raro olhar de espanto. A sombra no chão se desenrolou e revelou um vulto diminuto, vestido de preto, o borrão de uma face pálida e um tufo de cabelo louro e comprido, liberando-se de uma trança descuidada.

— *Emma?* — disse Clary.

A parte sudoeste de Long Meadow, em Prospect Park, ficava deserta à noite. A lua, em quarto crescente, iluminava os edifícios de tijolos do Brooklyn para além do parque, o contorno de árvores nuas e o espaço aberto pelo bando na grama seca por causa do frio.

Era um círculo, com cerca de 5 metros de diâmetro, formado pelos lobisomens. Todo o bando do centro de Nova York estava lá: trinta ou quarenta lobos, jovens e velhos.

Leila, com o cabelo escuro puxado num rabo de cavalo, parada no centro do círculo, bateu palmas uma vez para chamar atenção.

— Lobos do bando — disse. — Um desafio foi feito. Rufus Hastings desafiou Bartholomew Velasquez pela antiguidade e a liderança na ausência de Luke Garroway. A substituição de Luke como líder não será discutida neste momento. — Ela juntou as mãos atrás das costas. — Bartholomew e Rufus, um passo à frente, por favor.

Morcego avançou para dentro do círculo, e, um instante depois, Rufus o acompanhou. Os dois estavam vestidos de forma inadequada: jeans, camiseta, coturnos e os braços nus, apesar do ar gélido.

— Eis as regras do desafio — anunciou Leila. — Lobo deve lutar contra lobo, sem armas, salvo dentes e garras. Porque é um desafio pela liderança, a luta será uma luta até a morte, e não até haver sangue. Quem sobreviver será o líder, e todos os outros lobos jurarão lealdade a ele hoje. Entenderam?

Morcego assentiu. Ele parecia tenso, com o queixo rígido; Rufus estava sorrindo, os braços balançando ao lado do corpo. Fez um gesto, dispensando as palavras de Leila.

— Todos nós sabemos como funciona, criança.

Ela contraiu os lábios numa linha fina.

— Então podem começar — disse ela, no entanto, ao se afastar até o círculo para ficar com os outros, murmurou "Boa sorte, Morcego" baixinho, porém alto o suficiente para que todos a ouvissem.

Rufus não parecia incomodado. Ele ainda sorria e, no momento em que Leila voltou para o círculo, junto ao bando, ele avançou.

Morcego se desviou dele. Rufus era grande e pesado; Morcego era mais leve e mais ágil. Ele girou para o lado, e por pouco as garras de Rufus não o atingiram, e retornou com um golpe no queixo que jogou a cabeça de Rufus para trás. Ele forçou sua vantagem rapidamente, dando golpes que fizeram o outro lobo cambalear; Rufus arrastou os pés quando um rosnado baixo começou nas profundezas de sua garganta.

As mãos pendiam para os lados, os dedos feito garras. Morcego girou novamente, dando um soco no ombro de Rufus no mesmo instante em que este girou e deu um golpe com a mão esquerda. Suas garras estavam totalmente estendidas, imensas e reluzindo sob a luz da lua. Parecia claro que ele as afiara de algum modo. Cada uma delas estava como uma navalha, e passaram pelo peito de Morcego, rasgando sua camisa e, com ela, a pele. O tom escarlate surgiu nas costelas de Morcego.

— Primeiro sangue — gritou Leila, e os lobos começaram a bater os pés lentamente, cada um deles erguendo o pé esquerdo e abaixando-o numa batida regular, de tal modo que o chão parecia ecoar como um tambor.

Rufus sorriu mais uma vez e avançou em Morcego, que girou e revidou num golpe, aterrissando outro soco no queixo do oponente, fazendo-o sangrar. Rufus virou a cabeça para o lado e cuspiu vermelho na grama — e depois continuou avançando. Morcego se manteve firme; com as garras expostas agora, os olhos em fenda e amarelos. Ele uivou e deu um chute; Rufus agarrou a perna dele e a torceu, mandando Morcego para o chão. Ele se lançou atrás de Morcego, mas o outro lobisomem já havia rolado para longe, e Rufus pousou agachado no solo.

Morcego cambaleou, ficando de pé, mas era evidente que estava perdendo sangue. O sangue que escorria pelo peito encharcava o cós do jeans, e suas mãos estavam úmidas com ele. Morcego esticou as garras; Rufus se virou, recebendo o golpe no ombro, quatro cortes superficiais. Com um rosnado, agarrou o pulso de Morcego e torceu. O som de osso estalando foi alto, e Morcego arfou e recuou.

Rufus atacou. O peso dele levou Morcego ao chão, batendo sua cabeça com força contra uma raiz de árvore. Morcego ficou mole.

Os outros lobos ainda esperneavam. Alguns choramingavam abertamente, mas nenhum avançou quando Rufus sentou-se em cima de Morcego, uma das mãos prendendo-o contra a grama e a outra mão erguida, as navalhas dos dedos brilhando. Ele se preparava para dar o golpe fatal.

— Pare. — A voz de Maia soou através do parque. Os outros lobos ergueram o olhar, em choque. Rufus sorriu.

— Ei, garotinha — disse ele.

Maia não se mexeu. Estava no meio do círculo. De alguma forma, tinha passado pela fila de lobos sem que percebessem. Vestia calça de veludo e uma jaqueta jeans, e o cabelo estava bem puxado para trás. Sua expressão era severa, quase impassível.

— Quero lançar um desafio — disse ela.

— Maia — começou Leila. — Você conhece a lei! "Quando lutares com um lobo do bando, deves enfrentá-lo apartado do grupo e sozinho, para que outros não tomem parte na disputa, nem o bando seja diminuído pela guerra." Você não pode interromper a batalha.

— Rufus está prestes a dar o golpe fatal — disse Maia sem emoção. — Você realmente acredita que preciso aguardar estes cinco minutos antes de lançar meu desafio? Vou lançá-lo, se Rufus tiver muito medo de lutar comigo enquanto Morcego ainda estiver respirando...

Rufus saiu de cima do corpo amolecido de Morcego com um rugido e avançou na direção de Maia. A voz de Leila se ergueu em pânico:

— Maia, saia daqui! Quando há o primeiro sinal de sangue, não podemos parar a luta...

Rufus partiu para cima de Maia. Suas garras rasgaram a lateral da jaqueta dela; Maia caiu de joelhos e rolou, daí se ergueu, ainda de joelhos, com as garras eretas. O coração dela batia forte contra o peito e enviava onda após onda de sangue quente e gelado pelas veias. Ela sentia o ardor do corte no ombro. *Primeiro sangue.*

Os lobisomens começaram a espernear novamente, embora dessa vez não houvesse silêncio. Havia murmúrios e arfares nas fileiras. Maia fez o possível para bloquear e ignorar o barulho. Ela viu Rufus dar um passo em sua direção. Ele era uma sombra delineada pela lua, e, nesse momento, ela via não apenas Rufus, mas também Sebastian, agigantando-se sobre ela na praia, um príncipe frio, entalhado em gelo e sangue.

Seu namorado está morto.

O punho dela estava contra o solo. Quando Rufus se lançou em cima dela, com as garras de navalha esticadas, Maia se ergueu e jogou um punhado de terra e grama em seu rosto.

Ele cambaleou para trás, engasgando e cego. Maia avançou e chutou o pé de Rufus; ela percebeu os ossinhos se quebrando e ouviu o grito dele.

Naquele momento, quando ele estava distraído, ela enfiou as garras nos olhos dele.

Um grito rasgou sua garganta, interrompido rapidamente. Ele caiu para trás e desabou sobre a grama com uma pancada que a fez pensar numa árvore caindo. Ela baixou os olhos para a mão. Estava coberta com sangue e manchas de líquido: massa encefálica e humor vítreo.

Ela caiu de joelhos e vomitou na grama. As garras se retraíram, e ela limpou as mãos no chão, repetidas vezes, enquanto seu estômago se contraía. A mão de alguém lhe tocou as costas, e Maia ergueu o olhar, flagrando Leila inclinada bem pertinho.

— Maia — disse ela delicadamente, a voz abafada pelo bando entoando o nome de sua nova líder: "Maia, Maia, Maia."

Os olhos de Leila estavam sombrios e preocupados. Maia se pôs de pé, limpando a boca na manga da jaqueta, e correu pela grama até Morcego. Ela se agachou ao lado dele e lhe tocou o rosto com a mão.

— Morcego? — chamou ela.

Com um esforço, ele abriu os olhos. Havia sangue na boca, mas ele respirava normalmente. Maia imaginou que ele já estivesse se recuperando dos golpes de Rufus.

— Eu não sabia que você lutava sujo — disse ele, com um meio-sorriso.

Maia pensou em Sebastian e em seu sorriso reluzente, e nos corpos na praia. Pensou no que Lily lhe dissera. Pensou nos Caçadores de Sombras atrás das barreiras e na fragilidade dos Acordos e do Conselho. *Vai ser uma guerra suja*, pensou, e não foi isso que ela falou em voz alta:

— Eu não sabia que seu nome era Bartholomew. — Ela ergueu a mão dele, segurando-a em sua mão ensanguentada. Ao redor deles, o bando ainda entoava: "Maia, Maia, Maia."

Ele fechou os olhos.

— Todo mundo tem segredos.

— Quase não parece fazer diferença — disse Jace, sentado no banco da janela no quarto dele e de Alec, no sótão. — Tudo parece uma prisão.

— Você acha que isto é um efeito colateral por haver guardas armados por toda a casa? — sugeriu Simon. — Quero dizer, é só uma ideia.

Jace lançou um olhar irritado a ele.

— Qual é o problema com os mundanos e sua compulsão incontrolável de afirmar o óbvio? — perguntou Jace. Ele se inclinou para a frente, fitando através dos painéis da janela. Talvez Simon estivesse exagerando um pouco, mas só um pouco. Os vultos escuros de pé nos pontos cardeais ao redor da casa do Inquisidor talvez fossem invisíveis para olhos não treinados, mas não para Jace.

— Não sou um mundano — afirmou Simon, com frieza na voz. — E quanto aos Caçadores de Sombras e sua compulsão incontrolável de morrer e matar todos com quem se importam?

— Pare de discutir. — Alec estava encostado na parede, na clássica pose de pensador, o queixo na mão. — Os guardas estão ali para nos proteger, não para nos manter aqui dentro. Coloquem as coisas em perspectiva.

— Alec, você me conhece há sete anos — disse Jace. — Quando foi que já coloquei as coisas em perspectiva?

Alec fez uma careta para o amigo.

— Você ainda está com raiva porque quebrei seu telefone? — perguntou Jace. — Porque você quebrou meu pulso, então eu diria que estamos empatados.

— Eu torci seu pulso — retrucou Alec. — Não quebrei. *Torci.*

— Agora quem está discutindo? — provocou Simon.

— Não fale. — Alec fez um gesto para ele com uma expressão de nojo vago. — Sempre que olho para você, eu me lembro de ter flagrado você agarrando minha irmã.

Jace sentou ereto.

— Eu não sabia dessa história.

— Ah, deixe disso... — falou Simon.

— Simon, você está ficando vermelho — observou Jace. — E você é um vampiro e quase nunca fica vermelho, então é melhor que isso seja picante de verdade. E estranho. Isso envolvia alguma bizarrice com bicicletas? Aspiradores de pó? Guarda-chuvas?

— Guarda-chuvas dos grandes ou aqueles pequenos que vêm enfeitando o copo de bebida? — perguntou Alec.

— *Importa...?* — começou Jace, e então parou quando Clary entrou no quarto com Isabelle, segurando uma garotinha pela mão.

Depois de um momento de silêncio chocado, Jace a reconheceu: Emma, a garota a quem Clary tinha consolado depois de fugir da reunião do Conselho. A menina que tinha olhado para ele com admiração mal disfarçada por um herói. Não que ele se *importasse* com a admiração, mas era um pouco estranho ver uma criança subitamente jogada no meio de uma conversa que, sendo muito sincero, estava começando a ficar excêntrica.

— Clary — disse ele. — Você sequestrou Emma Carstairs?

Clary deu uma olhadela exasperada para ele.

— Não. Ela chegou aqui sozinha.

— Entrei por uma das janelas — revelou Emma. — Como em *Peter Pan*.

Alec esboçou um protesto. Clary ergueu a mão livre para impedi-lo; a outra mão estava no ombro de Emma.

— Pessoal, quietos só por um segundo, está bem? — pediu Clary. — Sei que ela não devia estar aqui, mas veio por uma razão. Ela tem informações.

— Isso mesmo — disse Emma em voz baixa, determinada. Na verdade, ela era um pouco mais baixa que Clary, mas e daí? Clary era minúscula. Um dia Emma provavelmente seria alta. Jace tentou se lembrar do pai da menina, John Carstairs; ele tinha certeza de que o vira em reuniões do Conselho, e tinha quase certeza de que se lembrava do sujeito alto e louro. Ou será que o cabelo era escuro? Ele se recordava dos Blackthorn, óbvio, mas os Carstairs haviam se apagado de sua memória.

Clary devolveu o olhar severo com outro que dizia: *Seja bonzinho.* Jace fechou a boca. Ele não sabia muito bem se gostava de crianças, embora sempre tivesse gostado de brincar com Max, o qual era surpreendentemente adepto de estratégias para um garotinho, e Jace sempre gostava de fazer quebra-cabeças para ele solucionar. O fato de o menino venerar o chão que Jace pisava também não era nada mau.

Jace pensou no soldado de madeira que tinha dado a Max e fechou os olhos por causa da dor repentina. Quando voltou a abrir os olhos, Emma o estava encarando. Não do modo como o olhara quando ele a encontrara com Clary no Gard, aquele olhar assustado, meio impressionado, meio apavorado, do tipo *Você é Jace Lightwood*, mas sim com um pouco de preocupação. Na verdade, toda a postura dela era uma mistura de medo evidente e confiança de que Jace sabia que ela estava fingindo. Os pais dela estavam mortos, pensou ele, tinham morrido há poucos dias. E ele se lembrou da época, sete anos antes, quando enfrentou os Lightwood, sabendo em seu coração que seu pai havia acabado de morrer, com o travo amargo da palavra "órfão" em seus ouvidos.

— Emma — disse ele, com a maior delicadeza possível. — Como você entrou pela janela?

— Eu subi pelos telhados — confirmou ela, e apontou para a janela. — Não foi tão difícil assim. Lucarnas são quase como quartos, então eu subi na primeira e... era o quarto de Clary. — Ela deu de ombros, como se seu feito não fosse arriscado nem impressionante.

— Era o meu, na verdade — disse Isabelle, que olhava para Emma como se ela fosse um espécime fascinante. Isabelle sentou-se no baú aos pés da cama de Alec, esticando as pernas compridas. — Clary mora na casa de Luke.

Emma parecia confusa.

— Eu não sei onde fica isso. E todo mundo disse que você estava ficando aqui. Foi por isso que vim.

Alec baixou os olhos para Emma, metade de seu olhar continha carinho, e metade, a preocupação de um irmão muito mais velho.

— Não tenha medo — começou ele.

— Eu *não* tenho medo — rebateu Emma. — Eu vim porque vocês precisam de ajuda.

Jace sentiu a boca repuxar involuntariamente no canto.

— Que tipo de ajuda? — perguntou ele.

— Eu reconheci aquele homem hoje — disse ela. — Aquele que ameaçou a Consulesa. Ele veio com Sebastian e atacou o Instituto. — Ela engoliu em seco. — Aquele lugar no qual ele disse que todos íamos queimar, Edom...

— É outro nome para "Inferno" — explicou Alec. — Não é um lugar real, você não precisa se preocupar...

— Ela não está preocupada, Alec — disse Clary. — Apenas ouça com atenção.

— *É* um lugar — afirmou Emma. — Quando eles atacaram o Instituto, eu ouvi. Ouvi um deles dizendo que poderiam levar Mark para Edom e sacrificá-lo ali. E, quando nós escapamos pelo Portal, ouvi a mulher gritando atrás de nós que íamos queimar em Edom, que não havia fuga real. — A voz estremeceu. — Pelo modo como eles falavam de Edom, sei que era um lugar real ou um lugar real para eles.

— Edom — disse Clary, recordando-se. — Valentim chamou Lilith de alguma coisa assim; ele a chamou de "Milady de Edom".

Os olhos de Alec se fixaram nos de Jace. Alec meneou a cabeça e saiu do quarto sem fazer barulho. Jace sentiu seus ombros relaxando levemente; em meio ao clamor geral, era bom ter um *parabatai* ciente do que você estava pensando sem que houvesse a necessidade de verbalizar.

— Você contou sobre isso a mais alguém?

Emma hesitou e então balançou a cabeça.

— Por que não? — perguntou Simon, que tinha ficado quieto até então. Emma olhou para ele e piscou; tinha apenas 12 anos, pensou Jace, e provavelmente mal vira seres do Submundo tão de perto antes. — Por que não contou à Clave?

— Porque eu não confio na Clave — respondeu Emma em voz baixa. — Mas eu confio em vocês.

Clary engoliu em seco visivelmente.

— Emma...

— Quando chegamos aqui, a Clave interrogou a todos nós, em especial Jules, e eles usaram a Espada Mortal para ter certeza de que não estávamos mentindo. Ela causa dor, mas eles não deram a mínima para isso. Usaram em Ty e em Livvy. Usaram em Dru. — Emma parecia ultrajada. — Provavelmente teriam usado em Tavvy se ele soubesse falar. E ela causa dor. A Espada Mortal causa dor.

— Eu sei — disse Clary, baixinho.

— Ficamos com os Penhallow — explicou Emma. — Por causa de Aline e Helen, e porque a Clave quer ficar de olho na gente. Por causa do que eu vi. Eu estava no primeiro andar quando eles voltaram do funeral e ouvi a conversa, por isso... por isso me escondi. Um grupo inteiro deles, não apenas Patrick e Jia, mas um monte de outros líderes do Instituto também. Eles estavam conversando sobre o que deveriam fazer, sobre o que a Clave deveria fazer, se deveriam entregar Jace e Clary para Sebastian, como se fosse escolha deles. Uma decisão deles. Mas eu pensei que a decisão devia ser de vocês. Alguns deles disseram que não tinha importância se vocês queriam ir ou não...

Simon estava de pé.

— Mas Jace e Clary se ofereceram para ir, praticamente imploraram para ir...

— Nós teríamos contado a verdade a eles. — Emma afastou o cabelo embaraçado do rosto. Os olhos dela eram enormes, castanhos com toques de ouro e âmbar. — Eles não precisavam usar a Espada Mortal, nós teríamos contado a verdade ao Conselho, mas eles a usaram mesmo assim. Usaram em Jules até as mãos dele... as mãos dele ficarem queimadas por causa dela. — A voz de Emma estremeceu. — Então pensei que vocês deviam saber o que eles estavam dizendo. Não querem que vocês saibam que não é escolha de vocês, porque sabem que Clary pode criar Portais. Sabem que ela pode sair daqui e, se ela escapar, acham que não haverá mais jeito de barganhar com Sebastian.

A porta se abriu, e Alec voltou para o quarto, trazendo um livro encadernado em couro marrom. Ele o segurava de tal maneira que encobria o título, mas seus olhos encontraram os de Jace, e ele meneou a cabeça levemente, depois deu uma olhadela em Emma. Os batimentos cardíacos de Jace aceleraram; Alec tinha encontrado alguma coisa. Alguma coisa da qual não tinha gostado, a julgar pela expressão sombria, mas, de qualquer forma, era alguma coisa.

— Será que os representantes da Clave que você ouviu escondida deram alguma noção de quando iam decidir o que fazer? — perguntou Jace a Emma, em parte para distraí-la, enquanto Alec sentava na cama e deslizava o livro para trás de si.

Emma balançou a cabeça.

— Eles ainda estavam discutindo quando saí. Engatinhei até a janela do andar de cima. Jules me disse para não fazer isso porque eu ia morrer, mas sabia que não ia porque sou uma boa escaladora — acrescentou ela, com uma pontinha de orgulho. — E ele se preocupa demais.

— É bom ter pessoas que se preocupam com você — disse Alec. — Significa que se importam. É assim que você fica sabendo que são bons amigos.

O olhar de Emma foi de Alec para Jace, curioso.

— Você se preocupa com ele? — perguntou ela a Alec, fazendo-o gargalhar de surpresa.

— O tempo todo — disse ele. — Jace poderia acabar se matando ao vestir a calça de manhã. Ser o *parabatai* dele é trabalho em tempo integral.

— Eu queria ter um *parabatai* — comentou Emma. — É como alguém da sua família, mas porque quer ser, e não porque é obrigado a ser. — Ela corou, subitamente constrangida. — De qualquer forma, não acho que alguém devesse ser punido por salvar as pessoas.

— É por isso que você confia na gente? — perguntou Clary, emocionada. — Você acha que salvamos as pessoas?

Emma cutucou o carpete com a ponta das botas. Então ergueu o olhar.

— Eu sabia sobre você — disse Emma para Jace, corando. — Tipo, *todo mundo* sabe sobre você. Que era filho de Valentim, mas que depois não era mais, que era Jonathan Herondale. E eu não acho que isso tenha significado alguma coisa para a maioria das pessoas... Muitas chamam você de Jace Lightwood... Mas fez diferença para meu pai. Ouvimos ele dizer para mamãe que achava que os Herondale não existissem mais, que a família estivesse morta, mas que você era o último deles, e ele votou na reunião do Conselho para a Clave continuar a cuidar de você porque, nas palavras dele "Os Carstairs têm uma dívida com os Herondale".

— Por quê? — perguntou Alec. — O que os Carstairs devem aos Herondale?

— Sei lá — retrucou Emma. — Mas vim porque meu pai ia querer que eu viesse, mesmo que fosse perigoso.

Jace abafou uma risada baixinha.

— Algo me diz que você não dá a mínima para o perigo. — Ele se agachou, os olhos na mesma altura dos de Emma. — Tem mais alguma coisa que você possa contar? Alguma outra coisa mais que eles disseram?

A menina balançou a cabeça.

— Eles não sabem onde Sebastian está. Não sabem sobre essa história de Edom... Eu até mencionei quando estava segurando a Espada Mortal, mas acho que simplesmente pensaram ser outra palavra para "Inferno". Eles nunca me perguntaram se era um lugar real, por isso não falei.

— Obrigado por nos contar. É uma ajuda. Uma ajuda imensa. Você deve ir embora agora — acrescentou ele, o mais gentilmente possível —, antes que percebam que você saiu. Mas a partir de agora os Herondale têm uma dívida com os Carstairs. Certo? Lembre-se disso.

Jace se levantou quando Emma se virou para Clary, que acenou com a cabeça e a conduziu até a janela onde Jace estivera sentado mais cedo. Clary se inclinou e abraçou a garotinha antes de esticar a mão e destravar a janela. Emma subiu com a agilidade de um macaco. Ela se pendurou até somente as botas ficarem visíveis, e, um instante depois, elas também se foram. Jace ouviu um leve barulho de raspagem acima, enquanto ela se lançava pelo telhado, e depois silêncio.

— Eu gosto dela — disse Isabelle por fim. — Ela meio que me lembra Jace quando ele era pequeno, teimoso e agia como se fosse imortal.

— Duas dessas características ainda valem — falou Clary, travando a janela. Ela sentou-se no banco da janela. — Acho que a grande pergunta é: devemos contar a Jia ou a outra pessoa do Conselho o que Emma nos revelou?

— Isso depende — falou Jace. — Jia tem que se submeter às vontades da Clave; ela mesma disse isso. Se decidirem que querem nos jogar numa jaula até Sebastian vir nos buscar... bem, isso elimina qualquer vantagem que essa informação poderia nos dar.

— Então depende se a informação é ou não realmente útil — disse Simon.

— Certo — confirmou Jace. — Alec, o que você descobriu?

Alec retirou o livro de trás de si. Era uma *encyclopedia daemonica*, o tipo de livro que toda biblioteca de Caçadores de Sombras teria.

— Pensei que Edom pudesse ser um nome para um dos reinos demoníacos...

— Bem, todos têm teorizado que Sebastian poderia estar numa dimensão diferente, pois ele não pode ser rastreado — disse Isabelle. — Mas as dimensões demoníacas... há milhões delas, e as pessoas não podem simplesmente ir lá.

— Umas são mais conhecidas que outras — afirmou Alec. — A Bíblia e os textos de Enoque mencionam algumas, disfarçadas e incluídas, claro, em histórias e mitos. Edom é mencionado como um local desolado... — Ele leu em voz alta, a voz controlada: — *E os rios de Edom se transformarão em piche, e o solo, em enxofre; a terra se transformará em betume ardente. Noite e dia, ele não se apagará; sua fumaça subirá para sempre. De geração em geração, permanecerá desolado; ninguém passará por ele para todo o sempre.* — Ele suspirou. — E, claro, tem as lendas sobre Lilith e Edom, que ela foi banida dali, que governa o local com o demônio Asmodeus. Provavelmente foi por isso que os Crepusculares falaram em sacrificar Mark Blackthorn a ela em Edom.

— Lilith protege Sebastian — disse Clary. — Se ele estivesse indo para um reino demoníaco, iria para o dela.

— *Ninguém passará por ele para todo o sempre* não parece muito encorajador — comentou Jace. — Além disso, não há meio de entrar nos reinos demoníacos. Viajar para lá e para cá neste mundo é uma coisa...

— Ora, há um meio, acho — disse Alec. — Uma trilha que os Nephilim não podem fechar porque fica fora da jurisdição de nossas Leis. É antiga, mais antiga que os Caçadores de Sombras... magia antiga e primitiva. — Ele suspirou. — Fica na Corte Seelie e é protegida pelo Povo das Fadas. Nenhum ser humano pôs os pés naquela trilha em mais de cem anos.

13

Calcado em Boas Intenções

Jace caminhava pelo quarto feito um gato. Os outros o observavam, Simon com uma sobrancelha arqueada.

— Não tem outro jeito de chegar lá? — perguntou Jace. — Não podemos tentar um Portal?

— Não somos demônios. Só podemos atravessar um Portal no interior de uma dimensão — explicou Alec.

— Eu sei, mas se Clary experimentasse com os símbolos do Portal...

— Não vou fazer isso — interrompeu Clary, colocando a mão protetoramente sobre o bolso onde a estela se encontrava. — Não vou colocar vocês todos em perigo. Eu mesma passei pelo Portal com Luke para Idris e quase nos matei. Não vou arriscar.

Jace ainda caminhava. Era o que ele fazia quando estava pensando. Clary sabia disso, mas o observava com preocupação mesmo assim. Ele fechava e abria as mãos, e murmurava. Finalmente, ele parou.

— Clary — disse. — Você pode criar um Portal para a Corte Seelie, certo?

— Sim — respondeu ela. — Isso eu poderia fazer... Já estive lá e me lembro. Mas será que estaríamos seguros? Nós não fomos convidados, e o Povo das Fadas não gosta de incursões em seu território...

— Não tem "nós" — falou Jace. — Nenhum de vocês vai. Vou fazer isso sozinho.

Alec ficou de pé com um salto.

— Eu sabia, eu sabia, meleca, e absolutamente não. Sem chance.

Jace arqueou uma das sobrancelhas para Alec; aparentemente ele estava calmo, mas Clary notava a tensão nos ombros e no modo como ele oscilava devagar para a frente, apoiado nos calcanhares.

— Desde quando você fala "meleca"?

— Desde quando a situação é uma *meleca*. — Alec cruzou os braços. — E pensei que fôssemos discutir se contaríamos à Clave.

— Não podemos fazer isso — observou Jace. — Não se vamos chegar aos domínios demoníacos através da Corte Seelie. Não é como se metade da Clave pudesse simplesmente invadir a Corte; isso pareceria uma declaração de guerra contra o Povo das Fadas.

— E se formos apenas nós cinco, podemos falar umas palavras bonitas e convencê-los a nos deixar passar? — Isabelle ergueu uma sobrancelha.

— Nós já negociamos com a Rainha — disse Jace. — Você foi atrás da Rainha quando eu... quando Sebastian estava comigo.

— E ela nos enganou para levarmos os anéis de comunicação para que ela pudesse escutar tudo — emendou Simon. — Eu acredito nela tanto quanto na minha capacidade de erguer um elefante de tamanho médio.

— Eu não falei em confiar nela. A Rainha fará qualquer coisa que seja de seu interesse no momento. Só temos que fazê-la se interessar pelo nosso acesso à estrada para Edom.

— Ainda somos Caçadores de Sombras — disse Alec —, ainda somos representantes da Clave. Não importa o que a gente faça no Reino das Fadas os Caçadores responderão por isso.

— Então usaremos tato e inteligência — insistiu Jace. — Olhe, eu adoraria fazer a Clave lidar com a Rainha e a corte por nós. Mas não temos tempo. Eles, Luke e Jocelyn, Magnus e Raphael, não têm tempo. Sebastian está se preparando para entrar em ação; está acelerando seus planos, sua sede de sangue. Você não sabe como ele é quando fica assim, mas eu sei. Eu *sei*. — Ele recuperou o fôlego; havia uma cortina fina de suor nas maçãs do rosto. — Por isso quero fazer isso sozinho. Irmão Zachariah me disse: Eu *sou* o fogo celestial. Não vamos conseguir outra Gloriosa. Não podemos exatamente convocar outro anjo. Já jogamos essa carta.

— Ótimo — rebateu Clary —, mas mesmo que você seja a única fonte do fogo celestial, não significa que tenha que fazer isso sozinho.

— Ela tem razão — disse Alec. — Nós sabemos que o fogo celestial pode ferir Sebastian. Mas não sabemos se é a única coisa capaz de feri-lo.

— E isso definitivamente não quer dizer que você seja a única pessoa capaz de matar todos os Crepusculares que Sebastian tiver ao redor dele — observou Clary. — Ou que você possa passar sozinho e em segurança pela Corte Seelie ou, depois disso, por algum reino demoníaco abandonado onde você tenha que *encontrar* Sebastian...

— Não podemos rastreá-lo porque não estamos na mesma dimensão — disse Jace. Ele ergueu o pulso onde a pulseira de Sebastian brilhava. — Assim que eu estiver no mundo dele, posso rastreá-lo. Já fiz isso antes...

— *Nós* podemos rastreá-lo — retrucou Clary. — Jace, há mais coisas além de simplesmente encontrá-lo; isso é imenso, maior que qualquer coisa que já fizemos. Não é apenas matar Sebastian; tem a ver com os prisioneiros. É uma missão de resgate. É a vida deles, bem como a nossa. — A voz dela falhou.

Jace fez uma pausa nas passadas pelo quarto; olhou para os amigos, um a um, quase implorando.

— Eu só não quero que algo aconteça a vocês.

— É, eu sei, nenhum de nós quer que algo aconteça a nós também — disse Simon. — Mas pense bem: o que acontece se você for e nós ficarmos? Sebastian quer Clary, mais ainda do que quer você, e ele é capaz de encontrá-la aqui em Alicante. Nada o impede de vir aqui, salvo uma promessa de que vai esperar dois dias. E de que valem as promessas dele? Sebastian poderia vir atrás de nós a qualquer momento; ele demonstrou isso com os representantes do Submundo. Estamos sem ação aqui. Melhor irmos a algum lugar onde ele não imagina que iremos, ou onde não esteja procurando por nós.

— Não vou ficar parado aqui em Alicante enquanto Magnus está em perigo — falou Alec, com uma voz surpreendentemente adulta e fria. — Se você for sem mim, desrespeitará nossos juramentos de *parabatai*, me desrespeitará como Caçador de Sombras, além do fato de que esta também é minha batalha.

Jace ficou chocado.

— Alec, eu nunca desrespeitaria nossos juramentos. Você é um dos melhores Caçadores de Sombras que conheço...

— E é por isso que vamos com você — disse Isabelle. — Você *precisa* da gente. Precisa de mim e de Alec para te ajudar, do modo como sempre fizemos. Precisa dos poderes dos símbolos de Clary e da força de vampiro de Simon. Essa luta não é só sua. Se nos respeita como Caçadores de Sombras e como seus amigos, a todos nós, então iremos com você. Simples assim.

— Eu sei — concordou Jace, em voz baixa. — Sei que preciso de vocês.

Jace olhou para Clary, e ela ouviu a voz de Isabelle dizendo *você precisa dos poderes dos símbolos de Clary*, então se lembrou da primeira vez em que o viu, com Alec e Isabelle de cada lado, e de como achou que ele parecia perigoso.

Nunca lhe ocorreu que ela era como ele — que ela também era perigosa.

— Obrigado — disse ele, e pigarreou. — Certo. Pessoal, vistam os uniformes e peguem as bolsas. Arrumem as coisas para uma viagem por terra: água, toda comida que conseguirem carregar, estelas extras, cobertores. E você — acrescentou, se dirigindo a Simon —, pode até não precisar de comida, mas se tiver uma garrafa com sangue, leve. Pode não haver nada que você possa... consumir onde vamos.

— Sempre tem vocês quatro — respondeu Simon, mas esboçou um sorriso, e Clary soube que era porque Jace o incluíra entre eles sem hesitar um segundo. Finalmente Jace tinha aceitado que, aonde quer que fossem, Simon iria também, sendo ou não um Caçador de Sombras.

— Muito bem — disse Alec. — Vamos nos encontrar aqui em dez minutos. Clary, prepare-se para criar um Portal. E Jace...

— Sim?

— É bom você ter uma estratégia para quando chegarmos à Corte das Fadas. Porque vamos precisar de uma.

O turbilhão no interior do Portal foi quase um alívio. Clary foi a última a passar pela entrada reluzente, depois de os outros quatro avançarem, e permitiu que a escuridão fria a levasse como água, puxando cada vez mais para baixo, roubando o ar de seus pulmões e fazendo-a se esquecer de tudo, menos do clamor e da queda.

Acabou rápido demais, o aperto do Portal soltando-a para a queda brusca, a mochila rodopiando debaixo dela, no chão de terra batida de um túnel. Ela prendeu o fôlego e rolou para o lado, usando uma raiz pendente e comprida para se endireitar. Alec, Isabelle, Jace e Simon estavam se levantando ao redor, espanando as roupas com as mãos. Eles não tinham caído na terra, ela percebeu, mas num tapete de musgo. Mais musgo se espalhava ao longo das paredes lisas e marrons do túnel, no entanto ele reluzia com luz fosforescente. Pequenas flores brilhantes, como margaridas elétricas, cresciam entre o musgo e sarapintavam o verde de branco. Raízes serpenteantes pendiam do teto do túnel e faziam Clary se perguntar o que exatamente estava crescendo acima do solo. Vários túneis menores se ramificavam a partir do principal, alguns pequenos demais para comportar uma figura humana.

Isabelle tirou um pedaço de musgo do cabelo e franziu a testa.

— Onde exatamente nós estamos?

— Eu mirei para chegarmos diante da sala do trono — disse Clary. — Já estivemos aqui. Mas sempre parece diferente.

Jace já tinha seguido pelo corredor principal. Mesmo sem o símbolo de Silêncio, ele estava quieto como um gato no musgo fofo. Os outros o acompanhavam, Clary com a mão no cabo da espada. Estava meio surpresa pelo pouco tempo que levara para se acostumar a uma arma pairando na lateral de seu corpo; caso ela esticasse a mão em busca de Heosphoros e não a encontrasse ali, pensou, entraria em pânico.

— Aqui — murmurou Jace, e fez um gesto para o restante do grupo ficar calado. Eles estavam na arcada, uma cortina os separava de uma sala maior, mais além. Da última vez em que Clary estivera ali, a cortina era feita de borboletas vivas, e seus esforços no bater de asas a faziam farfalhar.

Hoje eram espinhos, espinhos como os que circundavam o castelo da Bela Adormecida, espinhos entrelaçados um ao outro de tal modo que formavam uma divisória que pendia do alto. Clary captava alguns lampejos do cômodo além — um brilho branco e prata —, mas todos ouviam o som de risadas, vindo dos corredores ao redor.

Os símbolos de invisibilidade não funcionavam com o Povo das Fadas; não havia meio de se esconder da vista deles. Jace estava alerta, o corpo tenso. Cuidadosamente, ele ergueu a adaga e abriu a divisória de espinhos do modo mais silencioso possível. Todo o grupo se inclinou, observando.

O cômodo além deles era uma terra invernal de contos de fadas, do tipo que Clary raramente via, a não ser nas visitas ao sítio de Luke. As paredes eram divisórias de cristal branco, e a Rainha estava reclinada no divã, que também era de cristal branco para combinar, riscado com veias prateadas na rocha. O chão estava coberto com neve, e o teto parecia repleto de estalactites compridas, todas amarradas com cordas de espinhos dourados e prateados. Havia pilhas de rosas brancas ao redor do cômodo, espalhadas aos pés do divã da Rainha, além de algumas entrelaçadas nos cabelos ruivos, como uma coroa. O vestido também era branco e prateado, tão diáfano quanto uma placa de gelo; dava para entrever o corpo dela, mas não claramente. Gelo, rosas e a Rainha. O efeito era ofuscante. Ela estava jogada no divã, com a cabeça inclinada, falando com um cavaleiro fada com armadura pesada. A armadura era marrom-escura, da cor de um tronco de árvore; um dos olhos era preto, o outro azul-claro, quase branco. Por um momento, Clary pensou que ele tivesse uma cabeça de cervo enfiada sob o braço imenso, mas ao olhar com atenção percebeu que era um capacete decorado com chifres.

— E como foi a Caçada Selvagem, Gwyn? — perguntou a Rainha. — Os Coletores dos Mortos? Imagino que os despojos tenham sido ótimos para vocês na Cidadela Adamant na outra noite. Ouvi dizer que os uivos dos Nephilim rasgavam o céu enquanto eles morriam.

Clary sentiu a tensão dos outros Caçadores de Sombras. Ela se lembrava de ter ficado deitada ao lado de Jace num barco em Veneza, observando a Caçada Selvagem acima deles; um turbilhão de gritos e comandos de batalha, cavalos cujos cascos brilhavam em escarlate, martelando pelo céu.

— Assim ouvi dizer, milady — disse Gwyn, com uma voz tão rouca que mal se podia compreender. A criatura soava como uma lâmina arranhando a casca áspera de uma árvore. — A Caçada Selvagem vem quando os corvos do campo de batalha grasnam e pedem o sangue: nós recolhemos nossos cavaleiros entre os mortos. Mas não estávamos na Cidadela Adamant. Os jogos de guerra dos Nephilim e dos Crepusculares são intensos demais para nosso sangue. O Povo das Fadas não combina muito bem com demônios e anjos.

— Você me decepciona, Gwyn — comentou a Rainha, com um muxoxo. — Este é um momento de poder para o Povo das Fadas; vencemos, nos erguemos, chegamos ao mundo. Pertencemos aos tabuleiros do poder, tanto quanto os Nephilim. Eu esperava seu conselho.

— Perdoe-me, milady — respondeu Gwyn. — Xadrez é um jogo delicado demais para nós. Não posso aconselhá-la.

— Mas eu lhe dei um presente. — A Rainha afundou no divã. — O garoto Blackthorn. A combinação de sangue de Caçador de Sombras e de fadas; é raro. Ele vai cavalgar às suas costas, e os demônios o temerão. Um presente meu e de Sebastian.

Sebastian. Ela falou o nome muito à vontade, com familiaridade. Havia carinho na voz dela, se é que se podia dizer que a Rainha das Fadas era carinhosa. Clary ouvia a respiração de Jace ao lado: forte e rápida; os outros ficaram tensos também, o pânico suplantando a compreensão no rosto de todos conforme assimilavam as palavras da Rainha.

Clary sentiu Heosphoros cada vez mais fria em sua mão. *Uma trilha aos domínios demoníacos que conduz através das terras das fadas. A terra rachando e se abrindo aos pés de Sebastian, que contava vantagem e dizia que tinha aliados.* A Rainha e Sebastian oferecendo o presente de uma criança Nephilim capturada. Juntos.

— Os demônios já têm medo de mim, bela dama — disse Gwyn, e sorriu.

Bela dama. O sangue nas veias de Clary era um rio congelado, descendo até o coração. Ao baixar o olhar, ela viu Simon se reposicionando e cobrindo a mão de Isabelle com a dele, um gesto breve para oferecer conforto; Isabelle estava pálida e parecia doente, assim como Jace e Alec. Simon engoliu em seco; o anel de ouro no dedo brilhou, e ela ouviu a voz de Sebastian em sua mente: *Realmente acha que ela deixaria que você pusesse as mãos em alguma coisa que permitisse que se comunicasse com seus amiguinhos sem que ela conseguisse ouvir? Desde que o tirei de você, falei com ela, ela falou comigo, você foi uma tola em confiar nela, irmãzinha. Ela gosta de ficar do lado vencedor, a Rainha Seelie. E esse lado será o nosso, Clary. Nosso.*

— Você me deve um favor então, Gwyn, em troca do garoto — disse a Rainha. — Sei que a Caçada Selvagem segue as próprias leis, mas solicito sua presença na próxima batalha.

Gwyn franziu a testa.

— Não tenho certeza se um garoto vale uma promessa com tantas consequências. Como falei, a Caçada tem pouco desejo de se envolver nessa história dos Nephilim.

— Você não precisa lutar — disse a Rainha, com uma voz delicada. — Eu pediria apenas sua ajuda com os corpos posteriormente. E haverá corpos. Os Nephilim pagarão por seus crimes, Gwyn. Todos devem pagar.

Antes que Gwyn pudesse responder, outra figura entrou no cômodo, vindo do túnel escuro que fazia uma curva atrás do trono da Rainha. Era Meliorn, em sua armadura branca, com o cabelo preto em uma trança que descia pelas costas. As botas tinham uma crosta do que parecia piche preto. Ele franziu a testa ao avistar Gwyn.

— Um Caçador nunca traz boas notícias — disse ele.

— Acalme-se, Meliorn — disse a Rainha. — Gwyn e eu estamos apenas discutindo uma troca de favores.

Meliorn inclinou a cabeça.

— Trago notícias, milady, mas gostaria de lhe falar em particular.

Ela se virou para Gwyn.

— Estamos de acordo?

Gwyn hesitou, então assentiu brevemente e, com um olhar de desagrado para Meliorn, desapareceu pelo túnel escuro do qual o cavaleiro fada viera.

A Rainha deslizou no divã, os dedos pálidos feito mármore contra o vestido.

— Muito bem, Meliorn. Sobre o que você queria falar? São notícias dos prisioneiros do Submundo?

Os prisioneiros do Submundo. Clary ouviu Alec inspirar com força atrás de si, e a cabeça de Meliorn virar para o lado. Ela notou que ele semicerrou os olhos.

— Se não estou enganado — disse ele, esticando a mão para pegar a espada —, milady, temos visitantes...

Jace já estava deslizando a mão para o lado, murmurando "*Gabriel*". A lâmina serafim ardeu, e Isabelle ficou de pé de um salto, estalando o chicote para a frente e partindo a cortina de espinhos, que desmoronou ruidosamente no chão.

Jace passou correndo pelos espinhos e avançou para a sala do trono, Gabriel ardendo em sua mão. Clary empunhou sua espada.

Eles invadiram a sala e se organizaram num semicírculo: Alec com o arco já de prontidão, Isabelle com o chicote reluzindo e Clary com a espada, além de Simon — Simon não tinha arma melhor que ele mesmo, mas estava parado e sorria para Meliorn, as presas reluzindo.

A Rainha se levantou com um sibilo, e se cobriu rapidamente; foi a única vez que Clary a viu nervosa.

— Como ousam entrar na Corte sem permissão? — questionou ela. — Este é o maior dos crimes, uma violação do Pacto...

— Como a senhora ousa falar em violação do Pacto! — gritou Jace, e a lâmina serafim queimou em sua mão. Clary imaginava que Jonathan Caçador de Sombras deve ter ficado com essa mesma aparência tantos séculos atrás, quando conduziu os demônios de volta e salvou um mundo inocente da destruição. — Você, que assassinou e mentiu, e prendeu os membros do Conselho do Submundo. Você se aliou às forças do mal e pagará por isso.

— A Rainha da Corte Seelie não paga — disse ela.

— Todos pagam — rebateu Jace, e de repente ele estava de pé no divã, acima da Rainha, a ponta da lâmina encostada na garganta dela. A Rainha recuou, porém estava acuada, Jace acima dela, os pés apoiados no divã. — Como a senhora fez isso? — perguntou ele. — Meliorn jurou que vocês estavam do lado dos Nephilim. Fadas não podem mentir. Por isso o Conselho *confiou* em vocês...

— Meliorn é metade fada. Ele pode mentir — disse a Rainha, lançando um olhar divertido a Isabelle, que parecia em choque. Só mesmo a Rainha conseguia parecer se divertir com uma lâmina no pescoço, pensou Clary. — Algumas vezes, a resposta mais simples é a correta, Caçadora de Sombras.

— *Por isso* você o queria no Conselho — declarou Clary, recordando-se do favor que a Rainha lhe pedira e que agora parecia ter sido há tanto tempo. — Porque ele consegue mentir.

— Uma traição há muito planejada — disse a Rainha, sem se mexer. A ponta da espada contra o pescoço. — Se tocarem na Rainha da Corte Seelie, o Povo das Fadas vai se revoltar contra vocês para sempre.

Jace arfava enquanto falava, e seu rosto estava tomado pela luz ardente.

— Então o que vocês são agora? — perguntou ele. — Ouvimos a senhora. A senhora falou de Sebastian como um aliado. A Cidadela Adamant se encontra sobre Linhas Ley. Linhas Ley são a província dos seres sobrenaturais. *A senhora* os conduziu até ali, abriu o caminho e permitiu que ele nos emboscasse. Como a senhora *já* não está organizada contra nós?

Um olhar feio cruzou o rosto de Meliorn.

— Você pode ter ouvido a conversa, pequeno Nephilim — disse ele. — Mas se matarmos vocês antes que voltem à Clave e contem suas histórias, ninguém mais precisará saber...

O cavaleiro começou a avançar. Alec disparou uma flecha, e ela afundou na perna de Meliorn, que caiu para trás com um grito.

Alec avançou, já preparando outra flecha no arco. Meliorn estava no chão, gemendo, a neve ao redor dele ficando vermelha. Alec parou acima dele, a besta de prontidão.

— Diga como chegar a Magnus... como resgatar os prisioneiros — disse ele. — Responda ou vou te transformar numa almofada de alfinetes.

Meliorn cuspiu. A armadura branca parecia se misturar na neve ao redor.

— Não vou contar nada. Me torture, me mate, não vou trair minha Rainha.

— De qualquer forma, não importa o que ele diz — declarou Isabelle. — Ele consegue mentir, lembra-se?

Alec fechou a cara.

— É verdade. Morra então, mentiroso. — E disparou a flecha seguinte.

Ela afundou no peito de Meliorn, e o cavaleiro fada caiu para trás, a força da flecha fazendo o corpo deslizar na neve. A cabeça dele bateu na parede da caverna com uma pancada úmida.

A Rainha gritou. O som invadiu os ouvidos de Clary e a tirou do choque. Ela ouvia a gritaria de fadas, ouvia pés correndo do lado de fora.

— Simon! — gritou ela, e ele deu meia-volta. — Venha cá!

Ela voltou a enfiar Heosphoros no cinturão, agarrou a estela e disparou para a porta principal, agora sem as cortinas irregulares de espinhos. Simon estava bem no encalço dela.

— Me levante — pediu Clary, e, sem perguntar, ele pôs as mãos ao redor da cintura dela e a ergueu, a força de vampiro quase a lançando para o teto.

Com a mão livre, ela se agarrou com força no alto da arcada e olhou para baixo. Simon a fitava, obviamente confuso, mas o aperto dele era firme.

— Fique firme — disse ela, e começou a desenhar. Era o oposto do símbolo que ela havia desenhado no barco de Valentim: este era um símbolo para fechar e trancar, para isolar todas as coisas, para um esconderijo e segurança.

Linhas pretas saíram da ponta da estela enquanto Clary rabiscava, então ela ouviu Simon dizer "Depressa, eles estão vindo", exatamente quando terminou e retirou a estela.

O chão abaixo deles se moveu. Eles caíram juntos, Clary pousou em cima de Simon — não foi a aterrissagem mais confortável, ele era todo joelhos e cotovelos — e rolou para o lado quando um muro de terra começou a deslizar pela arcada aberta, como uma cortina de teatro sendo puxada. Havia vultos correndo para as portas, vultos que começaram a tomar forma e revelaram o Povo das Fadas às pressas, e Simon puxou Clary exatamente no momento em que a entrada que dava para o corredor desapareceu com um estrondo final, isolando as fadas do outro lado.

— Pelo Anjo — disse Isabelle, com voz assustada.

Clary deu meia-volta, com a estela na mão. Jace estava de pé, a Rainha Seelie diante dele, a espada agora apontada para o coração dela. Alec estava parado acima do cadáver de Meliorn; ele não esboçava expressão alguma quando olhou para Clary e, em seguida, para o *parabatai*. Atrás dele, a passagem por onde Meliorn entrara e Gwyn saíra se abriu.

— Você vai fechar o túnel dos fundos? — perguntou Simon a Clary.

Ela balançou a cabeça.

— Meliorn tinha piche nos sapatos — disse ela. — *E os rios de Edom se transformarão em piche*, lembra? Acho que ele veio do reino demoníaco. Creio que o caminho é por ali.

— Jace — chamou Alec. — Diga à Rainha o que nós queremos e que, se ela obedecer, nós a deixaremos viver.

A Rainha riu, um som agudo.

— Pequeno arqueiro — disse. — Subestimei você. Afiadas são as flechas de um coração partido.

O rosto de Alec endureceu.

— A senhora subestimou a todos nós; sempre subestimou. A senhora e sua arrogância. O Povo das Fadas é um povo antigo, um povo bom. A senhora não é adequada para liderá-los. Se continuarem sob seu governo, todos vão acabar assim — disse, meneando o queixo para o cadáver de Meliorn.

— Foi você quem o matou — disse a Rainha —, não eu.

— Todos pagam — rebateu Alec, e o olhar em cima dela era firme, azul e gélido.

— Desejamos o retorno seguro dos reféns feitos por Sebastian Morgenstern — disse Jace.

A Rainha abriu as mãos.

— Eles não estão neste mundo, nem aqui com o Povo das Fadas, nem em qualquer território sobre o qual eu tenha jurisdição. Não há nada que eu possa fazer para resgatá-los, absolutamente nada.

— Muito bem — disse Jace, e Clary teve a sensação de que ele já esperava aquela resposta. — Há outra coisa que a senhora pode fazer, uma coisa que pode nos mostrar, que me fará poupá-la.

A Rainha ficou imóvel.

— O que é, Caçador de Sombras?

— A estrada para o reino demoníaco — disse Jace. — Queremos uma passagem segura até ele. Seguiremos por ela e sairemos de seu reino.

Para surpresa de Clary, a Rainha pareceu relaxar. A tensão desapareceu de sua postura, e um sorrisinho repuxou o canto da boca — um sorriso que não agradou a Clary.

— Muito bem. Vou guiá-los até a estrada para o reino demoníaco. — A Rainha ergueu o vestido diáfano de modo que pudesse abrir caminho pelos degraus que cercavam o divã. Os pés estavam descalços e eram tão brancos quanto a neve. Ela começou a caminhar pelo cômodo até a passagem escura que se estendia atrás do trono.

Alec seguiu bem no encalço de Jace, com Isabelle atrás dele; Clary e Simon foram na retaguarda, uma estranha procissão.

— Eu realmente, realmente odeio dizer isso — murmurou Simon, enquanto eles saíam da sala do trono e entravam na penumbra cheia de sombras da passagem subterrânea —, mas isso meio que pareceu fácil demais.

— Não foi fácil — murmurou Clary em resposta.

— Eu sei, mas a Rainha... ela é inteligente. Poderia ter encontrado um meio de escapar se quisesse. Ela não tem que nos deixar ir ao reino demoníaco.

— Mas ela quer — disse Clary. — Acha que vamos morrer lá.

Simon lhe lançou um olhar de soslaio.

— Vamos?

— Não sei — respondeu Clary, e acelerou o passo para se aproximar dos outros.

O corredor não era tão longo quanto Clary pensara. A escuridão fazia a distância parecer impossível, mas eles só precisaram caminhar por mais ou menos meia hora até sair das sombras para um espaço maior, iluminado.

A caminhada na escuridão foi silenciosa, Clary perdida em pensamentos — lembranças da casa que ela, Sebastian e Jace tinham dividido, do som da Caçada Selvagem rugindo no céu, do pedaço de papel com as palavras "minha bela dama". Aquilo não era sinal de romance; era sinal de respeito. A Rainha Seelie, a bela dama. *A Rainha gosta de ficar do lado vencedor, Clary, e esse lado será o nosso*, dissera Sebastian a ela certa vez; mesmo quando informara isso à Clave, Clary tomara este trecho como parte da arrogância dele. Havia acreditado, juntamente ao Conselho, que a palavra do Povo das Fadas jurando lealdade era suficiente, que a Rainha ao menos esperaria para ver de que lado o vento soprava antes de romper alianças. Clary pensou em Jace prendendo a respiração quando a Rainha falou *uma traição há muito planejada*. Talvez nenhum deles tivesse cogitado isso porque a ideia era insuportável demais: a Rainha tinha tanta certeza da vitória de Sebastian que havia topado escondê-lo no Reino das Fadas, onde ele não poderia ser rastreado. Que concordara em ajudá-lo na batalha. Clary pensou na terra se abrindo na Cidadela Adamant, engolindo Sebastian e os Crepusculares; aquilo tinha sido fruto de magia das fadas: afinal de contas, as Cortes ficavam no subterrâneo. Por que outro motivo os Caçadores de Sombras malignos que tinham atacado o Instituto de Los Angeles pegaram Mark Blackthorn? Todos presumiram que Sebastian temia a vingança do Povo das Fadas, no entanto ele não temia. Era aliado deles. Pegou Mark porque tinha sangue fada e, por causa desse sangue, pensaram que Mark pertencia a eles.

Em toda a vida dela, Clary nunca pensara tanto em linhagens e seus significados quanto nos últimos seis meses. O sangue Nephilim era puro; Clary era uma Caçadora de Sombras. O sangue do Anjo: isso a fazia ser o que era, lhe dava o poder dos símbolos. Fazia de Jace o que ele era, deixava-o forte, veloz e brilhante. O sangue dos Morgenstern: Clary também o possuía, assim como Sebastian, e por essa razão ele se importava com ela. Isso lhe dava um coração sombrio também ou não? Era o sangue de Sebastian — Morgenstern e demônio misturados — que fazia dele um monstro, ou ele poderia ter sido mudado, modificado, melhorado, ensinado de outro modo, tal qual os Lightwood tinham feito com Jace?

— Aqui estamos — disse a Rainha Seelie, e sua voz parecia divertida. — Vocês são capazes de adivinhar qual é a estrada correta?

Eles estavam parados numa caverna imensa, com o teto camuflado em meio às sombras. As paredes reluziam com um brilho fosforescente, e quatro vias se ramificavam do ponto onde se encontravam: uma atrás deles, e mais três. Uma era limpa, ampla e plana, e conduzia diretamente à frente. A outra, à esquerda, brilhava com folhas verdes e flores brilhantes, e Clary pensou ter visto o brilho do céu azul ao longe. O coração dela desejava seguir aquele caminho. E a última, a mais escura, era um túnel estreito, a entrada era sinuosa, com lanças de metal e espinheiros cobrindo as laterais. Clary pensou ter visto a escuridão e as estrelas no fim.

Alec deu uma risada breve.

— Nós somos Caçadores de Sombras — disse. — Conhecemos as histórias antigas. Estas são as Três Vias. — Explicou ao notar o olhar confuso de Clary: — As fadas não gostam que seus segredos escapem, porém alguns músicos humanos foram capazes de codificar antigos segredos das fadas em baladas antigas. Há uma chamada "Thomas, o Poeta", sobre um homem que foi sequestrado pela Rainha das Fadas...

— Ele não foi sequestrado — objetou a Rainha. — Ele veio espontaneamente.

— E ela o levou a um lugar onde havia três vias, e lhe disse que uma conduzia ao Céu, a outra conduzia ao Reino das Fadas, e a terceira conduzia ao Inferno. *Vês aquele caminho estreito, com densa cobertura de espinhos e de sarças? Essa é a trilha da correção moral, embora poucos perguntem por ela.* — Alec apontou na direção do túnel estreito.

— Ele conduz ao domínio mundano — disse a Rainha, com doçura. — Seu povo o considera celestial o suficiente.

— Foi assim que Sebastian chegou à Cidadela Adamant, auxiliado por guerreiros que a Clave não podia ver — disse Jace, com nojo. — Ele usou este túnel. Os guerreiros ficaram no Reino das Fadas, onde não poderiam ser rastreados. E passaram por aqui quando Sebastian precisou deles. — Jace lançou um olhar sombrio à Rainha. — Muitos Nephilim morreram por sua causa.

— Mortais — alegou a Rainha. — Eles morrem.

Alec a ignorou.

— Ali — falou, e apontou para o túnel cheio de folhas. — Vai mais longe no Reino das Fadas. E esse — apontou adiante — é o caminho para o Inferno. É para onde vamos.

— Eu sempre ouvi dizer que ele era calcado em boas intenções — disse Simon.

— Coloque seus pés no caminho e você descobrirá, Diurno — emendou a Rainha.

Jace girou a ponta da lâmina nas costas dela.

— O que vai impedir a senhora de contar a Sebastian que viemos atrás dele quando nós a deixarmos para trás?

A Rainha não emitiu qualquer ruído de dor; somente contraiu os lábios. Naquele momento, ela pareceu velha, apesar da juventude e beleza do rosto.

— Você fez uma boa pergunta. E mesmo que me matasse, há aqueles em minha Corte que contarão a ele sobre vocês, e ele adivinhará suas intenções, pois é inteligente. Vocês não podem evitar que ele saiba, a menos que matem todo o Povo das Fadas em minha Corte.

Jace fez uma pausa. Ele segurava a lâmina serafim, a ponta encostada nas costas da Rainha Seelie. A luz iluminava seu rosto, entalhando sua beleza em picos e vales, as maçãs do rosto pronunciadas e o ângulo do queixo. Ela alcançou a ponta do seu cabelo e o lambeu com fogo, como se ele estivesse usando uma coroa de espinhos em chamas.

Clary o observava, e os outros faziam o mesmo, em silêncio, oferecendo confiança. Não importa qual fosse a decisão, eles a apoiariam.

— Ora, vamos — disse a Rainha. — Você não tem estômago para tanta matança. Sempre foi o filho mais delicado de Valentim. — Os olhos dela pairaram um momento sobre Clary, em júbilo. *Você tem um coração sombrio, filha de Valentim.*

— Prometa — disse Jace. — Sei que promessas significam muito para seu povo. Sei que você não consegue mentir. Jure que não dirá nada sobre nós a Sebastian, nem que permitirá que alguém de sua Corte o faça.

— Eu juro — respondeu a Rainha. — Juro que ninguém na minha Corte, por meio de palavras ou atos, contará a ele que vocês estiveram aqui.

Jace se afastou da Rainha, baixando a lâmina junto à lateral do corpo.

— Sei que você acha que está nos enviando para a morte — disse ele. — Mas não vamos morrer assim tão facilmente. Não vamos perder esta guerra. E quando formos vitoriosos, faremos você e seu povo *sangrar* pelo que fizeram.

O sorriso da Rainha abandonou seu rosto. Eles se afastaram dela e, em silêncio, começaram a seguir o caminho para Edom; Clary olhou por cima do ombro assim que saíram e viu o esboço da Rainha, imóvel, observando-os ir embora, os olhos ardendo.

O corredor fazia uma curva ao longe e era como se tivesse sido escavado pelo fogo na rocha que o cercava. Conforme os cinco avançavam, em total silêncio, as paredes de pedra clara ao redor escureciam, manchadas aqui e ali por filetes cor de carvão, como se a pedra em si tivesse queimado. O chão liso começou a ceder lugar a um mais rochoso, a brita sendo esmagada debaixo dos saltos das botas. A fosforescência nas paredes começou a diminuir; Alec retirou a pedra de luz enfeitiçada do bolso e a ergueu acima da cabeça.

Quando a luz se ampliou entre os dedos dele, Clary sentiu Simon ficando tenso ao seu lado.

— O que foi? — murmurou ela.

— Alguma coisa está se mexendo. — Ele apontou um dedo para as sombras mais adiante. — Ali.

Clary semicerrou os olhos, mas não viu nada; a visão de vampiro de Simon era melhor que a de um Caçador de Sombras. Do modo mais silencioso possível, ela desembainhou Heosphoros e deu alguns passos, mantendo-se nas sombras das laterais do túnel. Jace e Alec mergulharam numa conversa. Clary bateu no ombro de Izzy e murmurou para ela:

— Tem alguém aqui. Ou alguma *coisa*.

Isabelle não respondeu, apenas se virou para o irmão e fez um gesto: um movimento complicado dos dedos. Os olhos de Alec mostraram que ele compreendeu, então ele se voltou para Jace imediatamente. Clary se lembrou da primeira vez que vira os três, na boate Pandemônio, anos de prática fundindo-os numa unidade que pensava, se movimentava, respirava e lutava junta. Ela não conseguia evitar se perguntar, independentemente do que acontecesse e por mais dedicada que ela fosse como Caçadora de Sombras, se sempre ficaria à margem...

Subitamente, Alec virou a mão para baixo, diminuindo a luz. Um clarão e uma centelha, e Isabelle foi para o lado de Clary, que deu meia-volta, segurando Heosphoros; daí ouviu os sons de uma luta: uma pancada e, em seguida, um grito de dor muito humano.

— Parem! — gritou Simon, e a luz explodiu ao redor deles.

Foi como se o flash de uma câmera tivesse sido disparado. Clary precisou de um segundo para adaptar os olhos à nova claridade. A cena a invadiu lentamente: Jace segurava a pedra de luz enfeitiçada, o brilho irradiava ao redor dele como a luz de um pequeno sol. Alec, o arco erguido e travado. Isabelle apertava o cabo do chicote com força, a tira enrolada nos tornozelos de um vulto pequeno curvado contra a parede da caverna: um garoto, com cabelo louro-claro que cacheava por cima das orelhas ligeiramente pontudas.

— Ai, meu Deus — murmurou Clary, enfiando a arma de volta no cinto e indo em frente. — Isabelle, pare. Está tudo bem — disse ela, caminhando até o garoto. As roupas dele estavam rasgadas e sujas, os pés, descalços e pretos por causa da sujeira. Os braços também estavam nus, e havia marcas de símbolos neles. Símbolos de Caçadores de Sombras.

— Pelo Anjo. — Izzy recolheu o chicote. Alec baixou a besta junto ao corpo. O garoto ergueu a cabeça e olhou com expressão severa.

— Você é um Caçador de Sombras? — perguntou Jace em tom incrédulo.

O garoto voltou a olhar com expressão severa e ainda mais feroz. Havia raiva em seus olhos, porém era mais que isso: havia angústia e medo. Não restava dúvida de quem ele era. Tinha os mesmos traços delicados da irmã, o mesmo queixo anguloso, e o cabelo era da cor de trigo descorado, cacheado nas pontas. Ele tinha cerca de 16 anos, recordou Clary. Parecia mais jovem.

— É Mark Blackthorn — informou Clary. — O irmão de Helen. Olhem para o rosto. Olhem para a *mão* dele.

Por um momento, Mark pareceu confuso. Clary tocou no próprio dedo, e os olhos dele se iluminaram ao compreender. Ele ergueu a mão direita magra de menino. No dedo anelar reluzia o anel de família dos Blackthorn, com o desenho de espinhos entrelaçados.

— Como você veio parar aqui? — perguntou Jace. — Como sabia como nos encontrar?

— Eu estava com os Caçadores no subterrâneo — disse Mark, baixinho. — Ouvi Gwyn falando com alguns dos outros que vocês tinham aparecido nos aposentos da Rainha. Eu me esgueirei para longe dos Caçadores, eles não estavam prestando atenção em mim, aí procurei por vocês e terminei... aqui. — Ele fez um gesto para o túnel em volta. — Eu precisava falar com vocês. Tinha que saber sobre minha família. — O rosto do garoto estava na sombra, mas Clary notou os traços enrijecendo. — As fadas me disseram que estavam todos mortos. É verdade?

Houve um silêncio chocado, e Clary leu o pânico na expressão de Mark enquanto ele ia dos olhos baixos de Isabelle, passando pela expressão indiferente de Jace até a postura rígida de Alec.

— É verdade — disse Mark finalmente —, não é? Minha família...

— Seu pai foi Transformado. Mas seus irmãos e irmãs estão vivos — explicou Clary. — Estão em Idris. Eles escaparam e estão bem.

Se ela esperava algum alívio da parte de Mark, ficou decepcionada. Ele ficou pálido.

— O quê?

— Julian, Helen, os outros... estão todos vivos. — Clary pôs a mão no ombro do garoto, no entanto ele recuou. — Estão vivos e preocupados com você.

— Clary — disse Jace, com uma advertência na voz.

Clary deu uma olhadela para ele por cima do ombro; será que a coisa mais importante a se dizer era que os irmãos de Mark estavam vivos?

— Comeu ou bebeu alguma coisa desde que o Povo das Fadas capturou você? — perguntou Jace, avançando para examinar o rosto de Mark.

Mark se desviou, mas não antes de Clary ouvir Jace inspirar com força.

— O que foi? — perguntou Isabelle.

— Os olhos dele — disse Jace, erguendo a pedra de luz enfeitiçada e iluminando o rosto de Mark. Mais uma vez, Mark fez uma careta, mas permitiu que o outro o examinasse.

Os olhos eram grandes, com cílios longos, como os de Helen; só que, ao contrário dos dela, as cores dos olhos do garoto não combinavam entre si. Um era azul dos Blackthorn, da cor da água. O outro era dourado, enevoado pelas sombras, numa versão mais escura que o de Jace.

Jace engoliu em seco, visivelmente.

— A Caçada Selvagem — disse ele. — Você é um deles agora.

Jace examinava o garoto, como se Mark fosse um livro que pudesse ser lido.

— Estique as mãos — pediu enfim, e Mark obedeceu. Jace as segurou e as virou para mostrar os pulsos do menino. Clary sentiu a garganta apertar. Mark vestia apenas uma camiseta, e os antebraços estavam riscados com marcas ensanguentadas de chicote. Clary pensou no modo como Mark recuara quando ela lhe tocou no ombro. Deus sabia quais eram os outros ferimentos debaixo das roupas. — Quando isto aconteceu?

Mark puxou as mãos. Elas tremiam.

— Meliorn fez isso — respondeu. — Quando ele me pegou pela primeira vez. Disse que pararia se eu comesse e bebesse a comida deles, então eu comi. Não achei que isso fizesse diferença, se minha família estava morta. E pensei que as fadas não conseguissem mentir.

— Meliorn consegue — disse Alec sombriamente. — Ou, pelo menos, *conseguia*.

— Quando foi que aconteceu isso tudo? — perguntou Isabelle. — As fadas só pegaram você há menos de uma semana...

Mark balançou a cabeça.

— Estou com o Povo das Fadas há muito tempo — respondeu ele. — Não sei dizer quanto...

— O tempo corre diferente no Reino das Fadas — disse Alec. — Algumas vezes, mais rápido, outras vezes, mais devagar.

Mark falou:

— Gwyn me contou que eu pertencia à Caçada e que não poderia abandoná-los, a menos que eles me deixassem ir. É verdade?

— É verdade — disse Jace.

Mark desmoronou contra a parede da caverna. Ele virou a cabeça para Clary.

— Você os viu. Você viu meus irmãos e irmãs. E Emma?

— Eles estão bem, todos eles. Emma também — respondeu Clary. Ela se perguntava se aquilo ajudava de algum modo. Ele tinha jurado permanecer no Reino das Fadas porque pensava que a família estivesse morta, e a promessa se mantinha, apesar de se basear numa mentira. Seria melhor pensar que você havia perdido tudo e começar de novo? Ou seria mais fácil saber que as pessoas que você amava estavam vivas, mesmo se nunca mais pudesse vê-las?

Ela pensou na própria mãe, em algum lugar do mundo além do fim do túnel. Melhor saber que estavam vivos, pensou ela. Melhor que a mãe e Luke estivessem vivos e bem, e que ela nunca os visse novamente, a estarem mortos.

— Helen não consegue tomar conta deles. Não sozinha — disse Mark, um pouco desesperado. — E Jules é jovem demais. Não consegue tomar conta de Ty; não sabe do que ele precisa. Ele nem sabe falar com Ty... — Mark respirou, trêmulo. — Deixem eu ir com vocês.

— Sabe que não pode — respondeu Jace, embora não conseguisse encarar Mark; ele fitava o chão. — Se você jurou fidelidade à Caçada Selvagem, agora você é um deles.

— Me levem com vocês — repetiu Mark. Ele tinha o olhar assustado e confuso de alguém que havia sido mortalmente ferido, mas que ainda não conhecia a extensão do ferimento. — Não quero ser um deles. Quero ficar com minha família...

— Nós vamos para o Inferno — disse Clary. — Não poderíamos levar você conosco, mesmo que você pudesse sair do Reino das Fadas em segurança...

— E você não pode — repetiu Alec. — Se tentar sair, vai morrer.

— Eu preferia morrer — retrucou Mark, e Jace girou a cabeça rapidamente. Os olhos dele eram dourados e brilhantes, quase brilhantes demais, como se o fogo em seu interior estivesse jorrando através deles.

— Eles pegaram você justamente pelo sangue de fada, mas também porque você tem sangue de Caçador de Sombras. Querem punir os Nephilim — disse Jace, com olhar determinado. — Mostre a eles do que um Caçador de Sombras é feito; mostre que não tem medo. Você pode sobreviver a isso.

Na iluminação ondulante da pedra de luz enfeitiçada, Mark olhou para Jace. Lágrimas trilharam pela sujeira em seu rosto, mas os olhos estavam secos.

— Não sei o que fazer — disse. — O que faço?

— Encontre um jeito de avisar os Nephilim — respondeu Jace. — Vamos para o Inferno, conforme Clary já disse. Talvez a gente nunca volte. Alguém tem que contar aos Nephilim que o Povo das Fadas não é aliado.

— Os Caçadores me pegarão se eu tentar enviar uma mensagem. — Os olhos do garoto brilharam. — Eles vão me matar.

— Não se você for rápido e inteligente — disse Jace. — Você consegue fazer isso. Sei que consegue.

— Jace — chamou Alec, com o arco ao lado. — Jace, precisamos deixar que ele vá antes que a Caçada perceba que desapareceu.

— Muito bem — disse Jace, e hesitou. Clary notou que Jace segurou a mão de Mark; ele pressionou a pedra de luz enfeitiçada na palma da mão do garoto, onde ela bruxuleou e depois recuperou o brilho constante. — Leve isto com você — pediu Jace —, pois pode estar escuro no território debaixo da montanha, e os anos podem ser muito longos.

Mark parou por um instante, a pedra enfeitiçada na mão. Parecia tão pequeno na luz ondulante que o coração de Clary bateu sem querer acreditar — certamente eles poderiam ajudá-lo, eram Nephilim, não deixariam os seus para trás —, e então ele deu meia-volta e correu, se afastando deles, os pés descalços silenciosos.

— Mark... — murmurou Clary, e parou; ele tinha ido embora. As sombras o engoliram, e apenas a luz que se deslocava com pressa da pedra enfeitiçada era visível, até que ela também se misturou à escuridão. Clary ergueu o olhar para Jace. — O que você quis dizer com "o território debaixo da montanha"? — perguntou ela. — Por que disse isso?

Jace não respondeu; ele parecia confuso. Ela imaginava se Mark, frágil, órfão e solitário, de alguma forma fazia Jace se recordar de si mesmo.

— O território debaixo da montanha é o Reino das Fadas — disse Alec. — Um nome muito antigo para o reino. Ele vai ficar bem — informou a Jace. — Vai ficar.

— Você lhe deu sua pedra de luz enfeitiçada — falou Isabelle. — Você sempre teve aquela pedra...

— Dane-se a pedra de luz enfeitiçada — respondeu Jace, com violência, e bateu a mão contra a parede da caverna; viu-se um breve clarão de luz e ele afastou o braço. A marca de sua mão chamuscou a pedra do túnel, e sua palma ainda brilhava, como se o sangue nos dedos fosse fósforo. Ele deu uma risada estranha, engasgada. — Eu não preciso dela, de qualquer forma.

— Jace — disse Clary, e pôs a mão no braço dele. Jace não se afastou, mas também não reagiu. Ela baixou o tom de voz. — Você não pode salvar todo mundo — continuou ela.

— Talvez não — retrucou Jace, enquanto a luz na mão diminuía. — Mas seria bom salvar alguém para variar.

— Pessoal — chamou Simon, que estivera estranhamente quieto durante todo o encontro com Mark, por isso Clary ficou assustada por ouvi-lo falar agora. — Não sei se vocês conseguem enxergar, mas tem alguma coisa... alguma coisa no fim do túnel.

— Uma luz? — disse Jace, a voz com uma ponta de sarcasmo. Os olhos dele brilhavam.

— O oposto. — Simon avançou, e depois de hesitar um instante, Clary tirou a mão do braço de Jace e o acompanhou. O túnel seguia reto mais adiante, e então se curvava de maneira sutil; na curva Clary viu o que Simon devia ter visto e parou no mesmo instante.

Escuridão. O túnel terminava em um vórtex de escuridão. Alguma coisa se mexia dentro do redemoinho, dando forma à escuridão como o vento que dava forma às nuvens. Ela também podia ouvir aquilo, o ronronar e o ribombar do escuro, como o som de motores.

Os outros se juntaram a ela. Daí formaram uma fila, observando as trevas. Observando-a se mover. Uma cortina de sombra e, além dela, o desconhecido.

Foi Alec quem falou, espantado, encarando as sombras que se movimentavam. O ar que soprava pelo corredor era quente e ardente, feito pimenta jogada no centro de uma fogueira.

— Isto — disse ele — é a coisa mais doida que já fizemos.

— E se não conseguirmos voltar? — perguntou Isabelle. O rubi ao redor do pescoço estava pulsando, brilhando como um sinal de trânsito, iluminando o rosto dela.

— Então ao menos estaremos juntos — disse Clary, e olhou para os companheiros. Ela esticou a mão e segurou a mão de Jace e, do outro lado, a mão de Simon, apertando ambas. — Vamos passar por isto juntos e, do outro lado, *permaneceremos* juntos. Está bem?

Nenhum deles respondeu, mas Isabelle pegou a outra mão de Simon, e Alec, a de Jace. Todos ficaram parados por um momento, observando. Clary sentiu a mão de Jace apertar a dela, uma pressão quase imperceptível.

Eles deram um passo para a frente, e as sombras os engoliram.

— *Espelho, espelho meu* — disse a Rainha, colocando a mão sobre o espelho. — Mostre minha Estrela da Manhã.

O espelho pendia na parede do quarto da Rainha. Era cercado por coroas de flores: rosas das quais ninguém cortara os espinhos.

A névoa no interior do espelho ficou mais densa, e o rosto anguloso de Sebastian apareceu.

— Minha bela dama — disse ele. A voz estava calma e composta, embora houvesse sangue em seu rosto e nas roupas. Ele segurava a espada, e as estrelas ao longo da lâmina estavam escurecidas com a cor escarlate. — Eu estou... um pouco ocupado no momento.

— Pensei que talvez você quisesse saber que sua irmã e irmão adotivo acabaram de sair deste lugar — avisou a Rainha. — Eles encontraram o caminho para Edom. Estão indo até você.

O rosto dele se transformou com um sorriso cruel.

— E eles não fizeram você prometer não me contar que foram à sua Corte?

— Fizeram — disse a Rainha. — Mas não disseram nada sobre contar que saíram.

Sebastian deu uma gargalhada.

— Eles mataram um de meus cavaleiros — informou a Rainha. — Respingou sangue diante do meu trono. Eles estão além do meu alcance agora. Você sabe que meu povo não pode sobreviver às terras envenenadas. Terá que se vingar por mim.

A luz nos olhos de Sebastian mudou. A Rainha sempre havia percebido que o que Sebastian sentia pela irmã, e por Jace também, era um tipo de mistério, no entanto o próprio Sebastian era um mistério muito maior. Antes de ele aparecer para fazer sua oferta, ela nunca teria cogitado uma aliança verdadeira com os Caçadores de Sombras. O sentido peculiar de honra os tornava pouco confiáveis. Foi a falta de honra de Sebastian que a fez confiar nele. A delicada arte da traição era uma segunda natureza para o Povo das Fadas, e Sebastian era um artista das mentiras.

— Servirei aos seus interesses de todas as maneiras, minha Rainha — disse ele. — Em breve seu povo e o meu controlarão as rédeas do mundo, e, quando nós fizermos isso, você poderá se vingar de qualquer um que a tenha afrontado.

Ela sorriu para ele. O sangue ainda manchava a neve na sala do trono, e a Rainha ainda sentia o golpe da lâmina de Jace em seu pescoço. Não era um sorriso de verdade, mas ela era esperta o suficiente para deixar que algumas vezes sua beleza fizesse todo o trabalho.

— Eu adoro você — disse ela.

— Sim — falou Sebastian, e os olhos tremeluziram, a cor semelhante a nuvens escuras. A Rainha se perguntou distraidamente se ele pensava nos dois do mesmo modo que ela pensava: como amantes que, embora abraçados, seguravam uma faca nas costas um do outro, prontos para ferir e trair. — E eu gosto de ser adorado. — Ele sorriu. — Fico feliz por eles estarem chegando. Deixe-os vir.

Parte Dois
Aquele Mundo Invertido

E que toda a terra daí é enxofre, e sal, e está queimando,
que não é semeada, nem fértil, nem tem grama crescendo.

— Deuteronômio 29:23

14

O Sono da Razão

Clary estava em um gramado sombrio que se estendia por uma colina oblíqua. O céu jazia perfeitamente azul, pontuado por nuvens brancas aqui e ali. Aos seus pés, um caminho de pedras se esticava até a entrada de uma mansão feita de pedras douradas barrentas.

Ela jogou a cabeça para trás, olhando para cima. A casa era linda: as pedras tinham cor de manteiga ao sol de primavera, coberta por treliças de rosas vermelhas, douradas e alaranjadas. Varandas de ferro se curvavam a partir da fachada, e havia duas imensas portas arqueadas de madeira cor de bronze, de superfície forjada com desenhos delicados de asas. *Asas para os Fairchild*, disse uma voz suave, tranquilizante, no fundo de sua mente. *Esta é a Mansão Fairchild. Existe há quatrocentos anos, e existirá por quatrocentos mais.*

— Clary! — Sua mãe apareceu em uma das varandas, trajando um elegante vestido cor de champanhe; os cabelos ruivos estavam soltos, e ela parecia jovem e bela. Os braços estavam expostos, marcados por símbolos pretos. — O que achou? Não é lindo?

Clary seguiu o olhar da mãe em direção ao gramado aplainado. Havia um arco de rosas armado ao fim de um corredor ladeado por fileiras de bancos de madeira. Flores brancas se espalhavam por ali: as flores brancas que só cresciam em Idris. O ar estava carregado pelo aroma de mel.

Ela olhou novamente para a mãe, que não estava mais sozinha na varanda.

Luke encontrava-se atrás dela, com um braço em sua cintura. Ele usava uma camisa com mangas dobradas e calças formais, como se ainda estivesse se arrumando para uma festa. Os braços dele também estavam marcados por símbolos: símbolos para boa sorte, perspicácia, força, amor.

— Está pronta? — perguntou ele a Clary.

— Pronta para quê? — respondeu ela, mas eles não pareceram ter ouvido. Sorrindo, desapareceram para dentro da casa. Clary deu alguns passos pela trilha.

— Clary!

Ela deu meia-volta. Ele estava vindo pela grama em direção a ela — esguio, com cabelos platinados que brilhavam ao sol, vestindo roupa preta formal com símbolos dourados no colarinho e nos punhos. Ele sorria, uma mancha de sujeira na bochecha, e levantava uma mão para bloquear o brilho do sol.

Sebastian.

Estava exatamente igual, mas ao mesmo tempo totalmente diferente: era ele, genuinamente, mas ainda assim o formato e disposição das feições pareciam ter mudado, os ossos menos proeminentes, a pele bronzeada pelo sol em vez de pálida, e os olhos...

Os olhos brilhavam, verdes como a grama da primavera.

Ele sempre teve olhos verdes, disse a voz na mente de Clary. *As pessoas sempre se impressionam com o quanto vocês são parecidos, ele, sua mãe e você. O nome dele é Jonathan e ele é seu irmão; ele sempre protegeu você.*

— Clary — falou ele novamente —, você não vai acreditar...

— Jonathan! — disse uma vozinha, e Clary virou os olhos confusos para flagrar uma garotinha correndo pela grama. A menina tinha cabelos ruivos, no mesmo tom dos de Clary, que esvoaçavam atrás dela feito uma bandeira. Ela estava descalça, com um vestido verde de renda tão rasgado nos punhos e na bainha que parecia alface picada. Ela devia ter 4 ou 5 anos, o rosto estava sujo e era uma graça, e, quando alcançou Jonathan, estendeu os braços e ele se abaixou para carregá-la.

Ela deu um gritinho em deleite quando ele a levantou acima da cabeça.

— Ai, ai... pare com isto, diabinha — disse ele, enquanto ela puxava seu cabelo. — Val, eu disse para parar, ou vou segurá-la de cabeça para baixo. Estou falando sério.

— Val? — ecoou Clary. *Mas é claro, o nome dela é Valentina*, disse a voz sussurrante no fundo de sua mente. *Valentim Morgenstern foi um grande herói de guerra; morreu em batalha contra Hodge Starkweather, mas não sem antes salvar o Cálice Mortal e, juntamente a ele, a Clave. Quando Luke se casou com sua mãe, eles fizeram uma homenagem através do nome da filha.*

— Clary, faça ele me soltar, faça... aaaaii! — gritava Val, enquanto Jonathan a virava de cabeça para baixo e a balançava. Val explodia em risadas quando ele a colocou na grama, e ela olhou para Clary com um par de olhos azuis como os de Luke. — Seu vestido é bonito — comentou ela, com naturalidade.

— Obrigada — respondeu Clary, ainda entorpecida, e olhou para Jonathan, que sorria para a irmã caçula. — Isso no seu rosto é sujeira?

Jonathan esticou o braço e tocou a própria bochecha.

— Chocolate — explicou. — Você nunca vai imaginar o flagrante que dei em Val. Ela estava com os dois punhos enfiados no bolo do casamento. Vou ter que consertar. — Ele franziu o rosto para Clary. — Tudo bem, talvez eu não devesse ter dito isto. Você parece a ponto de desmaiar.

— Estou bem — respondeu Clary, puxando um cacho de cabelo de maneira tensa.

Jonathan levantou as mãos como se fosse apará-la.

— Olhe, eu faço uma cirurgia no bolo. Ninguém nunca vai saber que alguém comeu metade das flores. — Ele pareceu pensativo. — Posso comer a outra metade, só para igualar.

— Isso! — disse Val da grama, aos pés de Jonathan. Ela estava ocupada arrancando dentes-de-leão, as pontas brancas voando ao vento.

— Além disso — acrescentou Jonathan —, detesto tocar neste assunto, mas talvez você queira colocar os sapatos antes do casamento.

Clary olhou para si. Ele tinha razão, ela estava descalça. Descalça e usando um vestido dourado claro. A bainha ao redor dos tornozelos parecia uma nuvem colorida pelo pôr do sol.

— Eu... Que casamento?

Os olhos verdes do irmão se arregalaram.

— *Seu* casamento? Sabe, com Jace Herondale? Mais ou menos desta altura, alto, as meninas são looooucas por ele... — Ele parou. — Você está insegura? É isso? — Ele se inclinou para ela, em tom de conspiração. — Porque se for isso, posso passar você pela fronteira, para a França, clandestinamente. E não contarei seu destino a ninguém. Mesmo que enfiem pedaços afiados de bambu por baixo das minhas unhas.

— Eu não... — Clary o encarou. — Bambu?

Ele deu de ombros com eloquência.

— Pela minha única irmã, tirando a criatura que no momento se encontra sentada no meu pé — Val deu um gritinho —, eu faria isso. Mesmo que signifique não presenciar Isabelle Lightwood em um vestido tomara que caia.

— Isabelle? Você gosta de Isabelle? — Clary sentia como se estivesse correndo numa maratona e não conseguisse recuperar o fôlego.

Ele semicerrou os olhos para ela.

— Isso é um problema? Ela é alguma criminosa foragida ou coisa do tipo? — Ele pareceu pensativo. — Isso seria sexy, na verdade.

— Tudo bem. Não preciso saber o que você acha sexy — respondeu Clary automaticamente. — Eca.

Jonathan sorriu. Um sorriso feliz e despreocupado; o sorriso de alguém que nunca tivera muito com que se preocupar além de meninas, ou se uma de suas irmãs havia comido o bolo de casamento da outra. Em algum lugar nas profundezas da mente de Clary, ela viu olhos pretos e marcas de chicote, mas não sabia por quê. *Ele é seu irmão e ele sempre cuidou de você.*

— Certo — disse Jonathan. — Como se eu não tivesse passado pelo sofrimento durante anos, com você dizendo "Ahhh, Jace é tão lindo. Você acha que ele gosta de miiiim?".

— Eu… — balbuciou Clary, e parou de falar, sentindo-se um pouco tonta. — Só não me lembro dele me pedindo em casamento.

Jonathan se ajoelhou e puxou o cabelo de Val. Ela estava cantarolando sozinha, acumulando uma pilha de margaridas. Clary piscou — tinha certeza de que eram dentes-de-leão.

— Ah, nem sei se ele pediu — respondeu Jonathan num tom casual. — Todos nós simplesmente sabíamos que vocês acabariam juntos. Era inevitável.

— Mas eu devia ter o direito de escolher — protestou ela, quase num sussurro. — Eu devia ter podido dizer *sim*.

— Bem, você teria dito, não teria? — questionou ele, observando as margaridas voando pela grama. — Por falar nisso, você acha que Isabelle sairia comigo se eu a convidasse?

Clary prendeu a respiração.

— Mas e Simon?

Ele olhou para ela, o sol forte em seus olhos.

— Quem é Simon?

Clary sentiu o chão desabar. Esticou o braço como se fosse se apoiar no irmão, porém sua mão o atravessou. A grama verde, a mansão dourada, o menino e a menina na grama voaram para longe, e ela tropeçou, colidindo contra o chão violentamente, machucando os cotovelos com uma dor que subiu pelos braços.

Ela rolou para o lado, engasgando. Estava deitada em um pedaço de solo vazio. Havia pedras quebradas atravessando o chão; e os esqueletos das casas de pedras incendiadas se assomavam sobre a figura dela. O céu tinha um tom de aço cinza-esbranquiçado, marcado por nuvens escuras, como veias de vampiros. Era um mundo morto, um mundo desbotado, um mundo sem vida. Clary se encolheu no chão, vendo diante de si não a casca de uma cidade destruída, mas os olhos do irmão e da irmã que ela jamais teria.

Simon estava na frente da janela, assimilando a vista de Manhattan.

Era uma visão impressionante. Da cobertura do Carolina, dava para ver o Central Park, o Metropolitan Museum, os prédios altos do centro. A noite caía, e as luzes da cidade começavam a brilhar, uma por uma, como uma cama de flores elétricas.

Flores elétricas. Ele olhou ao redor, franzindo o rosto de forma contemplativa. Era uma frase bonita; talvez devesse anotá-la. Ultimamente não vinha tendo tempo nenhum para se esmerar em letras de música; o tempo estava sendo consumido por outras coisas: promoção, turnê, autógrafos, aparições. Às vezes era difícil lembrar que sua principal função era fazer música.

Mesmo assim. Era um bom problema para se ter. O céu do crepúsculo transformava a janela em um espelho. Simon sorriu para o próprio reflexo no vidro. Cabelos desgrenhados, jeans, camiseta velha; dava para ver o cômodo atrás de si, hectares de piso de madeira, aço reluzente e móveis de couro, um quadro com moldura dourada solitário e elegante na parede. Um Chagall — o favorito de Clary, todo cheio de tons rosados, azuis e verdes, incongruente com a modernidade do apartamento.

Havia um vaso de hortênsias na ilha da cozinha, um presente de sua mãe, parabenizando-o por um show com a Stepping Razor na semana anterior. *Te amo*, dizia o bilhete anexado. *Tenho muito orgulho de você.*

Ele piscou. Hortênsias; que estranho. Se havia uma flor favorita para ele, era rosa, e a mãe sabia disso. Ele se afastou da janela e observou o vaso com mais cuidado. *Eram* rosas. Simon balançou a cabeça para desanuviá-la. Rosas brancas. Sempre foram rosas brancas. Certo.

Ouviu um tilintar de chaves, e a porta foi aberta, permitindo a entrada de uma menina pequena, com longos cabelos ruivos e um sorriso contagiante.

— Ai, meu Deus — disse Clary, meio rindo, meio sem fôlego. Ela fechou a porta atrás e se apoiou contra ela. — O lobby parece um *zoológico*. Imprensa, fotógrafos; vai ser uma loucura sair hoje.

Ela atravessou o cômodo, jogando as chaves na mesa. Estava com um vestido longo, seda amarela estampada com borboletas coloridas, e uma presilha de borboleta no longo cabelo ruivo. Parecia calorosa, receptiva e amorosa, e levantou os braços ao se aproximar, então Simou a beijou.

Exatamente como fazia todos os dias quando ela chegava em casa.

Cheirava a Clary, perfume e giz, e os dedos estavam manchados de cor. Ela passou os dedos pelo cabelo dele enquanto se beijavam, puxando-o para baixo, rindo de encontro à sua boca quando Simon quase se desequilibrou.

— Você vai ter que começar a usar salto, Fray — disse ele, os lábios na bochecha dela.

— Odeio salto alto. Você vai ter que aprender a lidar com isso, ou comprar uma escada portátil para mim — disse ela, soltando-o. — A não ser que queira me trocar por uma groupie bem alta.

— Nunca — afirmou ele, colocando um cacho do cabelo de Clary atrás da orelha. — Uma groupie bem alta saberia quais são todas as minhas comidas favoritas? Iria se lembrar de quando eu tinha uma cama em forma de carro de corrida? Saberia como me vencer sem dó no Scrabble? Se disporia a aturar Matt, Kirk e Eric?

— Uma groupie faria mais do que aturar Matt, Kirk e Eric.

— Seja boazinha — alertou ele, e sorriu para ela. — Você vai ter que me aturar.

— Vou sobreviver — respondeu ela, tirando os óculos dele e os colocando na mesa. Ela o encarou, olhos arregalados e escuros. Dessa vez o beijo foi mais quente. Ele a abraçou, puxando-a contra si enquanto ela sussurrava: — Eu te amo; sempre te amei.

— Eu também te amo — ecoou ele. — Meu Deus, eu te amo, Isabelle.

Ele a sentiu enrijecer em seus braços, e, em seguida, o mundo ao redor pareceu ganhar linhas pretas, como vidro estilhaçado. Ele ouviu um gemido agudo e cambaleou para trás, tropeçando, caindo, sem atingir o chão, mas girando eternamente no escuro.

— Não olhe, *não* olhe…

Isabelle riu.

— *Não* estou olhando.

Havia mãos cobrindo os olhos dela: as mãos de Simon, esguias e flexíveis. Os braços dele a envolviam, e eles estavam caminhando para a frente juntos, rindo. Ele a agarrou no instante em que ela atravessou a porta, abraçando-a quando ela derrubou as sacolas de compra.

— Tenho uma surpresa para você — disse ele, sorrindo. — Feche os olhos. Sem olhar. Não, é sério. Não estou brincando.

— Detesto surpresas — protestava Isabelle agora. — Sabe disso. — Ela conseguia ver só a pontinha do tapete sob as mãos de Simon. Ela mesma o havia escolhido, e era espesso, rosa intenso e peludo. O apartamento deles era pequeno e aconchegante, uma miscelânea de Isabelle e Simon: instrumentos musicais e catanas, pôsteres antigos e colchas cor-de-rosa. Simon tinha trazido seu gato, Yossarian, quando se mudaram, e Isabelle protestou por isso, mas gostou secretamente: ela sentia a falta de Coroinha desde que deixara o Instituto.

O tapete rosa desapareceu, e agora os saltos de Isabelle estalavam contra o piso de lajotas da cozinha.

— Tudo bem — disse Simon, e tirou as mãos. — Surpresa!

— Surpresa! — A cozinha estava cheia de gente: o pai e a mãe de Isabelle, Jace, Alec e Max, Clary, Jordan e Maia, Kirk, Matt e Eric. Magnus segurava uma vela de faíscas prateadas e acenava com ela de um lado a outro enquanto as fagulhas voavam por todos os lados, aterrissando nas bancadas de pedra e na camiseta de Jace, fazendo-o uivar. Clary segurava uma faixa um pouco desajeitada que dizia: FELIZ ANIVERSÁRIO, ISABELLE. Ela levantou a faixa e acenou.

Isabelle se virou para Simon com ares de acusação.

— Você *planejou* isto!

— Claro que planejei — justificou ele, puxando-a para si. — Caçadores de Sombras podem não se importar com aniversários, mas eu me importo. — Ele beijou a orelha dela, murmurando "Você merece tudo, Izzy", antes de soltá-la e de a família atacá-la.

Houve uma rodada de abraços, presentes e bolo — preparado por Eric, que de fato tinha talento para a criação de doces, e decorado por Magnus com uma cobertura resplandecente cujo sabor era melhor que a aparência. Robert estava com os braços em torno de Maryse, que se apoiava nele, parecendo orgulhosa e contente, ao passo que Magnus, que acariciava o cabelo de Alec com uma das mãos, tentava convencer Max a usar um chapéu de festa. Max, com toda a marra de um menino de 9 anos, não iria concordar. Ele afastou a mão de Magnus impacientemente e disse:

— Izzy, eu fiz a faixa. Você viu a faixa?

Ela olhou para a faixa feita a mão, agora toda suja de cobertura, em cima da mesa. Clary deu uma piscadela para Izzy.

— Ficou linda, Max; obrigada.

— Eu ia escrever sua idade — disse ele —, mas Jace falou que depois dos 20 a pessoa é simplesmente velha, então não faz diferença.

Jace freou o garfo no trajeto até a boca.

— Eu falei isso?

— Bela maneira de transformar todos nós em anciãos — disse Simon, afastando o próprio cabelo para trás para sorrir para Isabelle.

Ela sentiu uma pontada de dor no peito; era o volume do amor por ele, por fazer aquilo por ela, por sempre pensar nela. Não conseguia se lembrar de nenhuma ocasião na qual não o tivesse amado, ou confiado nele, e Simon jamais dera qualquer motivo para o contrário.

Isabelle saiu do banco no qual estava sentada e se ajoelhou diante de seu irmãozinho. Dava para ver os reflexos de ambos no aço inox da geladeira: o cabelo escuro de Izzie cortado na altura do ombro agora — ela se lembrava vagamente de quando, há anos, seu cabelo alcançava a cintura —, e os cachos castanhos de Max, e os óculos.

— Sabe quantos anos tenho? — perguntou ela.

— Vinte e dois — respondeu Max, com um tom de voz que indicava que ele não entendia por que ela fazia uma pergunta tão estúpida.

Vinte e dois, pensou ela. Era sete anos mais velha que Max; Max a surpresa, Max o irmãozinho inesperado.

Max, que deveria ter 15 anos agora.

Ela engoliu em seco, sentindo frio de repente. Todo mundo continuava conversando e rindo ao redor, mas as risadas soavam distantes e ecoavam, como se viessem de muito, muito longe. Ela via Simon, apoiando-se na bancada, os braços cruzados, os olhos escuros ilegíveis enquanto ele a observava.

— E quantos anos você tem? — perguntou Isabelle.

— Nove — respondeu Max. — Sempre tive 9 anos.

Isabelle o encarou. A cozinha começou a tremular. Dava para enxergar através dela, como se Isabelle estivesse olhando por um tecido estampado: tudo se tornando transparente, tão mutável quanto água.

— Meu bebê — sussurrou ela. — Meu Max, meu irmãozinho, por favor, por favor, fique.

— Sempre vou ter 9 anos — falou ele, e tocou o rosto dela. Os dedos de Max atravessaram a irmã, como se ele estivesse passando a mão por fumaça. — Isabelle? — disse ele, com a voz esmorecendo, e sumiu.

Isabelle sentiu os joelhos cederem. Caiu no chão. Não havia mais risos ao redor, nem a cozinha com azulejos charmosos, apenas cinzas e pedras escurecidas. Ela ergueu as mãos para conter as lágrimas.

O Salão dos Acordos estava cheio de estandartes azuis, cada qual estampado com o brasão dourado da família Lightwood. Quatro mesas longas tinham sido arrumadas frente a frente. No centro, um palanque com espadas e flores.

Alec estava sentado à mesa mais longa, na cadeira mais alta. À sua esquerda estava Magnus, e à direita, sua família se estendia ao longo da mesa: Isabelle e Max, Robert e Maryse; Jace; e ao lado de Jace, Clary. Havia primos Lightwood também, alguns dos quais ele não encontrava desde a infância; todos transbordando de orgulho, mas nenhum rosto brilhava tanto quanto o de seu pai.

— Meu filho — repetia ele para quem quisesse ouvir. Neste instante tinha cercado a Consulesa, que passava pela mesa com uma taça de vinho na mão. — Meu filho venceu a batalha; aquele ali é meu filho. O sangue Lightwood sempre aparece; nossa família sempre foi de guerreiros.

A Consulesa riu.

— Economize para o discurso, Robert — advertiu ela, dando uma piscadela para Alec por sobre a borda da taça.

— Ai, meu Deus, o discurso — falou Alec, horrorizado, escondendo o rosto nas mãos.

Magnus passou as juntas dos dedos gentilmente pelas costas de Alec, como se estivesse afagando um gato. Jace olhou para ambos e ergueu as sobrancelhas.

— Como se todos nós já não tivéssemos estado em um salão cheio de gente dizendo como somos incríveis — provocou ele, e quando Alec o olhou feio, ele sorriu. — Ah, então só aconteceu comigo mesmo.

— Deixe meu namorado em paz — censurou Magnus. — Conheço feitiços capazes de virar suas orelhas do avesso.

Jace tocou as próprias orelhas com preocupação enquanto Robert se levantava, a cadeira sendo arrastada para trás, e bateu de leve o garfo na taça. O som ecoou pelo salão, e os Caçadores de Sombras caíram em silêncio, olhando para a mesa dos Lightwood com expectativa.

— Estamos aqui reunidos — disse Robert, esticando os braços expansivamente — para homenagear meu filho, Alexander Gideon Lightwood, que destruiu sozinho as forças dos Crepusculares e derrotou em batalha o filho de Valentim Morgenstern. Alec salvou a vida de nosso terceiro filho, Max. Juntamente a seu *parabatai*, Jace Herondale, tenho orgulho em dizer que meu filho é um dos maiores guerreiros que já conheci. — Ele se virou e sorriu para Alec e Magnus. — É preciso mais que um braço forte para ser um grande guerreiro — prosseguiu. — É preciso uma grande mente e um grande coração. Por isso também queria compartilhar nossa outra boa notícia. Ontem meu filho ficou noivo de seu parceiro, Magnus Bane…

Um coro de vibrações explodiu. Magnus aceitou com um aceno modesto de garfo. Alec deslizou pela cadeira, as bochechas ardendo. Jace olhou pensativamente.

— Parabéns — disse ele. — Tenho a sensação de que perdi uma oportunidade.

— O… o quê? — gaguejou Alec.

Jace deu de ombros.

— Sempre soube que você gostava de mim, e eu meio que gostava de você também. Achei que devia te contar.

— O quê? — repetiu Alec.

Clary se sentou ereta.

— Sabe — começou ela —, acham que existe alguma chance de vocês... — Ela gesticulou entre Jace e Alec. — Seria sexy.

— Não — declarou Magnus. — Sou um feiticeiro muito ciumento.

— Somos *parabatai* — falou Alec, recobrando a voz. — A Clave iria... digo... é *ilegal*.

— Ora, vamos — disse Jace. — A Clave deixaria você fazer qualquer coisa que quisesse. Veja, todos te amam. — Ele gesticulou para o salão repleto de Caçadores de Sombras. Todos vibravam enquanto Robert discursava, alguns limpavam lágrimas. Uma menina em uma das mesas menores levantou uma placa que dizia ALEC LIGHTWOOD, NÓS TE AMAMOS.

— Acho que vocês deveriam se casar no inverno — sugeriu Isabelle, olhando desejosa para o enfeite de mesa floral branco. — Nada muito grandioso. Quinhentas ou seiscentas pessoas.

— Isabelle — resmungou Alec.

Ela deu de ombros.

— Você tem muitos fãs.

— Ah, pelo amor de Deus — disse Magnus, e estalou os dedos na cara de Alec. Seus cabelos pretos estavam arrepiados, e os olhos verde-dourados brilhavam de irritação. — ISTO NÃO ESTÁ ACONTECENDO.

— O quê? — Alec se espantou.

— É uma alucinação — falou Magnus —, ocasionada por sua entrada no reino demoníaco. Provavelmente causada por um demônio à espreita perto da entrada do mundo e que se alimenta dos sonhos de viajantes. Desejos têm muito poder — acrescentou, examinando o próprio reflexo na colher. — Principalmente os desejos mais profundos de nossos corações.

Alec olhou em volta do salão.

— Este é o desejo mais profundo do meu coração?

— Claro — respondeu Magnus. — Seu pai orgulhoso de você. Você, o herói do momento. Eu, amando você. *Todo mundo* te aprovando.

Alec olhou para Jace.

— Certo, e a coisa com Jace?

Magnus deu de ombros.

— Sei lá. Essa parte foi só esquisita.

— Então preciso acordar. — Alec pôs as mãos sobre a mesa, esticadas; o anel Lightwood brilhou em seu dedo. Tudo aparentava ser real, parecia real, mas ele não conseguia se lembrar das palavras de seu pai. Não conseguia se lembrar de ter derrotado Sebastian, nem de ter vencido uma guerra. Não conseguia se lembrar de ter salvado Max.

— Max — sussurrou.

As pupilas de Magnus dilataram.

— Sinto muito — disse ele. — Os desejos de nossos corações são armas que podem ser usadas contra nós. Lute, Alec. — Ele tocou o rosto de Alec. — Não é isto que você quer, este sonho. Demônios não compreendem corações humanos, não muito bem. Enxergam como se fosse através de um vidro distorcido e lhe mostram o que você deseja, mas de um jeito deformado e errado. Use estes erros para se retirar do sonho. A vida é cheia de perdas, Alexander, mas é melhor que isso.

— Meu Deus — falou Alec, e fechou os olhos. Sentiu o mundo ao redor rachar, como se estivesse se livrando de uma casca. As vozes ao redor desapareceram, assim como o tato da cadeira na qual estava sentado, o cheiro da comida, o clamor dos aplausos e, finalmente, o toque de Magnus em seu rosto.

Seus joelhos atingiram o chão. Ele engasgou e abriu os olhos. Ao redor, só paisagem cinza. O fedor de lixo atingiu suas narinas, e ele recuou instintivamente quando uma coisa avançou em cima dele — um monte de fumaça rudimentar, um aglomerado de olhos amarelos brilhantes pendurados na escuridão. Olhavam para ele enquanto tentava pegar o arco e preparar uma flecha.

A coisa rugiu e avançou, atacando-o como uma onda quebrando na praia. Alec soltou a flecha marcada por símbolos — a qual esvoaçou no ar e se enterrou no demônio de fumaça. Um grito estridente rachou o ambiente, o demônio pulsando em torno da flecha enterrada em seu corpo, tentáculos de fumaça se expandindo, arranhando o céu…

E o demônio evaporou. Alec se levantou, armando mais uma flecha, e girou, examinando a paisagem. Parecia-se com as fotos que ele já tinha visto da superfície da lua, marcada e cinzenta, e no alto havia um céu chamuscado, cinza e amarelo, sem nuvens. O sol estava alaranjado e baixo, uma brasa morta. Não havia sinal dos outros.

Lutando contra o pânico, ele correu para o topo da colina mais próxima, aí desceu pelo outro lado. O alívio o atingiu como uma onda. Havia uma depressão entre os dois montes de cinza e pedra, e agachada naquele ponto estava Isabelle, lutando para se levantar. Alec desceu pelo lado íngreme da colina e a tomou em um aperto de um braço só.

— Iz — disse ele.

Ela emitiu um ruído suspeitosamente parecido com uma fungada e se afastou.

— Estou bem — disse ela. Tinha marcas de lágrimas no rosto; ele se perguntava o que ela teria visto. *Os desejos de nossos corações são armas que podem ser usadas contra nós.*

— Max? — perguntou ele.

Isabelle assentiu, os olhos brilhando de raiva e com lágrimas não derramadas. Claro que estaria irritada. Ela detestava chorar.

— Eu também — falou ele, e em seguida girou ao ouvir o som de um passo, meio que puxando Isabelle para trás de si.

Era Clary e, ao lado dela, Simon. Ambos pareciam espantados. Isabelle saiu de trás de Alec.

— Vocês dois...?

— Estamos bem — respondeu Simon. — Nós... vimos coisas. Coisas estranhas. — Simon não conseguiu encarar Isabelle, e Alec ficou se perguntando o que ele teria imaginado. Quais eram os sonhos e desejos de Simon? Alec nunca tinha parado para pensar a respeito.

— Foi um demônio — explicou Alec. — Do tipo que se alimenta de sonhos e desejos. Eu o matei — O olhar dele foi de Clary e Simon para Isabelle. — Onde está Jace?

Clary empalideceu sob a sujeira no rosto.

— Achamos que ele estivesse com vocês.

Alec balançou a cabeça.

— Ele está bem — falou. — Eu saberia se não estivesse...

Mas Clary já tinha dado meia-volta e estava praticamente correndo de volta pelo caminho de onde viera; após um instante, Alec a seguiu, e os outros fizeram o mesmo. Ela subiu aos tropeços e, depois, subiu mais um pouco. Alec percebeu que ela estava procurando um ponto mais alto, de onde a vista seria melhor. Dava para escutá-la tossindo; os pulmões do próprio Alec também pareciam cobertos de cinzas.

Morto, pensou ele. *Tudo neste mundo está morto e queimado, reduzido a pó. O que* aconteceu *aqui?*

No topo da colina havia um marco fúnebre — um círculo de pedras lisas, como um poço seco. Sentado na beira das pedras, estava Jace, olhando para o chão.

— Jace! — Clary parou na frente dele, ajoelhou e lhe segurou os ombros. Ele a encarou com o olhar vazio. — Jace — repetiu ela, desesperada. — Jace, acorde. Não é real. É um demônio nos fazendo ver coisas que queremos. Alec o matou. Tudo bem? Não é real.

— Eu sei. — Ele levantou a cabeça, e Alec sentiu o olhar como um golpe. Jace parecia estar sofrendo uma hemorragia, apesar de estar claramente inteiro.

— O que você viu? — perguntou Alec. — Max?

Jace balançou a cabeça.

— Não vi nada.

— Tudo bem, o que quer que tenha visto... Está tudo bem — consolou Clary. Ela se inclinou, tocou o rosto de Jace; Alec foi lembrado de forma intensa dos dedos de Magnus em sua bochecha no sonho. Magnus declarando que o amava. Magnus, que talvez nem estivesse mais vivo. — Eu vi Sebastian — falou ela. — Eu estava em Idris. A Mansão Fairchild continuava de pé. Minha mãe estava com Luke. Eu... ia haver um casamento. — Ela engoliu em seco. — E eu também tinha uma irmãzinha. Foi batizada em homenagem a Valentim. Ele era um herói. Sebastian estava lá, mas ele parecia bem, estava normal. E me amava. Como um irmão de verdade.

— Que bagunça — comentou Simon. Ele se aproximou de Isabelle, e eles ficaram ombro a ombro. Jace esticou o braço e passou um dedo por um dos cachos de Clary, cuidadosamente, deixando-o se enrolar em sua mão. Alec se lembrou da primeira vez em que percebeu que Jace estava apaixonado por ela: observava seu *parabatai* do outro lado da sala, assistindo aos movimentos. Ele se lembrava de ter pensado: *ela é tudo que ele vê.*

— Todos temos sonhos — disse Clary. — Isso não significa nada. Lembra-se do que eu disse? Vamos ficar juntos.

Jace a beijou na testa e se levantou, estendendo a mão; após um instante Clary a segurou, e ficou de pé ao lado dele.

— Eu não vi nada — justificou-se ele, gentil. — Tudo bem?

Ela hesitou, claramente não acreditando; e com a mesma clareza, não queria insistir no assunto.

— Tudo bem.

— Detesto tocar no assunto — falou Isabelle —, mas alguém viu algum caminho de *volta*?

Alec pensou na corrida pelas colinas do deserto, enquanto procurava os outros, examinando o horizonte. Viu os companheiros empalidecerem enquanto olhavam em volta.

— Eu acho — disse ele — que não tem caminho de volta. Não daqui, não pelo túnel. Acho que fechou depois que passamos.

— Então foi uma viagem só de ida — falou Clary, com um leve tremor na voz.

— Não necessariamente — interveio Simon. — Temos que chegar a Sebastian, sempre soubemos disso. E, quando chegarmos, Jace pode tentar fazer a mágica dele com o fogo celestial, seja lá o que isso for... sem ofensa...

— Não ofendeu — respondeu Jace, voltando os olhos para o céu.

— E uma vez que resgatarmos os prisioneiros — emendou Alec —, Magnus pode nos ajudar a voltar. Ou podemos descobrir como Sebastian vai e vem; este não pode ser o único caminho.

— Isso é um tanto otimista — comentou Isabelle. — E se não conseguirmos resgatar os prisioneiros, ou não conseguirmos matar Sebastian?

— Aí ele vai nos matar — disse Jace. — E não vai ter importância não sabermos como voltar.

Clary aprumou os ombros pequenos.

— Então é melhor a gente encontrar logo Sebastian, não?

Jace pegou sua estela e tirou a pulseira de Sebastian do pulso. Fechou os dedos em torno da peça, usando a estela para desenhar um símbolo de rastreamento na parte de cima da mão. Um momento se passou, em seguida, mais um; um olhar de concentração intensa passou pelo rosto de Jace, como uma nuvem. Ele levantou a cabeça.

— Ele não está tão longe — informou. — A um dia de distância, talvez dois dias caminhando a partir daqui. — Ele recolocou a pulseira no pulso. Alec encarou a pulseira, depois encarou Jace. *Se não puder dobrar os céus, moverei o inferno.*

— Usar a pulseira vai me impedir de perdê-la — explicou-se Jace, e, quando Alec não respondeu, deu de ombros e começou a descer a colina. — Temos que ir — disse ele. — Temos um longo caminho a percorrer.

15

Enxofre e Sal

— Por favor, não arranque minha mão — disse Magnus. — Eu gosto desta mão. *Preciso* desta mão.

— Humpf — disse Raphael, que estava ajoelhado ao lado dele, as mãos na corrente que se esticava entre a algema na mão direita de Magnus e no círculo de *adamas* enterrado no chão. — Só estou tentando ajudar. — Ele bateu na corrente com força, e Magnus gritou de dor e o encarou. Raphael tinha mãos magras, de menino, mas isso era ilusório: ele possuía a força de um vampiro e, no momento, estava empregando essa força no propósito de arrancar as correntes de Magnus pela raiz.

A cela onde se encontravam era circular. O chão era feito de pedras de granito, sobrepostas. Bancos de pedra ornavam os interiores das paredes. Não havia porta perceptível, apesar de haver janelas estreitas — tão estreitas quanto flechas. Não tinham vidro, e pela profundidade delas dava para notar que as paredes tinham no mínimo 30 centímetros de espessura.

Magnus tinha acordado naquele recinto, com um círculo de Caçadores de Sombras malignos trajando vermelho ao redor dele, prendendo as correntes no chão. Antes de a porta se fechar atrás deles, viu Sebastian no corredor lá fora, sorrindo para ele como um ceifador.

Agora Luke estava diante de uma das janelas, olhando para fora. Nenhum deles tinha recebido muda de roupas, e ele continuava com a calça social e a camisa que usara para o jantar em Alicante. A frente estava marcada por manchas cor de ferrugem. Magnus tinha que ficar lembrando a si que se tratava de vinho. Luke parecia desvairado, o cabelo desgrenhado, uma das lentes dos óculos rachada.

— Está vendo alguma coisa? — perguntava Magnus agora, enquanto Raphael ia até o outro lado para ver se seria mais fácil tirar a corrente da mão esquerda. Magnus era o único acorrentado. Quando acordou, Luke e Raphael já estavam conscientes, Raphael deitado em um dos bancos enquanto Luke chamava por Jocelyn até ficar rouco.

— Não — respondeu Luke sucintamente. Raphael ergueu uma sobrancelha para Magnus. Ele estava com o cabelo bagunçado e com aspecto jovial, enterrando os dentes no lábio enquanto as juntas embranqueciam ao redor das correntes. Eram longas o bastante para que Magnus sentasse ereto, mas não dava para ficar de pé. — Só fumaça. Fumaça cinza-amarelada. Talvez montanhas ao longe. É difícil dizer.

— Acha que ainda estamos em Idris? — perguntou Raphael.

— Não — respondeu Magnus sem rodeios. — Não estamos em Idris. Posso sentir no meu sangue.

Luke olhou para ele.

— Onde estamos?

Magnus conseguia sentir o sangue fervendo, o início de uma febre. Formigando por seus nervos, secando sua boca, fazendo a garganta doer.

— Estamos em Edom — disse. — Uma dimensão demoníaca.

Raphael derrubou a corrente e praguejou em espanhol.

— Não consigo libertá-lo — falou, claramente frustrado. — Por que os serviçais de Sebastian só acorrentarem você, e nós não?

— Porque Magnus precisa das mãos para fazer mágica — esclareceu Luke.

Raphael olhou para Magnus, surpreso. Magnus meneou as sobrancelhas.

— Não sabia disso, vampiro? — falou. — Achei que a essa altura já teria percebido; está vivo há tempo o suficiente.

— Talvez. — Raphael sentou-se nos calcanhares. — Mas nunca me relacionei muito com feiticeiros.

Magnus o encarou, com um olhar que dizia: *nós dois sabemos que isso não é verdade*. Raphael desviou o olhar.

— Uma pena — disse Magnus. — Caso Sebastian tivesse feito o dever de casa, saberia que não posso fazer mágica neste reino. Não há necessidade disto. — Ele bateu as correntes como o fantasma de Marley.

— Então é aqui que Sebastian vem se escondendo durante esse tempo todo — falou Luke. — Por isso não conseguíamos rastreá-lo. Esta é a base de operações.

— Ou — disse Raphael — este aqui é só um lugar no qual nos abandonou para morrermos e apodrecermos.

— Ele não se daria o trabalho — emendou Luke. — Se nos quisesse mortos, já estaríamos mortos, nós três. Ele tem algum plano maior. Sempre tem. Só não sei por quê... — Ele parou, olhando para as próprias mãos, e de repente Magnus se lembrou de Luke muito mais jovem, cabelos esvoaçantes, feições preocupadas e coração aberto.

— Ele não vai machucá-la — afirmou Magnus. — Refiro-me a Jocelyn.

— Pode machucar — respondeu Raphael. — Ele é muito louco.

— Por que não a machucaria? — Luke parecia segurar um medo que ameaçava explodir. — Porque é mãe dele? Não é assim que funciona. Não é assim que *Sebastian* funciona.

— Não porque é mãe dele — explicou Magnus. — Porque é mãe de Clary. Ela é uma peça de negociação. E ele não vai abrir mão dela tão facilmente.

Estavam andando pelo que pareciam horas agora, e Clary se sentia exausta.

O solo acidentado dificultava a caminhada. Nenhuma das colinas era muito alta, mas não havia trilhas e eram cobertas por pedras xistosas e denteadas. Às vezes havia planícies grudentas e alcatroadas, e os pés afundavam quase até os calcanhares, arrastando a caminhada.

Eles pararam para aplicar símbolos para força e firmeza nos pés, e para beber água. O lugar era seco, todo cheio de fumaça e cinzas, com alguns rios brilhantes de pedras fundidas passando pela terra queimada. Seus rostos já estavam manchados de sujeira e cinza, o uniforme coberto de pó.

— Economizem a água — alertou Alec, fechando sua garrafa de plástico. Tinham parado à sombra de uma pequena montanha. O topo recortado erguia-se em picos e ameias que lembravam uma coroa. — Não sabemos quanto tempo vamos passar viajando.

Jace tocou a pulseira e, em seguida, o símbolo de rastreamento. Franziu o rosto para a estampa na parte de cima da mão.

— Estes símbolos que acabamos de colocar — disse. — Alguém me mostre algum.

Isabelle emitiu um ruído impaciente, em seguida esticou o pulso, onde Alec havia desenhado um símbolo de Velocidade mais cedo. Ela piscou para a Marca.

— Está desbotando — falou, com uma súbita incerteza na voz.

— Meu símbolo de rastreamento também, e os outros — disse Jace, olhando para a própria pele. — Acho que os símbolos desbotam mais depressa aqui. Vamos ter que tomar cuidado ao utilizá-los. Verificar se precisam ser aplicados novamente.

— Nossos símbolos de Velocidade estão desvanecendo — observou Isabelle, soando frustrada. — Isso pode determinar a diferença de dois ou três dias andando. Sebastian pode fazer *qualquer coisa* com os prisioneiros.

Alec franziu o rosto.

— Não vai fazer — observou Jace. — São a garantia dele de que a Clave vai nos entregar. Não vai fazer nada, a não ser que tenha certeza de que isso não vai acontecer.

— Podíamos andar a noite inteira — disse Isabelle. — Poderíamos usar símbolos de Vigília. Continuar aplicando-os.

Jace olhou em volta. Tinha manchas de sujeira abaixo dos olhos, nas bochechas e na testa, onde havia esfregado a palma da mão. O céu havia passado de amarelo a laranja-escuro, marcado por nuvens escuras turbulentas. Clary supôs que fosse um indício da proximidade da noite. Ela ficou imaginando se dias e noites eram a mesma coisa neste lugar, ou se as horas eram diferentes, se as rotações deste planeta eram sutilmente desalinhadas.

— Quando os símbolos de Vigília desbotarem, você sucumbe — respondeu Jace. — Aí vai encarar Sebastian basicamente de ressaca... não é uma boa ideia.

Alec seguiu o olhar de Jace pela paisagem morta.

— Então temos que encontrar um lugar para descansar. Dormir. Não é mesmo?

Clary não escutou nada do que Jace falou em seguida. Já havia se afastado da conversa, escalando o lado íngreme de uma rocha. O esforço a fez tossir; o ar estava podre, carregado de fumaça espessa e cinzas, mas ela não estava a fim de ficar para assistir a uma discussão. Sentia-se exausta, a cabeça latejando, e não parava de enxergar a mãe em sua cabeça, o tempo todo. A mãe e Luke, juntos na varanda, de mãos dadas, olhando carinhosamente para ela.

Arrastou-se para o topo da elevação e parou ali. A colina descia de forma íngreme do outro lado, dando em um platô de rocha acinzentada que se estendia pelo horizonte, com pilhas aqui e ali, com montes de entulho e xisto. O sol havia baixado, apesar de ainda apresentar a mesma cor de laranja queimado.

— O que está olhando? — perguntou uma voz ao seu lado; ela se assustou e se virou para flagrar Simon ali. Ele não estava tão gordurento quanto os outros. A sujeira nunca parecia grudar em vampiros. Mas tinha o cabelo cheio de poeira.

Ela apontou para buracos escuros que marcavam a lateral de uma colina próxima, como tiros de armas de fogo.

— São entradas de cavernas, acho — falou.

— Parece até uma cena de *World of Warcraft*, não é não? — disse ele, gesticulando em volta, indicando a paisagem arrasada, o céu marcado por cinzas. — Só que aqui não dá para desligar e sair.

— Há muito tempo que não consigo desligar. — Clary podia ver Jace e os outros Lightwood à distância, ainda discutindo.

— Você está bem? — perguntou Simon. — Não tive chance de conversar com você desde tudo que aconteceu com sua mãe, e Luke...

— Não — respondeu Clary. — Não estou bem. Mas preciso continuar. Se eu continuar, não fico pensando no assunto.

— Sinto muito. — Simon colocou as mãos nos bolsos, a cabeça abaixada. Seus cabelos castanhos voavam sobre a testa, sobre o ponto onde estivera a Marca de Caim.

— Está brincando? Eu é que sinto muito. Por tudo. Por você ter virado vampiro, pela Marca de Caim...

— Que me *protegeu* — protestou Simon. — Aquilo foi um milagre. Foi uma coisa que só você podia fazer.

— É disso que tenho medo — sussurrou Clary.

— De quê?

— De não ter mais nenhum milagre em mim — respondeu, e pressionou os lábios enquanto os outros se juntavam a eles, Jace olhando com curiosidade de Simon para Clary, como se estivesse imaginando o tema da conversa entre eles.

Isabelle olhava para a planície, para os hectares de vazio adiante, para a vista engasgada de pó.

— Está vendo alguma coisa?

— E aquelas cavernas? — Perguntou Simon, apontando para as entradas escuras na lateral da montanha. — Podem ser abrigo...

— Boa ideia — respondeu Jace. — Estamos em uma dimensão demoníaca, só Deus sabe o que mora ali, e você quer se arrastar por um buraco escuro e...

— Tudo bem — interrompeu Simon. — Foi só uma sugestão. Não precisa se irritar...

Jace, que claramente estava de mau humor, lhe lançou um olhar frio.

— Isso não sou eu irritado, vampiro...

Um pedaço escuro de nuvem se destacou do céu e de repente avançou para baixo, mais veloz que qualquer um deles seria capaz de acompanhar. Clary viu de relance uma imagem terrível de asas e dentes, e dúzias de olhos vermelhos, e então Jace estava subindo ao céu, preso às garras de um demônio voador.

Isabelle gritou. A mão de Clary foi para o cinto, mas o demônio já tinha voado para o céu, um turbilhão de asas de couro, emitindo um grito agudo de triunfo. Jace não fez qualquer barulho; Clary via as botas penduradas, imóveis. Será que ele estava *morto*?

A visão de Clary ficou branca. Ela se virou para Alec, que já estava com o arco na mão e uma flecha preparada.

— Atire! — gritou ela.

Ele rodou como um dançarino, examinando o céu.

— Não consigo mirar; está escuro demais... posso acertar Jace...

O chicote de Isabelle se desenrolou da mão, um fio brilhante alcançando o céu, subindo, impossivelmente alto. A luz brilhante iluminou o céu nebuloso, e Clary ouviu o demônio gritar de novo, desta vez um uivo estridente de dor. A criatura estava girando pelo ar, vacilante, Jace preso às suas garras. As garras estavam enterradas nas costas dele — ou ele estaria se segurando à *criatura*? Clary teve a impressão de ter visto o brilho de uma lâmina serafim, ou talvez tivesse sido apenas a luz do chicote de Izzy enquanto este se elevava, depois descia novamente como uma serpentina brilhante.

Alec xingou e soltou uma flecha. Ela voou, perfurando a escuridão; um segundo depois, uma massa escura despencava para a terra, atingindo o chão com um estrondo que levantou uma nuvem de cinzas.

Todos ficaram encarando. Esticado, o demônio era grande, quase do tamanho de um cavalo, com um corpo verde-escuro, parecido com o de uma tartaruga; asas flácidas que pareciam de couro; seis apêndices cheios de garras e que lembravam centopeias; e um pescoço longo que culminava em um círculo de olhos e dentes afiados e tortos. A cauda da flecha de Alec se elevava da lateral da criatura.

Jace estava ajoelhado nas costas do demônio, com uma lâmina serafim na mão. Golpeava a nuca do monstro furiosamente, sem parar, liberando pequenos esguichos de icor escuro que espirravam em suas roupas e em seu rosto. O demônio gorgolejou e sucumbiu, seus muitos olhos vermelhos ficando vazios e apagados.

Jace saiu das costas da criatura, ofegante. A lâmina serafim já tinha começado a se contorcer com icor; ele a limpou, jogando o icor fora, e olhou para o pequeno grupo de amigos, todos o encarando com expressões de espanto.

— *Isto* — falou — sou eu irritado.

Alec resmungou, algo entre um gemido e uma onomatopeia, e baixou o arco. Seus cabelos pretos estavam grudados à testa por causa do suor.

— Não precisam parecer todos tão preocupados — disse Jace. — Eu estava me saindo bem.

Clary, tonta de alívio, engasgou.

— *Bem?* Se sua definição de "bem" inclui virar o lanchinho de uma tartaruga voadora assassina, então vamos precisar ter uma *conversinha*, Jace Lightwood...

— Ele não desapareceu — interrompeu Simon, tão assustado quanto o restante deles. — O demônio. Não desapareceu quando você o matou.

— Não, não desapareceu — disse Isabelle. — O que significa que a dimensão dele é esta. — Ela estava com a cabeça esticada para trás e examinava o céu. Clary viu o brilho de um símbolo de Visão de Longo Alcance recém-aplicado em seu pescoço. — E aparentemente esses demônios conseguem circular à luz do dia. Provavelmente porque o sol aqui está quase desbotado. Precisamos sair desta área.

Simon tossiu alto.

— O que vocês estavam falando sobre o abrigo em uma caverna ser uma ideia ruim?

— Na verdade, foi só Jace — disse Alec. — Pra mim a ideia parece boa.

Jace encarou os dois e esfregou o rosto com uma das mãos, tendo êxito na missão de se sujar de icor escuro.

— Vamos olhar as cavernas. Encontraremos uma pequena e verificaremos minuciosamente antes de descansar. Eu fico com o primeiro turno de vigilância.

Alec assentiu e foi em direção à entrada mais próxima. O restante do grupo o seguiu; Clary acompanhava os passos de Jace. Ele estava em silêncio, perdido nos próprios pensamentos; sob a coberta pesada de nuvens, seu cabelo brilhava num tom dourado, e Clary via os enormes rasgos nas costas do casaco do uniforme de luta, onde as garras do demônio o haviam prendido. De repente Jace sorriu.

— O quê? — perguntou Clary. — Qual é a graça?

— "Tartaruga voadora assassina"? — falou ele. — Só você mesmo.

— "Só eu mesmo"? Isso é bom ou ruim? — perguntou ela, enquanto chegavam à entrada da caverna, que se erguia diante deles como uma boca escura aberta.

Mesmo às sombras, o sorriso de Jace brilhava.

— É perfeito.

Avançaram apenas alguns metros no túnel antes de descobrirem o caminho bloqueado por um portão metálico. Alec praguejou, olhando por cima do ombro. A entrada da caverna estava logo atrás, e através dela Clary enxergava o céu laranja e formas escuras e circulares.

— Não... isso é bom — disse Jace, aproximando-se do portão. — Vejam. Símbolos.

E de fato havia símbolos nas curvas do metal: alguns familiares, outros que Clary não conhecia. Mesmo assim, lhe transmitiam mensagens de proteção, de lutas contra forças demoníacas, um sussurro nos recônditos de sua mente.

— São símbolos de proteção — disse ela. — Proteção contra demônios.

— Ótimo — declarou Simon, lançando mais um olhar ansioso por sobre o ombro. — Porque demônios estão vindo... acelerados.

Jace olhou para trás, em seguida agarrou o portão e o sacudiu. A tranca explodiu, soltando flocos de ferrugem. Ele puxou de novo, com mais força, e o portão se abriu; as mãos de Jace brilhavam sob a luz fraca, e o metal onde ele tocou ficou preto.

Ele correu para a escuridão além, e os outros foram atrás, Isabelle alcançando sua pedra de luz enfeitiçada. Simon foi em seguida, e Alec por último, esticando a mão para fechar o portão. Clary levou um instante para desenhar um símbolo de fechamento, só para garantir.

A luz enfeitiçada de Izzy brilhou, iluminando o fato de estarem em um túnel que avançava sinuosamente pela escuridão. As paredes eram lisas, de mármore, marcadas incessantemente com símbolos de proteção, sacralidade e defesa. O chão era de pedra arenosa, fácil de caminhar. O ar se tornava mais limpo à medida que penetravam a montanha, o veneno da bruma e dos demônios retrocedendo aos poucos até Clary respirar com mais facilidade do que durante todo o tempo em que estivera naquele reino.

Por fim chegaram a um espaço circular amplo, claramente esculpido por mãos humanas. Parecia o interior da cúpula de uma catedral: redondo, com um teto enorme arqueado acima. Havia uma fogueira no centro do salão, há muito apagada. Havia pedrinhas brancas no teto. Brilhavam suavemente, preenchendo o recinto com uma iluminação fraca. Isabelle abaixou sua pedra, deixando-a se apagar na mão.

— Acho que este era um esconderijo — falou Alec, com a voz sussurrada. — Uma espécie de barricada final, onde quem quer que morasse aqui pudesse ficar seguro contra os demônios.

— Quem quer que tenha morado aqui conhecia magia de símbolos — disse Clary. — Eu não reconheço todas as Marcas, mas consigo sentir o que significam. São símbolos sagrados como os de Raziel.

Jace tirou a mochila dos ombros e a deslizou para o chão.

— Hoje vamos dormir aqui.

Alec pareceu desconfiado.

— Tem certeza de que é seguro?

— Vamos examinar os túneis — disse Jace. — Clary, venha comigo. Isabelle, Simon, fiquem com o corredor leste. Vamos torcer para que isto funcione no reino demoníaco. — Ele bateu no símbolo de bússola no antebraço, que era uma das primeiras Marcas recebidas pelos Caçadores de Sombras.

Isabelle largou sua mochila, pegou duas lâminas serafim e as guardou nos coldres nas costas.

— Tudo bem.

— Vou com vocês — disse Alec, fitando Isabelle e Simon com olhos desconfiados.

— Se tem que ser assim — respondeu Isabelle, com uma indiferença exagerada. — Devo alertá-lo de que vamos nos agarrar no escuro. Beijação caprichada e molhada.

Simon ficou espantado.

— Vamos... — começou Simon, mas Isabelle pisou no pé dele, e ele se calou.

— "*Beijação*"? — perguntou Clary. — Esta palavra existe?

Alec pareceu nauseado.

— Suponho que eu possa ficar aqui.

Jace sorriu e jogou uma estela para ele.

— Faça uma fogueira — falou. — Prepare uma torta para a gente ou algo assim. Essa coisa de caçar demônios dá fome.

Alec enterrou a estela no chão e começou a desenhar o símbolo de fogo. Pareceu murmurar algo sobre como Jace não gostaria de acordar de manhã com a cabeça raspada.

Jace sorriu para Clary. Sob o icor e o sangue estava o fantasma de seu velho sorriso endiabrado, mas isso era bom. Ela pegou Heosphoros em seu cinto. Simon e Isabelle já tinham desaparecido pelo corredor leste; ela e Jace viraram para o caminho oposto, que se inclinava levemente para baixo. Enquanto adquiriam ritmo, Clary ouviu Alec gritar atrás deles:

— E as sobrancelhas também!

Jace riu secamente.

Maia não sabia ao certo o que tinha pensado sobre ser líder do bando, mas não imaginava que fosse assim.

Estava sentada à mesa do saguão do prédio da Segunda Delegacia, Morcego na cadeira atrás dela, explicando pacientemente vários aspectos da administração de um bando de lobos: como se comunicavam com os outros membros da Praetor Lupus na Inglaterra, como mensagens eram transmitidas de e para Idris, até mesmo como coordenavam pedidos no restaurante Jade Wolf. Ambos levantaram as cabeças quando as portas se abriram e uma feiticeira de pele azul com uniforme de enfermeira entrou no recinto, seguida por um homem alto de casaco preto.

— Catarina Loss — disse Morcego, de forma a apresentá-la. — Nossa nova líder do bando, Maia Roberts...

Catarina o dispensou com um aceno. Ela era *muito* azul, quase cor de safira, e tinha cabelos brancos lustrosos arrumados em um coque. O uniforme tinha caminhões desenhados.

— Este é Malcolm Fade — disse ela, indicando o homem alto ao seu lado. — Alto Feiticeiro de Los Angeles.

Malcolm Fade inclinou a cabeça. Tinha feições angulares, cabelo da cor de papel, e olhos roxos. *Muito* roxos, de uma cor diferente de quaisquer olhos humanos. Era atraente, pensou Maia, se você gostasse desse tipo de coisa.

— Magnus Bane sumiu! — anunciou ele, como se esse fosse o título de um livrinho ilustrado.

— Luke também — falou Catarina sombriamente.

— Sumiu? — ecoou Maia. — Como assim, sumiu?

— Bem, não sumiu, exatamente. Foi sequestrado — explicou Malcolm, e Maia derrubou a caneta que estava segurando. — Quem sabe onde podem estar? — Ele soava como se a coisa fosse empolgante e ele estivesse triste por não estar mais envolvido.

— Sebastian Morgenstern é o responsável? — perguntou Maia a Catarina.

— Sebastian capturou todos os representantes do Submundo. Meliorn, Magnus, Raphael e Luke. E Jocelyn também. E vai mantê-los reféns, diz, a não ser que a Clave concorde em entregar Clary e Jace.

— E se não o fizerem? — perguntou Leila. A entrada dramática de Catarina tinha atraído o bando, e estavam todos enchendo o recinto, ocupando a escadaria e se agrupando em volta da mesa, como licantropes curiosos que eram.

— Então ele vai matar os representantes — disse Maia. — Certo?

— A Clave deve saber que se permitirem que ele faça isso, os membros do Submundo vão se rebelar — declarou Morcego. — Seria o mesmo que dizer que as vidas de quatro seres do Submundo valem menos que a segurança de dois Caçadores de Sombras.

Não apenas dois Caçadores de Sombras, pensou Maia. Jace era difícil e irritadiço, e Clary se mostrara reservada no começo, mas eles lutaram por ela e com ela; salvaram sua vida, e ela salvou as deles.

— Entregar Jace e Clary seria assassiná-los — disse Maia. — E sem garantias de que teríamos Luke de volta. Sebastian é mentiroso.

Os olhos de Catarina brilharam.

— Se a Clave ao menos não fizer algum movimento para resgatar Magnus e os outros, não perderão apenas os representantes do Submundo no Conselho. Perderão os Acordos.

Maia ficou quieta por um momento; estava consciente de todos os olhos nela. Os outros lobos ficaram observando qual seria sua reação. A reação da líder.

Ela se aprumou.

— O que dizem os feiticeiros? O que vão fazer? E o Povo das Fadas e as Crianças Noturnas?

— A maioria dos membros do Submundo não sabe — disse Malcolm. — Acontece que tenho um informante. Compartilhei as notícias com Catarina por causa de Magnus. Achei que ela precisava saber. Digo, esse tipo de situação não acontece todo dia. Sequestros! Resgates! Amor separado por tragédia!

— Cale a boca, Malcolm — falou Catarina. — É por isso quc ninguém leva você a sério. — Ela se voltou para Maia. — Veja. A maior parte do Submundo sabe que os Caçadores de Sombras fizeram as malas e foram para Idris, é claro; mas não sabem *por quê*. Estão esperando notícias dos respectivos representantes, as quais, claro, não vieram.

— Mas essa situação não pode esperar — declarou Maia. — O Submundo vai descobrir.

— Ah, vão descobrir — disse Malcolm, aparentemente se esforçando muito para soar sério. — Mas vocês conhecem os Caçadores de Sombras; eles são reservados. Todos sabem sobre Sebastian Morgenstern, é claro, e sobre os Caçadores de Sombras malignos, mas os ataques nos Institutos permaneceram relativamente brandos.

— Os feiticeiros do Labirinto Espiral estão trabalhando em uma cura para os efeitos do Cálice Infernal, mas mesmo eles desconhecem a urgência da situação e o que se passa em Idris — relatou Catarina. — Temo que os Caçadores de Sombras acabem se eliminando pela própria discrição. — Ela estava ainda mais azul que antes; a cor parecia mudar com o humor.

— Então por que vieram até nós, até mim? — questionou Maia.

— Porque Sebastian já transmitiu o recado para você através do ataque a Praetor — respondeu Catarina. — E sabemos que você é íntima dos Caçadores de Sombras, dos filhos do Inquisidor, e da própria irmã de Sebastian, por exemplo. Sabe tanto quanto nós, talvez até mais, sobre o que está se passando.

— Não sei tanto assim — admitiu Maia. — As barreiras em torno de Idris têm dificultado o envio de mensagens.

— Podemos ajudar com isso — disse Catarina. — Não podemos, Malcolm?

— Hum? — Malcolm vagava ociosamente pelo recinto, parando para olhar coisas que Maia considerava cotidianas, um corrimão, um azulejo rachado na parede, um vitral, como se fossem coisas reveladoras. O bando o observava com espanto.

Catarina suspirou.

— Não liguem para ele — falou baixinho para Maia. — Ele é bem poderoso, mas passou por alguma situação esquisita no começo do século passado e, desde então, nunca mais foi o mesmo. É bem inofensivo.

— Ajudar? Claro que podemos ajudar — disse Malcolm, virando-se para olhar para eles. — Precisa transmitir algum recado? Sempre existem os gatinhos-correio.

— Você quer dizer pombos — corrigiu Morcego. — Pombos-correio.

Malcolm balançou a cabeça.

— Gatinhos-correio. São tão bonitinhos que ninguém resiste. E resolvem problemas com ratos também.

— Não temos problemas com ratos — disse Maia. — Temos um problema de megalomania. — Ela olhou para Catarina. — Sebastian está determinado a criar um afastamento entre o Submundo e os Caçadores de Sombras. Sequestrando representantes, atacando a Praetor, ele não vai parar por aí. Logo, logo todo o Submundo vai saber o que está acontecendo. A questão é: que posição tomarão?

— Ficaremos bravamente ao seu lado! — anunciou Malcolm. Catarina o olhou de forma sombria, e ele hesitou. — Bem, ficaremos bravamente perto de vocês. Ou, pelo menos, ao alcance dos ouvidos.

Maia o olhou, séria.

— Então, basicamente, sem garantias?

Malcolm deu de ombros.

— Feiticeiros são independentes. E é difícil fazer contato conosco. Como gatos, mas com menos rabos. Bem, existem *alguns* rabos. Eu não tenho...

— *Malcolm* — disse Catarina.

— A questão é — continuou Maia —, ou os Caçadores de Sombras vencem, ou Sebastian vence, e se ele ganhar, vai vir atrás de nós, de todos os membros do Submundo. Tudo que ele quer é transformar este mundo em um terreno baldio de cinzas e ossos. Ninguém vai sobreviver.

Malcolm pareceu ligeiramente alarmado, embora nem perto do grau de alarme que deveria apresentar, pensou Maia. O aspecto predominante era de alegria inocente e infantil; não tinha nada da sabedoria travessa de Magnus. Ela ficou se perguntando qual era a idade dele.

— Não acho que vamos conseguir entrar em Idris para lutar ao lado deles, como já fizemos — continuou Maia. — Mas podemos tentar difundir a notícia. Chegar a outros seres do Submundo antes de Sebastian. Ele vai tentar recrutá-los; temos que fazê-los entender o que significará se juntar a ele.

— A destruição deste mundo — disse Morcego.

— Existem Altos Feiticeiros em várias cidades; provavelmente vão cogitar a questão. Mas somos lobos solitários, como Malcolm disse — respondeu Catarina. — O Povo das Fadas dificilmente conversará com qualquer um de nós; nunca o fazem...

— E quem se importa com o que os vampiros fazem? — rebateu Leila. — Eles se viram sozinhos, de qualquer forma.

— Não — disse Maia após um instante. — Não, eles sabem ser leais. Temos que nos encontrar com eles. Já é hora de os líderes do bando de Nova York e do clã de vampiros formarem uma aliança.

Um murmúrio de choque percorreu o recinto. Lobisomens e vampiros não se relacionavam, a não ser que fossem reunidos por forças externas maiores, como a Clave.

Ela esticou a mão para Morcego.

— Caneta e papel — pediu, e ele obedeceu. Ela rabiscou um bilhete breve, arrancou a folha e a entregou a um dos lobos mais jovens. — Leve isto a Lily, no Dumort — instruiu. — Diga que quero me encontrar com Maureen Brown. Ela pode escolher um local neutro; nós aprovaremos antes da reunião. Diga que tem que ser o quanto antes. As vidas de nossos representantes e dos deles dependem disso.

— Quero ficar brava com você — falou Clary. Eles atravessavam o túnel sinuoso; Jace segurava a pedra de luz enfeitiçada dela, o brilho atuava como guia. Ela se lembrou da primeira vez em que ele pressionara uma dessas pedras lisas na mão. *Todo Caçador de Sombras deve ter a própria pedra de luz enfeitiçada.*

— Ah é? — disse Jace, lançando um olhar cauteloso a ela. O chão era liso e polido, e as paredes do corredor se curvavam graciosamente por dentro. Havia novos símbolos, marcados em intervalos. — Por quê?

— Por arriscar sua vida — retrucou ela. — Só que, na verdade, não arriscou. Só ficou ali parado e o demônio te agarrou. E é fato, você estava sendo grosso com Simon.

— Se um demônio me agarrasse toda vez que eu fosse grosso com Simon, eu teria morrido no dia em que você me conheceu.

— Eu só... — Ela balançou a cabeça. Sua visão estava ficando turva de tanta exaustão, e o peito doía de saudade da mãe, de Luke. De casa. — Não sei como cheguei aqui.

— Provavelmente posso refazer nossos passos — disse Jace. — Passamos pelo corredor das fadas, viramos à esquerda na vila dizimada, à direita na planície dos amaldiçoados, curva acentuada sobre o demônio morto...

— Você entendeu. Não sei como cheguei *aqui*. Minha vida era normal. Eu era normal...

— Você nunca foi normal — disse Jace, com a voz muito calma. Clary ficou imaginando se algum dia deixaria de ficar tonta com as transformações repentinas de humor a seriedade, depois a humor de novo.

— Eu queria ser. Queria ter uma vida normal. — Ela olhou para si, sapatos empoeirados e uniforme manchado, as armas brilhando no cinto. — Estudar arte.

— Casar com Simon? Ter seis filhos? — A voz de Jace estava ligeiramente irritada agora. O corredor tinha uma curva aguda, e ele desapareceu nela. Clary apressou o passo para alcançá-lo...

E arfou. Tinham saído do túnel e chegado a uma caverna enorme, semipreenchida por um lago subterrâneo. A caverna se estendia pelas sombras. Era linda. A primeira coisa linda que Clary via desde a chegada ao reino demoníaco. O teto da caverna era de pedra, esculpido a golpes de água durante anos, e brilhava com um azul intenso. O lago abaixo era tão azul quanto um crepúsculo profundo luminoso, com pilares de quartzo se projetando aqui e ali, como hastes de cristal.

A trilha desembocava em uma pequena praia de areia muito fina, quase tão delicada quanto cinzas, que levava à água. Jace caminhou pela praia e agachou perto da água, enfiando as mãos nela. Clary chegou logo depois, as botas levantando nuvens de areia, e se ajoelhou enquanto ele jogava água no rosto e no pescoço, esfregando as manchas de icor.

— Cuidado... — Ela o pegou pelo braço. — Pode ser venenosa.

Ele balançou a cabeça.

— Não é. Veja abaixo da superfície.

O lago era cristalino, vítreo. O fundo era de pedra lisa, marcado por símbolos que emitiam um brilho fraco. Eram símbolos de pureza, cura e proteção.

— Desculpe — disse Jace, arrancando-a do devaneio. Ele estava com os cabelos molhados, grudados nas curvas proeminentes das bochechas e têmporas. — Eu não devia ter falado aquilo sobre Simon.

Clary enfiou as mãos na água. Pequenas ondulações se espalharam a partir do movimento de seus dedos.

— Quero te dizer que eu não desejaria ter outra vida — disse ela. — Esta vida me trouxe você. — Ela posicionou as mãos em concha, levando água à boca. Estava fria e doce, revitalizando sua energia fragilizada.

Ele lançou a ela um de seus sorrisos verdadeiros, não apenas um repuxar de lábios.

— Espero que não só eu.

Clary buscava palavras.

— Esta vida é real — disse ela. — A outra era mentira. Um sonho. É só que...

— Há muito tempo você não desenha — completou ele. — Desde que começou a treinar. Não seriamente.

— Não — respondeu ela baixinho, porque era verdade.

— Às vezes fico imaginando... Meu pai... Valentim, quero dizer... adorava música. Ele me ensinou a tocar. Bach, Chopin, Ravel. E me lembro de uma vez ter perguntado por que os compositores eram todos mundanos. Não existem Caçadores de Sombras que tenham feito música. E ele falou que, nas almas deles, mundanos possuem uma faísca criativa, mas nossas almas são guerreiras, e as duas coisas não conseguem existir no mesmo espaço, não mais do que uma chama consegue se dividir.

— Então você acha que a Caçadora de Sombras em mim... está afastando a artista? — perguntou Clary. — Mas minha mãe pintava... digo, pinta. — Ela sufocou a dor por ter pensado em Jocelyn no passado, ainda que brevemente.

— Valentim dizia que foi isso que o Céu deu aos mundanos, qualidade artística e dom de criação — disse Jace. — Era isso que os tornava dignos de proteção. Não sei se era verdade — acrescentou. — Mas se as pessoas têm um fogo dentro delas, então o seu é o mais brilhante que conheço. Você consegue lutar *e* desenhar. E vai fazer os dois.

Impulsivamente, Clary se inclinou para beijá-lo. Ele estava com os lábios frios. Com gosto de água doce e de Jace, e ela teria se entregado mais ao beijo, no entanto algo intenso como eletricidade estática se passou entre eles; Clary sentou-se para trás, os lábios ardendo.

— Ai — queixou-se ela pesarosamente. Jace parecia arrasado. Ela esticou a mão para tocá-lo no cabelo molhado. — Mais cedo, com o portão. Vi suas mãos brilharem. O fogo celestial...

— Não consigo controlar aqui, não como controlava em casa — disse Jace. — Tem alguma coisa neste mundo. Parece que empurra o fogo mais para perto da superfície. — Ele olhou para as próprias mãos, cujo brilho já estava desbotando. — Acho que nós dois precisamos ter cuidado. Este lugar vai nos afetar mais que aos outros. Maior concentração de sangue angelical.

— Então teremos cuidado. Você consegue controlar. Lembre-se dos exercícios que Jordan fez com você...

— Jordan está morto. — A voz de Jace saiu rígida enquanto ele se levantava, espanando a areia das roupas. Ele estendeu a mão para ajudar Clary a se levantar. — Vamos — disse. — Vamos voltar para Alec antes que ele pense que Isabelle e Simon estão transando nas cavernas e comece a surtar.

— Você sabe que todo mundo acha que estamos transando — disse Simon. — Provavelmente estão surtando.

— Humpf — respondeu Isabelle. O brilho de sua luz enfeitiçada bateu nas paredes da caverna. — Como se fôssemos transar em uma caverna cercada por montes de demônios. Esta é a realidade, Simon, e não sua imaginação fervorosa.

— Fique sabendo que houve uma época na minha vida em que a ideia de transar um dia me parecia *mais* provável que a ideia de estar cercado por demônios — falou, contornando uma pilha de pedras derrubadas.

Todo o lugar lembrava um passeio às Cavernas Luray na Virgínia, que ele tinha feito com a mãe e Rebecca durante o ensino fundamental. Dava para ver o brilho de mica nas pedras com sua visão de vampiro; não precisava da pedra de luz enfeitiçada de Isabelle para guiá-lo, mas supunha que ela precisasse, então não falou nada a respeito.

Isabelle murmurou alguma coisa; ele não entendeu exatamente o quê, mas teve a sensação de que não foi nada elogioso.

— Izzy — disse ele. — Existe algum motivo para estar com tanta raiva de mim?

As palavras seguintes saíram em uma onda de suspiros que soaram como "cênãodeviatáqui". Mesmo com a audição aguçada, Simon não conseguiu entender.

— O quê?

Ela se virou para ele.

— Você não devia estar aqui! — disse ela, a voz ecoando das paredes do túnel. — Quando o deixamos em Nova York, foi para você ficar *em segurança*...

— Não quero ficar em segurança — protestou ele. — Quero ficar com você.

— Você quer ficar com Clary.

Simon fez uma pausa. Estavam se encarando pelo túnel, ambos parados agora, Isabelle com as mãos cerradas.

— É esse o problema? Clary?

Ela ficou em silêncio.

— Não amo Clary dessa forma — disse ele. — Ela foi meu primeiro amor, minha primeira paixonite. Mas o que sinto por você é totalmente diferente... — Ele levantou a mão quando ela começou a balançar a cabeça. — Ouça, Isabelle — falou. — Se está me pedindo para escolher entre você e minha melhor amiga, então sim, não vou escolher. Porque ninguém que me amasse me obrigaria a fazer uma escolha tão sem sentido; seria como eu pedir a você para escolher entre mim e Alec. Fico incomodado por ver Clary e Jace juntos? Não, de jeito nenhum. De um jeito incrivelmente estranho, eles são ótimos um para o outro. Pertencem um ao outro. Meu lugar não é com Clary, não desse jeito. Meu lugar é com você.

— Está sendo sincero? — Ela estava corada.

Ele assentiu.

— Venha cá — pediu ela, e ele a deixou puxá-lo para si, até grudar o corpo ao dela, a rigidez da parede atrás deles a forçando a curvar o próprio corpo contra o dele. Simon sentiu a mão de Isabelle subir por suas costas, por baixo da camiseta, os dedos mornos contornando a espinha gentilmente. A respiração dela agitou o cabelo dele, e o corpo dele também se agitou, só de chegar perto dela.

— Isabelle, eu amo...

Ela bateu no braço dele, mas não foi um tapa de raiva.

— *Agora* não.

Ele aninhou o nariz no pescoço dela, no aroma adocicado da pele de Isabelle e sangue.

— Quando, então?

Ela recuou de repente, deixando-o com a desagradável sensação de ter tido um curativo arrancado sem cerimônia.

— Ouviu isso?

Ele estava prestes a balançar a cabeça quando *de fato* ouviu — o que pareceu ser um sussurro e um grito, vindo da parte ainda inexplorada do túnel. Isabelle correu, a pedra de luz enfeitiçada refletindo das paredes aos solavancos, e Simon, praguejando por Caçadores de Sombras serem, acima de tudo, Caçadores de Sombras, foi atrás.

O túnel só tinha mais uma curva antes de desembocar nos restos de um portão destruído de metal. Além dos restos do portão havia um platô de pedra que descia para uma paisagem maldita. Era áspero, marcado por rochas denteadas e gastas. No limite da areia, abaixo, o deserto recomeçava, marcado aqui e ali por árvores escuras e retorcidas. Algumas nuvens desapareceram, e Isabelle, olhando para cima, arfou levemente.

— Veja a lua — disse ela

Simon olhou — e se espantou. Não era bem uma lua, mas luas, como se a lua tivesse sido cortada em três pedaços. Eles flutuavam, com bordas recortadas, como dentes de tubarão espalhados pelo céu. Cada pedaço emitia um brilho fastidioso, e, sob o luar quebrado, a visão vampiresca de Simon identificou o movimento circular de *criaturas*. Algumas pareciam a coisa voadora que tinha capturado Jace mais cedo; outras se assemelhavam mais a um inseto. Todas eram horríveis. Ele engoliu em seco.

— O que está vendo? — perguntou Isabelle, sabendo que mesmo um símbolo de Visão de Longo Alcance não lhe daria uma visão melhor que a de Simon, principalmente ali, onde símbolos desbotavam tão depressa.

— Está cheio de demônios ali. Muitos. Quase todos voadores.

O tom de Isabelle foi sombrio:

— Então eles conseguem sair durante o dia, porém são mais ativos à noite.

— Isso — Simon forçou a vista. — Tem mais. Há um planalto de pedra que avança um pouco e, em seguida desce, e tem alguma coisa atrás, alguma coisa brilhando.

— Um lago, talvez?

— Talvez — respondeu Simon. — Quase se parece com...

— O quê?

— Uma cidade — respondeu ele relutantemente. — Uma cidade demoníaca.

— Ah. — Ele viu Isabelle assimilar as implicações, e por um instante ela empalideceu; em seguida, no seu jeito Izzy de ser, ela se ajeitou e meneou a cabeça, virando-se de costas, para longe das ruínas destroçadas daquele mundo. — É melhor voltarmos e avisarmos aos outros.

Estrelas de granito se penduravam do teto em correntes de prata. Jocelyn encontrava-se deitada no palete de pedra que servia de cama, observando as estrelas.

Ela já havia gritado até ficar rouca, arranhado a porta — grossa, feita de carvalho com dobradiças de aço e parafusos — até as mãos sangrarem, remexido em suas coisas para tentar achar uma estela, e batido tão forte contra a parede que machucou o antebraço.

Nada aconteceu. Ela também não esperava que acontecesse. Se Sebastian fosse como o pai — e Jocelyn imaginava que ele fosse muito parecido com o pai —, então ele seria muito detalhista.

Detalhista e criativo. Ela encontrara os pedaços da sua estela em um dos cantos, destruída e inútil. Continuava com as mesmas roupas da paródia de jantar de Meliorn, mas seus sapatos tinham sido removidos. Os cabelos estavam cortados abaixo dos ombros, as pontas tortas, como se tivessem usado uma lâmina cega.

Pequenas crueldades pitorescas que demonstravam uma natureza terrível, paciente. Tal como Valentim, Sebastian sabia esperar para obter o que queria, mas tornaria a espera dolorosa.

A porta se abriu. Jocelyn levantou de um pulo, mas Sebastian já estava lá dentro, a porta fechada em segurança atrás de si com o estalo de uma tranca. Ele sorriu para ela.

— Finalmente acordou, mãe?

— Já estava acordada — disse Jocelyn. Ela colocou um pé cuidadosamente atrás do outro, ganhando equilíbrio e vantagem.

Ele desdenhou.

— Não se incomode. Não tenho qualquer intenção de atacá-la.

Ela não disse nada, apenas o observou enquanto ele se aproximava. A luz que entrava pelas janelas estreitas era forte o suficiente para refletir nos cabelos brancos dele e iluminar os planos de seu rosto. Jocelyn enxergava pouco de si ali. Ele era todo Valentim. O rosto de Valentim, os olhos pretos, os movimentos de um dançarino ou de um assassino. Apenas sua estrutura física, alta e esguia, era herança dela.

— Seu lobisomem está seguro — disse ele. — Por enquanto.

Jocelyn ignorou o salto de seu coração. *Não demonstre nada no rosto.* Emoções eram sua fraqueza — essa fora a lição de Valentim.

— E Clary — falou ele. — Clary também está segura. Caso você se importe, é lógico. — Ele a contornou, um círculo lento, contemplativo. — Jamais consegui saber ao certo. Afinal, uma mãe sem coração o suficiente para abandonar um de seus filhos...

— Você não era meu filho — soltou, e em seguida fechou a boca apressadamente. *Não caia no jogo dele*, pensou. *Não demonstre fraqueza. Não dê o que ele quer.*

— No entanto, você guardou a caixa — provocou ele. — Você sabe de qual caixa estou falando. Eu a deixei na cozinha de Amatis para você; um presentinho, algo para se lembrar de mim. Como se sentiu ao encontrá-la? — Ele sorriu, e em seu sorriso também não havia qualquer traço de Valentim. Valentim fora humano; um monstro humano. Mas Sebastian era outra coisa. — Eu sei que você pegava a caixa todos os anos e chorava em cima dela — falou. — Por que fazia isso?

Ela permaneceu calada, e ele esticou o braço sobre o ombro para tocar o cabo da lâmina Morgenstern, presa às suas costas.

— Sugiro que me responda — incitou. — Eu não teria qualquer remorso em cortar seus dedos, um por um, e utilizá-los como franjas de um tapetinho.

Ela engoliu em seco.

— Eu chorava sobre a caixa porque meu filho foi roubado de mim.

— Um filho com o qual você nunca se importou.

— Isto não é verdade — falou. — Antes de você nascer, eu o amava, a ideia de tê-lo. Amei você quando senti seu coração dentro de mim. Então você nasceu e de repente era...

— Um monstro?

— Sua alma estava morta — disse ela. — Dava para enxergar em seus olhos quando eu olhava para você. — Ela cruzou os braços, reprimindo o impulso de tremer. — Por que estou aqui?

Os olhos dele brilharam.

— Eu é que pergunto, considerando que você me conhece tão bem, mãe.

— Meliorn nos drogou — falou ela. — Pelas atitudes dele, eu diria que o Povo das Fadas é seu aliado. E que o é há algum tempo. Acreditam que você vai vencer a guerra dos Caçadores de Sombras e querem estar do lado vencedor; além disso, eles detestam os Nephilim há mais tempo e com mais intensidade que a qualquer outro grupo do Submundo. Eles ajudaram você a atacar os Institutos; aumentaram seu exército enquanto você recrutava novos Caçadores de Sombras com o Cálice Infernal. No fim, quando você estiver poderoso o suficiente, vai traí-los e destruí-los, pois na verdade os despreza. — Fez-se uma longa pausa enquanto ela o fitava nos olhos. — Acertei?

Jocelyn notava a pulsação na garganta de Sebastian enquanto ele exalava, e soube então que estava correta.

— Quando adivinhou isso tudo? — perguntou ele entre dentes.

— Não adivinhei. Conheço você. Conheci seu pai, e você é como ele, na criação, se não na natureza.

Ele continuava a encará-la, os olhos insondáveis e pretos.

— Se você não achasse que eu estava morto — disse ele —, se soubesse que eu tinha sobrevivido, teria procurado por mim? Teria ficado comigo?

— Teria — respondeu. — Teria tentado criá-lo, ensinar as coisas certas, mudá-lo. Eu me culpo pelo que você é. Sempre me culpei.

— Teria me criado? — Ele piscou, quase sonolento. — Teria me criado, me odiando como odiava?

Ela assentiu.

— Acha que eu teria sido diferente? Mais parecido com ela?

Jocelyn levou um instante para perceber.

— Clary — disse ela. — Está falando de Clary. — Doía dizer o nome da filha; ela sentia muita saudade de Clary e, ao mesmo tempo, temia por ela. Sebastian a amava, pensou; se ele era capaz de amar alguém, esta pessoa era a irmã, e, se existia alguém que sabia o quanto era mortal ser amada por alguém como Sebastian, era Jocelyn. — Nunca saberemos — falou afinal. — Valentim tirou isso de nós.

— Você deveria ter me amado — falou ele, e agora soava petulante. — Sou seu filho. Você deveria me amar agora, independentemente do que sou, se sou como ela ou não...

— Mesmo? — Jocelyn o interrompeu no meio da frase. — *Você me* ama? Só porque sou sua mãe?

— Você não é minha mãe — respondeu, um sorriso sutil. — Venha. Veja isto. Deixe-me mostrar o que minha *verdadeira* mãe me deu o poder de fazer.

Ele retirou uma estela do cinto. Jocelyn se espantou — esquecia, às vezes, que ele era um Caçador de Sombras e podia usar as ferramentas de um Caçador de Sombras. Com a estela, ele desenhou na parede de pedra do recinto. Símbolos, um desenho que ela reconhecia. Uma coisa que todos os Caçadores de Sombras sabiam fazer. A pedra começou a ficar transparente, e Jocelyn se preparou para o que veria além das paredes.

Mas o que viu foi a sala da Consulesa no Gard, em Alicante. Jia estava sentada atrás de sua mesa imensa coberta por pilhas de arquivos. Ela parecia exausta, seus cabelos pretos generosamente marcados por mechas brancas. Havia uma pasta aberta sobre a mesa. Jocelyn conseguia enxergar fotos de uma praia: areia, céu azul-cinzento.

— Jia Penhallow — disse Sebastian.

A cabeça de Jia levantou. Ela ficou de pé, a pasta caindo no chão em uma zorra de papeis.

— Quem é? Quem está aí?

— Não me reconhece? — perguntou Sebastian, um sorriso na voz.

Jia olhou desesperadamente para a frente. Ficou claro que, o que quer que ela estivesse enxergando, a imagem não era clara.

— Sebastian — arfou ela. — Mas ainda não se passaram dois dias.

Jocelyn passou por ele.

— Jia — falou ela. — Jia, não dê ouvidos a nada do que ele disser. Ele é um mentiroso...

— Ainda é cedo demais — falou Jia, como se Jocelyn não tivesse se pronunciado, e Jocelyn percebeu, para seu horror, que Jia não conseguia enxergá-la nem escutá-la. Era como se ela não estivesse lá. — É possível que eu não tenha sua resposta, Sebastian.

— Ah, eu acho que tem — disse Sebastian. — Não tem?

Jia endireitou os ombros.

— Se insiste — disse ela friamente. — A Clave discutiu seu pedido. Não vamos lhe entregar nem Jace Lightwood nem Clarissa Fairchild...

— Clarissa *Morgenstern* — corrigiu Sebastian, um músculo de sua bochecha pulsando. — Ela é minha irmã.

— Eu a chamo pelo nome que ela prefere, assim como faço com você — disse Jia. — Não faremos uma barganha. Não por acharmos que nosso sangue é mais valioso que o sangue do Submundo. Não por não querermos nossos prisioneiros de volta. Mas porque não podemos ceder às suas táticas de intimidação.

— Como se eu buscasse a sua aprovação — desdenhou Sebastian. — Você entende o que isto significa? Posso enviar a cabeça de Luke Garroway enfiada em um espeto.

Jocelyn sentiu como se alguém a tivesse socado no estômago.

— Poderia — disse Jia. — Mas se machucar algum dos prisioneiros, será uma declaração de guerra até a morte. E acreditamos que você tem tanto medo de uma guerra contra nós quanto nós temos de uma contra você.

— Acreditam errado — respondeu Sebastian. — E acho que, se procurar, você vai descobrir que sua decisão de não me entregar Jace e Clary, embrulhados como um presente de natal, não tem a menor importância.

— O que quer dizer? — A voz de Jia ficou mais aguda.

— Ah, teria sido *conveniente* se você tivesse resolvido entregá-los — explicou Sebastian. — Menos aporrinhação para mim. Menos aporrinhação para todos nós. Mas agora é tarde, veja bem: eles já se foram.

Ele girou a estela, e a janela que abriu para o mundo de Alicante se fechou no rosto espantado de Jia. A parede era uma tela branca de pedra lisa novamente.

— Bem — disse ele, guardando a estela no cinto de armas. — Isto *foi* divertido, não acha?

Jocelyn engoliu em seco.

— Se Jace e Clary não estão em Alicante, onde estão? Onde estão, Sebastian?

Ele a encarou por um instante e em seguida, riu: uma risada tão pura e fria quanto água gelada. Ele continuava a rir quando seguiu para a porta e saiu, deixando-a se fechar atrás de si.

16

Os Horrores da Terra

A noite já havia caído sobre Alicante, e as estrelas brilhavam como sentinelas luminosos, reluzindo as torres demoníacas e as águas nos canais — semicongeladas agora. Emma estava sentada no parapeito do quarto dos gêmeos, olhando a cidade.

Ela sempre achara que iria a Alicante pela primeira vez com os pais, que a mãe lhe mostraria os lugares que conhecera durante a infância e adolescência, a Academia agora fechada, onde tinha estudado, a casa dos avós. Que o pai lhe mostraria o monumento da família Carstairs, da qual sempre falara com orgulho. Nunca havia imaginado que seu primeiro olhar sobre as torres demoníacas de Alicante seria com o coração tão inchado de dor que às vezes parecia sufocá-la.

O luar entrava pelas janelas do sótão, iluminando os gêmeos. Tiberius tinha passado o dia dando um ataque, chutando as barras do berço quando lhe diziam que não poderia sair de casa, berrando por Mark quando Julian tentava acalmá-lo, e por fim socou e quebrou o vidro de uma caixinha de joias. Era jovem demais para receber símbolos de cura, então Livvy o abraçou para mantê-lo parado enquanto Julian tirava o vidro da mão sangrenta do irmão mais novo com uma pinça, fazendo um curativo com cuidado em seguida.

Ty finalmente caíra na cama, apesar de não ter dormido até Livvy, calma como sempre, se deitar ao lado dele e segurar a mão machucada. Ele agora se encontrava adormecido, com a cabeça no travesseiro, virado para a irmã. Só quando Ty dormia era possível ver como era uma criança extraordinariamente linda, quando a raiva e o desespero eram vencidos pelo cansaço.

Desespero, pensou Emma. Era a palavra adequada, pela solidão dos gritos de Tavvy, pelo vazio no cerne da raiva de Ty e pela calma assustadora de Livvy. Ninguém com 10 anos de idade deveria sentir desespero, mas ela concluiu que não havia outra forma de descrever as palavras que pulsavam por seu sangue quando pensava nos pais, cada batimento era uma ladainha lúgubre: adeus, adeus, adeus.

— Ei. — Emma levantou o olhar ao som da voz tranquila que veio da entrada, e viu Julian à porta. Seus cachos escuros, um pouco mais claros que os cabelos pretos de Ty, estavam desgrenhados, e ele exibia um rosto pálido e cansado ao luar. Parecia muito magro, pulsos finos saindo dos punhos do casaco. Trazia algo peludo na mão. — Eles estão...

Emma assentiu.

— Dormindo. É, estão.

Julian olhou para a cama dos gêmeos. De perto Emma conseguia enxergar as digitais ensanguentadas de Ty na camisa de Jules; ele não havia tido tempo de trocar de roupa. Estava agarrando uma abelha de pelúcia que Helen recuperara do Instituto quando a Clave voltou para revistar o local. Pertencia a Tiberius desde que Emma conseguia se lembrar. Ty estava gritando por causa do brinquedo antes de cair no sono. Julian atravessou o quarto e se abaixou para colocar o bicho aconchegado no peito do irmãozinho, em seguida pausou gentilmente para desembaraçar um dos cachos de Ty antes de recuar.

Emma pegou a mão de Jules enquanto ele se movimentava, gesto que o garoto aceitou. Ele estava com a pele fria, como se tivesse ficado na janela, na brisa da noite. Ela virou a mão dele e desenhou na pele do antebraço com o dedo. Era uma coisa que faziam desde pequenos quando não queriam ser flagrados conversando durante as aulas. Ao longo dos anos ficaram tão bons nisso que conseguiam mapear recados detalhados nas mãos, nos braços e até mesmo nos ombros, através das camisas um do outro.

V-O-C-Ê-C-O-M-E-U?, soletrou ela.

Julian balançou a cabeça, ainda observando Livvy e Ty. Os cachos dele estavam levantados em tufos, como se tivesse passado as mãos no cabelo. Ela sentiu os dedos dele, bem de leve, na parte superior de seu braço. *S-E-M-F-O-M-E.*

— Que pena. — Emma saltou do parapeito. — Vamos.

Ela o retirou do quarto, para o corredor do andar. Era um espaço pequeno, com escadas íngremes que desciam para a casa principal. Os Penhallow tinham deixado claro que as crianças podiam comer na hora que quisessem, mas não havia horários marcados para refeições, e certamente não havia refeições em família. Tudo era comido sem formalidade às mesas do sótão, com Tavvy e até mesmo Dru se cobrindo de comida, e Jules como o único responsável pela limpeza depois, por lavar as roupas e até por se certificar de que tinham comido tudo.

No instante em que a porta se fechou atrás deles, Julian se apoiou contra a parede, jogando a cabeça para trás, os olhos fechados. Seu peito magro inflava e desinflava rapidamente embaixo da blusa. Emma ficou parada, incerta quanto ao que fazer.

— Jules? — chamou ela.

Ele a encarou. As pupilas estavam dilatadas à luz baixa, os olhos contornados por cílios espessos. Dava para perceber que ele lutava para não chorar.

Julian fazia parte das primeiras lembranças de Emma. Foram colocados juntos no berço pelos pais quando bebês; aparentemente ela saíra e mordera o lábio ao cair no chão. Não chorou, mas Julian gritou ao ver o sangue, até os pais chegarem correndo. Deram os primeiros passos juntos: primeiro Emma, como sempre, Julian em seguida, agarrando a mão dela com determinação. Começaram a treinar ao mesmo tempo, receberam as primeiras Marcas juntos: Vidência na mão direita dele, e na esquerda dela. Julian não gostava de mentir, mas se Emma se encrencasse, mentia por ela.

Agora tinham perdido os pais mais ou menos na mesma época. A mãe de Julian morrera dois anos antes, e ver os Blackthorn passarem por aquela perda tinha sido horrível, mas esta era uma experiência completamente diferente. Era devastadora, e Emma conseguia sentir a ruptura, conseguia senti-los sendo destruídos e tendo os cacos colados de um jeito novo e diferente. Estavam se tornando algo mais, ela e Julian, algo maior que melhores amigos, mas não chegava a ser família.

— Jules — repetiu ela, e pegou a mão dele, que por um instante ficou parada e fria na dela; em seguida ele a pegou pelo pulso e a agarrou com força.

— Não sei o que fazer — disse ele. — Não posso tomar conta deles. Tavvy é só um bebê, Ty me odeia...

— Ele é seu irmão. E só tem 10 anos. Ele não te odeia.

Julian suspirou de maneira trêmula.

— Talvez.

— Eles vão dar um jeito — consolou Emma. — Seu tio sobreviveu ao ataque de Londres. Então quando tudo acabar, você vai morar com ele, e ele vai cuidar de você e dos outros. Não será responsabilidade sua.

Julian deu de ombros.

— Eu mal me lembro do tio Arthur. Ele nos manda livros em latim; às vezes vem de Londres para o Natal. O único de nós que sabe ler em latim é Ty, e ele só aprendeu para irritar todo mundo.

— E daí que ele dá presentes ruins? Ele se lembrou de vocês no Natal. E se importa o suficiente para cuidar de vocês. Eles não vão ter que mandar vocês para um Instituto qualquer ou para Idris...

Julian se virou para encará-la.

— Não é isso que acha que vai acontecer com você, é? — perguntou. — Porque não vai. Você vai ficar conosco.

— Não necessariamente — falou Emma. Era como se seu coração estivesse sendo esmagado. A ideia de abandonar Jules, Livvy, Dru, Tavvy, até mesmo Ty a deixava nauseada e perdida, como se estivesse à deriva em um oceano, sozinha. — Depende do seu tio, não é mesmo? Se ele vai me querer no Instituto. Se estará disposto a me acolher.

A voz de Julian soou feroz. Julian raramente era feroz, mas quando acontecia, seus olhos ficavam quase pretos, e ele tremia todo, como se estivesse congelando.

— Não depende dele. Você vai ficar conosco.

— Jules... — começou Emma, e congelou quando vozes vieram lá de baixo. Jia e Patrick Penhallow estavam passando pelo corredor abaixo. Ela não sabia ao certo por que estava nervosa; não era como se eles não pudessem passear pela casa, mas a ideia de ser flagrada pela Consulesa, acordada tão tarde, a deixava desconfortável.

— ... o desgraçado estava certo, é claro — dizia Jia. Ela soava desgastada. — Não só Jace e Clary desapareceram, mas Isabelle e Alec também. Os Lightwood estão completamente enlouquecidos.

A voz grossa de Patrick resmungou uma resposta:

— Bem, Alec é adulto, tecnicamente. Espero que esteja cuidando do restante deles.

Jia bufou de maneira abafada e impaciente em resposta. Emma se inclinou para a frente, tentando ouvi-la.

— ... podiam ter pelo menos deixado um bilhete — dizia. — Obviamente estavam furiosos quando fugiram.

— Provavelmente acharam que iríamos entregá-los a Sebastian.

Jia suspirou.

— Irônico, considerando o quanto lutamos contra isso. Presumimos que Clary tenha feito um Portal para tirá-los daqui, mas como bloquearam o rastreamento, não temos como saber. Não estão em lugar nenhum do mapa. É como se tivessem desaparecido da face da terra.

— Exatamente como Sebastian — falou Patrick. — Não faz sentido presumir que estão no mesmo lugar que ele? Que o lugar em si os bloqueia, e não os símbolos ou qualquer outro tipo de magia?

Emma se inclinou mais ainda, porém o restante das palavras desvaneceu com a distância. Ela teve a impressão de ter ouvido uma menção ao Labirinto Espiral, mas não tinha certeza. Quando se ajeitou outra vez, notou o olhar de Julian.

— Você sabe onde eles estão — disse ele —, não sabe?

Emma colocou o dedo nos lábios e balançou a cabeça. *Não pergunte.*

Julian arfou uma risada.

— Só você, mesmo. Como... Não, não me diga, nem quero saber. — Ele a olhou, investigando-a, do jeito que fazia às vezes quando tentava descobrir se ela estava mentindo ou não. — Sabe — disse ele —, tem um jeito de não mandarem você para longe do nosso Instituto. Teriam que deixá-la ficar.

Emma ergueu uma sobrancelha.

— Vamos ouvir, gênio.

— Poderíamos... — começou ele, depois parou, engoliu em seco, e recomeçou: — Poderíamos nos tornar *parabatai.*

Ele falou timidamente, meio que desviando o rosto do dela, de modo que as sombras encobrissem parcialmente sua expressão.

— Aí não poderiam nos separar — acrescentou ele. — Nunca.

Emma sentiu seu coração revirar.

— Jules, ser *parabatai* é uma coisa importantíssima — censurou ela. — É... é para sempre.

Ele a encarou, o rosto sincero e inocente. Não havia truques na natureza de Jules, nem maldade.

— Nós não somos para sempre? — perguntou ele.

Emma pensou. Não conseguia imaginar sua vida sem Julian. Era só uma espécie de buraco sombrio de solidão terrível: ninguém seria capaz de compreendê-la como ele, de entender as piadas como ele entendia, de protegê-la como ele fazia — não fisicamente, mas protegê-la de seus sentimentos, de seu coração. Não haveria ninguém para ficar feliz com ela, ou irritado, ou para ter ideias ridículas. Ninguém para completar suas frases, ou tirar todos os pepinos da salada porque ela detestava pepino, ou para comer as cascas das suas torradas, ou para encontrar as chaves quando ela as perdia.

— Eu... — começou ela, e de repente houve um barulho no quarto. Emma trocou olhares de pânico com Julian antes de correrem para o quarto de Ty e Livvy, e encontrarem Livia sentada, sonolenta e confusa. Ty estava à janela, com um atiçador na mão. A janela tinha um buraco no centro e sua vidraça brilhava pelo chão.

— Ty! — reprimiu Julian, claramente apavorado pelos cacos acumulados ao redor dos pés descalços do irmão. — Não se mexa. Vou buscar uma vassoura...

Ty olhou para os dois por baixo dos cabelos escuros. Tinha alguma coisa na mão direita. Emma semicerrou os olhos ao luar — seria uma noz?

— É um recado — disse Ty, deixando o atiçador cair. — Fadas normalmente escolhem objetos da natureza para enviar recados: nozes, folhas, flores.

— Está dizendo que é um recado das fadas? — perguntou Julian, cético.

— Não seja burro — respondeu Tiberius. — Claro que não é um recado das fadas. É um recado de Mark. E está endereçado à Consulesa.

Deve ser dia aqui, pensou Luke, pois Raphael estava encolhido em um canto da cela de pedra, o corpo tenso mesmo enquanto dormia, os cachos escuros formando um montinho no braço. Era difícil dizer, considerando que dava para enxergar muito pouco além de bruma espessa através da janela.

— Ele precisa se alimentar — disse Magnus, olhando para Raphael com uma gentileza tensa que surpreendeu Luke.

Ele não achava que existisse muito amor entre o feiticeiro e o vampiro. Eles pareciam se encarar com cautela desde que Luke os conhecia; educados, ocupando as respectivas diferentes esferas de poder no Submundo de Nova York.

— Vocês se conhecem — disse Luke, perspicaz. Ele continuava apoiado contra a parede, perto da janela estreita de pedras, como se a vista lá fora, nuvens e veneno amarelado, pudessem dizer alguma coisa.

Magnus ergueu uma sobrancelha, como fazia quando alguém lhe perguntava algo claramente estúpido.

— Digo — esclareceu Luke —, vocês se conheciam. Antes.

— Antes de quê? Antes de você nascer? Deixe-me esclarecer uma coisa, lobisomem; quase tudo na minha vida aconteceu antes de você nascer. — Os olhos de Magnus se fixaram num Raphael adormecido; apesar da aspereza do tom, sua expressão era quase gentil. — Há cinquenta anos — falou —, em Nova York, uma mulher veio até mim e me pediu para salvar seu filho de um vampiro.

— E o vampiro era Raphael?

— Não — respondeu Magnus. — O filho dela era Raphael. Não consegui salvá-lo. Era tarde demais. Ele já tinha sido Transformado. — Ele suspirou, de repente Luke enxergou nos olhos dele sua idade muito, muito avançada, a sabedoria e a tristeza de séculos. — O vampiro tinha matado todos os amigos dele. Não sei por que resolveu Transformar Raphael. Acho que viu alguma coisa nele. Determinação, força, beleza. Não sei. Ele era um bom menino quando o encontrei, um anjo de Caravaggio pintado em sangue.

— Ele continua parecendo uma criança — disse Luke. Raphael sempre o lembrava um coroinha rebelde, com seu rosto meigo e jovem, e seus olhos pretos mais velhos que a lua.

— Não para mim — disse Magnus. E suspirou. — Espero que ele sobreviva a isto — completou. — Os vampiros de Nova York precisam de alguém com bom senso para governar o clã, e Maureen está longe disso.

— Você espera que Raphael sobreviva a isto? — disse Luke. — Ora... quantas pessoas ele já matou?

Magnus voltou os olhos frios para ele.

— Quem de nós não tem sangue nas mãos? O que você fez, Lucian Graymark, para conquistar um bando, dois bandos de lobisomens?

— Aquilo foi diferente. Era necessário.

— O que você fazia quando estava no Ciclo? — perguntou Magnus.

Com isso, Luke se calou. Ele detestava se lembrar de tal época. Dias de sangue e prata. Dias com Valentim ao seu lado, lhe dizendo que estava tudo bem, calando sua consciência.

— Estou preocupado com minha família agora — falou. — Estou preocupado com Clary, Jocelyn e Amatis. Não posso me preocupar com Raphael também. E você... achei que fosse ficar preocupado com Alec.

Magnus suspirou através de dentes cerrados.

— Não quero falar sobre Alec.

— Tudo bem. — Luke não disse mais nada, apenas repousou contra a parede fria de pedra e assistiu a Magnus remexendo as correntes. Um instante mais tarde, Magnus falou de novo:

— Caçadores de Sombras — começou. — Eles entram no seu sangue, penetram sua pele. Já estive com vampiros, lobisomens, fadas, feiticeiros como eu e mundanos, tantos mundanos frágeis. Mas eu sempre disse para mim que não entregaria meu coração a um Caçador de Sombras. Já quase os amei, já me encantei por eles: Edmund, Will, James, Lucie... os que salvei, e os que não consegui salvar. — A voz dele ficou embargada por um segundo, e Luke, encarando-o com espanto, percebeu que aquele era o máximo de emoção genuína que já presenciara Magnus Bane expressar. — E Clary também, eu a amei, pois a vi crescer. Mas nunca me apaixonei por um Caçador de Sombras, não até Alec. Pois eles têm sangue de anjo, e o amor dos anjos é uma coisa grande e sagrada.

— Isso é tão ruim assim? — perguntou Luke.

Magnus deu de ombros.

— Às vezes é uma questão de escolha — falou. — Entre salvar uma pessoa e salvar o mundo inteiro. Já vi acontecer, e sou egoísta o suficiente para querer que a pessoa que me ama me escolha. Mas os Nephilim sempre vão escolher o mundo. Olho para Alec e me sinto como Lúcifer em *Paraíso Perdido*. "*Embaraçado o Diabo ficou, E sentiu como o bem é opressor.*" Ele queria dizer no sentido clássico. "Opressor" no bom sentido. E opressão pode ser bom, mas para o amor é um veneno. O amor precisa ser entre iguais.

— Ele é só um menino — disse Luke. — Alec... não é perfeito. E você não é terrível.

— Somos todos terríveis — respondeu Magnus, daí se enrolou nas correntes e ficou em silêncio.

— Você só pode estar brincando — disse Maia. — Aqui? Sério?

Morcego esfregou a nuca com os dedos, levantando seus cabelos curtos.

— Isto é uma roda-gigante?

Maia virou em um círculo lento. Eles estavam dentro da enorme loja de brinquedos da Rua 44. Do lado de fora, o brilho neon da Times Square iluminava a noite com tons de azul, vermelho e verde. A loja se estendia para cima, andares e andares de brinquedos: super-heróis de plástico, ursinhos de pelúcia, Barbies cor-de-rosa e brilhantes. A roda-gigante se assomava sobre eles, cada peça de metal carregando uma cabine de plástico decorada com decalques. Maia tinha uma vaga lembrança de sua mãe levando o irmão e ela para uma volta na roda-gigante quando tinham 10 anos. Daniel tentou empurrá-la na borda da cabine e a fez chorar.

— Isto é... uma loucura — sussurrou ela.

— Maia — disse um dos lobos mais jovens, magro e nervoso, com dreadlocks. Maia treinara a todos para se livrarem do hábito de chamarem-na de "dama" ou "senhora", ou qualquer coisa diferente de Maia, ainda que ela fosse a líder temporária do bando. — Vasculhamos todo o território. Se havia seguranças, alguém já deu um jeito neles.

— Ótimo. Obrigada. — Maia olhou para Morcego, que deu de ombros. Havia mais ou menos outros 15 lobos do bando com eles, parecendo incongruentes entre as bonecas de princesas da Disney e as renas de pelúcia. — Você poderia...

A roda-gigante deu a partida de repente, com um chiado e um rangido. Maia pulou para trás, quase trombando em Morcego, que a segurou pelos ombros. Ambos ficaram se encarando enquanto a roda-gigante girava e a música começava a tocar — *It´s a Small World* —, Maia tinha quase certeza, apesar de não ter letra, apenas instrumental.

— Lobos! Ooooh! Looooobos! — entoou uma voz, e Maureen, parecendo uma princesa da Disney com um vestido cor-de-rosa e uma coroa de arco-íris, desceu descalça de um mostruário de bengalinhas doces de natal. Foi seguida por mais ou menos vinte vampiros, tão pálidos quanto bonecas ou manequins sob a luz débil. Lily veio logo atrás, os cabelos pretos perfeitamente arrumados, os saltos estalando no chão. Ela olhou Maia da cabeça aos pés, como se jamais a tivesse visto. — Olá, olá! — disse Maureen. — Que prazer em conhecê-la.

— O prazer é meu — respondeu Maia, tensa. Estendeu a mão para que Maureen a apertasse, mas ela apenas riu e pegou uma varinha brilhante de uma caixa próxima. Abanou-a no ar.

— Sinto muito por saber que Sebastian matou todos os seus amigos lobos — disse Maureen. — Ele é um menino malvado.

Maia se encolheu com a visão do rosto de Jordan, a lembrança do peso morto dele em seus braços.

Ela enrijeceu.

— É sobre isso que quero conversar — falou. — Sebastian. Ele está tentando ameaçar os seres do Submundo... — Ela pausou quando Maureen, cantarolando, começou a subir em uma pilha de caixas de Barbies de Natal, cada uma com uma minissaia vermelha e branca de papai Noel. — Tentando nos jogar contra os Caçadores de Sombras — prosseguiu Maia, ligeiramente confusa. Será que Maureen sequer estava prestando atenção? — Se nos unirmos...

— Ah, sim — disse Maureen, acocorando-se sobre a caixa mais alta. — Temos que nos unir contra os Caçadores de Sombras. Definitivamente.

— Não, eu disse...

— Eu ouvi o que você disse. — Os olhos de Maureen brilharam. — Foi bobagem. Vocês, lobisomens, vivem cheios de ideias tolas. Sebastian não é muito gentil, mas os Caçadores de Sombras são piores. Eles inventam regras idiotas e nos fazem segui-las. Eles roubam de nós.

— Roubam? — Maia esticou a cabeça para ver Maureen.

— Roubaram Simon de mim. Eu o tinha, e agora ele se foi. Sei quem levou. Caçadores de Sombras.

Maia encontrou o olhar de Morcego. Ele encarava. Ela percebeu que tinha se esquecido de contar a ele sobre a paixonite de Maureen por Simon. Teria que explicar mais tarde — se houvesse um mais tarde. Os vampiros atrás de Maureen pareciam mais do que um pouco famintos.

— Pedi para que você viesse me encontrar para formarmos uma aliança — disse Maia da forma mais gentil possível, como se estivesse tentando não assustar um animal.

— Adoro alianças — respondeu Maureen, e pulou do alto das caixas. Tinha pegado um pirulito enorme em algum lugar, do tipo com espirais multicoloridas. Ela começou a desembrulhá-lo. — Se formarmos uma aliança, podemos fazer parte da invasão.

— Da invasão? — Maia ergueu as sobrancelhas.

— Sebastian vai invadir Idris — explicou Maureen, jogando o plástico no chão. — Ele vai lutar e vai vencer. Depois então dividiremos o mundo, todos nós, e ele vai nos dar todas as pessoas que quisermos comer... — Ela mordeu o pirulito e fez uma careta. — Urgh. Eca. — Cuspiu o doce, mas já estava com os lábios manchados de vermelho e azul.

— Entendi — rebateu Maia. — Nesse caso... absolutamente, vamos nos aliar contra os Caçadores de Sombras.

Ela sentiu Morcego ficar tenso ao seu lado.

— Maia...

Maia o ignorou, dando um passo para a frente. Ofereceu seu pulso.

— O sangue faz um pacto — disse ela. — É o que dizem as leis antigas. Beba meu sangue para selar nosso acordo.

— Maia, não — exclamou Morcego. Ela lançou a ele um olhar de repreensão.

— É como tem que ser feito — disse Maia.

Maureen sorria. Descartou o pirulito, que despedaçou no chão.

— Ah, que legal — falou ela. — Como irmãs de sangue.

— Exatamente — respondeu Maia, se preparando enquanto a menina mais jovem a pegava pelo braço. Os dedinhos de Maureen se entrelaçaram aos dela. Estavam frios e grudentos de açúcar. Fez-se um clique quando as presas de Maureen surgiram. — Exatamen...

Os dentes de Maureen se enterraram no pulso de Maia. Ela não fez qualquer esforço para ser gentil: uma dor subiu pelo braço de Maia, e ela arfou. Os lobos atrás se mexeram desconfortavelmente. Ela ouvia Morcego respirando de maneira ofegante, por causa do esforço para não avançar em Maureen e arrancá-la de lá.

Maureen engoliu em seco, sorrindo, os dentes ainda enterrados no braço de Maia. Os vasos sanguíneos no braço de Maia latejavam de dor; ela encontrou os olhos de Lily acima da cabeça de Maureen. Lily sorriu friamente.

De repente, Maureen engasgou e recuou. Levou a mão à boca; os lábios estavam inchando, como os de alguém tendo uma reação alérgica a abelhas.

— Está doendo — queixou-se ela, e em seguida fissuras começaram a se espalhar pelo seu rosto, começando a partir da boca. Seu corpo sofreu espasmos. — Mamãe — sussurrou com a voz pequena, e começou a sucumbir: o cabelo se reduziu a cinzas, em seguida a pele, descascando até os ossos. Maia deu um passo para trás, o pulso latejando enquanto o vestido de Maureen se amontoava no chão, rosa, brilhante e... vazio.

— Meu... O que aconteceu? — indagou Morcego, e segurou Maia enquanto ela tropeçava. Seu pulso rasgado já estava começando a se curar, mas ela parecia um pouco tonta. O bando de lobos murmurava ao redor. O mais perturbador foi ver os vampiros se juntando, sussurrando, os rostos pálidos venenosos, cheios de ódio.

— O que você fez? — perguntou um deles, um menino louro, com a voz estridente. — O que fez com nossa líder?

Maia encarou Lily. A expressão desta estava fria e vazia. Pela primeira vez, Maia sentiu a ameaça do pânico se expandir pelo seu corpo. Lily...

— Água benta — disse Lily. — Nas veias. Ela aplicou mais cedo, com uma seringa, para que Maureen fosse envenenada.

O vampiro louro exibiu os dentes, as presas crescendo.

— A traição tem consequências — alertou ele. — Lobisomens...

— Pare — disse Lily. — Ela fez porque eu pedi.

Maia exalou, quase surpresa pelo alívio que a atingiu. Lily estava olhando para os outros vampiros, que a encaravam, confusos.

— Sebastian Morgenstern é nosso inimigo, assim como é inimigo de todos os seres do Submundo — explicou Lily. — Se destruir os Caçadores de Sombras, logo depois ele voltará a atenção para nós. Seu exército de guerreiros Crepusculares mataria Raphael e depois acabaria com o restante das Crianças Noturnas. Maureen jamais teria enxergado isso. Ela teria levado todos nós à destruição.

Maia sacudiu o pulso e se voltou para o bando.

— Eu e Lily fizemos um acordo — informou. — Esta foi a única maneira. A aliança entre nós foi sincera. Esta é a nossa chance, quando os exércitos de Sebastian estão pequenos e os Caçadores de Sombras ainda são poderosos; agora é a hora em que podemos fazer diferença. É o momento em que podemos vingar os que morreram na Praetor.

— Quem vai nos comandar? — resmungou o vampiro louro. — Quem mata o antigo líder é que assume a liderança, mas não podemos ser liderados por uma licantrope. — Ele olhou para Maia. — Sem ofensas.

— Não ofendeu — murmurou ela.

— Fui eu que matei Maureen — disse Lily. — Maia foi a arma que utilizei, mas o plano foi meu, minha mão é que estava por trás. Eu serei a líder. A não ser que alguém se oponha.

Os vampiros se entreolharam, confusos. Morcego, para a surpresa e divertimento de Maia, estalava as juntas dos dedos sonoramente no silêncio.

Os lábios vermelhos de Lily sorriram.

— Achei mesmo que não iriam se opor. — Ela deu um passo em direção a Maia, evitando o vestido e a pilha de cinzas que restavam de Maureen. — Agora — disse —, por que não discutimos esta aliança?

— Não preparei nenhuma torta — anunciou Alec quando Jace e Clary voltaram para a grande câmara central da caverna. Ele estava deitado de costas, sobre um cobertor esticado, a cabeça apoiada em um casaco amassado. Havia uma fogueira produzindo fumaça, as chamas projetando sombras alongadas nas paredes.

Ele tinha espalhado suprimentos: pão e chocolate, castanhas e barras de cereal, água e maçãs machucadas. Clary sentiu o estômago enrijecer, só então percebendo o quanto estava faminta. Havia três garrafas plásticas perto da comida: duas de água e uma mais escura com vinho.

— Não preparei nenhuma torta — repetiu Alec, gesticulando expressivamente com uma das mãos —, por três motivos. Um, porque não tenho nenhum ingrediente de torta. Dois, porque não sei fazer torta.

Ele pausou, claramente aguardando.

Removendo a espada e se apoiando contra a parede da caverna, Jace perguntou, exaurido:

— E três?

— Porque não sou sua empregada — disse Alec, claramente satisfeito consigo.

Clary não conseguiu conter o sorriso. Desatou o cinto de armas e o repousou cautelosamente perto da parede; Jace, retirando o próprio cinto, revirou os olhos.

— Você sabe que o vinho é para motivos antissépticos — disse Jace, se espalhando elegantemente pelo chão, perto de Alec. Clary sentou ao lado dele. Todos os músculos do corpo dela protestaram: nem mesmo os meses de treinamento a prepararam para a caminhada do dia pela areia ardente.

— Não tem álcool suficiente no vinho para que possa ser utilizado com fins antissépticos — respondeu Alec. — Além disso, não estou embriagado. Estou contemplativo.

— Certo. — Jace pegou uma maçã, cortou-a em dois e ofereceu metade a Clary. Ela mordeu a fruta, lembrando. O primeiro beijo com Jace teve gosto de maçã.

— Então — falou ela. — O que está contemplando?

— O que está acontecendo em casa — disse Alec. — Agora que provavelmente já perceberam que a gente saiu e tudo o mais. Estou me sentindo mal por Aline e Helen. Queria ter avisado a elas.

— Não se sente mal por seus pais? — perguntou Clary.

— Não — respondeu Alec após uma longa pausa. — Eles tiveram a chance de fazer a coisa certa. — Ele rolou para o lado e olhou para eles. Seus olhos ficavam muito azuis à luz do fogo. — Sempre achei que ser um Caçador de Sombras significava ter que aprovar tudo que a Clave decidia — falou. — Achava que, de outra forma, eu não seria leal. Procurava pretextos para eles. Sempre procurei. Mas sinto que sempre que temos que lutar, estamos lutando uma guerra em duas frentes. Combatemos o inimigo e também combatemos a Clave. Eu não... Simplesmente não sei mais como me sinto.

Jace sorriu docemente para ele através da fogueira.

— Rebelde — falou.

Alec fez uma careta e se apoiou sobre os cotovelos.

— Não faça piada comigo — irritou-se, com vigor suficiente para deixar Jace surpreso.

As expressões de Jace eram ilegíveis para a maioria das pessoas, mas Clary o conhecia bem o bastante para reconhecer o rápido lampejo de dor que passou por seu rosto, e a ansiedade ao se inclinar para a frente para responder a Alec... exatamente quando Isabelle e Simon entraram no recinto. Isabelle estava rubra, mas o rubor de alguém que estava correndo, e não se entregando à paixão. Pobre Simon, pensou Clary, entretida; um entretenimento que passou quase instantaneamente quando notou os olhares dos dois.

— O corredor a leste termina em uma porta — anunciou Isabelle sem preâmbulos. — Um portão, como o que atravessamos na entrada, mas está quebrado. E tem muitos demônios, do tipo voador. Não estão se aproximando daqui, mas dá para vê-los. Provavelmente alguém deveria ficar de olho, só para garantir.

— Eu fico — disse Alec, levantando-se. — Não vou dormir mesmo.

— Nem eu. — Jace se levantou, cambaleando. — Além do mais, alguém precisa te fazer companhia. — Ele olhou para Clary, que ofereceu um sorriso animador. Ela sabia que Jace detestava quando Alec ficava com raiva dele. Clary não sabia ao certo se ele conseguia sentir o desacordo pelo laço *parabatai*, ou se era apenas empatia normal, ou um pouco dos dois.

— Tem três luas — falou Isabelle, e sentou-se perto da comida, alcançando uma barra de cereais. — E Simon teve a impressão de ter visto uma cidade. Uma cidade demoníaca.

— Não deu para ter certeza — acrescentou Simon rapidamente.

— Nos livros Edom tem uma capital, chamada Idumea — disse Alec. — Pode ser alguma coisa. Vamos ficar de olho. — Ele se abaixou para pegar o arco e foi para o corredor leste. Jace pegou uma lâmina serafim, deu um rápido beijo em Clary e o seguiu; Clary sentou-se ao lado de Izzy, olhando para o fogo, permitindo que o suave murmúrio da conversa entre Isabelle e Simon embalasse seu sono.

Jace sentia os tendões nas costas e no pescoço estalarem de exaustão enquanto se abaixava entre as pedras, deslizando de encontro a uma das rochas até ficar sentado, recostado em uma das maiores, tentando não inalar demais o ar pungente. Ouviu Alec se ajeitando ao seu lado, o material resistente do uniforme arranhando contra o chão. O luar refletia de seu arco enquanto ele o repousava sobre o próprio colo e observava a paisagem.

As três luas estavam baixas no céu; cada fragmento parecia inchado e enorme, cor de vinho, e tingia a paisagem com um brilho sangrento.

— Você vai falar? — perguntou Jace. — Ou esta é uma daquelas ocasiões em que está tão irritado comigo que não diz nada?

— Não estou irritado com você — disse Alec, e passou a mão enluvada sobre o arco, batendo os dedos ociosamente sobre a madeira.

— Achei que pudesse estar — falou Jace. — Se eu tivesse concordado em procurar abrigo, não teria sido atacado. Coloquei todos nós em perigo...

Alec respirou fundo e exalou devagar. As luas estavam ligeiramente mais altas no céu e projetavam um brilho escuro no rosto dele. Alec parecia jovem, os cabelos sujos e bagunçados, a camisa rasgada.

— Sabíamos dos riscos que estávamos correndo quando viemos para cá com você. Nos candidatamos a morrer. Digo, é óbvio que prefiro sobreviver. Mas todos nós escolhemos.

— Na primeira vez em que me viu — disse Jace, olhando para as próprias mãos, que abraçavam os joelhos —, aposto que não pensou: *Ele vai ser a causa da minha morte.*

— Na primeira vez em que o vi, desejei que voltasse a Idris. — Jace olhou incrédulo para Alec, que deu de ombros. — Você sabe que não gosto de mudanças.

— Mas passou a gostar de mim — declarou Jace, confiante.

— Em algum momento, sim — concordou Alec. — Como musgo ou uma doença de pele.

— Você me ama. — Jace inclinou a cabeça para trás, de encontro à pedra, admirando a paisagem morta através de olhos cansados. — Acha que deveríamos ter deixado um bilhete para Maryse e Robert?

Alec deu uma risada seca.

— Acho que vão acabar descobrindo para onde viemos. No devido tempo. Talvez eu não me importe se meu pai vai descobrir ou não. — Alec jogou a cabeça para trás e suspirou. — Ai, Deus, eu sou um clichê — disse, desesperado. — Por que me importo? Se papai concluir que me odeia porque não sou heterossexual, ele não vale meu sofrimento, certo?

— Não olhe para mim — falou Jace. — Meu pai adotivo foi um assassino em massa. E eu continuava preocupado com o que ele pensava. É o que somos programados para fazer. Seu pai sempre me pareceu excelente em comparação ao meu.

— Claro, ele gosta de você — disse Alec. — Você é heterossexual e tem expectativas baixas em relação a figuras paternas.

— Acho que provavelmente vão colocar isso na minha lápide. "Era Heterossexual e Tinha Expectativas Baixas".

Alec sorriu — um lampejo breve e forçado de um sorriso. Jace o fitou com olhos semicerrados.

— Tem certeza de que não está irritado? Você me parece um pouco irritado.

Alec olhou para o céu. Não havia estrelas visíveis através da coberta de nuvem, só uma manchinha preto-amarelada.

— Nem tudo gira em torno de você.

— Se você não está bem, deveria me contar — incitou Jace. — Estamos todos estressados, mas temos que nos manter tão firmes quanto...

Alec virou-se para ele. Seus olhos estavam descrentes.

— Estar bem? Como você estaria? — perguntou. — Como estaria se Clary tivesse sido levada por Sebastian? Se fosse ela que estivéssemos indo resgatar, sem saber se estaria viva ou morta? Como você estaria?

Jace sentiu como se tivesse levado um tapa de Alec. Também sentiu que merecia. Precisou de diversas tentativas antes de conseguir dizer as palavras seguintes:

— Eu... Eu estaria um caco.

Alec se levantou. Uma silhueta contra o céu cor de hematoma, o brilho das luas quebradas refletindo do chão; Jace conseguia enxergar cada faceta da expressão de Alec, tudo que este vinha guardando. Pensou na maneira como Alec matara aquele cavaleiro fada na Corte; de forma fria, rápida e implacável. Nada daquilo correspondia a Alec. No entanto, Jace nem tinha parado para pensar no assunto, pensar no que havia provocado aquela frieza: a dor, a raiva, o medo.

— Isto — disse Alec, gesticulando para si. — Isto sou eu sendo um caco.

— Alec...

— Não sou como você — justificou Alec. — Eu... Não consigo criar a fachada perfeita o tempo todo. Consigo contar piadas, consigo tentar, mas existem limites. Não consigo...

Jace se levantou, cambaleando.

— Mas não precisa criar uma fachada — retrucou, espantado. — Não precisa fingir. Você pode...

— Posso sucumbir? Nós dois sabemos que isso não é verdade. Precisamos nos manter firmes, e, durante todos aqueles anos eu observei você, eu o vi se segurando, vi quando achou que tinha perdido seu pai, vi quando pensou que Clary fosse sua irmã, observei você, e foi assim que você sobreviveu, então, se eu tenho que sobreviver, farei o mesmo.

— Mas você não é como eu — disse Jace, e sentiu como se o solo firme estivesse rachando sob seus pés. Quando tinha 10 anos de idade, ele construíra sua vida sobre o alicerce dos Lightwood, principalmente de Alec. Sempre achara que como *parabatai* estariam lado a lado, pensara ter estado presente para Alec tanto quanto Alec estivera para ele, mas agora percebia, horrorizado, que pouco tinha pensado em Alec desde que os prisioneiros haviam sido levados, e não pensara em como cada hora e cada minuto deviam estar sendo para ele, sem saber se Magnus estava vivo ou morto. — Você é melhor.

Alec o encarou, o peito inflando e desinflando rapidamente.

— O que você imaginou? — perguntou bruscamente. — Quando viemos para este mundo? Eu vi sua expressão quando encontramos você. Não diga que não previu "nada". Um "nada" não teria deixado você com aquela cara.

Jace balançou a cabeça.

— O que *você* viu?

— Vi o Salão dos Acordos. Havia um enorme banquete da vitória, e todo mundo estava lá. Max estava lá. E você, e Magnus, e todo mundo, e papai estava fazendo um discurso sobre como eu era o melhor guerreiro que ele conhecera... — A voz falhou. — Nunca achei que eu iria querer ser o melhor guerreiro — falou. — Sempre achei que ficaria feliz sendo a estrela escura da sua supernova. Digo, você tem o dom do anjo. E eu poderia treinar e treinar... jamais serei como você.

— Você jamais iria querer ser como eu — disse Jace. — Você não é assim.

A respiração de Alec desacelerou.

— Eu sei — disse ele. — Não tenho inveja. Sempre soube, de cara, que todos achavam você melhor que eu. Meu pai achava. A Clave achava. Izzy e Max o olhavam como o grande guerreiro em quem queriam se espelhar. Mas no dia em que você me chamou para ser seu *parabatai*, eu soube que isso significava que confiava em mim o bastante para me pedir ajuda. Estava me dizendo que não era o guerreiro solitário e autossuficiente. Você precisava de mim. Então percebi que existia uma pessoa que não o achava melhor que eu. Você mesmo.

— Existem muitas formas de ser o melhor — completou Jace. — Desde aquela época eu já sabia disso. Eu podia ser fisicamente mais forte, no entanto você tem o coração mais verdadeiro dentre todos que conheço, é o que mais tem fé nos outros, e por esse aspecto você é muito melhor do que eu jamais poderia ser.

Alec o encarou com surpresa.

— A melhor coisa que Valentim fez por mim foi me mandar para vocês — acrescentou Jace. — Para os seus pais também, é claro, mas principalmente para vocês. Você, Izzy e Max. Se não fossem vocês, eu teria sido... como Sebastian. Iria querer isto. — Ele apontou para o terreno baldio na frente deles. — Iria querer ser o rei de uma terra de esqueletos e corpos. — Jace parou de falar, semicerrando os olhos para a distância. — Viu isso?

Alec balançou a cabeça.

— Não vejo nada.

— Luz, refletindo de algum lugar. — Jace procurou entre as sombras do deserto. Tirou uma lâmina serafim do cinto. Sob o luar, mesmo desativado, o *adamas* brilhou com o fulgor de um rubi. — Espere aqui — disse ele. — Fique de guarda na entrada. Vou olhar.

— Jace... — começou Alec, mas Jace já estava correndo pelo declive, pulando de pedra em pedra.

Ao se aproximar do sopé, as pedras se tornaram mais claras e começaram a sucumbir assim que ele aterrissou nelas. Por fim deram lugar à areia, marcada por pedras arqueadas enormes. Havia algumas coisas que cresciam pontuando a paisagem: árvores que pareciam fossilizadas por uma explosão súbita, uma chama solar.

Atrás dele estava Alec e a entrada dos túneis. Adiante havia desolação. Jace começou a caminhar cuidadosamente por entre as pedras e as árvores mortas. Ao se mexer, viu de novo, uma faísca avançando, algo vivo entre tanta morte. Ele se virou em direção àquilo, colocando cada pé cuidadosamente na frente do outro.

— Quem está aí? — perguntou, em seguida franziu o rosto. — É claro — acrescentou, se endereçando à escuridão ao redor —, mesmo eu, como Caçador de Sombras, já vi filmes o suficiente para saber que qualquer um que grita "Quem está aí?" vai ser morto automaticamente.

Um barulho ecoou pelo ar — um arquejo, um engulho de respiração entrecortada. Jace ficou tenso e avançou velozmente. Lá estava: uma sombra, evoluindo do escuro para uma forma humana. Uma mulher, encolhida, ajoelhada, vestindo uma túnica pálida manchada de sujeira e sangue. Ela parecia chorar.

Jace cerrou o punho em volta do cabo da lâmina. Ele já havia abordado demônios fingindo estar desamparados ou disfarçando a verdadeira natureza em ocasiões suficientes, de modo que aprendera a sentir menos compaixão e mais desconfiança.

— *Dumah* — sussurrou ele, e a lâmina brilhou com a luz.

Conseguia enxergar a mulher com mais clareza agora. Tinha cabelos longos que caíam para o chão e se misturavam à terra chamuscada, e um círculo de ferro ao redor do cenho. Tinha cabelos ruivos às sombras, cor de sangue seco, e por um instante, antes de ela se levantar e se virar para ele, pensou na Rainha Seelie...

Mas não era ela. Esta mulher era uma Caçadora de Sombras. Era mais que isso. Usava as túnicas brancas de uma Irmã de Ferro amarrada abaixo dos seios, os olhos no tom alaranjado nítido de uma chama. Símbolos escuros desfiguravam suas bochechas e testa. Estava com as mãos fechadas sobre o peito. Agora as relaxava, deixando que caíssem junto às laterais do corpo, e Jace sentiu o ar gelar nos pulmões ao ver o ferimento massivo em seu peito, o sangue se espalhando pelo tecido branco do vestido.

— Você me conhece, não conhece, Caçador de Sombras? — perguntou ela. — Sou a Irmã Magdalena das Irmãs de Ferro, aquela que você assassinou.

Jace engoliu em seco.

— Não é ela. Você é um demônio.

Ela balançou a cabeça.

— Fui amaldiçoada por ter traído a Clave. Quando você me matou, vim para cá. Este é meu Inferno, e fico vagando por aqui. Sem nunca me curar, sangrando eternamente. — Ela apontou para trás, e ele viu as pegadas atrás da moça, que traziam a este local, as marcas de pés descalços contornadas em sangue. — Foi isto que você fez comigo.

— Não fui eu — falou ele, rouco.

Ela inclinou a cabeça para o lado.

— Não foi? — questionou ela. — Não se lembra?

E ele se lembrava, o pequeno estúdio em Paris, o Cálice de *adamas*, Magdalena sendo pega de surpresa pelo ataque quando ele sacou a lâmina e a golpeou; o olhar dela enquanto caía sobre a mesa de trabalho, morrendo...

Sangue na lâmina, nas mãos, nas roupas. Não era sangue de demônio nem icor. Não era sangue inimigo. Era sangue de um Caçador de Sombras.

— Você se lembra — disse Magdalena, inclinando a cabeça para o lado com um sorrisinho. — Como um demônio saberia das coisas que sei, Jace Herondale?

— Não... é meu nome — sussurrou Jace.

O sangue corria quente em suas veias, apertando sua garganta, estrangulando as palavras. Ele pensou na caixa de prata com a estampa de passarinhos, em garças graciosas no ar, na história de uma das grandes famílias de Caçadores de Sombras exposta em livros, cartas e heranças, e em como não se sentia merecedor de tocar aquele conteúdo.

A expressão dela tremeu, como se não tivesse entendido exatamente o que Jace dissera, porém continuou suavemente, caminhando em direção a ele pelo chão rachado.

— Então o que você é? Não possui qualquer legitimidade para se chamar Lightwood. É um Morgenstern? Como Jonathan?

Jace respirou fundo, e sua garganta queimou como fogo. Estava com o corpo grudento de suor, as mãos trêmulas. Tudo nele gritava para avançar, perfurar a criatura Magdalena com sua lâmina serafim, no entanto ele não parava de enxergá-la caindo, morrendo, em Paris, e a si mesmo acima dela, assimilando o que tinha feito, que era um assassino, e como poderia matar a mesma pessoa duas vezes...

— Você gostou, não gostou? — sussurrou ela. — De ter sido ligado a Jonathan, vocês dois sendo um? Isso libertou você. Pode dizer a si, agora, que tudo o que fez foi obrigado, que não estava no controle, que não me perfurou com a lâmina, mas nós dois sabemos a verdade. O laço de Lilith foi apenas um pretexto para você fazer o que já desejava.

Clary, pensou ele, dolorosamente. Se ela estivesse aqui, ele teria sua convicção inexplicável para se apoiar, a crença dela de que Jace era intrinsecamente bom, uma crença que servia como fortaleza, que nenhuma dúvida atravessava. Mas ela não estava ali e ele estava sozinho em uma terra queimada, morta, a mesma terra morta...

— Você viu, não viu? — sussurrou Magdalena, e ela estava quase em cima dele agora, os olhos saltando e ardendo em laranja e vermelho. — Esta terra queimada, toda a destruição, e você no comando? Essa foi sua visão? O desejo de seu coração? — Ela pegou o pulso dele, e a voz se elevou, exultante, não mais humana. — Acha que seu segredo sombrio é querer ser como Jonathan, mas vou lhe contar o verdadeiro segredo, o mais sombrio de todos. Você já é.

— Não! — gritou Jace, e levantou a lâmina, um arco de fogo pelo céu.

Magdalena deu um pulo para trás, e, por um instante, Jace pensou que o fogo da lâmina tivesse acendido a ponta da túnica da criatura, pois uma chama explodiu diante dos olhos dele. Sentiu a ardência e a contorção de veias e músculos em seus braços, ouviu o grito de Magdalena se tornar gutural e desumano. Ele cambaleou para trás...

E percebeu que o fogo transbordava dele, que tinha explodido de suas mãos e das pontas dos dedos em ondas que corriam o deserto, explodindo tudo adiante. Ele viu Magdalena se contorcer e girar, se transformar em algo horrendo, cheio de tentáculos e repulsivo, antes de definhar em cinzas, dando um grito final. Jace viu o chão escurecer e brilhar enquanto ele caía de joelhos, a lâmina serafim derretendo em chamas que subiam e o cercavam. Ele pensou: *Vou queimar até a morte aqui*, enquanto o fogo rugia pela planície, riscando o céu.

Ele não estava com medo.

17

Ofertas Ardentes

Clary sonhou com fogo, um pilar de fogo varrendo uma paisagem desértica, queimando tudo pela frente: árvores, mato, pessoas gritando. Os corpos ficavam pretos ao desmoronarem diante da força das chamas, e acima deles havia um símbolo, pairando como um anjo, uma figura como duas asas unidas por uma barra solitária...

Um grito cortou a fumaça e a sombra, arrancando Clary de seus pesadelos. Ela abriu os olhos e viu o fogo, brilhante e quente, e se levantou para alcançar Heosphoros.

Com a lâmina na mão, os batimentos cardíacos dela foram desacelerando aos poucos. O fogo não estava violento nem descontrolado. Estava contido, a fumaça flutuando em direção ao enorme teto da caverna. Iluminava o espaço em volta. Ela via Simon e Isabelle sob o brilho, Izzy se levantando do colo de Simon e piscando, confusa.

— O que...

Clary já estava de pé.

— Alguém gritou — disse ela. — Vocês dois fiquem aqui... Vou ver o que aconteceu.

— Não... não. — Isabelle se levantou exatamente quando Alec entrou na câmara, arfando.

— Jace — alertou ele. — Aconteceu alguma coisa... Clary, pegue a estela e vamos. — Ele se virou e correu de volta para o túnel.

Clary enfiou Heosphoros no cinto e foi atrás. Ela acelerou pelo corredor, as botas arrastando por pedras irregulares, e irrompeu pela noite, com a estela na mão.

A noite queimava. O planalto acinzentado de pedras se inclinava para o deserto, e havia fogo onde as pedras encontravam a areia — fogo ardendo pelo ar, deixando o céu dourado, queimando o chão. Ela olhou fixamente para Alec.

— Onde está Jace? — gritou sobre o estalar das chamas.

Ele desviou o olhar dela para o fogo.

— Ali — respondeu. — Ali dentro. Vi o fogo sair dele e engoli-lo.

Ela sentiu um aperto no peito; cambaleou para trás, para longe de Alec, como se ele a tivesse golpeado, e em seguida ele a alcançou, dizendo:

— Clary. Ele não está morto. Se estivesse, eu saberia. Eu saberia...

Isabelle e Simon irromperam da entrada da caverna atrás deles; Clary viu ambos reagirem ao fogo celestial, Isabelle com olhos arregalados e Simon se encolhendo de pavor — fogo e vampiros não se misturavam, mesmo com Simon sendo um Diurno. Isabelle o pegou pelo braço, como que para protegê-lo; Clary ouvia os gritos, as palavras perdidas contra a ferocidade das chamas. O braço de Clary ardia e doía. Ela olhou para baixo e percebeu que tinha começado a desenhar na própria pele, o reflexo assumindo o controle em lugar da consciência. Observou enquanto um símbolo *pyr*, para proteger do fogo, aparecia em seu pulso, espesso e preto contra a pele. Tratava-se de um símbolo forte: Clary era capaz de sentir o poder irradiando.

Ela começou a descer a colina, virando-se ao sentir Alec em seu encalço.

— Fique para trás — gritou para ele, e levantou o pulso, mostrando o símbolo. — Não sei se vai funcionar — berrou. — Fique aqui; cuide de Simon e de Izzy, o fogo celestial deve manter os demônios afastados, mas só para garantir. — E em seguida ela se voltou à corrida, disparando entre as pedras, diminuindo a distância entre ela e as chamas, enquanto Alec ficava parado na trilha, as mãos cerradas junto às laterais do corpo.

De perto o fogo era uma parede dourada, se movimentando e se transformando, cores piscando em seu núcleo: vermelho ardente, línguas alaranjadas e verdes. Clary não enxergava nada *senão* chamas; o calor que irradiava fazia sua pele formigar e os olhos lacrimejarem. Ela inspirou e queimou a garganta, daí entrou no fogo.

Foi envolvida como se fosse um abraço. O mundo ficou vermelho, dourado e laranja, e tremulando diante de seus olhos. Seu cabelo levantou, esvoaçando ao vento quente, e Clary não sabia ao certo diferenciar suas mechas quentes do fogo em si. Ela avançou cuidadosamente, cambaleando como se estivesse caminhando contra um vento muito forte — dava para sentir o símbolo Corta-Fogo latejando em seu braço a cada passo — enquanto as chamas subiam e espiralavam ao redor.

Ela aspirou o fogo mais uma vez e avançou, os ombros curvados como se estivesse levantando um peso. Não havia nada além de fogo em volta. Ia morrer em meio às chamas, pensou, queimando como uma pena, sem deixar sequer uma pegada naquele mundo alienígena para registrar que tinha passado por ali.

Jace, pensou ela, e deu um último passo. As chamas se partiram em volta como uma cortina se abrindo, e ela engasgou, caindo para a frente, os joelhos batendo na terra com força. O símbolo Corta-Fogo no braço estava desbotando, ficando branco, sugando sua energia juntamente ao seu poder. Ela levantou a cabeça e olhou.

O fogo se erguia em um círculo, chamas buscando o céu demoníaco chamuscado. Ao centro encontrava-se Jace, ajoelhado; ele próprio era intocado pelo fogo, a cabeça loura para trás, os olhos semifechados. Estava com as mãos no chão, e um rio do que parecia ouro derretido escorria de suas palmas. Costurava pela terra como pequenas correntes de lava, iluminando o solo. Não, pensou ela, estava fazendo mais do que iluminar. Estava *cristalizando* a terra, transformando-a em um material sólido e dourado que brilhava como...

Como *adamas*. Ela se arrastou em direção a Jace, o chão abaixo deixando de ser um solo acidentado e virando uma substância vítrea escorregadia, como *adamas*, porém de cor dourada em vez de branca. Jace não se mexeu: como o Anjo Raziel se erguendo do Lago Lyn e pingando água, ele permanecia parado enquanto o fogo saía de seu corpo, e o solo endurecia ao redor, se transformando em ouro.

Adamas. O poder daquilo subiu por Clary, fazendo seus ossos tremerem. Imagens floresciam em sua mente: símbolos, se elevando e em seguida desaparecendo como fogos de artifício, e ela lamentou a perda de todos, tantos símbolos cujos significados e funções ela jamais conheceria, mas daí ela estava próxima a Jace e o primeiro símbolo que imaginou, o símbolo com o qual vinha sonhando nos últimos dias, surgiu em sua cabeça. *Asas, ligadas por uma barra... não, não eram asas... o cabo de uma espada... sempre fora o cabo de uma espada...*

— Jace! — gritou ela, e ele abriu os olhos. Mais dourados até mesmo que o fogo. Ele a olhou, totalmente incrédulo, e ela imediatamente percebeu o que ele pensava estar fazendo: ajoelhado, aguardando para morrer, aguardando para ser consumido pelo fogo como um santo medieval.

Ela queria estapeá-lo.

— Clary, *como*...

Ela se esticou para segurá-lo pelo pulso, porém ele foi mais veloz e desviou.

— Não! Não me toque. Não é seguro...

— Jace, pare. — Ela levantou o braço, com o símbolo *pyr* brilhando, prateado naquele fulgor sobrenatural. — Eu atravessei o fogo para chegar até você — disse ela sobre o chiado das chamas. — Estamos aqui. Nós dois estamos aqui agora, entendeu?

Os olhos dele estavam com um tom maníaco, desesperados.

— Clary, *saia*...

— Não! — Ela o segurou pelos ombros, e dessa vez ele não recuou. Ela agarrou a roupa dele. — *Eu sei como consertar isto!* — gritou, e se inclinou para pressionar os lábios nos dele.

A boca de Jace estava quente e seca, a pele ardia enquanto ela passava as mãos pelo pescoço dele para segurar as laterais de seu rosto. Ela sentia gosto de fogo, carvão e sangue na boca dele, e se perguntava se ele sentia o mesmo gosto nela.

— Confie em mim — sussurrou ela de encontro aos lábios dele, e apesar de as palavras terem sido engolidas pelo caos ao redor, ela o sentiu relaxar minimamente e assentir, inclinando-se para ela, deixando o fogo passar entre eles enquanto respiravam o hálito um do outro, saboreando as faíscas nos lábios um do outro.

— Confie em mim — sussurrou ela outra vez, e alcançou sua lâmina.

Isabelle estava com os braços em torno de Simon, detendo-o. Ela sabia que se o soltasse, ele correria para o fogo, onde Clary desaparecera, e se jogaria ali dentro.

E queimaria como um pavio, como um pavio ensopado de gasolina. Ele era um vampiro. Isabelle o segurou, prendendo-o pelo peito com as mãos, e teve a impressão de que podia sentir o vazio sob as costelas dele, no local onde seu coração *não* batia. O dela estava acelerado. Seu cabelo esvoaçava com o vento quente da imensa fogueira que ardia ao pé do planalto. Alec tinha descido metade da trilha e estava ali, inquieto; era uma silhueta escura contra as chamas.

E as chamas... saltavam em direção ao céu, riscando a lua quebrada. Mudando e se transformando, uma parede de ouro mortalmente linda. Conforme as chamas tremiam, Isabelle conseguia identificar sombras se movimentando ali dentro — a sombra de uma pessoa ajoelhada, e depois outra, menor, abaixada e engatinhando. *Clary*, pensou, se arrastando para Jace no coração do incêndio. Sabia que Clary havia aplicado um símbolo *pyr* no braço, mas Isabelle nunca tinha ouvido falar em um símbolo Corta-Fogo que pudesse suportar aquele tipo de chama.

— Iz — sussurrou Simon. — Eu não...

— Shhh. — Ela o segurou com mais força, como se aquilo fosse impedir ela mesma de sucumbir. Jace estava ali, no centro do fogo, e ela não podia perder outro irmão, não podia... — Eles estão bem — avisou ela. — Se Jace estivesse ferido, Alec saberia. E se ele está bem, então Clary também está.

— Eles vão queimar até a morte — respondeu Simon, soando perdido.

Isabelle gritou quando as chamas se elevaram mais alto de repente. Alec deu um passo para a frente e em seguida caiu de joelhos, e pôs as mãos no chão. A curva de suas costas formava um arco de dor. O céu se transformara em espirais de fogo, rotatórios e vertiginosos.

Isabelle soltou Simon e correu pela trilha, para o irmão. Curvou-se sobre ele, agarrando-o pelo casaco, puxando-o para que se levantasse.

— Alec, *Alec*...

Alec ficou de pé, cambaleando, o rosto inteiramente pálido, exceto por onde estava manchado com fuligem preta. Ele deu meia-volta, ficando de costas para Isabelle, tirando a jaqueta.

— Meu símbolo de *parabatai*... consegue vê-lo?

Isabelle sentiu um aperto no estômago; por um instante pensou que fosse desmaiar. Ela agarrou Alec pela gola da camisa, puxou-o para baixo e exalou, aliviada.

— Continua aí.

Alec vestiu a jaqueta novamente.

— Senti alguma coisa mudar; foi como se algo dentro de mim tivesse se *contorcido*. — Ele levantou a voz. — Vou até lá.

— Não! — Isabelle o pegou pelo braço, e em seguida Simon gritou, ao lado dela:

— *Vejam*.

Ele estava apontando para o fogo. Isabelle olhou, sem compreender por um instante, até que percebeu o que ele mostrava. As chamas tinham começado a diminuir. Ela balançou a cabeça como se quisesse clarear as ideias, a mão ainda no braço de Alec, mas não era ilusão. O fogo estava diminuindo. As chamas encolheram, passando de pilares laranjas a um amarelo desbotado, se curvando para dentro como dedos. Ela soltou Alec, e os três ficaram enfileirados, ombro a ombro, enquanto o fogo abaixava, revelando um círculo de terra ligeiramente escurecido onde as chamas queimaram, e ali dentro, duas figuras. Clary e Jace.

Era difícil enxergá-los através da fumaça e do brilho vermelho das brasas que ainda queimavam, mas ficou claro que estavam vivos e inteiros. Clary de pé, e Jace ajoelhado diante dela, segurando suas mãos, quase como se estivesse recebendo o título de cavaleiro. Havia algo ritualístico naquela posição, algo que remetia a um feitiço estranho e antigo. Quando a fumaça se dissipou, Isabelle viu o brilho claro do cabelo de Jace, que se levantava. Ambos começaram a caminhar pela trilha.

Isabelle, Simon e Alec romperam a fila e correram para eles. Isabelle se jogou em Jace, que a abraçou, ao mesmo tempo esticando-se para agarrar a mão de Alec mesmo enquanto ele segurava Isabelle com firmeza. A pele dele era fria contra a dela, quase gelada. O uniforme não apresentava qualquer queimadura ou marca, assim como a terra desértica atrás deles não apresentava sinal de ter passado por um incêndio massivo há poucos instantes.

Isabelle apoiou a cabeça no peito de Jace e viu Simon abraçando Clary. Ele a segurava com firmeza, balançando a cabeça, e quando Clary ofereceu um sorriso radiante para ele, Isabelle percebeu que não sentia nenhuma fagulha de ciúme. Não havia qualquer diferença entre o abraço de Simon e Clary para o dela e de Jace. Tinha amor ali, claramente, mas era um amor fraterno.

Ela se afastou de Jace e sorriu para Clary, que retribuiu timidamente. Alec tomou a iniciativa de abraçar Clary, e Simon e Jace se entreolharam cautelosamente. De repente Simon sorriu — aquele sorriso súbito e inesperado que surgia até mesmo nas piores circunstâncias, o qual Isabelle adorava — e estendeu os braços para Jace.

Jace balançou a cabeça.

— Não me importo se acabei de me incendiar — falou. — Não vou te abraçar.

Simon suspirou e abaixou os braços.

— Pior para você — disse ele. — Se tivesse abraçado, eu teria deixado, mas sinceramente, teria sido um abraço de pena.

Jace se voltou para Clary, que não estava mais abraçando Alec, e sim parada, parecendo entretida, com a mão no cabo de Heosphoros. A lâmina parecia brilhar, como se tivesse absorvido parte da luz do fogo.

— Ouviram isso? — perguntou Jace. — Um abraço de *pena*?

Alec levantou a mão. Surpreendentemente, Jace se calou.

— Reconheço que estamos tomados pela alegria da sobrevivência, o que explica este comportamento estúpido — disse Alec. — Mas primeiro — levantou um dedo —, acho que nós três merecemos uma explicação. O que aconteceu? Como você perdeu o controle do fogo? Foi atacado?

— Foi um demônio — respondeu Jace após uma pausa. — Assumiu a forma de uma mulher que... alguém que eu machuquei quando Sebastian me possuiu. Me provocou até eu perder o controle sobre o fogo celestial. Clary me ajudou a recuperá-lo.

— E é isso? Vocês dois estão bem? — perguntou Isabelle, meio incrédula. — Achei... quando vi o que se passava... Pensei que fosse Sebastian. Que ele tivesse vindo até nós de alguma forma. Que você tivesse tentado incendiá-lo e tivesse acabado se queimando...

— Isso não vai acontecer. — Jace tocou o rosto de Izzy delicadamente. — Já estou com o fogo controlado. Sei como usar, e como não usar. Como direcionar.

— Como? — perguntou Alec, impressionado.

Jace hesitou. Seus olhos desviaram para Clary, e as pupilas pareceram dilatar, como se uma cortina tivesse descido sobre eles.

— Vocês terão simplesmente que confiar em mim.

— É isso? — Simon se manifestou, incrédulo. — Simplesmente confiar em você?

— Não confiam? — perguntou Jace.

— Eu... — Simon olhou para Isabelle, que olhou para o irmão.

Após um instante, Alec assentiu.

— Confiamos o suficiente para vir até aqui — falou. — Vamos confiar até o fim.

— Se bem que seria incrível conhecer seu plano, tipo, um pouco antes — disse Isabelle. — Antes do fim, quero dizer. — Alec ergueu uma sobrancelha para ela. Izzy deu de ombros inocentemente. — Só um pouquinho antes — continuou. — Quero poder me preparar.

Os olhos do irmão encontraram os dela, e, em seguida, ele começou a rir, um pouco rouco — quase como se tivesse se esquecido de como fazê-lo.

À Consulesa:

O Povo das Fadas não é seu aliado. Eles são seus inimigos. Odeiam os Nephilim e planejam traí-los e destruí-los. Colaboraram com Sebastian Morgenstern nos ataques e nas destruições dos Institutos. Não confie em Meliorn nem em qualquer conselheiro de nenhuma Corte. A Rainha Seelie é sua inimiga. Não tente responder esta mensagem. Estou com a Caçada Selvagem agora, e eles vão me matar se acharem que contei alguma coisa.

Mark Blackthorn

Jia Penhallow olhou por cima dos óculos de leitura para Emma e Julian, que estavam parados, tensos, na frente da escrivaninha da biblioteca da casa. Uma grande janela retangular encontrava-se aberta atrás da Consulesa, e

Emma via a paisagem de Alicante se estendendo: casas colinas abaixo, canais correndo em direção ao Salão dos Acordos, a Colina Gard se erguendo contra o céu.

Jia olhou para baixo novamente, para o papel que haviam lhe trazido. Tinha sido dobrado com uma esperteza quase diabólica dentro da noz, e foram necessários séculos, além dos dedos hábeis de Ty, para soltá-lo.

— Seu irmão escreveu mais alguma coisa além disto? Algum recado particular para você?

— Não — respondeu Julian, e deve ter demonstrado alguma coisa na tensão dolorosa de sua voz, pois Jia acreditou nele e não insistiu no assunto.

— Você entende o que isto significa — questionou ela. — O Conselho não vai querer acreditar. Vão afirmar que é um truque.

— É a letra de Mark — disse Julian. — E a forma como assinou... — Ele apontou para a marca na base do papel: uma impressão nítida de espinhos, feita com o que parecia ser uma tinta marrom-avermelhada. — Ele passou o anel de família em sangue e o utilizou para fazer isto — explicou Julian, o rosto rubro. — Uma vez me mostrou como fazer. Mais ninguém teria o anel da família Blackthorn, nem tampouco saberia fazer esta marca com ele.

Jia olhou dos punhos cerrados de Julian para a expressão firme de Emma e assentiu.

— Vocês estão bem? — perguntou ela mais gentilmente. — Sabem o que é a Caçada Selvagem?

Ty tinha oferecido um discurso extenso sobre o assunto, mas Emma descobria que agora, sob o olhar sombrio e solidário da Consulesa, não era capaz de encontrar as palavras. Foi Julian que se pronunciou:

— Fadas caçadoras — explicou. — Cavalgam pelo céu. As pessoas acreditam que se você segui-las, elas podem guiá-lo até a terra dos mortos ou ao Reino das Fadas.

— Gwyn ap Nudd lidera o bando — disse Jia. — Ele não tem aliança; faz parte de uma magia mais selvagem. É chamado de Coletor dos Mortos. Apesar de ser uma fada, ele e seus cavaleiros não estão envolvidos nos Acordos. Não têm qualquer entendimento com os Caçadores de Sombras, não reconhecem nossa jurisdição e não seguem leis, nenhuma lei. Compreendem?

Eles a olharam, confusos. Ela suspirou.

— Se Gwyn pegou seu irmão para se tornar um de seus Caçadores, pode ser impossível...

— Você está dizendo que não vai conseguir trazê-lo de volta? — perguntou Emma, e viu alguma coisa se despedaçar nos olhos de Julian. Aquela visão a fez desejar pular sobre a mesa e espancar a Consulesa com sua pilha de pastas etiquetadas, cada uma com um nome diferente.

Uma delas saltou aos olhos de Emma, como um letreiro aceso em neon. CARSTAIRS: FALECIDO. Tentou não permitir que o reconhecimento de seu sobrenome ficasse expresso em seu rosto.

— Estou dizendo que não sei. — A Consulesa espalmou as mãos na superfície da mesa. — Tem tanta coisa que não sabemos agora — disse, e sua voz soou baixa e quase arrasada. — Perder o Povo das Fadas como aliados é um golpe forte. Dentre todos os seres do Submundo, eles são nossos inimigos mais sutis, e os mais perigosos. — Ela se pôs de pé. — Esperem aqui um instante.

Ela se retirou por uma porta camuflada no painel e, após alguns instantes de silêncio, Emma ouviu o ruído de pés e o murmúrio da voz de Patrick. Captou palavras isoladas — "julgamento", "mortal" e "traição".

Dava para sentir Julian ao seu lado, tão tenso quanto a corda de um arco armado. Esticou o braço para tocar as costas dele, e com o dedo desenhou entre os ombros: *V-O-C-Ê-E-S-T-Á-B-E-M?*

Ele balançou a cabeça, sem olhar para ela. Emma olhou para a pilha de pastas sobre a mesa, depois para a porta, em seguida para Julian, calado e sem expressão, e decidiu. Lançou-se à mesa, passando a mão pela pilha de pastas, e puxou a que dizia CARSTAIRS.

Era uma pasta de capa dura, leve, e Emma esticou o braço para puxar a camisa de Julian, que teve seu grito de surpresa abafado pela mão dela. Emma usou a outra mão para enfiar a pasta na traseira da calça jeans dele. Puxou a camisa do amigo para baixo exatamente quando a porta se abriu e Jia voltou.

— Vocês dois estariam dispostos a depor diante do Conselho uma última vez? — perguntou ela, olhando de Emma, que imaginava estar corada, para Julian, que parecia ter sido eletrocutado. O olhar dele endureceu, e Emma ficou impressionada. Julian era tão gentil que ela às vezes se esquecia de que aqueles olhos da cor do mar podiam se tornar tão frios quanto as ondas do litoral no inverno. — Sem Espada Mortal — esclareceu a Consulesa. — Só quero que contem a eles o que sabem.

— Se você prometer que vai tentar trazer Mark de volta — disse Julian. — E não apenas prometer, mas tentar de fato.

Jia o olhou solenemente.

— Prometo que os Nephilim não vão abandonar Mark Blackthorn enquanto ele viver.

Os ombros de Julian relaxaram minimamente.

— Tudo bem, então.

Brotou como uma flor contra o céu escuro e nebuloso: uma explosão súbita e silenciosa de chamas. Luke, parado à janela, recuou com surpresa antes de se encostar na abertura estreita, tentando identificar a fonte do resplendor.

— O que é? — Raphael olhou de onde estava ajoelhado para Magnus.

Magnus parecia adormecido, os olhos projetando sombras em forma de lua crescente contra a pele. Estava desconfortavelmente encolhido em torno das correntes que o prendiam, e parecia doente, ou no mínimo exausto.

— Não tenho certeza — disse Luke, e ficou parado enquanto o menino vampiro vinha se juntar a ele na janela.

Ele nunca se sentira completamente confortável perto de Raphael. O vampiro parecia Loki ou algum outro deus traiçoeiro, às vezes trabalhando para o bem, às vezes para o mal, mas sempre de acordo com os próprios interesses.

Raphael murmurou alguma coisa em espanhol e passou por Luke. As chamas refletiram nas pupilas de seus olhos escuros, vermelho-douradas.

— Acha que é obra de Sebastian? — perguntou Luke.

— Não. — O olhar de Raphael estava longe, e Luke foi lembrado de que o menino diante dele, embora parecesse um anjo atemporal de 14 anos, na verdade era mais velho que ele, mais velho que seus pais seriam caso estivessem vivos, ou, no caso de sua mãe, se ela tivesse permanecido mortal. — Há algo de sagrado neste fogo. A obra de Sebastian é demoníaca. Esta é a forma como Deus apareceu para andarilhos no deserto. "*Durante o dia Deus ia à frente deles em um pilar nebuloso para guiá-los, e à noite em um pilar de fogo que lhes fornecia luz, de modo que pudessem viajar de dia ou de noite.*"

Luke ergueu uma sobrancelha para ele.

Raphael deu de ombros.

— Fui criado em um ambiente católico — inclinou a cabeça para o lado. — Acho que nosso amigo Sebastian não vai gostar muito disto, seja lá o que for.

— Consegue enxergar mais alguma coisa? — perguntou Luke; a visão dos vampiros era mais poderosa até mesmo que a visão aguçada de um lobisomem.

— Alguma coisa... ruínas, talvez, como uma cidade morta... — Raphael balançou a cabeça em frustração. — Veja onde o fogo acaba. Está morrendo.

Houve um murmúrio suave vindo do chão, e Luke olhou para baixo. Magnus tinha rolado de costas. As correntes eram longas, lhe dando ao menos liberdade de movimento o suficiente para curvar as mãos sobre o estômago, como se estivesse com dor. Os olhos estavam abertos.

— Por falar em morrer...

Raphael voltou para seu lugar, ao lado de Magnus.

— Precisa nos contar, feiticeiro — incitou ele — se existe alguma coisa que possamos fazer por você. Nunca o vi tão doente.

— Raphael... — Magnus passou a mão pelos cabelos pretos suados. A corrente tilintou. — É meu pai — falou abruptamente. — Este é o reino dele. Bem, um deles.

— Seu pai?

— Ele é um demônio — respondeu Magnus sucintamente. — O que não deveria ser uma grande surpresa. Não espere mais informações além desta.

— Tudo bem, mas por que estar no reino de seu pai o deixaria doente?

— Ele está tentando me fazer chamá-lo — disse Magnus, apoiando-se nos cotovelos. — Ele poderia vir até mim facilmente. Não consigo fazer mágica neste reino, portanto não posso me proteger. Ele consegue me deixar saudável ou doente. Mas está me deixando doente por achar que, se eu me desesperar o suficiente, vou pedir a ajuda dele.

— E vai? — perguntou Luke.

Magnus balançou a cabeça e franziu o rosto.

— Não. Não valeria o preço. Quando meu pai está envolvido, *sempre* há um preço.

Luke sentiu o próprio corpo ficar tenso. Ele e Magnus não eram íntimos, mas ele sempre gostara do feiticeiro, sempre o respeitara. Respeitava Magnus e feiticeiros tanto quanto respeitava Catarina Loss e Ragnor Fell, e os outros, aqueles que trabalharam com Caçadores de Sombras por várias gerações. Ele não estava gostando do som do desespero na voz de Magnus, nem de seu olhar ecoante.

— Não pagaria? Se a escolha fosse sua vida?

Magnus olhou para Luke, exaurido, e se jogou novamente no chão de pedra.

— Pode ser que não seja eu a pessoa a pagar — respondeu, e fechou os olhos.

— Eu... — começou Luke, mas Raphael balançou a cabeça para ele, um gesto repreensivo. Ele tinha se encolhido perto do ombro de Magnus, abraçando os joelhos.As veias escuras em suas têmporas e no pescoço eram visíveis, sinais de que fazia muito tempo que não se alimentava. Luke só podia imaginar a cena estranha que compunham: o vampiro faminto, o feiticeiro moribundo e o lobisomem observando pela janela.

— Você não sabe nada sobre o pai dele — disse Raphael, com a voz baixa. Magnus estava parado, obviamente dormindo outra vez, a respiração ofegante.

— E suponho que você saiba quem é o pai de Magnus? — provocou Luke.

— Já paguei muito dinheiro uma vez para descobrir.

— Por quê? De que adianta para você saber isso?

— Gosto de saber das coisas — explicou Raphael. — Pode ser útil. Ele conhecia minha mãe; me pareceu justo que eu conhecesse seu pai. Magnus salvou minha vida uma vez — acrescentou Raphael, com a voz sem emoção. — Assim que me tornei um vampiro, eu quis morrer. Achava que fosse uma coisa maldita. Ele me impediu de me jogar à luz do sol... Magnus me ensinou a caminhar por território sagrado, a pronunciar o nome de Deus, a usar um crucifixo. Ele não me deu mágica, apenas paciência, mas ainda assim salvou minha vida.

— Então você deve a ele — disse Luke.

Raphael tirou a jaqueta e, em um movimento único e rápido, a colocou sob a cabeça de Magnus. Ele se remexeu, mas não acordou.

— Entenda como quiser — falou. — Não vou entregar os segredos dele.

— Responda-me uma coisa — disse Luke, com a parede de pedra fria em suas costas. — O pai de Magnus é alguém que pode nos ajudar?

Raphael riu: uma risada aguda, vociferada, sem qualquer divertimento.

— Você é muito engraçado, lobisomem — falou. — Volte para a janela, e você, se for do tipo que reza, então talvez deva rezar para que o pai dele não resolva querer nos ajudar. Se não confia em mim em relação a nada, então ao menos confie em mim quanto a isso.

— Você acabou de comer *três* pizzas? — Lily encarava Morcego com uma mistura de nojo e espanto.

— Quatro — respondeu Morcego, colocando uma caixa de pizza, agora vazia, da Joe's Pizza no topo de uma pilha de outras caixas e sorrindo serenamente.

Maia sentiu uma onda de afeto por Morcego. Ela não contara sobre o plano para o encontro com Maureen, e ele não reclamara nem uma vez, apenas a parabenizara por ter disfarçado tão bem. Ele concordou em se sentar com ela e Lily para discutir a aliança, apesar de Maia saber que ele não gostava muito de vampiros.

E ele guardara para ela a pizza que só tinha queijo, pois sabia que era a única da qual ela gostava. Maia estava em sua quarta fatia. Lily, apoiada na beira da mesa no saguão da delegacia, fumava um cigarro longo (Maia supôs que câncer de pulmão não fosse uma preocupação de quem já estava morto) e olhava para a pizza, desconfiada. Não se importava com a quantidade que Morcego comia — alguma coisa tinha que sustentar todos aqueles músculos — desde que ele parecesse feliz em lhe fazer companhia durante a reunião. Lily havia respeitado o trato que tinham feito em relação a Maureen, mas ela ainda causava calafrios em Maia.

— Sabe — disse Lily, balançando os pés envoltos em botas. — Devo admitir que esperava algo mais... animado. E menos burocrático. — Ela franziu o nariz.

Maia suspirou e olhou em volta. O saguão da delegacia de polícia estava cheio de lobisomens e vampiros, provavelmente pela primeira vez desde sua construção. Havia pilhas de papel listando contatos de membros importantes do Submundo, todos obtidos através de súplicas, empréstimos, furtos e investigações — os vampiros tinham registros impressionantes de quem estava no comando e onde —, e todos estavam nos celulares ou computadores, telefonando ou mandando mensagens de texto e e-mails para os líderes de clãs e bandos, e para todos os feiticeiros que conseguiam rastrear.

— Ainda bem que as fadas são centralizadas — falou Morcego. — Uma Corte Seelie, uma Corte Unseelie.

Lily sorriu.

— A terra embaixo da colina é muito extensa — disse. — As Cortes são tudo que podemos alcançar neste mundo, só isso.

— Bem, este é o mundo com o qual estamos preocupados agora — comentou Maia, se espreguiçando e esfregando a nuca.

Ela mesma tinha passado o dia fazendo ligações e enviando e-mails, por isso estava exausta. Os vampiros só se juntaram a eles ao cair da noite, e esperava-se que trabalhassem até o amanhecer, enquanto os lobisomens dormiam.

— Você tem noção do que Sebastian Morgenstern vai fazer conosco se o lado dele vencer? — perguntou Lily, olhando contemplativamente para a sala lotada. — Duvido que vá ser indulgente com quem trabalha contra ele.

— Talvez ele nos mate antes — respondeu Maia. — Mas nos mataria de qualquer jeito. Sei que os vampiros adoram a ideia de racionalidade, lógica, inteligência, alianças meticulosas, mas não é assim que ele funciona. Sebastian quer reduzir o mundo a cinzas. É só o que quer.

Lily soprou a fumaça.

— Bem — falou. — Isso seria inconveniente, considerando nossa relação com o fogo.

— Não está arrependida, está? — perguntou Maia, se esforçando ao máximo para manter a voz despreocupada. — Você parecia muito segura quanto a se colocar contra Sebastian quando conversamos antes.

— Estamos nos colocando em uma situação muito perigosa, só isso — disse Lily. — Você já ouviu a expressão "quando o gato sai, os ratos fazem a festa"?

— Claro — respondeu Maia, olhando para Morcego, que murmurou alguma coisa em espanhol.

— Durante centenas de anos, os Nephilim mantiveram suas regras e se certificaram de que nós também as mantivéssemos — continuou Lily. — Por isso são muito detestados. Agora foram se esconder em Idris, e não podemos fingir que os seres do Submundo não gostam de certas... vantagens trazidas pela ausência deles.

— Tipo poder devorar pessoas? — perguntou Morcego, dobrando uma fatia de pizza ao meio.

— Não são apenas os vampiros — argumentou Lily friamente. — As fadas adoram provocar e atormentar humanos; somente os Caçadores de Sombras as impedem. Eles vão começar a pegar bebês humanos outra vez. Os feiticeiros venderão sua mágica pela melhor oferta como...

— Prostitutas mágicas? — Todos ergueram o olhar em surpresa; Malcolm Fade tinha aparecido na entrada, limpando os flocos brancos de neve do seu cabelo também branco. — É isso que você ia dizer, não é?

— Eu não — respondeu Lily, claramente pega de surpresa.

— Ah, diga o que quiser. Não me importo — falou Malcolm alegremente. — Nada contra prostituição. É o que mantém a civilização funcionando. — Ele sacudiu a neve do casaco. Trajava um terno preto e um sobretudo velho; ele não tinha nada do ecleticismo brilhante de Magnus. — Em que posição vocês estão agora, meu povo? — indagou.

— "Povo"? — Morcego se eriçou. — Está falando dos lobisomens?

— Estou falando do povo da Costa Leste — esclareceu Malcolm. — Quem enfrentaria este clima se pudesse evitar? Neve, granizo, chuva. Eu me mudaria para Los Angeles em um instante. Sabia que instante é de fato uma medida de tempo? É um sessenta avos de segundo. Não dá para fazer nada em um instante, não mesmo?

— Sabe — disse Maia —, Catarina comentou que você era uma belezura de inofensivo...

Malcolm pareceu satisfeito.

— Catarina disse que sou uma belezura?

— Podemos nos ater ao foco? — perguntou Maia. — Lily, se o que a preocupa é o fato de os Caçadores de Sombras descontarem nos membros do Submundo caso algum de nós se rebele enquanto eles estiverem em Idris, bem... é por isso que estamos fazendo o que estamos fazendo. Garantindo aos seres do Submundo que os Acordos são válidos, que os Caçadores de Sombras estão tentando recuperar nossos prisioneiros e que Sebastian é o verdadeiro inimigo, minimizaremos as chances de o caos fora de Idris afetar os acontecimentos em caso de uma batalha, ou quando tudo isso acabar...

— Catarina! — anunciou Malcolm subitamente, como se lembrando de algo agradável. — Eu quase me esqueci por que parei aqui. Catarina me pediu para procurá-la. Ela está no necrotério do hospital Beth Israel e quer que você vá até lá o mais rápido possível. Ah, e leve uma jaula.

Um dos tijolos na parede perto da janela estava solto. Jocelyn passou o tempo todo usando a parte de metal de seu prendedor de cabelo para tentar soltá-lo. Não era tola o bastante para achar que podia criar um espaço pelo qual pudesse escapar, mas tinha a esperança de que, liberando um tijolo, teria uma arma. Algo que pudesse usar para bater na cabeça de Sebastian.

Se conseguisse fazer isso. Se não vacilasse.

Ela hesitara quando ele era bebê. Tomou-o nos braços, percebeu que havia algo de errado com ele, algo incorrigível, mas não conseguiu fazer nada a respeito. Em algum recôndito da mente acreditava que ele ainda poderia ser salvo.

Houve um barulho à porta, e ela girou, colocando a presilha de volta no cabelo. Era a presilha de Clary, a qual Jocelyn pegara na mesa da filha para manter o cabelo longe da tinta. Não devolveu porque o acessório a fazia se lembrar da filha, mas parecia errado sequer pensar em Clary ali, na frente de seu outro filho, apesar de sentir tanta saudade dela que chegava a doer.

A porta se abriu, e Sebastian entrou.

Estava com uma camisa branca tricotada e mais uma vez lembrava o pai. Valentim gostava de vestir branco. Fazia com que parecesse ainda mais pálido, o cabelo mais branco, um tiquinho menos humano ainda, e causava o mesmo efeito em Sebastian. Seus olhos pareciam gotas de tinta preta em uma tela branca. Ele sorriu para ela.

— Mãe — saudou.

Ela cruzou os braços.

— O que está fazendo aqui, Jonathan?

Ele balançou a cabeça, ainda com o mesmo sorriso, e tirou uma adaga do cinto. Era estreita, com uma lâmina fina como a de uma sovela.

— Se me chamar assim outra vez — disse ele —, arranco seus olhos com isto.

Ela engoliu em seco. *Ah, meu bebê*. Lembrou-se de segurá-lo, frio e parado em seus braços, bem diferente de uma criança normal. Ele não chorava. Nunca.

— Foi isso que veio me dizer?

Ele deu de ombros.

— Vim fazer uma pergunta. — Olhou em volta, a expressão entediada. — E para mostrar uma coisa. Venha. Venha comigo.

Ela se juntou a ele quando Sebastian saiu do quarto, com uma mistura de relutância e alívio. Detestava sua cela, e certamente seria melhor conhecer mais do lugar onde estava sendo mantida... O tamanho, as saídas?

O corredor diante do quarto era de pedra, grandes blocos de pedra ligados por concreto. O chão era liso, gasto por passos. No entanto, havia um aspecto empoeirado no local, como se ninguém passasse por ali há décadas, até mesmo séculos.

Havia portas nas paredes, dispostas em intervalos aleatórios. Jocelyn sentiu o coração acelerar mais uma vez. Luke podia estar atrás de uma delas. Queria avançar nelas, abri-las, mas a adaga continuava na mão de Sebastian, e ela não tinha a menor dúvida de que ele estava mais atento a este fato do que ela.

O corredor começou a se curvar, e Sebastian se pronunciou:

— E se eu dissesse que te amava?

Jocelyn fechou as mãos frouxamente na frente do próprio corpo.

— Creio — respondeu com cuidado — que eu diria que você não era capaz de me amar mais do que eu poderia te amar.

Chegaram a um par de portas duplas. Pararam diante delas.

— Você não tem ao menos que fingir?

Jocelyn respondeu:

— Você conseguiria? Você é parte de mim, e sabe. O sangue de demônio o transformou, mas você acha que, fora isso, todas as suas características vêm de Valentim?

Sem responder, Sebastian abriu as portas com o ombro e entrou. Após um instante Jocelyn o seguiu — e parou onde estava.

A sala era imensa e semicircular. Um chão de mármore se estendia a uma plataforma construída em pedra e madeira, se erguendo contra a parede oeste. No centro da plataforma havia dois tronos. Não tinha outra palavra para definir — cadeiras imensas de marfim com camadas de ouro; ambas com o encosto arredondado e seis degraus na base. E atrás de cada trono, uma janela enorme, o vidro refletindo apenas escuridão. Alguma coisa naquele recinto era estranhamente familiar, mas Jocelyn não sabia exatamente o quê.

Sebastian foi até a plataforma e gesticulou para que ela o seguisse. Jocelyn subiu os degraus lentamente para se juntar ao filho, que estava diante dos tronos ostentando um olhar de triunfo. Ela já tinha visto aquele mesmo olhar no pai do rapaz quando este vira o Cálice Mortal.

— "*Ele será notável*" — entoou Sebastian — "*e será chamado de Filho do Maioral, e o Demônio lhe dará o trono de seu pai. E ele vai governar sobre o Inferno eternamente, e seu reino não terá fim.*"

— Não entendo — disse Jocelyn, e sua voz soou fria e morta até mesmo aos próprios ouvidos. — Você quer governar este mundo? Um mundo morto de demônios e destruição? Quer dar ordens a cadáveres?

Sebastian riu. Tinha a risada de Valentim: áspera e musical.

— Ah, não — disse ele. — Você entendeu tudo errado. — Ele fez um gesto rápido com os dedos, algo que ela já havia visto Valentim fazer quando aprendera mágica, e de repente as imensas janelas atrás dos tronos não estavam mais vazias.

Uma mostrava uma paisagem maldita: árvores secas e terra queimada, vis criaturas aladas circulando em frente a uma lua quebrada. Um planalto de pedras se estendia diante das janelas. Era habitado por figuras sombrias, cada qual a uma curta distância da outra, e Jocelyn percebeu que se tratava de Crepusculares em vigília.

A outra janela mostrava Alicante, dormindo pacificamente ao luar. Uma lua minguante, um céu cheio de estrelas, o brilho da água nos canais. Era uma vista que Jocelyn já conhecia, e, com um sobressalto, ela percebeu por que a sala onde se encontrava parecia familiar.

Era o salão do Conselho em Gard — transformado de anfiteatro a sala de tronos, mas com o mesmo teto abobadado, o mesmo tamanho, a mesma vista da Cidade de Vidro, antes aparecendo em duas janelas enormes. Só que agora uma janela dava vista para o mundo que ela conhecia, a Idris de onde viera. E a outra mostrava o mundo em que estava.

— Esta minha fortaleza tem entrada para os dois mundos — informou Sebastian, com o tom arrogante. — Este mundo está seco e esgotado, sim. Um cadáver exangue. Ah, mas o *seu* mundo está pronto para ser governado. Sonho com isto dia e noite. Se devo arruiná-lo lentamente com peste e fome, ou se a destruição deve ser rápida e indolor... Toda aquela vida, destruída tão depressa, imagine como *queimaria*! — Seus olhos estavam febris. — Imagine as alturas que eu poderia alcançar, transportado até o alto pelos gritos de bilhões de pessoas, erguido pela fumaça de milhões de corações em chamas! — Ele se voltou para ela. — Agora — disse. — Diga-me que herdei isso de você. Diga que alguma destas características é sua.

Aquilo ficou reverberando na cabeça de Jocelyn.

— Há dois tronos — apontou ela.

Uma ruguinha apareceu na testa dele.

— O quê?

— *Dois* tronos — repetiu ela. — E não sou tola; sei quem você pretende que sente ao seu lado. Você precisa dela ali; a quer ali. Seu triunfo não significa nada se ela não estiver presente para ver. E isso, essa necessidade de ter alguém que o ame, isso *vem* de mim.

Ele a encarou. Estava mordendo o lábio com tanta força que Jocelyn tinha certeza de que ia sangrar.

— Fraqueza — falou ele, em parte para si. — É uma fraqueza.

— É humano — retrucou ela. — Mas você realmente acha que Clary seria capaz de sentar ao seu lado aqui e ser feliz ou solícita?

Por um instante ela pensou ter visto algo brilhar nos olhos do filho, mas um segundo depois já estavam pretos e gélidos novamente.

— Prefiro tê-la feliz, solícita e aqui, mas aceito simplesmente tê-la aqui — afirmou. — Não ligo tanto assim para solicitude.

Algo pareceu explodir no cérebro de Jocelyn. Ela avançou, visando a adaga na mão dele; Sebastian recuou, desviando, e girou com um movimento veloz e gracioso, passando uma rasteira nela. Jocelyn atingiu o chão, rolou e se agachou. Antes que pudesse levantar, viu a mão dele agarrando-a pelo casaco, puxando-a para cima.

— Vaca maldita — rosnou Sebastian, a poucos centímetros de seu rosto, os dedos da mão esquerda enterrando na pele abaixo da clavícula. — Acha que pode me ferir? O feitiço da minha mãe verdadeira me protege.

Jocelyn chegou para trás.

— Me *solte*!

A janela da esquerda explodiu com muita luz. Sebastian recuou, o rosto surpreso enquanto encarava. A paisagem maldita do mundo morto de repente se acendeu com fogo, ardendo com fogo dourado, erguendo-se num pilar em direção ao céu rachado. Os Caçadores de Sombras malignos corriam de um lado para o outro como formigas. As estrelas reluziam, refletindo o fogo, vermelho, dourado, azul e laranja. Era tão lindo e tão terrível quanto um anjo.

Jocelyn sentiu um esboço de sorriso nos cantos da boca. Seu coração se encheu com a primeira ponta de esperança que sentia desde que acordara naquele mundo.

— Fogo celestial — sussurrou.

— De fato. — Um sorriso também brincou pela boca de Sebastian. Jocelyn o encarou, espantada. Esperava que ele fosse ficar horrorizado, mas em vez disso parecia inflamado. — Como o Bom Livro diz: "*Esta é a lei da oferta ardente: é na oferta ardente, por causa do fogo sobre o altar por toda a noite até o amanhecer, e o fogo do altar deve arder nela*" — gritou ele, e ergueu os braços, como se almejando abraçar o fogo que ardia tão alto e tão forte além da janela. — Desperdice seu fogo no ar do deserto, meu irmão! — berrou. — Deixe que entorne pelas areias como sangue ou água, e que você não deixe de vir, nunca deixe de vir até estarmos cara a cara.

18

Pelas Águas da Babilônia

Os símbolos de energia eram todos muito bons, pensou Clary, exausta, assim que chegou ao topo de mais uma elevação de areia, mas eram fichinha perto de uma xícara de café. Clary tinha certeza de que poderia encarar mais um dia de caminhada, com os pés afundando até os tornozelos em cinzas ocasionalmente, caso simplesmente tivesse a doce cafeína pulsando nas veias...

— Está pensando no que eu estou pensando? — perguntou Simon, surgindo ao lado dela.

Ele parecia esgotado e cansado, os polegares enfiados nas alças da mochila. Todos pareciam muito extenuados. Alec e Isabelle tinham assumido as funções de vigias depois do incidente com o fogo celestial e não reportaram nenhum demônio ou Caçador de Sombras maligno nos arredores do esconderijo. Mesmo assim estavam todos inquietos, e nenhum deles dormira mais que algumas horas. Jace parecia funcionar à base de tensão e adrenalina, seguindo a trilha do feitiço de rastreamento na pulseira que usava, às vezes se esquecendo de parar e esperar pelos outros em meio a sua pressa louca de correr até Sebastian, até que eles gritavam ou corriam para alcançá-lo.

— Um café com leite enorme do Mud Truck alegraria tudo agora.

— Tem um lugar para vampiros não muito longe da Union Square onde colocam a quantidade ideal de sangue no café — disse Simon. — Não fica muito doce, nem muito salgado.

Clary parou; um galho seco e contorcido fincado na terra tinha prendido em seus cadarços.

— Lembra-se de quando conversamos sobre *não dividir informações*?

— Isabelle me ouve sobre assuntos vampirescos.

Clary pegou Heosphoros. A espada, com o novo símbolo marcado em preto na lâmina, parecia brilhar em sua mão. Ela utilizou a ponta para cortar o galho duro e espinhento.

— Isabelle é sua namorada — disse Clary. — Ela *tem* que ouvir o que você diz.

— Ela é? — Simon pareceu espantado.

Clary jogou as mãos para o alto num gesto de impaciência e então começou a descer a colina. O solo era íngreme, marcado aqui e ali por rachaduras, tudo coberto por uma camada infinita de poeira. O ar continuava acre, o céu esverdeado. Dava para ver Alec e Isabelle próximos a Jace ao pé da colina; ele tocava a pulseira em seu braço e olhava para o horizonte.

De soslaio, Clary notou alguma coisa brilhando, e parou de repente. Semicerrou os olhos, tentando enxergar o que era. O brilho de alguma coisa prateada ao longe, bem depois das pedras e dos montes do deserto. Ela pegou a estela e desenhou rapidamente um símbolo de Visão de Longo Alcance no braço, a ardência e a picada da ponta da estela irrompendo na névoa de exaustão em sua mente, potencializando o modo como via.

— Simon! — falou ela, quando ele a alcançou. — Está vendo aquilo?

Ele seguiu o olhar de Clary.

— Vi ontem à noite. Lembra-se de quando Isabelle disse que eu pensava ter visto uma cidade?

— Clary! — Era Jace, olhando para eles, o rosto pálido e inexpressivo no ar empoeirado. Ela fez um gesto para ele se aproximar. — O que está acontecendo?

Ela apontou outra vez, em direção ao que definitivamente era um brilho, um aglomerado de formas ao longe.

— Tem alguma coisa ali — comentou. — Simon acha que é uma cidade...

Ela parou de falar, pois Jace já havia começado a correr até o ponto indicado. Isabelle e Alec ficaram espantados antes de disparar atrás dele; Clary bufou, exasperada, e, com Simon ao lado, seguiu também.

Eles começaram a descer o declive, que estava coberto por seixos, meio correndo, meio deslizando, permitindo que as pedrinhas os carregassem. Clary agradeceu verdadeiramente por estar usando o uniforme de combate, e não era a primeira vez que o fazia: só ficava imaginando como os estilhaços de cascalho rasgariam sapatos e calças normais.

Chegou à base da montanha correndo. Jace estava mais adiantado, com Alec e Isabelle logo atrás, acelerando, saltando por pedras e riachos de lava derretida. Enquanto Clary se aproximava dos três, reparou que se dirigiam ao local onde o deserto parecia cair — a borda de um platô? Um penhasco?

Clary acelerou, tropeçando sobre as últimas pilhas de pedra e quase caindo na última. Aterrissou de pé — Simon muito mais gracioso à frente dela — e viu que Jace estava na beira de um enorme penhasco, cuja borda descia como o Grand Canyon. Alec e Isabelle já o haviam alcançado, um de cada lado. Os três encontravam-se assustadoramente calados, olhando para a luz fraca adiante.

Algo na postura de Jace, na forma como estava, disse a Clary, mesmo quando chegou perto dele, que havia alguma coisa errada. Em seguida, ela notou a expressão dele e corrigiu mentalmente o "errada" para "extremamente errada".

Ele olhava para o vale abaixo como se estivesse observando o túmulo de uma pessoa amada. Havia ruínas de uma cidade no vale. Uma cidade antiga, muito antiga, que outrora fora construída ao redor de uma colina. O topo da colina era cercado por nuvens cinzentas e bruma. As antigas casas agora eram apenas montes de pedras, e as ruas pareciam cobertas de cinzas e de ruínas chanfradas de prédios. Dentre os destroços, jogados como palitos de fósforo descartados, havia pilares quebrados, feitos de pedra clara, brilhante, uma coisa linda que destoava naquela terra arruinada.

— Torres demoníacas — sussurrou ela.

Jace assentiu sombriamente.

— Não sei como — falou —, mas de algum jeito... esta é Alicante.

— É um fardo horroroso, ter uma responsabilidade dessas, tão jovens — dizia Zachariah, enquanto a porta do Salão do Conselho se fechava atrás de Emma Carstairs e Julian Blackthorn.

Aline e Helen tinham ido com eles para acompanhá-los de volta para a casa onde estavam hospedados. Ambas as crianças estavam caindo de sono e exaustão ao fim do interrogatório do Conselho, exibindo olheiras fundas.

Restavam poucos membros do Conselho no recinto: Jia e Patrick, Maryse e Robert Lightwood, Kadir Safar, Diana Wrayburn, Tomas Rosales e um grupo de Irmãos do Silêncio e líderes de Institutos. A maioria deles conversava entre si, mas Zachariah estava perto do atril de Jia, olhando para ela com uma tristeza profunda nos olhos.

— Enfrentaram muitas perdas — disse Jia. — Mas somos Caçadores de Sombras; muitos de nós suportamos grandes dores com pouca idade.

— Eles têm Helen e o tio — falou Patrick, não muito longe de Robert e Maryse, ambos pareciam tensos e esgotados. — Vão cuidar bem deles, além disso, Emma Carstairs claramente considera os Blackthorn como familiares.

— Frequentemente aqueles que nos criam, que são nossos guardiões, não são do nosso sangue — observou Zachariah. Jia pensou ter visto uma suavidade especial em seus olhos quando repousaram em Emma, quase um lamento. Mas talvez tivesse imaginado. — Aqueles que nos amam e a quem amamos. Foi o que aconteceu comigo. O mais importante é que ela não seja separada dos Blackthorn, ou, acima de tudo, do menino Julian.

Jia ouviu ao longe o marido tranquilizando o antigo Irmão do Silêncio, mas sua mente estava em Helen. Nas profundezas de seu coração, Jia às vezes se preocupava com a filha, que havia entregado seu coração completamente para uma menina que era parte fada, uma espécie conhecida por não ser confiável. E ela sabia que Patrick não gostava de saber que Aline havia escolhido uma menina em vez de um menino, que ele sofria — de forma egoísta, na concepção dela — pelo que enxergava como o fim da perpetuação dos Penhallow. Ela própria na verdade se preocupava mais com a possibilidade de Helen Blackthorn partir o coração de sua filha.

— Quanto crédito você dá à acusação de uma traição por parte das fadas? — perguntou Kadir.

— Todo o crédito — respondeu Jia. — Explica muita coisa. Como as fadas conseguiram entrar em Alicante e fugir com os prisioneiros da casa destinada ao representante do Povo das Fadas; como Sebastian conseguiu esconder tropas na Cidadela; por que ele poupou Mark Blackthorn... não por medo de fadas furiosas, mas por respeito à aliança. Amanhã vou confrontar a Rainha das Fadas e...

— Com todo respeito — disse Zachariah, com a voz suave. — Não acho que você deva fazer isso.

— Por que não? — perguntou Patrick.

Porque vocês agora dispõem de informações que a Rainha das Fadas não quer que tenham, disse o Irmão Enoch. *É muito raro isso acontecer. Na guerra, existem vantagens no poder, mas também há vantagens no conhecimento. Não desperdicem a vantagem que têm.*

Jia hesitou.

— As coisas podem estar piores do que você sabe — rebateu ela, e tirou alguma coisa do bolso do casaco. Era uma mensagem de fogo dela para o Labirinto Espiral. Entregou-a a Zachariah.

Ele pareceu congelar. Por um instante simplesmente olhou para ela; em seguida passou um dedo sobre o papel, e Jia percebeu que ele não estava lendo, mas acariciando a assinatura do autor, uma assinatura que claramente o atingira como uma flecha no coração.

Theresa Gray.

— Tessa diz — começou ele afinal, e em seguida pigarreou, pois sua voz saiu rouca e entrecortada. — Ela diz que os feiticeiros do Labirinto Espiral examinaram o corpo de Amalric Kriegsmesser. Que ele estava com o coração murcho, os órgãos dissecados. Ela diz que lamentam, mas não há nada que possa ser feito para curar os Crepusculares. A necromancia pode fazer com que os corpos voltem a se mexer, mas as almas se foram para sempre.

— Apenas o poder do Cálice Infernal os mantém vivos — disse Jia, a voz latejando de tristeza. — Estão mortos por dentro.

— Se o Cálice Infernal pudesse ser destruído... — devaneou Diana.

— Aí pode ser que todos morram, sim — declarou Jia. — Mas não temos o Cálice Infernal. Está com Sebastian.

— Matar todos eles com um único golpe parece errado — disse Tomas, parecendo horrorizado. — São Caçadores de Sombras.

— Não são — respondeu Zachariah, com uma voz muito menos suave do que Jia associava a ele. Ela o olhou, surpresa. — Sebastian confia que pensamos neles como Caçadores de Sombras. Conta com nossa hesitação, com nossa incapacidade de matar monstros ostentando rostos humanos.

— Conta com nossa piedade — concluiu Kadir.

— Se eu tivesse sido Transformado, iria querer ser libertado do sofrimento — disse Zachariah. — *Isso* é piedade. Foi isso que Edward Longford deu a seu *parabatai* antes de voltar a espada para si. Por isso prestei minhas homenagens a ele. — Zachariah tocou o símbolo desbotado no pescoço.

— Então devemos pedir ao Labirinto Espiral para desistir? — perguntou Diana. — Que pare de procurar uma cura?

— Eles já desistiram. Não viu o que Tessa escreveu? — respondeu Zachariah. — Uma cura nem sempre pode ser encontrada, não a tempo. Eu sei, digo, aprendi que não se pode contar com isso. Não pode ser nossa única esperança. Temos que sofrer pelos Crepusculares como se já estivessem mortos, e confiar no que somos: Caçadores de Sombras, guerreiros. Temos que fazer o que fomos moldados para fazer. Lutar.

— Mas como nos defendemos de Sebastian? Já estava ruim o bastante quando era só com os Crepusculares; agora temos que combater o Povo das Fadas também! — retrucou Tomas. — E você é só um menino...

— Tenho 146 anos — rebateu Zachariah. — E esta não é a minha primeira guerra invencível. Acredito que podemos transformar a traição das fadas em uma vantagem. Para isso precisaremos da ajuda do Labirinto Espiral, mas se me escutarem, direi como fazer.

Clary, Simon, Jace, Alec e Isabelle caminharam em silêncio pelas ruínas misteriosas de Alicante. Pois Jace tinha razão: *era* Alicante, inconfundível. Eles se depararam com muita coisa familiar para que pudesse ser outro lugar. Os muros em torno da cidade, agora desmoronados; os portões corroídos por marcas de chuva ácida. A Praça da Cisterna. Os canais vazios, cheios de musgo preto e esponjoso.

A colina estava destruída, tendo sobrado apenas uma pilha de pedras. As marcas de onde outrora havia passagens agora estavam claramente visíveis como cicatrizes pelas laterais. Clary sabia que o Gard devia estar no topo, mas se era mesmo o caso, estava invisível, escondido sob a névoa cinzenta.

Finalmente passaram por uma colina de cascalhos e se flagraram na Praça do Anjo. Clary respirou, surpresa — apesar de a maioria dos prédios que a cercavam terem desabado, a praça estava surpreendentemente preservada, paralelepípedos se estendendo à luz amarelada. O Salão dos Acordos ainda encontrava-se de pé.

Mas não era pedra branca. Na dimensão humana, parecia um templo grego, mas neste mundo era metal laqueado. Um prédio alto e quadrado, se é que algo semelhante a ouro fundido caído do céu pudesse ser descrito como um prédio. Gravuras imensas percorriam a estrutura, como um laço embrulhando uma caixa; a coisa toda brilhava fracamente à luz laranja.

— O Salão dos Acordos. — Isabelle estava parada com o chicote enrolado no pulso, olhando para a estrutura. — Inacreditável.

Eles começaram a subir os degraus, dourados e marcados por cinzas e corrosão. Pararam no alto da escadaria para encarar as portas duplas enormes. Eram cobertas por quadrados de metal martelado. Cada uma era um painel com uma imagem.

— É uma história — disse Jace, se aproximando e tocando as gravuras com um dedo enluvado. Havia escritos em uma língua desconhecida na base de cada ilustração. Ele olhou para Alec. — Consegue ler?

— Será que sou a *única* pessoa que prestou atenção nas aulas de idiomas? — perguntou Alec, fatigado, no entanto se aproximou para olhar os rabiscos mais de perto. — Bem, primeiro os painéis — começou ele. — São uma história. — Apontou para o primeiro, que mostrava um grupo de pessoas descalças e vestindo túnicas, se encolhendo enquanto as nuvens no céu se abriam expondo a mão cheia de garras que se esticava para eles. — Humanos viveram aqui, ou alguma coisa parecida com humanos — explicou Alec, apontando para as figuras. — Viviam em paz, e então os demônios vieram. E aí... — Parou, a mão sobre um painel cuja imagem era tão familiar a Clary quanto as costas da própria mão. O Anjo Raziel, ascendendo do Lago Lyn, empunhando os Instrumentos Mortais. — Pelo Anjo.

— Literalmente — disse Isabelle. — Como... Este é o *nosso* Anjo? Nosso lago?

— Não sei. Aqui diz que demônios vieram e que os Caçadores de Sombras foram criados para combatê-los — prosseguiu Alec, continuando pelas paredes à medida que as gravuras progrediam. Apontou o dedo para a escritura. — Esta palavra aqui significa "Nephilim". Mas os Caçadores de Sombras recusaram a ajuda dos seres do Submundo. Os feiticeiros e o Povo das Fadas se juntaram a seus genitores infernais. Ficaram ao lado dos demônios. Os Nephilim foram derrotados e abatidos. Em seus últimos dias, criaram uma arma com a intenção de conter os demônios. — Ele indicou um painel que mostrava uma mulher empunhando uma espécie de haste de ferro com uma pedra ardente na ponta. — Não dispunham de lâminas serafim. Ainda não as tinham desenvolvido. E também não me parece que tinham Irmãs de Ferro ou Irmãos do Silêncio. Tinham ferreiros e desenvolveram uma espécie de arma, algo que imaginaram que pudesse auxiliar. A palavra aqui é "*skeptron*", mas não quer dizer nada para mim. Enfim, o *skeptron* não foi suficiente. — Ele seguiu para a gravura seguinte, que ilustrava destruição: os Nephilim mortos, a mulher com a haste de ferro encolhida no chão, a haste caída de lado. — Os demônios, aqui são chamados de *asmodei*, arderam ao sol e preencheram o céu com cinzas e nuvens. Arrancaram fogo da terra e assolaram cidades. Mataram tudo que se movia e respirava. Secaram os mares até que tudo na água também estivesse morto.

— *Asmodei* — ecoou Clary. — Já ouvi isso. Foi alguma coisa que Lilith disse, sobre Sebastian. Antes de ele nascer. "*A criança nascida com este sangue terá mais poder que os Demônios Maiores dos abismos entre os mundos. Será mais potente que Asmodei.*"

— Asmodeus é um dos Demônios Maiores dos abismos entre os mundos — disse Jace, encontrando o olhar de Clary. Ela sabia que ele se lembrava do discurso de Lilith tão bem quanto ela. Ambos tinham compartilhado da mesma visão, apresentada a eles pelo anjo Ithuriel.

— Como Abbadon? — perguntou Simon. — Ele era um Demônio Maior.

— Muito mais poderoso que isso. Asmodeus é um Príncipe do Inferno; existem nove deles. Os *Fati*. Os Caçadores de Sombras nem sonham em derrotá-los. Eles são capazes de destruir anjos em combate. Conseguem refazer mundos — explicou Jace.

— Os *asmodei* são filhos de Asmodeus. Demônios poderosos. Drenaram este mundo até secá-lo e o deixaram para demônios mais fracos varrerem. — Alec soou nauseado. — Este não é mais o Salão dos Acordos. É um mausoléu. Um mausoléu para a vida deste mundo.

— Mas este é o *nosso* mundo? — A voz de Isabelle se elevou. — Avançamos no tempo? Se a Rainha nos pregou uma peça...

— Não pregou. Pelo menos não em relação ao local onde estamos — disse Jace. — Não avançamos no tempo; desviamos para um lado paralelo. Esta é uma dimensão espelho do nosso mundo. Um local onde a história se desenvolveu um pouco diferente. — Ele enganchou os polegares no cinto e olhou em volta. — Um mundo sem Caçadores de Sombras.

— É como o *Planeta dos Macacos* — observou Simon. — Só que lá era no futuro.

— Bem, este pode ser nosso futuro se Sebastian conseguir o que deseja — emendou Jace. Ele deu uma batidinha no painel em que a mulher empunhava o *skeptron* em chamas, e franziu o rosto, em seguida empurrou a porta.

Ela abriu com um chiado de dobradiças que cortou o ar como uma faca. Clary fez uma careta. Jace sacou a espada e espiou cautelosamente pela fenda na porta. Havia uma sala, preenchida por uma luz cinzenta. Jace empurrou a porta com o ombro e entrou, gesticulando para os outros esperarem.

Isabelle, Alec, Clary e Simon trocaram olhares e, sem uma palavra, foram imediatamente atrás dele. Alec foi na frente, o arco preparado; em seguida, Isabelle com o chicote, Clary com sua espada e Simon com os olhos brilhando como os de um gato na penumbra.

O interior do Salão dos Acordos era ao mesmo tempo familiar e estranho. O piso era de mármore, rachado e quebrado. Em muitos pontos, grandes manchas pretas se espalhavam pela pedra, resquícios de manchas de sangue. O teto, que na Alicante deles era de vidro, já tinha há muito desaparecido, e restavam apenas cacos, como facas em contraste com o céu.

A sala em si estava vazia, exceto por uma estátua ao centro. O recinto preenchia-se de uma luz pálida amarelo-acinzentada. Jace, que estava de frente para a estátua, girou quando se aproximaram.

— Falei para esperarem — irritou-se com Alec. — Não conseguem fazer *nada* do que falo?

— Tecnicamente você não falou nada — disse Clary. — Só gesticulou.

— Gesticular também conta — argumentou Jace. — Eu gesticulo com muita expressividade.

— Você não está no comando — rebateu Alec, abaixando o arco. Parte da tensão abandonou sua postura. Claramente, não havia demônios escondidos nas sombras: nada bloqueava a visão das paredes corroídas, e a única coisa presente ali era a estátua. — Não precisa nos proteger.

Isabelle revirou os olhos para os dois e se aproximou da estátua, olhando para cima. Era a figura de um homem de armadura; os pés calçados com botas estavam apoiados em um pedestal dourado. Usava uma cota de malha elaborada feita de pequenos círculos de pedraria entrelaçados, decorada com um tema de asas de anjo no peito. Trazia na mão uma réplica de ferro de um *skeptron*, com um ornamento circular metálico na ponta, contornando uma joia vermelha.

Quem quer que fosse o escultor, era talentoso. O rosto era bonito, com queixo acentuado e um olhar límpido e distante. Mas o artista registrou mais do que a boa aparência: havia uma rigidez na apresentação dos olhos e do maxilar, uma curva na boca que traduzia egoísmo e crueldade.

Havia palavras escritas no pedestal, e, apesar de estarem num idioma diferente, Clary conseguiu ler.

JONATHAN CAÇADOR DE SOMBRAS. PRIMEIRO E ÚLTIMO NEPHILIM.

— Primeiro e último — sussurrou Isabelle. — Este lugar *é* um mausoléu.

Alec se abaixou. Havia mais palavras no pedestal, abaixo do nome de Jonathan Caçador de Sombras. Ele as leu em voz alta:

— "*E aquele que triunfar, que mantiver meus feitos até o fim, a ele irei conferir autoridade sobre as nações; e ele as governará com um bastão de ferro, e a ele darei a Estrela da Manhã.*"

— O que isto quer dizer? — perguntou Simon.

— Acho que Jonathan Caçador de Sombras ficou arrogante — sugeriu Alec. — Acho que pensou que esse tal *skeptron* fosse não apenas salvá-los como também permitir que ele governasse o mundo.

— "*E a ele darei a Estrela da Manhã*" — disse Clary. — Isto é bíblico. Da nossa Bíblia. E "Morgenstern" significa "Estrela da Manhã".

— "A estrela da manhã" significa muitas coisas — declarou Alec. — Pode significar "a estrela mais brilhante do céu", ou "fogo celestial", ou pode significar "o fogo que cai com anjos quando são derrubados do Céu". É também o nome de Lúcifer, o portador da luz, o demônio do orgulho. — Ele se levantou. — Seja como for, significa que essa coisa que a estátua está segurando é uma arma de verdade — observou Jace. — Como nas gravuras da porta. Você disse que o *skeptron* foi desenvolvido aqui, em vez de lâminas serafim, para combater os demônios. Veja as marcas no cabo. Esteve em batalha.

Isabelle tocou o pingente em seu pescoço.

— E a pedra vermelha. Parece feita do mesmo material que meu colar.

Jace assentiu.

— Acho que é a mesma pedra. — Clary sabia o que ele ia falar antes mesmo que ele dissesse. — Aquela arma. Eu a quero.

— Bem, você não pode tê-la — respondeu Alec. — Está presa à estátua.

— Não esta — apontou Jace. — Veja, a estátua está segurando, mas são duas peças independentes. Esculpiram a estátua e depois colocaram o cetro nas mãos. *É para ser* removível.

— Não sei se é bem isso... — começou Clary, mas Jace já estava pisando no pedestal, se preparando para subir. Ele tinha o brilho no olhar que ela ao mesmo tempo amava e temia, aquele que dizia *eu faço o que quero, e que se danem as consequências.*

— Espere! — Simon correu para bloquear Jace e impedir que subisse mais. — Desculpem, mas ninguém mais percebe o que está acontecendo aqui?

— Nããão — entoou Jace. — Por que não nos conta tudo? Digo, temos todo o tempo do mundo.

Simon cruzou os braços.

— Já participei de campanhas o suficiente...

— Campanhas? — ecoou Isabelle, espantada.

— Ele está falando de jogos de RPG tipo *Dungeons and Dragons* — explicou Clary.

— *Jogos?* — repetiu Alec, incrédulo. — Caso não tenha reparado, isto não é um jogo.

— A questão não é essa — disse Simon. — A questão é que quando você joga *Dungeons and Dragons* e sua equipe encontra um monte de tesouro, ou uma pedra grande e luminosa, ou um esqueleto dourado mágico, você *nunca* deve pegar. Sempre é uma armadilha. — Ele descruzou os braços e gesticulou enlouquecidamente. — *Isto* é uma armadilha.

Jace ficou em silêncio. Olhava pensativamente para Simon, como se nunca o tivesse visto, ou pelo menos nunca tivesse prestado tanta atenção assim nele.

— Venha cá — disse.

Simon obedeceu, as sobrancelhas erguidas.

— O que... uuf!

Jace colocou a espada nas mãos de Simon.

— Segure isto enquanto subo — ordenou Jace, e pulou no pedestal.

Os protestos de Simon foram abafados pelo ruído dos sapatos de Jace batendo contra a pedra enquanto ele subia na estátua, se erguendo com a ajuda das mãos. Alcançou o meio da estátua, onde a cota de malha entalhada oferecia apoio para os pés, e se preparou, esticando o braço para pegar o *skeptron* pelo cabo.

Pode ter sido uma ilusão, mas Clary teve a impressão de ter visto a boca sorridente da estátua se curvar em um sorriso ainda mais cruel. A pedra vermelha ardeu de repente; Jace recuou, mas a sala já estava preenchida por um barulho ensurdecedor, a combinação terrível de um alarme de incêndio e de um grito humano, se arrastando indefinidamente.

— Jace! — Clary correu para a estátua; ele já tinha caído no chão, se encolhendo com aquele barulho horrível. A luz da pedra vermelha só aumentava, preenchendo a sala com uma iluminação sangrenta.

— Maldição — gritou Jace acima do barulho. — *Odeio* quando Simon tem razão.

Com um olhar, Simon jogou a espada de Jace de volta para ele, examinando em volta atentamente. Alec ergueu o arco mais uma vez; Isabelle estava pronta com o chicote. Clary sacou uma adaga do cinto.

— É melhor sairmos daqui — disse Alec. — Pode não ser nada, mas...

Isabelle berrou e levou a mão ao peito. O pingente tinha começado a brilhar, pulsações lentas, firmes e reluzentes, como um coração batendo.

— Demônios! — gritou ela, exatamente quando o céu se encheu de coisas voadoras.

E eram *coisas*, tinham corpos rotundos e pesados, como vermes pálidos imensos, com fileiras de sugadores. Não tinham rosto: ambas as extremidades terminavam em enormes bocas rosadas circulares apinhadas com dentes de tubarão. Fileiras de asas atarracadas percorriam os corpos, cada asa com uma garra afiada como adaga na ponta. E havia muitos deles.

Até Jace empalideceu.

— Pelo Anjo... *corram*!

Correram, mas as criaturas, apesar do tamanho, era mais velozes: estavam aterrissando ao redor de todos eles, com ruídos horríveis e sedentos. Para Clary, soavam como bolas de fogo gigantes caindo do céu. A luz irradiada pelo *skeptron* desapareceu assim que eles surgiram, e agora o recinto estava banhado pelo brilho amarelado e feio do céu.

— Clary! — gritou Jace, quando uma das criaturas se lançou para cima dela, a boca circular aberta. Cordas de saliva amarelada pendiam dela.

Pow. Uma flecha se enterrou no céu da boca do demônio. A criatura recuou, cuspindo sangue. Clary viu Alec preparar outra flecha, apontar e atirar. Outro demônio recuou, e logo Isabelle já estava nele, golpeando de um lado a outro, reduzindo-o a trapos. Simon tinha agarrado outro demônio e estava enterrando as mãos no corpo cinzento da criatura, então Jace cravou a espada. O demônio desabou, derrubando Simon: ele aterrissou sobre a mochila. Clary teve a impressão de ter ouvido um som como vidro se quebrando, mas um instante mais tarde Simon estava de pé outra vez, Jace se ajeitando com a mão no próprio ombro antes de ambos voltarem à luta.

Clary sentiu o corpo gelar: a frieza silenciosa da batalha. O demônio que Alec atingira estava se contorcendo, tentando cuspir a flecha alojada em sua boca; ela passou por cima e enfiou a adaga em seu corpo, sangue escuro esguichando dos ferimentos, ensopando a roupa de Clary. O recinto estava preenchido pelo fedor de demônios, envolvido pelo icor ácido; ela sentiu ânsia de vômito quando o demônio deu um último espasmo e desmoronou.

Alec estava recuando, disparando flechas sem parar, fazendo os demônios recuarem, feridos. Enquanto se debatiam, Jace e Isabelle avançavam neles, destruindo-os com a espada e o chicote. Clary os acompanhou, pulando em outro demônio ferido, rasgando a carne macia sob a boca, a mão dela, coberta pelo sangue gorduroso, escorregava no cabo da adaga. O demônio desabou com um chiado, levando Clary consigo para o chão. A lâmina caiu da mão dela, e ela se jogou para recuperá-la, pegou-a e rolou para o lado exatamente quando outro demônio a atacou com um golpe de seu corpo poderoso.

Atingiu o espaço em que ela estivera caída, e se encolheu, sibilando, de modo que Clary ficou cara a cara com duas bocas escancaradas. Ela preparou a lâmina para arremessá-la quando viu um flash dourado-prateado e o chicote de Isabelle surgiu, partindo a criatura ao meio.

O demônio caiu em dois pedaços, uma bagunça de órgãos internos vazando. Mesmo tomada pela frieza da batalha, Clary quase passou mal. Demônios normalmente morriam e desapareciam antes que você pudesse ver as entranhas. Aquele ali continuava se contorcendo, mesmo cortado ao meio, estremecendo. Isabelle fez uma careta e ergueu o chicote novamente — e a tremedeira de repente se transformou em uma convulsão violenta quando metade do monstro girou para trás e enterrou os dentes na perna de Isabelle.

Izzy gritou, manejando o chicote, e a criatura a soltou; ela caiu para trás, a perna erguida. Clary pulou para a frente, apunhalando a outra metade da criatura, enfiando a adaga em suas costas até o bicho sucumbir e ela se flagrar ajoelhada em uma poça de sangue de demônio, ofegante, com a lâmina ensopada na mão.

Fez-se silêncio. O alarme silenciou, e os demônios pararam de vir. Estavam todos destruídos, mas não havia a alegria da vitória. Isabelle estava no chão, o chicote enrolado no pulso, sangue jorrando do entalhe em forma de lua crescente na perna esquerda. Ela estava engasgando, as pálpebras tremendo.

— Izzy! — Alec largou o arco e correu pelo chão sangrento em direção à irmã. Então caiu de joelhos, pegando-a no colo. Tirou a estela do cinto dela. — Iz, Izzy, aguente firme...

Jace, que havia pegado o arco caído de Alec, parecia a ponto de vomitar ou desmaiar; Clary notou, surpresa, que Simon estava com a mão no braço de Jace, os dedos afundando, como se ele estivesse mantendo Jace de pé.

Alec rasgou o tecido da roupa de Isabelle, abrindo a perna da calça até o joelho. Clary abafou um grito. A perna de Isabelle estava destruída: parecia com aquelas fotos de mordidas de tubarão que Clary já tinha visto, sangue e tecido ao redor de entalhes profundos.

Alec colocou a estela na pele do joelho e desenhou um *iratze*, e depois mais um, um pouco abaixo. Seus ombros tremiam, mas a mão estava firme. Clary segurou a mão de Jace e a apertou. A dele estava gelada.

— Izzy — sussurrou Alec, enquanto os *iratzes* desbotavam e se enterravam na pele da irmã, deixando linhas brancas. Clary se lembrou de Hodge, de como desenharam símbolos e mais símbolos nele; no entanto os ferimentos eram profundos demais: os símbolos desbotaram, e ele sangrou e morreu, apesar do poder das marcas.

Alec levantou o olhar. Seu rosto estava estranho, contorcido; tinha sangue na bochecha: sangue de Isabelle, pensou Clary.

— Clary — disse ele. — Talvez se você tentasse...

De repente Simon enrijeceu.

— Temos que sair daqui — falou. — Estou ouvindo barulhos de asas. Vão chegar mais.

Isabelle não estava mais engasgando. O sangramento do machucado na perna estancou, mas Clary ainda via, com o coração em frangalhos, que os ferimentos ainda estavam lá, vermelhos, inchados e furiosos.

Alec se levantou, o corpo flácido da irmã nos braços, os cabelos pretos pendurados como uma bandeira.

— Ir *para onde*? — perguntou duramente. — Se corrermos, eles nos alcançarão...

Jace girou.

— Clary...

Ele estava com olhos suplicantes. Clary estava com o coração despedaçado por pena dele. Jace, que quase nunca suplicava por nada. Por Isabelle, a mais corajosa de todos.

Alec olhou da estátua para Jace, para o rosto pálido de sua irmã inconsciente.

— *Alguém* — disse ele, a voz falhando — faça alguma coisa...

Clary deu meia-volta e correu até a parede. Daí praticamente se jogou contra ela, arrancando a estela da bota, e foi para a pedra. O contato da ponta do instrumento com o mármore lhe enviou uma onda de choque pelo braço, mas ela continuou, os dedos vibrando enquanto desenhava. Linhas pretas se espalharam pela pedra, formando uma porta; as bordas das linhas começaram a brilhar. Atrás de si, Clary ouvia os demônios: o grito das vozes, a batida das asas, os chamados sibilantes evoluindo para gritos enquanto a porta ardia em luz.

Era um retângulo prateado, tão raso quanto água, mas não era água, emoldurado por símbolos de fogo. Um Portal. Clary esticou a mão, tocou a superfície. Todos os pontos de sua mente se concentraram na visualização de um único lugar.

— *Vamos!* — gritou ela, os olhos fixados no portal enquanto Alec, carregando a irmã, passava por ele e desaparecia, sumindo completamente.

Simon foi atrás, depois Jace, agarrando a mão livre de Clary ao passar. Ela só teve um segundo para virar, olhar para trás e flagrar uma asa preta imensa passando por seus olhos, uma visão aterrorizante de dentes pingando veneno, antes de a tempestade do Portal levá-la e tirá-la do caos.

Clary bateu violentamente no chão, machucando os joelhos. O Portal a havia separado de Jace; ela rolou, ficou de pé e olhou em volta, arfando — e se o Portal não tivesse funcionado? E se os tivesse levado para o lugar errado?

Mas o teto da caverna se erguia sobre eles, alto e familiar, marcado pelos símbolos. Lá estava a fogueira, as marcas no chão onde tinham dormido na noite anterior. Jace, se erguendo, o arco de Alec caindo da mão dele, Simon...

E Alec, ajoelhado ao lado de Isabelle. Qualquer satisfação de Clary com o sucesso do Portal estourou como um balão. Isabelle estava deitada, com aparência esgotada, engasgando fracamente. Jace ajoelhou ao lado de Alec e tocou o cabelo de Isabelle com ternura.

Clary sentiu Simon agarrá-la pelo pulso. A voz falhando.

— Se você puder fazer alguma coisa...

Ela avançou, como em um sonho, e se ajoelhou do outro lado de Isabelle, em frente a Jace, com a estela escorregando por seus dedos ensanguentados. Ela colocou a ponta no pulso de Izzy, lembrando-se do que havia feito nos contornos da Cidadela Adamant, de como se doara para curar Jace. *Cure, cure, cure*, rezou, e finalmente a estela ganhou vida, e as linhas pretas começaram a girar pelo antebraço de Izzy, que gemeu e estremeceu nos braços de Alec. Ele estava com a cabeça abaixada, o rosto enterrado nos cabelos da irmã.

— Izzy, por favor — sussurrou. — Não depois de Max. Izzy, por favor, fique comigo.

Isabelle engasgou, as pálpebras tremendo. E arqueou o corpo — em seguida caiu quando o *iratze* desapareceu de sua pele. Uma pulsação fraca de sangue escorria do ferimento na perna: o sangue parecia tingido de preto. A mão de Clary apertava a estela com tanta firmeza que ela teve a impressão de sentir o instrumento dobrando.

— Não consigo — sussurrou. — Não consigo fazer algo que seja forte o suficiente.

— Não é você, é o veneno — disse Jace. — Veneno de demônio. No sangue dela. Às vezes símbolos não dão conta.

— Tente outra vez — pediu Alec a Clary. Os olhos dele estavam secos, mas tinham um brilho terrível. — Com o *iratze*. Ou um símbolo novo; você poderia criar um símbolo...

A boca de Clary estava seca. Ela nunca desejara tanto conseguir criar um símbolo, mas a estela não parecia mais uma extensão de seu braço; parecia um objeto morto em sua mão. Nunca sentira-se tão desamparada.

Isabelle respirava com dificuldade.

— Alguma coisa tem que servir! — gritou Simon de repente, a voz ecoando das paredes. — Vocês são Caçadores de Sombras, combatem demônios o tempo todo. Têm que conseguir fazer alguma coisa...

— *E morremos o tempo todo!* — berrou Jace para ele, e em seguida se encolheu sobre o corpo de Isabelle, curvando-se como se tivesse levado um soco no estômago. — Isabelle, meu Deus, me desculpe, sinto tanto...

— Afaste-se — disse Simon, e de súbito ele estava de joelhos ao lado de Isabelle, todos agrupados ao seu redor, e Clary se lembrou daquele quadro vivo terrível no Salão dos Acordos, quando os Lightwood se reuniram ao redor do corpo de Max, e não podia estar acontecendo de novo, não podia...

— Deixa-a em paz — rosnou Alec. — Você não é da família dela, vampiro...

— Não — respondeu Simon —, não sou. — E suas presas apareceram, afiadas e brancas. Clary respirou fundo quando Simon levou o próprio pulso à boca e o rasgou, abrindo as veias, e o sangue começou a escorrer em filetes por sua pele.

Jace arregalou os olhos. Ele se levantou e recuou; as mãos estavam em punhos, mas ele não se mexeu para impedir Simon, que segurou o pulso acima do entalhe na perna de Isabelle e permitiu que seu sangue escorresse pelos dedos, respingando nela, cobrindo o machucado.

— O que... você... está... fazendo? — rosnou Alec entre dentes, mas Jace levantou a mão, com os olhos em Simon.

— Deixe-o — disse Jace, quase num sussurro. — Pode funcionar, já ouvi falar em casos que deram certo...

Isabelle, ainda inconsciente, arqueou novamente nos braços do irmão. A perna tremia. O calcanhar da bota se enterrou no chão quando a pele rasgada começou a se restaurar. O sangue de Simon entornava em um fluxo uniforme, cobrindo o ferimento, mas mesmo assim Clary conseguia ver uma pele nova e rosada cobrindo o rasgo da carne.

Isabelle abriu os olhos. Estavam arregalados e escuros. Os lábios tinham ficado quase brancos, mas a cor começava a voltar. Ela olhou para Simon sem entender nada, e em seguida para a perna.

A pele que tinha sido rasgada parecia limpa e pálida, apenas a meia lua desbotada com cicatrizes brancas em intervalos regulares delatava onde os dentes do demônio tinham cravado. O sangue de Simon continuava pingando lentamente dos dedos, embora o machucado no pulso já tivesse praticamente desaparecido. Ele estava pálido, Clary percebeu, ansiosa, mais pálido que o normal, e as veias se destacavam contra a pele. Ele levou o pulso à boca outra vez, os dentes expostos...

— Simon, não! — disse Isabelle, se esforçando para sentar-se, apoiada em Alec, que olhava para ela com olhos azuis assustados.

Clary segurou o pulso de Simon.

— Tudo bem — disse ela. O sangue manchava a manga, a camisa e os cantos da boca de Simon. A pele dele estava fria ao toque, o punho sem pulsação. — Tudo bem... Isabelle está bem — falou, e puxou Simon para que ficasse de pé. — Vamos dar um minuto a eles — sugeriu suavemente, e o levou para longe, onde ele pudesse se apoiar nela, perto da parede. Jace e Alec estavam curvados sobre Isabelle, as vozes baixas e murmurantes. Clary segurou Simon pelo pulso quando ele desabou contra a pedra, os olhos se fechando de exaustão.

19

Na Terra do Silêncio

A mulher Crepuscular tinha pele pálida e longas mechas cor de cobre. Seu cabelo deve ter sido bonito um dia, mas agora estava embaraçado com sujeira e gravetos. E ela não parecia se importar, simplesmente colocou no chão os pratos de comida — mingau de aveia ralo e cinzento para Magnus e Luke e uma garrafa de sangue para Raphael — e virou as costas para os prisioneiros.

Nem Luke nem Magnus fizeram menção de pegar a comida. Magnus estava enjoado demais para ter apetite. Além disso, tinha uma ligeira desconfiança de que Sebastian havia envenenado ou batizado o mingau com drogas, ou ambos. Raphael, no entanto, pegou a garrafa e bebeu, sedento, engolindo até o sangue escorrer pelos cantos da boca.

— Ora, ora, Raphael — disse uma voz vinda das sombras, e Sebastian Morgenstern apareceu à entrada. A mulher Crepuscular fez uma reverência e passou por ele, apressada, então saiu e fechou a porta atrás de si.

Ele era mesmo espantosamente parecido com o pai nesta idade, pensou Magnus. Aqueles olhos pretos estranhos, totalmente pretos, sem qualquer indício de castanho ou âmbar, o tipo de atributo que era lindo por ser incomum. A mesma contração fanática no sorriso. Jace nunca tivera tais características — ele possuía a imprudência e a alegria anárquica de uma autoaniquilação imaginada, mas não era um fanático. Por isso, pensou

Magnus, precisamente por isso Valentim o mandou embora. Para destruir seus rivais você precisa de um martelo, e Jace era uma arma muito mais delicada que isso.

— Onde está Jocelyn? — Foi Luke quem perguntou, é claro, a voz um rosnado. Magnus ficou imaginando como seria para Luke olhar para Sebastian, se a semelhança com Valentim, que outrora fora seu *parabatai*, era dolorosa, ou se aquela perda já tinha desbotado há tempos. — *Onde ela está?*

Sebastian riu, e aquilo foi peculiar; Valentim não era um homem que ria facilmente. O humor sarcástico de Jace parecia estar em seu sangue, um traço bastante característico de um Herondale.

— Ela está bem — respondeu —, apenas bem, e com isso quero dizer que ainda está viva. O que é o melhor que você pode esperar, na verdade.

— Quero vê-la — declarou Luke.

— Hum — respondeu Sebastian, como se estivesse pensando no caso. — Não, não vejo que vantagem isso poderia me trazer.

— Ela é sua mãe — disse Luke. — Você poderia ser gentil com ela.

— Não é da sua conta, cachorrinho. — Pela primeira vez se ouviu um vestígio de juventude na voz de Sebastian, uma ponta de petulância. — Você, botando suas mãos sujas em minha mãe, fazendo Clary acreditar que faz parte da família dela...

— Sou mais da família dela que você — respondeu Luke, e Magnus lhe lançou um olhar de alerta enquanto Sebastian empalidecia, os dedos trêmulos indo para o cinto, onde o cabo da espada Morgenstern era visível.

— Não — disse Magnus, com a voz baixa, e em seguida, mais alto: — Você sabe que se encostar em Luke, Clary vai odiá-lo. Jocelyn também.

Sebastian afastou a mão da espada com um esforço visível.

— Falei que nunca tive a intenção de machucá-la.

— Não, só de mantê-la como refém — retrucou Magnus. — Você quer alguma coisa... alguma coisa da Clave, ou de Clary e Jace. Suponho que seja a segunda opção; a Clave nunca lhe interessou muito, mas você se importa com o que sua irmã pensa. Eu e ela somos muito próximos, aliás — acrescentou.

— Não são tão próximos assim. — O tom de Sebastian estava seco. — Não vou poupar a vida de todo mundo que ela já conheceu. Não sou tão louco assim.

— Você parece bem louco — comentou Raphael, que tinha ficado em silêncio até então.

— Raphael — disse Magnus em tom de alerta, mas Sebastian não pareceu se irritar. Olhava para Raphael pensativamente.

— Raphael Santiago — começou ele. — Líder do clã de Nova York... ou não é? Não, este cargo era de Camille e agora pertence àquela garota maluca. Deve ser muito frustrante para você. Parece-me que os Caçadores de Sombras de Manhattan já deveriam ter feito alguma coisa. Nem Camille nem a pobre Maureen Brown eram líderes adequadas. Violaram os Acordos, não deram qualquer importância à Lei. Mas você dá. Tenho a impressão de que, dentre todos os grupos do Submundo, os vampiros foram os mais maltratados pelos Caçadores de Sombras. Basta olhar para a sua situação.

— *Raphael* — repetiu Magnus, e tentou avançar para encarar o vampiro, mas as correntes de Magnus estavam apertadas, tilintando. Ele franziu o rosto diante da dor nos pulsos.

Raphael estava sentado sobre os próprios pés, as bochechas rubras por ter se alimentado recentemente. Cabelos desgrenhados; parecia tão jovem quanto era quando Magnus o conhecera.

— Não entendo por que você está me dizendo estas coisas — falou.

— Você não pode dizer que eu o maltratei mais do que seus líderes vampiros — argumentou Sebastian. — Eu o alimentei. Não o coloquei em uma jaula. Você sabe que vou sair vencedor; todos vocês sabem. E nesse dia ficarei feliz em garantir que você, Raphael, lidere todos os vampiros de Nova York; aliás, todos os vampiros da América do Norte. Pode controlar todos. Só preciso que você traga outras Crianças Noturnas para o meu lado. O Povo das Fadas já se juntou a mim. A Corte sempre escolhe o lado vencedor. Você não deveria fazer o mesmo?

Raphael se pôs de pé. Tinha sangue nas mãos; franziu o rosto para elas. Raphael não era nada senão exigente.

— Isso me parece razoável — disse. — Ficarei ao seu lado.

Luke apoiou a cabeça nas mãos. Então Magnus disse entre dentes:

— Raphael, você realmente correspondeu às minhas mais baixas expectativas a seu respeito.

— Magnus, não importa — emendou Luke; ele estava sendo protetor, Magnus sabia. Raphael já tinha ido para perto de Sebastian. — Deixe-o ir. Não perdemos nada.

Raphael riu.

— Não perdem nada, você diz — falou ele. — Já cansei de vocês dois idiotas, debatendo sobre esta cela, resmungando sobre amigos e amantes. São fracos e sempre foram...

— Eu devia tê-lo deixado caminhar para o sol — disse Magnus, a voz gelada.

Raphael vacilou — um gesto muito sutil, mas Magnus notou. Não que tenha lhe trazido alguma satisfação.

Sebastian percebeu o vacilo, no entanto, e o olhar em suas íris escuras se intensificou. Então levou a mão ao cinto e sacou uma faca — fina, com uma lâmina estreita. Uma misericórdia, uma "assassina-clemente", o tipo de lâmina feita para perfurar as fendas de uma armadura e dar um golpe fatal.

Raphael, vendo o lampejo do metal, recuou rapidamente, mas Sebastian apenas sorriu e girou a faca na mão. Ofereceu-a a Raphael, segurando pela lâmina.

— Pegue — disse ele.

Raphael esticou a mão, com olhos desconfiados. Pegou a faca e a segurou, timidamente — vampiros não tinham o costume de usar armas. Eles próprios eram as armas.

— Muito bem — disse Sebastian. — Agora vamos selar nosso acordo em sangue. Mate o feiticeiro.

A lâmina caiu da mão de Raphael e bateu no chão ruidosamente. Com um olhar de irritação Sebastian se inclinou e a pegou, colocando de volta na mão do vampiro.

— Não matamos com facas — disse Raphael, olhando da lâmina para a expressão fria de Sebastian.

— Agora matam — respondeu Sebastian. — Não vou querer que destrua a garganta dele; faz muita bagunça, é muito fácil errar. Faça como estou mandando. Vá até o feiticeiro e o apunhale até a morte. Corte a garganta, perfure o coração... como quiser.

Raphael virou-se para Magnus. Luke começou a avançar; Magnus levantou a mão, em alerta.

— Luke — disse ele. — Não.

— Raphael, se fizer isso não haverá paz entre o bando e os Filhos da Noite, nem agora, nem nunca mais — avisou Luke, os olhos iluminados por um brilho esverdeado.

Sebastian riu.

— Você não está achando que vai voltar a liderar o bando, está, Lucian Graymark? Quando eu vencer esta guerra, e vou vencer, governarei com minha irmã ao meu lado, e o manterei em uma jaula para que ela lhe dê ossos quando quiser se divertir.

Raphael deu mais um passo em direção a Magnus. Estava com os olhos muito arregalados. Sua garganta tinha sido beijada tantas vezes pelo crucifixo que a cicatriz jamais sumia. A lâmina brilhava na mão.

— Se você acha que Clary vai tolerar... — começou Luke, e em seguida virou. Foi em direção a Raphael, mas Sebastian já estava na frente dele, bloqueando a passagem com a lâmina Morgenstern.

Com um desprendimento estranho, Magnus assistiu a Raphael se aproximando dele. O coração de Magnus batia forte, ele tinha consciência disso, mas não sentia medo algum. Havia ficado perto da morte muitas vezes; tantas que a ideia não o assustava mais. Às vezes achava que parte dele desejava aquilo, aquele país desconhecido, o único lugar em que jamais havia estado, aquela única experiência ainda não vivida.

A ponta da faca o tocou no pescoço. A mão de Raphael tremia; Magnus sentiu a ferroada da lâmina furar o vão da garganta.

— Isso mesmo — disse Sebastian, com um sorriso cruel. — Corte a garganta dele. Deixe o sangue correr pelo chão. Ele já viveu tempo demais.

Magnus então pensou em Alec, nos olhos azuis e no sorriso constante. Lembrou-se de quando se afastara dele nos túneis subterrâneos de Nova York. Lembrou-se do motivo que o levara a fazê-lo. Sim, a disposição de Alec em encontrar Camille o enfurecera, porém fora mais que isso.

Lembrou-se de Tessa chorando em seus braços em Paris, e de ter pensado que nunca havia experimentado a perda sofrida por ela, pois nunca amara como ela, e que temia um dia amar e, tal como Tessa, perder seu amor mortal. E que era melhor ser o morto ao sobrevivente.

Mais tarde descartou aquilo como uma fantasia mórbida e não se lembrou mais do assunto até conhecer Alec. Mas o amor de um imortal por um mortal foi a causa da destruição dos deuses, e, se até deuses eram destruídos por isso, Magnus não poderia esperar coisa melhor. Olhou para Raphael através dos cílios.

— Você se lembra — disse o feiticeiro, com a voz baixa, tão baixa que duvidava que Sebastian pudesse ouvi-lo. — Sabe o que me deve.

— Você salvou minha vida — falou Raphael, mas a voz soou entorpecida. — Uma vida que eu nunca quis.

— Prove que está falando sério, Santiago — disse Sebastian. — Mate-o.

A mão de Raphael apertou o cabo da faca. As juntas estavam brancas. Ele se voltou para Magnus:

— Não tenho alma — disse. — Mas lhe fiz uma promessa à porta da casa da minha mãe, e ela era sagrada para mim.

— Santiago... — começou Sebastian.

— Eu era uma criança naquele momento. Agora não sou mais. — A faca caiu no chão. Raphael virou e olhou para Sebastian, seus olhos escuros e arregalados estavam muito límpidos. — Não posso — disse. — Não o farei. Tenho uma dívida de muitos anos com ele.

Sebastian ficou muito quieto.

— Você me decepciona, Raphael — afirmou, e guardou a espada Morgenstern. Então avançou e pegou a faca aos pés de Raphael, virando-a na mão.

Uma luz breve brilhou pela lâmina, uma lágrima cantante de fogo. — Você me decepciona muito — declarou, e em seguida, rápido demais para que o olhar pudesse acompanhar, enfiou a lâmina no coração de Raphael.

Estava congelando no interior do necrotério do hospital. Maia não tremia, mas podia sentir, como pontadas de agulha em sua pele.

Catarina estava apoiada na bancada de compartimentos metálicos que guardavam os corpos, a qual ocupava uma parede inteira. As luzes fluorescentes amareladas faziam com que ela parecesse esgotada, um borrão azul claro nas roupas médicas verdes. Murmurava em uma língua estranha que fez Maia sentir calafrios pela espinha.

— Onde está? — perguntou Morcego. Ele trazia uma faca de caça em uma das mãos e uma jaula do tamanho de um cachorro na outra. Largou a jaula no chão com um estrondo, o olhar varrendo o recinto.

Havia duas mesas de metal vazias no centro do necrotério. Enquanto Maia olhava, uma delas começou a arredar para a frente. As rodas se arrastavam pelo chão de azulejos.

Catarina apontou.

— Ali — disse. O olhar estava fixado na jaula; fez um gesto com os dedos, e a jaula pareceu vibrar e faiscar. — Embaixo da mesa.

— Não me diga — enunciou Lily, os saltos estalando no piso quando ela avançou. Lily se inclinou para olhar embaixo da mesa, em seguida recuou, dando um grito. Voou pelo ar e aterrissou em uma das bancadas, onde se empoleirou como um morcego, seus cabelos pretos caindo do rabo de cavalo. — É *horrível* — disse.

— É um demônio, oras — observou Catarina. A mesa tinha parado de se mexer. — Provavelmente um Dantalion ou algum outro do tipo *ghoul*. Eles são necrófagos.

— Ai, pelo amor de Deus — disse Maia, dando um passo à frente; antes de ela chegar perto da mesa, Morcego chutou esta com a bota. A mesa voou com um ruído metalizado, revelando a criatura abaixo.

Lily tinha razão: *era* horrível. Tinha mais ou menos o tamanho de um cachorro grande, mas lembrava uma bola de intestino cinzento e pulsante, com rins malformados e nódulos de pus e sangue. Um olho amarelo solitário encarava através do emaranhado de órgãos.

— Eca — disse Morcego.

— Eu avisei — comentou Lily, exatamente quando uma corda de intestino se lançou do demônio e se enrolou no calcanhar de Morcego, puxando com força. Ele caiu ruidosamente no chão.

— Morcego! — gritou Maia, mas antes que ela precisasse tomar alguma atitude, ele se curvou e cortou com sua faca a matéria pulsante que o segurava. Arrastou-se para trás enquanto o icor demoníaco se espalhava pelo chão.

— Que *nojo* — disse Lily. Ela estava sentada na bancada agora, segurando um objeto retangular de metal, seu celular, como se aquilo fosse espantar o demônio.

Morcego se levantou, cambaleando, enquanto o demônio ia em direção a Maia. Ela lhe deu um chute, e ele rolou para trás, guinchando, irritado. Morcego olhou para a faca. O metal estava derretendo, dissolvido pelo icor. Ele largou a faca com um muxoxo de desgosto.

— Armas — falou, olhando em volta. — Preciso de uma arma...

Maia pegou um bisturi de uma mesa próxima e arremessou. Atingiu a criatura, causando um barulho gosmento. O demônio chiou. Um instante depois, o bisturi saltou como se tivesse sido expelido por uma torradeira particularmente potente. Quicou pelo chão, derretendo e chiando.

— Armas normais não funcionam neles! — Catarina avançou, erguendo a mão direita. Estava cercada por uma chama azul. — Só lâminas Marcadas...

— Então vamos arrumar algumas! — disse Morcego, ofegante, recuando enquanto a criatura avançava em direção a ele.

— Só Caçadores de Sombras podem usá-las! — gritou Catarina, e um raio de fogo azul partiu de sua mão, atingindo a criatura em cheio, fazendo-a rolar para trás. Morcego pegou a jaula e a colocou na frente do demônio, abrindo a portinhola exatamente quando a criatura rolou para dentro.

Maia fechou a porta e o cadeado, trancando o demônio. Todos recuaram, encarando horrorizados enquanto ele chiava e se debatia nos confins da prisão reforçada pelo poder da feitiçaria. Todos menos Lily, que continuava apontando o telefone para a cena.

— Você está *filmando* isso? — perguntou Maia.

— Talvez — respondeu Lily.

Catarina passou as mangas da roupa na testa.

— Obrigada pela ajuda — disse. — Nem a magia dos feiticeiros consegue matar Dantalions; são durões.

— *Por que* está filmando isso? — perguntou Maia a Lily.

A vampira deu de ombros.

— Quando o gato sai, os ratos fazem a festa... É sempre bom lembrar aos ratos que nesse caso, quando o gato sai, os ratos serão devorados por demônios. Vou enviar esse arquivo de vídeo para todos os nossos contatos do Submundo. Só um lembrete de que há demônios a serem destruídos pelos Caçadores de Sombras. É para isso que existem.

— Não vão existir por muito tempo — sibilou o demônio Dantalion. Morcego deu um berro e sobressaltou-se para trás. Maia não o culpou. A boca do bicho estava aberta. Parecia um túnel escuro com dentes enfileirados. — Amanhã à noite será o ataque. Amanhã à noite será a guerra.

— Que guerra? — perguntou Catarina. — Conte-nos, criatura, ou quando levá-lo para casa vou torturá-lo de todas as formas que conseguir conceber...

— Sebastian Morgenstern — disse o demônio. — Amanhã à noite ele irá atacar Alicante. Amanhã à noite os Caçadores de Sombras deixarão de existir.

Um fogo ardeu no meio da caverna, a fumaça espiralando em direção ao teto abobadado, perdido na sombra. Simon sentia o calor, um estalo tenso contra a pele, mais forte que a verdadeira sensação de calor. Supôs que estivesse frio na caverna, baseando-se no fato de que Alec estava encolhido em um casaco pesado e que havia enrolado um cobertor em volta de Isabelle cuidadosamente; a garota dormia esticada pelo chão, a cabeça no colo do irmão. Mas Simon não conseguia sentir, não de fato.

Clary e Jace tinham ido verificar os túneis para certificar-se de que ainda estavam livres de demônios e outras possíveis criaturas desagradáveis. Alec não quis deixar Isabelle sozinha, e Simon estava fraco e tonto demais para cogitar qualquer movimentação. Não que ele tivesse dito isso a alguém. Tecnicamente estava vigiando, tentando escutar qualquer coisa nas sombras.

Alec encarava a chama. A luz amarela o fazia parecer cansado, mais velho.

— Obrigado — disse ele subitamente.

Simon quase deu um pulo. Alec não tinha dito uma palavra desde o *O que você está fazendo?*.

— Pelo quê?

— Por salvar minha irmã — esclareceu Alec, e passou a mão nos cabelos escuros de Isabelle. — Eu sei — falou, um pouco hesitante. — Digo, eu sabia, quando viemos para cá, que esta podia ser uma missão suicida. Sei que é perigoso. Sei que não posso esperar que todos saiamos vivos no final. Mas achei que seria eu, não Izzy...

— Por quê? — perguntou Simon. Estava com a cabeça latejando, a boca seca.

— Porque prefiro que seja eu — respondeu Alec. — Ela é... Isabelle. É inteligente, forte e uma boa guerreira. Melhor que eu. Merece ficar bem, ser feliz. — Alec olhou para Simon através do fogo. — Você tem uma irmã, não tem?

Simon se espantou com a pergunta — Nova York parecia a um mundo, a uma vida de distância dali.

— Rebecca — falou. — É este o nome dela.

— E o que você faria com alguém que a magoasse?

Simon olhou para Alec cautelosamente.

— Conversaria com a pessoa — disse. — Discutiria. Talvez desse um abraço compreensivo.

Alec riu e pareceu a ponto de responder; então virou a cabeça, como se tivesse ouvido alguma coisa. Simon ergueu uma sobrancelha. Era raro um humano escutar alguma coisa antes de um vampiro. Um segundo mais tarde, ele mesmo reconheceu o som e entendeu: era a voz de Jace. Viu uma iluminação no túnel, e Clary e Jace apareceram, ela segurando uma pedra de luz enfeitiçada.

Mesmo de bota, Clary mal batia no ombro de Jace. Não estavam se tocando, mas avançavam juntos em direção ao fogo. Simon pensou que apesar de os dois parecerem um casal desde a primeira vez que voltaram de Idris, agora pareciam algo mais. Pareciam uma equipe.

— Alguma coisa interessante? — perguntou Alec, enquanto Jace ia sentar ao lado do fogo.

— Clary colocou símbolos de invisibilidade nas entradas da caverna. Ninguém deve conseguir enxergar que existe uma entrada.

— Quanto tempo vão durar?

— A noite toda, provavelmente até amanhã — respondeu Clary, olhando para Izzy. — No entanto, com o problema dos símbolos desbotarem rápido aqui, terei que verificá-las mais tarde.

— E eu estou com uma noção melhor da nossa posição em relação a Alicante. Tenho quase certeza de que o lixão de pedras onde estivemos ontem à noite dá vista para o que acho ser a Floresta Brocelind. — Jace apontou para o túnel da extrema direita.

Alec semicerrou os olhos.

— Isso é deprimente. A floresta era... linda.

— Não mais. — Jace balançou a cabeça. — Só terreno baldio, até onde a vista alcança. — Então abaixou-se e tocou o cabelo de Isabelle, e Simon sentiu uma pontada inútil de ciúme por ele poder tocá-la tão naturalmente, mostrar seu afeto sem pensar. — Como ela está?

— Bem. Dormindo.

— Acha que ela vai estar bem o suficiente para andar amanhã? — O tom de Jace estava ansioso. — A gente não pode ficar aqui. Já demos sinais demais de que estamos presentes. Se não pegarmos Sebastian, ele vai nos encontrar primeiro. E estamos ficando sem comida.

Simon não ouviu a resposta murmurada de Alec, e uma dor súbita o atingiu, e ele se encolheu. Sentiu-se privado de ar, exceto pelo detalhe de que ele *não* respirava. Mesmo assim, seu peito doeu, como se algo tivesse sido arrancado.

— Simon. Simon! — gritou Clary, com a mão no ombro dele, e ele a encarou, os olhos entornando lágrimas tingidas de sangue. — Meu Deus, Simon, o que houve? — perguntou ela, preocupada.

Ele voltou a sentar-se ereto, lentamente. A dor já estava começando a diminuir.

— Não sei. Foi como se alguém tivesse enfiado uma faca no meu peito.

Jace rapidamente se ajoelhou na frente dele, os dedos sob o queixo de Simon. Seu olhar dourado-claro analisava o rosto de Simon.

— Raphael — disse Jace afinal, a voz seca. — Ele é seu gerador, o vampiro cujo sangue o transformou.

Simon assentiu.

— E daí?

Jace balançou a cabeça.

— Nada — murmurou. — Quando foi a ultima vez que você se alimentou?

— Estou bem — disse Simon, mas Clary já havia agarrado a mão direita dele e a erguido. A mão em si estava completamente branca, as veias sob a pele aparecendo pretas, como uma rede de fissuras no mármore.

— Você não está bem... não se alimentou? Perdeu todo aquele sangue!

— Clary...

— Onde estão as garrafas que trouxe? — Ela olhou em volta, procurando a mochila, e a encontrou apoiada na parede. Puxou-a para si. — Simon, se não começar a se cuidar melhor...

— Não. — Ele agarrou a alça da mochila e a tirou das mãos de Clary; ela o encarou. — Elas quebraram — disse ele. — As garrafas quebraram quando estávamos lutando contra os demônios no Salão dos Acordos. O sangue já era.

Clary se levantou.

— Simon Lewis — falou, furiosa. — Por que você não *avisou*?

— Avisar sobre o quê? — Jace se afastou de Simon.

— Simon está faminto — explicou Clary. — Perdeu sangue para curar Izzy, e o estoque dele foi destruído no Salão...

— *Por que* não disse alguma coisa? — perguntou Jace, levantando e afastando um cacho de cabelo louro do rosto.

— Porque não — respondeu Simon. — Não é como se houvesse animais aqui para eu me alimentar.

— Tem a gente — lembrou Jace.

— Não quero me alimentar do sangue dos meus amigos.

— Por que não? — Jace passou pela fogueira e olhou para Simon; ostentava uma expressão acessível e curiosa. — Já passamos por isso, não passamos? Na última vez em que estava faminto, eu dei meu sangue. Foi um pouco homoerótico talvez, mas sou seguro da minha sexualidade.

Simon suspirou internamente; dava para perceber que, sob as brincadeiras, Jace oferecia de verdade. Provavelmente menos por ser sensual do que por ter um desejo de morrer do tamanho do Brooklyn.

— Não vou morder alguém cujas veias estão cheias de fogo celestial — afirmou Simon. — Não tenho o menor desejo de torrar de dentro para fora.

Clary jogou o cabelo para trás, exibindo o pescoço.

— Ouça, beba meu sangue. Eu sempre disse que quando precisasse, você podia...

— Não — falou Jace imediatamente, e Simon se flagrou lembrando-se do navio de Valentim, da maneira como Simon dissera *Eu o teria matado* e Jace respondera, contemplativo, *Eu teria deixado.*

— Ah, por Deus. Deixem por minha conta. — Alec se levantou, reposicionando Izzy cuidadosamente no cobertor. Ajeitou a borda em volta dela e se levantou.

Simon deixou a cabeça cair para trás contra a parede da caverna.

— Você sequer gosta de mim. Agora está me oferecendo seu sangue?

— Você salvou minha irmã. Devo isso a você. — Alec deu de ombros, a sombra longa e escura à luz das chamas.

— Certo. — Simon engoliu em seco, desconfortável. — Tudo bem.

Clary esticou a mão para baixo. Após um instante, Simon aceitou e permitiu que ela o levantasse. Ele não conseguia deixar de olhar para Isabelle, do outro lado, dormindo, semienrolada no cobertor azul de Alec. Ela estava respirando, lenta e constantemente. Izzy, ainda respirando, por causa dele.

Simon deu um passo em direção a Alec e cambaleou. Alec o segurou e o aprumou. A mão no ombro de Simon estava firme. Simon sentia a tensão de Alec, e de repente percebeu o quão bizarra era aquela situação: Jace e Clary boquiabertos para eles, Alec agindo como se fosse levar um balde de água gelada na cabeça.

Alec virou a cabeça um pouco para a esquerda, exibindo o pescoço. Olhava fixamente para a parede oposta. Simon concluiu que ele se assemelhava menos a alguém prestes a levar um balde d'água gelada na cabeça e mais a alguém prestes a passar por um exame médico constrangedor.

— Não vou fazer isto na frente de todo mundo — anunciou Simon.

— Isto não é jogo de verdade ou consequência, Simon — disse Clary. — É só comida. Não que você seja comida, Alec — acrescentou, quando ele olhou feio para ela. Clary ergueu as mãos. — Deixe para lá.

— Ah, pelo Anjo... — começou Alec, e segurou o braço de Simon. — Vamos — disse, daí arrastou Simon pelo túnel que levava ao portão, longe o bastante para que os outros sumissem de vista, desaparecendo atrás de um pedregulho.

Embora Simon tivesse escutado a última coisa dita por Jace, pouco antes de saírem do alcance auditivo:

— O quê? Eles precisam de privacidade. É um momento íntimo.

— Acho que você devia simplesmente me deixar morrer — declarou Simon.

— Cale a boca — respondeu Alec, e o empurrou contra a parede da caverna. Então o encarou, pensativo. — Tem que ser no pescoço?

— Não — respondeu Simon, sentindo como se tivesse entrado num sonho bizarro. — Pulsos também servem.

Alec começou a arregaçar a manga do casaco. Tinha o braço pálido, exceto pelos locais onde havia Marcas, e Simon enxergou as veias sob a pele. Apesar de sua resistência, sentiu uma pontada de fome, despertando-o da exaustão: sentia o cheiro de sangue, suave e salgado, enriquecido com luz. Sangue de Caçador de Sombras, como o de Izzy. Passou a língua pelos dentes superiores e ficou só um pouco surpreso ao sentir os caninos enrijecendo e se afiando, transformando-se em presas.

— Só quero que saiba — disse Alec, enquanto estendia o pulso —, que sei que para vocês vampiros essa coisa de alimentação às vezes se iguala a momentos sexuais.

Simon arregalou os olhos

— É possível que minha irmã tenha me contado mais do que eu gostaria de saber — admitiu Alec. — Enfim, o que quero dizer é que não sinto a menor atração por você.

— Certo — respondeu Simon, e segurou a mão de Alec. Tentou uma pegada fraterna, mas não deu muito certo, considerando que precisava curvar a mão de Alec para trás para exibir a parte vulnerável do pulso. — Você também não me desperta nada, então acho que empatamos. Mas você poderia ter fingido por cinco...

— Não, não poderia — respondeu Alec. — Detesto quando heteros pensam que todos os gays se sentem atraídos por eles. Não sinto atração por todos os caras, assim como você também não sente por todas as garotas.

Simon respirou fundo, propositalmente. Era sempre uma sensação estranha, respirar quando não precisava, mas aquilo o acalmava.

— Alec — disse ele. — Acalme-se. Não acho que você esteja apaixonado por mim. Aliás, na maior parte do tempo tenho a impressão de que você me odeia.

Alec fez uma pausa.

— Não o odeio. Por que odiaria?

— Porque sou do Submundo? Porque sou um vampiro apaixonado pela sua irmã, a qual você acha boa demais para mim?

— *Você* não acha? — disse Alec, mas sem rancor; após um instante, ele sorriu, aquele sorrisinho Lightwood que iluminava seu rosto e fazia Simon pensar em Izzy. — Ela é minha irmãzinha. Acho que é boa demais para todo mundo. Mas você... você é uma boa *pessoa*, Simon. Independentemente de ser um vampiro. É leal, inteligente e... e faz Isabelle feliz. Não sei por quê, mas faz. Sei que não gostei de você quando nos conhecemos. Mas isso mudou. E eu nunca julgaria minha irmã por namorar um ser do Submundo.

Simon ficou imóvel. Alec se dava bem com feiticeiros, pensou ele. Isso estava suficientemente claro. Mas feiticeiros nasciam feiticeiros. Alec era o mais conservador dos Lightwood — não adorava o caos e nem corria riscos como Jace e Isabelle —, e Simon sempre sentira em Alec aquela noção de que vampiros eram humanos transformados em uma coisa *errada*.

— Você não aceitaria ser vampiro — disse Simon. — Nem mesmo para ficar com Magnus para sempre. Certo? Você não quis viver para sempre; quis tirar a imortalidade dele. Foi por isso que ele terminou com você.

Alec vacilou.

— Não — disse. — Não. Eu não aceitaria ser um vampiro.

— Então acha que sou pior que você — concluiu Simon.

A voz de Alec falhou.

— Estou *tentando* — confessou, e Simon sentiu, sentiu o quanto Alec queria ser sincero, e talvez até estivesse sendo um pouco. Afinal, se Simon não fosse um vampiro, ainda seria mundano, continuaria a ser inferior. Ele sentiu a pulsação de Alec acelerar. — Vá em frente — falou Alec, exalando as palavras, claramente em uma agonia de espera. — Apenas... morda.

— Prepare-se — disse Simon, e levou o pulso de Alec à boca. Apesar da tensão entre eles, seu corpo, faminto e em abstinência, reagiu. Os músculos enrijeceram, e as presas surgiram espontaneamente. Viu os olhos de Alec dilatarem de surpresa e medo. A fome se espalhou como um incêndio pelo corpo de Simon, e ele então falou com toda a sinceridade, lutando para tentar dizer alguma coisa humana para Alec. Torceu para que tivesse saído alto o bastante para ser compreendido por causa das presas: — Sinto muito por Magnus.

— Eu também. Agora morda — disse Alec, e Simon obedeceu.

As presas perfuraram velozmente a pele, o sangue explodindo em sua boca. Ouviu Alec engasgar, então o agarrou com mais força, involuntariamente, como se quisesse impedir Alec de tentar sair dali. Mas Alec não tentou. Sua pulsação acelerada estava audível para Simon, latejando nas veias como um sino. Juntamente ao sangue de Alec, Simon sentiu o gosto metálico do medo, a faísca de dor e a chama ansiosa de alguma outra coisa, algo que ele sentira na primeira vez em que bebera o sangue de Jace no chão metálico imundo do navio de Valentim. Talvez todos os Caçadores de Sombras tivessem um desejo de morrer, afinal.

20

As Serpentes do Pó

Quando Alec e Simon voltaram à caverna central, encontraram Isabelle ainda dormindo, enrolada em uma pilha de cobertores. Jace estava sentado perto do fogo, apoiado nas mãos, o jogo de luz e sombra dançando pelo rosto. Clary estava deitada com a cabeça no colo dele, embora Simon pudesse notar, pelo brilho nos olhos dela enquanto os observava se aproximando, que ela não estava dormindo.

Jace ergueu as sobrancelhas.

— E aí, rolou? Foi bom pra vocês, meninos?

Alec o olhou ameaçadoramente. Estava com o pulso esquerdo virado para dentro, escondendo as marcas de perfuração, apesar de estarem praticamente desbotadas graças ao *iratze* que ele havia colocado no pulso. Não afastara Simon em momento algum, deixou que bebesse seu sangue enquanto quisesse e, como resultado, parecia um pouco pálido.

— Não foi sexy — disse.

— Foi um pouco sexy — retrucou Simon, que estava se sentindo muito melhor após ter se alimentado e não pôde deixar de cutucar Alec um pouquinho.

— Não foi — rebateu Alec.

— Eu senti alguma coisa — provocou Simon.

— Sinta-se livre para se torturar sobre isso quando estiver sozinho — falou Alec, e se abaixou para pegar a alça da mochila. — Vou fazer um turno de vigia.

Clary sentou-se, dando um bocejo.

— Tem certeza? Precisa de um símbolo de reposição sanguínea?

— Já apliquei dois — respondeu Alec. — Vou ficar bem. — Ajeitou-se e olhou para a irmã adormecida. — Apenas cuidem de Isabelle, está bem? — Seu olhar se voltou para Simon. — Principalmente você, vampiro.

Alec saiu pelo corredor, a pedra de luz enfeitiçada projetando sua sombra, longa e esticada contra a parede da caverna. Jace e Clary trocaram um olhar breve antes de Jace se levantar, cambaleante, e seguir Alec pelo túnel. Simon ouvia as vozes deles — murmúrios suaves ressoando nas rochas, embora não conseguisse identificar as palavras.

As palavras de Alec ecoaram em sua mente. *Cuidem de Isabelle.* Pensou em Alec no túnel. *Você é leal, inteligente e... e faz Isabelle feliz. Não sei por quê, mas faz.*

A ideia de fazer Isabelle feliz o encheu de entusiasmo. Simon sentou-se calado ao lado dela — Izzy estava como um gato, encolhida em uma bola de cobertores, a cabeça deitada no próprio braço. Ele se abaixou gentilmente para deitar ao lado dela. Estava viva graças a ele, e o irmão dela tinha feito o mais próximo que um dia faria de dar a bênção ao namoro dos dois.

Ele ouviu Clary, do outro lado da fogueira, rindo suavemente.

— Boa noite, Simon — disse ela.

Simon sentiu o cabelo de Isabelle macio como seda sob seu rosto.

— Boa noite — respondeu, e fechou os olhos, as veias cheias de sangue Lightwood.

Jace alcançou Alec facilmente; ele estava parado no ponto onde o corredor da caverna se curvava em direção ao portão. As paredes eram lisas, como se tivessem sido desgastadas por anos de água ou vento, e não por cinzéis, embora Jace tivesse certeza de que aquelas passagens eram fruto de mãos humanas.

Alec, que estava apoiado contra a parede da caverna, claramente aguardando por Jace, ergueu sua pedra de luz enfeitiçada.

— Aconteceu alguma coisa?

Jace desacelerou ao se aproximar do *parabatai*.

— Só queria ter certeza de que você estava bem.

Alec deu de ombros.

— Estou, na medida do possível, creio.

— Sinto muito — disse Jace. — Mais uma vez. Eu assumo riscos idiotas. Não consigo evitar.

— Nós permitimos que você faça isso — respondeu Alec. — Às vezes os riscos valem a pena. Permitimos porque precisamos permitir. Porque se não permitíssemos nada nunca seria feito. — Ele esfregou o rosto com a manga rasgada. — Isabelle diria o mesmo.

— Acabamos não concluindo a conversa de antes — lembrou Jace. — Só quero dizer que você não precisa ter sempre razão. Eu pedi para você ser meu *parabatai* porque precisava de você, mas você também pode precisar de mim. Isto — indicou sua Marca de *parabatai* — significa que você é minha metade, a melhor de mim, e eu me importo mais com você do que comigo. Lembre-se disto. Sinto muito por não ter percebido o quanto estava sofrendo. Não enxerguei antes, mas agora enxergo.

Alec ficou completamente parado por um instante, mal respirando. Então, para surpresa de Jace, esticou o braço e afagou o cabelo dele, do jeito que um irmão mais velho faria com o irmão mais novo. Seu sorriso foi cauteloso, porém repleto de afeto.

— Obrigado por me enxergar — falou, e seguiu pelo túnel.

— *Clary.*

Ela acordou lentamente, despertando de sonhos alegres envolvendo calor e fogo, cheiro de feno e maçãs. No sonho, ela estava na fazenda de Luke, pendurada de cabeça para baixo em um galho de árvore, rindo enquanto Simon acenava lá de baixo. Lentamente, foi ficando ciente da pedra dura sob seus quadris e suas costas, da cabeça deitada nas pernas de Jace.

— *Clary* — repetiu ele, ainda sussurrando. Simon e Isabelle estavam esparramados, juntos, a alguma distância, um montinho escuro nas sombras. Os olhos de Jace brilhavam para ela, dourados e dançando com a luz refletida do fogo. — Quero um banho.

— Sim, bem, e eu quero um milhão de dólares — disse ela, esfregando os olhos. — Todo mundo quer alguma coisa.

Ele ergueu uma sobrancelha.

— Vamos, pense nisso — falou. — Aquela caverna? A que tem o lago? Poderíamos.

Clary pensou na caverna, na bela água azul, intensa como crepúsculo, e de repente sentiu como se estivesse coberta por uma casca de sujeira — pó, sangue, icor e suor, o cabelo preso em um emaranhado gordurento.

Os olhos de Jace dançaram, e Clary sentiu aquele impulso familiar dentro do peito, aquele mesmo puxão que sentira desde a primeira vez em que o vira. Ela não sabia dizer o instante exato em que se apaixonou por Jace, mas sempre existira alguma coisa nele que a fazia se lembrar de um leão, de um animal selvagem que desconhece regras, a promessa de uma vida de liberdade. Nunca "não posso", mas sempre "eu posso". Sempre o risco e a certeza, nunca o medo ou a dúvida.

Ela se levantou aos trancos, o mais silenciosamente possível.

— Tudo bem.

Ele se levantou instantaneamente, pegando-a pela mão e puxando-a pelo corredor oeste que saía da caverna central. Seguiram em silêncio, a pedra de luz enfeitiçada dela iluminando o caminho, um silêncio que Clary quase teve medo de romper, como se fosse quebrar a calma ilusória de um sonho ou feitiço.

A imensa caverna se abriu diante deles repentinamente, e ela guardou a pedra, apagando a luz. A bioluminescência da caverna era suficiente: luz brilhando das paredes, das estalactites brilhantes que se penduravam do teto como pingentes eletrificados. Facas de luz perfuravam as sombras. Jace soltou a mão dela e caminhou os últimos passos da trilha até a beira da água, onde a areia era fina e macia, brilhando com mica. Ele fez uma pausa a alguns metros da água e falou:

— Obrigado.

Ela olhou para ele, surpresa.

— Pelo quê?

— Por ontem à noite — disse. — Você me salvou. O fogo celestial teria me matado, eu acho. O que você fez...

— Mesmo assim não podemos contar para os outros — falou ela.

— Não contei ontem, contei? — perguntou ele. Era verdade. Jace e Clary sustentaram a versão de que Clary simplesmente o ajudara a controlar e a dissipar o fogo, e que nada mais havia mudado.

— Não podemos arriscar revelar, até mesmo através de um olhar ou expressão errados — disse ela. — Você e eu, nós temos alguma prática em esconder coisas de Sebastian, mas eles não. Isso não seria justo com eles. Eu quase gostaria que *a gente* não soubesse...

Ela deixou a frase solta, enervada pela ausência de resposta. Jace olhava para a água, azul e rasa, de costas para ela. Clary deu um passo à frente e o cutucou levemente no ombro.

— Jace — disse. — Se você quiser fazer algo diferente, se acha que devemos seguir outro plano...

Ele virou, e de repente ela estava nos braços dele. Aquilo provocou um choque por todo o corpo dela. As mãos de Jace lhe envolviam os ombros, os dedos acariciavam levemente o tecido da camisa. Clary estremeceu, os pensamentos voaram da cabeça como penas espalhadas pelo vento.

— Quando você se tornou tão cautelosa?

— Não sou cautelosa — respondeu ela, enquanto ele lhe tocava a têmpora com os lábios. O hálito morno remexeu os cachos perto da orelha. — Só não sou você.

Ela o sentiu rir. As mãos dele deslizaram pelas laterais do corpo dela e então a agarraram pela cintura.

— Isso você definitivamente não é. Você é *muito* mais bonita.

— Você deve me amar — comentou ela, a respiração falhando enquanto os lábios dele roçavam provocativamente por sua mandíbula. — Nunca pensei que você fosse admitir que existe alguém mais bonito que você. — Ela se surpreendeu quando a boca de Jace encontrou a sua, os lábios dele se abrindo para sentir o gosto dos dela, daí ela se ofereceu a ele, ao beijo, determinada a recuperar um pouco do controle. Levou os braços ao pescoço dele, entreabrindo a boca para ele, e mordeu gentilmente o lábio inferior de Jace.

Fez mais efeito do que ela esperava; as mãos dele apertaram a cintura dela, e ele gemeu baixinho de encontro à boca de Clary. Um instante depois ele se afastou, vermelho, os olhos brilhando.

— Você está bem? — perguntou ele. — Você quer isto?

Ela assentiu, engolindo em seco. O corpo todo parecia vibrar como uma corda estimulada de um instrumento musical.

— Sim, eu quero. Eu...

— É que fiquei tanto tempo sem poder te tocar de verdade, e agora eu posso — falou ele. — Mas talvez este não seja o lugar...

— É, isto é bem sujo — admitiu ela.

— "Bem sujo" parece um pouco crítico pra situação.

Clary levantou as mãos, as palmas para cima. Tinha sujeira na pele e embaixo da unha. Ela sorriu para ele.

— Estou falando *literalmente* — explicou, e meneou o queixo em direção à água. — Não íamos nos lavar? Na água?

O brilho dos olhos dele escureceu para uma tonalidade âmbar.

— Claro — disse ele, e começou a abrir o zíper do casaco.

Clary quase ganiu *O que você está fazendo?*, mas o que ele estava fazendo era perfeitamente óbvio. Ela dissera "na água", e não era como se pudessem entrar com uniforme de combate. Só que ela não tinha pensado no assunto até esse ponto.

Ele tirou o casaco e a camisa; o colarinho prendeu por um instante, e Clary simplesmente ficou olhando, de repente muito consciente do fato de que estavam sozinhos, e do corpo dele: da pele marrom mapeada por Marcas novas e antigas, de uma cicatriz desbotando abaixo da curva do músculo do peitoral esquerdo. Da barriga lisa e definida descendo até os quadris estreitos; ele tinha emagrecido, e o cinto de armas estava frouxo. Das pernas e dos braços, com um charme como os de um dançarino; ele se livrou da camisa e sacudiu os cabelos brilhosos, e Clary pensou, com um súbito frio na barriga, que simplesmente não era possível que ele fosse dela; Jace não era o tipo de pessoa de quem as pessoas comuns costumavam se aproximar, quanto mais tocar, e então ele olhou para ela, as mãos no cinto, e lançou seu familiar sorriso torto.

— Vai ficar de roupa? — perguntou. — Eu poderia prometer não olhar, mas estaria mentindo.

Clary abriu o zíper da jaqueta de combate e a jogou para ele. Jace a pegou e deixou cair sobre a pilha de roupas, sorrindo. Ele afrouxou o cinto e também o jogou no chão.

— Pervertido — disse ela. — Mas ganha pontos pela honestidade.

— Tenho 17 anos; somos todos pervertidos — falou ele, tirando os sapatos e a calça. Estava de cueca samba-canção preta e, para alívio e decepção de Clary, seguiu para a água sem tirar a peça, entrando até a altura do joelho. — Ou, pelo menos, terei 17 daqui a algumas semanas — disse, olhando para trás. — Fiz as contas com as cartas do meu pai e a época da Ascensão. Nasci em janeiro.

Alguma coisa na total normalidade do tom deixou Clary confortável. Ela tirou as botas, depois a camisa e a calça, e foi para a beira da água. Estava fresca, mas não fria, lambendo seus tornozelos.

Jace olhou para ela e sorriu. Então os olhos viajaram do rosto para o corpo, para a calcinha e o sutiã lisos de algodão. Ela gostaria de ter vestido alguma coisa mais bonita, mas não era como se "lingerie chique" fosse um item da lista de coisas a se levar para o reino demoníaco. O sutiã era azul-claro, do tipo bem monótono, vendido em hipermercados, embora Jace estivesse olhando para ele como se fosse alguma coisa exótica e incrível.

De repente ele enrubesceu, desviou o olhar, recuando de modo que a água subiu e o cobriu até os ombros. Ele mergulhou e ressurgiu, menos ruborizado, porém muito mais molhado, os cabelos dourados escurecidos e escorrendo filetes de água.

— É mais fácil se entrar de uma vez só — avisou ele.

Clary respirou fundo e mergulhou, a água cobrindo até a cabeça. E era linda — azul-escura, com fios de prata por causa da luz vinda do alto. O pó das rochas havia se misturado à água, lhe conferindo uma textura pesada e macia. Era fácil boiar; assim que Clary relaxou o corpo, ela voltou à superfície, sacudindo água do cabelo.

Suspirou, aliviada. Não havia sabonete, então ela esfregou as mãos, vendo as partículas de sujeira e sangue derreterem na água. O cabelo flutuava na superfície, vermelho misturado a azul.

Um esguicho de gotículas de água a fez olhar para cima. Jace estava a alguns metros de distância, sacudindo o cabelo.

— Acho que isso faz de mim um ano mais velho que você — disse ele. — Sou papa-anjo.

— Seis meses — corrigiu Clary. — E você é de capricórnio, hum? Teimoso, inconsequente, desrespeita as regras... parece correto.

Jace a pegou pelos quadris e a puxou para si através da água. Era funda o suficiente para que ele ficasse de pé, mas ela não. Clary se segurou nos ombros dele para se manter ereta enquanto ele puxava as pernas dela para sua cintura. Ela olhou de cima para ele, com um calor no estômago, para as linhas molhadas do pescoço, dos ombros e do peito, as gotículas de água como estrelas nos cílios de Jace.

Ele se esticou para cima para beijá-la exatamente quando ela se inclinou para baixo; os lábios se chocaram com uma força que enviou um choque de prazer e dor pelo corpo dela. As mãos de Jace deslizaram pela pele de Clary; ela encaixou a mão na nuca dele, entrelaçando os dedos nos cachos molhados. Ele entreabriu os lábios dela e acariciou-lhe a boca com a língua. Ambos estavam trêmulos, e ela estava ofegante, a respiração se misturando à dele.

Jace esticou uma das mãos para trás, tocando a parede da caverna em busca de firmeza, mas ela estava escorregadia por causa da água e ele deslizou um pouco; Clary interrompeu o beijo enquanto ele recuperava o equilíbrio, sem soltar o braço esquerdo dela, pressionando os corpos um contra o outro. As pupilas dele dilataram, e o coração batia forte de encontro ao dela.

— Isto foi — arfou ele, e pressionou o rosto na junção do pescoço e do ombro de Clary, inspirando como se a estivesse sorvendo. Ele tremia um pouco, embora o aperto no braço dela fosse firme. — Isto foi... intenso.

— Já fazia um tempinho — murmurou ela, tocando o cabelo de Jace gentilmente —, que, você sabe, não podíamos relaxar.

— Não consigo acreditar — disse ele. — Ainda não consigo acreditar que posso te beijar, te tocar, tocar de verdade, sem medo... — Ele lhe deu um beijo no pescoço e ela se sobressaltou; ele recuou para olhar para ela. A água escorria pelo rosto de Jace como se fossem lágrimas, contornando as bordas proeminentes das maçãs, a curva da mandíbula. — Imprudente — falou ele. — Sabe, quando cheguei ao Instituto pela primeira vez, Alec me chamou de imprudente tantas vezes que fui ao dicionário pesquisar o que era. Não que eu não soubesse o que significava, mas... eu sempre achei um pouco que significasse corajoso. Na verdade significa "alguém que não se importa com as consequências de suas ações".

Clary sofreu pelo pequeno Jace.

— Mas você se importa.

— Talvez não o suficiente. Não o tempo todo. — A voz dele estremeceu. — Por exemplo a forma como te amo. Te amei de maneira imprudente desde que te conheci. Nunca me importei com as consequências. Eu dizia a mim que me importava, dizia que você queria, então tentei, mas jamais consegui. Queria você mais do que queria ser bom. Queria você mais que qualquer outra coisa que jamais quis. — Os músculos dele estavam rijos, o corpo tremendo de tensão. Ela se inclinou para tocar os lábios de Jace com os próprios, para apagar aquela tensão com um beijo, no entanto ele recuou, mordendo o lábio inferior com força suficiente para deixar a pele branca.

— Clary — falou ele, asperamente. — Espere, apenas... espere.

Clary sentiu-se momentaneamente atordoada. Jace adorava beijar; podia passar horas beijando, e era *bom* nisso. E não estava desinteressado. Estava *muito* interessado. Ela apertou os joelhos em torno dos quadris de Jace e, insegura, perguntou:

— Está tudo bem?

— Preciso contar uma coisa.

— Ah, não. — Ela apoiou a cabeça no ombro dele. — Tudo bem, o que é?

— Lembra quando entramos no reino demoníaco e todo mundo viu alguma coisa? — perguntou. — E eu disse que não vi nada?

— Não precisa me contar o que viu — falou Clary gentilmente. — É assunto seu.

— Preciso — insistiu ele. — Você tem que saber. Vi uma sala com dois tronos, tronos dourado e marfim, e eu enxergava o mundo pela janela, e era feito de cinzas. Era igual a este mundo, mas a destruição era mais recente. As fogueiras ainda ardiam, e o céu estava cheio de criaturas voadoras horríveis. Sebastian estava sentado em um dos tronos, e eu, no outro. Você estava lá, e Alec, Izzy e Max... — Ele engoliu em seco. — Mas estavam todos enjaulados. Uma jaula grande com uma tranca enorme na porta. E eu sabia que os tinha colocado lá e fechado a tranca. Mas não sentia arrependimento. Sentia-me... triunfante. — Ele exalou pesadamente. — Pode me empurrar de desgosto agora. Não tem problema.

Mas é claro que tinha problema; tudo no tom dele — seco e morto, desprovido de esperança — tinha problema. Clary estremeceu nos braços dele; não de horror, mas de pena, e pela tensão de saber quão pouca fé Jace tinha em si, e do quão cuidadosa teria que ser sua resposta a ele.

— O demônio nos mostrou o que ele achava que queríamos — disse ela afinal. — Não o que queremos de fato. Ele errou em algumas coisas; foi assim que conseguimos nos libertar. Quando o encontramos, você já havia conseguido se libertar sozinho. Então aquilo que ele mostrou a você não era seu desejo genuíno. Quando Valentim te criou, ele controlava tudo, nada era seguro, e nada que você amasse estava seguro. Então o demônio olhou para dentro de você e viu isso, aquela fantasia infantil de controlar o mundo totalmente para que nada de mal pudesse acontecer às pessoas que ele ama, e tentou lhe dar isso, mas não era o que você queria, não mesmo. Então você acordou. — Ela tocou a bochecha dele. — Parte de você ainda é aquele garotinho que acha que amar é destruir, mas está aprendendo. Você aprende todos os dias.

Por um instante ele a olhou, espantado, os lábios levemente abertos; Clary sentiu as bochechas corando. Ele a olhava como se ela fosse a primeira estrela a surgir no céu, um milagre no qual ele mal conseguia acreditar.

— Deixe só eu... — disse ele, e parou. — Posso beijá-la?

Em vez de fazer que sim com a cabeça, ela se inclinou para ele, para os lábios se tocarem. Se o primeiro beijo na água foi uma espécie de explosão, este foi como o sol em supernova. Foi um beijo forte, quente, entorpecente, uma mordiscada no lábio inferior de Clary e o choque de línguas e dentes, os dois pressionando o máximo possível para se aproximarem ainda mais. Estavam grudados, pele e tecido, uma mistura do frio da água com o calor dos corpos e o deslizar desprovido de atrito das peles molhadas.

Os braços de Jace a envolveram completamente, e de repente ele estava com ela nos braços, saindo do lago, a água escorrendo de ambos. Ele se ajoelhou na areia, colocando-a o mais gentilmente possível sobre a pilha de roupas amassadas. Ela tentou se ajeitar por um instante e então desistiu, deitando e puxando-o para si, beijando-o furiosamente até ele gemer e sussurrar:

— Clary, não consigo... você precisa me falar... não consigo *pensar*...

Ela passou as mãos nos cabelos dele, afastando-os apenas o bastante para conseguir olhar o rosto de Jace. Ele estava ruborizado, os olhos dilatados de desejo, o cabelo começando a cachear à medida que secava, caindo sobre os olhos. Clary tomou os fios gentilmente entre os dedos.

— Tudo bem — sussurrou ela de volta. — Tudo bem, não precisamos parar. Eu quero. — Ela o beijou, lenta e intensamente. — Eu quero se você quiser.

— Se eu quiser? — Houve uma nota de ferocidade em seu riso baixinho. — Não dá para notar? — E então ele a estava beijando novamente, sugando o lábio inferior, beijando-a no pescoço e na clavícula enquanto ela passava as mãos por todo o corpo dele, livre por saber que podia tocá-lo o quanto quisesse, como quisesse.

Clary sentia como se o estivesse desenhando, as mãos mapeando o corpo, a curvatura das costas, a barriga lisa, os entalhes dos quadris, os músculos nos braços. Era como se, tal como uma pintura, ele estivesse ganhando vida sob suas mãos.

Quando as mãos dele deslizaram sob o sutiã, ela ofegou com a sensação e, quando ele congelou, a dúvida no olhar, ela fez que sim com a cabeça. *Continue*. Ele parava a todo instante; parou antes de tirar cada peça de roupa deles, perguntando com olhares e palavras se deveria continuar, e em todas as vezes ela assentira e dissera *Sim, continue, sim*. E quando finalmente não havia nada além de pele entre eles, as mãos de Clary pararam, e ela pensou que não havia nenhuma forma de estar mais íntima de outra pessoa do que esta, que dar mais um passo seria como abrir seu peito e expor o coração.

Clary sentiu os músculos de Jace flexionando quando ele se esticou para pegar alguma coisa atrás dela, e então ouviu o farfalhar de papel-alumínio. De repente tudo pareceu muito real; ela sentiu uma onda súbita de tensão. Realmente estava acontecendo.

Jace parou. A mão livre acariciava os cabelos dela, os cotovelos enterrados na areia, um de cada lado de Clary, aliviando o próprio peso de cima dela. Jace estava totalmente tenso e trêmulo, as pupilas dilatadas, as íris eram pequenos círculos dourados.

— Algum problema?

Ao ouvir a insegurança na voz dele... ela achou que talvez seu coração estivesse de fato partindo, quebrando em pedaços.

— Não — sussurrou, e o puxou para baixo novamente. Ambos estavam com gosto de sal. — Me beije — pediu, e ele o fez, beijos quentes e lentos que foram acelerando juntamente ao coração de Jace, juntamente aos movimentos dos corpos.

Cada beijo era diferente, cada um mais intenso que o outro, como faíscas numa fogueira crescente: beijos breves e suaves, que diziam que ele a amava; beijos longos e lentos, repletos de idolatria, que diziam que ele confiava nela; beijos leves e brincalhões, que diziam que ele ainda tinha esperança; beijos de adoração que diziam que ele tinha nela uma fé que não tinha em mais ninguém. Clary se perdeu nos beijos, na linguagem deles, no discurso mudo entre os dois. As mãos de Jace estavam tremendo, mas percorriam o corpo de Clary rápida e habilidosamente, toques leves que a enlouqueceram até ela se contorcer de encontro a ele, incentivando-o com o apelo silencioso dos dedos, lábios e mãos.

E mesmo naquele último instante, quando vacilou, ela o estimulou a continuar, se enroscando nele, impedindo-o de se afastar. Clary mantinha os olhos bem abertos enquanto Jace estremecia, o rosto no pescoço dela, repetindo seu nome sem parar, e, quando ela finalmente fechou os olhos, teve a impressão de ver a caverna arder em dourado e branco, envolvendo os dois em fogo celestial, a coisa mais linda que já tinha visto.

Simon ficou vagamente consciente de Clary e Jace se levantando e saindo da caverna, sussurrando um para o outro enquanto caminhavam. *Não são tão sutis quanto pensam*, pensou, meio entretido, mas também condenou um pouco, considerando o que teriam que encarar no dia seguinte.

— Simon. — Mal foi um sussurro, mas Simon se apoiou no cotovelo e olhou para Isabelle. Ela se deitou de costas para olhar para ele. Os olhos estavam grandes e escuros, as bochechas ruborizadas, o peito apertado de ansiedade.

— Tudo bem? — perguntou ele. — Está febril?

Ela balançou a cabeça e saiu um pouco do casulo de cobertas.

— Só um pouco quente. Quem me enrolou como uma múmia?

— Alec — respondeu Simon. — Quero dizer, talvez... você deva continuar enrolada.

— Prefiro não ficar — respondeu Isabelle, abraçando-o pelos ombros e puxando-o para perto.

— Não posso aquecê-la. Não tenho calor humano. — A voz de Simon soou pequena.

Ela aconchegou a cabeça no ombro dele.

— Acho que já estabelecemos de muitas maneiras que eu sou quente o suficiente pra nós dois.

Sem conseguir se conter, Simon esticou o braço para acariciar as costas dela. Isabelle tinha tirado o uniforme de combate e estava só com a camisa térmica preta, o material espesso e macio sob os dedos dele. Era substancial e real, humana e respirava, e ele agradeceu silenciosamente ao Deus cujo nome ele agora podia pronunciar por ela estar bem.

— Tem mais alguém aqui?

— Jace e Clary escaparam sorrateiramente, e Alec assumiu o primeiro turno de vigilância — disse Simon. — Estamos a sós. Digo, não *a sós*, a sós, digo, eu não faria... — Simon engasgou quando ela rolou para cima dele, prendendo-o ao chão. Isabelle colocou o braço delicadamente sobre o peito dele. — Eu talvez não faria *isto* — avisou ele. — Não que você devesse parar.

— Você salvou minha vida — falou ela.

— Eu não... — Ele parou quando ela semicerrou os olhos. — Sou um salvador corajoso e heroico? — arriscou.

— A-hã. — Ela roçou o queixo no dele.

— Nada de coisas de Lorde Montgomery — alertou ele. — Qualquer um pode aparecer.

— Que tal beijos normais?

— Tudo bem — respondeu, e Isabelle o beijou imediatamente, os lábios quase insuportavelmente macios. Simon enfiou as mãos por baixo da camisa dela, acariciando a espinha, delineando os ombros. Quando ela se desvencilhou, estava com os lábios vermelhos e ele notou o sangue pulsando na garganta dela... O sangue de Isabelle, doce e salgado, e apesar de não estar com fome, ele *queria*...

— Pode me morder — sussurrou ela.

— Não. — Simon se contorceu para trás levemente. — Não... você perdeu muito sangue. Não posso. — Dava para sentir o peito dele se enchendo de ar desnecessário. — Você estava dormindo quando conversamos a respeito, mas não podemos ficar aqui. Clary colocou símbolos de invisibilidade nas entradas, mas não vão durar muito, e estamos ficando sem comida. A atmosfera está deixando todo mundo enfraquecido e doente. E Sebastian vai nos encontrar. Temos que ir até ele, amanhã, no Gard. — Ele passou os dedos pelos cabelos macios de Isabelle. — E isso significa que você precisa de toda a sua força.

Ela contraiu os lábios, os olhos alvejando-o.

— Quando viemos da Corte das Fadas para este mundo, o que você viu?

Ele a tocou levemente no rosto, não querendo mentir, mas a verdade — a verdade era dura e desconfortável.

— Iz, não precisamos...

— Eu vi Max — disse ela. — Mas também vi você. Era meu namorado. Morávamos juntos, e toda minha família aceitava você. Posso até tentar me convencer de que não quero que você seja parte da minha vida, mas meu coração sabe que não é verdade — falou. — Você entrou na minha vida, Simon Lewis, e não sei como, nem por quê, e nem mesmo quando aconteceu, e eu meio que odeio isso, mas não consigo mudar, e é isso.

Ele emitiu um pequeno ruído engasgado.

— Isabelle...

— Agora me conte o que viu — falou, e seus olhos brilharam como mica.

Simon colocou as mãos contra o chão de pedra da caverna.

— Eu me vi famoso, um astro do rock — declarou lentamente. — Eu era rico, minha família estava junto, e eu estava com Clary. Ela era minha namorada. — Simon sentiu Isabelle ficar tensa em cima dele, a sentiu começando a rolar para longe, e a segurou pelos braços. — Isabelle, ouça. *Ouça.* Ela era minha namorada, e, quando veio até mim para dizer que me amava, eu falei "Eu também te amo, Isabelle".

Ela o encarou.

— *Isabelle* — repetiu ele. — Quando falei seu nome, despertei da visão. Porque eu sabia que a visão estava errada. Não era aquilo que eu queria.

— Porque você só diz que me ama quando está bêbado ou sonhando? — perguntou ela.

— Meu *timing* é horroroso — explicou Simon. — Mas não significa que não seja verdade. Existem coisas que queremos, por baixo do que sabemos, por baixo até mesmo do que sentimos. Existem coisas que nossas almas desejam, e a minha deseja você.

Ele sentiu Isabelle exalar.

— Diga — pediu ela. — Diga agora que está sóbrio.

— Eu te amo — falou Simon. — Não quero que você diga o mesmo, a não ser que seja verdade, mas eu te amo.

Ela se inclinou em cima dele e tocou as pontas dos dedos dele com as suas.

— Estou falando sério.

Ele se apoiou nos cotovelos enquanto ela se inclinava para baixo, e os lábios se encontraram. Eles se beijaram, longa, suave, doce e gentilmente, e então Isabelle recuou com delicadeza, a respiração ofegante, e Simon disse:

— Então acabou de rolar uma DR?

Isabelle deu de ombros.

— Não faço ideia do que isso signifique.

Simon escondeu o fato de ter ficado muito satisfeito com a declaração dela.

— Somos namorados oficialmente? Existe algum ritual de Caçadores de Sombras? Devo mudar meu status do Facebook de "em um relacionamento complicado" para "em um relacionamento sério"?

Isabelle franziu o nariz de um jeito adorável.

— Humm, mudar status do Facebook? Facebook...? Você tem um livro que também é um rosto?

Simon riu, e Isabelle se inclinou para beijá-lo novamente. Desta vez ele esticou os braços para puxá-la para si, e eles se enroscaram um no outro, envolvidos em cobertores, se beijando e sussurrando. Ele se perdeu no prazer do sabor da boca de Izzy, na curva dos quadris em suas mãos, na pele morna das costas. Esqueceu que estavam em um reino demoníaco, que iriam para a batalha no dia seguinte, que talvez nunca mais voltassem para casa: tudo desbotou e só restou Isabelle.

— POR QUE ISTO NÃO PARA DE ACONTECER? — Fez-se um barulho de vidro se estilhaçando, e ambos sentaram para flagrar Alec encarando-os. Tinha derrubado a garrafa de vinho que estava segurando, e pedacinhos de vidro brilhantes se espalharam por todo o chão da caverna. — POR QUE

NÃO PODEM IR PARA OUTRO LUGAR FAZER ESTAS COISAS HORRÍVEIS? AI, MEUS OLHOS.

— É um reino demoníaco, Alec — disse Isabelle. — Não existe outro lugar para *a gente* ir.

— E você disse que eu deveria cuidar dela... — começou Simon, então percebeu que não seria uma linha produtiva de diálogo, daí se calou.

Alec sentou do outro lado da fogueira e olhou para eles.

— E onde estão Jace e Clary?

— Ah — respondeu Simon delicadamente. — Quem pode saber...

— Heterossexuais — declarou Alec. — Por que não conseguem se controlar?

— É um mistério — concordou Simon, e se deitou novamente para dormir.

Jia Penhallow estava sentada à mesa de seu escritório. Parecia tão casual que ela não conseguia evitar imaginar se seria condenável: a Consulesa sentada de maneira irreverente à antiga mesa de poder. Mas ela estava sozinha no recinto e cansada além de todas as medidas de cansaço.

Segurava o bilhete que tinha recebido de Nova York: uma mensagem de fogo de um feiticeiro, poderosa o suficiente para ultrapassar as barreiras que cercavam a cidade. Reconhecera a letra como sendo de Catarina Loss, mas as palavras não eram de Catarina.

Consulesa Penhallow,

Quem lhe escreve é Maia Roberts, líder temporária do bando de licantropes de Nova York. Entendemos que vocês estão fazendo o possível para trazer Luke e os outros prisioneiros de volta. Agradecemos por isso. Como sinal de nossa boa-fé, gostaria de lhe transmitir um recado. Sebastian e seus soldados vão atacar Alicante amanhã à noite. Por favor, faça o possível para se preparar. Gostaria de estar lá, lutando junto a vocês, mas sei que não é possível. Às vezes só resta alertar, aguardar e torcer. Lembre-se de que a Clave e o Conselho — Caçadores de Sombras e seres do Submundo juntos — são a luz do mundo.

Com esperança,

Maia Roberts

Com esperança. Jia dobrou a mensagem novamente e guardou o papel no bolso. Pensou na cidade lá fora, sob o céu noturno, o prateado desbotado das torres demoníacas que em breve ganhariam o tom vermelho da guerra. Pensou no marido e na filha. Pensou nas caixas e caixas que havia recebido há pouco de Theresa Gray, se elevando da terra na Praça do Anjo, cada qual selada com o símbolo espiral do Labirinto. Sentiu uma agitação no coração — um pouco de medo, mas também algum alívio, finalmente a hora estava chegando, finalmente teriam sua chance. Ela sabia que os Caçadores de Sombras de Alicante lutariam até o último homem: com determinação, coragem, obstinação, vingança e glória.

Com esperança.

21

As Chaves da Morte e do Inferno

— Meu Deus, minha cabeça — disse Alec, enquanto ele e Jace se ajoelhavam ao lado de um cume de pedra que coroava uma colina cinza e coberta por seixos. A pedra lhes oferecia abrigo, e, além dela, utilizando símbolos de Visão de Longo Alcance, eles conseguiam enxergar a fortaleza semidestruída. Ao redor, Caçadores de Sombras malignos se acumulavam como formigas.

Era como um espelho deformado da Colina Gard de Alicante. A estrutura no topo lembrava o Gard que conheciam, mas com um muro enorme ao redor, a fortaleza fechada como um jardim em um castelo.

— Talvez você não devesse ter bebido tanto ontem à noite — censurou Jace, inclinando-se para a frente e cerrando os olhos.

Ao redor do muro, os Crepusculares se dispunham em círculos concêntricos, um grupo fechado diante dos portões que davam para dentro. Havia grupos menores deles em pontos estratégicos da colina. Alec notava Jace computando os números do inimigo, considerando e descartando estratégias mentalmente.

— Talvez você devesse tentar parecer um pouco menos presunçoso pelo que *você* fez ontem — disse Alec.

Jace quase caiu da pedra.

— Não estou sendo presunçoso. Bem — corrigiu-se —, não mais que o normal.

— Por favor — falou Alec, pegando a estela. — Dá para ler seu rosto como um livro muito aberto e muito pornográfico. Quem dera não desse.

— Esta é sua maneira de me mandar fechar a cara?

— Lembra quando você zombou de mim por eu ter dado uma escapadinha com Magnus e me perguntou se eu tinha batido o pescoço? — perguntou Alec, posicionando a ponta da estela no antebraço e começando a desenhar um *iratze*. — Este é meu troco.

Jace riu e pegou a estela de Alec.

— Dê isto aqui — disse, e finalizou o *iratze* para o amigo, com seu floreio desordenado habitual. Alec sentiu as pontadas da dor de cabeça começando a diminuir, e Jace voltou a atenção para a colina.

— Sabe o que é interessante? — comentou ele. — Vi alguns demônios voadores, mas estão bem longe da Guarda Maligna...

Alec ergueu uma sobrancelha.

— Guarda Maligna?

— Tem um nome melhor? — Jace deu de ombros. — Enfim, estão mantendo distância da Guarda Maligna e da colina. Servem a Sebastian, mas parecem respeitar o espaço dele.

— Bem, não podem estar muito longe — disse Alec. — Chegaram bem depressa ao Salão dos Acordos quando você acionou o alarme.

— Eles poderiam estar *dentro* da fortaleza — ponderou Jace, verbalizando o que ambos estavam pensando.

— Queria que você tivesse conseguido pegar o *skeptron* — falou Alec, a voz resignada. — Tenho a sensação de que ele poderia destruir muitos dos demônios. Se ainda funcionasse, claro, após tantos anos. — Jace ostentava uma expressão esquisita. Alec se apressou em acrescentar: — Não que alguém pudesse ter pegado. Você tentou...

— Não tenho tanta certeza — respondeu Jace, a expressão ao mesmo tempo calculista e distante. — Vamos. Vamos voltar até onde os outros estão.

Não houve tempo para resposta; Jace já estava recuando. Alec o seguiu, engatinhando para trás, saindo do alcance visual da Guarda Maligna. Uma vez que percorreram uma distância segura, eles se levantaram e desceram meio que deslizando pelo declive de seixos, indo para onde os outros aguardavam. Simon estava com Izzy, e Clary segurava seu caderno e uma caneta, desenhando símbolos. A julgar pela maneira como balançava a cabeça, arrancando páginas e amassando-as, ela não estava indo tão bem quanto gostaria.

— Está sujando o chão? — perguntou Jace, enquanto ele e Alec corriam para ficar ao lado dos outros três.

Clary lançou a ele o que provavelmente era para ser um olhar fulminante, mas saiu bem meloso. Jace retribuiu com outro olhar tão meloso quanto. Alec ficou imaginando o que aconteceria se ele fizesse um sacrifício para os deuses do demônio maligno deste mundo em troca de não ficar se lembrando o tempo todo que estava solteiro. E não apenas solteiro. Não sentia *saudade* de Magnus apenas; temia imensamente por ele, com um pavor doloroso profundo e constante que nunca o abandonava por completo.

— Jace, este mundo foi incinerado e reduzido a cinzas, todas as criaturas vivas estão mortas — disse Clary. — Tenho quase certeza de que não sobrou ninguém para reciclar.

— Então, o que vocês viram? — perguntou Isabelle. Ela não estava nem um pouco satisfeita por ter sido deixada para trás enquanto Alec e Jace faziam o reconhecimento da área, mas Alec insistira que ela precisava poupar energia. Ela vinha dando ouvidos a eles com mais frequência, pensou Alec, e Izzy só obedecia às pessoas cujas opiniões respeitava. Isso era bom.

— Aqui. — Jace pegou a estela no bolso e se ajoelhou, tirando o casaco da roupa de combate. Os músculos de suas costas se movimentavam sob a camisa enquanto ele usava a ponta afiada da estela para desenhar na poeira amarelada. — Aqui está a Guarda Maligna. Tem uma entrada, pelo portão do muro externo. Está fechada, mas um símbolo de Abertura deve resolver. A questão é como chegar ao portão. Os pontos mais protegidos estão aqui, aqui e aqui. — A estela fazia rabiscos rápidos na terra. — Então temos que dar a volta e ir pelos fundos. Se a geografia daqui for como a de Alicante, e parece que é, existe uma trilha natural pela parte de trás da colina. Depois que nos aproximarmos, nos dividimos aqui e aqui. — A estela criava curvas e estampas enquanto Jace desenhava, uma mancha de suor se formando entre os ombros dele. — E tentamos arrebanhar demônios ou Crepusculares para o centro. — Ele se sentou, mordendo o lábio, preocupado. — Consigo abater vários deles, mas vou precisar de ajuda para mantê-los contidos enquanto faço isso. Entenderam o plano?

Todos o encararam durante alguns instantes silenciosos. Então Simon apontou:

— O que é essa coisa trêmula aqui? — perguntou ele. — É uma árvore?

— Estes são os *portões* — respondeu Jace.

— Ahh — disse Isabelle, irônica. — Então o que são as partes curvas? Tem um fosso?

— São linhas de trajetória... Sinceramente, eu sou a única pessoa que já viu um mapa de estratégia? — perguntou Jace, jogando a estela no chão e passando a mão pelo cabelo louro. — Entenderam *alguma coisa* do que acabei de falar?

— Não — respondeu Clary. — Sua estratégia provavelmente é incrível, mas sua capacidade de desenhar é péssima; todos os Crepusculares parecem árvores, e a fortaleza parece um sapo. Tem que haver um jeito melhor de explicar.

Jace agachou e cruzou os braços.

— Bem, eu adoraria ouvir.

— Tenho uma ideia — pronunciou-se Simon. — Lembram de quando eu estava falando sobre o RPG *Dungeons and Dragons*?

— Vividamente — respondeu Jace. — Foi uma época sombria.

Simon o ignorou.

— Todos os Caçadores de Sombras malignos se vestem de vermelho — falou. — E não são muito inteligentes ou dotados de livre-arbítrio. As vontades deles parecem submetidas, pelo menos em parte, às de Sebastian. Certo?

— Certo — respondeu Isabelle, e olhou repreensivamente para Jace.

— Em *Dungeons and Dragons*, meu primeiro passo quando estou enfrentando um exército assim é atrair um grupo, digamos, uns cinco, e pegar as roupas deles.

— Isso é para eles terem que voltar nus para a fortaleza e a vergonha ter um efeito moral negativo? — perguntou Jace. — Porque me parece complicado.

— Tenho certeza de que ele quer dizer que devemos pegar as roupas e vesti-las para nos disfarçarmos — respondeu Clary. — Para podermos passar pelos portões sem sermos notados. Se os outros Crepusculares não estiverem muito atentos, podem não perceber. — Jace olhou para ela, surpreso. Clary deu de ombros. — Acontece em todos os filmes, tipo, de todos os tempos.

— Nós não assistimos a filmes — explicou Alec.

— Acho que a questão é se *Sebastian* assiste — falou Isabelle. — Falando nisso, quando o encontrarmos a estratégia vai ser "confie em mim"?

— Ainda é "confie em mim" — respondeu Jace.

— Ah, ótimo — disse Isabelle. — Por um segundo fiquei preocupada que pudesse haver um plano, de fato, com etapas que pudéssemos seguir. Vocês sabem, alguma coisas que nos tranquilizasse.

— Existe um plano. — Jace guardou a estela no cinto e se levantou em um movimento fluido. — A ideia de Simon para entrarmos na fortaleza. Vamos fazer.

Simon o encarou.

— Sério?

Jace pegou o casaco.

— É uma boa ideia.

— Mas é uma ideia *minha* — disse Simon.

— E foi boa, então vamos executar. Parabéns. Vamos subir a colina do jeito que tracei, depois vamos seguir seu plano quando chegarmos perto do topo. E quando chegarmos... — Ele se voltou para Clary. — Aquela coisa que você fez na Corte Seelie. O jeito como pulou e desenhou o símbolo na parede; consegue fazer de novo?

— Não vejo por que não — respondeu Clary. — Por quê?

Jace começou a sorrir.

Emma estava sentada na cama no quartinho do sótão, cercada de papéis.

Finalmente os tirara da pasta que havia surrupiado do escritório da Consulesa. Estavam espalhados sobre o cobertor, iluminados pela luz do sol que entrava pela pequena janela, embora ela mal conseguisse reunir coragem para tocá-los.

Eram fotos granuladas, tiradas sob um céu claro de Los Angeles, dos corpos de seus pais. Agora dava para entender porque os corpos não haviam sido levados para Idris. Estavam despidos, as peles da cor das cinzas de um incêndio, exceto nos pontos onde estavam marcadas por rabiscos pretos feios, não como Marcas, e sim horrendos. A areia em volta deles parecia molhada, como se tivesse chovido; estavam longe da linha da rebentação. Emma lutava contra o impulso de vomitar enquanto tentava se forçar a absorver as informações: quando os corpos foram encontrados, quando foram identificados e como se desfizeram em pedacinhos quando os Caçadores de Sombras tentaram erguê-los...

— Emma. — Era Helen, na entrada. A luz que entornava pela janela deixava os cabelos dela prateados, como sempre acontecia com Mark. Ela estava mais parecida com ele que nunca; inclusive, o estresse a deixara mais magra, destacando mais claramente as curvas delicadas das maçãs do rosto, os topos pontiagudos das orelhas. — Onde conseguiu isso?

Emma empinou o queixo desafiadoramente.

— Peguei do escritório da Consulesa.

Helen sentou-se à beira da cama.

— Emma, você precisa devolver isso.

Emma apontou um dedo para os papéis.

— Não vão investigar para descobrir o que aconteceu com meus pais — disse. — Estão falando que foi só um ataque aleatório dos Crepusculares, mas não foi. Sei que não.

— Emma, os Crepusculares e seus aliados não mataram apenas os Caçadores de Sombras do Instituto. Varreram o Conclave de Los Angeles. Faz sentido que tenham ido atrás dos seus pais também.

— Por que não os Transformariam? — questionou Emma. — Precisavam de todos os guerreiros que pudessem conseguir. Quando você diz que varreram o Conclave, não deixaram *corpos*. Transformaram todos.

— Todos exceto os jovens e os muito velhos.

— Bem, meus pais não são uma coisa nem outra.

— Preferia que tivessem sido Transformados? — murmurou Helen, e Emma soube que ela estava pensando no próprio pai.

— Não — respondeu. — Mas você realmente está dizendo que não importa quem os matou? Que eu não deveria nem querer saber *por quê*?

— Por que o quê? — Tiberius estava à porta, os cachos pretos desgrenhados caindo nos olhos. Parecia mais jovem que seus 10 anos, uma impressão alimentada pelo fato de sua abelha de pelúcia estar pendurada em uma das mãos. O rosto delicado estava manchado de cansaço. — Onde está Julian?

— Na cozinha pegando comida — respondeu Helen. — Você está com fome?

— Ele está com raiva de mim? — perguntou Ty, olhando para Emma.

— Não, mas sabe que ele se chateia quando você grita com ele, ou quando você se machuca — respondeu Emma cautelosamente. Era difícil saber o que podia assustar Ty ou fazê-lo ter um ataque. Sua experiência dizia que era melhor sempre contar a verdade a ele, sem censura. As mentiras que normalmente se contava a crianças, do tipo "essa vacina não vai doer nada", eram desastrosas quando ditas a Ty.

No dia anterior Julian tinha passado um bom tempo catando vidro quebrado dos pés do irmão e explicado com bastante vigor que se ele voltasse a caminhar sobre vidro quebrado, o fato teria de ser reportado aos adultos e ele teria que enfrentar qualquer castigo que recebesse. Ty respondeu lhe dando um chute, deixando uma pegada sangrenta na camisa de Julian.

— Jules quer que você fique bem — dizia Emma agora. — É só o que ele quer.

Helen esticou os braços para Ty... Emma não a culpou. Ty parecia pequeno e encolhido, e a maneira como se agarrava à abelha a preocupava. Ela também quereria abraçá-lo. Mas ele não gostava de ser tocado por ninguém além de Livvy. Esquivou-se da meia-irmã e foi até a janela. Após um instante, Emma se juntou a ele, com cuidado para lhe dar espaço.

— Sebastian consegue entrar e sair da cidade — disse Ty.

— Sim, mas ele é um só, e não está tão interessado na gente. Além disso, acho que a Clave tem um plano para nos manter em segurança.

— Acho o mesmo — murmurou Ty, olhando pela janela, e depois apontou para alguma coisa. — Só não sei se vai funcionar.

Emma levou um segundo para perceber o que ele indicava. As ruas estavam lotadas, e não de pedestres. Eram Nephilim em uniformes do Gard, e alguns em uniforme de combate, indo e voltando pelas ruas, carregando martelos, pregos e caixas de objetos que fizeram Emma encarar com surpresa — tesouras, ferraduras, facas, adagas e diversas armas, até mesmo caixas com o que parecia ser terra. Um homem trazia diversos sacos de pano que diziam SAL.

Todas as caixas e sacos tinham um símbolo marcado: um espiral. Emma já o tinha visto em seu *Códex*: o sigilo do Labirinto Espiral dos feiticeiros.

— Ferro frio — disse Ty, pensativo. — Forjado, e não aquecido e moldado. Sal e terra de cemitério.

Helen estava com uma expressão, aquele olhar que adultos tinham quando sabiam de alguma coisa, mas não queriam contar o quê. Emma olhou para Ty, quieto e recomposto, os olhos cinzentos sérios mirando as ruas lá de fora. Ao lado dele estava Helen, que havia se levantado da cama, com a expressão ansiosa.

— Encomendaram munição mágica — observou Ty. — Do Labirinto Espiral. Ou talvez tenha sido ideia dos feiticeiros. É difícil saber.

Emma olhou pela janela, depois para Ty, que olhou para ela através de seus longos cílios.

— O que isso quer dizer? — perguntou ela.

Ty emitiu seu raro sorriso inexperiente.

— Significa que o que Mark disse no bilhete era verdade — respondeu.

Clary não se lembrava de ter visto tantas Marcas em si, ou de já ter visto os Lightwood cobertos por tantos símbolos mágicos como agora. Ela mesma tinha feito todos, doando-se ao máximo neles — todo seu desejo de que todos ficassem em segurança, toda vontade de encontrar sua mãe e Luke.

Os braços de Jace pareciam um mapa: símbolos se espalhavam pela clavícula e pelo peito, pelas costas das mãos. A pele de Clary lhe pareceu estranha aos próprios olhos. Lembrou-se de uma vez ter visto um menino que tinha a elaborada musculatura humana tatuada na pele, e de ter pensado que era como se ele tivesse ficado transparente. Agora ela estava um pouco assim também, pensou enquanto fitava os companheiros que subiam a colina em direção à Guarda Maligna: o mapa da coragem e das esperanças, dos sonhos e desejos, marcados claramente em seus corpos. Caçadores de Sombras nem sempre eram as pessoas mais acessíveis, porém suas peles eram honestas.

Clary havia se coberto de símbolos de cura, mas não eram suficientes para impedir que seus pulmões doessem com a poeira constante. Lembrou-se do que Jace havia falado sobre eles dois sofrendo mais que os outros em função da concentração mais intensa de sangue de anjo. Ela parou para tossir e virou-se de costas, cuspindo uma secreção preta. Passou rapidamente a mão na boca, antes que Jace pudesse virar e ver.

As capacidades artísticas de Jace para desenho podiam ser fracas, mas a estratégia era perfeita. Estavam subindo em uma espécie de formação em ziguezague, correndo de um monte de pedra escurecida para outro. Como não havia mais folhagem, as pedras eram as únicas coberturas que a colina oferecia. A colina basicamente não tinha árvores, só alguns cotocos de troncos mortos aqui e ali. Encontraram apenas um Crepuscular, rapidamente despachado, o sangue ensopando a terra cheia de cinzas. Clary lembrou-se da trilha para o Gard em Alicante, verde e bela, e olhou com ódio para a destruição ao redor.

O ar estava pesado e quente, como se o sol alaranjado os pressionasse. Clary se juntou aos outros atrás de uma pilha alta de pedras. Tinham enchido as garrafas no lago na caverna naquela manhã, e Alec estava partilhando água com os companheiros, o rosto austero manchado de fuligem.

— Esta é a última — falou, e entregou a garrafa a Isabelle. Ela bebeu um golinho e passou para Simon, que balançou a cabeça, ele não precisava de água, e então a repassou para Clary.

Jace olhou para Clary. Ela conseguia enxergar-se refletida nos olhos dele, parecendo pequena, pálida e suja. Ficou imaginando se parecia diferente a ele depois da noite anterior. Ela quase esperara que ele lhe parecesse diferente quando acordaram na manhã seguinte perto dos restos já frios da fogueira, as mãos dele nas dela. Mas era o mesmo Jace, o Jace que ela sempre amara. E ele olhava para ela como sempre, como se ela fosse um pequeno milagre, do tipo que você guarda perto do coração.

Clary tomou um gole caprichado e passou a garrafa para Jace, que inclinou a cabeça para trás e engoliu. Com um breve fascínio, ela observou os músculos na garganta dele se movimentando, e em seguida desviou o olhar para não corar — tudo bem, talvez algumas coisas *tivessem* mudado, mas aquele realmente não era o momento para pensar nesse assunto.

— Pronto — disse Jace, e jogou fora a garrafa agora vazia. Todos ficaram olhando enquanto ela rolava pelas pedras. *Acabou a água.* — Uma coisa a menos para carregar — acrescentou, tentando soar leve, mas a voz saiu tão seca quanto a poeira que os cercava.

Seus lábios estavam rachados e sangrando levemente apesar dos *iratzes*. Alec tinha olheiras e um tique nervoso na mão esquerda. Os olhos de Isabelle estavam vermelhos por causa da poeira, e ela piscava e os esfregava quando achava que ninguém estava olhando. Todos estavam péssimos, pensou Clary, sendo Simon a possível exceção: ele basicamente parecia o mesmo.

Simon encontrava-se perto do monte de pedras, os dedos apoiados na saliência de uma rocha.

— São túmulos — falou ele subitamente.

Jace levantou o olhar.

— O quê?

— Essas pilhas de pedras. São túmulos. Antigos. As pessoas eram abatidas em combate, e as enterravam cobrindo os corpos com pedras.

— Caçadores de Sombras — disse Alec. — Quem mais morreria na Colina Gard?

Jace tocou as pedras com a mão coberta por uma luva de couro e franziu o rosto.

— Nós cremamos nossos mortos.

— Talvez não neste mundo — rebateu Isabelle. — As coisas são diferentes. Talvez não tivessem tempo. Talvez fosse o último recur...

— Parem — disse Simon. Estava com um olhar congelado e de intensa concentração. — Tem alguém vindo aí. Alguém humano.

— Como sabe que é humano? — Clary baixou a voz.

— Sangue — respondeu sucintamente. — Sangue de demônio tem um cheiro diferente. São pessoas: Nephilim, mas não.

Jace fez um gesto breve pedindo silêncio, e todos ficaram quietos. Ele pressionou as costas contra o monte de pedras e espiou pelo lado. Clary notou a mandíbula dele enrijecendo.

— Crepusculares — falou, com a voz baixa. — Cinco deles.

— O número perfeito — disse Alec, com um sorriso surpreendentemente cruel. O arco já estava na mão dele antes mesmo que Clary pudesse enxergar o movimento, e ele se afastou para o lado, saindo do abrigo das pedras, e deixou a flecha voar.

Clary percebeu a expressão surpresa de Jace — ele não esperava que Alec fosse fazer o primeiro movimento —, então em seguida ele agarrou uma das pedras do monte e se lançou para cima. Isabelle pulou atrás dele como um gato, e Simon seguiu, veloz e seguro, as mãos vazias. Era como se aquele mundo fosse feito para os que já estavam mortos, pensou Clary, então ouviu um grito longo gorgolejado, o qual foi encurtado abruptamente.

Alcançou Heosphoros, pensou melhor e, em vez disso, pegou uma adaga do cinto de armas antes de correr para o lado do monte de pedras. Havia uma inclinação atrás, a Guarda Maligna erguendo-se sombria e extenuada acima deles. Quatro Caçadores de Sombras vestidos de vermelho olhavam em volta, em choque e surpresa. Um deles, uma mulher loura, estava caída no chão, o corpo apontando para a subida, uma flecha atravessada na garganta.

Isso explica o barulho gorgolejado, pensou Clary, um pouco tonta enquanto Alec preparava o arco novamente e soltava mais uma flecha. Um homem de pele marrom e barrigudo cambaleou para trás, dando um grito, a flecha enfiada na perna; Isabelle chegou nele em um instante, seu chicote cortando-o na garganta. Enquanto o sujeito caía, Jace saltou e terminou de levar o corpo dele ao chão, usando a força da queda para se lançar para a frente. Suas lâminas brilharam com um movimento de tesoura, arrancando a cabeça de um sujeito careca cuja roupa vermelha estava marcada por manchas de sangue seco. Mais sangue jorrou, ensopando o uniforme escarlate com outara camada de vermelho enquanto o corpo decapitado ia ao chão. Ouviu-se um grito, e a mulher que estava atrás dele ergueu uma lâmina curva para atacar Jace; Clary arremessou a adaga para a frente. A arma se enterrou na testa da mulher, que caiu silenciosamente no chão, sem dar mais um grito.

O último dos Crepusculares começou a fugir, tropeçando colina acima. Simon passou por Clary correndo, um movimento rápido demais para ser notado, e pulou como um gato. O Crepuscular caiu com um arfar de pavor, e Clary viu Simon saltando em cima dele e atacando como uma cobra. Fez-se um ruído parecido com papel se rasgando.

Todos desviaram os olhares. Após alguns longos segundos, Simon se levantou do corpo imóvel e desceu a colina em direção ao restante do grupo. Havia sangue na camisa, nas mãos e no rosto. Virou a cabeça para o lado, tossiu e cuspiu, parecendo enjoado.

— Amargo — falou. — O sangue. Tem gosto parecido com o de Sebastian.

Isabelle pareceu nauseada, de um jeito que não tinha ficado nem quando cortara a garganta do Caçador de Sombras maligno.

— Odeio ele — disse ela de repente. — Sebastian. O que fez com eles é pior que assassinato. Nem são mais pessoas. Quando morrerem, não poderão ser enterrados na Cidade do Silêncio. E ninguém vai ficar de luto por eles. Já ficaram. Se eu amasse alguém e esse alguém fosse Transformado assim... ficaria feliz se morresse.

Ela estava arfando; ninguém disse nada. Finalmente Jace olhou para o céu, olhos dourados brilhando naquele rosto sujo de poeira.

— É melhor irmos, o sol já está se pondo, e, além disso, alguém pode ter ouvido nossa movimentação.

Eles tiraram as roupas dos corpos, silenciosa e rapidamente. Havia algo nauseante na tarefa, algo que não tinha soado tão ruim quando Simon descrevera a estratégia, mas que agora parecia terrível. Ela já tinha matado; demônios e Renegados; teria matado Sebastian se tivesse sido capaz de fazê-lo sem ferir Jace. Mas havia algo cruel e carniceiro no ato de despir os corpos de

Caçadores de Sombras, mesmo daqueles Marcados com símbolos de morte e Inferno. Clary não conseguiu evitar olhar para o rosto de um dos Caçadores de Sombras mortos, um homem de cabelos castanhos, e imaginar se poderia ser o pai de Julian.

Vestiu o casaco e a calça do uniforme da menor das mulheres, mas continuaram grandes demais. Um rápido trabalho com sua faca encurtou as mangas e bainhas, e o cinto segurou as calças. Não houve muito o que Alec pudesse fazer: acabou pegando o maior casaco, que por sua vez o engolia. As mangas de Simon ficaram muito curtas e apertadas; ele cortou a costura nos ombros para se permitir mais mobilidade. Jace e Isabelle conseguiram roupas que cabiam, apesar de a de Isabelle estar manchada de sangue. Jace ainda conseguiu ficar bonito com o vermelho escuro, o que era muito irritante.

Eles esconderam os corpos atrás do morro de pedras e voltaram a subir a colina. Jace tinha razão, o sol *estava* se pondo, banhando o reino com as cores de fogo e sangue. Ganharam ritmo à medida que foram se aproximando da grande silhueta da Guarda Maligna.

De repente o aclive acabou e o solo ficou plano, e lá estavam eles, em um platô em frente à fortaleza. Era como ver um negativo de fotografia sobrepondo-se a outro. Clary enxergava mentalmente o Gard de seu mundo, a colina coberta por árvores e verde, os jardins cercando a torre de menagem, o brilho da pedra de luz enfeitiçada iluminando todo o local. O sol brilhando durante o dia, e as estrelas à noite.

Ali o topo da colina era nu e varrido por um vento frio o bastante para atravessar o material do casaco roubado de Clary. O horizonte era uma linha vermelha como uma garganta cortada. Tudo era banhado por aquela luz sangrenta, da multidão de Crepusculares que circulavam pelo planalto à Guarda Maligna em si. Agora que estavam próximos, eles podiam ver o muro que cercava a área e os portões robustos.

— É melhor você levantar o capuz — disse Jace por trás dela, puxando-o sobre a cabeça de Clary. — Seu cabelo está reconhecível.

— Para os Crepusculares? — perguntou Simon, que, para Clary, estava muito estranho com uniforme vermelho. Ela *nunca* tinha imaginado Simon com uniforme de combate.

— Para Sebastian — respondeu Jace sucintamente, e puxou o próprio capuz.

Tinham sacado as armas: o chicote de Isabelle brilhava à luz vermelha e o arco de Alec estava em punho. Jace olhava para a Guarda Maligna. Clary quase esperava que ele fosse dizer alguma coisa, que fosse fazer um discurso, marcar a ocasião. Não fez. Ela notava o ângulo agudo das maçãs do rosto de

Jace sob o capuz, a firmeza da mandíbula. Ele estava pronto. Todos eles estavam.

— Vamos até os portões — disse ele, e avançou.

Clary sentiu o frio tomar seu corpo — frio de batalha, mantendo a espinha reta e a respiração constante. A terra ali era diferente, percebeu ela, quase distraída. Ao contrário do restante da areia do mundo deserto, tinha sido remexida pela passagem de pés. Um guerreiro trajando vermelho passou por ela, um homem de pele marrom, alto e musculoso. Não prestou a menor atenção a eles. Parecia caminhar em um ritmo, assim como vários dos outros Crepusculares, uma espécie de bando que seguia uma espécie de rota, de um lado a outro. Uma mulher caucasiana com cabelos grisalhos vinha alguns centímetros atrás dele. Clary sentiu seus músculos enrijecerem — *Amatis?* —, porém quando a outra passou mais perto, ficou claro que o rosto não era familiar. Clary teve a impressão de sentir os olhos da mulher neles, todavia, e ficou aliviada quando sumiram de vista.

O Gard agora se erguia diante deles, os portões imensos e feitos de ferro. Eram marcados por uma estampa de mão empunhando uma arma — um *skeptron* com ponta esférica. Claramente os portões tinham sido submetidos a anos de profanação. As superfícies estavam lascadas e marcadas, manchadas aqui e ali com icor e algo perturbadoramente semelhante a sangue humano seco.

Clary se adiantou para colocar a estela contra os portões, pronta, com um símbolo de Abertura já mentalizado — no entanto, os portões se abriram ao seu toque. Ela lançou um olhar surpreso aos outros. Jace mordia o lábio; ela ergueu uma sobrancelha interrogativa para ele, que apenas deu de ombros como se dissesse: *Vamos continuar. O que mais podemos fazer?*

Então prosseguiram. Após o portão havia uma ponte sobre um barranco estreito. No fundo do abismo, a escuridão turvava, mais espessa que névoa ou fumaça. Isabelle foi a primeira a atravessar, com o chicote, e Alec foi o último da fila, com o arco e a flecha em riste. Enquanto atravessavam a ponte, Clary arriscou um olhar para baixo, para a fenda, e quase caiu de susto — a escuridão tinha membros, longos e curvos, como as patas de uma aranha, e algo similar a olhos amarelos brilhantes.

— *Não* olhe — disse Jace baixinho, e Clary desviou o olhar para o chicote de Isabelle, dourado e brilhando à frente deles. O chicote iluminava a escuridão de modo que, quando chegaram às portas da frente da torre de menagem, Jace conseguiu achar a tranca com facilidade, e então abriu a porta.

Adentraram na escuridão. Todos se entreolharam, uma breve paralisia que nenhum deles conseguiu quebrar. Clary percebeu que estava encarando os outros, tentando memorizá-los; os olhos castanhos de Simon, a curva da clavícula de Jace sob o casaco vermelho, o arco das sobrancelhas de Alec, a carranca preocupada de Isabelle.

Pare, disse ela a si. *Este não é o fim. Você vai vê-los novamente.*

Olhou para trás. Os portões ficavam depois da ponte, escancarados, e além deles estavam os Crepusculares, parados. Clary tinha a sensação de que eles também estavam observando, tudo parado como aquele momento no qual se prende a respiração que precede a queda.

Agora. Ela deu um passo adiante, para a escuridão; ouviu Jace falar seu nome, muito baixo, quase um sussurro, e então ela atravessou a entrada, e havia luz por todos os lados, cegando em seu surgimento repentino. Clary ouviu o murmúrio dos outros enquanto sentavam-se ao seu lado, e em seguida a torrente fria de ar quando a porta se fechou atrás deles.

Ela ergueu o olhar. Todos estavam em uma enorme entrada, do tamanho do interior do Salão dos Acordos. Uma escadaria dupla imensa em espiral conduzia ao andar de cima, serpenteando e rodando, duas escadas que se entrelaçavam, mas jamais se encontravam. Ambas eram cercadas por corrimãos de pedra, e Sebastian estava apoiado em um dos corrimãos próximos, sorrindo para eles.

Definitivamente, um sorriso cruel: cheio de deleite e expectativa. Estava com uma roupa de combate vermelha impecável, e seu cabelo brilhava como ferro. Balançou a cabeça.

— Clary, Clary — falou. — Realmente achei que você fosse mais esperta que isto.

Clary pigarreou. Parecia congestionada pela poeira e bloqueada pelo medo. A pele formigava como se ela tivesse engolido adrenalina.

— Mais esperta que o quê? — perguntou, e quase se encolheu com o eco da própria voz, saltando das paredes lisas de pedra. Não havia tapeçarias, nem pinturas, nada para suavizar a aspereza.

Embora ela não soubesse o que mais deveria esperar de um mundo demoníaco. Claro que não havia arte.

— Estamos aqui — disse ela. — Dentro da sua fortaleza. Somos cinco e você é um.

— Ah, certo — zombou ele. — Eu deveria parecer surpreso? — Retorceu o rosto num sorriso sarcástico de falso espanto que fez as entranhas de Clary se contraírem. — Quem iria *acreditar*? — falou, debochado. — Digo, se ignorarmos o fato de que obviamente descobri pela Rainha que vocês viriam para cá, mas desde que vocês chegaram, criaram um incêndio imenso, tentaram roubar um artefato que possui proteção demoníaca... digo, fizeram de tudo, exceto colocar uma enorme flecha luminosa apontando diretamente para onde estavam — suspirou. — Eu sempre soube que a maioria de vocês era imensamente burra. Até mesmo Jace, bem, você é bonito, mas não é muito inteligente, é? Talvez se Valentim tivesse tido mais alguns anos com você... mas não, provavelmente nem assim. Os Herondale sempre foram mais notórios pelas belas mandíbulas do que pela inteligência. Sobre os Lightwood, quanto menos tocarmos no assunto, melhor. Gerações de idiotas. Mas Clary...

— Você se esqueceu de mim — disse Simon.

Sebastian arrastou o olhar para Simon, como se ele fosse um horror.

— Você realmente não para de aparecer, como uma ave de mau agouro — disse. — Vampirinho tedioso. Eu matei o vampiro que criou você, sabia? Achei que vampiros sentissem esse tipo de coisas, mas você me parece indiferente. Terrivelmente insensível.

Clary sentiu Simon enrijecer minimamente ao lado dela, lembrou-se dele na caverna, se curvando como se estivesse com dor. Dizendo que tinha a sensação de estarem lhe enfiando uma faca no peito.

— Raphael — sussurrou Simon; Alec ficou muito pálido ao lado dele.

— E quanto aos outros? — perguntou, a voz rouca. — Magnus... Luke...

— Nossa mãe — falou Clary. — Certamente nem mesmo você a machucaria.

O sorriso de Sebastian se tornou irritadiço.

— Ela não é *minha* mãe — disse, e em seguida deu de ombros com uma espécie de exasperação exagerada. — Ela está viva — declarou. — Quanto ao feiticeiro e o lobisomem, não sei. Já faz um tempinho que não verifico. O feiticeiro não parecia muito bem na última vez em que o vi — acrescentou. — Acho que essa dimensão não tem feito bem a ele. Pode estar morto a essa altura. Mas você realmente não pode esperar que eu tivesse previsto *isso*.

Alec levantou o arco em um movimento fluido.

— Preveja isto — falou, e soltou uma flecha.

Voou diretamente para Sebastian, que se movimentou como um raio, agarrando a flecha no ar, os dedos se fechando em volta dela enquanto vibrava em suas garras. Clary ouviu Isabelle respirar fundo subitamente, sentiu a onda de sangue e pavor nas próprias veias.

Sebastian apontou a extremidade afiada da flecha para Alec, como se fosse um professor brandindo uma régua, e emitiu um cacarejo de reprovação.

— Que coisa feia — falou. — Tentando me ferir aqui na minha própria fortaleza, no núcleo do meu poder? Como falei, você é um tolo. Vocês são todos uns tolos. — Fez um gesto repentino, um giro com o pulso, e a flecha se quebrou, o barulho similar ao de um tiro.

As portas duplas das duas extremidades se abriram, e demônios entraram.

Clary já esperava, já tinha se preparado, mas não havia como se preparar de fato para algo assim. Ela já havia visto demônios, grandes quantidades, e mesmo assim, enquanto a enxurrada deles entrava pelos dois lados — criaturas semelhantes a aranhas, com corpos gordos e venenosos; monstros humanoides sem pele, pingando sangue; coisas com presas, dentes e garras, enormes louva-a-deus com mandíbulas que se abriam como se não possuíssem articulações —, a pele de Clary pareceu querer se desgrudar e fugir do corpo. Ela se forçou a ficar parada, a mão em Heosphoros, e olhou para o irmão.

Ele encontrou o olhar dela, sombrio, e ela se lembrou do menino em sua visão, o que tinha olhos verdes como os dela. Viu uma ruga surgir entre os olhos de Sebastian.

Ele levantou a mão; estalou os dedos.

— Parem — disse ele.

Os demônios congelaram no meio da movimentação, ladeando Clary e os outros. Ela ouvia a respiração entrecortada de Jace, o sentia pressionando os dedos na mão que ela mantinha junto às costas. Um sinal silencioso. Os outros estava imóveis, cercando-a.

— Minha irmã — disse Sebastian. — Não a machuquem. Tragam-na para mim. Matem os outros. — Semicerrou os olhos para Jace. — Se conseguirem.

Os demônios avançaram. O colar de Isabelle pulsava como uma luz estroboscópica, irradiando línguas ardentes em vermelho e dourado, e àquela luz luminosa Clary viu os outros virarem para conter os demônios.

Era a chance dela. Girou e correu para a parede, sentindo o símbolo de Agilidade arder em seu braço enquanto se lançava até lá, se apoiava na rocha áspera com a mão esquerda e se impulsionava, batendo a ponta da estela no granito como se fosse um machado golpeando um tronco de árvore. Ela sentiu a pedra tremer: pequenas fissuras apareceram, mas ela continuou severamente, arrastando a estela pela superfície da parede, veloz e determinada. Sentiu vagamente a trituração e a resistência. Tudo parecia ter recuado, mesmo os gritos e golpes da luta, o fedor e o uivo de demônios. Ela só conseguia sentir o poder dos símbolos familiares ecoando enquanto desenhava, desenhava e desenhava...

Alguma coisa a pegou pelo tornozelo e puxou. Um raio de dor subiu por sua perna; Clary olhou para baixo e viu um tentáculo parecido com uma corda enrolado em sua bota, arrastando-a para baixo. Pertencia a um demônio que parecia um papagaio depenado enorme com tentáculos onde deveria haver asas. Clary se agarrou na parede com mais força, movimentando a estela, a rocha tremendo enquanto linhas pretas penetravam na pedra.

A pressão no tornozelo aumentou. Com um grito, Clary se soltou, a estela escapando enquanto ela caía, batendo com força no chão. Ela engasgou e rolou para o lado exatamente quando uma flecha passou voando acima de sua cabeça e se enterrou na carne do demônio. Ela levantou o olhar e viu Alec, alcançando outra flecha, exatamente quando os símbolos na parede atrás dela começaram a reluzir como um mapa de fogo celestial. Jace estava ao lado de Alec, a espada na mão, os olhos fixos em Clary.

Ela meneou a cabeça, minimamente. *Vá em frente.*

O demônio que estava segurando a perna de Clary rugiu; o tentáculo diminuiu a pressão, e Clary levantou-se, cambaleando, e ficou de pé. Não tinha conseguido desenhar uma entrada retangular, por isso a abertura rabiscada na parede brilhava em um círculo irregular, como a abertura de um túnel. Ela via o brilho do Portal naquele fulgor — ondulava como prata coloidal.

Jace passou correndo por ela e se jogou na abertura. Ela conseguiu ver de relance o que havia além — o Salão dos Acordos destruído, a estátua de Jonathan Caçador de Sombras — antes de se lançar para a frente, pressionando a mão ao Portal, mantendo-o aberto para que Sebastian não conseguisse fechá-lo. Jace só precisava de alguns segundos...

Clary ouviu Sebastian atrás de si, gritando em um idioma que ela desconhecia. Havia fedor de demônios por todos os lados; Clary ouviu um sibilo e uma chocalhada e virou, flagrando um Ravener correndo para cima dela, com a cauda de escorpião levantada. Ela se esquivou exatamente quando o demônio sucumbiu em dois pedaços, o chicote metálico de Isabelle cortando a criatura ao meio. A linfa fedorenta inundou o chão; Simon agarrou Clary e a puxou de volta bem no momento em que o Portal inflou com uma luz súbita, incrível e Jace atravessou.

Clary respirou fundo. Jace jamais ficara tão parecido com um anjo vingador, emergindo através de névoa e fogo. Seus cabelos claros pareciam queimar enquanto ele aterrissava gentilmente e erguia a arma que empunhava. Era o *skeptron* de Jonathan Caçador de Sombras. A esfera no centro brilhava. Pelo Portal, atrás de Jace, logo antes de aquele se fechar, Clary viu as sombras escuras de demônios voadores, ouviu os gritos de decepção e raiva quando chegaram e notaram que a arma tinha desaparecido e o ladrão estava fora de vista.

Quando Jace ergueu o *skeptron*, os demônios ao redor começaram a recuar. Sebastian estava apoiado no corrimão, as mãos agarradas com força a ele, totalmente brancas. Ele encarava Jace.

— Jonathan — disse ele, e a voz se elevou e se projetou. — Jonathan, eu *proíbo*...

Jace ergueu o *skeptron*, e a esfera ardeu em chamas. Era uma chama brilhante, contida e fria, mais luz que calor, ainda assim, uma luz penetrante que se espalhou por todo o recinto, pintando tudo com seu brilho. Clary viu os demônios se transformando em silhuetas ardentes antes de estremecerem e explodirem em cinzas. Os mais próximos de Jace caíram primeiro, mas a luz passou por eles como uma fissura se abrindo na terra, e um por um gritaram e se dissolveram, deixando uma camada espessa de cinzas escuras no chão.

A luz se intensificou, ardendo mais até Clary fechar os olhos, ainda enxergando a explosão do último brilho através das pálpebras. Quando os abriu novamente, a entrada estava quase vazia. Apenas ela e os companheiros permaneciam. Os demônios tinham ido embora — Sebastian continuava ali, pálido e chocado na escadaria.

— *Não* — resmungou ele através de dentes cerrados.

Jace ainda estava com o *skeptron* na mão; a esfera parecia preta e morta, como uma lâmpada queimada. Olhou para Sebastian, o peito inflando e desinflando rapidamente.

— Achou que não soubéssemos que você estava nos esperando — disse ele. — Mas *contávamos* com isso. — Ele deu um passo à frente. — *Eu conheço você* — continuou, ainda sem fôlego, os cabelos esvoaçados e os olhos dourados ardendo. — Você me possuiu, me controlou, me obrigou a fazer tudo que você queria, *mas aprendi com você.* Esteve na minha cabeça, e eu me lembro. Lembro-me de como pensa, de como planeja. Lembro-me de tudo. Eu sabia que você iria nos subestimar, que acharia que não estávamos imaginando que fosse uma armadilha, acharia que não teríamos nos planejado para isso. Você se esquece de que eu o conheço; até o último canto da sua cabecinha arrogante, eu o conheço...

— Cale *a boca* — sibilou Sebastian. Apontou para eles com a mão trêmula. — Vocês vão pagar por isso com sangue — avisou, e então virou e correu pelas escadas, desaparecendo tão depressa que nem a flecha de Alec que voou atrás dele foi capaz de alcançá-lo. Em vez disso, atingiu a curva da escadaria e se quebrou com o impacto na rocha, caindo no chão em dois pedaços.

— Jace — disse Clary. Tocou o braço dele. Parecia congelado. — Jace, quando ele fala em pagar com sangue não está se referindo ao nosso. Mas sim ao deles. Luke, Magnus e mamãe. *Temos* que encontrá-los.

— Concordo. — Alec abaixou o arco; a roupa de combate vermelha tinha sido rasgada durante a luta, e a braçadeira estava manchada de sangue. — Cada escada leva a um andar diferente. Vamos ter que nos dividir. Jace, Clary, vocês pegam a escadaria leste; o restante de nós vai para a outra.

Ninguém protestou. Clary sabia que Jace jamais teria concordado em separar-se dela, e Alec não teria deixado a irmã, e Isabelle e Simon não teriam se separado um do outro. Já que precisavam se separar, aquele era o único jeito.

— *Jace* — falou Alec novamente, e desta vez a palavra pareceu despertar Jace de seu estado de devaneio. Ele descartou o *skeptron* morto, o deixou cair no chão e levantou a cabeça, assentindo.

— Certo — falou, e a porta atrás deles se abriu. Caçadores de Sombras malignos em roupas vermelhas começaram a entrar na sala. Jace agarrou o pulso de Clary, e eles correram, Alec e os outros também aceleraram, até chegarem à escadaria e se separarem.

Clary teve a impressão de ter ouvido Simon chamar seu nome enquanto ela e Jace se lançavam para a escadaria leste. Ela virou para procurá-lo, mas ele já tinha sumido. A sala estava cheia de Crepusculares, vários deles elevando armas — flechas, e até mesmo estilingues — para mirar. Ela abaixou a cabeça e continuou correndo.

Jia Penhallow estava na varanda do Gard, observando a cidade de Alicante.

A varanda raramente era usada. Houve um tempo em que o Cônsul frequentemente falava com a população dali, bem acima deles, mas o hábito caiu em desuso no século XIX, quando a Consulesa Fairchild concluiu que aquilo se assemelhava muito ao comportamento de um papa ou de um rei.

O crepúsculo havia chegado, e as luzes de Alicante tinham começado a arder: havia uma pedra de luz enfeitiçada nas janelas de todas as casas e fachadas de lojas, luz enfeitiçada iluminando a estátua na Praça do Anjo, luz enfeitiçada jorrando das construções. Jia respirou fundo, segurando na mão esquerda o bilhete de Maia Roberts que falava sobre esperança enquanto ela se preparava.

As torres demoníacas brilharam em azul, e Jia começou a falar. A voz ecoou de uma torre para a outra, se difundindo pela cidade. Ela viu pessoas parando na rua, cabeças inclinadas para cima para olharem para as torres demoníacas, pessoas presas na entradas de suas casas, ouvindo as palavras que as banhavam feito uma maré.

— Nephilim — disse ela. — Filhos do Anjo, guerreiros, hoje nos preparamos, pois esta noite Sebastian Morgenstern lançará forças contra nós. — O vento que vinha das colinas ao redor de Alicante estava frio; Jia estremeceu. — Sebastian Morgenstern está tentando destruir o que somos — falou. — Ele trará ao nosso combate guerreiros que usam nossos rostos, mas não são Nephilim. Não podemos hesitar. Quando os encararmos, quando virmos um

Crepuscular, não podemos enxergar irmão, mãe, irmã ou esposa, mas uma criatura em sofrimento. Um humano de quem toda a humanidade foi extraída. Somos o que somos porque temos livre-arbítrio. Temos liberdade de escolher. Escolhemos encarar e lutar. Escolhemos derrotar as forças de Sebastian. Eles têm a escuridão; nós temos a força do Anjo. O fogo testa o ouro. Neste fogo seremos testados, e nosso brilho será maior. Conhecem o protocolo; sabem o que fazer. Avante, filhos do Anjo.

"Avante e acendam as luzes da guerra."

22

As Cinzas de Nossos Pais

O som de uma sirene súbita e aguda cortou o ar, e Emma levou um susto, derrubando os papéis no chão. Seu coração estava acelerado.

Através das janelas abertas do quarto, ela conseguia enxergar as torres demoníacas, brilhando em dourado e vermelho. As cores da guerra.

Emma se levantou cambaleando, alcançando suas roupas de combate, que estavam em um cabide perto da cama. Tinha acabado de se vestir e estava se abaixando para amarrar as botas quando a porta de seu quarto se abriu violentamente. Era Julian. Ele derrapou até o meio do quarto antes de conseguir se aprumar. Olhou fixamente para os papéis no chão, e em seguida para Emma.

— Emma... não ouviu o anúncio?

— Eu estava cochilando — disse, enquanto prendia o arreio que mantinha Cortana às costas, enfiando a lâmina na bainha em seguida.

— A cidade está sofrendo um ataque — alertou ele. — Temos que nos dirigir ao Salão dos Acordos. Vão nos trancar lá dentro, todas as crianças, é o lugar mais seguro da cidade.

— Eu não vou — respondeu Emma.

Julian a encarou. Estava vestindo jeans, um casaco do uniforme de combate e tênis; tinha uma espada curta pendurada no cinto. Seus cachos castanho-claros estavam desgrenhados.

— Como assim?

— Não quero me esconder no Salão dos Acordos. Quero lutar.

Julian passou as mãos pelos cabelos embaraçados.

— Se você lutar, eu luto — falou. — E isso quer dizer que ninguém levará Tavvy para o Salão dos Acordos, e ninguém protegerá Livvy, Ty ou Dru.

— E Helen e Aline? — perguntou Emma. — Os Penhallow...

— Helen está nos esperando. Todos os Penhallow estão no Gard, inclusive Aline. Não tem ninguém além de Helen e da gente aqui na casa — disse Julian, estendendo a mão para Emma. — Helen não pode proteger a todos nós sozinha e carregar o bebê; ela é uma só. — Ele a encarou, e Emma notou o medo nos olhos dele, o medo que Julian normalmente escondia dos mais novos.

— Emma. Você é a melhor, a melhor lutadora de todos nós. Não é só minha amiga, e eu não sou só o irmão mais velho deles. Sou o *pai*, ou o mais próximo disso, e eles precisam de mim, e eu de você. — A mão que estava estendida tremia. Os olhos da cor do mar estavam imensos no rosto pálido: ele não parecia pai de ninguém. — Por favor, Emma.

Lentamente, ela esticou o braço e pegou a mão dele, entrelaçando os dedos aos dele. Emma o viu soltar uma respiração mínima de alívio, e sentiu o peito apertar. Atrás dele, pela porta aberta, podia vê-los: Tavvy e Dru, Livia e Tiberius. Responsabilidade dela.

— Vamos — disse Emma.

No alto da escadaria Jace soltou a mão de Clary. Ela agarrou o corrimão, tentando não tossir, apesar de seus pulmões parecerem prestes a rasgar o peito para sair. Ele olhou para ela — *O que houve?* —, mas daí enrijeceu. Logo atrás, o barulho de pés correndo. Os Crepusculares estavam no encalço deles.

— Vamos — disse Jace, e começou a correr de novo.

Clary se obrigou a segui-lo. Jace parecia saber para onde estava indo, sem hesitar; ela supunha que ele estivesse utilizando o mapa mental do Gard em Alicante, penetrando o centro da torre.

Dobraram em um longo corredor, onde Jace parou, diante de um par de portas metálicas. Estavam marcadas por símbolos desconhecidos. Clary esperava símbolos de morte, que falassem de Inferno e escuridão, mas aqueles eram símbolos de tristeza e luto por um mundo destruído. Quem os teria feito ali?, se perguntou ela, e em que tipo de luto? Ela já tinha visto símbolos de luto em outras ocasiões. Caçadores de Sombras os vestiam como medalhas quando alguém que amavam morria, apesar de não fazerem nada para diminuir o sofrimento. Mas existe uma diferença entre luto por uma pessoa e luto por um mundo.

Jace virou a cabeça e beijou Clary na boca, breve e intensamente.

— Está pronta?

Ela assentiu, e ele abriu a porta e entrou. Ela o seguiu.

A sala além era tão grande quanto a sala do Conselho no Gard de Alicante, quiçá maior. O teto se erguia alto acima deles, e em vez de haver fileiras de assentos, um piso amplo de mármore se estendia até um palanque no fim da sala. Atrás dele havia duas janelas enormes separadas. A luz do pôr do sol as atravessava, embora um deles fosse um pôr do sol dourado, e o outro, cor de sangue.

Sebastian estava ajoelhado ao centro, sob a luz dourada sangrenta. Estava marcando símbolos no chão, o círculo de sigilos sóbrios que se conectavam. Ao perceber o que seu irmão estava fazendo, Clary avançou até ele — e em seguida se esquivou com um grito enquanto a forma cinzenta enorme se ergueu diante dela.

Parecia uma larva enorme, e o único buraco naquele corpo cinza e escorregadio era a boca cheia de dentes afiados. Clary reconheceu. Já tinha visto um daqueles em Alicante, rolando o corpo sobre uma pilha de sangue, vidro e glacê. Um demônio Behemoth.

Ela alcançou a adaga, mas Jace já estava saltando para o bicho, a espada empunhada. Ele voou e aterrissou nas costas do demônio, apunhalando-o na cabeça sem olhos. Clary recuou enquanto o Behemoth se debatia, esguichando um icor pungente, um grito alto e uivante saindo da garganta aberta. Jace continuou agarrado às costas da criatura, o icor esguichando nele enquanto golpeava sem parar até o demônio sucumbir ruidosamente ao chão, com um grito gorgolejante. Jace continuou firme, montado na criatura, até o último momento. Rolou de cima do monstro e caiu de pé no chão.

Por um instante, fez-se silêncio. Jace olhou em volta como se esperando a vinda de outro demônio das sombras e um novo ataque, mas nada aconteceu, apenas o movimento de Sebastian, que havia se levantado no centro de seu círculo de símbolos agora completo.

Ele começou a bater palmas lentamente.

— Belo trabalho — falou. — Excelente despacho de demônio. Aposto que papai lhe daria uma estrelinha dourada. Agora. Vamos pular as gentilezas? Você reconhece onde estamos, não reconhece?

Os olhos de Jace percorreram o recinto, e Clary seguiu o olhar dele. A luz externa havia diminuído um pouco e agora dava para ver o palanque com mais clareza. Nele, havia dois enormes... bem, a única palavra para eles era "tronos". Eram de marfim e ouro, com degraus dourados ao redor. Cada um tinha um encosto curvo marcado por uma única chave.

— "*Sou aquele que vive e estava morto*" — disse Sebastian —, "*e veja, estou vivo para sempre, e detenho as chaves do inferno e da morte.*" — Fez um gesto de varredura em direção aos tronos, e Clary percebeu com um susto repentino que havia alguém ajoelhado ao lado do trono da esquerda, uma Caçadora de Sombras maligna com uniforme vermelho. Uma mulher de joelhos, com as mãos fechadas diante de si. — Estas são as chaves, feitas em formato de tronos e entregues a mim pelos demônios que controlam este mundo, Lilith e Asmodeus.

Seus olhos escuros se dirigiram a Clary, e ela sentiu aquele olhar como dedos frios subindo por sua espinha.

— Não sei por que está me mostrando isso — declarou ela. — O que espera? Admiração? Não vai ter. Pode me ameaçar se quiser; sabe que não ligo. Não pode ameaçar Jace, ele tem o fogo celestial nas veias; não pode feri-lo.

— Não posso? Quem sabe quanto fogo celestial ainda resta nas veias dele depois da exibição de fogos que ele fez naquela noite? Aquela mulher-demônio o pegou de jeito, não foi, maninho? Eu sabia que você jamais suportaria saber daquilo, que matou sua própria espécie.

— Você me forçou a cometer assassinato — rebateu Jace. — Não era minha mão empunhando a faca que matou Irmã Magdalena; era a sua.

— Se prefere que seja assim. — O sorriso de Sebastian ficou frio. — Independentemente, existem outros que posso ameaçar. Amatis, levante-se, e traga Jocelyn aqui.

Clary sentiu pequenas adagas de gelo nas veias; tentou impedir que o rosto demonstrasse qualquer expressão enquanto a mulher ajoelhada perto do trono se levantava. Era Amatis, de fato, com seus olhos azuis desconcertantes como os de Luke. Ela sorriu.

— Com prazer — disse, e se retirou, a bainha do longo casaco vermelho se arrastando atrás.

Jace deu um passo para a frente com um rugido desarticulado — e parou no caminho, a muitos centímetros de Sebastian. Estendeu as mãos, mas elas pareceram atingir algo transparente, uma parede invisível.

Sebastian riu.

— Como se eu fosse deixá-lo chegar perto de mim... você, com o fogo que arde em você. Uma vez foi suficiente, muito obrigado.

— Então você sabe que posso matá-lo — respondeu Jace, olhando para ele, e Clary não conseguiu evitar pensar no quanto eram parecidos, e no quanto eram diferentes: como gelo e fogo, Sebastian todo preto e branco, e Jace ardendo em vermelho e dourado. — Não pode se esconder aí para sempre. Vai morrer de fome.

Sebastian fez um gesto breve com os dedos, de um jeito que Clary já tinha visto Magnus gesticular quando fazia algum feitiço — e Jace voou para cima e então para trás, e bateu na parede atrás deles. Ela arfou quando deu meia-volta para vê-lo caído no chão, com um corte sangrando na lateral da cabeça.

Sebastian cantarolou em deleite e abaixou a mão.

— Não se preocupe — disse em tom de conversa, e voltou o olhar para Clary. — Ele vai ficar bem. Em algum momento. Se eu não mudar de ideia quanto ao que fazer com ele. Tenho certeza de que você entende, agora que viu do que sou capaz.

Clary continuou parada. Sabia o quanto era importante manter o rosto inexpressivo, não olhar para Jace em pânico, não demonstrar a Sebastian sua raiva e seu medo. No fundo do coração, ela sabia o que ele queria, melhor que ninguém; sabia *como* ele era, e esta era sua melhor arma.

Bem, talvez a segunda melhor.

— Eu sempre soube que você possuía poder — falou, deliberadamente sem olhar para Jace, sem analisar sua imobilidade, o rastro espesso de sangue que escorria pela lateral do rosto. Isto sempre iria acontecer; sempre seria ela encarando Sebastian e mais ninguém, nem mesmo Jace, ao seu lado.

— *Poder* — ecoou ele, como se fosse uma ofensa. — É assim que você chama? Aqui eu tenho mais que poder, Clary. Aqui eu posso moldar o que é real. — Ele começou a caminhar pelo círculo que havia desenhado, as mãos entrelaçadas casualmente junto às costas, como um professor dando uma palestra. — Este mundo é ligado ao mundo onde nascemos apenas pelos fios mais tênues. A estrada pelo Reino das Fadas é um dos fios. Estas janelas são outro. Atravesse aquela ali — apontou para a janela da direita, pela qual Clary via o céu crepuscular azul-escuro, e as estrelas — e voltará a Idris. Mas não é tão simples. — Ele olhou para as estrelas lá fora. — Vim para este mundo porque era um esconderijo. E então comecei a perceber. Tenho certeza de que nosso pai disse estas palavras para você muitas vezes — falou para Jace, como se Jace pudesse ouvi-lo —, mas é melhor governar no Inferno do que servir no Céu. E estou aqui para governar. Tenho meus Crepusculares e meus demônios. Tenho minha torre e minha cidadela. E quando as fronteiras deste mundo forem seladas, tudo aqui será minha arma. Rochas, árvores mortas, o próprio chão virá às minhas mãos e entregará a mim seu poder. E os Grandes, os antigos demônios, vão olhar para minha obra e me recompensarão. Vão me elevar em glória, e eu governarei os abismos entre os mundos e os espaços entre todas as estrelas.

— "*E ele os governará com um bastão de ferro*" — disse Clary, lembrando-se das palavras de Alec no Salão dos Acordos —, "*e a ele darei a Estrela da Manhã.*"

Sebastian se virou para ela, os olhos iluminados.

— Sim! — falou. — Sim, muito bem, agora você está entendendo. Eu pensei que eu quisesse o nosso mundo, que quisesse derrotá-lo em um banho de sangue, porém quero mais que isso. Quero o legado do nome Morgenstern.

— Quer ser o demônio? — questionou Clary, meio espantada, meio apavorada. — Quer governar o Inferno? — Ela abriu as mãos. — Vá em frente, então — falou. — Nenhum de nós vai impedi-lo. Deixe-nos ir para casa, prometa que deixará nosso mundo em paz, e pode *ficar* com o Inferno.

— Ai de mim — disse Sebastian. — Pois descobri outra coisa que talvez me destaque de Lúcifer. Não quero governar sozinho. — Estendeu o braço, um gesto elegante, e apontou para os dois grandes tronos no palanque. — Um deles é meu. E o outro... o outro é para você.

As ruas de Alicante serpenteavam e se curvavam entre elas como as correntes de um oceano; se Emma não estivesse seguindo Helen, que carregava uma pedra de luz enfeitiçada em uma das mãos e o arco na outra, estaria completamente perdida.

Os resquícios do sol desapareciam do céu, e as ruas estavam escuras. Julian carregava Tavvy, o bebê agarrado ao pescoço dele; Emma segurava Dru pela mão, e os gêmeos estavam juntos, em silêncio.

Dru não era rápida e ficava tropeçando; caiu diversas vezes, e Emma tinha que ficar colocando-a de pé. Jules gritou para que Emma tivesse cuidado, e ela *estava* tentando ter cuidado. Não conseguia imaginar como Julian fazia, segurando Tavvy com tanto cuidado, murmurando tão reconfortantemente que o menininho sequer chorava. Dru soluçava silenciosamente; Emma limpou as lágrimas das bochechas da menina enquanto a ajudava a se levantar pela quarta vez, murmurando palavras de conforto que não faziam o menor sentido do mesmo jeito que sua mãe outrora fazia quando ela tropeçava e caía.

Emma nunca havia sentido uma saudade tão agonizante dos pais quanto agora; era como ter uma faca sob as costelas.

— Dru — começou, e em seguida o céu se acendeu em vermelho. As torres demoníacas brilharam puramente na cor escarlate, todo o ouro de alerta desaparecido.

— Os muros da cidade se romperam — disse Helen, olhando para o Gard. Emma sabia que ela estava pensando em Aline. O brilho vermelho das torres deixava seus cabelos claros com a cor do sangue. — Vamos... depressa.

Emma não tinha certeza se *conseguiam* ir mais depressa; segurou o pulso de Drusilla com mais força e puxou a garotinha, quase a arrancando do chão, murmurando pedidos de desculpas enquanto se apressava. Os gêmeos, de mãos dadas, aceleraram, mesmo enquanto corriam por uma escadaria em direção à Praça do Anjo, liderados por Helen.

Estavam quase no topo quando Julian engasgou:

— Helen, atrás da gente!

E Emma virou e flagrou um cavaleiro fada em armadura branca se aproximando da base da escadaria. Ele trazia um arco feito de um galho curvo, e tinha cabelos longos da cor de casca de árvore.

Por um instante, os olhos dele encontraram os de Helen. A expressão em seu rosto mudou, e Emma não conseguiu evitar imaginar se ele estaria reconhecendo o Povo das Fadas em seu sangue. E então Helen ergueu o braço direito e atirou nele com a besta.

Ele girou, se esquivando. A flecha atingiu a parede atrás dele. O cavaleiro fada riu, e saltou o primeiro degrau, em seguida o segundo — daí gritou. Emma ficou observando, em choque, enquanto as pernas dele se curvaram; ele caiu e uivou quando sua pele entrou em contato com a borda do degrau. Pela primeira vez, Emma notou que havia saca-rolhas, pregos e outros pedaços de ferro forjado frio afixados às bordas dos degraus. O guerreiro fada recuou e Helen atirou novamente. A flecha atravessou a armadura e o perfurou no peito. Ele caiu.

— Eles deixaram tudo *à prova de fadas* — disse Emma, lembrando-se de ter olhado pela janela com Ty e Helen na casa dos Penhallow. — Todo o metal, o ferro. — Apontou para um prédio próximo, onde havia uma longa fileira de tesouras penduradas por cordas na borda do telhado. — Era isso que os guardas estavam fazendo...

De repente Dru gritou. Outra figura corria pela rua. Uma segunda guerreira fada, uma mulher com armadura verde-clara, empunhando um escudo de folhas sobrepostas entalhadas.

Emma sacou uma faca do cinto e atirou. Instintivamente, a fada levantou o escudo para bloquear a lâmina, que voou por cima de sua cabeça e cortou a corda que prendia um par de tesouras do telhado acima. A tesoura caiu, a lâmina para baixo, e se alojou entre os ombros da fada. Ela caiu no chão com um grito, o corpo em espasmos.

— Bom trabalho, Emma — disse Helen com a voz firme. — Vamos, todos vocês...

Ela parou e deu um grito quando três Crepusculares surgiram de uma rua lateral. Trajavam a roupa vermelha de combate que tanto aparecia nos pesadelos de Emma, tingidas por um vermelho ainda mais forte pelas torres demoníacas.

As crianças estavam silenciosas como espectros. Helen ergueu a besta e atirou uma flecha. Atingiu um dos Crepusculares no ombro, e ele girou, cambaleando, mas não caiu. Ela procurou uma flecha para recarregar o arco; Julian se esforçava para segurar Tavvy enquanto alcançava a lâmina na lateral. Emma pôs a mão em Cortana...

Um círculo giratório de luz cortou o ar e se enterrou na garganta do primeiro Crepuscular, o sangue esguichando na parede atrás. Ele levou a mão à garganta e caiu. Mais dois círculos voaram, um após o outro, e cortaram os peitos dos outros Crepusculares. Eles sucumbiram silenciosamente, mais sangue se espalhando em uma piscina sobre os paralelepípedos.

Emma girou e olhou para cima. Havia alguém no topo da escadaria: um jovem Caçador de Sombras com cabelos escuros, um *chakram* brilhante na mão direita. Tinha vários outros presos ao cinto de armas. Ele parecia brilhar sob a luz vermelha das torres demoníacas — uma figura esguia com roupa de combate escura de encontro à escuridão da noite, o Salão dos Acordos se erguendo como uma lua clara atrás dele.

— *Irmão Zachariah*? — disse Helen, impressionada.

— O que está acontecendo? — perguntou Magnus, com a voz rouca. Não conseguia mais sentar, e por isso estava deitado, semiapoiado nos cotovelos, no chão da cela. Luke estava aos seus pés, o rosto pressionado contra a janela estreita. Estava com os ombros tensos, e mal tinha se mexido desde que os primeiros berros e gritos começaram.

— Luz — respondeu Luke afinal. — Tem alguma espécie de luz jorrando da torre, está afastando a bruma. Dá para ver o planalto abaixo, e alguns dos Crepusculares correndo em volta. Só não sei o que provocou isso.

Magnus riu quase silenciosamente, e sentiu gosto de metal na boca.

— Ora — falou. — Quem você acha que causou?

Luke olhou para ele.

— A Clave?

— A *Clave*? — respondeu Magnus. — Detesto ter que dar essa notícia, mas eles não se importam o suficiente conosco para virem até aqui. — Ele inclinou a cabeça para trás. Não se lembrava de nenhum momento no qual se sentira pior... bem, talvez não. Houve um incidente com ratos e areia movediça na virada do século. — Sua filha, no entanto — disse ele. — Ela se importa.

Luke pareceu horrorizado.

— Clary. Não. Ela não devia estar aqui.

— Ela não vive aparecendo onde não deve? — argumentou Magnus, com um tom moderado. Pelo menos, ele pensou ter soado moderado. Era difícil saber quando se sentia tão tonto. — E o restante deles. Os companheiros constantes. Meu...

A porta se abriu. Magnus tentou sentar, não conseguiu, e caiu novamente sobre os cotovelos. Sentiu um desgosto estúpido. Caso Sebastian tivesse vindo matá-los, ele preferia morrer de pé a estar apoiado sobre os cotovelos. Ouviu vozes: Luke, exclamando, e em seguida outras vozes, e então um rosto surgiu, pairando sobre o dele, olhos como estrelas em um céu claro.

Magnus exalou — por um instante parou de se sentir doente, temeroso, moribundo, ou sequer desgostoso ou amargo. Foi varrido por uma sensação de alívio, tão profunda quanto a tristeza, e esticou o braço para tocar a bochecha do menino que se inclinava para ele. Os olhos de Alec estavam enormes, azuis e cheios de angústia.

— Ah, meu Alec — disse. — Você tem estado tão triste. Eu não sabia.

Enquanto abriam caminho mais para o centro da cidade, a multidão crescia: mais Nephilim, mais Crepusculares, mais guerreiros fada — apesar de as fadas estarem se movimentando como lesmas, dolorosamente, muitas enfraquecidas pelo contato com o ferro, o aço, a madeira de sorveira e o sal que tinham sido espalhados pela cidade como proteção contra elas. A força dos soldados fada era lendária, mas Emma vira muitos deles — que do contrário poderiam ter saído vitoriosos — caírem sob as espadas dos Nephilim, o sangue correndo pelas pedras brancas da Praça do Anjo.

Os Crepusculares, no entanto, não se enfraqueceram. Pareciam despreocupados com os problemas dos companheiros fada, golpeando e abrindo caminho violentamente pela Praça do Anjo repleta de Nephilim. Julian estava com Tavvy preso dentro do zíper do casaco; agora o menininho se esgoelava, os berros perdidos entre os gritos de batalha.

— *Temos que parar!* — gritou Julian. — *Vamos acabar nos separando! Helen!*

Helen estava pálida e parecia doente. Quanto mais se aproximavam do Salão dos Acordos, agora se assomando sobre eles, mais fortes ficavam os feitiços de proteção contra fadas; mesmo Helen, com sua herança parcial, estava começando a sentir. Foi o Irmão Zachariah — só Zachariah agora, Emma lembrou a si, só um Caçador de Sombras, como eles — que tomou a iniciativa de organizá-los em uma fila, Emma e os Blackthorn, todos de mãos dadas. Emma segurou no cinto de Julian, considerando que a outra mão estava apoiando Tavvy. Mesmo Ty foi obrigado a segurar a mão de Drusilla, apesar de ter feito uma careta para ela no processo, fazendo-a chorar outra vez.

Foram até o Salão, juntos, Zachariah na frente; ele tinha ficado sem lâminas para arremesso e havia sacado uma lança de lâmina longa. Varreu a multidão com a arma enquanto atravessavam, abrindo caminho de forma fria e eficiente entre os Crepusculares.

Emma estava desesperada para pegar Cortana, correr e golpear os inimigos que tinham matado seus pais, que haviam torturado e Transformado o pai de Julian, que levaram Mark para longe deles. Mas isso significaria largar Julian e Livvy, e isso ela não faria. Devia muito aos Blackthorn, principalmente a Jules, que a mantivera viva, que lhe trouxera Cortana quando ela pensava que fosse morrer de dor.

Finalmente chegaram aos degraus da frente do Salão e subiram atrás de Helen e Zachariah, chegando às enormes portas duplas da entrada. Havia um guarda de cada lado, um empunhando uma enorme barra de madeira. Emma reconheceu um deles: a mulher da tatuagem de carpa que às vezes falava em reuniões: Diana Wrayburn.

— Estamos prestes a fechar as portas — disse o guarda que segurava a barra de madeira. — Vocês dois: vão ter que deixá-los aí; só crianças podem entrar...

— Helen — falou Dru, com a voz trêmula. Então a fila se desfez, com as crianças Blackthorn correndo para Helen; Julian um pouco de lado, o rosto inexpressivo e pálido, a mão livre acariciando os cachos de Tavvy.

— Tudo bem — disse Helen, com a voz embargada. — Este é o lugar mais seguro de Alicante. Vejam, tem sal e terra de cemitério por todos os lados para manter as fadas longe.

— E ferro frio sob as pedras — acrescentou Diana. — As instruções do Labirinto Espiral foram seguidas à risca.

Ao ouvir a menção sobre o Labirinto Espiral, Zachariah respirou fundo e se ajoelhou, encarando os olhos de Emma.

— Emma Cordelia Carstairs — falou. Parecia ao mesmo tempo muito jovem, e muito velho. Tinha sangue na garganta onde seu símbolo desbotado se destacava, mas não era dele. Zachariah parecia examinar o rosto de Emma, mas ela não sabia por quê. — Fique com seu *parabatai* — falou ele afinal, tão baixinho que mais ninguém conseguiu escutar. — Às vezes é mais corajoso não lutar. Protegê-los, e guardar a vingança para outro dia.

Emma sentiu os olhos arregalarem.

— Mas eu não tenho um *parabatai*... e como você...

Um dos guardas deu um berro e caiu, uma flecha vermelha enfiada no peito.

— *Entrem!* — gritou Diana, pegando as crianças e praticamente jogando-as para dentro do Salão. Emma sentiu alguém lhe agarrar e lhe jogar para dentro; ela girou para dar mais uma olhada em Zachariah e em

Helen, porém era tarde demais. As portas duplas já tinham se fechado atrás dela, a enorme tranca de madeira caindo no lugar com um som derradeiro ecoante.

— Não — disse Clary, olhando do trono apavorante para Sebastian, e novamente para o trono. *Esvazie a mente*, dizia ela a si. *Atenção em Sebastian, no que está acontecendo aqui, no que você pode fazer para contê-lo. Não pense em Jace.* — Você já deve saber que não vou ficar aqui. Talvez você prefira governar o Inferno a servir ao Céu, mas eu não quero nem uma coisa nem outra: só quero ir para casa e viver minha vida.

— Isso não é possível. Já fechei a entrada que a trouxe até aqui. Ninguém mais pode voltar por ela. Tudo que resta é isto, aqui. — Ele apontou para a janela. — E em pouco tempo isso também será fechado. Não vai ter volta para casa, não para você. Seu lugar é aqui, comigo.

— Por quê? — sussurrou ela. — Por que eu?

— Porque eu te amo — respondeu Sebastian. E pareceu... desconfortável. Tenso e esgotado, como se estivesse tentando alcançar algo intocável. — Não quero que você se machuque.

— Você não... você *me machucou*. Tentou...

— Não faz diferença se for *eu* a machucá-la — interrompeu ele. — Porque você me pertence. Eu posso fazer o que quiser com você. Mas não quero outras pessoas lhe tocando, lhe possuindo, ou machucando. Quero que você esteja por perto, para me admirar e ver o que fiz, o que conquistei. Isso é amor, não é?

— Não — respondeu Clary, com a voz suave, triste. — Não é. — Ela deu um passo em direção a ele e a bota bateu contra o campo de força invisível do círculo de símbolos. Ela não conseguia ir além. — Se você ama alguém, quer que a pessoa o ame de volta.

Sebastian semicerrou os olhos.

— Não tente me amparar. Sei o que você pensa que é o amor, Clarissa; acho que está errada. Você vai ascender ao trono e reinar ao meu lado. Você tem um coração sombrio, e esta é uma escuridão que compartilhamos. Quando eu for tudo que existe em seu mundo, quando eu for tudo que restar, você *vai* me amar de volta.

— Não entendo...

— Não imagino que entenda — riu Sebastian. — Você ainda não dispõe de todas as informações necessárias. Deixe-me adivinhar, você não sabe nada sobre o que aconteceu em Alicante desde que partiu?

Uma sensação fria se espalhou pelo estômago de Clary.

— Estamos em outra dimensão — disse ela. — Não há *como* saber.

— Não exatamente — continuou Sebastian, com a voz cheia de satisfação, como se ela tivesse caído precisamente na armadilha que ele queria. — Veja a janela acima do trono leste. Olhe e veja Alicante agora.

Clary olhou. Quando entrou na sala, viu só o que parecia um céu noturno estrelado através da referida janela, mas agora, assim que ela se concentrou, a superfície do vidro brilhou e tremeu. De repente pensou na história da Branca de Neve, o espelho mágico, a superfície brilhando e se transformando para revelar o mundo lá fora...

Ela estava vendo o interior do Salão dos Acordos. Estava cheio de crianças. Crianças Caçadoras de Sombras sentadas e de pé, todas juntas. Lá estavam os Blackthorn, as crianças agrupadas, Julian sentado com o bebê no colo, o braço livre esticado, como se para englobar os outros e mantê-los próximos, para protegê-los. Emma estava ao lado dele, a expressão dura, a espada dourada brilhando atrás do ombro...

A cena passou para a Praça do Anjo. Ao redor do Salão dos Acordos havia uma massa de Nephilim, e lutando contra eles via-se os Crepusculares, com suas roupas vermelhas, brandindo armas — e não apenas Crepusculares, mas figuras que Clary reconhecera, com o coração apertado, como sendo guerreiros fada. Uma fada alta de cabelos com mechas azuis e verdes combatia Aline Penhallow, a qual estava na frente da mãe, a espada empunhada, pronta para lutar até a morte. Do outro lado da praça, Helen tentava abrir caminho pela multidão para chegar a Aline, porém havia gente demais. A luta a obrigava a permanecer ali bem como os corpos: corpos de guerreiros Nephilim, abatidos e morrendo, muito mais os vestidos de preto que os de vermelho. Estavam perdendo a batalha, perdendo...

Clary girou para Sebastian quando a cena começou a desbotar.

— *O que está acontecendo?*

— Acabou — disse ele. — Pedi que a Clave entregasse você para mim; não entregaram. É verdade que você havia fugido, mas todavia, eles deixaram de ser úteis para mim. Minhas forças invadiram a cidade. As crianças Nephilim estão escondidas no Salão dos Acordos, mas quando todos estiverem mortos, o Salão será tomado. Alicante será minha. Os Caçadores de Sombras perderam a guerra... não que tenha sido exatamente uma guerra. Achei que fossem resistir mais.

— Esses estão longe de ser todos os Caçadores de Sombras que existem — disse Clary. — São só os que estavam em Alicante. Ainda há muitos Nephilim espalhados pelo mundo...

— Todos os Caçadores de Sombras que você vê ali beberão do Cálice Infernal em breve. Aí serão meus serventes, e vou enviá-los pelo mundo, à procura de irmãos, e os que restarem serão mortos ou Transformados. Vou destruir as Irmãs de Ferro e os Irmãos do Silêncio em suas respectivas cidadelas de pedra e silêncio. Em um mês a raça de Jonathan Caçador de Sombras será varrida do mundo. E então... — Ele sorriu aquele sorriso horroroso e gesticulou para a janela a oeste, que tinha vista para o mundo destruído de Edom. — Você viu o que acontece com um mundo sem proteção — gabou-se. — Seu mundo vai morrer. Morte sobre morte, e sangue nas ruas.

Clary pensou em Magnus. *Vi uma cidade toda de sangue, com torres feitas de ossos, e sangue correndo como água pelas ruas.*

— Não pode achar que — disse ela, com uma voz morta —, se seu plano funcionar, se isto que você está me dizendo realmente acontecer, haverá *alguma* chance de eu me sentar em um trono ao seu lado. Prefiro ser torturada até a morte.

— Ah, não acho — respondeu ele alegremente. — Por isso esperei, entende?! Para lhe dar uma escolha. Todos do Povo das Fadas que são meus aliados, todos os Crepusculares que você vê aí, aguardam pelos meus comandos. Se eu sinalizar, eles recuam. Seu mundo será salvo. Você nunca mais poderá voltar para lá, é claro... vou fechar as fronteiras entre este e aquele mundo, e nunca mais ninguém, demônio ou humano, irá viajar de um para o outro. Mas ficará seguro.

— Uma escolha — disse Clary. — Você disse que me daria uma escolha?

— Claro — respondeu ele. — Governe ao meu lado, e eu poupo seu mundo. Recuse, e ordenarei que o aniquilem. Escolha a mim e poderá salvar milhões, bilhões de vidas, minha irmã. Você poderia salvar um mundo inteiro condenando uma única alma. A sua. Então, diga-me, qual é a sua decisão?

— Magnus — falou Alec desesperadamente, esticando o braço para sentir as correntes de *adamas* enterradas no chão que se conectavam às algemas nos pulsos do feiticeiro. — Você está bem? Está machucado?

Isabelle e Simon estavam verificando Luke, para ver se estava ferido. Isabelle não parava de olhar para Alec, o rosto ansioso; Alec a ignorou propositalmente, não querendo que ela notasse o medo em seus olhos. Ele tocou o rosto de Magnus com as costas da mão.

Magnus estava magro e pálido, os lábios secos, olheiras acentuadas.

Meu Alec, dissera Magnus, *você tem estado tão triste. Eu não sabia.* E depois voltou para o chão, como se o esforço de falar o tivesse exaurido.

— Fique parado — falava Alec agora, sacando uma lâmina serafim do cinto. Abriu a boca para lhe dar um nome, então sentiu um toque súbito no pulso. Magnus enrolara os dedos magros em torno do pulso de Alec.

— Chame de Raphael — disse Magnus, e quando Alec o fitou, confuso, Magnus olhou para a lâmina na mão de Alec. Estava com os olhos semicerrados, e Alec se lembrou do que Sebastian tinha dito para Simon na entrada: *Matei aquele que criou você*. Magnus sorriu sutilmente. — *É* um nome de anjo — falou.

Alec assentiu.

— *Raphael* — repetiu suavemente, e quando a lâmina se acendeu, ele golpeou com força a corrente de *adamas*, que partiu sob o toque da faca. As correntes caíram, e Alec, jogando a lâmina no chão, segurou o ombro de Magnus e o ajudou a se levantar.

Magnus se esticou para Alec, mas em vez de se levantar, puxou Alec para si, a mão deslizando pelas costas do outro e se enredando em seus cabelos. Magnus o beijou, com força, estranheza e determinação, e Alec congelou por um instante, mas em seguida se entregou ao beijo, coisa que achou que jamais conseguiria fazer de novo. Alec deslizou as mãos pelos ombros de Magnus até chegar ao pescoço, onde parou, beijando até perder o fôlego.

Finalmente Magnus recuou, os olhos brilhando. Deixou a cabeça cair no ombro de Alec, os braços envolvendo-o, mantendo-os unidos.

— Alec... — começou suavemente.

— Sim? — perguntou Alec, desesperado para saber o que Magnus queria perguntar.

— Vocês estão sendo perseguidos?

— Eu... ah... alguns dos Crepusculares estão nos procurando — respondeu cautelosamente.

— Uma pena — disse Magnus, fechando os olhos novamente. — Seria bom se você pudesse simplesmente ficar aqui deitado um pouco comigo. Só... por um minutinho.

— Bem, não vai rolar — falou Isabelle, sem grosseria. — Temos que sair daqui. Os Crepusculares chegarão a qualquer instante, e já achamos o que viemos procurar...

— Jocelyn. — Luke se afastou da parede, aprumando-se. — Estão se esquecendo de Jocelyn.

Isabelle abriu a boca, em seguida fechou novamente.

— Tem razão — disse. A mão foi para o cinto de armas, e ela pegou uma espada; dando um passo pelo recinto, entregou-a a Luke, em seguida abaixou para pegar a lâmina ainda ardente de Alec.

Luke pegou a espada e a empunhou com a competência descuidada de alguém que manejara lâminas a vida inteira; às vezes era difícil para Alec recordar que Luke já tinha sido um Caçador de Sombras, mas agora ele se lembrava.

— Consegue ficar de pé? — perguntou Alec a Magnus gentilmente, e Magnus assentiu, permitindo que Alec o levantasse.

Durou quase dez segundos, até que os joelhos dele falharam e ele caiu para a frente, tossindo.

— Magnus! — exclamou Alec, e se jogou ao lado do feiticeiro, mas Magnus o descartou com um aceno e lutou para se ajoelhar.

— Vão sem mim — disse, com uma voz agravada pela rouquidão. — Vou acabar atrasando vocês.

— Não entendo. — Alec sentia como se um torno estivesse comprimindo seu coração. — O que aconteceu? O que ele fez com você?

Magnus balançou a cabeça; foi Luke quem respondeu:

— Esta dimensão está matando Magnus — falou, a voz seca. — Alguma coisa nela... em relação ao pai dele... o está destruindo.

Alec olhou para Magnus, que apenas balançou a cabeça outra vez. Alec lutou contra uma explosão irracional de raiva — *ainda guarda coisas, mesmo agora* — e respirou fundo.

— Encontrem Jocelyn — falou. — Vou ficar com Magnus. Vamos para o centro da torre. Quando a encontrarem, procurem pela gente lá.

Isabelle não gostou.

— Alec...

— Por favor, Izzy — disse Alec, e viu Simon colocar a mão nas costas de Isabelle e sussurrar alguma coisa ao ouvido dela.

Izzy fez que sim com a cabeça, finalmente, e virou-se para a porta; Luke e Simon foram atrás, ambos pausando para olhar para Alec antes de seguirem, mas foi a imagem de Izzy que ficou na mente dele, carregando a lâmina serafim brilhante na frente do corpo, como uma estrela.

— Aqui — falou ele para Magnus o mais gentilmente possível, e esticou o braço para levantá-lo.

Magnus ficou de pé aos trancos, e Alec conseguiu colocar um dos braços longos do feiticeiro sobre seu ombro. Magnus estava mais magro que nunca; a camisa larga sobre as costelas, e as bochechas encovadas, mas mesmo assim ainda tinha muito feiticeiro para apoiar: muitos braços e pernas finas, e uma espinha longa e ossuda.

— Apoie-se em mim — disse Alec, e Magnus deu o tipo de sorriso que fez Alec sentir como se alguém tivesse lhe enfiado uma faca no coração e tentado escavar o centro.

— Sempre me apoio, Alexander — falou. — Sempre.

O bebê finalmente dormiu no colo de Julian. Ele segurava Tavvy com firmeza, com cuidado, e ambos apresentavam olheiras imensas. Livvy e Ty estavam abraçados um do lado do outro, Dru, encolhida contra ele do outro lado.

Emma estava sentada atrás dele, com as costas nas dele, oferecendo apoio para que ele pudesse equilibrar o peso do bebê. Não havia pilares livres nos quais se apoiar, nem paredes; havia dezenas, centenas de crianças aprisionadas no Salão.

Emma apoiou a cabeça na de Jules. Ele estava com o cheiro de sempre: sabão, suor e oceano, como se carregasse aquele odor nas veias. Era confortante e desconfortante em sua familiaridade.

— Estou ouvindo alguma coisa — disse ela. — E você?

O olhar de Julian se desviou imediatamente para os irmãos e irmãs. Livvy estava meio dormindo, o queixo apoiado na mão. Dru olhava em volta, os grandes olhos verde-azulados assimilando tudo. Ty batucava com o dedo no chão de mármore, contando obsessivamente de um a cem, e depois de cem a um. Tinha berrado e esperneado quando Julian tentara examinar um vergão no braço dele quando Ty levara um tombo. Jules deixou para lá e permitiu que Ty voltasse a contar e se balançar. Isso o acalmava ao ponto da quietude, e era o que importava.

— O que está ouvindo? — perguntou Jules, e a cabeça de Emma caiu para trás enquanto o som aumentava, um som como uma grande ventania ou os estalos de uma fogueira enorme. As pessoas começaram a correr e a gritar, olhando para o teto de vidro no alto do Salão.

As nuvens estavam visíveis através do teto, movendo-se sobre a superfície da lua — e então, daquelas mesmas nuvens, uma variedade de cavaleiros eclodiu: cavaleiros de cavalos pretos, cujos cascos eram de fogo, cavaleiros sobre enormes cachorros pretos com olhos de fogo alaranjado. Havia formas mais modernas de transporte misturadas também — carruagens pretas conduzidas por esqueletos de corcéis, e motos brilhando em cromo, osso e ônix.

— A Caçada Selvagem — sussurrou Jules.

O vento era uma coisa viva, chicoteando as nuvens em picos e vales que os cavaleiros subiam e desciam, os gritos audíveis mesmo com a ventania, as mãos cheias de armas: espadas, bastões, lanças e bestas. As portas da frente do Salão começaram a tremer e sacudir; a barra de madeira que tinha sido colocada sobre elas explodiu em farpas. Os Nephilim encararam as portas, com olhos apavorados. Emma ouviu a voz de uma das guardas em meio à multidão, falando em um sussurro severo:

— A Caçada Selvagem está afastando nossos guerreiros do Salão — disse ela. — Os Crepusculares estão limpando o ferro e a terra de cemitério. Vão arrombar as portas se os guardas não se livrarem deles!

— O Anfitrião Furioso chegou — disse Ty, interrompendo brevemente a contagem. — Os Coletores dos Mortos.

— Mas o Conselho protegeu a cidade contra as fadas — protestou Emma. — Por que...

— Não são fadas comuns — respondeu Ty. — O sal, a terra de cemitério, o ferro frio; não funcionarão contra a Caçada Selvagem.

Dru girou e olhou para cima.

— A Caçada Selvagem? — disse. — Isso quer dizer que Mark está aqui? Ele veio nos salvar?

— Não seja tola — falou Ty num tom murcho. — Mark está com os Caçadores agora, e a Caçada Selvagem *quer* que batalhas aconteçam. Eles vêm reunir os mortos, quando tudo acabar, e os mortos irão servir a eles.

Dru fez uma careta, confusa. As portas do Salão estavam tremendo violentamente agora, as dobradiças ameaçando arrebentar das paredes.

— Mas se Mark não vem nos salvar, quem vem?

— Ninguém — respondeu Ty, e somente o batuque nervoso dos dedos no mármore demonstrava que tal ideia o incomodava. — Ninguém virá nos salvar. Vamos morrer.

Jocelyn se lançou mais uma vez contra a porta. Seu ombro já estava machucado e sangrando, havia pedaços de unhas grudados no ponto onde tinha arranhado a tranca. Já estava ouvindo ruídos de batalha há 15 minutos, os sons inconfundíveis de correria, demônios gritando...

A maçaneta da porta começou a girar. Ela recuou e pegou o tijolo que tinha conseguido arrancar da parede. Não podia matar Sebastian, disso ela sabia, mas se pudesse feri-lo, atrasá-lo...

A porta se abriu, e o tijolo voou de sua mão. A figura na entrada desviou; o tijolo atingiu a parede, e Luke se aprumou e a olhou, curioso.

— Espero que quando nos casarmos você não me receba assim todos os dias quando eu voltar para casa — disse ele.

Jocelyn se jogou em cima dele. Luke estava sujo, sangrando e empoeirado, com a camisa rasgada, uma espada na mão direita, mas o braço esquerdo a envolveu e a puxou.

— Luke — disse ela grudada ao pescoço dele, e por um instante achou que pudesse sucumbir de alivio, delírio e medo, assim como sucumbira nos braços dele ao descobrir que ele tinha sido mordido. Se ela tivesse percebido naquele momento, se tivesse entendido que a maneira como o amava era a maneira como se amava a alguém com quem se queria passar o resto da vida, tudo teria sido diferente.

Mas aí ela nunca teria tido Clary. Ela recuou, olhando no rosto dele, os olhos azuis firmes nos dela.

— Nossa filha? — perguntou Jocelyn.

— Ela está aqui — informou ele, e deu um passo para trás para que Jocelyn pudesse enxergar atrás dele, onde Isabelle e Simon aguardavam no corredor. Ambos pareciam muito desconfortáveis, como se olhar dois adultos se abraçando fosse o pior flagra do mundo, mesmo nos reinos demoníacos. — Venha conosco... vamos encontrá-la.

— Não há certeza nisso — respondeu Clary desesperadamente. — Os Caçadores de Sombras podem não perder. Podem resistir.

Sebastian sorriu.

— É um risco que você pode assumir — falou ele. — Mas ouça. Eles já foram para Alicante, aqueles que cavalgam os ventos entre os mundos. São atraídos por lugares onde há carnificina. Compreende?

Ele apontou para a janela que dava vista para Alicante. Ali Clary via o Salão dos Acordos sob o luar; ao fundo, nuvens se movendo inquietas de um lado a outro — e então as nuvens ganharam forma e se transformaram em outra coisa. Algo que ela já tinha visto uma vez, com Jace, deitada no fundo de um barco em Veneza. A Caçada Selvagem, correndo pelo céu: guerreiros usando roupas escuras e rasgadas, brandindo armas, uivando enquanto seus corcéis fantasmagóricos cavalgavam pelo céu.

— A Caçada Selvagem — disse ela, entorpecida, e de repente se lembrou de Mark Blackthorn, das marcas de chicote no corpo dele, dos olhos quebrados.

— Os Coletores dos Mortos — declarou Sebastian. — Os corvos carniceiros da magia, vão para onde está o massacre. Um massacre que só você pode evitar.

Clary fechou os olhos. Teve a sensação de estar boiando, flutuando em água escura, vendo as luzes da costa retrocederem e retrocederem ao longe. Logo estaria sozinha no oceano, o céu gelado acima e 13 quilômetros de escuridão vazia abaixo.

— Vá e assuma o trono — disse ele. — Se o fizer, pode salvar a todos.

Ela olhou para ele.

— Como sei que você vai cumprir com a palavra?

Ele deu de ombros.

— Eu seria um tolo se não cumprisse. Você saberia imediatamente que menti, e aí lutaria contra mim, coisa que não quero. E não é só. Para obter plenamente meu poder aqui, preciso selar as fronteiras entre este mundo e o nosso. Uma vez que as fronteiras forem fechadas, os Crepusculares do seu mundo serão enfraquecidos, isolados de mim, a fonte de força deles. Os Nephilim poderão derrotá-los. — Ele sorriu, um sorriso branco gélido que cegava. — Será um milagre. Um milagre executado para eles, por nós, por mim. Irônico, não acha? Que eu seja o anjo salvador?

— E todos que estão aqui? Jace? Minha mãe? Meus amigos?

— Todos poderão viver. Não faz diferença para mim. Não podem me ferir, nem agora, e muito menos depois, quando as fronteiras estiverem fechadas.

— E tudo que tenho que fazer é ascender ao trono — confirmou Clary.

— E prometer ficar ao meu lado enquanto eu viver. Que, vale dizer, será muito tempo. Quando este mundo for isolado, não me tornarei apenas invulnerável; vou viver para sempre. "E veja, estou vivo para sempre, e detenho as chaves do inferno e da morte."

— Está disposto a fazer isso? Abrir mão do mundo inteiro, dos seus Caçadores de Sombras malignos, da sua vingança?

— Estava começando a me entediar — disse Sebastian. — Isto é mais interessante. Para ser sincero, você também está começando a me entediar um pouco. Decida se vai subir ao trono ou não, sim? Ou precisa de persuasão?

Clary conhecia os métodos de persuasão de Sebastian. Facas sob unhas, mão na garganta. Parte dela queria que ele a matasse, tirasse dela o peso da decisão. Ninguém podia ajudá-la. Nesse caso, estava completamente sozinha.

— Não serei o único a viver eternamente — falou Sebastian, e, para a surpresa de Clary, com a voz quase gentil. — Desde que descobriu o Mundo das Sombras, você não desejou secretamente ser uma heroína? Ser a mais especial dentre os especiais? De certa forma, nós queremos ser os heróis da nossa espécie.

— Heróis salvam mundos — disse Clary. — Não os destroem.

— E eu estou lhe oferecendo esta chance — argumentou Sebastian. — Quando subir ao trono, você salvará o mundo. Salvará seus amigos. Terá poder ilimitado. Estou lhe dando um presente incrível, porque te amo. Você pode abraçar a própria escuridão e ao mesmo tempo sempre repetir a si que fez a coisa certa. Isso não é tudo que você deseja?

Clary fechou os olhos durante um segundo, e depois mais um. Apenas o bastante para ver os rostos piscando sob suas pálpebras: Jace, Jocelyn, Luke, Simon, Isabelle, Alec. E tantos outros: Maia e Raphael e os Blackthorn, a pequena Emma Cartairs, as fadas da Corte Seelie, os rostos da Clave, até mesmo a lembrança fantasmagórica de seu pai.

Ela abriu os olhos e caminhou em direção ao trono. Ouviu Sebastian, atrás de si, e respirou fundo. Então, apesar de toda a certeza na voz, ele teve dúvida, não teve? Não confiava plenamente na decisão dela. Atrás dos tronos, as duas janelas piscavam como telas de TV: uma mostrando a destruição, a outra mostrando Alicante sendo atacada. Clary viu lampejos do interior do Salão dos Acordos ao alcançar os degraus e subi-los. Seguiu com firmeza. Tinha tomado sua decisão; não podia hesitar agora. O trono era enorme; era como subir em uma plataforma. O ouro era gelado ao tato. Ela subiu o último degrau e sentou-se.

Parecia estar olhando para baixo, a quilômetros do topo de um pico de uma montanha. Viu o Salão do Conselho se espalhar diante de si; Jace, deitado imóvel perto da parede. Sebastian, olhando para ela com um sorriso que se abria.

— Muito bem — falou ele. — Minha irmã, minha rainha.

23
O Beijo de Judas

As portas do Salão explodiram com uma chuva de farpas; cacos de mármore e madeira voando para dentro como osso estilhaçado.

Emma olhou entorpecida enquanto guerreiros vestidos de vermelho começavam a invadir o Salão, seguidos por fadas de verde, branco e prateado. Depois vieram os Nephilim: Caçadores de Sombras com roupas pretas de combate, desesperados para proteger suas crianças.

Uma onda de guardas correu para encontrar os Crepusculares na porta. Foram todos contidos. Emma os observou caindo no que parecia câmera lenta. Ela sabia que tinha se levantado, assim como Julian, colocando Tavvy nos braços de Livia; ambos correram para proteger os Blackthorn mais jovens, por mais inútil que Emma soubesse que o gesto fosse.

É assim que acaba, pensou ela. Tinham escapado dos guerreiros de Sebastian em Los Angeles, fugido para a casa dos Penhallow, e da casa destes para o Salão e agora se encontravam presos como ratos e iriam morrer ali; sendo assim, talvez eles nem precisassem ter fugido.

Ela alcançou Cortana, pensando no pai, no que ele diria caso ela desistisse. Carstairs. Carstairs não desistiam. Sofriam e sobreviviam, ou morriam de pé. Ao menos se morresse, pensou, veria os pais novamente. Ao menos teria isso.

Os Crepusculares invadiram o recinto, dividindo os Caçadores de Sombras que lutavam desesperadamente como lâminas cortando um campo de trigo, correndo para o centro do Salão. Pareciam um borrão sanguinário, no entanto a visão de Emma entrou em foco de repente quando um deles se desvencilhou da multidão e foi diretamente para onde os Blackthorn estavam.

Era o pai de Julian.

Seu período como servo de Sebastian não lhe fizera bem. A pele parecia desgastada e cinzenta, o rosto marcado por cortes sangrentos, no entanto avançava com determinação, os olhos nos filhos.

Emma congelou. Julian, ao seu lado, tinha visto o pai; parecia hipnotizado, como se seu pai fosse uma cobra. Ele havia testemunhado o pai sendo obrigado a beber do Cálice Infernal, Emma se deu conta, porém não o vira depois, não o vira erguer uma lâmina contra o próprio filho, ou rir com a ideia da morte do filho, ou obrigar Katerina a se ajoelhar, a ser torturada e Transformada...

— Jules — disse ela. — Jules, esse *não é seu pai...*

Julian arregalou os olhos.

— Emma, cuidado...

Ela girou e gritou. Um guerreiro fada se assomava diante dela, trajando uma armadura prateada; seus cabelos não eram cabelos, mas um emaranhado de galhos espinhosos. Metade do rosto estava queimado e borbulhante, onde ele provavelmente fora atacado com pó de ferro ou sal. Um de seus olhos revirava, branco e cego, mas o outro encontrava-se fixo em Emma, com intenções assassinas. Emma viu Diana Wrayburn, os cabelos escuros sacudindo enquanto ela girava em direção a eles, a boca aberta em um grito de alerta. Diana foi para cima de Emma e do guerreiro fada, mas não tinha como chegar a tempo de jeito nenhum. O guerreiro fada ergueu sua espada de bronze com um rosnado selvagem...

Emma avançou, enterrando Cortana no peito dele.

O sangue do guerreiro era como água verde. Esguichou na mão dela enquanto soltava a espada, em choque. Ele caiu como uma árvore, atingindo o chão de mármore do Salão com uma batida pesada. Emma pulou para a frente, alcançando o cabo de Cortana, e ouviu Julian gritar:

— *Ty!*

Ela girou. Em meio ao caos do Salão, Emma conseguiu ver o pequeno espaço onde estavam os Blackthorn. Andrew Blackthorn parou na frente dos filhos, com um sorriso estranho, e estendeu a mão.

E Ty — justamente Ty, dentre todos, o que menos confiava, o menos sentimental — estava avançando, com os olhos fixos no pai, a mãozinha esticada.

— Pai? — disse ele.

— Ty? — Livia tentou alcançar seu irmão gêmeo, mas segurou apenas ar. — Ty, não...

— Não dê ouvidos a ela — disse Andrew Blackthorn, e se havia dúvidas de que ele não era mais o homem que tinha sido pai de Julian, tal dúvida foi solucionada quando Emma ouviu a voz dele. Não havia qualquer bondade nela, apenas gelo, e um tom selvagem de satisfação cruel. — Venha aqui, meu menino, meu Tiberius...

Ty deu mais um passo, e Julian puxou a espada curta do cinto, então a atirou. A espada chiou pelo ar, reta e determinada, e Emma se lembrou com uma clareza bizarra daquele último dia no Instituto, de Katerina ensinando a atirar uma lâmina tão direta e graciosa quanto um verso de poesia. Ensinando a arremessar uma lâmina de modo que esta jamais errasse o alvo.

A faca passou por Tiberius e se enterrou no peito de Andrew Blackthorn. Os olhos dele se arregalaram em choque, a mão cinza tateando em busca do cabo ressaltado de suas costelas — e em seguida ele caiu, sucumbindo ao chão. Seu sangue manchava o chão de mármore quando Tiberius soltou um grito, girando para atacar o irmão, socando o peito de Julian.

— Não — arfou Ty. — Por que fez isso, Jules? Eu te odeio, eu te *odeio*...

Julian mal pareceu sentir. Estava olhando para o local onde seu pai havia caído; os outros Crepusculares já estavam avançando, pisoteando o corpo de seu camarada abatido. Diana Wrayburn estava um pouco distante dali: tinha começado a correr em direção às crianças, mas logo parou, os olhos cheios de tristeza.

Mãos se elevaram e agarraram as costas da camisa de Tiberius, puxando-o de cima de Julian. Era Livvy, com o rosto rígido.

— Ty. — Ela abraçou o irmão gêmeo, prendendo os punhos do menino junto às laterais do corpo dele. — Tiberius, pare agora. — Ty parou e desabou em cima da irmã; embora pequena, ela aguentou o peso. — Ty — falou outra vez, suavemente. — Ele precisava fazer isso. Não entende? Ele precisava.

Julian deu um passo para trás, o rosto branco como papel, daí continuou recuando, até atingir um dos pilares de pedra e deslizar por ele, caindo, os ombros tremendo com soluços silenciosos.

Minha irmã. Minha rainha.

Clary sentou-se ereta no trono de ouro e marfim. Sentiu-se como uma criança em uma cadeira de adulto: aquilo tinha sido construído para alguém enorme, então seus pés ficavam pendurados, pairando sobre o degrau superior. Suas mãos agarraram os braços do trono, os seus dedos estavam longe de alcançar os apoios entalhados — embora, como cada um era esculpido em forma de crânio, ela não tivesse o menor desejo de tocá-los.

Sebastian caminhava de maneira inquieta dentro de seu círculo de símbolos protetores; de vez em quando parava para olhar para ela e sorria, uma espécie de sorriso desinibido e alegre, o qual ela associava ao Sebastian de sua visão, o menino de olhos verdes inocentes. Ele sacou uma adaga longa e afiada do cinto enquanto Clary o assistia e passou a lâmina na palma. Sua cabeça caiu para trás, os olhos semicerrados enquanto ele esticava a mão; sangue escorreu pelos dedos e caiu sobre os símbolos.

Ao serem atingidos pelo sangue, eles começaram a brilhar com uma faísca do alvorecer. Clary pressionou o corpo contra o encosto sólido do trono. Os símbolos não eram símbolos do *Livro Gray*; eram desconhecidos e estranhos.

A porta do cômodo se abriu, e Amatis entrou, seguida por duas filas de guerreiros Crepusculares. Os rostos eram vazios enquanto eles se postavam silenciosamente ao longo das paredes da sala, mas Amatis parecia preocupada. Seu olhar passou por Jace, imóvel no chão ao lado do corpo do demônio morto, para se concentrar em seu mestre.

— Lorde Sebastian — disse ela. — Sua mãe não está na cela.

Sebastian franziu o rosto e cerrou a mão sangrenta. À sua volta, os símbolos ardiam furiosamente agora, com uma chama fria e azul.

— Vergonhoso — falou. — Os outros devem tê-la soltado.

Clary sentiu uma onda de esperança misturada com pavor; forçou-se a permanecer em silêncio, mas viu os olhos de Amatis se voltarem para ela. Não pareceu surpresa em ver Clary no trono: pelo contrário, seus lábios se curvaram em um sorriso.

— Gostaria que eu enviasse o restante do exército para procurá-los? — perguntou a Sebastian.

— Não há necessidade. — Ele olhou para Clary e sorriu; de repente houve um ruído explosivo e a janela atrás dela, aquela com vista para Alicante, rachou em uma teia de aranha de linhas confusas. — As fronteiras estão se fechando — disse Sebastian. — Vou trazê-los a mim.

— As paredes estão se fechando — comentou Magnus.

Alec tentou levantar Magnus mais ainda; o feiticeiro pesava, a cabeça quase no ombro de Alec, que não fazia a menor ideia de para onde estavam indo. Tinha se perdido nos corredores curvos há o que parecia séculos, mas ele não estava com a menor vontade de comunicar isto a Magnus, que por sua vez já parecia mal o suficiente como estava — a respiração ofegante, o pulso acelerado. E agora isto.

— Está tudo bem — acalentou Alec, passando o braço em torno da cintura de Magnus. — Só temos que chegar a...

— Alec — repetiu Magnus, a voz surpreendentemente firme. — *Não estou tendo alucinações*. As paredes estão se mexendo.

Alec encarou — e sentiu uma onda de pânico. O corredor estava carregado com um ar pesado e empoeirado; as paredes pareciam brilhar e tremer. O chão se deformava à medida que as paredes se fechavam, o corredor se estreitando a partir de uma ponta como um compressor de lixo se fechando. Magnus deslizou e atingiu uma das paredes com um sibilo de dor. Em pânico, Alec o pegou pelo braço, puxando-o.

— Sebastian — arfou Magnus, enquanto Alec começava a arrastá-lo pelo corredor, para longe da pedra em queda. — Ele está fazendo isto.

Alec conseguiu fazer uma expressão incrédula.

— Como isso seria possível? Ele não controla tudo!

— Ele poderia... se selasse as fronteiras entre as dimensões. — Magnus tomou fôlego asperamente quando começou a correr. — Poderia controlar este mundo todo.

Isabelle gritou quando o chão se abriu atrás dela; jogou-se para a frente, bem a tempo de evitar cair no abismo que dividia o corredor.

— Isabelle! — gritou Simon, e se esticou para pegá-la pelos ombros.

Ele às vezes se esquecia da força que seu sangue de vampiro fazia circular pelo corpo. Pegou Isabelle com tanta força que ambos caíram para trás, Izzy caindo bem em cima dele. Em outro contexto talvez ele tivesse gostado, mas não com a pedra que não parava de desmoronar ao redor deles.

Isabelle se levantou, puxando-o em seguida. Tinham se perdido de Luke e Jocelyn em um dos outros corredores enquanto a parede se dividia, derramando pedras de argamassa em sequência. Tudo que veio a seguir foi uma loucura, desvio de pedras e madeiras afiadas, e agora abismos se abrindo no chão. Simon lutava contra o desespero — não conseguia deixar de pensar que aquilo era o fim; a fortaleza iria sucumbir ao redor, e todos morreriam e seriam enterrados ali.

— Não — falou Isabelle, sem fôlego. Seus cabelos escuros estavam cheios de terra, o rosto sangrando nos pontos onde tinha sido cortado por estilhaços de rocha.

— Não o quê? — O chão tremeu e Simon meio desviou, meio caiu para a frente em outro corredor. Não conseguia se livrar do pensamento de que, de algum jeito, a fortaleza os estava *arrebanhando*. Parecia haver um propósito naquela dissolução, como se de algum jeito os estivesse direcionando para...

— Não *desista* — arfou ela, lançando-se contra um par de portas enquanto o corredor atrás deles começava a ruir; as portas se abriram, e ela e Simon tropeçaram para a sala seguinte.

Isabelle engoliu em seco, engasgando, gesto rapidamente interrompido quando as portas se fecharam atrás deles, bloqueando o barulho explosivo da torre. Por um instante Simon apenas agradeceu a Deus pelo chão sob seus pés estar firme e as paredes não se moverem.

Então registrou onde estava, e o alívio desapareceu. Encontravam-se em uma sala enorme, com formato semicircular, com uma plataforma elevada na extremidade curva semi-imersa em sombra. As paredes estavam alinhadas por guerreiros Crepusculares trajando vermelho, como uma fileira de dentes escarlates.

A sala fedia a piche e fogo, enxofre e o veneno inconfundível de sangue de demônio. O corpo de um demônio inchado estava esticado contra uma parede e, ao lado deste, mais um corpo. Simon sentiu a boca secar. Jace.

Sebastian estava em um círculo de símbolos brilhantes desenhado no chão. Ele sorriu quando Isabelle soltou um grito, correu para Jace e agachou ao lado dele. Izzy colocou os dedos no pescoço dele, para sentir a pulsação; Simon notou os ombros dela relaxando de alívio.

— Ele está vivo — disse Sebastian, soando entediado. — Ordens da Rainha.

Isabelle levantou o olhar. Alguns chumaços do seu cabelo escuro estavam grudados no rosto com sangue. Ela estava feroz e linda.

— A Rainha Seelie? Desde quando ela se importa com Jace?

Sebastian riu. Parecia em um bom humor enorme.

— Não a Rainha Seelie — disse ele. — A Rainha deste reino. Talvez você a conheça.

Com um floreio ele gesticulou para a plataforma na extremidade oposta do salão, e Simon sentiu seu coração que não batia se contrair. Ele mal tinha olhado para o palanque quando entrara. Agora percebia que ali havia dois tronos de osso, marfim e ouro fundido, e no trono direito estava Clary.

Os cabelos ruivos contrastavam contra o branco e o dourado, extremamente vívidos, como uma bandeira de fogo. Seu rosto estava pálido e parado, sem expressão.

Simon deu um passo involuntário para a frente — e foi imediatamente bloqueado por uma dúzia de guerreiros Crepusculares, com Amatis no centro. Ela segurava com uma lança enorme e ostentava uma expressão venenosa assustadora.

— Pare onde está, vampiro — ordenou. — Você não vai se aproximar da senhora deste reino.

Simon cambaleou para trás; havia notado Isabelle olhando, incrédula, de Clary para Sebastian, e para ele.

— Clary — gritou Simon. Ela não vacilou nem se mexeu, mas o rosto de Sebastian escureceu como uma tempestade.

— Não dirás o *nome* da minha irmã — sibilou. — Você achava que ela pertencia a você; ela agora pertence a mim, e não vou *dividir.*

— Você é louco — disse Simon.

— E você está morto — respondeu Sebastian. — Isso faz diferença agora? — Seus olhos percorreram Simon. — Querida irmã — disse ele, elevando a voz o bastante para que toda a sala pudesse escutar. — Tem certeza de que quer manter este sujeitinho intacto?

Antes que ela pudesse responder, a porta de entrada da sala se abriu e Magnus e Alec chegaram, seguidos por Luke e Jocelyn. As portas bateram atrás deles, e Sebastian aplaudiu. Uma das mãos sangrava, e uma gota caiu aos pés dele, chiando ao atingir os símbolos, como água em uma chapa quente.

— Agora estão todos aqui — declarou, com a voz em deleite. — É uma festa!

Clary já tinha visto muitas coisas maravilhosas e lindas em sua vida, e muitas coisas terríveis também. Mas nenhuma tão terrível quanto o olhar de sua mãe quando a encarou, sentada no trono ao lado do assento de Sebastian.

— Mãe — arfou Clary, tão suavemente que ninguém conseguiu ouvi-la.

Todos a encaravam; Magnus e Alec, Luke e sua mãe, Simon e Isabelle, que agora tinha Jace em seu colo, os cabelos escuros caindo em cima dele como a franja de um xale. Era tão horrível quanto Clary imaginara que seria. Pior. Ela esperava choque e horror; não tinha pensado em dor e traição. Sua mãe cambaleou para trás; os braços de Luke a envolveram, para mantê-la de pé, mas ele estava com os olhos em Clary, e parecia olhar para uma estranha.

— Bem-vindos, cidadãos de Edom — disse Sebastian, os lábios se curvando para cima como um arco sendo sacado. — Bem-vindos ao seu novo mundo.

E saiu do círculo de fogo que o protegia. A mão de Luke foi para o cinto; Isabelle começou a se levantar, mas foi Alec quem se movimentou mais rápido: uma das mãos no arco e a outra na aljava nas costas, a flecha armada e voando antes que Clary pudesse gritar para que ele parasse.

A flecha voou diretamente para Sebastian e se enterrou em seu peito. Ele cambaleou com a força do impacto, e Clary ouviu um arfar coletivo na fila de Caçadores de Sombras malignos. Um instante depois, Sebastian recobrou o equilíbrio e, com um olhar de irritação, arrancou a flecha do peito. Estava manchada de sangue.

— Tolo — berrou. — Não pode me ferir; nada sob o Paraíso pode. — Jogou a flecha aos pés de Alec. — Achou que você fosse uma exceção?

Os olhos de Alec desviaram para Jace; foi uma coisa mínima, mas Sebastian captou o olhar e sorriu.

— Ah, sim — falou. — Seu herói com o fogo celestial. Mas acabou, não acabou? Gastou em um ataque de fúria no deserto contra um demônio enviado por mim. — Ele estalou os dedos, e uma faísca azul se lançou dele, se erguendo como uma bruma.

Por um instante, a visão de Clary de Jace e Isabelle foi obscurecida; um segundo mais tarde, ela ouviu uma tossida e um engasgo, e os braços de Isabelle estavam se afastando de Jace enquanto ele se sentava e, em seguida, levantava. Atrás de Clary, a janela continuava rachando, lentamente; dava para ouvir a trituração do vidro. Através do vidro agora rachado penetrava uma camada de luz e sombra, o desenho semelhante a renda.

— Bem-vindo de volta, irmão — disse Sebastian, calmo, enquanto Jace olhava em volta com um rosto que empalidecia rapidamente à medida que ele absorvia a sala cheia de guerreiros, seus amigos horrorizados ao redor, e finalmente: Clary no trono. — Você *gostaria* de tentar me matar? Tem armas o suficiente aqui. Se quiser tentar me destruir com o fogo celestial, sua chance é agora.

Jace ficou de pé, encarando Sebastian. Tinham a mesma altura, quase o mesmo biotipo, embora Sebastian fosse mais magro, mais rijo. Jace estava imundo e manchado de sangue, a roupa rasgada, os cabelos emaranhados. Sebastian estava elegante de vermelho; mesmo a mão que sangrava parecia intencional. Os pulsos de Sebastian estavam nus; ao redor do pulso esquerdo de Jace, um círculo de prata brilhava.

— Está usando minha pulseira — observou Sebastian. — "*Se não posso alcançar o Céu, erguerei o Inferno*". Adequado, não acha?

— Jace — sibilou Isabelle. — Jace, vá em frente. Dê uma punhalada nele. Vá em frente...

Mas Jace balançava a cabeça. Estava com a mão no cinto de armas; lentamente, a abaixou para o lado. Isabelle soltou um grito de desespero; o olhar no rosto de Alec foi tão gélido quanto, muito embora ele tivesse ficado em silêncio.

Sebastian abaixou os braços para as laterais e estendeu a mão.

— Acho que é hora de devolver minha pulseira, irmão. Hora de dar a César o que é de César. Devolva o que é meu, inclusive minha irmã. Renuncia a ela em meu favor?

— Não! — Não foi Jace; foi Jocelyn. Ela se afastou de Luke e avançou, esticando as mãos para Sebastian. — Você me odeia... então me mate. Torture. Faça o que quiser comigo, mas deixe Clary em paz!

Sebastian revirou os olhos.

— Eu *estou* lhe torturando.

— Ela é só uma menina — arfou Jocelyn. — Minha criança, minha filha...

Sebastian esticou a mão e agarrou o queixo de Jocelyn, meio levantando-a do chão.

— *Eu* era sua criança — falou. — Lilith me deu um reino; você me deu uma maldição. Você é uma péssima mãe e vai ficar longe da minha irmã. Você está viva pelo sofrimento dela. Todos vocês estão. Entenderam? — Ele soltou Jocelyn; ela cambaleou para trás, a impressão sangrenta da mão de Sebastian marcada em seu rosto. Luke a segurou. — Estão todos vivos porque Clarissa os quer vivos. Por nenhum outro motivo.

— Você disse a ela que não nos mataria caso ela ascendesse ao trono — disse Jace, tirando a pulseira prateada do braço. Sem qualquer entonação na voz. Não tinha olhado nos olhos de Clary. — Não foi?

— Não exatamente — disse Sebastian. — Ofereci a ela algo muito mais... substancial que isso.

— O mundo — disse Magnus. Ele parecia de pé por pura força de vontade. Sua voz soava como cascalho rasgando a garganta. — Está selando as fronteiras entre o nosso mundo e este, não está? É para isso que fez esse círculo de símbolos, não apenas para proteção. Para poder executar seu feitiço. É isso que está fazendo. Se fechar a passagem, não estará mais dividindo seus poderes entre dois mundos. Toda sua força ficará concentrada aqui. Com todo o seu poder concentrado nesta dimensão, você será quase invencível aqui.

— Se fechar as fronteiras, como ele voltará para o nosso mundo? — perguntou Isabelle. Ela estava de pé agora; seu chicote brilhava no pulso, mas ela não fez qualquer menção de utilizá-lo.

— Ele não vai voltar — disse Magnus. — Nenhum de nós vai. Os portões entre os mundos se fecharão para sempre, e ficaremos presos aqui.

— Presos — refletiu Sebastian. — Uma palavra tão feia. Serão... hóspedes. — Ele sorriu. — Hóspedes presos.

— Foi isso que você ofereceu a ela — falou Magnus, erguendo os olhos para Clary. — Disse que se ela concordasse em governar este mundo, você fecharia as fronteiras e deixaria nosso mundo em paz. Governe Edom, salve o mundo. Certo?

— Você é muito perceptivo — observou Sebastian após uma breve pausa. — Isso é irritante.

— Clary, *não*! — gritou Jocelyn; Luke a puxou de volta, mas ela não estava prestando atenção em nada além da filha. — Não faça isso...

— Tenho que fazer — respondeu Clary, falando pela primeira vez. Com a voz embargada e arrastada, incrivelmente alta na sala de pedra. De repente todos estavam olhando para ela. Todos exceto Jace. Ele olhava para a pulseira presa entre seus dedos.

Ela se aprumou.

— Preciso fazer. Não entende? Se não fizer, ele vai matar todos no nosso mundo. Destruir tudo. Milhões, bilhões de pessoas. Vai transformar nosso mundo *nisto*. — Ela gesticulou para a janela com vista para as planícies queimadas de Edom. — Vale a pena. Tem que valer. Vou aprender a amá-lo. Ele não vai me machucar. Acredito nisso.

— Acha que pode mudá-lo, moldá-lo, torná-lo melhor, porque você é a única coisa com a qual ele se importa — falou Jocelyn. — Eu *conheço* os homens Morgenstern. Não funciona. Você vai se arrepender...

— Você nunca teve a vida de um mundo inteiro nas mãos, mãe — disse Clary, com uma doçura e uma tristeza infinitas. — Existe um limite para os conselhos que você pode me dar. — Ela olhou para Sebastian. — Escolho o que ele escolhe. O presente que ele me deu. Aceito.

Ela viu Jace engolir em seco. Ele derrubou a pulseira na mão aberta de Sebastian.

— Clary é sua — disse, e deu um passo para trás.

Sebastian estalou os dedos.

— Vocês ouviram — falou. — Todos vocês. Ajoelhem-se diante da sua rainha.

Não!, pensou Clary, mas se obrigou a ficar parada, em silêncio. Assistiu enquanto os Crepusculares começavam a se ajoelhar, um por um, as cabeças abaixadas; a última a se ajoelhar foi Amatis, no entanto ela não baixou a cabeça. Luke encarava a irmã, com o rosto destruído. Era a primeira vez que a via assim, percebeu Clary, apesar de ele já ter sido informado.

Amatis virou e olhou para os Caçadores de Sombras. O olhar dela capturou o do irmão por apenas um segundo; ela sorriu. Um olhar vil.

— Faça — disse ela. — Ajoelhe-se ou vou matá-los.

Magnus foi o primeiro a se ajoelhar. Se tivesse de palpitar, Clary jamais diria que ele seria o primeiro a fazê-lo. Magnus era tão orgulhoso, mas, pensando bem, era um orgulho que transcendia o vazio dos gestos. Ela duvidava que ele fosse se envergonhar de se ajoelhar quando para ele aquilo não significava nada. Ele se ajoelhou graciosamente, e Alec seguiu o gesto; depois Isabelle, Simon, em seguida Luke, puxando a mãe de Clary ao seu lado. E por último, Jace, a cabeça loura abaixada; então Clary ouviu a janela atrás de si estilhaçar. Soou como seu coração se partindo.

Choveu vidro; por trás deste havia apenas pedra. Não mais uma janela com vista para Alicante.

— Está feito. Os caminhos entre os mundos estão fechados. — Sebastian não estava sorrindo, mas parecia... incandescente. Como se brilhasse. O círculo de símbolos no chão reluzia com fogo azul. Ele correu para a plataforma, subiu dois degraus de cada vez e esticou o braço para pegar as mãos de Clary; ela permitiu que ele a conduzisse, descendo do trono, até ficar diante dele. Sebastian continuava segurando a mão dela. As mãos dele pareciam pulseiras de fogo ao redor dos pulsos de Clary. — Você aceita — disse ele. — Você aceita sua escolha?

— Aceito — respondeu, se forçando a olhar diretamente para ele. — Aceito.

— Então me beije — falou ele. — Beije como se me amasse.

O estômago de Clary se contraiu. Esperava por isso, mas era como esperar um soco na cara: não tem jeito de se sentir preparado. O rosto dela investigou o dele; em outro mundo, outra época, outro irmão sorria pelo gramado para ela, com olhos tão verdes quanto a primavera. Ela tentou sorrir.

— Na frente de todo mundo? Não acho que...

— Temos que mostrar a eles — falou, e seu rosto estava tão impassível quanto o de um anjo pronunciando uma frase. — Que somos unidos. Prove a eles, Clarissa.

Ela se inclinou para ele; Sebastian estremeceu.

— Por favor — disse ela. — Ponha os braços em volta de mim.

Ela captou um lampejo de alguma coisa nos olhos dele — vulnerabilidade, surpresa pelo pedido — antes de Sebastian erguer os braços e envolvê-la. Ele a puxou para si; ela colocou a mão no ombro dele. A outra mão deslizou para a cintura, onde Heosphoros estava guardada na bainha, no cinto da roupa de combate. Seus dedos se curvaram na nuca do irmão. Sebastian estava com os olhos arregalados; dava para ver as batidas do coração dele, pulsando na garganta.

— Agora, Clary — disse ele, enquanto ela se arqueava, roçando os lábios no rosto dele. Clary o sentiu estremecer enquanto ela sussurrava, os lábios acariciando a bochecha dele.

— Saudações, mestre — falou ela, e viu os olhos dele arregalarem exatamente quando sacou Heosphoros e a levantou em um arco brilhante, a lâmina tocando as costelas dele, a ponta posicionada para perfurar seu coração.

Sebastian arfou e convulsionou nos braços dela; cambaleou, o cabo da lâmina ressaltando de seu peito. Estava com os olhos arregalados, e por um instante Clary viu o choque da traição neles, choque e *dor*, e de fato doeu; doeu em algum lugar profundo que ela pensara já estar enterrado há muito tempo, um lugar em luto pelo irmão que ele poderia ter sido.

— Clary — arfou ele, começando a se ajeitar, e agora o olhar de traição estava desvanecendo, e ela viu a faísca inicial de fúria. Não funcionou, pensou ela, horrorizada; não funcionou, e mesmo que as fronteiras entre os mundos estivessem fechadas agora, ele descontaria nela, em seus amigos, em sua família, em Jace. — Você *é mais esperta que isso* — falou ele, esticando o braço para segurar o cabo da espada. — Não posso ser ferido por nenhuma arma sob o Céu...

Ele engasgou e parou de falar. As mãos envolviam o cabo, logo acima do ferimento no peito. Não havia sangue, mas um lampejo vermelho, uma faísca — fogo. O ferimento estava começando a queimar.

— O que... é... isto? — perguntou entre dentes.

— "*E a ele darei a Estrela da Manhã*" — disse Clary. — Não é uma arma feita pelo Céu. *É* fogo celestial.

Com um grito, Sebastian puxou a espada. Deu uma olhada incrédula para o cabo com a estampa de estrelas antes de arder como uma lâmina serafim. Clary deu alguns passos vacilantes para trás, tropeçou na beira dos degraus para o trono e cobriu o rosto parcialmente com um braço. Ele estava ardendo, ardendo como o pilar de fogo diante dos israelitas. Ela ainda conseguia ver Sebastian dentro das chamas, mas elas estavam em volta dele, consumindo-o em sua luz branca, transformando-o em um contorno de carvão escuro dentro de uma chama tão brilhante que lhe feria os olhos.

Clary desviou o olhar, enterrando o rosto no braço. A mente acelerou para a noite em que foi ao encontro de Jace através das chamas, o beijou e pediu que ele confiasse nela. E ele confiou, mesmo quando ela se ajoelhou diante dele e enfiou a ponta de Heosphoros no chão. Clary tinha desenhado com a estela o mesmo símbolo repetidas vezes ao redor — o símbolo que vira uma vez, e que agora parecia ter sido há tanto tempo, em um telhado em Manhattan: o cabo alado da espada de um anjo.

Um presente de Ithuriel, supôs ela, o qual lhe dera tantos presentes. A imagem ficou guardada em sua mente até que precisasse dela. O símbolo para moldar o fogo celestial. Naquela noite, na planície demoníaca, a chama ao redor deles evaporou, absorvida pela lâmina de Heosphoros, até o metal queimar, brilhar e cantar ao toque dela, o som dos corais angelicais. O fogo deixou apenas um círculo largo de areia fundida em vidro, uma substância que brilhava como a superfície do lago com o qual ela sonhara tantas vezes, o lago congelado onde Jace e Sebastian lutavam até a morte em seus pesadelos.

Esta arma poderia matar Sebastian, dissera ela. Jace, por sua vez, fora mais cauteloso, mais desconfiado. Ele até tentara tirar a arma dela, no entanto a luz na lâmina morreu assim que ele a tocou. Reagia somente a ela, a criadora.

Clary concordara que teriam que ser cautelosos caso não funcionasse. Parecia o ápice da arrogância imaginar que ela havia prendido fogo sagrado em uma arma assim como fora preso na lâmina da Gloriosa...

Mas o anjo lhe deu este dom de criar, dissera Jace. *E não temos seu sangue em nossas veias?*

Qualquer que tivesse sido o cântico da lâmina, agora já havia passado, entrado no irmão. Clary ouviu Sebastian gritando e, acima deste, os gritos dos Crepusculares. Um vento ardente soprou por ela, carregando consigo o cheiro de desertos antigos, de um lugar onde milagres eram comuns e o divino se manifestava em fogo.

O ruído parou tão súbito quanto começou. O palanque balançou sob Clary enquanto um peso caía em cima dele. Clary levantou a cabeça e viu que o fogo havia se extinguido, e embora o chão estivesse marcado e ambos os tronos parecessem queimados, o ouro neles não era mais brilhante, e sim carbonizado, queimado e derretido.

Sebastian estava deitado a alguns centímetros de Clary, de costas. Havia um grande buraco escuro em seu peito. Ele virou a cabeça para ela, o rosto tenso e pálido de dor, e o coração de Clary contraiu.

Os olhos dele estavam verdes.

As pernas dela bambearam. Clary caiu de joelhos no palanque.

— Você — sussurrou ele, e ela o encarou com um fascínio horrorizado, incapaz de desviar o olhar do que havia forjado. O rosto dele estava completamente sem cor, como papel esticado sobre osso. Ela não ousou olhar para o peito dele, onde o casaco havia caído; dava para ver a mancha preta na camisa, como uma queimadura de ácido. — Você colocou... o fogo celestial... na lâmina da espada — falou. — Foi... inteligente.

— Foi um símbolo, só isso — respondeu ela, ajoelhando perto dele, os olhos investigando os de Sebastian. Ele parecia diferente, não só os olhos, mas todo o formato do rosto, a mandíbula mais suave, a boca sem o sorriso cruel. — Sebastian...

— Não. Não sou ele. Sou... Jonathan — sussurrou. — Sou Jonathan.

— Vão até Sebastian! — Amatis gritou se levantando, com todos os Crepusculares em seu encalço. Havia dor no rosto dela, e raiva. — Matem a garota!

Jonathan se esforçava para sentar.

— Não! — gritou, rouco. — Para trás!

Os Caçadores de Sombras malignos, que tinham começado a avançar, congelaram, confusos. Em seguida, passando por eles, veio Jocelyn; passou por Amatis, empurrando-a, sem sequer olhá-la, e subiu as escadas até o palanque. Foi em direção a Sebastian — Jonathan — e em seguida parou, de pé perto dele, encarando-o com um olhar de assombro, misturado a um pavor horroroso.

— Mãe? — disse Jonathan. Ele estava olhando fixamente, quase como se não conseguisse focar o olhar nela. Começou a tossir. O sangue lhe escorria da boca. A respiração ruidosa nos pulmões.

Às vezes sonho com um menino de olhos verdes, um menino que jamais foi envenenado com sangue demoníaco, um menino capaz de rir, de amar e de ser humano, e foi por esse menino que chorei, mas esse menino nunca existiu.

O rosto de Jocelyn enrijeceu, como se ela estivesse se preparando para fazer alguma coisa. Ajoelhou-se ao lado da cabeça de Jonathan e o puxou para seu colo. Clary ficou olhando; não acreditava que ela fosse capaz daquilo. De tocá-lo daquele jeito. Mas, pensando bem, sua mãe sempre se culpara pela existência de Jonathan. Havia algo em sua expressão determinada que dizia que ela o tinha trazido ao mundo, e ela o mandaria embora.

Assim que Jonathan foi levantado, a respiração dele se acalmou. Havia uma espuma cheia de sangue em seus lábios.

— Sinto muito — disse ele, com um engasgo. — Sinto tanto... — Desviou os olhos para Clary. — Sei que não há nada que eu possa fazer ou falar que me permita morrer com qualquer resquício de graça — continuou. — E eu não a culparia se cortasse minha garganta. Mas eu... Eu me arrependo. Eu... sinto muito.

Clary perdeu a fala. O que poderia dizer? *Tudo bem?* Mas não estava tudo bem. Nada do que ele havia feito estava bem, nem com o mundo nem com ela. Algumas coisas eram impossíveis de se perdoar.

No entanto ele não havia feito tais coisas, não exatamente. Aquela pessoa, o menino que sua mãe segurava como se ele fosse seu castigo, não era Sebastian, o sujeito que havia torturado, assassinado e causado destruição. Clary se lembrou do que Luke lhe dissera, que parecia ter sido há anos: *a Amatis que serve a Sebastian é tão minha irmã quanto o Jace que servia a Sebastian era o menino que você amava. Tão minha irmã quanto Sebastian era o filho que sua mãe deveria ter gerado.*

— Não — disse ele, e semicerrou os olhos. — Vejo que você está tentando entender, minha irmã. Se devo ser perdoado como Luke perdoaria a irmã caso o Cálice Infernal a libertasse agora. Mas veja, ela *foi* irmã dele um dia. Foi humana. Eu... — E tossiu, mais sangue surgindo nos lábios. — Nunca existi. O fogo celestial queima o que é mau. Jace sobreviveu à Gloriosa porque ele é bom. Restava um bem suficiente nele para que conseguisse viver. Mas eu nasci para ser inteiramente corrompido. Não resta de mim o bastante para que eu sobreviva. Você está vendo apenas o espectro de alguém que poderia ter sido, só isso.

Jocelyn estava chorando, lágrimas caindo silenciosamente pelo rosto enquanto ela continuava sentada, parada. Estava com a coluna ereta.

— Preciso lhes dizer — sussurrou ele. — Quando eu morrer, os Crepusculares vão correr para cima de vocês. Não conseguirei contê-los. — Ele desviou o olhar para Clary. — Onde está Jace?

— Aqui — falou Jace.

E já estava no palanque, a expressão dura, confusa e triste. Clary encontrou o olhar dele. Sabia o quanto devia ter sido difícil para ele encenar junto com ela, entregá-la a Sebastian, permitir que ela se arriscasse no fim. E sabia o quanto isso devia estar sendo difícil para ele, Jace, que queria tanto se vingar, olhar para Jonathan e perceber que a parte de Sebastian que poderia, que deveria ser punida tinha desaparecido. Havia outra pessoa ali, completamente diferente, alguém que nunca tivera chance de viver, e que agora nunca mais teria.

— Pegue minha espada — disse Jonathan, a respiração saindo aos trancos, indicando Phaesphoros, que tinha caído a alguns passos de distância. — Corte... abra.

— Abra o quê? — perguntou Jocelyn, confusa, mas Jace já estava agindo, se abaixando para pegar Phaesphoros, descendo do palanque. Atravessou o salão, passou pelos Crepusculares agrupados, pelo anel de símbolos, indo até onde o demônio Behemoth se encontrava morto em meio ao icor.

— O que ele está fazendo? — questionou Clary, embora tenha ficado óbvio quando Jace ergueu a espada e cortou o corpo do demônio. — Como ele sabia...

— Ele... me conhece — arfou Jonathan.

Uma torrente de entranhas fedorentas de demônio entornou pelo chão. Jace fez uma careta de desgosto — depois de surpresa e, em seguida, demonstrou percepção. Ele se abaixou e pegou alguma coisa rugosa, brilhando com icor — ergueu e Clary reconheceu como o Cálice Infernal.

Ela olhou para Jonathan. Os olhos dele estavam revirando, tremores convulsionavam seu corpo.

— D-diga a ele — gaguejou. — Diga a ele para jogar no círculo de símbolos.

Clary levantou a cabeça.

— Jogue no círculo! — gritou Clary para Jace, e Amatis girou em alerta.

— Não! — gritou ela. — Se o Cálice for destruído, nós também seremos! — Virou-se para o palanque. — Lorde Sebastian! Não permita que seu exército seja destruído! Somos leais!

Jace olhou para Luke, que por sua vez olhava para a irmã com uma expressão de total tristeza, uma tristeza tão profunda quanto a morte. Luke tinha perdido a irmã para sempre, e Clary havia acabado de ganhar o irmão de volta, o irmão que nunca tivera, e mesmo assim era a morte em ambos os lados.

Jonathan, meio apoiado contra o ombro de Jocelyn, olhou para Amatis; seus olhos verdes eram como luzes.

— Sinto muito — disse. — Nunca deveria tê-los criado.

E virou o rosto.

Luke assentiu uma vez para Jace, que arremessou o Cálice com toda a força possível no círculo de símbolos. O cálice bateu no chão e se estilhaçou.

Amatis engasgou e colocou a mão no peito. Por um instante — só por um instante — encarou Luke com um olhar de reconhecimento: um olhar de reconhecimento, e até de amor.

— Amatis — sussurrou ele.

O corpo dela desabou no chão. O mesmo sucedeu com os outros Crepusculares, um por um, ruindo ao chão, até a sala estar cheia de corpos.

Luke virou para o outro lado, os olhos expressando dor demais para que Clary fosse capaz de suportar olhá-los. Ela ouviu um grito — distante e duro — e por um momento ficou imaginando se seria Luke, ou mesmo algum dos outros, horrorizados em verem tantos Nephilim caindo, mas o grito só fez crescer, até se transformar num uivo que rachou o vidro e fez girar a poeira do lado de fora da janela com vista para Edom. O céu ficou vermelho cor de sangue e o grito prosseguiu, daí começou a diminuir, virando um bufar engasgado de tristeza, como se o universo estivesse choramingando.

— Lilith — sussurrou Jonathan. — Ela chora pelos filhos mortos, os filhos de seu sangue. Está chorando por eles e por mim.

Emma retirou Cortana do corpo do guerreiro fada morto, ignorando o sangue que escorria em suas mãos. Seu único pensamento era chegar a Julian — ela vira o olhar terrível quando ele deslizara para o chão, e se Julian estivesse destruído, então o mundo inteiro estaria destruído e nada voltaria a ter sentido.

A multidão girava ao seu redor; ela mal os enxergava enquanto abria caminho pela massa em direção aos Blackthorn. Dru estava encolhida no pilar ao lado de Jules, o corpo protetoramente em volta de Tavvy; Livia continuava segurando Ty pelo pulso, mas agora olhava além dele, boquiaberta. E Jules — Jules continuava abaixado contra o pilar, porém tinha começado a levantar a cabeça, e, quando Emma notou que ele estava com o olhar fixo, virou para ver o que ele estava encarando.

Ao redor do salão, os Crepusculares começaram a sucumbir. Caíram como peças de xadrez, silenciosos. Caíram durante a batalha contra os Nephilim, e os irmãos fada também começaram a encarar enquanto os corpos dos Crepusculares desabavam no chão, um por um.

Um grito rouco de vitória se elevou de algumas gargantas de Caçadores de Sombras, mas Emma mal escutou. Correu aos tropeços até Julian e se ajoelhou ao seu lado; ele a encarou, os olhos verde-azulados do menino repletos de tristeza.

— Em — falou ele, rouco. — Pensei que aquele guerreiro fada fosse matá-la. Achei...

— Estou bem — sussurrou ela. — Você está bem?

Ele balançou a cabeça.

— Eu o matei — falou. — Matei meu pai.

— Aquele não era seu pai. — A garganta de Emma estava seca demais para continuar falando; em vez disso, ela desenhou nas costas da mão dele. Não uma palavra, mas um símbolo: o símbolo de coragem, e depois um coração torto.

Ele balançou a cabeça como se dizendo *Não, não, não mereço isto*, mas ela desenhou novamente, e em seguida se inclinou para ele, mesmo coberta de sangue como estava, e apoiou a cabeça no ombro do amigo.

As fadas estavam fugindo do Salão, abandonando as armas pelo caminho. Mais e mais Nephilim entravam no recinto, vindo da praça lá de fora. Emma viu Helen correndo na direção deles, com Aline ao lado, e pela primeira vez desde que saíram da casa dos Penhallow, Emma se permitiu acreditar que poderiam sobreviver.

— Estão mortos — disse Clary, olhando com assombro para os restos do exército de Sebastian. — Estão todos mortos.

Jonathan soltou um riso meio engasgado.

— "*Gostaria de fazer algum bem, apesar de minha natureza*" — murmurou ele, e Clary reconheceu a citação da aula de inglês. *Rei Lear.* A mais trágica dentre todas as tragédias. — Que coisa. Os Crepusculares se foram.

Clary se inclinou sobre ele, a voz desesperada.

— Jonathan — falou ela. — Por favor. Diga-nos como abrir a fronteira. Como voltar para casa. Tem que haver um jeito.

— Não... não tem jeito — sussurrou Jonathan. — Destruí a passagem. O caminho para a Corte Seelie está se fechando; todos os caminhos estão. É... é impossível. — O peito dele tremeu. — Sinto muito.

Clary não disse nada. Só conseguia sentir amargura na boca. Ela havia se arriscado, salvado o mundo, mas todos os que amava iriam morrer. Por um instante, seu coração se encheu de ódio.

— Ótimo — disse Jonathan, o olhar no rosto dela. — Me odeie. Alegre-se quando eu morrer. A última coisa que quero agora é lhe trazer mais dor.

Clary olhou para a mãe; Jocelyn estava parada e ereta, suas lágrimas caindo silenciosamente. Clary respirou fundo. Lembrava-se de uma praça em Paris, de ter visto Sebastian do outro lado de uma mesinha, dizendo: *Acha que consegue me perdoar? Digo, acha que o perdão é possível para alguém como eu? O que teria acontecido se Valentim a tivesse levado junto comigo? Você teria me amado?*

— Não o odeio — disse ela afinal. — Odeio Sebastian. Já você, não o conheço.

Os olhos de Jonathan se fecharam de maneira trêmula.

— Uma vez sonhei com um lugar verde — sussurrou. — Uma mansão, uma garotinha de cabelos ruivos e preparativos para um casamento. Se existirem outros mundos, então talvez haja algum onde fui um bom irmão e um bom filho.

Talvez, pensou Clary, e sofreu por esse mundo durante um instante, por sua mãe, e por si. Tinha consciência de Luke ao lado do palanque, observando-os; ciente de que havia lágrimas no rosto dele. Jace, os Lightwood e Magnus estavam bem atrás, e Alec segurava a mão de Isabelle. Em volta deles, estavam os corpos dos guerreiros Crepusculares.

— Não achei que você fosse capaz de sonhar — disse Clary, e respirou fundo. — Valentim encheu suas veias de veneno e o criou para odiar; você nunca teve escolha. Mas a espada queimou isso tudo. Talvez este seja quem você de fato é.

Ele inspirou de forma áspera e impossível.

— Seria uma linda mentira na qual se acreditar — falou, e, incrivelmente, o espectro de um sorriso doce e amargo passou pelo rosto dele. — O fogo da Gloriosa queimou o sangue demoníaco. Durante toda minha vida ele cauticou minhas veias e cortou meu coração feito lâminas, e me fez pesar como chumbo... por toda minha vida, e eu nunca soube. Jamais conheci a diferença. Nunca me senti tão... leve — falou suavemente, então sorriu, fechou os olhos e morreu.

Clary se levantou lentamente, olhando para baixo. Sua mãe estava ajoelhada, segurando o corpo de Jonathan esticado em seu colo.

— Mãe — sussurrou, mas Jocelyn não levantou a cabeça. Um instante mais tarde alguém passou por Clary: Luke. Ele deu um aperto na mão da menina, e em seguida se ajoelhou ao lado de Jocelyn, colocando a mão suavemente no ombro dela.

Clary virou; não suportava mais. A tristeza parecia um peso compressor. Ouvia a voz de Jonathan na cabeça enquanto descia as escadas: *Nunca me senti tão leve.*

Ela avançou pelos corpos e pelo icor no chão, entorpecida e pesada com a noção de seu fracasso. Depois de tudo que fizera, não havia como salvá-los. Estavam esperando por ela: Jace, Simon e Isabelle, Alec e Magnus, que parecia doente, pálido e muito, muito cansado.

— Sebastian está morto — informou ela, e todos a olharam, com seus rostos cansados e sujos, como se estivessem exaustos e esgotados demais para sentir qualquer coisa em relação àquela notícia, até mesmo alívio. Jace deu um passo para a frente e pegou as mãos dela, as ergueu e as beijou rapidamente; Clary fechou os olhos, sentido como se apenas uma fração de luz e calor tivesse retornado.

— Mãos de guerreira — disse ele baixinho, e a soltou. Ela ficou olhando para os próprios dedos, tentando enxergar o que ele via. Suas mãos eram apenas mãos, pequenas e calejadas, manchadas com terra e sangue.

— Jace estava nos contando — falou Simon. — O que você fez, com a espada Morgenstern. Que estava fingindo com Sebastian o tempo todo.

— Agora no fim, não — respondeu. — Não quando ele voltou a ser Jonathan.

— Gostaria que tivesse nos contado sobre o plano — censurou Isabelle.

— Desculpem — sussurrou Clary. — Tive medo de que não funcionasse. Que ficassem decepcionados. Achei melhor... não criar muitas esperanças.

— Às vezes a esperança é tudo que nos mantém — disse Magnus, embora não soasse magoado.

— Eu precisava que ele acreditasse — explicou Clary. — Então precisava que vocês também acreditassem. Ele precisava ver as reações de vocês e achar que tinha vencido.

— Jace sabia — rebateu Alec, olhando para ela, mas também sem soar magoado, apenas confuso.

— E em nenhum momento olhei para ela, desde que se sentou no trono até a hora em que apunhalou Sebastian no coração — disse Jace. — Não consegui. Ao entregar a pulseira para ele, eu... — Ele parou de falar. — Desculpe. Eu não devia tê-lo chamado de desgraçado. Sebastian era, mas Jonathan não é, não *era* a mesma pessoa... e sua mãe...

— É como se tivesse perdido um filho duas vezes — disse Magnus. — Acho que poucas coisas podem ser piores.

— Que tal ficar preso em um reino demoníaco sem ter como sair? — sugeriu Isabelle. — Clary, precisamos voltar para Idris. Detesto perguntar, mas Seb... Jonathan disse alguma coisa sobre como reabrir as fronteiras?

Clary engoliu em seco.

— Ele disse que não tem como. Que estão fechadas para sempre.

— Então estamos presos aqui — disse Isabelle, seus olhos escuros tomados de choque. — Para sempre? Não pode ser. Deve haver um feitiço... Magnus...

— Ele não mentiu — falou Magnus. — Nós não temos como reabrir os caminhos daqui para Idris.

Fez-se um silêncio terrível. Então Alec, cujo olhar repousava sobre Magnus, perguntou:

— *Nós* não temos como fazer?

— Foi o que eu disse — respondeu Magnus. — Não há como abrir as fronteiras.

— Não — insistiu Alec, com um tom perigoso na voz. — Você disse que *nós* não temos como fazer, no sentido de que pode haver alguém que possa.

Magnus afastou-se de Alec e olhou em volta, para todos eles. Estava com a expressão aberta, despida daquele distanciamento habitual, e parecia ao mesmo tempo muito novo e muito, muito velho. Tinha o rosto de um jovem, mas aqueles olhos já haviam visto séculos correrem, e Clary nunca tivera tanta consciência disso como agora.

— Existem coisas piores que a morte — falou Magnus.

— Talvez você devesse deixar que nós julgássemos isso — argumentou Alec, e Magnus passou a mão desesperada no rosto e disse:

— Meu Deus, Alexander, eu passei a vida inteira sem ter que recorrer a isso, exceto por uma ocasião, quando aprendi minha lição. Não é uma lição que quero que vocês aprendam.

— Mas você está vivo — disse Clary. — Sobreviveu à lição.

Magnus sorriu, um sorriso horrível.

— Não teria sido uma lição se eu não tivesse sobrevivido — falou. — Mas fui devidamente avisado. Jogar dados com minha própria vida é uma coisa; brincar com a de todos vocês...

— Morreremos aqui de qualquer jeito — disse Jace. — É um jogo desvantajoso. Deixe que arrisquemos.

— Concordo — falou Isabelle, e os outros engrossaram o coro. Magnus olhou para o palanque, onde Luke e Jocelyn continuavam ajoelhados, e suspirou.

— Voto da maioria — falou. — Sabiam que existe um velho ditado no Submundo sobre cachorros loucos e Nephilim não ouvirem conselhos?

— Magnus... — começou Alec, mas Magnus apenas balançou a cabeça e se levantou fracamente.

Continuava vestindo os farrapos que tinha usado no jantar há tanto tempo no refúgio do Povo das Fadas em Idris: os rasgos incongruentes de um paletó formal e uma gravata. Os anéis brilharam em seus dedos quando ele juntou as mãos, como se estivesse em oração, daí fechou os olhos.

— Pai nosso — recitou, e Clary ouviu Alec respirar fundo e então ofegar. — Pai nosso que estais no Inferno, ímpio seja vosso nome. Venha a nós o vosso reino, seja feita a vossa vontade, assim em Edom como no Inferno. Não perdoai os meus pecados, pois naquele fogo dos fogos não haverá nem gentileza amorosa, nem compaixão, nem redenção. Meu pai, que causa guerras por todos os cantos, venha a mim agora; chamo-lhe como seu filho, e assumo a responsabilidade por vossa invocação.

Magnus abriu os olhos. Estava sem expressão. Cinco faces chocadas o encaravam.

— Pelo Anjo... — disse Alec.

— Não — falou uma voz logo além do grupo. — *Definitivamente* não é pelo seu Anjo.

Clary encarou. Inicialmente não viu nada, só um pedaço de sombra que se mexia, e em seguida uma figura se formou da escuridão. Um homem alto, pálido como ossos, em um terno totalmente branco; abotoaduras prateadas brilhavam em seus pulsos, esculpidas em forma de moscas. Tinha uma face humana, pele clara esticada, maçãs do rosto afiadas como lâminas. Não possuía cabelos, mas uma coroa brilhante de arame farpado.

Seus olhos eram verde-dourados, e tinha pupilas em fendas, como as de um gato.

— Pai — disse Magnus, e a palavra foi uma exalação de tristeza. — Você veio.

O homem sorriu. Os dentes da frente eram afiados, pontudos como dentes felinos.

— Meu filho — falou. — Faz muito tempo que não me chama. Estava começando a me desesperar, achando que você nunca mais o faria.

— Não estava nos meus planos — respondeu Magnus secamente. — Chamei-lhe uma vez para me certificar de que era meu pai. Aquela vez foi suficiente.

— Assim me machuca — disse o homem, e voltou seu sorriso afiado para os outros. — Sou Asmodeus — disse. — Um dos Nove Príncipes do Inferno. Talvez conheçam meu nome.

Alec emitiu um ruído curto, rapidamente abafado.

— Já fui serafim uma vez, um dos anjos de fato — continuou Asmodeus, parecendo satisfeito consigo. — Parte de uma companhia inumerável. Então veio a guerra, e todos nós caímos como estrelas do Céu. Segui o Portador da Luz para baixo, a Estrela da Manhã, pois fui um de seus conselheiros-chefe, e, quando ele caiu, eu caí junto. Ele me criou no Inferno e me fez um dos nove governantes. Caso tenham dúvida, *é* preferível governar no Inferno a servir no Paraíso: já fiz as duas coisas.

— Você é... o pai de Magnus? — disse Alec, com a voz sufocada. Virou-se para Magnus. — Quando você segurou a luz enfeitiçada no túnel do metrô, ela ardeu em cores... é por causa *dele*? — Apontou para Asmodeus.

— Sim — respondeu Magnus. Parecia muito cansado. — Avisei, Alexander, que era algo de que você não iria gostar.

— Não entendo o frenesi. Fui pai de muitos feiticeiros — disse Asmodeus. — Magnus foi quem mais me orgulhou.

— Quem são os outros? — perguntou Isabelle, os olhos escuros desconfiados.

— O que ele está dizendo é que a maioria já morreu — retrucou Magnus. Encontrou brevemente o olhar do pai, em seguida desviou, como se não suportasse o contato prolongado. Os lábios finos e sensíveis de Magnus estavam rijos. — Ele também não está contando que todos os príncipes do Inferno possuem um reino que governam; este é o dele.

— Como este lugar, Edom, é o *seu* reino — disse Jace —, então você é responsável pelo... pelo que aconteceu aqui?

— É meu reino, apesar de eu raramente vir para cá — explicou Asmodeus com um suspiro martirizado. — Era um lugar ótimo. Os Nephilim deste reino lutaram muito. Quando inventaram o *skeptron*, achei que pudessem sair vitoriosos no último segundo, mas o Jonathan Caçador de Sombras deste mundo era um divisor, não um agregador, e no fim eles se destruíram. Todos se destróem, vocês sabem. Nós demônios levamos a culpa, mas só abrimos a porta. É a humanidade que atravessa.

— Não venha com desculpas — irritou-se Magnus. — Você assassinou minha mãe...

— Ela era uma criaturinha bem disposta, garanto a você — disse Asmodeus, e Magnus enrubesceu. Clary sentiu uma pontada de choque por ser possível *fazer* aquilo com Magnus, machucá-lo com relação à própria família. Fazia muito tempo, e ele era tão reservado.

Mas e daí, pais sempre eram capazes de mexer com os filhos, independentemente da idade.

— Vamos direto ao ponto — disse Magnus. — Você pode abrir uma porta, certo? Mandar-nos para Idris, de volta ao nosso mundo?

— Gostaria de uma demonstração? — perguntou Asmodeus, estalando os dedos em direção ao palanque, onde Luke estava de pé, olhando para eles. Jocelyn parecia prestes a se levantar também. Clary notava a expressão de preocupação de ambos, pouco antes de desaparecerem, levando consigo o corpo de Jonathan. Exatamente quando sumiram, por um instante, Clary viu o interior do Salão dos Acordos, o chafariz de sereia e o chão de mármore, e em seguida a visão desapareceu, como um rasgo no universo se costurando outra vez.

Um grito irrompeu da garganta de Clary.

— *Mãe!*

— Eu os enviei de volta ao seu mundo — disse Asmodeus. — Agora você sabe que consigo. — Examinou as próprias unhas.

Clary estava arfando, em parte pânico, em parte raiva.

— Como ousa...

— Bem, era o que queriam, não era? — disse Asmodeus. — Pronto, os dois primeiros foram de graça. O restante, bem, terá que pagar. — Suspirou ao ver os olhares ao redor. — Sou um *demônio* — falou, mordaz. — Sério, o que ensinam aos Nephilim hoje?

— Sei o que quer — falou Magnus, com a voz esgotada. — E pode ficar. Mas precisa jurar pela Estrela da Manhã que enviará todos os meus amigos de volta a Idris, *todos* eles, e nunca mais voltará a incomodá-los. Eles não lhe deverão *nada*.

Alec deu um passo adiante.

— Pare. Não... Magnus, o que quer dizer, o que ele quer? Por que está falando como se não fosse voltar conosco?

— Chega um momento — começou Asmodeus — em que todos devemos voltar a morar nas casas de nossos pais. Este é o momento de Magnus.

— "*Na casa de meu pai há muitas moradas*" — sussurrou Jace; estava muito pálido, como se fosse vomitar. — Magnus. Ele não pode... não quer levá-lo com ele? De volta a...

— Ao Inferno? Não precisamente — disse Asmodeus. — Como Magnus disse, Edom é meu reino. Eu o compartilhava com Lilith. Então o pestinha dela tomou tudo e arrasou o terreno, destruiu minha torre, está tudo aos pedaços. E *você* dizimou metade da população com o *skeptron*. — A parte final foi endereçada a Jace, bem petulante. — É preciso muita energia para abastecer um reino. Extraímos do poder do que abandonamos, a grande cidade de Pandemônio, o fogo em que caímos, mas chega um momento em que a vida deve nos abastecer. E a vida imortal é a melhor de todas.

O peso entorpecente que puxava os braços de Clary para baixo desapareceu quando ela ficou atenta de súbito, colocando-se na frente de Magnus. Ela quase colidiu contra os outros. Todos fizeram o mesmo movimento, visando bloquear o feiticeiro de seu pai demônio, até mesmo Simon.

— Quer tirar a *vida* dele? — perguntou Clary. — Isso é cruel e tolo, mesmo que você seja um demônio. Como pode querer matar seu próprio *filho*...

Asmodeus riu.

— Que ótimo! — comentou ele. — Veja só, Magnus, estes meninos que o amam e querem protegê-lo! Quem poderia imaginar! Quando você for enterrado, certificar-me-ei de que gravem no seu túmulo: *Magnus Bane, adorado pelos Nephilim.*

— Não vai tocá-lo — disse Alec, com a voz dura como ferro. — Talvez tenha se esquecido do que fazemos, nós, os Nephilim, mas *matamos demônios.* Até mesmo Príncipes do Inferno.

— Ah, sei bem o que fazem; destruíram meu compatriota Abbadon e disseminaram nossa princesa Lilith pelos ventos do vazio, embora ela vá voltar. Ela sempre terá lugar em Edom. Foi por isso que permiti que seu filho se estabelecesse aqui, mas admito que não imaginei a bagunça que ele faria. — Asmodeus revirou os olhos; Clary suprimiu um calafrio. Em torno das pupilas verde-douradas, as escleras dos olhos eram como óleo preto. — Não tenho a intenção de matar Magnus. Seria desordeiro e tolo, e, além disso, eu poderia ter providenciado sua morte em qualquer tempo. O que quero é a vida dele cedida voluntariamente, pois a vida de um imortal tem poder, grande poder, e vai me ajudar a abastecer meu reino.

— Mas ele é seu filho — protestou Isabelle.

— E vai permanecer comigo — falou Asmodeus, com um sorriso. — Em espírito, por assim dizer.

Alec girou para Magnus, que estava com as mãos nos bolsos, franzindo o rosto.

— Ele quer tirar sua imortalidade?

— Exatamente — respondeu Magnus.

— Mas... você sobreviveria? Só não seria mais imortal? — Alec parecia arrasado, e Clary não conseguia evitar sentir-se péssima por ele. Depois do motivo pelo qual Alec e Magnus terminaram, Alec não precisava ser lembrado de que um dia já desejara que a imortalidade de Magnus fosse retirada.

— Minha imortalidade teria fim — explicou Magnus. — Todos os anos da minha vida me alcançariam de uma só vez. Seria muito improvável que eu sobrevivesse. Quase quatrocentos anos são muita coisa para assimilar, mesmo que você sempre use hidratante.

— Não pode — disse Alec, e tinha uma súplica na voz. — Ele disse "uma vida cedida voluntariamente". Diga não.

Magnus levantou a cabeça e olhou para Alec; foi um olhar que fez Clary enrubescer e desviar a cara. Tinha tanto amor, misturado a exasperação, orgulho e desespero. Um olhar sem reservas, que parecia errado testemunhá-lo.

— Não posso negar, Alexander — falou. — Se o fizer, todos permaneceremos aqui; morreremos de qualquer jeito. Passaremos fome, nossas cinzas se transformarão em pó para atormentarem os demônios deste reino.

— Tudo bem — disse Alec. — Nenhum de nós daria sua vida em troca da nossa.

Magnus olhou em volta, para os rostos dos companheiros, sujos, exaustos, brutalizados e desesperados, e Clary viu a expressão de Magnus mudar quando ele notou que Alec estava certo. Nenhum deles trocaria a vida de Magnus pela própria, nem pela de todos.

— Eu vivi por muito tempo — argumentou Magnus. — Tantos anos, e não, não parece suficiente. Não vou mentir e dizer que parece. Quero continuar; em parte por sua causa, Alec. Jamais quis viver tanto quanto nos últimos meses, com você.

Alec pareceu arrasado.

— Morreremos juntos — falou. — Permita que pelo menos eu fique com você.

— Precisa voltar. Você precisa voltar para o mundo.

— Não quero o mundo. Quero você — suplicou Alec, e Magnus fechou os olhos, como se as palavras quase machucassem. Asmodeus observava enquanto falavam, ávidos, quase famintos, e Clary se lembrou de que demônios se alimentavam de emoções humanas: medo, alegria, amor e dor. Sobretudo dor.

— Você não pode ficar comigo — disse Magnus após uma pausa. — Não haverá mais eu; o demônio tomará minha força de vida, e meu corpo irá ruir. Quatrocentos anos, lembre-se.

— "O demônio" — reclamou Asmodeus, e fungou. — Poderia ao menos dizer meu nome enquanto me entedia.

Clary concluiu então que talvez odiasse Asmodeus mais que a qualquer outro demônio que já havia conhecido.

— Vá em frente, meu menino — acrescentou Asmodeus. — Não tenho toda a eternidade para esperar; nem você, não mais.

— Tenho que salvá-lo, Alec — disse Magnus. — Você e todos que você ama; é um preço pequeno a se pagar, não é, no fim das contas? Por tudo isso?

— Não *todos* que eu amo — sussurrou Alec, e Clary sentiu lágrimas acumuladas nos olhos. Ela havia se esforçado tanto, tanto para se tornar a pessoa a pagar o preço por aquilo tudo. Não era justo que Magnus pagasse; Magnus, quem menos tinha participação na história de Nephilim, anjos, demônios e vingança em comparação ao restante; Magnus, que era apenas parte daquilo porque amava Alec. — *Não* — disse Alec. Em meio a lágrimas Clary os viu agarrados; havia carinho até mesmo na curva dos dedos de Magnus em torno do ombro de Alec enquanto ele se abaixava para beijá-lo. Um beijo de desespero e apego, mais que paixão; Magnus chegou a cravar os dedos no braço de Alec, mas no fim recuou, e virou-se para o pai.

— Certo — falou Magnus, e Clary percebeu que ele estava se preparando como se estivesse prestes a se lançar em uma fogueira. — Certo, leve-me. Dou-lhe a minha vida. Eu sou...

Simon — que tinha permanecido em silêncio até aquele instante; Simon, que Clary quase esquecera que estava ali — deu um passo para a frente.

— Eu estou disposto.

As sobrancelhas de Asmodeus se ergueram.

— O que foi isso?

Isabelle pareceu entender antes de todo mundo. Empalideceu e disse:

— Não, Simon, não!

Mas Simon prosseguiu, as costas eretas, o queixo empinado.

— Também tenho vida imortal — falou. — Magnus não é o único. Pegue a minha; pegue minha imortalidade.

— Ahhh — respirou Asmodeus, com os olhos subitamente brilhantes. — Azazel me falou a seu respeito. Um vampiro não é interessante, mas um *Diurno*! Você carrega o poder do sol em suas veias. Luz do sol e vida eterna, é um poder e tanto.

— Sim — disse Simon. — Se aceitar minha imortalidade em vez da de Magnus, darei a você. Estou...

— *Simon!* — protestou Clary, porém já era tarde demais.

— Estou disposto — concluiu, e com uma olhada em volta para o restante do grupo, tensionou o maxilar, com um olhar que significava *Está dito. Está feito.*

— Meu Deus, Simon, não — interveio Magnus, com uma voz de terrível tristeza, e fechou os olhos.

— Só tenho 17 anos — falou Simon. — Se ele retirar minha imortalidade, vou viver minha vida, não morrerei aqui. Eu jamais quis ser imortal, jamais quis ser vampiro, jamais quis nada disso.

— Você não vai viver a sua vida! — Havia lágrimas nos olhos de Isabelle. — Se Asmodeus tirar sua imortalidade, você será um cadáver Simon. Você é morto-vivo.

Asmodeus emitiu um ruído grosseiro.

— Você é uma menina muito burra — falou. — Sou um Príncipe do Inferno. Posso derrubar paredes entre os mundos. Posso construir mundos e destruí-los. Você acha que não posso reverter a Transformação que torna um humano num vampiro? Acha que não posso fazer com que o coração dele volte a bater? Brincadeira de criança.

— Mas por que você faria isso? — questionou Clary, espantada. — Por que o faria viver? Você é um demônio. Não se importa...

— Não me importo. Mas quero — respondeu Asmodeus. — Tem mais uma coisa que desejo de vocês. Mais um item para adoçar o acordo. — Sorriu, e seus dentes brilharam como cristais afiados.

— O quê? — A voz de Magnus tremeu. — O que quer?

— As lembranças dele — respondeu Asmodeus.

— Azazel pegou uma lembrança de cada um de nós como pagamento por um favor — disse Alec. — Qual é a relação entre demônios e lembranças?

— Lembranças humanas, cedidas livremente, são como alimento para nós — explicou Asmodeus. — Demônios vivem dos gritos e da agonia dos amaldiçoados em tormenta. Imagine então que bela mudança de ritmo é um banquete de boas lembranças. Ficam deliciosas quando misturadas, o doce e o amargo. — Olhou em volta, os olhos de gato brilhando. — E já dá para perceber que haverá muitas lembranças boas para extrair, vampirinho, pois você é muito amado, não é?

Simon pareceu arrasado. Falou:

— Mas se você retirar minhas lembranças, quem eu serei? Eu não...

— Bem — disse Asmodeus. — Eu poderia tirar todas as suas lembranças e deixá-lo como um idiota babão, suponho, mas, sinceramente, quem quer as lembranças de um bebê? Chatice, chatice. A questão é: o que seria *mais* divertido? Lembranças são deliciosas, mas a dor também é. O que causaria mais dor aos seus amigos, aqui? O que os lembraria de temer o poder e a inteligência dos demônios? — Ele entrelaçou as mãos junto às costas. Cada um dos botões do terno branco tinha formato de mosca.

— Prometi minha imortalidade — disse Simon. — Não minhas lembranças. Você disse "cedidas voluntariamente"...

— Deus do Inferno, a banalidade — falou Asmodeus, e se moveu, rápido como uma chama, para pegar Simon pelo braço. Isabelle avançou, como se fosse segurar Simon, e então recuou com um arfar. Um vergão vermelho apareceu na bochecha dela. Izzy colocou a mão, parecendo chocada.

— Deixe-a em paz — disparou Simon, e desvencilhou o braço das garras do demônio.

— Membro do Submundo — arfou o demônio, e tocou os longos dedos aracnídeos no rosto de Simon. — Você devia ter um coração que batia muito forte, quando batia.

— Deixe-o em paz — disse Jace, sacando a espada. — Ele é nosso, não seu; os Nephilim protegem o que é deles...

— Não! — protestou Simon. Estava tremendo completamente, mas a coluna se mantinha ereta. — Jace, não. É o único jeito.

— De fato é — concordou Asmodeus. — Pois nenhum de vocês pode combater um Príncipe do Inferno em seu reino de poder; nem mesmo você, Jace Herondale, filho dos anjos, ou você, Clarissa Fairchild, com seus truques e símbolos. — Ele remexeu os dedos, sutilmente; a espada de Jace caiu no chão, e este puxou a mão, se contorcendo de dor, como se tivesse sofrido uma queimadura. Asmodeus lhe concedeu apenas um olhar antes de levantar a mão outra vez.

— Lá está o portal. Vejam. — Gesticulou para a parede, que brilhou e ficou clara. Através dela, Clary via os contornos do Salão dos Acordos. Lá estavam os corpos dos Crepusculares, caídos no chão em montes escarlate, e lá estavam os Caçadores de Sombras, correndo, tropeçando, se abraçando: vitória depois da batalha.

E lá estavam sua mãe e Luke, olhando em volta, espantados. Continuavam na mesma posição em que estavam no palanque. Luke de pé, Jocelyn ajoelhada com o corpo do filho nos braços. Outros Caçadores de Sombras estavam começando a olhar para eles, surpresos, como se tivessem surgido do nada — o que era o caso.

— Aí está tudo que vocês desejam — disse Asmodeus, enquanto o portal piscava e escurecia. — Em troca ficarei com a imortalidade do Diurno, e, além disso, com as lembranças que ele tem do Mundo das Sombras: todas as lembranças de todos vocês, de tudo que aprendeu, de tudo que passou. É o meu desejo.

Simon arregalou os olhos; Clary sentiu seu coração saltar. Magnus parecia ter sido apunhalado.

— Aí está — sussurrou. — O truque no coração do jogo. Sempre tem algum, com os demônios.

Isabelle pareceu incrédula.

— Está dizendo que quer que ele *se esqueça* de nós?

— Tudo sobre vocês, e que um dia os conheceu — disse Asmodeus. — Ofereço isto em troca. Ele vai viver. Terá a vida de um mundano. Terá a família de volta; a mãe, a irmã. Amigos, colégio, todos os aspectos de uma vida humana *normal*.

Clary olhou desesperadamente para Simon. Ele estava tremendo, abrindo e fechando as mãos. Não disse nada.

— De jeito nenhum — disse Jace.

— Tudo bem. Então todos morrerão aqui. Você não tem muitas condições de negociar, Caçadorzinho de Sombras. O que são as lembranças em comparação a este custo de vida?

— Você está falando sobre quem Simon *é* — argumentou Clary. — Está falando em tirá-lo de nós para sempre.

— Sim. Não é ótimo? — Asmodeus sorriu.

— Isso é ridículo — declarou Isabelle. — Digamos que você tire as lembranças dele. O que nos impede de encontrá-lo e contar sobre o Mundo das Sombras? De apresentá-lo à magia? Já fizemos isso, podemos fazer de novo.

— Antes, ele conhecia você, conhecia Clary e confiava nela — disse Asmodeus. — Agora não conhecerá nenhum de vocês. Todos serão estranhos para ele, e por que ele daria ouvidos a estranhos loucos? Além disso, conhecem a Lei do Pacto tão bem quanto eu. Vocês a estariam violando ao contar sobre o Mundo das Sombras sem qualquer motivo, colocando a vida dele em risco. Antes as circunstâncias eram especiais. Agora não serão mais. A Clave retirará todas as suas Marcas, se tentarem.

— Por falar em Clave — falou Jace. — Não ficarão muito felizes se você jogar um mundano em uma vida onde todos que o conhecem pensam que ele é um *vampiro*. Todos os amigos de Simon sabem! A família sabe! A irmã, a mãe. *Eles* contarão, mesmo que nós não contemos.

— Entendo. — Amadeus pareceu desagradado. — Isso complica as coisas. Talvez seja melhor pegar a vida de Magnus, afinal...

— *Não* — berrou Simon. Estava chocado, nauseado, mas sua voz parecia determinada. Asmodeus olhou para ele, cheio de cobiça.

— Simon, cale a boca — interrompeu Magnus desesperadamente. — Leve a mim, pai...

— Quero o Diurno — disse Asmodeus. — Magnus, Magnus. Você nunca entendeu direito o que é ser demônio, entendeu? Alimentar-se de dor? Mas o que é a dor? Tormento físico, isso é tão tedioso; qualquer demônio de jardim é capaz de fazer isso. Ser um *artista* da dor, criar agonia, escurecer a alma, transformar motivos nobres em sujeira, amar cobiçar e depois odiar, transformar uma fonte de alegria em uma fonte de tortura, é para *isso* que existimos! — A voz dele ressoou. — Vou até o universo mundano. Tirarei as lembranças daqueles que são próximos do Diurno. Vão se lembrar dele apenas como mortal. Não se lembrarão de Clary.

— Não! — gritou Clary, e Asmodeus lançou a cabeça para trás e riu, uma risada deslumbrante que a fez se lembrar de que ele um dia fora anjo.

— Você não pode tirar nossas lembranças — falou Isabelle, furiosa. — Somos Nephilim. Seria equivalente a um ataque. A Clave...

— As lembranças de vocês podem ficar — cortou Asmodeus. — Nada do que se recordam sobre Simon vai me causar problemas com a Clave, e, além disso, vocês serão atormentados por isso, o que só aumentará meu júbilo. — Sorriu. — Vou abrir um buraco no coração do seu mundo, e, quando sentirem, pensarão em mim, e se lembrarão de mim. Lembrarão! — Asmodeus puxou Simon, sua mão deslizando para pressionar o peito de Simon, como se pudesse alcançar o coração dele através das costelas. — Começamos aqui. Está pronto, Diurno?

— Pare! — Isabelle deu um passo à frente, com o chicote na mão, os olhos em chamas. — Sabemos seu nome, demônio. Acha que tenho medo de acabar até mesmo com um Príncipe do Inferno? Eu colocaria sua cabeça na minha parede como um troféu, e, se ousar tocar em Simon, vou caçá-lo. Passarei minha *vida* caçando-o...

Alec passou os braços em volta da irmã e a segurou firme.

— Isabelle — disse baixinho. — Não.

— Como assim, não? — protestou Clary. — Não podemos permitir que isso aconteça... Jace...

— É uma escolha de Simon. — Jace continuava em choque; estava completamente pálido e imóvel. Os olhos se fixaram nos de Simon. — Temos que honrá-la.

Simon olhou para Jace e inclinou a cabeça. Seu olhar estava passeando lentamente por todos eles, de Magnus para Alec, e Isabelle, onde parou e ficou, e estava tão cheio de possibilidades arruinadas que Clary sentiu o próprio coração partir.

Então seu olhar foi para Clary, e ela sentiu o restante de si ruir. Havia tanto na expressão dele, tantos anos de tanto amor, tantos segredos sussurrados, promessas e sonhos compartilhados. Ela o viu esticar o braço, e em seguida algo brilhante voou em direção a ela. Clary levantou a mão e pegou, reflexivamente. Era o anel dourado que tinha dado a ele. Fechou a mão em volta da peça, sentindo a espetada do metal na palma da mão, a mão acolhendo a dor.

— Basta — disse Asmodeus. — Detesto despedidas. — E apertou Simon, que engasgou, arregalando os olhos; e levou a mão ao peito.

— Meu coração... — Engasgou-se, e Clary soube, soube pelo olhar dele, que seu coração tinha voltado a bater.

Ela piscou contra as lágrimas enquanto uma bruma branca explodia em torno deles. Ouviu Simon gritar de dor; os pés dela começaram a se movimentar espontaneamente, e ela correu para a frente, apenas para ser contida, como se tivesse batido em uma parede invisível. Alguém a segurou; Jace, pensou ela. Havia braços em volta dela, mesmo enquanto a bruma cercava Simon e o demônio como um pequeno tornado, bloqueando-os parcialmente da vista.

Formas começaram a aparecer na bruma conforme ela ficava mais densa. Clary se viu com Simon quando crianças, de mãos dadas, atravessando uma rua no Brooklyn; ela usava fivelas no cabelo, e Simon estava adoravelmente desgrenhado, os óculos caindo no nariz. Lá estavam os dois novamente, atirando bolas de neve no Prospect Park; e na fazenda de Luke, bronzeados pelo verão, pendurados de cabeça para baixo em galhos de árvores. Ela os viu no Java Jones, ouvindo a poesia terrível de Eric, e na garupa de uma moto voadora que aterrissava em um estacionamento, com Jace ali, olhando para eles, olhos semicerrados contra o sol. E Simon com Isabelle, com as mãos no rosto dela, beijando-a, e Clary enxergou Isabelle pelos olhos de Simon: frágil e forte, e muito, muito linda. E lá estava o navio de Valentim, Simon ajoelhado em Jace, sangue na boca e na camisa, sangue na garganta de Jace, a cela em Idris, o rosto esgotado de Hodge, e Simon e Clary novamente, Clary desenhando a Marca de Caim em sua testa. Maureen com seu sangue no chão, e o chapeuzinho rosa, e o telhado de Manhattan onde Lilith despertara Sebastian, e Clary passando para ele um anel sobre uma mesa, e um Anjo saindo de um lago diante dele, e ele beijando Isabelle...

Todas as lembranças de Simon, as lembranças de magia, as lembranças de todos eles, sendo extraídas e rodando em um turbilhão. Brilhavam num tom de ouro branco tão reluzente quanto a luz do dia. Havia um ruído em torno deles, como uma tempestade se formando, mas Clary mal ouvia. Esticou as mãos, rogando, apesar de não saber pelo que implorava.

— *Por favor...*

Sentiu os braços de Jace a apertarem, e em seguida a beira da tempestade a capturou. Ela foi elevada e carregada. Viu o salão de pedra se afastar a uma velocidade terrível, e a tempestade levou seus gritos por Simon e os transformou nos sons de uma ventania impetuosa. As mãos de Jace foram arrancadas dos ombros dela. Clary estava sozinha no caos, e por um instante achou que Asmodeus tivesse mentido afinal, que não havia passagem, e que flutuariam naquele nada para sempre, até morrer.

Então veio o chão, rápido. Ela viu o piso do Salão dos Acordos, mármore duro com veias douradas, antes de atingi-lo. A colisão foi forte, fazendo-a bater os dentes; ela rolou automaticamente, conforme aprendera, e parou ao lado do chafariz de sereia no centro.

Sentou-se e olhou em volta. O salão estava preenchido por rostos silenciosos que a encaravam, mas nenhum deles importava. Ela não estava procurando por estranhos. Viu Jace primeiro; ele tinha aterrissado agachado, em posição de combate. Clary notou os ombros dele relaxarem enquanto ele olhava em volta, percebendo onde estavam, que estavam em Idris, e que a guerra tinha acabado. E lá estava Alec; ainda segurando a mão de Magnus, que parecia nauseado e exausto, mas pelo menos estava vivo.

E Isabelle. Foi a que pousou mais perto de Clary, a mais ou menos 30 centímetros. Ela já estava de pé, seu olhar percorrendo a sala uma, duas, e uma terceira vez, desesperada. Estavam todos ali, todos, exceto um.

Ela olhou para Clary; os olhos brilhavam de lágrimas.

— Simon não está aqui — disse ela. — Ele realmente se foi.

O silêncio que dominou os Caçadores de Sombras reunidos pareceu romper como uma onda: de repente havia vários Nephilim correndo para eles. Clary viu a mãe e Luke, Robert e Maryse, Aline e Helen, e até Emma Carstairs, vindo cercá-los, abraçá-los, curá-los e ajudá-los. Clary sabia que todos tinham boas intenções, que estavam correndo para o bem, mas não sentiu alívio. Apertando o anel dourado na palma, ela se encolheu no chão e finalmente se permitiu chorar.

24
E Chamam Isso de Paz

— Quem, então, será o representante das Cortes das Fadas? — perguntou Jia Penhallow.

O Salão dos Acordos estava decorado com as bandeiras de cor azul da vitória. Pareciam recortes do céu. Todas tinham o símbolo dourado do triunfo. Lá fora estava um dia claro de inverno, e a luz que entrava pelas janelas brilhava pelas longas filas de cadeiras colocadas de frente para o palanque no centro, onde a Consulesa e o Inquisidor se encontravam, sentados à uma mesa longa. A mesa tinha sido decorada com mais dourado e azul: enormes castiçais dourados que quase impediam Emma de enxergar os seres do Submundo que também estavam à mesa: Luke, representando os lobisomens, uma jovem chamada Lily, representando os vampiros; e o famosíssimo Magnus Bane, representante dos feiticeiros.

Não havia assento para um representante das fadas. Lentamente, dentre a multidão sentada, uma jovem se levantou. Tinha olhos completamente azuis, sem qualquer parte branca, e orelhas pontudas como as de Helen.

— Sou Kaelie Whitewillow — disse. — Represento a Corte Seelie.

— Mas não a Unseelie? — perguntou Jia, a caneta pairando sobre um pergaminho.

Kaelie balançou a cabeça, os lábios contraídos. Um burburinho tomou o salão. Apesar da clareza das bandeiras, o clima no recinto estava tenso, e não alegre. Na fileira de assentos em frente aos Blackthorn estavam os Lightwood: Maryse com a coluna ereta, e ao seu lado, Isabelle e Alec, cujas cabeças estavam abaixadas enquanto ambos sussurravam.

Jocelyn Fairchild estava ao lado de Maryse, mas não havia sinal de Clary Fray ou de Jace Lightwood em lugar nenhum.

— A Corte Unseelie recusa um representante — disse Jia, anotando com a caneta. Depois olhou para Kaelie sobre a armação dos óculos. — Que recado nos traz da Corte Seelie? Concordam com nossas condições?

Emma ouviu Helen respirando fundo, de lá da ponta de sua fileira de assentos. Dru, Tavvy e os gêmeos foram considerados jovens demais para comparecer à reunião; tecnicamente, ninguém com menos de 18 anos podia ir, mas exceções especiais foram abertas para aqueles que, como ela e Julian, tinham sido afetados diretamente pelo que estava passando a se chamar de Guerra Maligna.

Kaelie foi até a passagem entre as filas de assentos e começou a caminhar em direção ao palanque; Robert Lightwood se levantou.

— É preciso pedir permissão para se aproximar da Consulesa — informou ele, com voz grave.

— Permissão não concedida — declarou Jia, com firmeza. — Fique onde está, Kaelie Whitewillow. Estou ouvindo perfeitamente bem.

Emma sentiu uma onda repentina de piedade pela fada — todos a fuzilavam com o olhar. Exceto Aline e Helen, que estavam sentadas grudadas uma na outra, de mãos dadas, com as juntas dos dedos brancas em função do aperto.

— A Corte das Fadas pede sua clemência — disse Kaelie, apertando as mãos na frente do corpo. — As condições que vocês determinaram são severas demais. As fadas sempre mantiveram a soberania, nossos próprios reis e rainhas. Sempre tivemos guerreiros. Somos um povo ancião. O que estão pedindo vai nos destruir completamente.

Um leve burburinho percorreu o salão. Não foi um ruído amistoso. Jia pegou o papel que estava sobre a mesa na frente dela.

— Vamos revisar? — sugeriu ela. — Solicitamos que as Cortes das Fadas aceitem toda a responsabilidade pelas baixas e pelos danos sofridos por Caçadores de Sombras e seres do Submundo durante a Guerra Maligna. O Povo das Fadas ficará responsável pelos custos de reconstrução das barreiras quebradas, pelo restabelecimento da Praetor Lupus em Long Island e pela reconstrução do que foi destruído em Alicante. Gastarão as próprias riquezas com isso. Quanto aos Caçadores de Sombras que foram tirados de nós...

— Se está se referindo a Mark Blackthorn, ele foi levado pela Caçada Selvagem — disse Kaelie. — Não temos jurisdição sobre eles. Terão que negociar diretamente com eles, mas não vamos impedir.

— Ele não foi o único tirado de nós — insistiu Jia. — Há aquilo que não pode ser reparado: a perda de vidas de Caçadores de Sombras e licantropes na batalha, aqueles que perdemos pelo Cálice Infernal...

— Isso foi Sebastian Morgenstern, não as Cortes — protestou Kaelie. — Ele era um *Caçador de Sombras.*

— E é por isso que não estamos punindo vocês com uma guerra que inevitavelmente perderiam — respondeu Jia, com frieza. — Em vez disso, insistimos para que meramente desmontem seus exércitos, pela extinção dos guerreiros fada. Não podem mais carregar armas. Qualquer fada encontrada armada sem licença da Clave será executada imediatamente.

— As condições são severas demais — protestou Kaelie. — O Povo das Fadas não pode se sujeitar a elas! Se não tivermos armas, não teremos como nos defender!

— Colocaremos em votação, então — disse Jia, repousando o papel. — Qualquer um que discorde das condições apresentadas ao Povo das Fadas, por favor, fale agora.

Fez-se um longo silêncio. Emma notou os olhos de Helen percorrendo a sala, a boca contraída; Aline a segurava pelo pulso, com força. Finalmente ouviu-se o som de uma cadeira se arrastando, ecoando no silêncio, e uma figura solitária se levantou.

Magnus Bane. Ainda estava pálido por conta do ocorrido em Edom, mas os olhos verde-dourados brilhavam com uma intensidade que Emma era capaz de enxergar do outro lado da sala.

— Sei que essa história mundana não interessa muito à maioria dos Caçadores de Sombras — disse ele. — Mas houve uma época anterior aos Nephilim. Uma época na qual Roma lutou contra a cidade de Cartago, e ao longo de muitas guerras foi vitoriosa. Após uma das guerras, Roma exigiu que Cartago lhe pagasse tributos, que se desfizesse do exército e que a terra de Cartago fosse coberta de sal. O historiador Tácito disse o seguinte dos romanos: "Eles fazem um deserto e chamam isso de paz." — Voltou-se para Jia: — Os cartagineses nunca se esqueceram. O ódio a Roma suscitou outra guerra, e tal guerra terminou em morte e escravidão. Aquilo não foi paz. *Isto* não é paz.

Com isso, vieram gritos da assembleia.

— Talvez não queiramos paz, feiticeiro! — gritou alguém.

— Então qual é a sua solução? — questionou outra pessoa.

— Clemência — respondeu Magnus. — O Povo das Fadas há muito odeia os Nephilim por sua severidade. Mostrem a eles algo além de severidade e em troca receberão algo além de ódio!

Um novo burburinho se irrompeu, porém dessa vez mais alto que nunca; Jia levantou a mão, e a multidão se aquietou.

— Mais alguém aqui fala em nome do Povo das Fadas? — perguntou ela.

Magnus, sentando-se novamente, olhou de soslaio para os colegas do Submundo, mas Lily sorria e Luke encarava a mesa fixamente. Era de conhecimento geral que a irmã dele tinha sido a primeira a ser levada e Transformada em Crepuscular por Sebastian Morgenstern, que muitos dos lobos da Praetor eram amigos dele, inclusive Jordan Kyle — e, mesmo assim, havia dúvida no rosto de Luke...

— Luke — falou Magnus, com uma voz suave que de algum jeito conseguira ecoar pelo salão. — Por favor.

A dúvida desapareceu. Luke balançou a cabeça de forma sombria.

— Não peça o que não posso dar — respondeu. — Toda a Praetor foi destruída, Magnus. Como representante dos lobisomens, não posso me pronunciar contra o que todos eles querem. Se eu fizesse isso, eles se voltariam contra a Clave, e nada de bom sairia disso.

— Pronto, então — disse Jia. — Fale, Kaelie Whitewillow. Concordará com as condições ou haverá uma guerra entre nós?

A menina fada baixou a cabeça.

— Concordamos com as condições.

A assembleia explodiu em aplausos. Apenas alguns não bateram palmas: Magnus, a fila dos Blackthorn, os Lightwood e a própria Emma. Ela estava ocupada demais observando Kaelie enquanto a fada se sentava. A cabeça podia estar abaixada em submissão, mas o rosto parecia carregado de fúria incandescente.

— Então está feito — disse Jia, claramente satisfeita. — Agora passaremos ao tópico sobre...

— Espere. — Um Caçador de Sombras magro e de cabelos escuros tinha se levantado. Emma não o reconhecera. Poderia ser qualquer um. Talvez um Cartwright? Um Pontmercy? — A questão de Mark e Helen Blackthorn permanece.

Helen fechou os olhos. Parecia um réu num tribunal — meio que à espera de uma condenação, meio que torcendo por um indulto —, bem no ato em que a condenação era decretada.

Jia pausou, a caneta na mão.

— O que quer dizer, Balogh?

Balogh se levantou.

— Já se discutiu o fato de que as forças de Morgenstern penetraram o Instituto de Los Angeles com grande facilidade. Tanto Mark quanto Helen têm sangue de fada. Sabemos que o menino já está com a Caçada Selvagem, então não podemos fazer nada, mas a menina não deve permanecer entre Caçadores de Sombras. Não é aceitável.

Aline se levantou.

— Isso é ridículo! — disparou. — Helen é Caçadora de Sombras; sempre foi! Ela tem sangue do Anjo, você não pode ignorar isso!

— E sangue de fada — argumentou Balogh. — Ela consegue mentir. Para nosso desgosto, já fomos enganados por um da espécie dela. E digo que temos que remover suas Marcas...

Luke bateu na mesa, causando um estrondo; Magnus estava inclinado para a frente, as mãos com dedos longos cobrindo-lhe o rosto, os ombros encolhidos.

— A menina não fez nada — disse Luke. — Você não pode puni-la por um acaso congênito.

— Acasos congênitos fazem de nós o que somos — rebateu Balogh, com teimosia. — Você não pode negar o sangue de fada nela. Não pode negar que ela consegue mentir. Se uma nova guerra acontecer, de que lado sua lealdade estará?

Helen se levantou.

— Do mesmo lado em que esteve agora — refutou ela. — Lutei em Burren, na Cidadela e em Alicante, para proteger minha família e proteger os Nephilim. Jamais dei qualquer motivo para que alguém questionasse minha lealdade.

— É assim que acontece — enfatizou Magnus, levantando-se. — Não conseguem enxergar que é assim que começa, *de novo*?

— Helen tem razão — disse Jia. — Ela não fez nada de errado.

Outra Caçadora de Sombras se levantou, uma mulher com cabelos escuros amontoados na cabeça.

— Com sua licença, Consulesa, mas a senhora não é imparcial — opinou ela. — Todos nós sabemos da relação de sua filha com a menina fada. A senhora deveria se abster da discussão.

— Helen Blackthorn é necessária, senhora Sedgewick — disse Diana Wrayburn, levantando-se. Parecia revoltada; Emma se lembrou dela no Salão dos Acordos, da maneira como tentou ajudá-la. — Os pais dela foram assassinados; ela tem cinco irmãos mais novos para cuidar...

— Ela não é necessária — disparou Sedgewick. — Estamos reabrindo a Academia; as crianças podem ir para lá, ou podem se dividir por diferentes Institutos...

— Não — sussurrou Julian. As mãos estavam cerradas, apoiadas nos joelhos.

— De jeito nenhum — berrou Helen. — Jia, você deve...

Jia encontrou os olhos dela e assentiu, lenta e relutantemente.

— Arthur Blackthorn — ordenou. — Por favor, levante-se.

Emma sentiu Julian congelando em choque ao seu lado quando um homem do outro lado do recinto, o qual estava oculto em meio à multidão, se levantou. Era uma versão magra, mais pálida e menor do pai de Julian, com cabelos castanhos ralos e os olhos dos Blackthorn semiescondidos por trás de óculos. Estava pesadamente apoiado em uma bengala de madeira, demonstrando um desconforto que a fez imaginar que o ferimento que requeria a bengala era recente.

— Gostaria de esperar até depois desta reunião para que as crianças conhecessem o tio adequadamente — disse Jia. — Chamei-o assim que soube dos ataques ao Instituto de Los Angeles, é claro, mas ele tinha sido ferido em Londres. Só chegou a Idris hoje de manhã. — Ela suspirou. — Senhor Blackthorn, pode se apresentar.

O homem tinha um rosto redondo e simpático, e parecia extremamente desconfortável ao ser encarado por tantas pessoas.

— Sou Arthur Blackthorn, irmão de Andrew Blackthorn — falou. Seu sotaque era britânico; Emma sempre se esquecia que o pai de Julian era de Londres originalmente. Ele tinha perdido o sotaque há anos. — Vou me mudar para o Instituto de Los Angeles assim que possível, e levarei meus sobrinhos comigo. As crianças ficarão sob minha proteção.

— Aquele é realmente seu tio? — sussurrou Emma, encarando o sujeito.

— Sim, é ele — sussurrou Julian de volta, claramente agitado. — É só que... eu imaginava... quero dizer, eu estava realmente começando a achar que ele não viria. Eu... eu preferia que Helen cuidasse de nós.

— Ao mesmo tempo em que tenho certeza de que estamos todos incomensuravelmente aliviados por você cuidar das crianças Blackthorn — disse Luke —, Helen é uma delas. Está dizendo que, ao assumir a responsabilidade pelos irmãos mais novos, concorda que as Marcas dela devam ser removidas?

Arthur Blackthorn pareceu horrorizado.

— De jeito nenhum — falou. — Meu irmão pode não ter sido sábio em seus... galanteios... mas todos os registros afirmam que os filhos de Caçadores de Sombras são Caçadores de Sombras. Como dizem, *ut incepit fidelis sic permanent.*

Julian deslizou no assento.

— Mais latim — murmurou. — Exatamente como papai.

— O que isso quer dizer? — perguntou Emma.

— "Ela começa leal e termina leal"... algo assim. — Os olhos de Julian percorreram o salão; todos estavam murmurando e encarando. Jia em uma conversa em surdina com Robert e os representantes do Submundo. Helen continuava de pé, mas Aline parecia ser a única coisa a sustentá-la.

O grupo no palanque se separou, e Robert Lightwood deu um passo para a frente. Sua expressão era ameaçadora.

— Para que não haja qualquer discussão de que a amizade pessoal entre Jia e Helen Blackthorn influenciou sua decisão, ela se absteve — informou ele. — O restante de nós decidiu que, como Helen tem 18 anos, a idade em que muitos jovens Caçadores de Sombras são colocados em outros Institutos para estudar, ela irá para a Ilha Wrangel para estudar as barreiras.

— Por quanto tempo? — manifestou-se Balogh imediatamente.

— Por tempo indeterminado — respondeu Robert, e Helen sentou-se na cadeira, com Aline ao lado, o rosto expressando dor e choque.

A Ilha Wrangel podia ser o berço de todas as barreiras que protegiam o mundo, um posto de muito prestígio sob muitos aspectos, mas era também uma ilha minúscula no congelado mar Ártico ao norte da Rússia, a milhares de quilômetros de Los Angeles.

— Está bom para vocês? — perguntou Jia, com a voz gélida. — Senhor Balogh? Senhora Sedgewick? Vamos votar? Todos a favor de enviar Helen Blackthorn para a Ilha Wrangel até que sua lealdade seja determinada, digam "sim".

Um coro dizendo "sim" e um mais discreto dizendo "não" atravessou a sala. Emma não disse nada, nem Jules; ambos eram jovens demais para votar. Emma esticou a mão e pegou a de Julian, apertando-a com força; os dedos dele pareciam gelo. Ele tinha o olhar de alguém que já havia apanhado tanto que nem queria mais levantar. Helen soluçava baixinho nos braços de Aline.

— Permanece a questão de Mark Blackthorn — disse Balogh.

— *Qual* questão? — perguntou Robert Lightwood, soando exasperado. — O menino foi levado pela Caçada Selvagem! Na improbabilidade de conseguir negociar a liberação dele, este não deveria ser um problema com o qual devamos nos preocupar quando for a hora?

— É justamente isso — disse Balogh. — Desde que não negociemos a soltura, o problema se resolve sozinho. O menino provavelmente está melhor com seus semelhantes.

O rosto redondo de Arthur Blackthorn empalideceu.

— Não — falou. — Meu irmão não quereria isso. Ele iria querer o menino em casa, com a família. — Ele apontou para onde Emma e Julian estavam sentados. — Tantas coisas já foram tiradas deles. Como podemos tirar mais?

— Estamos protegendo-os. — Sedgewick se irritou. — Contra um irmão e uma irmã que, com o tempo, provavelmente só irão traí-los, e eles vão perceber que a lealdade deles está com as Cortes. Todos em favor do abandono permanente das buscas por Mark Blackthorn digam "sim".

Emma esticou o braço para segurar Julian enquanto ele se inclinava para a frente na cadeira. Ela estava desajeitadamente agarrada a ele. Todos os músculos de Julian pareciam duros como ferro, como se ele estivesse se preparando para uma queda ou um golpe. Helen se inclinou para ele, sussurrando e murmurando, o rosto dela marcado por lágrimas. Quando Aline esticou o braço por cima de Helen para afagar o cabelo de Jules, Emma viu o anel Blackthorn brilhando no dedo dela. Enquanto o coro dizendo "sim" percorria o recinto em uma terrível sinfonia, o brilho da joia fazia Emma pensar na luz do sinal de alerta no oceano, onde ninguém podia ver, onde não havia ninguém para se importar.

Se aquilo era paz e vitória, pensou Emma, talvez guerra e luta fossem melhores, afinal.

Jace deslizou das costas do cavalo e esticou a mão para ajudar Clary a descer.

— Chegamos — disse ele, virando para olhar o lago.

Estavam em uma praia rasa na costa oeste do Lago Lyn. Não era a mesma praia em que Valentim se postara ao invocar o Anjo Raziel, não era a mesma praia onde Jace sangrara até a morte e depois ressuscitara, mas Clary não vinha ao lago desde então, e a visão dele ainda lhe causava calafrios.

Era um local adorável, sem dúvida. O lago se estendia, tingido pela cor do céu de inverno, delineado em prata, a superfície escovada e ondulada de modo que lembrava um pedaço de papel-alumínio dobrando e desdobrando ao toque do vento. As nuvens eram brancas e altas, e as colinas ao redor, sem vegetação.

Clary avançou até a beira da água. Tinha achado que a mãe viria com ela, mas na última hora Jocelyn recusara, alegando já ter se despedido do filho havia muito tempo e afirmando que esta era a vez de Clary. A Clave tinha cremado o corpo — a pedido de Clary. A cremação era uma honra, e os que morriam em desgraça eram enterrados em cruzamentos, intactos e sem cremação, assim como acontecera à mãe de Jace. A cremação era mais que um favor, pensou Clary; era uma garantia para a Clave, a certeza absoluta de que ele estava morto. Mas, mesmo assim, as cinzas de Jonathan jamais poderiam ser levadas para a casa dos Irmãos do Silêncio. Jamais fariam parte da Cidade dos Ossos; ele jamais seria uma alma entre outras almas Nephilim.

Ele nunca seria enterrado entre aqueles cujas mortes havia provocado, e isso, pensou Clary, era muito justo. Os Crepusculares foram cremados, e suas cinzas enterradas no cruzamento próximo a Brocelind. Ergueriam um monumento ali, uma necrópole para que se recordassem daqueles que um dia foram Caçadores de Sombras, no entanto não haveria monumento para recordar Jonathan Morgenstern, de quem ninguém queria se lembrar. Até Clary queria poder esquecer, mas nada era tão fácil.

A água do lago estava límpida, com um ligeiro brilho de arco-íris, como uma lustrada de óleo. A água lambeu as botas de Clary enquanto ela abria a caixa prateada que segurava. Lá dentro estavam as cinzas, finas e escuras, pontilhadas com pedaços de ossos queimados. Entre as cinzas estava o anel Morgenstern, brilhante e prateado. O anel estivera pendurado em um cordão no pescoço de Jonathan quando ele fora cremado, e permanecera intacto e intocado pelo fogo.

— Nunca tive um irmão — disse ela. — Não de verdade.

Clary sentiu Jace colocando a mão em suas costas, entre os ombros.

— Teve, sim — corrigiu ele. — Teve Simon. Ele foi seu irmão de todas as maneiras que importam. Viu você crescer, defendeu você, lutou com e por você, se importou com você a vida toda. Foi o irmão que você escolheu. Mesmo que ele... não esteja mais aqui, nada nem ninguém pode tirar isso de você.

Clary respirou fundo e jogou a caixa o mais longe possível, a qual voou longe, sobre a água brilhante como arco-íris, cinzas pretas deixando um rastro, como a coluna de fumaça de um jatinho, e o anel caiu junto, girando sem parar, irradiando faíscas prateadas enquanto caía e caía e desaparecia sob a água.

— *Ave atque vale* — disse ela, recitando os versos completos do antigo poema. — *Ave atque vale in perpetuum, frater.* Saudações e adeus para sempre, meu irmão.

A brisa que vinha do lago era fria; Clary a sentia no rosto, gelada nas bochechas, e só então percebeu que chorava, e que seu rosto na verdade estava frio por estar molhado pelas lágrimas. Após saber que Jonathan estava vivo, ficou imaginando por que a mãe chorava todos os anos no aniversário dele. Por que chorar se o odiava? Mas agora Clary compreendia. A mãe chorava pelo filho que nunca teria, por todos os sonhos perdidos na imaginação de ter um filho, na ideia de como o menino seria. E chorava pelo acaso amargo que destruíra aquela criança antes mesmo de seu nascimento. Então, como Jocelyn havia feito durante tantos anos, Clary ficou ao lado do Espelho Mortal e chorou pelo irmão que jamais teria, pelo menino que nunca tivera a chance de viver. E também chorou por todos os que morreram na Guerra Maligna, e chorou pela mãe, pela perda que ela sofrera, por Emma e pelos Blackthorn, lembrando-se de como se esforçaram para segurar as lágrimas quando ela lhes contara que tinha visto Mark nos túneis do Reino das Fadas, e de como ele agora era parte da Caçada, e chorou por Simon e pelo buraco no coração onde ele habitara, e pelo quanto sentiria saudade dele todos os dias até morrer, e chorou por ela mesma e pelas mudanças que aconteceram dentro dela, pois às vezes mesmo mudanças para melhor se assemelhavam um pouco à morte.

Jace ficou ao lado de Clary enquanto ela chorava, segurando sua mão silenciosamente, até as cinzas de Jonathan acabarem de afundar sem deixar rastros.

— Não fique ouvindo a conversa alheia — disse Julian.

Emma o encarou. Tudo bem, então ela conseguia ouvir as vozes elevadas através da madeira espessa da porta do escritório da Consulesa, porta que estava fechada, exceto por uma rachadura. E talvez *estivesse* se inclinando em direção à porta, atormentada pelo fato de poder ouvir as vozes, quase identificá-las, mas não com precisão. E daí? Não era melhor saber das coisas do que não saber?

Ela articulou a boca sem emitir som:

— E daí?

Julian ergueu as sobrancelhas. Não se podia dizer particularmente que Julian *gostava* de regras, mas ele as obedecia. Emma achava que regras existiam para serem quebradas, ou no mínimo contornadas.

Além disso, estava entediada. Ambos tinham sido conduzidos à porta e deixados ali por um dos membros do Conselho, ao fim do longo corredor que se estendia por quase toda a extensão do Gard. Havia tapeçarias penduradas por toda a entrada do escritório, gastas pela passagem do tempo. A maioria delas ilustrava passagens da história dos Caçadores de Sombras: o Anjo ascendendo do lago com os Instrumentos Mortais, o Anjo entregando o *Livro Gray* a Jonathan Caçador de Sombras, os Primeiros Acordos, a Batalha de Xangai, o Conselho de Buenos Aires. Havia também outra tapeçaria, esta parecendo mais nova e recém-pendurada, que ilustrava o Anjo saindo do lago, desta vez sem os Instrumentos Mortais. Havia um homem louro à beira do lago e, perto dele, quase invisível, a figura de uma menina magrinha com cabelos ruivos, empunhando uma estela...

— Um dia vai existir uma tapeçaria sobre você — disse Jules.

Emma desviou o olhar para ele.

— É preciso fazer alguma coisa muito grande para ganhar uma tapeçaria. Tipo vencer uma guerra.

— Você pode vencer uma guerra — afirmou ele, confiante.

Emma sentiu um ligeiro aperto no coração. Quando Julian a olhava daquele jeito, como se ela fosse brilhante e incrível, diminuía um pouco a dor pela ausência dos pais. Ter alguém gostando de você daquele jeito era uma garantia de que nunca se sentiria totalmente só.

A não ser que eles decidissem tirar Emma de Jules, é claro. Que a obrigassem a se mudar para Idris, ou para algum dos Institutos onde tinha parentes distantes — Inglaterra, China ou Irã. Subitamente em pânico, ela pegou a estela e marcou um símbolo de audição no braço antes de encostar a orelha contra a madeira da porta, ignorando o olhar de Julian.

As vozes imediatamente se tornaram claras. Ela reconheceu primeiro a de Jia, e em um instante, a segunda: a Consulesa estava conversando com Luke Garroway.

— ... Zachariah? Ele não é mais um Caçador de Sombras ativo — falava Jia. — Ele foi embora hoje antes da reunião, dizendo que tinha algumas pontas soltas para atar, e em seguida um compromisso urgente em Londres no começo de janeiro, algo que não podia perder.

Luke murmurou uma resposta que Emma não ouviu; ela não sabia que Zachariah ia embora, e gostaria de ter podido agradecer pela ajuda que ele dera na noite da batalha. E de ter perguntado como ele sabia que seu nome do meio era Cordelia.

Ela se inclinou mais para a porta e ouviu Luke no meio de uma frase:

— ... tinha que contar primeiro a você — dizia. — Estou planejando renunciar a minha posição de representante. Maia Roberts ficará no meu lugar.

Jia emitiu um ruído surpreso.

— Ela não é um pouco jovem?

— É muito capaz — respondeu Luke. — Não precisa do meu aval...

— Não precisa mesmo — concordou Jia. — Sem o aviso dela de que Sebastian iria atacar, teríamos perdido muito mais Caçadores de Sombras.

— E ela será a líder do bando de Nova York a partir de agora, então faz mais sentido que ela seja a representante, e não eu. — Ele suspirou. — Além disso, Jia, perdi minha irmã. Jocelyn perdeu o filho... outra vez. E Clary ainda está arrasada pelo que aconteceu a Simon. Quero estar presente para minha filha.

Jia emitiu um ruído descontente.

— Talvez eu não devesse tê-la deixado tentar ligar para ele.

— Ela precisava saber — disse Luke. — É uma perda. Ela tem que assimilar. Tem que passar pelo luto. Gostaria de estar por perto para ajudá-la. Gostaria de me casar. Gostaria de estar presente para minha família. Preciso renunciar.

— Bem, você tem minha bênção, é claro — falou ela. — Embora eu fosse gostar de sua ajuda na reabertura da Academia. Perdemos tanta gente. Fazia muito tempo que a morte não levava tantos Nephilim. Precisamos fazer uma busca no universo mundano, encontrar aqueles que podem Ascender, ensiná-los e treiná-los. Teremos muito trabalho.

— E muitas pessoas para ajudar. — O tom de Luke era inflexível.

Jia suspirou.

— Vou receber Maia bem, não há o que temer. Pobre Magnus, cercado de mulheres.

— Duvido que ele vá se importar, ou notar — disse Luke. — No entanto, devo dizer, ele tem razão, Jia. Abandonar as buscas por Mark Blackthorn, enviar Helen Blackthorn para a Ilha Wrangel... Foi uma crueldade desmedida.

Fez-se uma pausa, e então:

— Eu sei — concordou Jia, com a voz baixa. — Acha que não sei o que fiz com minha própria filha? Mas permitir que Helen ficasse... vi o ódio nos olhos de meus próprios Caçadores de Sombras e temi por Helen. Temi por Mark, caso o encontremos.

— Bem, já eu notei a desolação nos olhos das crianças Blackthorn — argumentou Luke.

— Crianças são fortes.

— Eles perderam o irmão e o pai, e agora você os está deixando para que sejam criados por um tio que só viram algumas vezes na vida...

— Vão passar a conhecê-lo; ele é um homem bom. Diana Wrayburn também já solicitou o cargo de tutora deles, e estou inclinada a conceder. Ela ficou impressionada com a coragem deles...

— Mas não é mãe deles. Minha mãe me abandonou quando eu era criança — disse Luke. — Ela se tornou uma Irmã de Ferro. Cleophas. Nunca mais a vi. Amatis me criou. Não sei o que teria feito sem ela. Era... tudo que eu tinha.

Emma olhou rapidamente para Julian, para ver se ele tinha escutado. Achou que não; ele não estava olhando para ela, mas encarando o nada, os olhos verde-azulados tão distantes quanto o oceano ao qual se assemelhavam. Ela ficou se perguntando se ele estaria se lembrando do passado ou temendo o futuro; desejou que pudesse rebobinar o relógio, recuperar os pais, devolver o pai a Jules, Helen e Mark, consertar o que estava quebrado.

— Sinto muito por Amatis — disse Jia. — E estou preocupada com as crianças Blackthorn, acredite. Mas sempre tivemos órfãos; somos Nephilim. Você sabe disso tão bem quanto eu. Quanto à menina Carstairs, será trazida a Idris; temo que ela fique um pouco resistente...

Emma empurrou a porta do escritório, a qual cedeu com mais facilidade do que ela esperava, e ela meio que caiu lá dentro. Ouviu Jules soltar uma exclamação de espanto e em seguida ir atrás dela, puxando a traseira do cinto para colocá-la de pé.

— Não! — exclamou ela.

Tanto Jia quanto Luke a encararam, surpresos; a boca de Jia parcialmente aberta, Luke começando a esboçar um sorriso.

— Um pouco? — disse ele.

— Emma Carstairs — começou Jia, levantando —, como você ousa...

— Como *você* ousa. — E Emma ficou completamente surpresa por ter sido Julian a dizer aquela frase, seus olhos verdes queimando. Em cinco segundos ele passou de menino preocupado a jovem furioso, os cabelos castanhos arrepiados, como se também estivessem irritados. — Como ousa gritar com Emma quando foi você quem fez promessas? Você prometeu que a Clave jamais abandonaria Mark enquanto ele estivesse vivo, *você prometeu*!

Jia teve a decência de parecer envergonhada.

— Ele agora faz parte da Caçada Selvagem — justificou ela. — Eles não são mortos nem vivos.

— Então você sabia — disse Julian. — Quando fez sua promessa, sabia que não significava nada.

— Significava salvar Idris — respondeu Jia. — Sinto muito. Precisávamos de vocês dois, e eu... — Ela soou como se estivesse engasgando com as palavras. — Eu teria cumprido a promessa caso pudesse. Se houvesse um jeito... se pudesse ser feito... eu faria.

— Então você tem uma dívida conosco — disse Emma, plantando os pés com firmeza diante da mesa da Consulesa. — Você nos deve uma promessa quebrada. Então tem que fazer *isto* agora.

— Fazer o quê? — Jia pareceu espantada.

— Não vou me mudar para Idris. Não vou. Meu lugar é em Los Angeles.

Emma sentiu Jules congelar atrás dela.

— Claro que você não vai se mudar para Idris — interrompeu ele. — Do que está falando?

Emma apontou um dedo acusatório para Jia.

— Ela disse isso.

— De jeito nenhum — falou Julian. — Emma mora em Los Angeles; é a *casa* dela. Pode ficar no Instituto. É o que Caçadores de Sombras *fazem*. O Instituto é um abrigo.

— Seu tio vai controlar o Instituto — disse Jia. — Ele vai decidir.

— E o que ele disse? — perguntou Julian, e por trás daquelas palavras havia uma enormidade de sentimentos. Quando Julian amava alguém, amava para sempre; quando odiava, também era para sempre. Emma tinha a sensação de que a dúvida sobre odiar ou amar o tio para sempre seria respondida neste exato momento.

— Ele disse que a receberia — respondeu Jia. — Mas, sinceramente, acho que há lugar para Emma na Academia de Caçadores de Sombras aqui em Idris. Ela é excepcionalmente talentosa, estaria cercada pelos melhores instrutores, há muitos alunos que sofreram perdas e podem ajudá-la com sua dor...

Sua dor. De repente a mente de Emma navegou por uma série de imagens: as fotos dos corpos de seus pais na praia, cobertos por marcas. A clara falta de interesse da Clave no que acontecera com eles. Seu pai abaixando para beijá-la antes de ir para o carro, onde sua mãe esperava. A risada deles ao vento.

— *Eu* sofri perdas — falou Julian, entre dentes. — Posso ajudá-la.

— Você tem 12 anos — afirmou Jia, como se isso respondesse tudo.

— Não terei 12 para sempre! — gritou Julian. — Eu e Emma nos conhecemos desde sempre. Ela é como... ela é como...

— Nós vamos ser *parabatai* — declarou Emma subitamente, antes que Julian pudesse falar que ela era como se fosse sua irmã. Por algum motivo, ela não queria ouvir isso.

Os olhos de todos se arregalaram, inclusive os de Julian.

— Julian me pediu, e eu disse sim — esclareceu ela. — Temos 12 anos; temos idade suficiente para fazer essa escolha.

Os olhos de Luke brilharam ao olhar para ela.

— Você não pode separar *parabatai* — falou ele. — É contra a Lei da Clave.

— Precisamos poder treinar juntos — alegou Emma. — Fazer provas juntos, passar pelo ritual juntos...

— Sim, sim, compreendo — disse Jia. — Muito bem. Seu tio não se importa, Julian, se Emma morar no Instituto, e a instituição *parabatai* supera todas as outras considerações. — Ela olhou de Emma para Julian, cujos olhos estavam brilhando. Ele parecia feliz, feliz de verdade, pela primeira vez em tanto tempo que Emma quase não conseguia se lembrar da última vez em que o vira sorrir assim. — Tem certeza? — acrescentou a Consulesa. — Tornar-se *parabatai* é algo muito sério, nada para ser encarado com leviandade. É um compromisso. Terão que cuidar um do outro, proteger um ao outro, se importar com o outro mais que consigo.

— Já fazemos tudo isso — respondeu Julian, confiante.

Emma demorou um pouco mais para falar. Ainda enxergava os pais em sua mente. Los Angeles tinha todas as respostas sobre o que havia acontecido com eles. Respostas das quais ela precisava. Se ninguém vingasse as mortes deles, seria como se nunca tivessem vivido.

E não era como se ela não quisesse ser *parabatai* de Julian. A ideia de passar a vida inteira sem nunca se separar dele, uma promessa de que jamais estaria sozinha, superava a voz no fundo de sua mente que sussurrava: *espere*...

Ela assentiu com firmeza.

— Absoluta — falou. — Temos certeza absoluta.

Idris era verde, dourada e castanho-avermelhada no outono, quando Clary esteve lá pela primeira vez. Tinha um esplendor forte no fim do inverno, tão perto do natal: as montanhas se erguiam ao longe, os cumes cobertos por neve branca, e as árvores cercando a estrada que levava de volta a Alicante a partir do lago estavam nuas, os galhos desfolhados formavam estampas semelhantes à renda contra o céu brilhante.

Cavalgaram sem pressa, Wayfarer galopando levemente pelo caminho, Clary atrás de Jace, os braços segurando-o pelo tronco. Às vezes ele desacelerava o cavalo para apontar para as casas das famílias de Caçadores de Sombras mais ricas, que ficavam escondidas da estrada quando as árvores estavam carregadas, no entanto estavam visíveis agora. Ela sentiu os ombros dele enrijecerem quando passaram por uma cujas pedras cobertas por hera quase se camuflavam na floresta ao redor. Obviamente tinha sido incendiada e reconstruída.

— A Mansão Blackthorn — disse ele. — O que significa que depois desta curva está... — Ele pausou quando Wayfarer subiu um pequeno monte, e então Jace o controlou para que pudessem olhar para onde a estrada se bifurcava. Uma das direções levava a Alicante. Clary achou estar vendo as torres demoníacas ao longe, enquanto a outra se curvava em direção a uma enorme construção de pedras douradas, cercada por um muro baixo. — A Mansão Herondale — concluiu Jace.

O vento aumentou; gelado, soprou os cabelos de Jace. Clary estava com o capuz levantado, mas Jace estava com a cabeça e as mãos desprotegidas, após declarar que detestava usar luvas quando montava. Gostava de sentir as rédeas na mão.

— Quer descer e dar uma olhada? — perguntou ela.

A respiração dele saiu em uma nuvem branca.

— Não tenho certeza.

Ela se aconchegou mais perto dele, tremendo.

— Está com medo de perder a reunião do Conselho? — Ela estava, apesar de que fossem voltar para Nova York no dia seguinte e não fosse haver outro momento no qual ela poderia pensar em repousar secretamente as cinzas de seu irmão; fora Jace quem sugerira pegar o cavalo no estábulo e cavalgar até o Lago Lyn quando quase todo mundo em Alicante estivesse no Salão dos Acordos. Jace entendia o que significava para Clary a ideia de enterrar o irmão, muito embora fosse ser difícil explicar para qualquer outra pessoa.

Ele balançou a cabeça.

— Somos jovens demais para votar. Além disso, acho que eles se viram bem sem nós dois. — Ele franziu a testa. — Teríamos que invadir. A Consulesa disse que enquanto eu quiser me chamar Lightwood, não terei qualquer direito legal sobre as propriedades Herondale. Sequer tenho um anel Herondale. Nem existe. As Irmãs de Ferro teriam que forjar um novo. Inclusive, quando eu fizer 18 anos, perderei totalmente o direito ao nome.

Clary ficou sentada, parada, segurando levemente a cintura dele. Havia momentos em que ele queria ser estimulado e queria que fizessem perguntas, e momentos em que não queria. Este se encaixava na segunda opção. Jace chegaria a uma conclusão sozinho. Ela o abraçou, respirando baixinho até ele ficar tenso de repente e bater os pés nas laterais de Wayfarer.

O cavalo trotou pela trilha que levava à mansão. Os portões baixos — decorados em ferro com motivos de pássaros voando — estavam abertos, e a trilha levava a uma entrada circular de cascalhos, ao centro da qual havia um chafariz de pedra, agora seco. Jace foi até a frente dos amplos degraus que levavam à porta principal e ficou olhando para as janelas vazias.

— Foi aqui que nasci — informou. — Aqui que minha mãe morreu, e onde Valentim me arrancou do corpo dela. E onde Hodge me pegou e me escondeu, para que ninguém soubesse. Também era inverno.

— Jace... — Ela abriu as mãos sobre o peito dele, sentindo o coração com os dedos.

— Acho que quero ser um Herondale — disse ele subitamente.

— Então seja um Herondale.

— Não quero trair os Lightwood — falou. — São minha família. Mas percebi que se eu não assumir o nome Herondale, este morrerá comigo.

— Não é responsabilidade sua...

— Eu sei — respondeu. — Na caixa, aquela que Amatis me deu, tinha uma carta do meu pai para mim. Ele escreveu antes de eu nascer. Li algumas vezes. Nas primeiras vezes em que li, simplesmente o odiei, apesar de ele ter falado que me amava. Mas havia algumas frases que não consegui tirar da minha cabeça. Ele disse "*quero que você seja um homem melhor do que eu fui. Não deixe que ninguém lhe diga quem você é ou deve ser"*. — Ele inclinou a cabeça para trás, como se capaz de ler o futuro na curva das calhas da mansão; — Mudar o nome não muda a natureza. Veja só Sebastian... Jonathan. Chamar-se Sebastian não fez a menor diferença no fim. Eu queria me livrar do nome Herondale porque achava que odiava meu pai, mas não o odeio. Ele pode ter sido fraco e feito as escolhas erradas, mas estava ciente disso. Não tenho razão para odiá-lo. E houve gerações de Herondale antes dele; é uma família que fez muitas coisas boas, então deixar esta casa inteira ruir só para me vingar de meu pai seria um desperdício.

— Esta é a primeira vez que ouço você chamá-lo de pai, e que soa como tal — disse Clary. — Normalmente você só fala assim de Valentim.

Ela o sentiu suspirar, e então cobriu as mãos dela com a dele, que estavam em seu peito. Os dedos longos e esguios estavam gelados, tão familiares que ela seria capaz de reconhecê-los no escuro.

— Podemos morar aqui um dia — disse ele. — Juntos.

Ela sorriu, sabendo que ele não podia vê-la, mas sem conseguir se conter.

— Acha que me ganha com uma casa chique? — brincou ela. — Não se precipite, Jace. Jace *Herondale* — acrescentou, e o abraçou no frio.

Alec estava sentado na beira do telhado, balançando os pés. Supunha que se algum dos pais retornasse para casa e olhasse para cima, eles o veriam ali e gritariam com ele, mas duvidava que Maryse ou Robert fossem voltar tão cedo. Foram chamados ao escritório da Consulesa depois da reunião e provavelmente ainda estavam lá. O novo tratado com o Povo das Fadas seria acertado ao longo da semana seguinte, e durante este período eles ficariam em Idris, enquanto o restante dos Lightwood voltaria a Nova York e comemoraria o ano-novo sem eles. Alec tecnicamente iria administrar o Instituto naquela semana. Ficou surpreso em descobrir que estava ansioso por isso.

Tal responsabilidade era uma boa forma de distrair a mente de outras coisas. Coisas como o estado de Jocelyn quando seu filho morrera, ou a maneira como Clary abafara seus soluços silenciosos contra o chão ao perceber que tinham voltado de Edom sem Simon. A expressão de Magnus, carregada de desespero, enquanto dizia o nome de seu pai.

A perda era parte da vida dos Caçadores de Sombras, era algo esperado, mas isso não ajudara Alec em nada ao ver a expressão de Helen no Salão do Conselho quando ela foi exilada para a Ilha Wrangel.

— Não havia nada que você pudesse fazer. Não se condene. — A voz era familiar; Alec cerrou os olhos, tentando regular a respiração antes de responder.

— Como chegou aqui em cima? — perguntou. Fez-se um ruído de tecido farfalhando enquanto Magnus se acomodava ao lado de Alec na beira do telhado.

Alec arriscou uma olhada de soslaio para ele. Só tinha visto Magnus duas vezes, brevemente, desde a volta de Edom; uma quando os Irmãos do Silêncio os liberaram da quarentena, e outra no Salão do Conselho. Em nenhuma das ocasiões conseguiram conversar. Alec o olhava agora com uma ansiedade que desconfiava estar mal disfarçada. Magnus já recuperara a cor saudável depois da aparência desgastada que adquirira em Edom; os hematomas estavam praticamente curados, os olhos tinham recuperado a luz, brilhando sob o céu crepuscular.

Alec se lembrou de ter abraçado Magnus no reino demoníaco, quando o encontrou acorrentado, e ficou imaginando por que essas coisas eram mais fáceis quando você achava que estava prestes a morrer.

— Eu deveria ter falado alguma coisa — comentou Alec. — Votei contra o exílio.

— Eu sei — disse Magnus. — Você e mais ou menos outras dez pessoas. A votação foi imensamente favorável ao exílio de Helen. — Ele balançou a cabeça. — As pessoas se assustam e descontam em qualquer um que julgam ser diferente. É a mesma história que já vi mil vezes.

— Faz com que eu me sinta tão inútil.

— Você é tudo menos inútil. — Magnus inclinou a cabeça para trás, os olhos vasculhando o céu enquanto as estrelas começavam a aparecer, uma a uma. — Salvou minha vida.

— Em Edom? — perguntou Alec. — Ajudei, mas na verdade... você salvou a própria vida.

— Não só em Edom — falou Magnus. — Eu tinha... eu tenho quase 400 anos de idade, Alexander. Feiticeiros, à medida que envelhecem, começam a calcificar. Param de conseguir *sentir* coisas. De se importar, de se animar, de se surpreender. Eu sempre disse a mim que isso jamais aconteceria comigo. Que eu tentaria ser como Peter Pan, que não cresceria, sempre conservaria o senso de surpresa. Que sempre me apaixonaria, me surpreenderia, me disporia a me machucar tanto quanto me disporia a ser feliz. Mas ao longo dos últimos vinte anos mais ou menos, senti a idade me alcançar assim mesmo. Antes de você, eu não tinha ninguém há muito tempo. Ninguém que eu tenha amado. Ninguém que tenha me surpreendido ou me tirado o fôlego. Até você entrar naquela festa, eu achava que nunca mais voltaria a sentir com tanta intensidade.

Alec prendeu a respiração e olhou para as próprias mãos.

— O que está dizendo? — A voz saiu trêmula. — Que quer reatar?

— Se você quiser — falou Magnus, e de fato soou inseguro, o suficiente para Alec encará-lo, surpreso. Magnus parecia muito jovem, olhos arregalados, verde-dourados, o cabelo tocando as têmporas em cachos pretos. — Se você...

Alec ficou paralisado. Há semanas vinha sonhando acordado com Magnus falando aquelas exatas palavras, mas agora que estava acontecendo, não se sentia como imaginara. Não houve fogos de artifício no peito; sentia-se vazio e frio.

— Não sei — respondeu.

A luz nos olhos de Magnus se apagou. Ele disse:

— Bem, consigo entender que você... não fui muito gentil.

— Não — respondeu Alec bruscamente. — Não foi, mas suponho que seja difícil terminar com alguém de modo gentil. A questão é que *realmente* lamento pelo que fiz. Errei. Errei feio. Mas o motivo pelo qual errei não vai mudar. Não posso passar a vida com a sensação de que não o conheço. Você fica dizendo que passado é passado, mas o passado fez de você quem é. Eu quero saber sobre a sua vida. E, se não estiver disposto a me contar, então não devo ficar com você. Porque eu me conheço, e nunca vou aceitar isso na boa. Então não devo submeter nós dois a tudo outra vez.

Magnus puxou os joelhos para o peito. No crepúsculo, ele parecia desengonçado contra as sombras, com pernas e braços longos e dedos esguios brilhando por causa dos anéis.

— Eu te amo — disse ele baixinho.

— Não... — retrucou Alec. — Não faça isso. Não é justo. Além disso... — Ele desviou o olhar. — Duvido que eu seja o primeiro a partir seu coração.

— Meu coração já foi partido mais vezes que a Lei da Clave sobre Caçadores de Sombras não poderem se envolver romanticamente com seres do Submundo foi violada — falou Magnus, mas a voz soou frágil. — Alec... você tem razão.

Alec olhou de esguelha para ele. Desconfiava que provavelmente nunca tinha visto um feiticeiro tão vulnerável.

— Não é justo com você — disse Magnus. — Eu sempre disse a mim mesmo que ia me abrir a novas experiências, então quando comecei a... a endurecer... fiquei surpreso. Achei que tivesse feito tudo certo, que não tivesse fechado o coração. E aí pensei no que você falou, e percebi que estava começando a morrer por dentro. Se jamais conta a ninguém a verdade sobre si, em algum momento começa a esquecê-la. O amor, a dor, a alegria, o desespero, as coisas boas que fiz, as vergonhosas... se eu guardasse todas para mim, minhas lembranças começariam a desaparecer. E eu desapareceria.

— Eu... — Alec não sabia ao certo o que dizer.

— Tive muito tempo para pensar desde que terminamos — falou Magnus. — E escrevi isto. — Ele tirou um caderno do bolso interno do paletó: um caderno normal, em espiral e com folhas pautadas, mas quando o vento bateu, Alec notou que as páginas estavam preenchidas por uma letra cursiva bem delicada. A letra de Magnus. — Escrevi a minha vida.

Alec arregalou os olhos.

— A vida toda?

— Não toda — respondeu Magnus cautelosamente. — Mas alguns dos incidentes que me moldaram. Como conheci Raphael, quando ele era bem jovem — falou Magnus, e soou triste. — Como me apaixonei por Camille. A história do Hotel Dumort, embora Catarina tenha precisado me ajudar nessa parte. Alguns dos meus primeiros amores, e alguns dos últimos. Nomes que você talvez conheça: Herondale...

— Will Herondale — disse Alec. — Camille o mencionou. — Ele pegou o caderno; as páginas finas pareciam irregulares, como se Magnus tivesse pressionado a caneta com muita força enquanto escrevia. — Você esteve... *com* ele?

Magnus riu e balançou a cabeça.

— Não... mas há muitos Herondale nessas páginas. O filho de Will, James Herondale, era incrível, assim como a irmã de James, Lucie. Mas devo dizer que Stephen Herondale me fez perder o encanto pela família, até Jace aparecer. Aquele sujeito era um saco. — Magnus notou Alec encarando-o e acrescentou rapidamente: — Nenhum Herondale. Nenhum Caçador de Sombras, aliás.

— Nenhum Caçador de Sombras?

— Nenhum está em meu coração como você está — disse Magnus. E tamborilou levemente no caderno. — Considere esta uma primeira edição de tudo que quero lhe contar. Eu não tinha muita certeza, mas torci para que... se você quisesse ficar comigo, do mesmo jeito que quero ficar contigo, você encarasse isto como uma prova. Prova de que quero dar a você algo que nunca dei a ninguém: meu passado, a verdade a meu respeito. Quero compartilhar minha vida com você, e isso significa hoje, o futuro e todo meu passado, se você quiser. Se me quiser.

Alec baixou o caderno. Havia algo escrito na primeira página, uma dedicatória: *Querido Alec...*

Ele via o caminho diante de si muito claramente: poderia devolver o caderno, afastar-se de Magnus, encontrar outra pessoa, um Caçador de Sombras para amar, ficar com ele, compartilhar a previsibilidade de dias e noites, a poesia diária de uma vida comum.

Ou poderia dar um passo para o nada e escolher Magnus, sua poesia muito mais estranha, seu brilho e sua fúria, seus maus-humores e alegrias, as incríveis habilidades de sua magia e a magia não menos incrível da forma extraordinária como ele amava.

E isso mal configurava uma escolha. Alec respirou fundo e mudou de atitude repentinamente.

— Tudo bem — falou.

Magnus correu para ele no escuro, todo enérgico agora, olhos brilhantes e maçãs do rosto acentuadas.

— Sério?

— Sério — respondeu Alec, que esticou a mão e entrelaçou os dedos nos de Magnus.

Havia uma animação sendo despertada no peito de Alec, onde até então tudo estivera escuro. Magnus segurou o rosto de Alec e o beijou, seu toque leve: um beijo lento e suave, um beijo que prometia que havia mais por vir, quando não estivessem mais em um telhado e pudessem ser vistos por qualquer um que passasse.

— Então sou seu primeiro Caçador de Sombras, hein? — perguntou Alec quando finalmente se afastaram.

— Você é meu primeiro muita coisa, Alec Lightwood — respondeu Magnus.

O sol estava se pondo quando Jace deixou Clary na casa de Amatis, a beijou e voltou pelo canal para a casa da Inquisidora. Clary ficou observando-o se afastar antes de virar para casa com um suspiro. Sentia-se feliz por estarem indo embora no dia seguinte.

Havia coisas que ela amava em Idris. Alicante continuava sendo a cidade mais charmosa que já vira: acima das casas, agora, dava para ver o pôr do sol fazendo faíscas irradiarem dos topos das torres demoníacas. As fileiras de casas pelo canal eram suavizadas pela sombra, como silhuetas de veludo. Mas era extremamente triste entrar na casa de Amatis, sabendo agora, com certeza, que a dona jamais voltaria.

Por dentro a casa estava aconchegante e pouco iluminada. Luke encontrava-se no sofá, lendo um livro. Jocelyn dormia ao lado dele, encolhida e coberta. Luke sorriu para Clary assim que ela entrou, e apontou para a cozinha, fazendo um gesto bizarro que Clary entendeu como uma indicação de que havia comida, caso ela quisesse.

Ela balançou a cabeça afirmativamente e subiu as escadas nas pontas dos pés, com cuidado para não acordar a mãe. Foi para o quarto, já tirando o casaco, e levou um instante para perceber que havia mais alguém ali.

O quarto estava frio, o ar gelado entrando pela janela semicerrada. Isabelle estava sentada no parapeito, com botas de cano alto cobrindo a calça jeans e com os cabelos soltos, esvoaçando singelamente ao vento. Olhou para Clary quando ela entrou, e sorriu fracamente.

Clary foi até a janela e sentou ao lado de Izzy. Havia espaço suficiente para as duas, mas no limite; a ponta do sapato de Clary tocou a perna de Izzy. Ela abraçou os joelhos e esperou.

— Desculpe — falou Isabelle, afinal. — Eu provavelmente devia ter vindo pela porta da frente, mas não queria ter que lidar com seus pais.

— Foi tudo bem na reunião do Conselho? — perguntou Clary. — Aconteceu alguma coisa...

Isabelle deu uma risada curta.

— As fadas concordaram com as condições impostas pela Clave.

— Bem, isso é bom, certo?

— Talvez. Magnus não pareceu achar. — Isabelle exalou. — É só que... Houve um monte de alfinetadas cheias de mágoa e raiva espetando para todos os lados. Não pareceu uma vitória. E vão mandar Helen Blackthorn para a Ilha Wrangel para "estudar as barreiras". Vai entender. Querem afastá-la porque ela tem sangue de fada.

— Que horror! E Aline?

— Aline vai junto. Ela contou para Alec — relatou Isabelle. — Tem um tio qualquer que vai vir para cuidar dos pequenos Blackthorn e da menina, a que gosta de você e de Jace.

— O nome dela é Emma — disse Clary, cutucando a perna de Isabelle com o pé. — Você podia ao menos *tentar* se lembrar. Ela nos ajudou, afinal.

— É, está um pouco difícil sentir gratidão no momento.

Isabelle passou as mãos pelas pernas envoltas no jeans e respirou fundo.

— Sei que não tinha outra solução. Fico tentando imaginar alguma, mas não consigo pensar em nada. Tínhamos que ir atrás de Sebastian, tínhamos que ter saído de Edom, ou todos teríamos morrido de qualquer jeito, mas estou com *saudades* de Simon. Sinto falta dele o tempo todo e vim aqui porque você é a única pessoa que sente tanta saudade quanto eu.

Clary congelou. Isabelle estava brincando com a pedra vermelha no pescoço, olhando pela janela, o tipo de olhar fixo que Clary conhecia bem. O olhar que dizia *estou tentando não chorar.*

— Eu sei — falou Clary. — Também sinto saudade dele o tempo todo, só que de um jeito diferente. É como acordar sem um braço ou uma perna, como se fosse uma coisa que eu sempre tive, e na qual sempre me apoiei, e agora não tenho mais.

Isabelle continuava olhando pela janela.

— Conte sobre o telefonema — pediu ela.

— Não sei — hesitou Clary. — Foi horrível, Iz. Não acho que você realmente queira...

— *Conte* — Isabelle repetiu entre dentes, e Clary suspirou e assentiu.

Não era como se não se lembrasse; todos os segundos daquele telefonema ardiam em seu cérebro.

Fazia três dias que tinham voltado, três dias durante os quais todos ficaram em quarentena. Nunca nenhum Caçador de Sombras havia sobrevivido a uma viagem a uma dimensão demoníaca, e os Irmãos do Silêncio queriam ter certeza absoluta de que o grupo não estava trazendo magia sombria consigo. Clary passou os três dias gritando com os Irmãos do Silêncio que queria sua estela, queria um Portal, queria ver Simon, queria que alguém apenas *verificasse* como ele estava, se certificasse de que estava bem. Não viu Isabelle nem os outros naqueles dias, nem mesmo a mãe ou Luke, mas eles provavelmente ficaram aos berros também, pois no instante em que foram liberados pelos Irmãos do Silêncio, um guarda apareceu e levou Clary até o escritório da Consulesa.

Dentro do escritório da Consulesa, no Gard, no topo da Colina Gard, situava-se o único telefone ativo em Alicante.

Tinha sido enfeitiçado pelo feiticeiro Ragnor Fell para funcionar em algum momento na virada do século, pouco antes do desenvolvimento das mensagens de fogo. Sobrevivera a diversas tentativas de remoção sob o argumento de que poderia comprometer as barreiras de proteção, considerando que nunca demonstrara qualquer sinal disto.

A única outra pessoa no recinto era Jia Penhallow, e ela gesticulou para Clary sentar.

— Magnus Bane me informou sobre o que aconteceu com seu amigo Simon Lewis no reino demoníaco — disse. — Gostaria de apresentar meus sentimentos por sua perda.

— Ele não *morreu* — respondeu Clary através de dentes cerrados. — Pelo menos não deveria ter morrido. Alguém se deu o trabalho de verificar? Alguém foi investigar se ele está bem?

— Sim — respondeu Jia, um tanto inesperadamente. — Ele está bem, morando em casa com a mãe e a irmã. Parece totalmente bem: não é mais um vampiro, é claro, mas simplesmente um mundano levando uma vida normal. Pelo que pudemos observar, ele não parece ter qualquer lembrança do Mundo das Sombras.

Clary se encolheu, em seguida se aprumou.

— Quero falar com ele.

Jia contraiu os lábios.

— Você conhece a Lei. Não pode contar a um mundano sobre o Mundo das Sombras, a não ser que o mundano em questão esteja correndo perigo. Não pode revelar a verdade, Clary. Magnus disse que o demônio que os libertou avisou a vocês sobre isso.

O demônio que os libertou. Então Magnus não revelara que tinha sido seu pai; não que Clary o culpasse por isso. Ela também não revelaria o segredo dele.

— Não vou revelar nada a Simon, tudo bem? Só quero ouvir a voz dele. Preciso saber que ele está bem.

Jia suspirou e empurrou o telefone para ela. Clary pegou, imaginando como se discava de Idris — como pagavam a conta de telefone? —, então deixou para lá, ia ligar como se estivesse no Brooklyn. Se não desse certo, pediria orientações.

Para sua surpresa o telefone tocou, e foi atendido quase imediatamente, a voz familiar da mãe de Simon ecoando pela linha.

— Alô?

— Alô. — O fone quase escorregou da mão de Clary; estava com a mão ensopada de suor. — Simon está?

— Como? Ah, sim, ele está no quarto — respondeu Elaine. — Quem fala?

Clary fechou os olhos.

— É Clary.

Fez-se um silêncio breve, e em seguida Elaine falou:

— Desculpe, quem?

— Clary Fray. — Sentiu um gosto amargo de metal no fundo da garganta. — Eu... eu estudo na Saint Xavier. É sobre nosso dever de inglês.

— Ah! Sim, muito bem, então — respondeu Elaine. — Vou chamá-lo. — Ela apoiou o fone, e Clary aguardou enquanto a mulher que expulsara Simon de casa e o chamara de monstro, abandonando-o ajoelhado enquanto vomitava sangue numa vala, fosse chamá-lo para atender o telefone como um adolescente comum.

Não foi culpa dela. Foi a Marca de Caim, atuando sem que ela tivesse conhecimento, transformando Simon em um andarilho, cortando-o da família, disse Clary a si, no entanto sem conseguir fazer com que o ardor de fúria e ansiedade parasse de correr por suas veias. Ouviu os passos de Elaine se afastando, murmúrios, mais passos...

— Alô? — Era a voz de Simon, e Clary quase derrubou o telefone. O coração dela batia violentamente. Conseguia visualizá-lo com tanta clareza, magro e com cabelos castanhos, se apoiando na mesa no corredor estreito logo após a porta de entrada dos Lewis.

— Simon — disse ela. — Simon, sou eu. Clary.

Fez-se uma pausa. Quando falou novamente, ele pareceu espantado.

— Eu... a gente se conhece?

Cada palavra foi como um prego sendo martelado em sua pele.

— Fazemos aula de inglês juntos — disse ela, o que de certa forma era verdade; ambos faziam quase todas as aulas juntos quando Clary ainda frequentava o colégio mundano. — Senhor Price.

— Ah, certo. — Ele não soou antipático; foi alegre o suficiente, porém espantado. — Sinto muito. Sou péssimo com nomes e rostos. Tudo bem? Minha mãe falou alguma coisa sobre dever de casa, mas acho que não temos nenhum hoje.

— Posso fazer uma pergunta? — disse Clary.

— Sobre *Um conto de duas cidades*? — Ele soou entretido. — Olhe, ainda não li. Gosto de coisas mais modernas. *Ardil 22*, *O apanhador no campo de centeio*, essas coisas. — Estava flertando um pouco, pensou Clary. Ele devia pensar que ela havia telefonado do nada por tê-lo achado bonitinho. Uma garota qualquer da escola que ele sequer conhecia.

— Quem é a pessoa que você mais considera sua amiga? — perguntou ela. — No mundo inteiro?

Ele ficou em silêncio por um instante, em seguida riu.

— Devia ter imaginando que era sobre Eric — disse ele. — Sabe, se quisesse o telefone dele, bastava ter pedido...

Clary desligou e ficou sentada olhando para o aparelho como se fosse uma cobra venenosa. Teve consciência da voz de Jia, perguntando se estava bem, perguntando o que tinha acontecido, mas ela não respondeu, apenas enrijeceu a mandíbula, absolutamente determinada a não chorar na frente da Consulesa.

— Não acha que ele talvez só estivesse fingindo? — dizia Isabelle agora. — Fingindo que não sabia quem você era, sabe, porque podia ser perigoso?

Clary hesitou. A voz de Simon tinha soado tão jovial, tão banal, *tão completamente comum*. Ninguém seria capaz de fingir aquilo.

— Tenho total certeza — respondeu. — Ele não se lembra da gente. Não consegue.

Izzy desviou o olhar da janela, e Clary enxergou com clareza as lágrimas em seus olhos.

— Quero contar uma coisa — disse Isabelle. — E não quero que você me odeie.

— Eu não seria capaz de odiar você — respondeu Clary. — Impossível.

— É quase pior — disse ela — do que se ele tivesse morrido. Se estivesse morto, eu poderia ficar de luto, mas não sei o que pensar; ele está seguro, está vivo, eu deveria ser grata. Ele não é mais um vampiro, e ele *odiava* ser vampiro. Eu deveria estar feliz. Mas não estou. Ele disse que me amava. Disse que me amava, Clary, e agora nem sabe quem eu sou. Se eu estivesse na frente de Simon, ele não reconheceria meu rosto. Parece que nunca tive a menor importância. Que nada teve importância, ou que sequer aconteceu. Ele nunca me amou. — Ela passou a mão no rosto furiosamente. — *Odeio* isso! — disparou subitamente. — Odeio essa sensação, como se tivesse uma coisa pesando no meu peito.

— Saudade de alguém?

— É — respondeu Isabelle. — Nunca pensei que fosse me sentir assim por causa de um *garoto.*

— Não foi um garoto — disse Clary. — Foi Simon. E ele amou você de fato. E foi importante. Talvez ele não se lembre, mas você lembra. Eu me lembro. O Simon que agora mora no Brooklyn é o mesmo Simon que ele era há seis meses. E isso não é uma coisa horrível. Ele era maravilhoso. Mas ele mudou quando você o conheceu: ficou mais forte, foi ferido e ficou diferente. E *esse* foi o Simon por quem você se apaixonou, e o qual se apaixonou por você, então você está de luto, porque ele se foi. Mas pode mantê-lo um pouco vivo através das lembranças. Nós duas podemos.

Isabelle emitiu um ruído engasgado.

— *Odeio* perder as pessoas — falou, e havia um aspecto selvagem em sua voz: o desespero de alguém que tinha perdido muita coisa, muito jovem. — Odeio.

Clary segurou a mão de Izzy — a mão direita magra, a que possuía o símbolo de Vidência se espalhando pelas juntas.

— Eu sei — disse Clary. — Mas lembre-se também das pessoas que você ganhou. Eu ganhei você. Sou grata por isso. — Ela apertou a mão de Izzy com força, e por um instante não houve reação. Então os dedos de Isabelle se fecharam sobre os dela. Ficaram sentadas em silêncio no parapeito, de mãos dadas através da distância que as separava.

Maia estava sentada no sofá do apartamento — agora era o apartamento dela. Ser líder do bando garantia um pequeno salário, e ela resolvera usá-lo para pagar um aluguel, para manter o que um dia fora a casa de Jordan e Simon, para impedir que as coisas deles fossem jogadas nas ruas por um senhorio irritado. Em algum momento ela reviraria os pertences, empacotaria o que pudesse, garimparia as lembranças. Exorcizaria os fantasmas.

Mas por ora, contudo, estava satisfeita em sentar e olhar o que tinha recebido de Idris em um pacotinho enviado por Jia Penhallow. A Consulesa não agradecera pelo alerta, embora tenha lhe dado as boas-vindas como a mais nova e permanente líder do bando de Nova York. Seu tom fora frio e distante. Na carta havia um selo de bronze, o selo do líder da Praetor Lupus, o selo com o qual a família Scott sempre assinava suas cartas. Fora recuperado das ruínas em Long Island. Havia um pequeno bilhete anexo, com duas palavras escritas com a letra cuidadosa de Jia.

Comece novamente.

— Você vai ficar bem. Prometo.

Provavelmente era a seiscentésima vez que Helen dizia a mesma coisa, pensou Emma. E provavelmente teria ajudado mais se ela não parecesse estar tentando convencer a si.

Helen praticamente havia terminado de empacotar os pertences que trouxera a Idris. Tio Arthur (ele tinha dito a Emma que o chamasse assim também) prometera enviar o restante depois. Ele estava lá embaixo esperando com Aline para levar Helen até Gard, onde pegaria o Portal para a Ilha Wrangel; Aline iria na semana seguinte, após o fim dos tratados e das votações em Alicante.

Tudo soava muito chato, complicado e horrível para Emma. Tudo que sabia era que lamentava um dia ter achado Helen e Aline sentimentais demais. Helen agora não parecia nem um pouco sentimental, só triste, os olhos vermelhos e as mãos trêmulas enquanto fechava a mala e se voltava para a cama.

Era uma cama enorme, grande o bastante para seis pessoas. Julian estava sentado apoiado no encosto de um lado, e Emma do outro. Daria para ter colocado o restante da família entre eles, pensou Emma, mas Dru, os gêmeos e Tavvy dormiam nos respectivos quartos. Dru e Livvy já tinham chorado até não poder mais; Tiberius recebera a notícia sobre a partida de Helen com olhos arregalados de assombro, como se não soubesse o que estava acontecendo ou como deveria reagir. No fim, ele apertou a mão dela solenemente e lhe desejou boa sorte, como se ela fosse uma colega partindo em uma viagem de negócios. Ela começou a chorar.

— Ah, Ty — dissera, e ele se esquivou, horrorizado.

Helen estava ajoelhada agora, cara a cara com Jules, que estava sentado na cama.

— Lembre-se do que falei, tudo bem?

— Vamos ficar bem — repetiu Julian.

Helen apertou a mão dele.

— Detesto deixá-los — falou. — Cuidaria de vocês se pudesse. Você sabe disso, não sabe? Eu assumiria o Instituto. Amo muito todos vocês.

Julian se encolheu do jeito que só um menino de 12 anos era capaz de fazer ao ouvir a palavra "amo".

— Eu sei — conseguiu responder.

— A única razão pela qual posso ir é porque sei que os estou deixando em boas mãos — explicou ela, olhando nos olhos dele.

— Está falando do tio Arthur?

— Estou falando de você — respondeu, e Jules arregalou os olhos. — Sei que é pedir muito — acrescentou. — Mas também sei que posso confiar em você. Sei que pode ajudar Dru com os pesadelos, e cuidar de Livia e Tavvy, e talvez até o tio Arthur possa fazer isso também. Ele é um homem bom. Um pouco distraído, mas parece disposto a tentar... — Ela se calou. — Mas Ty é... — Suspirou. — Ty é especial. Ele... traduz o mundo de um jeito diferente do restante de nós. Nem todo mundo fala a língua dele, mas você fala. Cuide dele por mim, tudo bem? Ele vai ser alguém incrível. Só temos que impedir que a Clave entenda o quanto ele é especial. Não gostam de pessoas diferentes — concluiu, e houve uma amargura em seu tom.

Julian estava sentado bem ereto agora, parecendo preocupado.

— Ty me odeia — disse ele. — Briga comigo o tempo todo.

— Ty *ama* você — corrigiu Helen. — Ele dorme com aquela abelha que você lhe deu. Ele observa você o tempo todo. Quer ser como você. Ele só é... é difícil — concluiu, sem saber ao certo como dizer o que queria: que Ty tinha inveja da forma como Julian navegava pelo mundo com tanta facilidade, de como conquistava facilmente o amor dos outros, da forma como os gestos cotidianos de Julian não pareciam nada de mais, soando como um truque de mágica para Ty. — Às vezes é difícil quando você quer ser como alguém e não sabe como.

Uma carranca expressiva de confusão apareceu entre as sobrancelhas de Julian, mas ele olhou para Helen e assentiu.

— Vou cuidar de Ty — falou. — Prometo.

— Ótimo. — Helen se levantou e beijou Julian rapidinho na cabeça. — Porque ele é incrível e especial. Todos vocês são. — Ela sorriu para Emma. — Você também, Emma — disse, e a voz apertou ao dizer o nome da menina, como se fosse começar a chorar. Fechou os olhos, abraçou Julian mais uma vez e saiu do quarto, pegando a mala e o casaco ao passar. Emma pôde ouvi-la correndo para baixo e, em seguida, a porta da frente se fechando entre murmúrios.

Emma olhou para Julian. Ele estava sentado reto, rijo, com o peito arfante, como se tivesse corrido. Ela esticou o braço rapidamente e pegou a mão dele, desenhando na palma do amigo: *O-Q-U-E-H-O-U-V-E?*

— Você ouviu o que Helen disse — falou com a voz baixa. — Ela confia em mim para cuidar deles. Dru, Tavvy, Livvy, Ty. Minha família inteira, basicamente. Eu vou... tenho 12 anos, Emma, e vou ter quatro filhos!

Ansiosamente, ela começou a escrever: *N-Ã-O-V-A-I-N-Ã-O...*

— Não precisa fazer isso — interrompeu ele. — Não é como se tivesse algum pai aqui para ouvir. — Aquela era uma coisa estranhamente amarga para Jules dizer, e Emma engoliu em seco.

— Eu sei — declarou ela afinal. — Mas gosto de ter uma linguagem secreta com você. Quero dizer, com quem mais podemos conversar sobre essas coisas, se não um com o outro?

Ele se recostou na cabeceira, virando-se para olhar para ela.

— A verdade é que não conheço nada sobre o tio Arthur. Só o vi nas festas de fim de ano. Sei que Helen diz que o conhece, e que ele é legal e tudo o mais, no entanto eles são *meus* irmãos. Eu os conheço. Ele não. — Cerrou as mãos. — Vou cuidar deles. Vou me certificar de que tenham tudo que desejam e que nada nunca seja tirado deles outra vez.

Emma esticou a mão para pegar o braço dele, e desta vez ele foi receptivo, deixando os olhos se fecharem enquanto ela escrevia na parte interna do pulso dele com o indicador.

E-U-V-O-U-A-J-U-D-A-R.

Ele sorriu para Emma, mas ela notou a tensão nos olhos dele.

— Sei que vai ajudar — respondeu, e esticou a mão e fechou sobre a dela. — Sabe qual foi a última coisa que Mark me disse antes de o levarem? — perguntou, apoiando-se contra o encosto. Parecia absolutamente exausto. — Ele falou "fique com Emma". Então vamos ficar juntos. Porque é isso que *parabatai* fazem.

Emma sentiu como se o ar tivesse sido arrancado de seus pulmões. *Parabatai.* Era uma palavra grande — para Caçadores de Sombras, uma das emoções mais fortes, mais intensas e mais envolventes que se podia ter, o compromisso mais significativo que se podia ter com alguém sem envolver amor romântico ou casamento.

Ela queria ter contado a Jules quando voltaram para casa, queria ter dito a ele de algum jeito que, quando disparou as palavras no escritório da Consulesa, sobre o plano de assumirem o compromisso *parabatai*, tinha sido mais que querer ser *parabatai. Diga a ele*, ecoava uma vozinha em sua mente. *Diga que é porque você precisava ficar em Los Angeles; diga que falou aquilo porque precisa estar lá para descobrir o que aconteceu com seus pais. Para se vingar.*

— Julian — falou ela suavemente, mas ele não se mexeu. Estava com os olhos fechados, os cílios escuros tocando o rosto.

O luar que adentrava pela janela o contornava em branco e prata. Os ossos da face já estavam começando a ficar proeminentes, a perda da suavidade da infância. De repente ela conseguia imaginar como seria a aparência dele quando ficasse mais velho, mais largo e forte, um Julian crescido. Ia ser muito bonito, pensou ela. As meninas iam ficar loucas por ele, e uma delas o levaria para sempre, porque Emma era sua *parabatai*, e isso significava que ela jamais poderia ser uma dessas meninas. Jamais poderia amá-lo assim.

Jules murmurou e se remexeu em seu sono inquieto. O braço estava esticado para Emma, os dedos não chegando a tocá-la no ombro. A manga estava arregaçada até o cotovelo. Ela esticou a mão e escreveu cuidadosamente em seu antebraço, onde a pele era mais clara e macia, ainda imaculada, sem nenhuma cicatriz.

S-I-N-T-O-M-U-I-T-O-J-U-L-E-S, escreveu, e se recostou, prendendo a respiração, mas ele não sentiu, e não acordou.

Epílogo
A Beleza de Mil Estrelas

Maio, 2008

O ar estava começando a apresentar a primeira promessa tépida de verão: o sol brilhava, quente e claro, sobre a esquina da Carroll Street com a Sexta Avenida, e as árvores que cercavam o quarteirão de prédios baixos estavam carregadas de folhas verdes.

Clary tirou o casaco leve a caminho do metrô e ficou de jeans e camiseta em frente à entrada da Saint Xavier, vendo as portas se abrindo e os alunos saindo para a rua.

Isabelle e Magnus encontravam-se apoiados contra a árvore em frente a ela, Magnus com casaco de veludo e jeans, e Isabelle com um vestido prateado de festa, curto, que mostrava suas Marcas. Clary supunha que as próprias Marcas também estivessem bastante visíveis: pelos braços, na barriga onde a camiseta subia, na nuca. Algumas permanentes, outras temporárias. Todas marcando-a como diferente — não apenas diferente dos alunos agrupados na entrada do colégio, se despedindo uns dos outros, fazendo planos de irem ao parque ou de se encontrarem mais tarde no Java Jones, mas diferente de quem ela mesma havia sido um dia. Diferente da menina que fora uma deles.

Uma mulher mais velha com um poodle e um chapéu casamata assobiava enquanto caminhava ao sol. O poodle puxou a dona para a árvore onde Isabelle e Magnus estavam apoiados; a senhora pausou, assobiando. Isabelle, Clary e Magnus eram completamente invisíveis para ela.

Magnus lançou um olhar feroz para o poodle, que recuou com um ganido, meio que arrastando a dona pela rua. Magnus ficou olhando para eles.

— Feitiços de invisibilidade têm suas desvantagens — observou.

Isabelle sorriu, um sorriso que desapareceu quase imediatamente. Quando ela falou, a voz estava carregada de sentimentos reprimidos.

— Ali está ele.

Clary levantou a cabeça de repente. Os portões da escola tinham sido abertos novamente, e três meninos desceram pelos degraus da frente. Ela os reconheceu mesmo estando do outro lado da rua. Kirk, Eric e Simon. Não havia nada de diferente em Eric ou em Kirk; ela sentia o símbolo de Visão de Longo Alcance brilhar em seu braço enquanto seus olhos passavam por eles. Daí encarou Simon, sorvendo cada detalhe.

A última vez em que o vira fora em dezembro, pálido, sujo e ensanguentado no reino demoníaco. Agora tinha voltado a envelhecer, a crescer, não estava mais preso no tempo. O cabelo estava mais comprido. Caía sobre a testa e pela nuca. As bochechas tinham voltado a ter cor. Estava com um pé no primeiro degrau da escada, o corpo magro e anguloso como sempre, talvez um pouco mais encorpado do que ela se lembrava. Vestia uma camiseta azul desbotada que tinha há anos. Ele ajeitou a armação quadrada dos óculos, gesticulando animadamente com a outra mão, na qual trazia um bolo enrolado de papéis.

Sem tirar os olhos dele, Clary pegou a estela no bolso e desenhou no braço, cancelando os símbolos de invisibilidade. Ouviu Magnus murmurando alguma coisa sobre ter mais cuidado. Se alguém estivesse olhando, ela seria vista surgindo do nada entre as árvores. Mas ninguém parecia olhar para lá, e Clary guardou a estela de volta no bolso. Sua mão tremia.

— Boa sorte — disse Isabelle sem perguntar o que a outra ia fazer. Clary supôs que fosse óbvio.

Isabelle continuava apoiada na árvore; parecia esgotada e tensa, a coluna totalmente ereta. Magnus estava ocupado girando um anel de topázio azul na mão esquerda; ele simplesmente deu uma piscadela para Clary enquanto ela descia do meio-fio.

Izzy jamais iria conversar com Simon, pensou Clary, começando a atravessar a rua. Jamais arriscaria receber o olhar vazio, a ausência de reconhecimento. Jamais suportaria a prova de que tinha sido esquecida. Clary ficou imaginando se ela própria não seria algum tipo de masoquista, por se lançar nesse caminho.

Kirk já tinha saído, mas Eric a viu antes de Simon; ela ficou tensa por um instante, mas daí ficou claro que a lembrança dele a respeito dela também tinha sido apagada. Ele a olhou de um jeito confuso e apreciativo, claramente imaginando se ela estaria indo em direção a ele. Clary balançou a cabeça e apontou o queixo para Simon; Eric ergueu a sobrancelha e deu um tapinha no ombro de Simon que dizia *até mais, cara*, antes de se retirar.

Simon virou para olhar Clary, e ela sentiu como um soco no estômago. Ele estava sorrindo, os cabelos castanhos esvoaçando sobre o rosto. Usou a mão livre para afastar as mechas.

— Oi — disse ela, parando na frente dele. — Simon.

Os olhos castanho-escuros encobertos por confusão a encararam.

— Eu... a gente se conhece?

Ela engoliu em seco, o súbito gosto amargo na boca.

— Éramos amigos — disse ela, e em seguida esclareceu: — Foi há muito tempo. No jardim de infância.

Simon ergueu uma sobrancelha, duvidando.

— Eu devia ser um menino muito charmoso aos 6 anos para você ainda se lembrar de mim.

— Lembro — falou. — Também me lembro de sua mãe, Elaine, e de sua irmã, Rebecca. Ela nos deixava jogar seu jogo, o dos hipopótamos comilões, mas você comia todas as bolinhas.

Simon ficou um pouco pálido sob seu bronzeado sutil.

— Como você... isso aconteceu, mas eu estava sozinho — falou, a voz passando de espantada para alguma outra coisa.

— Não, não estava. — Ela investigou os olhos dele, tentando fazê-lo se lembrar, se lembrar de *alguma coisa*. — Estou falando, éramos amigos.

— Eu... Acho que não... me lembro — respondeu lentamente, apesar de haver sombras, uma escuridão nos olhos já escuros de Simon, que fez Clary se perguntar sobre as lembranças dele.

— Minha mãe vai se casar — disse ela. — Hoje à noite. Estou indo para lá, na verdade.

Ele esfregou a têmpora com a mão livre.

— E você precisa de um par para o casamento?

— Não. Já tenho. — Não deu para saber se ele tinha ficado decepcionado ou apenas mais confuso, como se a única explicação lógica para ela estar falando com ele tivesse acabado de desaparecer. Clary sentia as próprias bochechas ardendo. De algum jeito, se constranger daquela forma parecia mais difícil que encarar um grupo de demônios Husa no Glick Park (e disso ela sabia bem; tinha acontecido na véspera). — Eu só... você e minha mãe eram muito próximos. Achei que você devesse saber. É um dia importante, e se as coisas tivessem dado certo, você estaria presente.

— Eu... — Simon engoliu em seco. — Desculpe?

— Não é culpa sua — continuou ela. — Nunca foi culpa sua. Nada. — Ela ficou na ponta dos pés, os olhos ardendo, e o beijou na bochecha brevemente. — Seja feliz — disse, e deu meia-volta. Conseguia enxergar as figuras borradas de Isabelle e Magnus, aguardando por ela do outro lado da rua.

— Espere!

Clary se virou. Simon tinha corrido atrás dela. Estava estendendo alguma coisa. Uma filipeta que tinha puxado do rolo que carregava.

— Minha banda... — disse ele, meio se desculpando. — Você devia ir a um show, talvez. Algum dia.

Ela pegou a filipeta e assentiu em silêncio, então correu para o outro lado da rua. Sentiu o olhar de Simon, mas não conseguia suportar a ideia de virar e flagrar aquele mesmo olhar: meio confuso, meio com pena.

Isabelle se desgrudou da árvore enquanto Clary corria até eles. Clary desacelerou o suficiente para pegar a estela e redesenhar o símbolo de invisibilidade no braço; doeu, mas ela acolheu a dor.

— Tinha razão — falou ela para Magnus. — Não adiantou nada.

— Eu não disse que não adiantaria. — Ele abriu as mãos. — Falei que ele não se lembraria de você. Falei que só devia fazer isso se aceitasse bem o fato.

— *Nunca* vou aceitar — rebateu Clary, e em seguida respirou fundo. — Desculpe — falou. — Sinto muito. Não é culpa sua, Magnus. E, Izzy... Isso também não deve ter sido divertido para você. Obrigada por ter vindo comigo.

Magnus deu de ombros.

— Não precisa se desculpar, querida.

Os olhos escuros de Isabelle examinaram Clary rapidamente; ela esticou a mão.

— O que é isso?

— Filipeta da banda — falou Clary, e entregou a Isabelle. Izzy pegou, a sobrancelha arqueada. — Não consigo olhar. Eu o ajudava a fazer cópias e distribuir... — Fez uma careta. — Deixe para lá. Talvez mais tarde eu fique feliz por ter vindo. — Então deu um sorriso torto, botando o casaco de volta. — Vou indo. Vejo vocês no sítio.

Isabelle observou Clary indo embora, caminhando pela rua, imperceptível aos outros pedestres. Em seguida, olhou para a filipeta na mão.

SIMON LEWIS, ERIC HILLCHURCH, KIRK DUPLESSE E MATT CHARLTON

"OS INSTRUMENTOS MORTAIS"

19 DE MAIO, BANDSHELL NO PROSPECT PARK
TRAGA ESTA FILIPETA E GANHE 5 DÓLARES DE DESCONTO NA ENTRADA!

A respiração de Isabelle ficou presa na garganta.

— *Magnus.*

Ele também tinha ficado observando Clary; agora olhava para Izzy, e o olhar baixou para a filipeta. Ambos ficaram encarando.

Magnus assobiou.

— Os Instrumentos Mortais?

— O nome da banda. — O papel tremia na mão de Isabelle. — Muito bem, Magnus, *temos* que... você disse que se ele se lembrasse de *qualquer coisa*...

Magnus olhou para Clary, mas ela já havia desaparecido.

— Tudo bem — falou ele. — Mas se não funcionar, se ele não quiser, nunca podemos contar para ela.

Isabelle estava amassando o papel, já alcançando a estela com a outra mão.

— Como quiser. Mas precisamos ao menos tentar.

Magnus assentiu, sombras perseguindo sombras em seus olhos verde-dourados. Isabelle notava que ele estava preocupado com ela, com medo de ela se machucar, se decepcionar, e de sentir raiva e gratidão em relação a ele.

— Tentaremos.

Tinha sido mais um dia estranho, pensou Simon. Primeiro a moça atrás do balcão do Java Jones, que perguntou sobre a amiga dele, a menina bonitinha que sempre o acompanhava e pedia café preto. Simon ficou encarando — não tinha nenhuma amiga íntima, certamente nenhuma cujas preferências sobre café ele conhecia. Quando ele disse para a moça que ela provavelmente o estava confundindo com alguém, ela o encarou como se ele fosse louco.

E em seguida a ruiva que o abordou na porta da Saint Xavier.

A frente da escola estava deserta agora. Eric deveria dar carona para Simon, mas desaparecera quando a tal ruiva se aproximara, e não ressurgiu mais. Era legal da parte de Eric achar que Simon conseguia arrumar garotas com tanta facilidade, pensou ele, mas irritante quando isso significava ter que pegar o metrô para casa.

Simon sequer pensara em tentar dar em cima dela, não mesmo. Ela parecia tão frágil, apesar das tatuagens que decoravam seus braços e sua clavícula. Talvez *fosse* louca — as provas indicavam que sim —, mas seus olhos verdes estavam enormes e tristes quando ela o olhou; aquilo o fez se lembrar de como ele estava no dia do enterro do pai. Como se alguma coisa tivesse aberto um buraco em suas costelas e esmagado seu coração. Uma perda assim — não, ela não estava dando em cima dele. A garota realmente acreditava que os dois tinham sido importantes um para o outro em algum momento.

Talvez ele *tivesse* conhecido aquela menina, pensou. Talvez se tratasse de algo que houvesse esquecido — quem se lembrava dos amigos de jardim de infância? No entanto não conseguia se livrar da imagem dela, não triste, mas sorrindo sobre o ombro, segurando alguma coisa — um desenho? Ele balançou a cabeça em frustração. A imagem desapareceu como um peixe veloz escorregando do anzol.

Ele vasculhava o fundo da mente, tentando desesperadamente se lembrar. Ultimamente vinha se flagrando fazendo isso com frequência. Pedacinhos de lembranças que surgiam, fragmentos de poesias que ele não se lembrava de ter aprendido, lembranças de vozes, sonhos dos quais acordava tremendo e suando, incapaz de se lembrar do que havia se passado neles. Sonhos de paisagens desérticas, ecos, gosto de sangue, arco e flecha nas mãos (tinha aprendido a atirar com arco e flecha no acampamento de verão, mas nunca se importara *tanto assim* com aquilo, então por que estaria sonhando com isso agora?). E quase nunca voltava a dormir, a sensação dolorosa de que estava faltando alguma coisa, e ele não sabia o quê, mas *alguma coisa*, como um peso no meio do peito. Atribuía o fato a muitas campanhas noturnas de *Dungeons & Dragons*, ao estresse do terceiro ano do ensino médio, à preocupação com faculdades. Como sua mãe dissera, uma vez que se começava a se preocupar com o futuro, se começava a ter obsessão pelo passado.

— Tem alguém sentado aqui? — disse uma voz. Simon levantou o olhar e viu um homem alto de cabelos pretos espetados. Trajava um paletó de veludo com um brasão bordado em fios brilhantes e usava no mínimo uma dúzia de anéis. Havia algo de estranho em suas feições...

— Quê? Eu, hum. Não — respondeu Simon, imaginando quantos estranhos o abordariam hoje. — Pode sentar, se quiser.

O homem olhou para baixo e fez uma careta.

— Vejo que muitos pombos sujaram estes degraus — observou. — Vou permanecer de pé se não for muito grosseiro.

Simon balançou a cabeça sem dizer nada.

— Sou Magnus — sorriu, mostrando dentes extremamente brancos. — Magnus Bane.

— Por acaso somos amigos de longa data que se distanciaram com o tempo? — perguntou Simon. — Só estou imaginando.

— Não, nunca nos demos muito bem — respondeu Magnus. — Conhecidos de longa data que se distanciaram? Compadres? Meu gato gostava de você.

Simon passou as mãos no rosto.

— Acho que estou enlouquecendo — falou, para ninguém em particular.

— Bem, então acho que vai receber bem o que estou prestes a lhe contar. — Magnus virou a cabeça para o lado singelamente. — Isabelle?

Do nada, uma garota apareceu. Talvez a garota mais linda que Simon já vira. Tinha cabelos pretos e longos que caíam sobre um vestido prateado que o fazia querer escrever músicas sobre noites estreladas. Ela também tinha tatuagens: as mesmas da outra menina, pretas e curvilíneas, cobrindo os braços e pernas nuas.

— Oi, Simon — disse ela.

Simon simplesmente a encarou. Era completamente fora dos domínios de qualquer coisa que ele já tivesse imaginado, que uma menina com *aquela* aparência pudesse dizer o nome dele *daquele jeito*. Como se fosse o único nome que importasse no mundo. O cérebro dele parou como um carro velho.

— Humm? — resmungou ele.

Magnus estendeu a mão com dedos longos, e a menina colocou alguma coisa ali. Um livro, de capa branca com o título estampado em ouro. Simon não conseguia enxergar as palavras direito, mas estavam escritas com uma caligrafia elegante.

— Isto — falou Magnus — é um livro de feitiços.

Não parecia haver uma resposta para isso, então Simon nem tentou.

— O mundo é cheio de magia — declarou Magnus, e seus olhos brilhavam. — Demônios e anjos, lobisomens, fadas e vampiros. Um dia você conheceu tudo isso. Você possuía magia, mas ela foi tirada de você. A ideia era que vivesse o restante da vida sem isso, sem se lembrar. Que se esquecesse das pessoas que amava, se elas soubessem sobre a magia. Que você passasse o restante da vida sendo normal. — Ele girou o livro em seus dedos finos, e

Simon viu um título em latim. Alguma coisa naquela imagem enviou uma onda de energia pelo corpo de Simon. — E há algo a ser dito sobre isso, sobre ser aliviado do fardo da grandeza. Porque você era grande, Simon. Era um Diurno, um guerreiro. Salvou vidas e destruiu demônios, e o sangue de anjos corria por suas veias como a luz do sol. — Magnus agora estava sorrindo, parecendo um pouco louco. — E não sei, mas simplesmente me parece um pouco fascista tirar isso tudo de você.

Isabelle jogou os cabelos pretos para trás. Alguma coisa brilhava em seu pescoço. Um rubi vermelho. Simon sentiu a mesma onda de energia, dessa vez mais forte, como se seu corpo quisesse uma coisa que a mente não lembrava.

— Fascista? — ecoou ela.

— Sim — falou Magnus. — Clary nasceu especial. Simon se tornou especial. Adaptou-se. Porque o mundo não é dividido entre especiais e comuns. Todos têm potencial para serem extraordinários. Contanto que você tenha uma alma e livre-arbítrio, pode ser qualquer coisa, fazer qualquer coisa, escolher qualquer coisa. Simon deveria poder escolher.

Simon engoliu em seco.

— Desculpe — disse. — Mas do que você está falando?

Magnus deu uma batidinha no livro.

— Andei pesquisando uma forma de escapar desse feitiço, dessa maldição que lhe impuseram — explicou, e Simon quase protestou dizendo que não era amaldiçoado, porém desistiu. — Esta coisa que o fez esquecer. Então descobri. Deveria ter descoberto muito antes, mas sempre fui muito rígido em relação a Ascensões. Muito específico. Mas aí Alec mencionou: eles estão *desesperados* por novos Caçadores de Sombras. Perderam tantos na Guerra Maligna, seria fácil. Você tem tantas pessoas para votar em seu favor. Poderia ser um Caçador de Sombras, Simon. Como Isabelle. Posso fazer um pouco com este livro; não dá para consertar completamente, e não posso fazer com que volte a ser o que era, mas posso prepará-lo para Ascender, e depois que o fizer, uma vez que se tornar Caçador de Sombras, *ele* não pode tocá-lo. Você terá a proteção da Clave, e as regras sobre não lhe contar sobre o Mundo das Sombras, estas desaparecerão.

Simon olhou para Isabelle. Era um pouco como olhar para o sol, mas a maneira como ela retribuía aquele olhar facilitava as coisas. Ela o encarava como se sentisse saudade, embora Simon soubesse que isso não era possível.

— Existe mágica mesmo? — perguntou. — Vampiros, lobisomens e magos...

— Feiticeiros — corrigiu Magnus.

— E tudo isso? Existe?

— Existe — respondeu Isabelle. A voz dela era doce, um pouco rouca e... familiar. De repente ele se lembrou do cheiro de sol e flores, e sentiu um gosto metálico. Viu paisagens desérticas se estendendo sob um sol demoníaco, e uma cidade com torres que brilhavam como se fossem feitas de gelo e vidro. — Não é um conto de fadas, Simon. Ser Caçador de Sombras significa ser um guerreiro. É perigoso, mas se for a coisa certa para você, é incrível. Eu jamais quereria ser outra coisa.

— A decisão é sua, Simon Lewis — disse Magnus. — Permaneça em sua existência atual, vá para a faculdade, estude música, case-se. Viva sua vida. Ou... pode ter uma vida incerta de sombras e perigos. Pode desfrutar da alegria de ler histórias sobre acontecidos incríveis, ou pode fazer parte da história. — Ele se inclinou para perto, e Simon viu a luz se apagar nos olhos de Magnus, percebendo enfim porque eram estranhos. Eram verde-dourados e tinha pupilas em fenda, como as de um gato. Não eram olhos nada humanos. — A escolha é sua.

Era sempre uma surpresa que os lobisomens tivessem tanta destreza com arranjos florais, pensou Clary. O velho bando de Luke — agora de Maia — tinha se oferecido para decorar o terreno em volta da casa, onde aconteceria a recepção, e o velho celeiro onde a cerimônia seria realizada. O bando inspecionou toda a estrutura. Clary se lembrava de ter brincado com Simon no velho palheiro que rangia, da tinta descascada, dos tacos desiguais no piso. Agora tudo havia sido lixado e reformado, e o lugar pronto brilhava com a luz suave de madeiras antigas. Alguém também tinha senso de humor: as vigas foram decoradas com tremoços do gênero Lupinus.

Grandes vasos de madeira sustentavam arranjos de taboas, solidagos e lírios. O buquê de Clary era de flores silvestres, apesar de ter sofrido um pouco as consequências por estar sendo segurado por ela durante tantas horas. A cerimônia toda passou em uma espécie de borrão: votos, flores, luz de velas, o rosto feliz de sua mãe, o brilho nos olhos de Luke. No fim, Jocelyn evitou um vestido exagerado e usou um branco simples de verão, com o cabelo preso em um coque bagunçado rematado por, sim, um lápis de cor. Luke, que estava muito bonito de cinza, não pareceu se importar.

Os convidados estavam todos reunidos agora. Vários licantropes recolhiam as fileiras de cadeiras e empilhavam os presentes recebidos de maneira eficiente em uma mesa longa. O presente de Clary, um retrato da mãe e de Luke pintado por ela, estava pendurado na parede. Ela adorara desenhá-lo; havia adorado voltar a segurar pincel e tintas — desenhado não para criar símbolos, mas apenas uma coisa bonita que alguém um dia poderia apreciar.

Jocelyn estava ocupada abraçando Maia, que pareceu se divertir com o entusiasmo da noiva. Morcego conversava com Luke, que parecia entorpecido, mas de um jeito positivo. Clary sorriu para eles e saiu do celeiro, rumo à trilha lá fora.

A lua estava alta, brilhando sobre o lago ao pé da propriedade, fazendo o restante do sítio reluzir. Havia lanternas penduradas nas árvores, e todas balançavam com a brisa suave. As trilhas estavam contornadas por pequenos cristais brilhantes — uma das contribuições de Magnus, mas onde *estava* Magnus? Clary não o vira na multidão durante a cerimônia, apesar de ter visto quase todo mundo: Maia e Morcego, Isabelle vestida de prata, Alec com um terno preto muito sério, e Jace sem a gravata, a qual fora desafiadoramente descartada em algum lugar, provavelmente em algum arbusto próximo. Até Robert e Maryse estavam ali, adequadamente corteses; Clary não fazia ideia do que estava se passando no relacionamento dos dois, e nem queria perguntar a ninguém.

Clary foi para a maior das tendas brancas; a estação de DJ estava preparada para Morcego, e alguns dos membros do bando e outros convidados abriam espaço para dançar. As mesas estavam cobertas por longos panos brancos e tinham sido postas com louças antigas do sítio, obtidas através de anos de buscas em mercados de pulgas em cidadezinhas das redondezas. Nenhuma peça combinava, os copos eram potes de geleia antigos, e os enfeites de centro eram ásteres azuis colhidos à mão e trevos flutuando em vasilhas de cerâmica que também não combinavam entre si, no entanto Clary considerou aquele o casamento mais bonito que já tinha visto.

Uma mesa comprida fora arrumada com taças de champanhe; Jace estava ali perto, e ao ver Clary ergueu uma taça e deu uma piscadela. Ele tinha escolhido a opção desgrenhada: blazer amassado e cabelos despenteados, e agora sem gravata; mas estava tão lindo que o coração de Clary chegava a doer.

Ele estava com Isabelle e Alec; Izzy estava linda com o cabelo arrumado em um penteado mais solto. Clary sabia que ela própria não conseguiria ostentar toda aquela elegância nem em um milhão de anos, porém não se importava. Isabelle era Isabelle, e Clary era grata por ela existir, por fazer do mundo um lugar mais impetuoso com cada um de seus sorrisos. Isabelle agora dava um assovio, lançando um olhar através da tenda.

— Vejam só aquilo.

Clary olhou — e olhou outra vez. Viu uma menina de uns 19 anos; cabelos castanhos soltos e um rosto meigo. Usava um vestido verde, um pouco démodé em estilo, e um colar de jade. Clary já a tinha visto antes, em Alicante, conversando com Magnus na festa da Clave na Praça do Anjo.

Estava de mãos dadas com um menino muito familiar, muito bonito, de cabelos pretos despenteados; ele parecia alto e esguio em um terno preto elegante e uma camisa branca que destacava as maçãs do rosto proeminentes. Enquanto Clary observava, ele se inclinou para sussurrar alguma coisa ao ouvido dela, e ela sorriu, iluminando o rosto.

— Irmão Zachariah — falou Isabelle. — De janeiro a dezembro no Calendário dos Irmãos do Silêncio gatos. O que ele está fazendo aqui?

— Existe um calendário de Irmãos do Silêncio gatos? — perguntou Alec. — Está à venda?

— Pare com isso. — Isabelle lhe deu uma cotovelada. — Magnus vai chegar a qualquer momento.

— Onde *está* Magnus? — perguntou Clary.

Isabelle sorriu, a boca dentro da taça de champanhe.

— Ele teve um assunto para resolver.

Clary olhou novamente para o Irmão Zachariah e para a menina, mas eles já haviam se misturado à multidão. Ela gostaria que não tivessem — alguma coisa na menina a deixara fascinada —, entretanto, no instante seguinte a mão de Jace lhe segurou o pulso, e ele estava repousando a própria taça em uma mesinha.

— Venha dançar comigo — chamou.

Clary olhou para o palco. Morcego havia assumido o posto na cabine de DJ, mas ainda não havia música. Alguém tinha colocado um piano no canto, e Catarina Loss, com a pele brilhando em azul, dedilhava as teclas.

— Mas não tem música — argumentou Clary.

Jace sorriu para ela.

— Não precisa.

— Eeeee, essa é a nossa deixa para sairmos — disse Isabelle, puxando Alec pelo cotovelo e levando-o para a multidão. Jace sorriu para ela.

— Isabelle tem urticária com sentimentalismo — brincou Clary. — Mas, sério, não podemos dançar sem música. Todo mundo vai ficar olhando...

— Vamos para onde ninguém consegue nos ver — disse Jace, e a afastou da tenda. Aquele era o momento do dia que Jocelyn chamava de "a hora azul", com tudo banhado pelo crepúsculo, a tenda branca parecendo uma estrela, e a grama macia, cada lâmina brilhando como prata.

Jace a puxou para si, encaixando o corpo de Clary ao dele, abraçando-a pela cintura, os lábios roçando a nuca.

— Podemos entrar na casa — disse ele. — Tem quartos lá.

Ela se virou nos braços dele e o cutucou no peito, com força.

— Este é o casamento da minha mãe — falou. — Não vamos transar. Você está louco.

— Mas "louco" é meu jeito preferido de transar.

— A casa está cheia de vampiros — respondeu ela alegremente. — Foram convidados e vieram ontem à noite. Estão lá dentro esperando o sol se pôr.

— Luke convidou *vampiros*?

— Maia convidou. Um gesto de paz. Estão tentando se entender.

— Certamente os vampiros respeitariam nossa privacidade.

— Certamente não — retrucou Clary, e o arrastou com firmeza para longe da trilha que levava até a casa, rumo a um bosque. Ali era coberto e escondido, o chão cheio de terra e raízes, folhas com pequenas flores brancas crescendo ao redor dos troncos em ramos.

Ela recuou contra um tronco, puxando Jace, de modo que ele se apoiasse contra ela, com uma das mãos de cada lado dos ombros de Clary, daí ela se aconchegou entre os braços dele. Passou as mãos no tecido macio do paletó.

— Eu te amo — disse ela.

Jace olhou para Clary.

— Acho que sei o que Madame Dorothea quis dizer — falou. — Quando ela disse que eu ia me apaixonar pela pessoa errada.

Clary arregalou os olhos. Ficou imaginando se ele iria terminar com ela. Em caso positivo, ela teria algumas coisas a dizer sobre o *timing* de Jace, depois que o afogasse no lago.

Ele respirou fundo.

— Você faz eu me questionar — disse ele. — O tempo todo, todos os dias. Fui criado para acreditar que eu devia ser perfeito. Um guerreiro perfeito, um filho perfeito. Mesmo quando fui morar com os Lightwood, pensava que tinha que ser perfeito, pois do contrário me mandariam embora. Não achava que amor vinha com perdão. Então você surgiu e destruiu tudo que eu acreditava, e comecei a enxergar tudo diferente. Você passava... tanto amor, tanto perdão e tanta fé. Que eu não precisava ser perfeito; tinha que tentar, e isso bastava. — Ele baixou o olhar; Clary notou a leve pulsação na têmpora dele, sentiu a tensão. — Então acho que você era a pessoa errada para o Jace que eu era, mas não para o Jace que sou agora, o Jace que você ajudou a construir. Que, por sinal, é um Jace de quem gosto muito mais em relação ao antigo. Você me fez mudar para melhor, e mesmo que me abandonasse, eu ainda teria isso. — Ele fez uma pausa. — Não que você deva me largar — acrescentou apressadamente, e inclinou a cabeça contra a dela, de modo que as testas se tocaram. — Diga alguma coisa, Clary.

As mãos dele estavam nos ombros dela, quentes contra a pele fria; ela conseguia senti-las tremendo. Os olhos de Jace eram dourados, mesmo à luz azulada do crepúsculo. Ela se lembrou de quando os achava frios e distantes, até mesmo assustadores, antes de perceber que o que enxergava era o bloqueio experiente de 17 anos de escudo. Dezessete anos protegendo o coração.

— Você está tremendo — disse ela, com um pouco de assombro.

— É você quem causa isso — respondeu ele, respirando contra a bochecha dela, e então deslizou as mãos sobre os braços nus de Clary —, toda vez... toda vez.

— Posso revelar um fato científico tedioso? — sussurrou ela. — Aposto que você não aprendeu na aula de história dos Caçadores de Sombras.

— Se está tentando me distrair de falar sobre meus sentimentos, não está sendo nada sutil. — Ele tocou o rosto dela. — Você sabe que faço discursos. Tudo bem. Não precisa retribuir. Só diga que me ama.

— Não estou tentando distraí-lo. — Ela levantou a mão e abanou os dedos. — Existem cem trilhões de células no corpo humano — falou. — E cada uma das minhas células te ama. Nossas células morrem, e novas células nascem, e minhas células novas te amam mais que as antigas, e por isso te amo cada dia mais. É ciência. E quando eu morrer e cremarem meu corpo, e eu virar cinzas que se misturam ao ar, parte da terra, das árvores e das estrelas, todos que respirarem esse ar ou enxergarem as flores que crescerem do chão ou olharem para as estrelas vão se lembrar de você e amar você, por que esse é *o quanto* eu te amo. — Ela sorriu. — Que tal esse discurso?

Ele a encarou, sem palavras, pela primeira vez na vida. Antes que pudesse responder, Clary se esticou para beijá-lo — inicialmente um toque comportado de lábios, mas que rapidamente se aprofundou, e logo ele estava entreabrindo os lábios de Clary com os dele, acariciando a boca delicada com a língua, e ela sentiu o gosto de Jace: a doçura com um toque de champanhe. As mãos dele percorriam as costas de Clary, febris, sobre os nódulos da espinha, as alças de seda do vestido, os ombros, pressionando-a contra si. Ela deslizou as mãos sob o paletó dele, imaginando se talvez devessem ter ido para a casa, afinal, mesmo que *estivesse* cheia de vampiros...

— Interessante — disse uma voz entretida, e Clary se afastou de Jace rapidamente para flagrar Magnus, parado em um intervalo entre as árvores. A figura alta estava contornada pelo luar; ele não vestia nada particularmente escandaloso e trajava um terno preto perfeito que parecia um borrão de tinta entornada contra o céu que escurecia.

— *Interessante?* — ecoou Jace. — Magnus, o que você está fazendo aqui?

— Vim buscá-los — respondeu. — Tem uma coisa que acho que precisam ver.

Jace fechou os olhos, como se rezando por paciência.

— ESTAMOS OCUPADOS.

— Obviamente — comentou Magnus. — Sabe, dizem que a vida é curta, mas não é tão curta assim. Pode ser bem longa, e terão o restante da de vocês para ficar juntos, então *realmente* sugiro que venham comigo, pois vão se arrepender se não vierem.

Clary se afastou da árvore, com a mão ainda na de Jace.

— Tudo bem — falou ela.

— Tudo bem? — rebateu Jace, indo atrás dela. — Sério?

— Confio em Magnus — disse Clary. — Se é importante, é importante.

— E se não for, vou afogá-lo no lago — respondeu Jace, ecoando o pensamento não verbalizado que Clary tivera mais cedo. Ela escondeu o sorriso sob a escuridão.

Alec estava à beira da tenda, observando a dança. O sol já estava baixo o bastante, e agora era simplesmente uma listra vermelha pintada em um céu distante. Os vampiros tinham saído da casa e se juntado à festa. Uma discreta acomodação havia sido preparada de acordo com os gostos deles, e eles se misturaram aos outros convidados, segurando taças esguias de metal, obtidas na mesa de champanhe, cuja opacidade escondia o líquido dentro delas.

Lily, a líder do clã de vampiros de Nova York, estava às teclas marfim do piano, preenchendo o recinto com os sons do jazz. Uma voz falou ao ouvido de Alec, sobrepondo-se à música:

— Achei uma cerimônia adorável.

Alec virou e viu o pai, a mão grande envolvendo uma taça frágil de champanhe, observando os convidados. Robert era um homem grande, de ombros largos, que nunca ficava muito bem de terno: parecia um garoto grande demais em idade escolar e o qual fora obrigado a se vestir daquele jeito por um pai irritado.

— Oi — cumprimentou Alec. Viu a mãe do outro lado, conversando com Jocelyn. Maryse tinha mais mechas grisalhas nos cabelos escuros do que ele se recordava; estava elegante, como sempre. — Foi gentileza sua vir — acrescentou a contragosto. Seus pais ficaram quase dolorosamente agradecidos por ele e Isabelle terem voltado para eles após a Guerra Maligna, gratos demais para ficarem com raiva ou censurarem. Gratos demais a ponto de Alec poder falar o que quisesse sobre Magnus; quando a mãe voltou a Nova York, ele juntou o resto de suas coisas no Instituto e as levou para o loft no Brooklyn.

Ainda ia ao Instituto quase todos os dias, ainda via a mãe com frequência, mas Robert tinha ficado em Alicante, e Alec não tentara contatá-lo. — Fingir ser civilizado com mamãe, essa coisa toda... muito gentil.

Alec viu o pai se encolher. Pretendia ser cortês, mas esse nunca foi seu forte. Sempre soava falso.

— Não estamos fingindo civilidade — disse Robert. — Ainda amo sua mãe; gostamos um do outro. Só... não conseguimos ficar casados. Devíamos ter terminado há mais tempo. Pensávamos estar fazendo a coisa certa. Nossas intenções eram boas.

— De boas intenções... — disse Alec de forma sucinta, e olhou para a própria taça.

— Às vezes — falou Robert — você escolhe com quem quer ficar quando ainda é muito jovem, aí você muda, mas a pessoa não muda com você.

Alec respirou fundo lentamente; de repente suas veias estavam fervendo de raiva.

— Se for uma indireta para mim e Magnus, pode esquecer — falou. — Você abriu mão de qualquer jurisdição sobre mim e minhas relações quando deixou claro que, até onde você sabia, um Caçador de Sombras gay não era um verdadeiro Caçador de Sombras. — Ele pousou a taça em uma caixa de som próxima. — Não estou interessado...

— Alec. — Alguma coisa na voz de Robert fez Alec virar; ele não soou irritado, apenas... arrasado. — Eu fiz, falei... coisas imperdoáveis. Sei disso — explicou-se. — Mas sempre tive orgulho de você, e não tenho menos orgulho agora.

— Não acredito em você.

— Quando eu tinha sua idade, mais novo até, tive um *parabatai* — contou Robert.

— Sim, Michael Wayland — disse Alec, sem se importar se soara amargo, sem ligar para a expressão no olhar do pai. — Eu sei. Foi por isso que você acolheu Jace. Sempre achei que vocês dois não fossem particularmente próximos. Você não parecia sentir tanto a falta dele, ou se importar com o fato de ele estar morto.

— Eu não acreditava que ele estivesse morto — explicou Robert. — Sei que deve parecer difícil imaginar; nosso laço foi rompido pela sentença de exílio decretada pela Clave, mas mesmo antes disso, nos distanciamos. Porém houve um tempo, no entanto, em que fomos próximos, melhores amigos; houve um tempo em que ele disse que me amava.

Alguma coisa no peso que seu pai colocara nas palavras pegou Alec de surpresa.

— Michael Wayland foi *apaixonado* por você?

— Eu não fui... gentil com ele em relação a isso — explicou Robert. — Falei para ele nunca mais repetir aquelas palavras. Tive medo, o deixei sozinho com os próprios pensamentos, sentimentos e medos, e nunca mais fomos próximos como antes. Acolhi Jace para compensar o que fiz, mesmo que de uma forma sutil, mas sei que não tinha como compensar. — Ele olhou para Alec, com os olhos azul-escuros firmes. — Você pensa que tenho vergonha de você, mas na verdade tenho vergonha de mim. Olho para você e enxergo o espelho da minha falta de generosidade com alguém que nunca mereceu. Enxergamos a nós mesmos em nossos filhos, que podem ser melhores do que somos. Alec, você é um homem tão melhor do que fui, ou do que um dia serei.

Alec ficou congelado. Lembrou-se do sonho nas terras demoníacas, do pai contando a todos sobre como seu filho era corajoso, como era um bom Caçador de Sombras e guerreiro, mas nunca imaginara seu pai lhe chamando de bom *homem*.

De algum jeito, isso era muito melhor.

Robert olhava para ele com as rugas de tensão evidentes em torno dos olhos e da boca. Alec não conseguiu evitar imaginar se seu pai já tinha contado sobre Michael a mais alguém, e o quão difícil havia sido falar nele agora.

Ele tocou levemente o braço do pai. Era a primeira vez que o tocava espontaneamente em meses, e em seguida abaixou a mão.

— Obrigado — falou. — Por me contar a verdade.

Não era um perdão, não exatamente, mas era um começo.

A grama estava úmida devido ao frio da noite que caía; Clary sentia o frio ensopando suas sandálias enquanto voltava à tenda com Jace e Magnus. Clary viu as fileiras de mesas sendo postas, louças e talheres brilhando. Todos se ofereceram para ajudar, mesmo as pessoas que normalmente ela considerava inabaláveis em sua reserva: Kadir, Jia, Maryse.

A música irradiava da tenda. Morcego estava na estação do DJ, mas alguém tocava jazz ao piano. Viu Alec com o pai, conversando seriamente, e então a multidão se dividiu e ela viu um borrão de rostos familiares: Maia e Aline confabulando, Isabelle ao lado de Simon, parecendo desconfortável...

Simon.

Clary parou. Seu coração falhou por um segundo, e mais um; ela sentiu frio e calor, como se estivesse prestes a desmaiar. Não podia ser Simon; devia ser outra pessoa. Algum outro menino magro, o mesmo cabelo castanho despenteado e óculos, mas ele estava com a mesma camiseta desbotada da manhã, e o cabelo continuava comprido demais sobre o rosto, e ele sorria para ela através da multidão, um pouco inseguro, e era Simon, e era Simon, e era *Simon*.

Nem mesmo se lembrava de ter começado a correr, mas de repente a mão de Magnus estava em seu ombro, uma garra forte como ferro, contendo-a.

— Tenha *cuidado* — disse Magnus. — Ele não se lembra de tudo. Consegui suscitar algumas lembranças, não muitas. O resto vai ter que esperar, mas, Clary... lembre-se de que ele *não* se recorda. Não espere nada.

Ela deve ter feito que sim com a cabeça, porque ele logo a soltou, e então Clary estava avançando pela grama e para a tenda, e atirou-se em cima de Simon com tanto ímpeto que ele chegou a cambalear, quase caindo. *Ele não tem mais a força de um vampiro; vá com calma, vá com calma*, dizia sua mente, mas o restante dela não queria ouvir. Estava com os braços em volta do menino, e estava meio abraçando, meio chorando aninhada no casaco dele.

Tinha noção de Isabelle, Jace e Maia ao lado deles, e de Jocelyn, também, correndo para lá. Clary recuou apenas o suficiente para olhar no rosto de Simon. E definitivamente era Simon. De perto, ela notava as sardas na bochecha direita, a pequena cicatriz no lábio que ele ganhara jogando futebol no oitavo ano.

— Simon — sussurrou ela, e em seguida —, você... me conhece? Sabe quem eu sou?

Ele ajeitou os óculos no nariz. A mão tremia um pouco.

— Eu... — Olhou em volta. — É como se fosse uma reunião de família em que quase não conheço ninguém, mas todos me conhecem — falou. — É...

— Opressivo? — perguntou Clary. Tentou esconder o tom de decepção profunda em seu peito por ele não a reconhecer. — Tudo bem se você não me conhecer. Teremos tempo.

Ele olhou para ela. Havia incerteza e esperança na expressão de Simon, e um olhar ligeiramente perturbado, como se ele tivesse acabado de acordar de um sonho e não soubesse ao certo onde estava. Então ele sorriu.

— Eu não me lembro de tudo — falou. — Ainda não. Mas me lembro de você. — Ele pegou a mão dela, tocou o anel de ouro no indicador direito, o metal de fada morno ao toque. — Clary — disse ele. — Você é Clary. É minha melhor amiga.

Alec foi até a colina onde Magnus se encontrava, no caminho com vista para a tenda. Ele estava apoiado contra uma árvore, as mãos nos bolsos, e Alec se juntou a ele para observar enquanto Simon — parecendo tão espantado quanto um patinho recém-nascido — era cercado pelos amigos: Jace, Maia, Luke, e até mesmo Jocelyn, chorando de felicidade ao abraçá-lo, borrando a maquiagem. Apenas Isabelle se destacava do grupo, as mãos cerradas na frente de si, o rosto quase sem expressão.

— Você quase fica achando que ela não se importa — disse Alec, enquanto Magnus esticava a mão para ajeitar a gravata dele. Magnus havia ajudado a escolher o terno que ele estava usando, e tinha muito orgulho por a peça ter uma listra azul fininha que destacava os olhos de Alec. — Mas tenho certeza de que se importa.

— Tem razão — falou Magnus. — Se importa até demais; é por isso que está isolada dos outros.

— Eu ia perguntar o que você fez, mas não sei se quero saber — disse Alec, apoiando as costas em Magnus, aconchegando-se no calor sólido do corpo atrás de si. Magnus firmou o queixo no ombro de Alec, e por um instante ficaram parados, juntos, olhando para a tenda e para a cena de caos feliz lá embaixo. — Foi bondade sua.

— Você faz a escolha que tem que fazer no momento — falou Magnus ao ouvido de Alec. — Torce para não haver consequências, pelo menos não consequências sérias.

— Não acha que seu pai vai ficar com raiva, acha? — perguntou Alec, e Magnus riu secamente.

— Ele tem muito mais o que fazer do que prestar atenção em mim — disse Magnus. — E você? Notei que estava falando com Robert.

Alec sentiu a postura de Magnus ficar tensa enquanto repetia o que o pai havia lhe contado.

— Sabe, eu *não* teria adivinhado isso — comentou Magnus, quando Alec terminou. — E conheci Michael Wayland. — Alec o sentiu dando de ombros. — Prova viva. De que "o coração é sempre inexperiente" e tudo o mais.

— O que você acha? Devo perdoá-lo?

— Acho que o que ele contou foi uma explicação, mas não um pretexto para a maneira como se comportou. Se perdoá-lo, faça-o por você, não por ele. É uma perda de tempo sentir raiva — falou Magnus —, sendo que você é uma das pessoas mais amorosas que conheço.

— Foi por isso que me perdoou? Por mim, ou por você? — perguntou Alec, sem raiva, apenas curiosidade.

— Perdoei porque te amo e odeio ficar sem você. Eu odeio, meu gato odeia. E porque Catarina me convenceu de que eu estava sendo idiota.

— Hum. Gosto dela.

Magnus abraçou Alec, colocando as mãos no peito dele, como se estivesse sentindo o coração.

— E você me perdoa — disse ele. — Por não torná-lo imortal, ou acabar com minha imortalidade.

— Não há nada a ser perdoado — falou Alec. — Não quero viver para sempre. — E colocou uma das mãos sobre a de Magnus, entrelaçando os dedos. — Podemos não ter muito tempo — disse Alec. — Vou envelhecer e vou morrer. Mas prometo que não o abandonarei até lá. É a única promessa que *posso* fazer.

— Muitos Caçadores de Sombras não envelhecem — disse Magnus. Alec sentia a pulsação dele. Era estranho, Magnus assim, sem as palavras que normalmente lhe vinham tão facilmente.

Alec virou no abraço de Magnus de modo que ficaram frente a frente, assimilando todos os detalhes dos quais nunca se cansava: os ossos proeminentes no rosto de Magnus, o verde-dourado de seus olhos, a boca que sempre parecia prestes a sorrir, apesar de no momento demonstrar preocupação.

— Mesmo que fossem apenas dias, eu ia querer passar todos com você. Isso significa alguma coisa?

— Sim — respondeu Magnus. — Significa que a partir de agora tornaremos todos os dias importantes.

Estavam dançando.

Lily tocava alguma coisa lenta e suave ao piano, e Clary deslizava entre os outros convidados da festa, abraçada a Jace. Era exatamente o tipo de dança de que gostava: não muito complicada, envolvendo apenas segurar o parceiro e não fazer nada que pudesse resultar em um tropeção.

Estava com a bochecha apoiada na camisa de Jace, o tecido amarrotado e sedoso sob a pele. A mão dele brincava ociosamente nos cachos que tinham soltado do coque, os dedos traçando pela nuca. Ela não pôde deixar de se lembrar de um sonho que tivera há muito tempo, no qual dançava com Jace no Salão dos Acordos. Naquela época, ele era tão distante, tão frio; agora ela se espantava às vezes quando olhava para ele, ao ver que este era o mesmo Jace. *O Jace que você ajudou a construir*, dissera ele. *Um Jace de quem eu gosto muito mais.*

Porém ele não era o único que tinha mudado; Clary também mudara. Abriu a boca para falar isso para ele, quando sentiu um toque no ombro. Virou-se e viu a mãe, sorrindo para os dois.

— Jace — disse Jocelyn. — Posso lhe pedir um favor?

Jace e Clary pararam de dançar; nenhum dos dois disse nada. Jocelyn tinha passado a gostar muito mais de Jace nos últimos seis meses; ela até sentia carinho por ele, Clary ousaria dizer, mas nem sempre se empolgava pelo namorado Caçador de Sombras de Clary.

— Lily está cansada de tocar, mas todo mundo está gostando tanto do piano... e você toca, não toca? Clary me contou que é muito talentoso. Tocaria para nós?

Jace lançou um olhar na direção de Clary, tão breve que ela só percebeu porque o conhecia bem o suficiente. Mas ele tinha bons modos, muito bons quando resolvia utilizá-los. Sorriu para Jocelyn como um anjo e foi até o piano. Em seguida, notas de música clássica preencheram a tenda.

Tessa Gray e o menino que outrora fora o Irmão Zachariah estavam sentados à mesa mais afastada no canto e assistiam enquanto os dedos leves de Jace Herondale dançavam sobre as teclas do piano. Jace estava sem gravata e com a camisa parcialmente desabotoada, o rosto minuciosamente concentrado enquanto se perdia na música com paixão.

— Chopin — identificou Tessa, com um sorriso suave. — Fico imaginando... fico imaginando se a pequena Emma Carstairs vai tocar violino um dia.

— Cuidado — alertou seu companheiro, com um riso na voz. — Não se pode forçar essas coisas.

— É difícil — disse ela, virando-se para encará-lo seriamente. — Gostaria que você pudesse contar mais a ela sobre a ligação entre vocês, para que ela não se sentisse tão sozinha.

A boca de Irmão Zachariah assumiu uma expressão de tristeza.

— Você sabe que não posso. Ainda não. Mas dei a entender a ela. Foi tudo que pude fazer.

— Vamos ficar de olho nela — disse Tessa. — Vamos sempre ficar de olho nela. — Tessa tocou as marcas nas bochechas dele, resquícios de sua época de Irmão do Silêncio, quase com reverência. — Lembro-me que você disse que esta guerra era uma história dos Lightwood, Herondale e Fairchild, e é dos Blackthorn e Carstairs também, e é incrível vê-los. Mas quando os vejo, é como se enxergasse o passado se estendendo atrás deles. Quando vejo Jace Herondale tocar, enxergo os fantasmas que se elevam na música. Você não?

— Fantasmas são lembranças, e os carregamos porque aqueles que amamos não deixam o mundo.

— Sim — falou ela. — Queria que *ele* estivesse aqui para ver isso conosco, só mais uma vez.

Ela sentiu a seda grossa dos cabelos pretos dele ao se curvar para beijar seus dedos levemente — um gesto cortês de uma época antiga.

— Ele está conosco, Tessa. Pode nos ver. Eu acredito. *Sinto*, do mesmo jeito que eu às vezes sabia se ele estava triste, com raiva, solitário ou feliz.

Ela tocou a pulseira de pérola no pulso, e em seguida o rosto dele, os dedos leves e carinhosos.

— E como ele está agora? — sussurrou ela. — Feliz, saudoso, triste ou solitário? Não me diga que está solitário. Pois você deve saber. Sempre soube.

— Ele está feliz, Tessa. Está feliz por nos ver juntos, assim como eu sempre fiquei feliz ao ver vocês dois juntos. — Ele sorriu, aquele sorriso que continha toda a verdade do mundo, e afastou os dedos dos dela quando voltou a se sentar. Duas figuras se aproximavam da mesa: uma ruiva alta e uma menina com os mesmos cabelos ruivos e olhos verdes. — E por falar em passado — disse ele —, acho que tem alguém aqui que deseja falar com você.

Clary estava entretida observando Coroinha quando sua mãe parou ao seu lado. O gato tinha sido enfeitado com dúzias de sininhos prateados de casamento, e em uma fúria vingativa roía uma das pernas do piano.

— Mãe — disse Clary, desconfiada. — O que está tramando?

A mãe a afagou no cabelo, parecendo alegre.

— Tem alguém que quero que conheça — disse ela, pegando a mão de Clary. — Já está na hora.

— Na hora? Hora de quê? — Clary se permitiu ser puxada, apenas semiprotestando, até uma mesa coberta por uma toalha branca no canto da tenda.

Ali estava a menina de cabelos castanhos que Clary vira mais cedo. A menina levantou o olhar quando ambas se aproximaram. O Irmão Zachariah estava se levantando ao lado dela; dando um sorriso suave para Clary e então atravessando o recinto para falar com Magnus, que tinha descido da colina, de mãos dadas com Alec.

— Clary — disse Jocelyn. — Quero que conheça Tessa.

— Isabelle.

Ela levantou o olhar; estava apoiada na lateral do piano, deixando que a música de Jace (e o som fraco de Coroinha roendo a madeira) a embalasse. Era uma música que lhe lembrava a infância, Jace passando horas na sala de música, preenchendo os corredores do Instituto com uma cascata de notas.

Simon a havia chamado. Ele tinha desabotoado a jaqueta jeans por causa do calor da tenda, e Izzy notava o rubor de calor e constrangimento nas bochechas dele. Havia algo de estranho naquilo, um Simon que enrubescia, sentia frio, calor, crescia e se afastava — dela.

Seus olhos escuros estavam curiosos quando pousaram nela; Isabelle enxergou reconhecimento neles, mas não pleno. Não era assim que Simon a olhava antes, desejoso e com aquela dor maravilhosa, mas a sensação de que ali havia alguém que a *enxergava*, enxergava Isabelle, a Isabelle que ela apresentava ao mundo, e a Isabelle que ela escondia, guardada nas sombras onde muito poucos podiam ver.

Simon fora um desses poucos. Agora ele era... outra coisa.

— Isabelle — repetiu ele, e ela sentiu Jace olhando para ela, olhos curiosos enquanto as mãos percorriam as teclas do piano. — Quer dançar comigo?

Ela suspirou e assentiu.

— Tudo bem — falou, e deixou que ele a conduzisse para a pista. Com saltos, ela ficava da altura dele; os olhos no mesmo nível. Por trás dos óculos, os olhos dele exibiam a mesma cor marrom de café escuro.

— Me disseram — começou ele, e pigarreou —, ou pelo menos tenho a impressão de que eu e você...

— Não — interrompeu ela. — Não fale sobre isso. Se você não se lembra, então não quero ouvir.

Uma das mãos dele estava no ombro de Isabelle, a outra na cintura. A pele dele era morna de encontro à dela, e não fria como ela se lembrava. Ele parecia incrivelmente humano e frágil.

— Mas quero me lembrar — disse ele, e ela se lembrou de como ele sempre foi argumentativo; isso, pelo menos, não tinha mudado. — Lembro de parte... não é como se eu não soubesse quem você é, Isabelle.

— Você me chamaria de Izzy — censurou ela, de repente sentindo-se muito cansada. — Izzy, não Isabelle.

Ele se inclinou para a frente, e ela sentiu o hálito dele em seu cabelo.

— Izzy — repetiu ele. — Eu me lembro de ter beijado você.

Ela estremeceu.

— Não, não lembra.

— Sim, lembro — falou. As mãos deslizaram para as costas dela, dedos tocando o espaço logo abaixo do ombro, gesto que sempre a fez estremecer. — Já faz alguns meses — disse ele, baixinho. — E nada parecia certo. Sempre senti que faltava alguma coisa. Agora sei que era isto, tudo isto, mas também *você*. Não me lembrava durante o dia. Mas à noite sonhava com você, Isabelle.

— Sonhava com a gente?

— Só com você. A menina de olhos escuros, muito escuros. — Ele tocou a pontinha do cabelo dela com dedos leves. — Magnus disse que fui um herói — falou. — E quando você me olha, vejo no seu rosto que está procurando aquele cara. O cara que conhecia e que era um herói, que fez coisas incríveis. Não me lembro de ter feito essas coisas. Não sei se esse meu novo jeito fez eu deixar de ser herói. Mas gostaria de tentar ser aquele cara outra vez. O cara que pode beijá-la porque merece. Se você tiver paciência e me deixar tentar.

Era uma coisa tão *Simon* de se dizer. Ela olhou para ele, e pela primeira vez sentiu esperança crescendo no peito sem ser imediatamente reprimida.

— Posso deixar — disse ela. — Digo, tentar. Não posso prometer nada.

— Não esperaria que prometesse. — O rosto de Simon se iluminou, e ela viu a sombra de uma lembrança no fundo dos olhos dele. — Você é uma destruidora de corações, Isabelle Lightwood — falou ele. — Pelo menos disso eu me lembro.

— Tessa é uma feiticeira — disse Jocelyn —, embora seja um tipo muito incomum de feiticeira. Lembra-se do que contei sobre ter ficado em pânico em relação ao jeito de colocar em você o feitiço que todos os Caçadores de Sombras recebem ao nascer? O feitiço de proteção? E que o Irmão Zachariah e uma feiticeira me ajudaram com a cerimônia? É desta feiticeira que eu estava falando. Tessa Gray.

— Você me disse que foi daí que tirou a ideia para o sobrenome Fray. — Clary sentou na cadeira em frente a Tessa, à mesa redonda. — *F* de Fairchild — falou, percebendo em voz alta. — E o resto de Gray.

Tessa sorriu, e seu rosto se iluminou.

— Foi uma honra.

— Você era um bebê; não se lembraria — disse Jocelyn, mas Clary pensou em como Tessa lhe pareceu familiar na primeira vez em que a vira, e ficou imaginando.

— Por que só está me contando isso agora? — perguntou Clary, olhando para a mãe, que estava perto de sua cadeira, girando ansiosamente a aliança recém-colocada no dedo. — Por que não antes?

— Eu tinha pedido para estar presente quando ela revelasse, caso ela desejasse fazê-lo — respondeu Tessa; tinha uma voz melodiosa, suave e doce, com traços de um sotaque britânico. — E temo que eu já tenha há muito me isolado do mundo dos Caçadores de Sombras. Minhas lembranças dele são doces e amargas, às vezes mais amargas que doces.

Jocelyn deu um beijo na cabeça de Clary.

— Por que vocês duas não conversam? — falou, e se retirou, indo até Luke, que conversava com Kadir.

Clary olhou para o sorriso de Tessa e disse:

— Você é feiticeira, mas é amiga de um Irmão do Silêncio. Mais que amiga... é um pouco estranho, não?

Tessa apoiou os cotovelos na mesa. Uma pulseira de pérola brilhava em seu pulso esquerdo; ela brincava com a joia ociosamente, como se fosse um hábito.

— Tudo em minha vida é um tanto incomum, mas pensando bem, o mesmo pode ser dito sobre você, não? — Seus olhos brilharam. — Jace Herondale toca piano muito bem.

— E ele sabe disso.

— Isso é a cara dos Herondale — riu Tessa. — Devo lhe dizer, Clary, que só descobri recentemente que Jace desejava ser um Herondale, e não um Lightwood. Ambas famílias honrosas, conheço as duas, mas meu destino sempre foi mais entrelaçado aos Herondale. — Olhou para Jace, e havia uma espécie de saudosismo em sua expressão. — Existem famílias, os Blackthorn, os Herondale, os Carstairs, pelas quais sempre tive uma afinidade especial: os observei de longe, embora tenha aprendido a não interferir. Em parte esse foi o motivo pelo qual me recolhi ao Labirinto Espiral depois da Ascensão. É um lugar tão distante do mundo, tão escondido, que pensei que lá eu fosse encontrar a paz e esquecer o que aconteceu aos Herondale. E depois da Guerra Maligna perguntei a Magnus se deveria procurar Jace, falar sobre o passado dos Herondale, mas ele recomendou que eu desse tempo a ele. Que suportar o fardo do passado era muito pesado. Então regressei ao Labirinto. — Ela engoliu em seco. — Este foi um ano sombrio, muito cruel para os Caçadores de Sombras, para os seres do Submundo, para todos nós. Tantas perdas e dor. No Labirinto Espiral ouvíamos rumores, depois vieram os Crepusculares, e achei que o melhor a fazer era ajudar na pesquisa de uma cura, mas não havia nenhuma. Gostaria que tivéssemos encontrado alguma. Às vezes nem sempre existe cura. — Ela fitou Zachariah, uma luz nos olhos. — Mas às vezes existem milagres. Zachariah me contou sobre como ele se tornou mortal outra vez. Falou que foi "uma história dos Lightwood, Herondale e Fairchild". — Voltou a olhar para Zachariah, que estava ocupado afagando Coroinha. O gato havia subido na mesa de champanhe e estava derrubando taças alegremente. O olhar dela era de exasperação e carinho misturados. — Você não sabe o que significa para mim, o quanto sou grata pelo que você fez pelo meu... por Zachariah, o que todos vocês fizeram por ele.

— Foi Jace, mais do que ninguém. Foi... Zachariah pegou Coroinha no colo? — Clary encarou com assombro. Zachariah estava segurando o gato, que estava flácido, a cauda enrolada no braço do ex-Irmão do Silêncio. — Aquele gato odeia todo mundo!

Tessa sorriu discretamente.

— Eu não diria todo mundo.

— Então ele é... Zachariah é mortal agora? — perguntou Clary. — É apenas... um Caçador de Sombras comum?

— Sim — respondeu Tessa. — Eu e ele nos conhecemos há muito tempo. Tínhamos um encontro fixo todos os anos, no começo de janeiro. Este ano, quando ele chegou, para minha surpresa, era um mortal.

— E você só ficou sabendo quando ele apareceu? Eu o teria matado.

Tessa riu.

— Bem, isso de certa forma teria destruído o objetivo. E acho que ele não sabia ao certo como eu iria recebê-lo, mortal, sendo que eu não sou mortal. — A expressão dela fez Clary se lembrar de Magnus, aquela expressão de olhos velhos, muito velhos em um rosto jovem, a fazia se recordar de uma tristeza muito silenciosa e muito profunda para ser compreendida por aqueles dotados de vidas curtas. — Ele vai envelhecer e morrer, e eu vou continuar como sou. Mas ele viveu uma vida longa, mais longa que a maioria, e me entende. Nem ele, nem eu temos a idade que aparentamos. E nos amamos. Isso é o que importa.

Tessa fechou os olhos, e por um instante pareceu deixar as notas da música do piano a tocarem.

— Tenho uma coisa para você — disse ela, abrindo os olhos: eram cinzentos, da cor da água da chuva. — Para vocês dois; para você e para Jace também. — Então tirou algo do bolso e entregou a Clary. Era uma argola de prata, um anel de família, brilhando com a estampa de pássaros em pleno voo. — Este anel pertenceu a James Herondale — declarou. — É um verdadeiro anel Herondale, de muitos anos. Se Jace decidiu que quer ser um Herondale, deve ficar com ele.

Clary pegou o anel; cabia no seu polegar.

— Obrigada, mas você pode entregar pessoalmente. Talvez agora seja a hora de falar com ele.

Tessa balançou a cabeça.

— Veja como ele está feliz — comentou. — Está descobrindo quem ele é, e quem quer ser, e encontrando alegria nisso. Ele precisa de mais tempo, para ficar feliz assim, antes de voltar a carregar qualquer fardo. — Ela pegou algo que estava na cadeira ao seu lado, e estendeu para Clary. Era uma cópia do *Códex dos Caçadores de Sombras*, numa capa de veludo azul. — É para você — disse. — Tenho certeza de que já tem seu exemplar, mas este sempre foi precioso para mim. Tem uma inscrição... está vendo? — E virou o livro, de modo que Clary pudesse enxergar onde as palavras estavam gravadas em ouro contra o veludo.

— "*Livremente servimos porque livremente amamos*" — leu Clary em voz alta, e olhou para Tessa. — Obrigada; é uma beleza. Tem certeza de que quer abrir mão dele?

Tessa sorriu.

— Os Fairchild também foram muito queridos em minha vida — falou —, e seus cabelos ruivos e sua teimosia lembram pessoas que já amei, Clary — disse ela, e se inclinou para a frente, sobre a mesa, de modo que seu pingente de jade balançasse livremente. — Sinto uma afinidade por você, também, que perdeu tanto o irmão quanto o pai. Sei que foi julgada e xingada por ser a filha de Valentim Morgenstern, e agora por ser irmã de Jonathan. Sempre haverá aqueles que vão querer defini-la com base no sobrenome que carrega ou no sangue que corre em suas veias. Não deixe que outros concluam quem você é. Conclua você mesma. — Ela olhou para Jace, cujas mãos dançavam sobre as teclas do piano. As luzes dos círios reluziam em seus cabelos como estrelas e faziam sua pele brilhar. — A liberdade não é um presente; é um direito nato. Espero que você e Jace a utilizem.

— Você soa tão séria, Tessa. Não a assuste. — Era Zachariah, chegando por trás da cadeira de Tessa.

— Não a estou assustando! — disse Tessa, com uma risada; estava com a cabeça inclinada para trás, e Clary ficou imaginando se seria assim que ela própria ficava quando olhava para Jace. Torceu para que fosse. Era um olhar feliz e seguro, o olhar de quem tinha confiança no amor que dava e recebia. — Só estava dando um conselho.

— Parece assustador. — Era estranho ver Zachariah falando com uma voz ao mesmo tempo parecida e diferente da voz que soava na mente de Clary; na vida real, o sotaque britânico dele era mais forte que o de Tessa. Ele também mostrou alegria na voz quando esticou a mão para ajudar Tessa a sair da cadeira. — Lamento que tenhamos que ir embora; ainda temos uma longa jornada.

— Para onde vão? — perguntou Clary, segurando o *Códex* cuidadosamente no colo.

— Los Angeles — respondeu Tessa, e Clary se lembrou da outra dizendo que os Blackthorn eram uma família pela qual tinha um interesse especial. Clary ficou feliz em saber. Emma e os outros estavam morando no Instituto com o tio de Julian, mas a ideia de ter alguém especial para cuidar deles, uma espécie de anjo da guarda, era reconfortante.

— Foi um prazer conhecê-la — disse Clary. — Obrigada. Por tudo.

Tessa sorriu de forma radiante e desapareceu pela multidão, dizendo que ia se despedir de Jocelyn. Zachariah pegou seu casaco e o xale de Tessa. Clary ficou observando-o, curiosa.

— Lembro que uma vez você me contou — disse ela —, que amou duas pessoas mais que tudo no mundo. Tessa foi uma delas?

— Ela *é* uma delas — respondeu ele em tom de concordância, meneando os ombros para vestir o casaco. — Não deixei de amá-la, nem a meu *parabatai*; o amor não acaba quando alguém morre.

— Seu *parabatai*? Você perdeu seu *parabatai*? — indagou Clary, com uma sensação de dor surpresa; sabia o que isso significava para os Nephilim.

— Não do coração, pois não me esqueci dele — disse, e ela ouviu um sussurro da tristeza de eras na voz de Zachariah, e se lembrou dele na Cidade do Silêncio, um espectro de fumaça de pergaminho. — Somos todos parte do que nos lembramos. Guardamos em nós as esperanças e os medos daqueles que nos amam. Contanto que exista amor e lembrança, não existirá perda, de fato.

Clary pensou em Max, Amatis, Raphael, Jordan, e até mesmo em Jonathan, e sentiu a pontada das lágrimas na garganta.

Zachariah enrolou o xale de Tessa em volta dos próprios ombros.

— Diga a Jace Herondale que ele toca muito bem o Concerto número 2 de Chopin — falou, e desapareceu pela multidão, atrás de Tessa. Ela ficou olhando para ele, agarrando o anel e o *Códex*.

— Alguém viu Coroinha? — perguntou uma voz ao seu ouvido. Era Isabelle, com os dedos aconchegados no braço de Simon. Maia vinha ao lado deles, mexendo em um prendedor dourado em seus cabelos cacheados. — Acho que Zachariah roubou nosso gato. Juro que o vi colocando Coroinha no banco de trás de um carro.

— Impossível — disse Jace, aparecendo ao lado de Clary; estava com as mangas dobradas até os cotovelos, e ruborizado pelo esforço ao piano. — Coroinha odeia todo mundo.

— Nem todo mundo — murmurou Clary, com um sorriso.

Simon estava olhando para Jace como se ele fosse ao mesmo tempo fascinante e também um pouco alarmante.

— Eu... algum dia nós... eu já *mordi* você?

Jace tocou a cicatriz no pescoço.

— Não consigo acreditar que você se lembra *disso*.

— Nós... rolamos no fundo de um barco?

— Sim, você me mordeu, e sim, eu gostei um pouco, sim, não vamos mais falar sobre isso — disse Jace. — Você não é mais um vampiro. Foco.

— Para ser justa, você também mordeu Alec — falou Isabelle.

— Quando *isso* aconteceu? — perguntou Maia, o rosto se acendendo com divertimento enquanto Morcego chegava por trás dela. Sem uma palavra, ele pegou o prendedor da mão dela e o colocou de volta em seu cabelo. Ele fechou a joia com eficiência. As mãos permaneceram ali por um instante, delicadas de encontro ao cabelo dela.

— O que acontece nos reinos demoníacos, fica nos reinos demoníacos — disse Jace, que então olhou para Clary. — Quer dar uma volta?

— Uma volta ou uma *volta*? — perguntou Isabelle. — Tipo, vocês vão...

— Acho que todos nós devemos ir até o lago — falou Clary, se levantando, com o *Códex* em uma das mãos e o anel na outra. — É lindo lá. Principalmente à noite. Gostaria que meus amigos vissem.

— Eu me lembro — disse Simon, e lançou um sorriso que fez o coração de Clary inflar no peito. O sítio para o qual eles iam em todos os verões; na mente dela, sempre estaria atrelado a Simon. O fato de ele ter se lembrado a deixava mais feliz do que ela poderia ter imaginado estar naquela manhã.

Ela deslizou a mão para a de Jace enquanto se afastavam da tenda, Isabelle correndo para mandar o irmão buscar Magnus para acompanhá-los. Mais cedo Clary queria ficar só com Jace; agora queria estar com todo mundo.

Amava Jace há o que parecia tanto tempo, amava tanto que às vezes achava que podia morrer disso, porque era algo do qual necessitava e não podia ter. Porém agora não mais: o desespero dera lugar à paz e a uma felicidade silenciosa. Agora que ela não sentia mais que cada instante com ele era arrancado da possibilidade de um desastre, agora que ela conseguia imaginar uma vida inteira de momentos com Jace, momentos de paz, de diversão, casuais, relaxados ou gentis, não queria nada senão caminhar até o lago com todos os amigos para comemorar o dia.

Ao passarem por uma crista sobre a trilha, ela olhou para trás. Viu Jocelyn e Luke próximos à tenda, olhando para eles. Clary notou Luke sorrindo para ela, e a mãe erguendo a mão num aceno e então baixando-a para segurar a mão do novo marido. A coisa se deu do mesmo jeito com eles, pensou ela, anos de separação e tristeza, e agora tinham a vida inteira. *Uma vida de momentos.* Ela levantou a mão, retribuindo o aceno, e em seguida se apressou para alcançar os amigos.

Magnus estava apoiado no exterior do celeiro, observando Clary e Tessa absortas em uma conversa, quando Catarina se aproximou dele. Tinha flores azuis no cabelo, as quais enfatizavam sua pele azul-safira. Ele olhou para o pomar, em direção ao lago, que reluzia como água retida em mãos em concha.

— Você parece preocupado — comentou Catarina, colocando a mão no ombro dele em sinal de companheirismo. — O que houve? Vi você beijando seu menino Caçador de Sombras mais cedo, então não pode ser isso.

Magnus balançou a cabeça.

— Não. Está tudo bem com Alec.

— Vi você conversando com Tessa, também — continuou Catarina, esticando o pescoço para olhar. — Estranho tê-la aqui. É isto que está lhe incomodando? Passado e futuro colidindo; deve parecer um pouco estranho.

— Talvez — disse Magnus, apesar de não estar muito certo de que fosse isso. — Fantasmas antigos, as sombras de coisas que poderiam ter sido. Embora eu sempre tenha gostado de Tessa e dos meninos dela.

— O filho dela dava um trabalhão — lembrou Catarina.

— Assim como a filha — riu Magnus, muito embora tenha soado frágil como gravetos no inverno. — Tenho sentido o peso do passado em meus ombros nos últimos dias, Catarina. A repetição de erros. Ouço coisas, boatos no Submundo, rumores de brigas por vir. O Povo das Fadas é orgulhoso, o mais orgulhoso de todos; não vai receber a humilhação da Clave sem retaliação.

— Eles são orgulhosos, porém pacientes — disse Catarina. — Podem esperar muito tempo, gerações, para se vingar. Você não pode temer que aconteça agora, quando as sombras podem não descer por anos.

Magnus não olhou para ela; olhava para a tenda, onde Clary se encontrava conversando com Tessa, onde Alec estava lado a lado com Maia e Morcego, rindo, onde Isabelle e Simon dançavam ao som da música que Jace tocava ao piano, as notas doces e sombrias de Chopin o faziam recordar de outro tempo, e do som de violinos no natal.

— Ah — disse Catarina. — Você está preocupado com eles; está preocupado com o mal se abatendo sobre aqueles que ama.

— Com eles, ou com os filhos deles. — Alec havia se separado dos outros e estava subindo a colina em direção ao celeiro. Magnus o observava se aproximando, uma sombra escura contra o céu ainda mais escuro.

— Melhor amar e temer do que não sentir nada. É assim que nos petrificamos — disse Catarina, e o tocou no braço. — Sinto muito por Raphael, aliás. Não tive a oportunidade de dizer isso. Sei que você já salvou a vida dele uma vez.

— E ele salvou a minha — respondeu Magnus, e ergueu o olhar quando Alec os alcançou. Alec cumprimentou Catarina com um gesto cortês de cabeça.

— Magnus, estamos indo para o lago — falou. — Quer vir?

— Por quê? — perguntou Magnus.

Alec deu de ombros.

— Clary disse que é bonito — respondeu. — Digo, já conheço, mas tinha um anjo enorme surgindo dele, o que acabou me distraindo. — Ele estendeu a mão. — Vamos. Todo mundo vai.

Catarina sorriu.

— *Carpe Diem* — falou para Magnus. — Não perca tempo pensando. — Ela segurou as saias, erguendo-as, e partiu em direção às árvores, os pés como flores azuis na grama.

Magnus pegou a mão de Alec.

Havia pirilampos perto do lago. Iluminavam a noite com seus lampejos enquanto o grupo espalhava casacos e cobertas no chão, os quais Magnus alegara ter criado usando apenas o ar, embora Clary desconfiasse que tivessem sido invocados ilegalmente de uma loja.

O lago tinha um brilho prateado, refletindo o céu e suas milhares de estrelas. Clary ouviu Alec nomeando as constelações para Magnus: leão, sagitário, pégasus. Maia havia tirado os sapatos e caminhava descalça pela margem do lago. Morcego a seguira, e enquanto Clary observava, ele pegou a mão dela, hesitante.

Ela deixou.

Simon e Isabelle estavam inclinados um contra o outro, sussurrando. De vez em quando Isabelle soltava uma risadinha. Seu rosto estava mais alegre do que estivera em meses.

Jace sentou-se em um dos cobertores e puxou Clary consigo, uma perna de cada lado dela. Clary se apoiou nele, sentindo as batidas confortáveis do coração em suas costas. Os braços de Jace a envolveram, e os dedos dele tocaram o *Códex* no colo dela.

— O que é isto?

— Um presente para mim. E tem um para você também — disse ela, e pegou a mão dele, esticando os dedos um por um, até que ele estivesse com a mão aberta. Ela colocou o anel de prata levemente gasto na palma dele.

— Um anel Herondale? — Ele soou espantado. — Onde você...

— Era de James Herondale — respondeu ela. — Não tenho nenhuma árvore genealógica por aqui, então não sei exatamente o que isso significa, mas ele claramente foi um de seus ancestrais. Lembro de você falando que as Irmãs de Ferro teriam que forjar um anel novo, pois Stephen não tinha deixado um para você... mas agora você já tem.

Ele o colocou no anelar direito.

— Toda vez — disse ele baixinho. — Toda vez que acho que falta um pedaço de mim, você me completa.

Não havia o que dizer, então Clary não disse nada; apenas se virou nos braços dele e o beijou na bochecha. Ele era lindo sob o céu noturno, as estrelas irradiando luz, brilhando nos cabelos e olhos dele, e o anel Herondale reluzindo no dedo, um lembrete de tudo que se passara, e de tudo que ainda estava por vir.

Somos todos parte do que nos lembramos. Guardamos em nós as esperanças e os medos daqueles que nos amam. Contanto que exista amor e lembrança, não existe perda, de fato.

— Você *gosta* do nome Herondale? — perguntou ele.

— É seu nome, então eu o amo — respondeu.

— Eu poderia ter recebido alguns nomes Nephilim bem ruins — disse ele. — Bloodstick. Ravenhaven.

— Bloodstick não pode ser um nome.

— Pode não ser aceito — reconheceu. — Herondale, por outro lado, é melódico. Doce, pode-se dizer. Pense no som de "Clary Herondale".

— Ai, meu Deus, soa *péssimo*.

— Todos temos que fazer sacrifícios por amor. — Ele sorriu e se esticou, contornando Clary para alcançar o *Códex*. — Este é antigo. Uma edição antiga — comentou ele, virando o livro. — A inscrição atrás é de Milton.

— Claro que você sabe disso — disse ela afetuosamente, e se apoiou contra ele enquanto ele virava o livro nas mãos.

Magnus tinha acendido uma fogueira, que queimava alegremente na beira do lago, enviando faíscas ao céu. O reflexo do fogo refletiu no colar vermelho de Isabelle quando ela se virou para falar alguma coisa para Simon, e brilhou forte no resplendor dos olhos de Magnus e ao longo da água do lago, transformando as ondulações em linhas douradas. Então atingiu a inscrição na parte traseira do *Códex* enquanto Jace lia as palavras em voz alta para Clary, com a voz suave como música no escuro brilhante.

"Livremente servimos
Porque livremente amamos, conforme nosso arbítrio
De amar ou não; assim nos erguemos ou caímos."

Este livro foi composto na tipologia Minion Pro,
em corpo 11,5/15,5, impresso em papel off-white,
na Geográfica.

Cena exclusiva deletada de *Cidade do Fogo Celestial*, com a participação de Emma e Julian de

Dama da Meia-Noite

O PRIMEIRO LIVRO DA NOVA SÉRIE DE CASSANDRA CLARE, OS ARTIFÍCIOS DAS TREVAS.

Magnus manda os Blackthorn e Emma de volta para Los Angeles por um portal na Praça do Anjo.

PRAÇA DO ANJO, IDRIS

VMMN
VMM
ESPERE!
SENTIMOS MUITO POR MARK E HELEN.
ESSA NUNCA FOI A NOSSA INTENÇÃO QUANDO DECIDIMOS CONSERTAR AS COISAS.
QUANDO VIRAM MARK... ELE PARECIA FELIZ? HELEN ESTÁ PÉSSIMA. MAS TALVEZ ELE ESTEJA MELHOR NO REINO DAS FADAS.
O QUE IMPORTA É QUE A PRIMEIRA COISA QUE ELE PERGUNTOU FOI SOBRE VOCÊS. ELE CONTINUA SENDO MARK.
ACHO QUE PESSOAS FORTES CONSEGUEM CRIAR UM LAR EM QUALQUER LUGAR, E ACHO QUE O QUE ESTÁ PERDIDO ÀS VEZES VOLTA.

EI, NÃO POSSO MANTER O PORTAL ABERTO PARA SEMPRE!
ESPERE!
EMMA, TENHO UMA COISA PARA VOCÊ.
SNIF
UGH
ESSA FOI A MINHA PRIMEIRA ESTELA. APRENDI A DESENHAR SÍMBOLOS COM ELA.
NUNCA VOU LAVAR ESSA ESTELA.
Hahaha!
EU NÃO RECOMENDARIA ISSO.
SNIF!
TUMP TUMP TUMP TUMP
OBRIGADO POR FAZER ISSO POR ELA. SIGNIFICOU MUITO.
SOUBE QUE VOCÊS VÃO SER PARABATAI. PARABÉNS!
JACE, VOCÊ ALGUM DIA LAMENTOU TER UM PARABATAI?

POR QUE, ESTÁ PENSANDO EM DESISTIR?
NÃO, É QUE ELA ESTÁ SE METENDO EM UMA ROUBADA. MINHA VIDA NÃO VAI SER FÁCIL. TEMO QUE ELA VÁ SE ARREPENDER.
NÃO VAI. ELA ACHA QUE VOCÊ VALE A PENA.
EM QUE ESTÁ PENSANDO?
EMMA ME MOSTROU AS FOTOS DOS CORPOS DOS PAIS. AS MARCAS NELES, NÃO RECONHECI. NÃO SÃO MARCAS DE CAÇADORES DE SOMBRAS, NEM MESMO DE DEMÔNI-OS.
É OUTRA COISA.
ELES VÃO RESOLVER ESSE MISTÉRIO QUANDO CHEGAR A HORA. TENHO FÉ. VÃO ENCARAR O FUTURO JUNTOS. E NÓS TAMBÉM.